《文学与文化》萃编

（2010-2020）下

主　编·陈　洪

副主编·乔以钢　李瑞山

南开大学出版社

天　津

图书在版编目(CIP)数据

《文学与文化》萃编：2010—2020.下 / 陈洪主编；乔以钢，李瑞山副主编. —天津：南开大学出版社，2023.7
ISBN 978-7-310-06363-5

Ⅰ.①文… Ⅱ.①陈… ②乔… ③李… Ⅲ.①中国文学－文学研究－文集②中华文化－文集 Ⅳ.①I206－53②K203－53

中国版本图书馆 CIP 数据核字(2022)第 233103 号

《文学与文化》萃编（2010—2020）下
WENXUE YU WENHUA CUIBIAN (2010—2020) XIA

南开大学出版社出版发行
出版人：陈　敬
地址：天津市南开区卫津路 94 号　　邮政编码：300071
营销部电话：(022)23508339　营销部传真：(022)23508542
https://nkup.nankai.edu.cn

天津泰宇印务有限公司印刷　全国各地新华书店经销
2023 年 7 月第 1 版　2023 年 7 月第 1 次印刷
240×170 毫米　16 开本　26.25 印张　2 插页　457 千字
定价：128.00 元

如遇图书印装质量问题,请与本社营销部联系调换,电话:(022)23508339

朝乾夕惕　不负初衷(代前言)

陈　洪

不知不觉间,《文学与文化》已走过了十二个春秋。传统的计时系统中,十二年为一纪(《尚书》孔传有"十二年曰纪"之说),所以似乎可以搞个刊庆之类的活动了。然转念一想,一纪毕竟有点少,还是做一个小结较为允当。

于是,翻检这几十本刊物,选编了这两册文集。

由于要选编,便须浏览;由于浏览,便重温了十二年前刊物的发刊词。

既然做小结,对照一下当年的初衷,似乎也是题中应有之义。

其发刊之词云:

《易·乾》:"九二,见龙在田,利见大人,吉。"

这似乎是量身定制的吉词:一元复始,紫气东来。在诸位"大人"——我们尊敬的朋友,和各位同仁的共同努力下,这本年轻的学术刊物(算起它作为集刊的时间,今年九周岁。从今迈入第二个九年,恰合"九二"之数)现身于繁茂的文化原野之上。

春风初沐,上上大吉。

这是一本以文学研究为主旨的刊物,而它的认军旗上,赫然闪现的是斗大的"文化"字样。

作为一本学术刊物,定位于"文学"与"文化"的联姻,是基于以下三个层面的考虑:

一、中国学术历来就有"文史哲不分家"的传统,因而作为本刊主要研究对象的中国文学,本身就有纠缠于思想史、社会史的特色,如果试图剥离出一个"纯"中国文学的话题,反而是费力不讨好的事情。

二、进一步讲,文学本是文化的重要组成部分,是与之血肉相连的有机体。从文化的背景、文化的视角观察文学现象；以文学为切入点考察文化，还原、构拟文学所生所在的"文化场"，都是题中应有之义，也都会有较之于"纯"文学、"纯"文化研究不同的收获。

三、本质上看，文学是人类所创造的符号世界中最为精微、复杂的一个系统，其意义的产生、价值的判定，都因更大的意义系统、价值系统而定，并随其变动而变动，这个更大的系统就是文化。

因此，"文学"与"文化"走到一起，绝非一时之兴起，更非赶所谓"文化热"之时髦，而是二者基因使然。

因此，我们标榜文学研究的文化角度、文化色彩，不是贴标签式的，不是套用某种模式的，不是僵硬排他的。

因此，我们有理由期待，二者的结合具有强盛的生命力，在众多作者的共同扶持下，"终日乾乾"，在不远的将来而"飞龙在天"，成为一本学术个性鲜明的好期刊。

若以此文为鉴，透析这两本"萃编"，自我感觉或差强人意。当然，这首先是"众多作者的共同扶持"的结果。不过，与编辑部诸位同人"终日乾乾夕惕若"的努力也是分不开的。编这两本集子，一为小结与纪念，二也算是对"利见大人"的感谢，同时包含一点点自我欣慰之意。

回看射雕处，何妨吟啸且徐行。

目　录

朝乾夕惕　不负初衷（代前言）　…………………………………………　1

［文艺理论研究］

小说叙述的几个问题　………………………………………　周　宪　3
文艺本性研究中的审美概念与审美价值　……………………　谭好哲　17
从我国古代白话短篇小说的系列故事叙事看其介于口头艺术和
　　作家文学之间的特性
　　——以凌濛初的《神偷寄兴一枝梅　侠盗惯行三昧戏》为例　…　刘俐俐　35
互文性定义探析　……………………………………………　李玉平　47
当代少数民族文学的民族性价值追求反思　…………………　朱　斌　58

［文学思潮及现象研究］

《狂人日记》重读札记
　　——纪念鲁迅诞辰 130 周年　……………………………　李新宇　73
"人类向各民族所要的是'人'"
　　——《热风》与鲁迅"五四"时期的"文明批评"和"社会批评"　…　黄　健　80
"苏生"和"毁灭"之间的预言
　　——鲁迅的精神特质与"灵明"开启的现代性　………………　耿传明　90
从沈琼枝到冷清秋
　　——兼论《金粉世家》的传统脐带　………………………　陈千里　106
精英的离散与困守
　　——《霜叶红似二月花》的绅缙世界　……………………　罗维斯　114

以课程讲义为视角的现代中文学科教育教学状况研究 ············· 金 鑫 130

西方汉学界《品花宝鉴》研究的性别视角 ···················· 薛英杰 141

［文化研究］

祛魅时代的文化图景 ································ 陶东风 161

谁在建构当代文学经典？当代文学能否建构成经典？

　　——"当代文学经典化"问题的反思 ················ 赵 勇 171

"点石斋"的遗产

　　——以初刊本、原始画稿与视觉性研究为中心 ··········· 唐宏峰 182

作为政治批评的缝合式批评

　　——齐泽克研究 ····························· 刘昕亭 204

被玻璃所阻隔的"声音景观" ········· 雷蒙德·默里·谢弗 著　王 敦 译 215

见证的危机及其超越

　　——纪录片《浩劫》的见证艺术 ··· 秀珊娜·费尔曼 著　陶东风 编译 219

［诗歌戏剧研究］

中国现代主义诗歌化理性为神奇的密钥 ················ 吕周聚 241

探赜能指与所指的"机密"

　　——现代诗语的离散张力 ······················ 陈仲义 252

当代女性主义诗歌论 ····························· 罗振亚 266

政治冲突与20世纪30年代诗坛的分化 ············· 张林杰 278

现代及"现代派诗"的双重超克

　　——鸥外鸥与"反抒情"诗派的另类现代性 ··········· 解志熙 289

穆旦与中国现代主义诗歌心智 ···················· 张大为 309

极限中的迁缓

　　——"70后"诗人长诗写作初探 ··············· 张桃洲 324

在传统与现代之间

　　——南开新剧（1909—1918）与现代中国话剧的发生 ········· 李 扬 333

一个渴望自由的灵魂

　　——为纪念曹禺百年诞辰而作 ·················· 田本相 344

残酷：曹禺戏剧的现代性解析 ······················ 宋宝珍 352

[跨文化与文学研究]

神话叙事与一神信仰同构的希伯来神话文本 ……………… 王立新　369

俄罗斯文学的经典品格——虚己 ……………… 王志耕　许　力　386

数学、宗教与谣言:17 世纪至 18 世纪知识视野下的《瘟疫年志》… 王旭峰　398

后　记 …………………………………………………………… 409

文艺理论研究

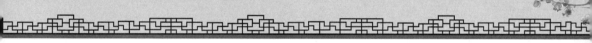

小说叙述的几个问题

周　宪

秘鲁小说家略萨在说到小说创作之门道时说："优秀的小说、伟大的小说似乎不是给我们讲述故事,更确切地说,是用它们具有的说服力让我们体验和分享故事。"① 那么,这说服力来自何方? 我们如何去体验和分享呢? 在小说发展的漫长历程中,经由无数小说家的探索试验,发明了许多让人眼花缭乱的叙述技巧,这些技巧最终会集中到叙述者上来, 所以,"叙述者乃是叙述文本分析中的最核心的概念"② 。显然,要搞清说故事的奥秘,捷径之一乃是搞清何为叙述者以及他如何说故事。

一　画家和小说家:从目击到叙说

在进入具体讨论之前,先来看两幅画。一幅是法国印象派画家马奈的《酒吧女招待》(图 1),另一幅是拉斐尔的《雅典学园》(图 2)。

图 1　马奈《酒吧女招待》(1882)

图 2　拉斐尔《雅典学园》(1509)

作者简介:周宪(1954—　),男,南京大学艺术学院教授。

① 略萨:《给青年小说家的信》,赵德明译,上海译文出版社,2004 年,第 29 页。

② Mieke Bal, Narratology: *Introductin to the Theory of Narrative*, University of Toronto Press, 1997: p.19.

这两幅画除了表现场面大小悬殊之外，还有一个重要的差异，那就是视角。画面的呈现有赖于特定的视角，不同的透视角度看到的东西是不同的。在马奈的画中，女招待向前面对酒吧大堂，后面的镜子不但反射出酒吧高朋满座的景象，同时也反射了她自己的背影。值得注意的是，在镜子的右上角，戴着大礼帽的画家出现了。这是一个相当重要的提示：这幅画的视角就在画面的左前方。画家不但再现了他眼前的场面，而且也点出了自己所处的具体位置，更重要的是，画家自己也成为画面中的一个形象。整个画面是通过一个介入其中的人物具体观察位置来呈现的。

再来看拉斐尔的《雅典学园》，画面气势恢弘，场面壮观。从前景智者们或争辩、或沉思、或讲学（如画面右下角托勒密在讲学），到中景柏拉图等哲学家健步走来，再到背景拱门一直伸向无限渺远的天空。在这幅画中，拉斐尔高屋建瓴地逼真再现了雅典学园群英荟萃、思想澎湃的动人场景。但较之于马奈身处其中的观察，这幅画的视角更具客观性和隐蔽性，同时也更宏观和更完整。

以上两幅画的解读表明，文学艺术中任何生活场景的呈现都有赖于特定的视角，不同的视角看到不同的东西，这是其一。其二，两个画面的呈现方式和表达重心均有所不同。马奈的印象主义绘画，似乎更加偏向于画家特定场合中的自我感知和观察，画家就在画面中；而拉斐尔的绘画则更加倾向于客观的非个人化的广阔视角，因此画面更加严谨更符合理性透视的原则。绘画即如是，小说讲故事亦复如此。画家小说家都是通过特定视角的观察来把握现实，同时又通过特定的视角来展现现实。用一个更加形象的比喻，那就是画家、小说家都像是电影摄影机，他们用他记录并再现他们想要呈现的东西。所不同的只是画家以画面直观地呈现，小说家则通过语言叙述间接地呈现。

说到这里，我们已经进入了小说叙述话语的重要问题：谁来叙述故事？

简单地说，谁来讲故事的问题只是一个叙述者声音的问题。但是，如果复杂点来看，叙述者包含了几乎小说叙述的所有层面。弗里德曼说得好：

> 叙述者问题也就是如何把故事充分地转递给读者，所以，下面这些问题必须加以考虑：1. 谁在和读者说话？（第三人称或第一人称作者，第一人称人物，或表面上没有什么人）；2. 他是站在什么位置上（角度）向读者讲述故事的？（上面，边缘，中心，前面或变动不居的）；3. 叙述者使用了什么信息通道来把故事传递给读者？（作者的语词，思想、感知，情感，或人物的语词、行

动;或人物的思想、感知、情感:通过这些方面或这三种可能的中介来组合,有关内心状态、背景、情境和人物的信息形成了吗?);4.叙述者把读者放在距离故事多远的位置上?(近、远或变化着)①

归结起来,叙述者如何讲述故事必然涉及所谓的叙述视点问题,这是英美叙述学的传统问题,晚近在欧陆的叙述学研究中,则有一种以聚焦(focalization)概念来取而代之的发展倾向。当然,相关的概念还有不少,诸如视角(perspective)、叙述声音(narrative voice)、叙述模式(narrative mode)、叙述情境(narrative situation)等等。

每部小说其实都有各自的叙述者,他或她以其独特的声音和讲述方式,将故事以某种形式呈现出来。昆德拉《不能承受的生命之轻》的叙述是这样开始的:"永恒轮回是一种神秘的想法,尼采曾用它让不少哲学家陷入窘境:想想吧,有朝一日,一切都将以我们经历过的方式再现,而且这种反复将无限重复下去! 这一谵妄之说意味着什么?"仔细解读这几句开始语,谁在这里说话呢? 是作者吗? 细细琢磨,说话人让读者"想想吧",接着出现了"我们"。显然,这里出现了故事讲述者。再往下看,"不久前,我被自己体会到的一种难以置信的感觉所震惊……"好像又出现了故事中的人物。有趣的是,随着故事的深入,那个"我"逐渐消失了,我们看到一系列事件和场景自动变换。显然,在这个故事的叙述中,存在着作者、叙述者、人物和叙述的复杂关系。② 当我们在阅读中驰骋想象力,还原了主人公托马斯那生动一幕幕场景时,我们就遭遇到了叙述者,我们正是在聆听他的叙述声音而感知故事的。所以,叙述学分析叙述话语的首要问题,如卡勒所言,"谁讲话"的问题位于叙述研究的六大问题之首。③

"谁讲话"的问题,小说理论表述为"视点"。就像前我们说到两幅画,在小说叙述中有两类最常见的视点:第一人称"我"的视点和第三人称"他"(或"她"或"他们")的视点。马奈的《酒吧女招待》代表了某种"我"的第一人称"视点",而拉斐尔的《雅典学园》则代表了"他"的第三人称视点。从人称角度来分类视点,是一

① Norman Friedman, "*Point of View in Fiction*," PMLA 70 (1955): 1168-1169.

② 这部小说带有某种哲理或荒诞的意味,充满了机智风趣的评论和讥讽,"我"和"隐蔽的我"对主人公托马斯及其社会关系的评价,成为小说重要的组成部分。而故事本身,人物的行为和相互关系,又好像是场面的自然流露一样。大致来说,存在着两个故事视角:较为主观性的对人物和事件的主观评价(我),场面和事件客观的自然流露(他)。

③ 卡勒:《文学理论入门》,李平译,译林出版社,2008年,第90页。

个便捷的路径。看看以下两个著名短篇小说,便可窥见两种视点的差异所在。

1.当他戴着礼帽走在街上,或者站在地下铁道的车厢里时,就看不出他的剃得很短的淡红色头发已经夹满了银丝;从他那清癯而红润的刮得干干净净的脸庞和挺得笔直的穿着一件风雨衣的修长的身躯来看,他的样子至多只有四十岁。(蒲宁《在巴黎》)

2.列车过了德累斯顿两站,一位上了年纪的先生登上了我们这节车厢,他彬彬有礼地打了招呼,向我颔首致意,再次富有表情地忘了我一眼,像是遇见一位故人。乍一看我想不起来,可当他面带微笑刚一说出他的名字时,我马上就想起来了,他是柏林最有声望的艺术古玩商人之一。(茨威格《看不见的收藏》)

蒲宁的《在巴黎》用一个隐而不现的视角叙述了故事主人公,一位俄国十月革命后流亡巴黎的俄国贵族;茨威格的《看不见的收藏》,则是透过"我"的眼光讲述了柏林艺术商人所亲历的离奇遭遇。前一个故事中,叙述者好像无处不在但又难以察觉,因为他从不在故事中出现,更不会发表过什么有关人物或事件的主观看法或评论;而后一个故事有一个明显的"我"作为叙述者而存在,没有这个"我"和柏林最有声望的艺术商人在火车上的相遇,当然也就不会有后来"看不见的收藏"的动人故事了。

照小说家的看法,叙述者是小说中最重要的角色,其他人物的存在和表演取决于叙述者,故事的展开依赖于叙述者,主题的揭示受制于叙述者。所以,小说家的首要问题就是解决"谁来讲故事"。①因为正是叙述者的特性,这些特性在文本中呈现的程度和方式,以及叙述者所作的复杂选择,决定了叙述小说文本独特面貌。②

二 视点与叙述功能差异

小说阅读的经验告诉我们,讲故事者首先会呈现为人称上的差别。换言之,

① 略萨:《给青年小说家的信》,第 47 页。

② Mieke Bal, *Narratology: Introductin to the Theory of Narrative*, University of Toronto Press, 1997: p. 19.

叙述者的差别或类型首先是一个叙述者人称的问题。关于这一点，略萨有精道的说法："就一般情况而言，实际上可以归纳为三种选择：一个由书中人物来充当的叙述者，一个置身于故事之外、无所不知的叙述者，一个不清楚是从故事天地内部还是外部讲述故事的叙述者。前两种是具有古老传统的叙述者；第三种相反，根底极浅，是现代小说的一种产物。为了查明作者的选择，只要验证以下故事是用语法的哪一个人称叙述即可：是他，是我，还是你。叙述者说话的语法人称标明了他在叙事空间中的位置。"① 前引两个短篇小说就标明了两种不同的叙述方式。茨威格的《看不见的收藏》采用的是"我"，"一个由书中人物来充当的叙述者"；而蒲宁的《在巴黎》则运用了一个"他"，"一个置身于故事之外、无所不知的叙述者"。其实，非我即他的叙述角度是文学叙述最常见的两种路径。但值得注意的是，在现代小说的诸多实验性探索中，也有人大胆地采用第二人称"你"的独特形式来作为叙述视角。法国"新小说"派作家布托尔的小说《变》就是一例。小说一开始就如是叙说：

　　你把左脚踩在门槛的铜凹槽上，用右肩顶开滑动门，试图再推开一些。但无济于事。

　　你紧擦着门边，从这个窄窄的门缝中挤进来，接着便是你那只厚玻璃瓶一样颜色发暗的、颗粒面的皮箱，这是常出远门的人所带的那种相当小的皮箱，你抓住粘糊糊的提手把皮箱使劲拖进来，它虽然不重，但你一直提到这里来，手指不免发热，你把皮箱举起来，感到身上的肌肉筋腱鼓了出来，不止是指骨，手心、手腕、胳膊，还有肩膀，还有整个半侧后背，还有从颈部直到腰部的脊椎。

　　…………

"你"是一个打字分公司经理台尔蒙，正从巴黎坐火车去罗马会情人塞西尔。"你"此刻在火车这一个特定的空间里发生了变化，原本想把塞西尔带回巴黎一起生活，但随着火车离罗马城越来越近，这一想法在"你"心中逐渐打消了。此处以"你"的声音来叙述，截然不同于常见的第一人称和第三人称叙述。当我们进入"你"的叙述视野时，好像进入了一种特定的与读者对话的情境。其实，作者布托

---

① 略萨：《给青年小说家的信》，第 47 页。

尔就是这么认为的,他相信采用第二人称"你"的叙述,就是读者在和主人公展开某种促膝谈心。阅读第二人称叙述的小说,颇有些俄国形式主义者所说的"陌生化"效果,一俟进入这样的叙述情境,那种陌生感始终伴萦绕在阅读意识之中,使得场景、人物、故事、动作显出别样意蕴来。

相对说来,第二人称"你"的叙述较为特别,也较为少见。在小说的叙述者中,大量存在着的是第一人称和第三人称叙述者。因此,在叙述者分类上,就形成了第三人称与第一人称叙述的二元结构,两者经常相互参照显出各自特色。叙述学研究发现,不同人称叙述者的差异最更本的问题在于他们各自所能提供的信息多寡。换一种说法,也就是叙述者介入其叙述故事的深浅程度。一般说来,介入的越深入,所获得信息就越多,其讲故事的方式也就越自由不拘。以下我们分别讨论几方面的差异。

第一人称叙述者在小说中的身份地位决定了他所知和所叙。因为第一人称叙述者通常呈现为小说中的一个人物,甚至是一个中心人物。因此,他看到的东西必然受限于自己故事中所扮演的角色,这就形成了一个比较固定的视点,同时也不可避免地限制了他的所感、所想和所说,此即所谓"有限视点"(the limited point of view)。第一人称的叙述声音通常以亲眼所见或道听途说的方式来讲述,这种方式使得讲述似乎真实可信,就好像在路遇熟人听其讲说刚才遭遇之事。本雅明在说到传统的说故事角色时,就说到水手和农夫两种角色。前者是讲自己飘洋过海的远方故事,后者则是叙说近在身边的事情,这些都是最古老的第一人称叙述。[①]

第一人称叙述要求叙述者必须是身处所要叙述的情境之中,往往就是故事中的一个人物,或是一个参与者。现代小说关于第一人称的叙述已经发明了许多独特的技巧。需要注意的一点是,在第一人称叙述中暗含着某种内在张力,亦即"有限视点"的真实与其主观局限性的抵牾。一方面,其亲历所见似很真实,说来就像在读者眼前发生一样;另一方面,囿于其有限性,必带有主观性色彩,常显得是一孔之见。照理说,主观性和真实性本是两个对立的范畴,所以在第一人称的叙述中,两者的张力一直暗含在故事情节的进展之中。某人眼光所见的故事叙述既主观又真实。

---

① 本雅明:《讲故事的人》,载陈永国、马海良编《本雅明文选》,中国社会科学出版社,1999 年,第 292 页。

第一人称叙述视点虽然都受制于"我"的目力所见,但细致分析起来又可以区分出两种不同的类型。一类"我"只承担叙述者的功能,好像是一个与故事的人物和事件全然无关的旁观者或道听途说者,他置身于故事发展之外,与人物行动和事件发展进程无关。另一种类型的叙述者则不仅作为故事的叙述者来叙述故事的发展发展,同时也是故事中的一个参与者或重要任务,参与或推动了情节的发展变化,"我"在叙述中同时担任了事件的当事人和叙述者的两种角色。前面提到的《看不见的收藏》中的艺术商人就是后一类叙述者。较之于前一种叙述者,他身兼叙述者和人物二职的双重功能,在故事中常常是既在局中又超然局外。所谓在局中是指他参加了情节的发展,所谓在局外,是指他又可以超然地从一个目击者的身份来讲述故事。较之于其他人物,他显然具有某些他们所不具备的特殊能力和优势,比如他虽受特定故事情境的时空限制,但为了叙述故事的方便,他们似乎总能了解到他们想要叙述的事情,甚至可以预言某些将要发生的事情,或是猜测其他人物的心理活动。进一步,如果把叙述者设计为从内部来观察事件和行动的旁观者,叙述学上就称为"镜映人物"(mirror character),其功能就在于像一面镜子那样,生动逼真地折射出人物、动作、事件和场景。

比较来说,第三人称叙述者则自由得多,他是一个不受限制的叙述者,他需要知道什么就可以知道什么,他可以进入不同人物的内心世界,也可以在时间上从现在到过去,在空间上神游天南地北。由此来看,第三人称视角是一个不受限制甚至无所不知的叙述者。这就是所谓"全知全能的视点"(the omniscient point of view)。比如,美国小说家欧·亨利(O. Henry)的短篇小说《麦琪的礼物》一开始就通过一个第三人称叙述者,交代了一个困境:女主人公德拉剪了自己头发卖了20元钱,为她的心上人男主人公杰姆买了一条白金表链;但杰姆却卖了自己的手表为德拉买了全套的发梳。一个是买了表链却没了表,另一个则是买了发梳却没了长发,富有戏剧性的巧合就发生在圣诞前。这样看似荒诞却又极度真实的故事,像电影似的一个镜头一个镜头地呈现在我们面前。[①] 仔细想一下,这样的视点除了小说家所设计的那个具有上帝般的全能全知的叙述者外,谁有这样的权力呢?

如果我们回到现代小说叙述研究的传统,这两种叙述类型有很多不同的表述。英国批评家卢伯克在20世纪20年代就提出了两种不同的视点。他发现小说的叙述视角可以区分了"场景"和"全景"两类视点:前一种则是使所发生的事件

---

① 这篇小说一直到故事结束,叙述者才亮出旁观者的身份,最后发表了一通感慨和议论。

仿佛是自身呈现在我们面前,所以它更倾向于细微地展现场景和人物动作;后一种指叙述中瞥见了许多年的长时段,并同时从不同角度目击了所发生的事件,但这种视点的审视比较宏观和概要。① 到了 20 世纪 60 年代,芝加哥学派的布斯在其《小说修辞学》中,分析了小说叙述的传统和现代两种形态。他发现,自福楼拜以来,西方现代小说的发展是越来越追求客观性,因此由主观的叙述者角色来"讲述"(telling)的传统方式,日益让位于似乎没有(隐含的)叙述者的显现(showing)方式。②

　　小说阅读经验还告诉我们,大凡在第一人称叙述者讲述的故事中,读者通常会形成一个有关叙述者比较确定的形象。因为第一人称多半是故事局中人,它会以某种方式介绍和描绘自己,即使他不说到自己,也会通过各种方式给人留下一些的印象。就像马奈的画《酒吧女招待》,画家自己的镜中呈现的形象一样。再比如茨威格的《象棋的故事》中的那个"我"。与此迥然不同的是,在第三人称叙述中,通常很难形成叙述者为何人的印象,于是,故事中"谁在说话"的问题似乎变得无关紧要了。原因何在? 在第一人称叙述的小说中,叙述者就是故事中的一个人物,可能是次要人物,也可能是主要人物。但在第三人称叙述中,叙述者似乎从未出现,既没有长得如何的描述,也没有别人对叙述者的反应。所以有叙述学家指出,"第三人称者基本是一个逻辑上而非心理上的实体,因此读者通常不会把他的叙述话语看作是某种个人的表述"③。这就好比拉斐尔的绘画《雅典学园》,当我们凝视这幅画时,我们压根儿就不会寻思画家是透过谁的眼光来审视和表现这个宏大场景的,也不会去追问画家本人在画面什么地方。俄国形式主义者托马舍夫斯基曾表述为如下两类视点:一类是作为故事人物的叙述者的叙述视角,另一类是不加解释的客观报告的叙述。后者是一种不动情的客观展现,前者则加入了人物自身的感受和态度。另一位俄国批评家乌斯宾斯基,把小说的叙述视点概括为外在视点和内在视点两种类型,前者是审视外部世界所发生的情况,而后者则转向内心世界。④这些不同叙述的分类,无论是主观与客观的区分,抑或内

---

① Perry Lubbock, *The Craft of Fiction*, Cape & Smith, 1931.

② 布斯:《小说修辞学》,付礼军译,北京大学出版社,1987 年。

③ Marie-Laure Ryan, "Narrator," in Irena R. Makaryk, et al., *Encyclopedia of Contemporary Literary Theory*, University of Toronto Press, 1993: p.601.

④ See Oswald Ducrot & Tzvetan Todorov, *Encyclopedic Dictionary of the Sciences of Language*, The John's Hopkins University Press, 1972: ff.328.

心与外界的划分，实际上都和我们这里讨论的两种叙述者差异的特点有一定关联。

　　第一和第三人称叙述者还有一个显著的差别，按照叙述学家瑞安的概括，那就是比较说来，第三人称叙述者具有某种绝对的叙述权威性，他或她的叙说就决定了那些是小说世界中的事实。换言之，第三人称以某种好似客观公正的立场来叙述故事，使得故事听起来是绝对真实可靠的，这种真实可靠性反过来又加强了第三人称叙述者的某种叙述权威性。这一点在中国古典文学中许多有关历史的话本小说和章回小说中最为突出。比如《三国演义》开篇叙事：

　　　　话说天下大势，分久必合，合久必分。周末七国分争，并入于秦。及秦灭之后，楚、汉分争，又并入于汉。汉朝自高祖斩白蛇而起义，一统天下，后来光武中兴，传至献帝，遂分为三国。

说书人不容分说地历数过去，一一道来，毋庸置疑地建构一个关于中国历史的宏大叙事，进而引出惊心动魄的三国故事之由来。与这种客观叙述的权威性相比，第一人称叙述者个人的叙说似乎就不那么具有权威性了，至少没了第三人称那种斩钉截铁断言历史真实决断力。布斯认为，第一人称叙事如果对叙述者着墨较多的话，就会把叙述者和人物一样地戏剧化了。在布斯看来，"第一人称的选择有时局限性很大，如果'我'不能胜任接触必要的情报，那么可能导致作者的不可信"①。更重要的是，第一人称叙述者有时在小说中会和隐含的作者产生某种冲突抵牾，而他的叙述又不可避免地被其他叙述者或隐含的作者所修正，因而其叙述显得不那么可信。②

　　以上我们比照分析了第一人称和第三人称叙述者的差异和特征，但这些比较是相对的。其实每种叙述者都有非常复杂的情况。尤其是第三人称叙述，当我们进入这种叙述情境时，还会进一步发现不同的叙述形态的存在。这就提醒我们，在对每一种叙述者类型分析的时候，都需要注意到更为复杂多变的情况。

　　较之于第一人称叙述，第三人称叙述的叙述更自由、更可信。如果说第一人称有某种"笼中鸟"的局限的话，那么，第三人称叙述则相对来说限制较少。但是，

---

　　① 布斯：《小说修辞学》，第168-170页。

　　② 诸特点的比较参考了 Marie-Laure Ryan，"Narrator," in Irena R. Makaryk, et al., *Encyclopedia of Contemporary Literary Theory*，University of Toronto Press，1993：pp.600-601。

仔细分析表明，即使在第三人称叙述者中，即使是所谓的"全知全能视点"，也有一些不同的情况。有的"全知全能"叙述是完全没有限制的，叙述者像是一个无所不在的神灵，可以出现在任何时间和地点，对任何事情都了如指掌。有的第三人称叙述者则有所限制，因而所获的的信息和所叙述的故事带有某些局限。更进一步，即使在"全知全能"的叙述者中，又可以区分出两个亚类型。一种称之为"介入型叙述者"（the intrusive narrator），其特征在于他不但呈现了各种事件和场景，而且某种程度上对这些事件或场面发表特定看法，或作出某些品评。另一类则相反，属于"非介入型叙述者"（the unintrusive narrator），或"非人格化/客观叙述"等。他的功能只是叙说、报道、描述或展示所发生的事件和场景，完全不介入事件本身去发表自己的看法和评价。布斯所说的"显现"式的叙述大多属于此类。

三　聚焦与谁看／谁说

前面我们提到，在英美学界，叙述学讨论较多地纠缠于视点概念，后来在欧陆叙述学研究中，逐渐用聚焦概念取而代之。取代的理由是人们认识到在叙述中，谁看和谁说并不是同一个问题。法国叙述学家热奈特提出的"谁在看"（情态问题）和"谁在说"（声音问题）的区分已被学界广为认可了。[①] 根据热奈特的看法，聚焦本质上是一种限制，其关键在于叙述者和人物谁掌握了多少信息的问题。他用托多洛夫的公式表述为三种情况：叙述者>人物，这说明叙述者比人物知道的事情更多；叙述者=人物，这表明叙述者只说出某个人物所知道的情况；叙述者<人物，意思是叙述者比人物知道得要少。依据这样一种关系，他进一步提出了

① Gérard Genette, *Narrative Discourse Revisited*, Cornell University Press, 1988: p.64. 普林斯也具体讨论了聚焦的几种类型："聚焦就是展现所叙述的情境和事件所依凭的某种视角（perspective）；组织被叙述得情境和事件所依凭的感知上或观念上的位置（热奈特）。当这样的位置是多变的或无法确定时（亦即没有一个系统的感知上或观念上的限制来对所展现的东西加以控制），这时叙述就被说成是零聚焦或无聚焦。零聚焦就是'传统的'或'古典的'叙述的特征，它与所谓的全知全能的叙述者有关。当这样的位置可以确定时（如在某个人物身上），并赋予某种感知上的或观念上的限制时（展示什么受制于某个人物），这种叙述就被说成是内聚焦。内聚焦可以是固定的（如采用某个或只有一个视角），也可以是变化的（如依次采用不同的视角，以展现不同的情境和事件），或是多重的（如同一情境和事件多次展示，但每次都通过不同的视角）。假如被展示的东西只限于人物的外在行为（语词和行动，而非思想和感情），只限于他们的出现以及出现所依赖的背景，这就产生了外聚焦。"（Gerald Prince, *A Dictionary of Narratology*, University of Nebraska Press, 2003: p.60）

用聚焦的来加以区分的三分法：

> 我们把第一类，即一般由传统的叙述作品所代表的类型改称为无聚焦或零聚焦叙述，将第二类改称为内聚焦叙述，它又分三种形式：固定式（典型的例子是《专使》，其中一切都通过斯特雷瑟……），不定式（如《包法利夫人中》，焦点人物首先是查理，然后是爱玛，接着又是查理……），多重式，如书信体小说可以根据几个写信人的视点多次追忆同一事件。……第三类改称为外聚焦叙述，这类作品在两次大战之间变得家喻户晓，这归功于哈梅特的小说（他的主人公就在我们眼前活动，但永远不许我们知道主人公的思想感情）。①

比较来说，热奈特的聚焦概念的确比视点概念更加精确，特别是区分谁在看和谁在说问题上。但实际上，在热奈特分析中，谁在看和谁在说的问题有时又混淆在一起，往往难以区分。特别是有时叙述者是借人物的眼光或感受来表述什么的时候。不过，热奈特也注意到，他提出的聚焦三分法是相对的而非绝对的。首先，他强调聚焦方法在一部作品中并非一成不变，有时特定的聚焦方法只出现在某些段落上，比如巴尔扎克的一些小说。其次，他又指出各种聚焦方法的区别在具体作品中也并非清晰可辨，相互交织或纠缠的情况是经常的。特别是随着故事的进展，聚焦方式也在不断地发生变化。他特别分析了一种情形，那就是有的时候，对某个人物的外聚焦，有可能是对另一个人物的内聚焦。不定聚焦和无聚焦也很难加以明确区分。最后，热奈特还提醒说，真正的内聚焦在小说中比较少见，只有在内心独白的条件下内聚焦才能充分实现。这些相对性的补充说明意在表明，任何分类方法其实都是有其局限性的。有时视点的分类优点，恰恰是聚焦分类的不足，反之亦然。这就要求我们在用各种叙述理论解析具体小说文本时，既要对各种分类方法的优劣有所考量，又要恰当地使用这些理论。

　　热奈特的提醒是有益的。聚焦也好②，视点也好，其关键是有助于我们深入

---

　　① 热奈特：《叙事话语　新叙事话语》，王文融译，中国社会科学出版社，1990年，第129-130页。

　　② 巴尔（Mieke Bal）认为聚焦（focalization）这个概念源自摄影或电影，作为一个技术性的术语，它揭示了叙述中谁看的目光或视线的操作性及其种种技术。在巴尔看来，"我用聚焦这个术语来指被展示的诸因素与所展示的视线之间的关系。因此，聚焦就是视线与何者'被看到'或感知到之间的某种关系"，"这一关系是叙述文本故事部分或内容的一个元素：A说B看见C在干什么"。（Mieke Bal, *Narratology: Introduction to the Theory of Narrative*, University of Toronto Press, 1997: p.142, 146）

到叙述者叙述的内在机理去分析，注意它们的转化和变异是非常重要的。因为道理很简单，叙述学家在理论上所区分的叙述类型，并不能囊括丰富多彩的小说叙述实践。小说家们总是根据自己的叙述情境和故事讲述的需要来选择和创造叙述方式，他们未必自觉地意识到这些迥然异趣的叙述差异。更何况，一些叙述会将几种视角或聚焦融汇或加以转化。汪曾祺的小说《受戒》中有这样一段叙述，仔细分析起来颇有点费神：

> 她挎着一篮子荸荠出去了，在柔软的田埂上留下了一串脚印。明海看着她的脚印，傻了。五个小小的趾头，脚掌平平的，脚跟细细的，脚弓部分缺了一块。

这里显然包含了不同的视角，所看和所述相互重叠。整个句子是由叙述者来叙说的，但叙述者所述的动作和场景中，又包含了故事人物的视线和所见之物。亦即"明海看着她的脚印"。前两句"她挎着一篮子荸荠出去了，在柔软的田埂上留下了一串脚印。"这究竟是叙述者看到的，还是人物明海的目力所及？还是两者混杂在一起。因为后面马上跟着说明人物明海看她脚印的动作和感受。最后四句话是对脚印的描绘，这里既有明海目力所见的主观体验，又有叙述者对明海和分析。总之，叙述者的所见所述和人物的所见所述，在这里彼此缠结转化，很难简单地加以区分。或者我们可以用一个更加综合性的概念来描述，那就是融合型的视角或聚焦。不仅看和说是彼此相关和复杂多变，就是叙述者本身也可以根据故事和人物叙述的要求加以调整。在小说的叙述中，故事的展开通常是在若干叙述者的聚焦或视点间跳跃转化，小说家略萨颇有体会说到这一点：

> 叙述者可能经受种种变化，不断地通过语法人称的跳跃改变着叙事内容的视角。这种空间视角的变化或者跳跃——从我跳到他，从一个无所不知的叙述人跳到人物兼叙述者身上，或者向相反方向的跳跃——改变着视角，改变着叙事内容的距离。①

在不同的叙述者之间来回跳跃，为的是使故事呈现方式有所变化。一方面，叙述

---

① 略萨：《给青年小说家的信》，第 51 页。

者的变化使故事在不同叙述口吻中延续下去；另一方面，它也是使故事生动或技术上的需要而不得不采用的叙述策略。略萨就以麦尔维尔的小说《白鲸》为例，小说开头就是三个词"叫我以实玛利好了"。这就建构了一个人物兼叙述者的情境，他是一个人物，又以第一人称开始叙述故事。随着故事的进展，最终白鲸战胜了"裴廓德号"的全体船员，故事给人合乎逻辑的结果是包括以实玛利在内的所有船员都葬身海底了。那么，下面的故事如何继续呢？不可能让以实玛利从阴府来继续讲述故事呀？麦尔维尔巧妙地让以实玛利奇迹般地逃生了，当然，这是读者从故事后面的附言中得知的。这个附言又是通过一个在故事之外的无所不知的叙述者讲述的。于是，"我"就转变为"他"了。诸如此类的叙述者视点变化并不鲜见，前面提到茨威格的《看不见的收藏》，最初的叙述者是第一个"我"，在火车上遇见了柏林最有声望的艺术古玩商人，"我马上想起来了，他是柏林最有声望的艺术古玩商人之一"。接着转入了艺术商人的"我"向乘客的"我"来讲述故事，"我的告诉您，我这是从哪来的。作为一个艺术商人，这是我三十七年来遇见的一桩奇怪之极的插曲"。再接下去，故事又从艺术商人转变为收藏家之女的"我"的讲述，"我必须完全坦率地对您讲……战争爆发后父亲的双目完全失明了"。以及双目失明的收藏家作为"我"来对艺术古玩商人讲述，"好了，现在我们马上开始——有好多东西要看呢，从柏林来的先生们没有时间呐"。这是一个听来令人心酸的故事，是由四个"我"连续并交错地讲述完成的，它披露了一位双目失明了的收藏家在其收藏被家人因生活所迫而变卖的情况下，仍旧不知情地向艺术商人展示早已不复存在的假收藏。而艺术商人则在收藏家妻女的请求下，不得不保守这个秘密。仔细分析起来，小说中我们至少可以区分出三个不同层次的"我"，就故事而言，第一个"我"纯属旁观者，第二个"我"（艺术商人）讲述了整个故事，而第三个"我"则是收藏家和他的女儿，两人是整个故事的见证人，只是一个看到了困窘真相（收藏家之女），另一个则蒙在鼓里而未有丝毫察觉。正是通过类似连环套式的叙述者视点交错递转，构成了这个凄楚动人的故事。作为小说家，略萨的经验之谈很是精到："小说有两个或者两个以上的叙述者讲述出来是很正常的事情（虽然我们不能轻易地分辨出来），叙述者之间如同接力赛一样一个把下一个揭露出来，以便把故事讲下去。"①

其实，文学叙述是一个复杂的大千世界。叙述者只是一个故事叙说的载体或

① 略萨：《给青年小说家的信》，第53页。

中介,但叙述本身却包含了非常丰富的内容,更多地触及到文学的表征和认知问题。最后,让我们用叙述学家普林斯的一段话作为结语:

> 叙述是作为一种特殊的认识方式而发挥作用的,它不只是反映出发生了什么,而且还探索甚至发现了可能会发生什么。它不仅展现了事态的变化,而且还把变化作为所表意的整体之部分(情境、实践、人和社会等)来加以构建和解释。所以,叙述可以凸现出个人和群体的命运,自我统一性和集体性。通过展现出表面上全然不同的情境和事件被组合成一个表意结构(或相反),或更特别的,通过为一个(可能的)现实提供秩序和一致性的印迹,叙述也就为这一现实提供了丰富的例证,并影响到其所是法则和可能是之欲求之间的关系。更重要的也许是,通过标示出时间中的特定时刻,设置这些时刻的关联,发现时间序列中有意义的方案,确立已部分内含于开端中的结局和已部分内含于结局中的开端,展现出时间的意义和/或赋予时间以意义,通过这些叙述也就破解了时间并揭示了是如何破解的。总之,叙述诠释了时间性和作为时间存在的人。①

有一点是可以肯定的,叙述学家总是跟在小说家后面,他们总是慢半拍地面对叙述的发展变化,因为小说创作也永远领先于叙述学研究。所以,新的叙述手法总是在不断地向叙述学提出挑战,这个事实应验了那句老话:理论总是灰色的!

(原载《文学与文化》2010 年第 3 期)

---

① Gerald Prince, *A Dictionary of Narratology*, University of Nebraska Press, 2003: p.60.

文艺本性研究中的审美概念与审美价值 *

谭好哲

文艺活动作为人类感知、意志、情感与思想特殊精神定向的产物,与人类其他活动相比,有其自身的特点,当人们进入到文艺活动中的时候,总是伴随着一定的审美感受与评价。所以,自古至今,传统的观点一直是把文艺活动作为一种特殊的审美经验类型来看待的。有国内学者指出:"由于审美经验总是和艺术作品联系在一起,传统美学的普遍看法是将审美经验当成艺术的特征和评判艺术品价值的标准,这种看法很多年来一直占据着统治地位,即使在当代,它仍然影响着很多非常杰出的艺术哲学家。"①尽管这种传统观点在现当代美学和文艺理论研究中受到一些理论家的质疑和排斥,但并未能够从根本上否定它。在我国新时期以来的文艺理论和美学发展中,文艺具有审美本性与价值的观点也得到了较为普遍的理论认同,审美价值论成为重要的文艺价值学说。不过,在我国文艺理论和美学界,除个别论者之外,大部分学者并不是孤立地来看文艺的审美本性与价值,而是将它作为文艺的特殊性质,并在与其他性质的结合中对其加以论析,其中最有代表性的当属审美反映论、审美意识形态论的文艺本性观。然而,由于这一问题的理论言说历史异常悠久,涉及的理论观点纷繁多样,究竟应该如何理解审美概念与审美价值问题,并没有共识性的认识,所以今天依然有对此一问题加以梳理和辩正的理论必要。

作者简介:谭好哲(1955—),男,山东大学文艺美学研究中心教授。

* 本论文为教育部哲学社会科学研究重大课题攻关项目"文艺评论价值体系的理论建设与实践研究"(项目号:15JZD039)的阶段性成果。

① 诺埃尔·卡罗尔:《超越美学》中译本"译后记",李媛媛译,高建平校,商务印书馆,2006年,第716页。

一

文艺与审美的关系问题,无论在中国还是西方,都很早就提出来了,而且一直延续到当代文艺美学的研究之中,成为当代美学研究和文艺美学理论建构不能不面对的一个重要问题。

中华民族有着悠久的文学艺术的历史,而且很早就开始了对文艺问题的品评与思考。在先秦时代,不仅已经形成了"艺"的一些基本活动类型与"中和之美"的观念,而且儒家美学的奠基人孔子还将"尽美尽善"作为文艺鉴赏和批评的最高标准,《论语·八佾》里记载:"子谓《韶》尽美矣,又尽善也。谓《武》尽美矣,未尽善也。"先秦其他典籍里,还包含了许多有关文艺审美问题的言论。在此后几千年的文艺发展中,特别是古代儒家美学传统中,美善统一向来都是文艺家们共同追求的艺术价值和境界。这种传统至今仍然影响着当代国人的文艺审美趣味与取向,以及学人对于文艺价值的思考与取舍。

在西方,艺术与美的关系也很早就被建立起来。古希腊时期的基本文艺观点是模仿论,也就是比较强调文艺的求真作用、认识作用,但是美的追求也蕴含其中。古希腊人的艺术观念表现在 Techne(通常译为"艺术")这一概念中,它意味着有技艺的生产,是凭借着技艺进行的生产性精神活动,由于靠记忆,所以便需要具备某些专门的知识。艺术家就是靠着其所掌握的某些专门的知识,在技艺性的精神创造活动中来模仿外在的现实。然而,这样的技艺性模仿现实的活动与审美、与对美的追求并不是全然不同的活动。正如波兰著名美学史家塔塔科维兹所指出的:"就希腊人而言,后来被人们称之为优美艺术的艺术并未构成一个单独的种类。他们没有把艺术分为优美艺术和工艺。他们认为所有艺术都能被称之为'优美艺术'。他们想当然地认为所有艺术中的名匠都能达到审美的境界,并且都能成为一位大师。"①

古希腊人"想当然地认为"的这样一种观念,在当时的思想家那里都获得了相应的理论表述。在毕达哥拉斯学派和赫拉克利特那里,美在于和谐,和谐起于

---

① 沃拉德斯拉维·塔塔科维兹:《古代美学》,杨力等译,杨照明校,中国社会科学出版社,1990 年,第 40 页。

差异的对立、对立的统一,而艺术之美也是按照这样的原则形成的。毕达哥拉斯学派认为:"音乐是对立因素的和谐的统一,把杂多导致统一,把不协调导致协调。"①赫拉克利特也认为:"互相排斥的东西结合在一起,不同的音调造成最美的和谐;一切都是斗争所产生的。"他又说:"自然是由联合对立物造成最初的和谐,而不是由联合同类的东西。艺术也是这样造成和谐的,显然是由于模仿自然。绘画在画面上混合着白色和黑色、黄色和红色的部分,从而造成与原物相似的形相。音乐混合不同音调的高音和低音、长音和短音,从而造成一个和谐的曲调。书法混合元音和辅音,从而构成整个这种艺术。"②在他们之后,柏拉图也从真善美相统一的角度,抨击那些在创作中一味摹仿罪恶、放荡、卑鄙和淫秽的模仿艺术,要求诗人和艺术家在作品里描写和表现善的东西和美的东西的影像,以自然和人性中的优美方面来滋养青少年的心灵,使他们"天天耳濡目染于优美的作品,像从一种清幽境界呼吸一阵清风,来呼吸它们的好影响,使他们不知不觉地从小就培养起对于美的爱好,并且培养起融美于心灵的习惯"③。基于这种要求,他明确提出"真正的爱只是用有节制的音乐的精神去爱凡是美的和有秩序的",因此音乐教育的讨论,其他艺术教育的讨论也是如此,应该恰好结束在理应结束的地方,这就是"音乐应该归宿到对于美的爱"④。作为学生,亚里斯多德虽然并不同意柏拉图对艺术与真理隔着三层的价值判断以及他对模仿艺术家的激烈抨击而肯定了艺术的模仿价值,但却依然坚持了艺术与美相联系的看法,认为艺术的模仿中包含着对美的更为集中的表现。在《诗学》里谈到"美的事物"之所以为美时,他指出"美要倚靠体积与安排",也就是美的东西的大小要合适,各部分之间的结构安排要合于比例,从而具有显示于人的感知的"整一性"⑤。在《政治学》里,他又指出:"美与不美,艺术作品与现实事物,分别就在于美的东西和艺术作品里,原来零散的因素结合成为统一体。"⑥可见,在亚里斯多德那里,艺术的构成原则与美的构成原则是一致的,或者说艺术就是按照美的原则构成的。正因如此,所以亚里斯多德认为,文学和艺术的模仿不仅比现实和历史更具有普遍性,更理想化,

---

① 北京大学哲学系美学教研室编《西方美学家论美和美感》,商务印书馆,1980年,第14页。

② 北京大学哲学系美学教研室编《西方美学家论美和美感》,第15页。

③ 柏拉图:《文艺对话集》,朱光潜译,人民文学出版社,1963年,第62页。

④ 柏拉图:《文艺对话集》,第65页。

⑤ 亚里斯多德:《诗学》,罗念生译,人民文学出版社,1962年,第25、26页。

⑥ 北京大学哲学系美学教研室编《西方美学家论美和美感》,第39页。

而且也更美。他说："像宙克西斯所画的人物或许是不可能有的，但是这样画更好，因为画家所画的人物应比原来的人更美。"他还认为，在这一方面诗人应该向画家学习，因为"他们画出一个人的特殊面貌，求其相似而又比原来的人更美"①。

总体上来看，正如在我国的先秦时代，美善统一的标准是以善为基础的，而且常常把美理解为善或者说以善为美，古希腊人在古典美学时期通常也是在伦理的意义上而不是现代美学的意义上谈论它，所以古希腊人在谈论艺术时，看到的主要还不是艺术和美的联系，而是艺术和伦理之善、和真实、和功利之间的联系。但是，应该指出的是，孔子关于《武》乐《韶》乐的音乐评论表明，在我国先秦时代已经有了美、善并用时的相对概念区分，古希腊人也是如此。比如亚里斯多德在谈论艺术应该比现实更美、诗人要向画家学习时是这样说的："既然悲剧是对于比一般人好的人的模仿，诗人就应该向优秀的肖像画家学习；他们画出一个人的特殊面貌，求其相似而又比原来的人更美；诗人摹仿易怒的或不易怒的或具有诸如此类气质的人（就他们的'性格'而论），也必须求其相似而又善良。"② 在这里，美和善也是在并列对举、有所区分而不是相等同的意义上加以使用的。所以，正如塔塔科维兹所指出的，美学问题在西方古代社会的发展中也是在逐渐发生演变的，其中之一便是"从艺术必须符合道德法则和真实逐渐演变出相反的观点，即强调艺术与美的自主性。这种观点的古典时期代表在诗歌领域中有阿里斯多芬，音乐中有达曼，哲学中有柏拉图。这一新的观点最先本为亚里斯多德提出，后来又为希腊化时期的美学家所强调"。"只是经过了希腊文化向希腊化文化的转变之后，古典美学的标准才开始为一些更接近我们自己的美学的新美学标准所取代。正是在那个时候，艺术中的创造力观点得到了绝对的重视，艺术和美之间的联系开始被理解。在这个时期还有另外的一些变化，如艺术理论中的思维向想象的转移，经验向概念的转移，艺术规律向艺术家的个人能力的转移。"③ 比如关于诗和美的关系，塔塔科维兹指出："尽管在希腊化时期诗的真实和道德的善比起古典时期来较少被强调，但美的作用增加了。无论如何，对愉悦和愉悦的事物给予了更多的关注。"④ 关于绘画、雕塑等造型艺术，提利的玛克希莫斯在《演

① 亚里斯多德：《诗学》，第 101、50 页。

② 亚里斯多德：《诗学》，第 50 页。

③ 沃拉德斯拉维·塔塔科维兹：《古代美学》，第 432、218 页。

④ 沃拉德斯拉维·塔塔科维兹：《古代美学》，第 313 页。

说》中说："画家从所有人体的每一细部中搜集美，他艺术地把许多形体集中为一个形体，用这种方法，他创造出健康的、适当的、内部和谐的美的形体。你永远也不会在现实中找到一个与雕像相同的人体，因为艺术的目的是寻求最高的美。"①关于建筑，维特拉维斯在《建筑十书》里写道："在建筑时应当考虑到强度、功用、美……当作品的外观既优雅又令人愉悦，各构成部分被正确地计算而达到对称时，我们就获得了美。"②此外，琉善不仅写下了《华堂颂》《画像谈》《画像辩》《论舞蹈》等谈论各种艺术之美的篇章，而且明确地将赞美美作为艺术的目的，在《查瑞德玛斯》中，他写道："几乎在人类所有的事情中，美都是某种类似普遍模式的东西……为什么我要谈到以美为目的的事情？因为我们当然要竭尽全力创造出尽可能美的必需品。""几乎任何一个想研究艺术的人都会得出结论说，他们都注视着美，并不惜任何代价获得它。"③由这些引述可见，把追求美作为艺术的目的，是希腊化时期比较普遍的看法。

如果说在古代，艺术与美的关联还是在艺术与现实的模仿关系、美与善的纠缠中加以论述，也即只是艺术模仿功能的一个附属性的方面、是善的延伸的话，那么近代以后艺术与美的关系问题就上升到艺术论的主要方面了。如前所述，在西方的古代时期，艺术概念仅仅意味着技巧性的遵循规则的生产，直至整个中世纪，也没有其他的含义。进入文艺复兴时期以后，美或审美便逐渐成为标志艺术之为艺术的一个关键性概念了。同时，这一时期，对美的理解不再像古希腊时期那样与道德上的善不可分离，也不再像中世纪那样具有浓烈的神学性质和形而上学意味。"与这些观念完全不同，文艺复兴时代的美的概念开始具有现代意义，它首先被用来指艺术中所存在的那种和谐。"④据考证，在16世纪间，弗朗西斯科·达·赫兰达在论及视觉艺术时，最早提出"美的艺术"或"美术"概念，但他当时用的是葡萄牙文"boas artes"，未能引起注意。此后，法兰西学院的夏尔·佩罗在1690年出版的《美术陈列室》中也用了"美的艺术"（beaux arts）的概念。最重要的变化发生于1747年，这一年查里斯·巴托在其《论美的艺术及其共性原理》一著中使用了这一概念，并明确地将绘画、雕刻、音乐、诗歌与舞蹈归入"美的艺术"范围，还加上两种相关的艺术——建筑与雄辩。西方美学史家极为重视巴托对

①　转引自沃拉德斯拉维·塔塔科维兹：《古代美学》，第391-392页。
②　转引自沃拉德斯拉维·塔塔科维兹：《古代美学》，第364页。
③　转引自沃拉德斯拉维·塔塔科维兹：《古代美学》，第394页。
④　朱狄：《当代西方艺术哲学》，人民出版社，1994年，第21页。

"美的艺术"(beaux arts)概念的使用及对其指涉范围的确定,认为"这乃是一项意义重大的改变","乃是一个具有清楚之界限的名辞","'美术'一辞深入十八世纪学者们的谈论之中,并且在下一个世纪也保持著相同的情形"。① 国内也有学者指出,巴托的这部著作"在前辈学者的基础上更明确地确立了'美的艺术'概念的权威性,并把它系统化",它标志着"西方现代艺术体系的建立",也"标志着古代的艺术概念终于让位于现代的概念"。② 从此以后,不仅"美的艺术""美术"(即现代意义上的艺术)从古代广义的艺术活动和门类中独立出来,与此同时,美与艺术的内在关系问题,也就是文艺的审美本质和审美价值问题也被越来越多的研究者所重视与认同。伴随着审美理论在哲学美学研究中的流行,发展到18世纪末19世纪初的德国古典美学那里,美学由传统上偏重于对美和美感问题的形而上研究,逐渐艺术哲学化,甚至与艺术哲学等同起来。特别是在谢林与黑格尔那里,艺术成为美的专属领域,"美的艺术"成为美学的唯一研究对象,与此同时,美学成为单纯的艺术哲学,即"美的艺术"的哲学。

美学研究对象的上述变化,在20世纪以来的现当代美学中得到了进一步强化,美学界将美学的这种演化趋向称为"美学的艺术哲学化"。玛丽·玛瑟西尔在《美的复归》一文中指出:"现代美学已逐渐被等同于艺术哲学或艺术批评的理论……许多熟悉的美学问题现在都已证明它们涉及的是和艺术作品的解释和价值相关的'关联性问题'。"③ 可以说,自19世纪以来,伴随着美学研究中"审美态度"说和"审美经验"理论的孳生与发展,文艺作品越来越被作为审美经验的研究对象加以对待,文艺的审美本质、审美价值也在不同时期得到了主流学界理论上的承认。比如,阿奇·J·巴默在《美学能否成为一门普遍的科学》一文里就认为艺术正是为产生美的经验的目的而组成的。④ 此外,美学理论和美学史专家比尔兹利也认为:"艺术的概念和审美的概念是紧密相连的,作为一种社会事业的艺术是依赖于审美目的被理解的。……因此,对艺术作品的判断要依赖于审美上的成就。"⑤ 这样一些观点在西方现当代美学中是比较具有代表性的。虽然20世纪初

---

① 沃拉德斯拉维·塔塔科维兹:《西洋六大美学理念史》,刘文潭译,联经出版事业公司,1989年,第14页。

② 朱狄:《当代西方艺术哲学》,第33、32页。

③ 转引自朱狄:《当代西方艺术哲学》,第3页。

④ 参见朱狄:《当代西方艺术哲学》,第3页。

⑤ M. C. 比尔兹利:《对审美价值的辩护》,转引自朱狄《当代西方艺术哲学》,第389页。

期兴起的西方先锋派艺术试图在他们的创作中颠覆西方传统艺术观念对艺术美
及其创造性的张扬，一些现代美学理论也对艺术的审美特性和审美价值提出质
疑和挑战，有的理论家和批评家甚至用"艺术消亡"一类的提法和主张强化现代
艺术与传统艺术的对立，但是另外的一些美学家却并不为之所动，他们不仅依然
坚持传统的观点和看法，甚至认为先锋派作品并不缺乏审美价值，而是具有一种
新的类型的审美价值，先锋派艺术实际上是扩大和丰富了审美价值的范围并发
展了它的接受者的审美敏感性。① 在美学研究中，20 世纪以来在西方美学界还
发生了关于艺术可否定义的争论，反对给艺术下定义的美学家认为，艺术并不存
在共同的本质包括审美本质，艺术的审美价值也不是唯一的，所以不能据此而给
艺术下定义。与之相反，美学界的主流则坚持艺术存在着共同的本质和主导性的
价值，而且，"在坚持艺术可以下定义的美学家中，仍然有不少美学家坚持用审美
本质来对艺术作出规定。认为艺术的目的就在于去创造出具有审美价值的客体，
并反对任何一种反本质论的观点"② 。由此可见，艺术与美相联系，具有审美本质
和审美价值的观点，在现当代许多美学家那里是根深蒂固的。

二

　　将审美价值作为文艺本性研究的基本问题，或者说作为文艺本性的基本规
定，在马克思主义美学的思想系统中也有其学理根据。马克思不仅提出了"人也
按照美的规律来构造"③ 的基本认识和"劳动生产了美"④ 的论断，而且还提出了
"艺术对象创造出懂得艺术和具有审美能力的大众"⑤ 的论断。可见，在马克思那
里，艺术的创造是审美价值的生产活动，而艺术的接受或欣赏则是审美价值的再
生产活动，它创造了具有审美能力、能够欣赏美的大众，因而从总体上来说，艺术
活动是一种审美价值的生产与再生产活动，艺术活动中的主客体关系就是一种
审美关系，审美是艺术固有的性质。然而，在马克思主义文艺理论的发展中，马克

① 参见朱狄：《当代西方艺术哲学》，第 75 页。

② 朱狄：《当代西方艺术哲学》，第 83 页。

③ 马克思：《1844 年经济学哲学手稿》，《马克思恩格斯文集》第 1 卷，人民出版社，2009 年，第 163 页。

④ 马克思：《1844 年经济学哲学手稿》，《马克思恩格斯文集》第 1 卷，第 158-159 页。

⑤ 马克思：《1857—1858 年经济学手稿摘选》，《马克思恩格斯文集》第 8 卷，人民出版社，2009 年，第
16 页。

思的这样一种美学思想并没有得到直接的理论传承，在前苏联和中国当代的美学研究中，对文艺的审美本质和审美价值问题的理论确认经历了一个艰难探索的曲折过程，而且在这一过程中还不断伴随着理论认识上的歧见与纷争。

在 19 世纪末至 20 世纪上半叶的很长一段时期内，基于对资产阶级颓废的"形式主义""唯美主义"文艺思想的批判态度，文艺与审美之间的内在联系并没有获得主流马克思主义文论界的关注和认同。在庸俗社会学盛行的时期，艺术的审美价值甚至成为被排斥的东西。斯托洛维奇曾经这样写道："庸俗社会学在其极端表现中不仅轻视审美价值问题，而且企图把它彻底根除。譬如，在 H. 耶祖依托夫的论文《美的终结》中就直接断言：'而我们无产阶级的现代生活，我们标准的马克思主义美学既否认美的客观标准，又否认美的主观标准，因为它……反对整个美。'"① 这种观点在当时是非常具有代表性的。文艺学家和美学家格·尼·波斯彼洛夫在对苏联文艺学的发展进行反思时、曾将"十月革命"后苏联文艺学的理论进程分为前 20 年、30 年代中后期到 50 年代初期、50 年代中期以后三个不同阶段。在"十月革命"后的前 20 年间，苏联文艺学界的理论家们把注意力集中在意识形态宣传的任务和由此而来的同方法论上的敌对理论展开论争的任务上，强调的是"艺术内容的意识形态方面"，而且把意识形态抽象地"理解为用理论形式固定下来的社会观点的总和"。"在这种理解下，艺术作品内容的主要的和决定性的方面，便被认为是它的思想倾向性。但在这种情况下，人们把思想倾向性同它与艺术家所反映的生活特点的具体联系割裂开来看，这样，就忽略了所反映的现实本身的规律性对于作品的思想倾向性的影响"②，从而助长了"庸俗社会学"观点的发展。20 世纪 30 年代后半期开始，这种片面性被克服了，但又走向另一个极端，开始把反映在艺术家社会意识中的生活的一般规律性提到首位，评定作品社会价值的标准不再是思想倾向性，而是作为忠实反映生活的原则的现实主义了。这一阶段，理论家们特别强调艺术与科学在认识客观现实方面具有共同的任务与对象，但只限于说明艺术与科学内容的共同属性而不愿去看他们内容上各自所特有的东西，同时，他们仅仅从形式的范围，从艺术和科学借以认识现实的"方式"中去寻找科学与艺术的区别，并把这种区别定位于"形象性"方面。概括而言，苏联文艺学界在这一时期对文艺本质的认识可以称为"形象反映

---

① 斯托洛维奇：《审美价值的本质》，凌继尧译，中国社会科学出版社，1985 年，第 8 页。
② 格·尼·波斯彼洛夫：《论美和艺术》，刘宾雁译，上海译文出版社，1981 年，第 11 页。

说"或"形象认识说"，从对社会生活的反映或认识方面来理解文艺的意识形态属性，从"形象性"方面来理解文艺的特征或特殊性属性，是理论界的共识性见解。比如，苏联著名文艺学家季摩菲耶夫在其 1948 年出版的《文学理论》(中译本译为《文学原理》)中就明确指出："形象是艺术底反映生活的特殊形式……清楚地说明形象的反映生活的基本性质是完全必要的。这是文学原理的核心，它解答文学最基本的问题，即文学作品的要素是什么。我们如何回答这问题，便决定我们研究文学科学所引起的其余问题的理解。因此我们必须集中注意在这个定义上，必须找出一定的公式来包括文学的基本性质。"① 再比如女作家格·尼古拉耶娃在 1953 年发表的一篇文章中也写道："艺术和文学的特征的定义：'用形象来思维'，是大家公认的。""'形象'和'形象思维'是艺术特征的定义的中心。这个真理是这样地不容争辩，以致斗争不是在以其他任何范畴顶替'形象'这方面进行的，而主要是在错误地解释'形象'和'形象思维'的概念这方面进行的。"②

"形象认识说"虽然在文艺性质的理解上比前一阶段有所进步，但也存在一些共同的缺陷，比如相对忽视文艺的思想倾向性，否认艺术内容上的特殊性，此外还有一个重要的错误，这就是对于艺术的审美价值和意义的忽视。为此，波斯彼洛夫批评苏联文艺学界没有继承德国古典美学和俄国革命民主主义美学的传统，既研究艺术形象的特性问题，还研究艺术中美的问题，并进而研究一般的美的问题，反而很少从事美学本身问题的研究，因而不仅未能在唤起社会对于生活的审美认识方面、艺术的审美意义问题以及人民群众中的审美教育问题的兴趣等方面发挥促进作用，甚至反而使得人们不再关心这些问题了。这个缺陷在第一阶段当然也是存在的。所以，波斯彼洛夫批评说："他们忘记了，具有特殊形象性的艺术，是社会意识中唯一的领域，对于它，除了别的评价标准之外，还必须运用审美的评价标准。因此，我们的理论家在他们活动的两个时期中都很少从事美学问题本身的研究，从而破坏了悠久的传统，而他们似乎是应该继承这个传统的。"③可以说，正是在反思这样一些理论缺陷的基础上，20 世纪 50 年代中期以后，苏联文艺学对于文艺本性的认识进入到了第三个阶段："同基本上无视艺术的审美方面的那种从抽象的意识形态意义方面和抽象的认识意义方面理解艺术

---

① 季摩菲耶夫：《文学原理》，查良铮译，平明出版社，1955 年，第 18-19 页。

② 格·尼古拉耶娃：《论艺术文学的特征（作家的意见）》，载《苏联文学艺术论文集》，学习杂志社，1954 年，第 145 页。

③ 格·尼·波斯彼洛夫：《论美和艺术》，第 14 页。

性质的观点相对立，出现了另一种艺术观，它认为艺术的主要意义在其审美方面。这样,在我国一般艺术科学中便出现了一个与从前的各种流派相对立的新的流派。"①波斯彼洛夫把这一新的流派称为"审美学派"。审美学派在当时的苏联学界是一个人多势众、喜笑颜开的"革新派",主要代表人物有斯托洛维奇、鲍列夫、万斯洛夫、塔萨洛夫、巴日托诺夫、戈尔登特利赫特、布罗夫等人,他们并未从根本上否认文艺的意识形态性质,而主要针对的是"形象认识说",用"审美"取代"形象"来重新规定艺术的特质。其中,布罗夫的《艺术的审美实质》和斯托洛维奇的《现实中和艺术中的审美》,是两部具有代表性的论著。

在 1956 年出版的《艺术的审美实质》一书中,布罗夫指出,马列主义确定艺术是一种特殊的社会意识形态,因此美学科学不仅要揭示艺术与其他社会意识形态在性质和职能上具有的共性及其发生、发展的一般客观规律,而且还必须阐明其特殊的规律性,这意味着要指出艺术的特点,指出哪些是艺术区别于其他一切意识形态的特征——这些特征规定了艺术的质的特殊性,从而规定了艺术在与其他意识形态并列时的相对独立性。对此,布罗夫写道:"一般来讲,艺术的这一特征究竟具有怎样的性质呢? 当然,这就是审美的特征。艺术的一切特殊方面和规律性,就是审美的方面和规律性。因此,艺术的质的规定性,它的实质,也就是审美的规定性和实质。"②布罗夫认为形象认识说把艺术看作是同一个科学内容和哲学内容的表现,只是从形式方面来理解形象,没有从特殊的内容寻找艺术的特殊性,不能真正揭示艺术的特征。艺术的特殊性首先在于其内容的特殊性,进而言之,是在于其反映对象的特殊性。艺术的特殊对象就是作为生动的整体的社会的人,以及他的各种各样的人的特性和关系。而作为崇高的、完美的生活体现者的人,是绝对的审美对象。他指出:"绝对的审美对象和艺术的特殊对象是一个东西。这就是说,艺术和审美具有同样的客观基础,即具有同样的内容的特征。因此,不仅艺术的形式,而且艺术的全部实质,都应该肯定是审美的。艺术无论在形式方面,还是在内容方面,都是按照审美规律进行创作的最集中、最高度的表现。"③作为对布罗夫观点的呼应,斯托洛维奇在其 1959 年出版的《现实中和艺

---

① 格·尼·波斯彼洛夫:《论美和艺术》,第 17 页。

② 阿·布罗夫:《艺术的审美实质》,高叔眉、冯申译,上海译文出版社,1985 年,第 9 页。

③ 阿·布罗夫:《艺术的审美实质》,第 218-219 页。

术中的审美》一著里支持布罗夫肯定艺术的本质是审美这一观点，并且也认为艺术的形象性特征来源于艺术的特殊内容和反映对象的看法，但是他不同意仅仅将人作为艺术的特殊对象，而是将现实的审美属性作为艺术的特殊对象。他指出："艺术作为一种独特的社会意识形式，其目的是培育人对世界的思想—情感的、审美的关系。从而，艺术主要地反映使它有可能实现自己特殊的社会改造功用的那些属性。现实的审美属性就是这样的属性，因此，它们就是艺术认识的独特对象。"① 他还认为，艺术形象之所以具有审美意义，归根到底还是在于它是对特殊对象——现实审美属性——的反映的结果，艺术内容的审美—艺术性也就决定了表现这种内容的艺术形象形式的必然性。"艺术形式是表现艺术内容的唯一手段。抽象概念作为对现实的科学认识的形式，不能够表现审美—艺术内容；只有通过形象的具体可感的形式，才能够表达对现实的思想—情感关系，因为世界的审美属性本身具有具体可感性。在以具体可感的、独特的形式表现社会的、人的内容时，艺术形象就具有审美属性。"②《现实中和艺术中的审美》是审美学派的一部代表性著作，波斯彼洛夫称这部著作使审美学派的基本论点得到最彻底的系统化。

不过，在其后的美学研究中，斯托洛维奇没有简单重复《现实中和艺术中的审美》的基本观点和思想理路，而是将对于艺术审美意义的理解进一步推进到艺术审美价值的系统思考上来。在 1972 年出版的《审美价值的本质》里，他批评布罗夫的文章《论艺术概括的认识论本质》和著作《艺术的审美实质》对艺术的对象和特征问题的解决一贯地利用认识论来分析问题，"它的作者虽然把艺术的实质叫做审美实质，然而没有超越认识论一步。因为他甚至把美同真相提并论，这样，就把美看作为认识论的范畴"。与此相对应，斯托洛维奇认为，需要再向前跨越一步，"不是通过拒绝任何一种认识论，而是通过认识审美关系的价值本质，才有可能解决艺术的对象和特征的问题"③。为什么必须认识审美关系的价值本质呢？这是因为，"人的审美关系历来是价值关系，没有价值论的态度，要认识它原则上是不可能的。审美关系的客体本身具有价值性。审美价值和反映它们的范畴，首先是美，不能不归于美学的对象。各种等级的审美意识的价值倾向性是无可争议的。审美感知和审美体验在本质上是评价的。审美趣味和审美理想是审美评价的

---

① 斯托洛维奇：《现实中和艺术中的审美》，凌继尧、金亚娜译，生活·读书·新知三联书店，1985 年，第198 页。

② 斯托洛维奇：《现实中和艺术中的审美》，第 214 页。

③ 列·斯托洛维奇：《审美价值的本质》，第 16 页。

主观标准。另一方面,趣味和理想说明人个性的价值性质。艺术为审美关系主客观方面的综合,既反映现实的价值,同时——用车尔尼雪夫斯基的话来说——又得出自己对生活现象的'评判',即对它们进行审美评价。而艺术作品本身是价值的特殊形式——艺术价值"。① 这段话,可以说是概括地表达了斯托洛维奇对艺术审美价值的总体看法,《审美价值的本质》一著便是对这一总体看法的逻辑展开。该著以外,斯托洛维奇还在其他几部著作中对艺术审美价值问题做了进一步的拓展性研究。1985 年出版的《艺术活动的功能》,把审美价值的社会文化概念运用于艺术家和艺术作品的接受者和体验者的活动功能中,特别是阐明了艺术审美价值的综合性。1994 年出版的《美、善、真:审美价值学史概论》,以理论史的材料论证斯托洛维奇关于价值、特别是审美价值的社会文化概念。应该说,斯托洛维奇对艺术审美价值的研究将对艺术审美问题的研究提高到了一个新的阶段。正如苏联美学界人士所指出的,在 20 世纪 70 年代,"审美价值问题是作为一个相当新的问题出现的,自从斯托洛维奇的专著问世后,美学家们在自己的著作中广泛使用'审美价值'这个术语"②。

这里,需要注意的一个问题是,斯托洛维奇之所以认为艺术美学问题的研究应该进入到审美价值的研究这一层面,也与他对苏联此前艺术理论研究的反思有关。在《审美价值的本质》和《艺术活动的功能》中,他也把苏联艺术理论研究的历史分为 20 世纪 20 年代、30 年代至 40 年代和 50 年代以后三个时期。他指出:"在二十年代,一些艺术理论家力图只从社会学观点看待艺术创作,轻视作品的艺术价值以及对它们的审美评价。"③ 在接下来的一个阶段中,确立了对艺术创作的认识论态度,强调艺术的反映本质,这有助于克服美学中的庸俗社会学概念。但是,"美学中认识论态度的绝对化(特别是如果把反映解释为镜子式的再现,使它同创作过程相对立的话),形成形而上学的另一极端。这种庸俗的认识论同庸俗的社会学观点一样,对于研究审美价值和艺术价值是没有成效的"④。只是到了第三个阶段以后,艺术的审美实质才随着审美学派的兴起而得到广泛的认同。不过,在斯托洛维奇看来,在这一阶段,有的研究者只是以审美价值来"补充"文艺的教育价值和认识价值,至于布罗夫的研究,也仍然囿于认识论,没有进入

---

① 列·斯托洛维奇:《审美价值的本质》,第 20-21 页。

② 斯托洛维奇:《现实中和艺术中的审美》,译者"前言"第 4 页。

③ 列·斯托洛维奇:《审美价值的本质》,第 7 页。

④ 列·斯托洛维奇:《审美价值的本质》,第 9 页。

到价值论的理论视域,而只有进入到价值论的理论视域,将审美视为文艺价值的基础与核心,才可能真正解决文艺的对象和特殊性问题。

<h2 style="text-align:center">三</h2>

应该说,波斯彼洛夫与斯托洛维奇,特别是后者,对苏联文艺本性研究历程的上述理论描述与分析,大致上也适用于中国文艺理论和美学界,不过相应的几个阶段在中国都稍微有些延后。自"五四"新文化运动时期马克思主义连同马克思主义文艺理论传入中国以来,20世纪20年代至30年代是意识形态文艺观占据主导位置的时期,40年代至70年代是文艺反映论主导并与意识形态论合流的时期,80年代以后审美论方始崛起于文坛,以王元骧为代表的审美反映论,以钱中文和童庆炳为代表的审美意识形态论,以及以胡经之、周来祥、王世德、杜书瀛、曾繁仁等为代表的文艺美学研究,都对新时期以来审美论的崛起起到了重要推动作用。特别令人瞩目的一个状况是,文艺审美论在20世纪80年代中国学界的发生,最初也是为了纠正以往形象反映论、形象特征说的不足,但很快一些学者就认识到,只是在反映论、认识论的思维模式下谈审美问题,许多问题依然谈不清楚,依然存在理论上的困境,而面对此困境,一个重要的突破方向便是审美价值论的发生和理论探索。新时期以来,黄海澄、程麻、党圣元、李春青等的相关论著都在这方面做出了开辟性探索,特别是朱立元,他明确提出文学价值是一个"以审美价值为中心的多元价值系统",是一个"负载着以艺术(审美)为中心的多元价值的复合系统"①。

20世纪90年代以来,不少论者已经不再是泛泛地用"审美"概念来标识文艺的特殊本质,而是明确地从"审美价值"角度来谈论问题了。比如,杨曾宪在其《审美价值系统》一著中就认为"从文化形态角度讲,艺术则是具有审美价值的符号文化"②,他还提出艺术中具有艺术本体美和艺术表现美双重审美价值,只有二者兼备才能使艺术获得全面审美价值。"换言之,就是在真正的艺术中,作为构成艺术作品本体的多种形态、多层形式、繁复内容所具有的审美价值因素,本身都是文化创造物,都应当同时具有文化审美价值;只有艺术文化创造和表现本身

---

① 朱立元:《论文学的多元价值系统》,《益阳师专学报》1989年第2期。
② 杨曾宪:《审美价值系统》,人民文学出版社,1998年,第210页。

是具有创造性的,具有审美价值的,才能使艺术文化所创造的艺术品本体具有全面审美价值。"① 此外,杜书瀛在其《价值美学》中把文艺创作列为"主导性的审美价值生产活动",以与"从属性的生产性审美活动"相对,并对艺术审美价值生产的类型、媒介、审美消费等做了较为全面的研讨和阐述② ;李咏吟在其《价值论美学》和《审美价值体验综论》里,将文艺实践作为审美价值创造与体验的重要形式③ ;张世英的《美在自由》将超越有限性的程度作为决定艺术审美价值高低的尺度④ 。尤其值得一提的是,作为审美反映论的代表,王元骧在近二十多年来的文艺研究中,在哲学基础上逐渐从认识论走向实践论,在对文艺性质的认识上逐渐从审美反映论走向审美超越论。他认为文学艺术定义不只是"实体性的",同时也应是"功能性的",这样,对文学艺术的思考就应该把认识与实践联系为一体。他说:"文学不同于科学,它反映的不是'实是'而是'应是',不是事实意识而是价值意识。价值意识是一种实践的意识,所以在文学理论中,我是从价值论的观点认为文学就其性质来说是实践的,它不仅给人以知识,而更是作用于人的行为。我觉得我国的马克思主义文学理论长期以来受认识论观点的限制而未能顾及文学的实践本性。"⑤ 为此,他提出,认识论文艺观在很大程度上制约了我们对文艺性质的全面认识和对文艺功能的准确理解,"要使我们的文艺理论有所推进,很有必要突破认识论文艺观的这一思想局限,吸取自浪漫主义以来的人生论文艺观——实际上也就是一种价值论、实践论的文艺观的合理因素来加以丰富和充实,否则就难以完全说明文艺问题"⑥ 。以上这些学者的论著,从不同方面和层次推进了文艺审美价值论的研究,在一定程度上代表了中国当代学人对文艺价值问题新的思考与探索,从而为当代文艺美学元问题的系统建构提供了很有价值的理论参照。

由于受中文语言习惯和释义方式的影响,中国理论界对于美学的理解,以及对于审美活动的理解,往往脱不开"美"字的缠绕,简单地将美学视为与美有关的

---

① 杨曾宪:《审美价值系统》,第213页。

② 参见杜书瀛:《价值美学》,中国社会科学出版社,2008年。

③ 参见李咏吟:《价值论美学》,浙江大学出版社,2008年;李咏吟:《审美价值体验综论》,中国社会科学出版社,2009年。

④ 参见张世英:《美在自由》,人民出版社,2012年。

⑤ 王元骧:《论美与人的生存》,浙江大学出版社,2010年,第340页。

⑥ 王元骧:《审美超越与艺术精神》,浙江大学出版社,2006年,第323页。

学问,将审美视为主体对于美的对象的观照和审视。新时期以来的美学研究其实早已纠正了这种认识上的偏颇。今天,在讨论文艺是审美这一概念时,应该特别强调恢复审美一词所原本具有的感性学含义,不能将审美仅仅局限于跟真和善相区别的美上,过多地在美字上做文章——这容易造成释义上的问题,容易遮蔽文艺所具有的其他属性和价值,从而不能真正将审美、审美价值的概念及其与艺术的关系问题讲清楚。

就艺术审美关系的理论逻辑而言,艺术"审美"问题的确是与艺术"美"的问题相关联的,要想真正理清艺术"审美"的含义,必须先对什么是艺术"美"有所厘定。这就是说,在对于文艺的理论认识上,首先应该对"艺术美"与"艺术审美"这两个概念加以辩证理解。一般而言,在文艺活动中谈论"美",就是在谈论文艺作品的美。它可以在三种意义上来理解:一是就文艺的基本性质而言,说它是美的,黑格尔在《美学》中所使用的"艺术美"概念亦即"美的艺术",就是在这个意义上使用的;二是就单个的文艺作品而言,说它是一个美的作品;三是指文艺作品之中的美,指文艺作品反映内容的美或表现形式的美。这三种理解都突出了文艺活动的基本价值是追求美。韦勒克、沃伦在他们的《文学理论》教材里探讨文学的本质时指出:"看来最好只把那些美感作用占主导地位的作品视为文学,同时也承认那些不以审美为目标的作品,如科学论文、哲学论文、政治性小册子、布道文等也可以具有诸如风格和章法等美学因素。"① 在这里,韦勒克和沃伦是把文艺作品视为服务于审美目的的创造物,具有审美因素和美感作用。中国台湾学者王梦鸥在写作《文艺美学》时,十分看重韦勒克、沃伦的这个观点,并据此定义"文学是表现美的文字工作",将文字、表现、美当作文学的三大要素,并指出三大要素的关系在于"所谓'文字'工作,是为'表现'而设;而'表现'则又为'美'的目的所有"。② 如果这样来看文艺与美的关系的话,关于艺术美的上述三种理解在理论上都是可以讲得通的,通常情况下把它们称为审美的对象也不会有多少异议。

但是,在上述第三种情况下,会发生一定的理论认识上的分歧或冲突。这是因为,作为反映对象而存在于文艺作品中的社会内容不都是美的,其中有美丽也有丑陋,有崇高也有卑下,有悲剧也有滑稽,有真善也有假恶;同时,就表现形式而言,有些作品并没有达到美的程度,而在某些现代先锋派艺术那里,还常常用

① 雷·韦勒克,奥·沃伦:《文学理论》,刘象愚等译,生活·读书·新知三联书店,1984 年,第 13 页。
② 王梦鸥:《文艺美学》,远行出版社,1976 年,第 29 页。

怪诞不经的题材和表现形式来颠覆艺术是美的传统观念。这就是西方当代文艺理论中有的理论家之所以反对将艺术与美直接相连，反对以审美价值作为艺术的基本价值的原因所在。比如英国艺术理论家里德就认为，以为艺术就是美的、不美的就不是艺术的区分会妨碍对艺术的鉴赏。"在艺术非美的特定情况下，这种把美与艺术混同一谈的假说往往在无意之中会起一种妨碍正常审美活动的作用。事实上，艺术并不一定等于美。"无论从历史角度还是社会学角度来看，"我们都将会发现艺术无论在过去还是现在，常常是一件不美的东西"。① 那么，在里德所指出的这样一种情况下，我们还可以在一般意义上谈论艺术美吗？不美的艺术还能够具有审美价值、作为"审美"的对象而存在吗？ 对此，斯托洛维奇做出了比较好的理论回答和分析。他说："艺术是否属于审美价值，对这个问题的回答在许多方面取决于对'审美'范畴的理解。如果把审美仅仅归结为美，那么，不言而喻，艺术不能被纳入这种'审美'，因为它不仅包括美。但要知道，不能把审美关系只归结为一种美！审美关系包括审美属性的所有光谱，包括审美价值和审美反价值之间的相互关系的全部多样性。因此，丑、卑下、悲和喜在艺术中的反映，不能成为把审美和艺术对立起来的理由。"② 在这段话中，斯托洛维奇明确地指出了两点：其一，"审美"范畴不意味着仅仅只是对"美"的观审，也包括了对艺术中那些具有"审美反价值"因素的观审；其二，具有"审美反价值"的因素是可以在与审美价值因素的对立中纳入到艺术审美关系之中，从而具有艺术审美价值的。此外，斯托洛维奇还指出，在被人们纳入"艺术"领域中的作品中间，可以见到没有审美价值的作品——没有才能的或者潦草塞责的作品以及多少有些巧妙的艺术仿制品、艺术代用品等。但是，这些作品其实也没有艺术价值，是一些无价值涵义的"缺乏艺术性的艺术作品"，"而作为艺术价值的作品，在其本质上不可能不是审美现象，因为艺术价值是审美价值的变体"③。在苏联美学界，齐斯也对艺术中反映对象自身的丑恶与艺术美的关系问题有过与斯托洛维奇大致相近的论述，他说："艺术是美的一个特殊领域。在生活中，我们既可以找到美的现象又可以找到丑的现象，在艺术中一切都是美的，艺术和丑是不相容的。这当然并不意味着艺术仅仅再现客观世界美的现象，在艺术中我们可以发现美的和丑的现象、悲剧性的和喜剧性的、崇高的和卑劣的——总而言之，可以发现无限多样的整个生活的

---

① H. 里德：《艺术的真谛》，王柯平译，辽宁人民出版社，1987年，第4页。

② 斯托洛维奇：《艺术活动的功能》，凌继尧译，学林出版社，2008年，第23-24页。

③ 斯托洛维奇：《艺术活动的功能》，第24页。

反映。艺术中的形象总是美的,而它的原型却可能令人厌恶。"①

　　既然"艺术美"有其不同层面上的含义,因此对"艺术审美"也不能单纯从汉语的造词习惯去理解,仅仅将它理解为对美的观审。结合汉语的造词习惯和"审美"一词在西语中本有的感性学的含义,大致上也可以在三个层次上理解艺术"审美":一是按照汉语用词习惯,在狭义上将"艺术审美"看作对艺术"美"的观审;二是以审美享受为目的,以审美的态度观赏艺术,并对其审美价值做出评判;三是在感性学的含义上,将艺术活动作为感性化的活动,将艺术作品作为感性的对象来理解。感性学意义上的审美概念,首先包含着前两个层次上的审美涵义在内,因此包含着狭义上所讲的美的因素和内容。这一点,从汉语"美感"语词的英语对应词中便可有所体认。美感在英语中有两种常见的语词表达:一是"the sense of beauty",一是"the aesthetic feeling"。前一种表达明显地与美(beauty)直接相关;后一种表达直译就是审美快感的意思,这里的审美就是指那种感性状态的情感,也就是一种起伏波动、难以用概念抽象直言的情感状态。这后一种意义上的美感,可能与狭义的美、与作为审美对象的美相关,也可能不直接相关,但却一定与审美价值的追求相关。所以说,艺术审美的概念一定是包含着上述审美概念的头两层涵义在内的,这一点必须肯定。但是,还要看到,由于有第三层涵义,所以又不能仅从狭义的审美价值来看艺术审美。

　　基于上述的辨析,可以这样辩证地来看艺术审美关系中美与审美的关系:一方面,审美本来具有感性的含义,但西方的一些学者,尤其是中国的许多学者后来从美的观照的角度来理解它,也不能说就完全没有一点道理,因为艺术活动和艺术作品的确是与美有关系的;另一方面,反过来说,现在我们提出要把审美恢复到其原初意义即感性的意义上,也并不是要在艺术的理解中完全抛弃美的属性,而是要求在确认艺术的感性特征的基础上对艺术审美做更具价值包容性的理解,不仅仅局限于狭义的审美性质和审美价值方面。所以,对于审美概念,是可以从不同层面做出不同的理解的,在艺术审美价值的研究中,不应该以其某一个层面的含义来否定其他方面的含义。文艺审美价值包含着广义和狭义两个层面的界定。在狭义上,文艺审美价值仅仅是标示文艺的审美特殊性的概念,是与文艺的自律性相关,与文艺的其他社会价值如认识价值、伦理价值、经济价值、交往价值等不同的概念;而在广义上,文艺审美价值是一个以文艺的审美性为基础,

---

① A. 齐斯:《马克思主义美学基础》,彭吉象译,中国文联出版公司,1985年,第221页。

融多种社会价值为一体的概念。在广义上,审美价值融含着其他种种非审美的社会价值;而在狭义上,审美价值也不等同于对美的价值的认识与反映。因此,在艺术价值问题的研讨和争鸣中,一定要弄清自己和他人是在什么语境关联、什么意义和层面上使用艺术美、艺术审美、审美价值这类概念的,不应用自己所固执着的某种理解来对之强加界定,或对他人的观点妄加褒贬。总之,要充分意识到审美概念语词涵义上的多样性以及由此带来的使用过程中的游移性。

(原载《文学与文化》2019 年第 4 期)

从我国古代白话短篇小说的系列故事叙事 看其介于口头艺术和作家文学之间的特性

——以凌濛初的《神偷寄兴一枝梅 侠盗惯行三昧戏》为例

刘俐俐

本篇论文旨在从我国古代白话小说中的系列故事这种文体现象和叙述方式入手，探求作为文人的白话小说如何既借鉴了"说话"这种民间口头艺术叙事体制，又巧妙地在叙事结构上加以设计，以体现文人创作的美学追求。这个探讨有助于辨析我国文人创作的白话小说与原始民间口头说话艺术的区别性特质，描述出文人创作是如何一步步从口头艺术走向实现个人审美理想及人文关怀，如何实现艺术创新的轨迹。基于此学术目标，基本逻辑起点自然以白话小说题材为线索，笔者选取凌濛初编撰的《二刻拍案惊奇》中的《神偷寄兴一枝梅 侠盗惯行三昧戏》。

一 从本事源流看口头艺术因素及其娱乐性

（一）本事源流

所谓源流，分开来说，源是指所借鉴及影响；流是指影响之所至。关于源，笔者综合了谭正璧的《三言两拍资料》及其他资料，总结来源如下。第一，民间传说。凌濛初的《二刻拍案惊奇》成书于1632年。其中《神偷寄兴一枝梅 侠盗惯行三昧戏》之"正话"中神偷懒龙，又称"一枝梅"，具有民间传说基础。民间传说中的神

作者简介：刘俐俐（1953—　　），女，南开大学文学院教授。

偷，活跃于明朝嘉靖年间（1522—1566），因每次行窃成功就画一枝梅花在墙上而得名"一枝梅"。"一枝梅"的民间传说，也被大约成书于1640年的《欢喜冤家》中的第二十四回《一支梅空设鸳鸯计》所用。①该书作者为西湖渔隐。从时间上看，可推导出两篇小说均可能来源于"神偷"这一民间传说。第二，史书、类书及杂书。谭正璧指出，"入话"的"自古说孟尝君养食客三千，鸡鸣狗盗的多收拾在门下……"出自《史记·卷七十五·孟尝君列传第十五》；"入话"的"我来也"出自《说郛》卷第二十三谐史中的"我来也"，并"按《西湖游览志余卷》二十五亦有此条，仅略去首尾，余文大致相同"。"正话"中的懒龙用猪脬在酒壶内涨将起来偷酒壶的故事，出自《蓬窗类纪卷》五《黠盗纪》，并"按《古今谈概》卷二十一与《智囊补》卷二十七均有此条，字句大致相同"。②可概括为，民间传说、史书、类书及杂书中的片段、故事和人物成为凌濛初该作内容的主要来源。关于流，因每次行窃成功就画一枝梅花在墙上而得名的"一枝梅"故事，其"一枝梅"形象由于很有趣，所以后世流传并被借用到其他艺术及文化传播方式中。就目前笔者所看到的材料，大致为，由于《欢喜冤家》在朝鲜时代后期传入朝鲜半岛，深得朝韩民众喜爱；20世纪韩国漫画家高宇英的以《一枝梅》为题的漫画，使一枝梅成为韩国家喻户晓的人物，是朝鲜时代民间传说中劫富济贫，与洪吉童、林巨正齐名的朝鲜三大侠盗之一；受其影响的影视作品有：1994年的香港电影《怪侠一枝梅》，2004年的TVB电视剧《怪侠一枝梅》，2008年韩国SBS水木剧《일지매》，2010年大陆电视剧《怪侠一枝梅》。

（二）"一枝梅"故事：贯穿于"说话"和"话本小说"的娱乐性以及"一枝梅"形象广泛被借用缘由

"说话"即讲故事，"说话"诉诸"说"与"听"，是一种以娱乐为目的的表演伎艺。它形成于隋唐，盛行于宋元。听故事是人类的天性，世界各国都有自己的民间故事，如北欧芬兰等国家，其漫长的冬季与发达的民间故事有密切之关系，即可为确切证明。人类喜好听故事的天性致使故事成为娱乐性的主要来源。民间"说话"艺术，故事为第一原则。③宋元的"话本小说"脱胎于说话艺术。冯梦龙的"三

---

① 又名《贪欢报》，根据李忠明：《17世纪中国通俗小说编年史》，安徽大学出版社，2003年，第85、89页。

② 谭正璧编《三言二拍资料》（下），上海古籍出版社，1980年，第884—885页。

③ 笔者曾经分析过若干话本小说，认为大多数话本小说"故事魅力原则优于人物魅力原则"，详见刘俐俐：《传统文化的智慧与我国白话小说的叙事艺术——以李渔〈合影楼〉为例》，《南开学报》（哲学社会科学版）2010年第5期。

言"开始,对说书艺术加工整理,使之具有了文人创作的因素。到了凌濛初的"二拍",则文人创作性质成为主导性质。正如孙楷第在《三言二拍源流考》中说的:"吾国小说至明代而臻于极盛之域","若短篇小说,则自宋迄明似始终不为世人注意,其与文人发生密切关系,自冯、凌二氏始"。"按初、二刻《拍案惊奇》均为濛初自著之书,与冯梦龙氏选辑众本者不同。何以见得?《初刻》自序盛称龙子犹氏所辑《喻世》等诸言。以为颇存雅道,一破今时陋习,如宋、元旧种,亦被搜刮殆尽,此外偶有所遗亦比沟中断芜,略不足陈。及叙自书,则云'取古今来杂碎事可新听睹佐谈谐音者,演而畅之'。《二刻》自序,亦谓'偶戏取古今所闻一二奇局可纪者,演而成说'。"①虽说已属文人创作,但故事为首要原则和诉诸听说的说话特性却延传了下来。先说诉诸听说的传统,正如鲁德才先生所说:"尽管明清白话小说早已转为书面阅读的小说,但作者和整理者仍承袭宋元话本的叙事体制,并且仍然以读者为听众,假想自己为说书人在向假想听众——读者讲说故事,因而并未改变白话小说的说书体的性格。"②再说以故事获得娱乐性方面的特性,凌濛初等文人作家也沿袭了说话的传统。《神偷寄兴一枝梅 侠盗惯行三昧戏》故事组成及本事来源可见对故事的追求。由"一枝梅"的故事性而诞生了一枝梅人物形象,故事与人物相得益彰,当故事被其他媒介所借用时,"一枝梅"的视觉性和趣味性凸显出来。在故事中被叙述出来的"一枝梅",到视觉艺术中,很容易转换为可视的有趣形象,这正是源于"说话"和"话本小说"在当代向其他艺术及媒介的转换机制,也可理解为源于口头艺术的流变机制。无论在"说话""话本小说"还是在其他艺术及媒介中,娱乐性均为精髓。

二　哪些故事? 如何讲述?

(一)作为文人作家,凌濛初面对哪些难题?

《神偷寄兴一枝梅 侠盗惯行三昧戏》讲述故事,首先是为了娱乐,这是从话本脱胎而来的先天特性。但是,冯梦龙等此时已有相当自觉的在"适俗"前提下的"导愚"意识。属名可一居士的《醒世恒言序》中说:"明者,取其可以导愚也。通者,取其可以适俗也。恒则习之而不厌,传之而可久。"③ "喻世""警世""醒世"的标

---

① 孙楷第:《孙楷第集》,中国社会科学出版社,2008 年,第 52 页。

② 鲁德才:《古代白话小说形态发展史论》,南开大学出版社,2002 年,第 2 页。

③ 郭绍虞主编《中国历代文论选》第三册,上海古籍出版社,1980 年,第 223 页。

识更可见其目标。即如鲁迅所概括的"一为娱心,一为劝善,而尤以劝善为大宗"①的目标。到了凌濛初创作《二拍》时,他不仅继承了"说话"艺术的血脉,而且在"新奇"观念方面还有拓展。他在《拍案惊奇自序》中说:"宋、元有小说家一种,多采闾巷新事为宫闱承应谈资,语多俚近,意存劝讽。虽非博雅之派,要亦小道可观。"他说自己的创作"因取古今来杂碎事可新听睹、佐谈谐者"。凌濛初关于新奇,特别提出日常生活中就有"奇"——"语有之:'少所见,多所怪。'今之人但知耳目之外牛鬼蛇神之为奇,而不知耳目之内日用起居,其为谲诡幻怪,非常可理测者固多也"。②我们尝试分析一下:一方面,为了追求新事以求娱乐,拓展了小说创作题材的领域;另一方面,与以往单凭素材炫奇不同,而是为在小说情节上别出心裁地予以设计等方面拓展了思路。从逻辑上说,越是追求新奇以获得娱乐性,就越给"劝善"出了难题,即娱乐和劝善相互牵制和吊诡。这是一般性概括,具体到不同题材,会显现为具体问题。《神偷寄兴一枝梅 侠盗惯行三昧戏》讲述的"神偷"故事,既是"耳目之内日用起居"之奇,又是"闾巷新事",确实具有娱乐性,可是在道德方面却出现了难题,即娱乐和道德判断的矛盾。因为,在任何社会形态中,"偷"都是负面的社会现象,"不可偷盗"是基本稳定的伦理观念。道德哲学家认为,道德是一种"公共资源",向往道德是人之为人的品性。"从个人来说,一般而言,一个遵循了基本道德的人比做了亏心事的人感觉要好,心地会比较平安。我们不要小看这'心地平安',它是许多幸福快乐的基础。"③

与之相关,凌濛初面对的另一个难题是,文学毕竟是真善美的凝聚体。审美对象既可以为丑,也可以为美。但无论哪种,最终都须获得美感。由此,美学理论中有审丑以及变丑为美的理论。基本理路为,人的情感既有肯定的需求也有否定的需求。丑是否定性情感期待的符号对象及其对象化特征;美是肯定性情感期待的符号对象及其对象化特征。艺术快感有两个方面,一个是对美的肯定,一个是对丑的否定,快感既包括美感,也包括由否定丑恶而产生来的快感。此种快感不是由于对象变美了,而是由于对象使人的否定性情感期待得到了满足。艺术面对的现实复杂多样,要获得快感,就要超越现实局限,即超越现实之丑,超越的途径就是让人的否定性情感期待得到满足。此即变丑为美。或曰,审丑而生成美感。可是《神偷》故事之主角懒龙,不是丑的对象,而是正面审美对象,起码是中性审美

---

① 鲁迅:《鲁迅全集》第九卷,人民文学出版社,1982年,第110页。

② 丁锡根编著《中国历代小说序跋集》,人民文学出版社,1996年,第785页。

③ 何怀宏:《建设公民道德的可行之路》,《光明日报》2007年9月13日。

对象。审美经验的获得自然不是通过变丑为美的路径。那么,是怎样的路径? 这是凌濛初作为文人作家要面对的问题。

(二)讲哪些故事? 如何讲述?

凌濛初用"入话"和"正话"一共讲了 14 个故事。14 个故事之间不存在因果关系,可暂且叫系列故事讲法。"入话"讲述了"宋朝临安有个剧盗,叫做'我来也'……"的故事,"我来也"对应的是懒龙画在墙上的"一枝梅"等。以此"入话"照应点明"正话"的主题。"正话"部分讲述的是以苏州名叫懒龙的神偷为线索的诸故事,共计有 13 个故事。按照顺序和内容大致分为五个部分。第一部分由 1、2 两个故事组成。分别讲述懒龙本来要去偷"一个大商下千金在织人周甲家",结果误入了"夫妻对食,盘餐萧瑟"的贫贱夫妻家。懒龙夜取商人二百两银子,送与贫贱夫妻。还讲了懒龙入一大户,取来银两,送与衣衫褴褛的贫儿……两个故事讲偷的故事,但偷富济贫。第二部分由第 3、4、5 三个故事组成。可概括为懒龙"逢急智生,脱身溜撒",即懒龙在"偷"的过程中摆脱窘迫的种种趣事。第三部分由第 6、7、8、9、10 五个故事组成。可概括为做游戏,即懒龙如何通过"偷"做游戏。用懒龙自己的话说:"小人不曾有一毫赃私犯在公庭,亦不曾见有窃贼伙扳及小人。小人只为有些小智巧,与亲戚朋友作耍之事,间或有之。"第四部分由第 11、12 两个故事组成。可概括为懒龙"偷"贪官污吏,并对所"偷"对象予以戏弄。第五部分即第 13 个故事。可概括为懒龙在洗清自己过程中的智慧。上述五部分之主题依次为:偷富济贫;逢急智生,脱身溜撒;以"偷"而做游戏;"偷"官吏富人与"偷"的游戏相兼;洗清自己过程中的智慧。可见,这些故事非常好听,适合文化水平不高的市民趣味和娱乐效应。

那么,这个系列故事讲法如何解决了凌濛初面对的难题? 表面看,系列故事叙事很像西方的"缀段性"(episodic)情节。西方人将一个作品中若干故事相互之间没有密切因果关系的情形,称之为"缀段性"(episodic)情节。浦安迪的《中国叙事学》中引述亚里士多德《诗学》的看法。浦安迪写道:"亚里士多德在《诗学》(*Poetics*)里曾说:'缀段性的情节是所有情节中最坏的一种。我所谓的缀段性情节,是指前后毫无因果关系而串接成的情节。'可见,在西方正统的文学理论家的眼里,缀段性的情节,是为贤者所不取的。"[①] 我国罗念生翻译的亚里士多德《诗

① 浦安迪:《中国叙事学》,陈珏整理,北京大学出版社,1996 年,第 57 页。

学》,将 episodic 翻译为"穿插式",但在指出"所谓'穿插式的情节',指各穿插的承接见不出可然的或必然的联系"①这一点上,与浦安迪所译意思一致。亚里士多德是从"头、身、尾"有机整体的角度认为,所谓"头",指事之不必然上承他事,但自然引起他事发生者;所谓"尾",恰与此相反,指事之按照必然律或常规自然的上承某事者,但无他事继其后;所谓"身",指事之承前启后者。即各部分有内在因果关系。这是西方人从有机整体观念出发对于"缀段性"情节的看法。所以予以陈述,是为了避免简单地依此观念来看凌濛初的《神偷寄兴一枝梅 侠盗惯行三昧戏》,反而遮蔽了我国古代文人创作的独特追求,遮蔽了认识话本小说艺术特性的复杂因素。从《神偷寄兴一枝梅 侠盗惯行三昧戏》的效果来看,懒龙不是作为审丑对象进入读者视野的,这个效果本身说明此文体是适合的,不能用西方人所否定的"缀段性"情节来看。如上分析,发现凌濛初讲述的"正话"中的 13 个故事可分为五个部分,虽然不是承上启下的因果关系,但其中有内在逻辑关系。已然获得了懒龙不是作为审丑对象进入读者视野这样的总体效果。即可以假设,作家如此讲法是有意为之,而不是艺术失误。进而可以设想,凌濛初用系列故事讲法,很巧妙地解决了处理娱乐与醒人劝善之间的关系,实现了自己的审美理想,追求真善美的统一。这可看作是文人创作特性之体现。

那么,13 个故事系列故事讲法,其深层次地解决将"偷"题材转换为善与美的逻辑轨迹如何呢?

三 将"偷"题材转换为善与美的逻辑轨迹

(一) "偷"是人类社会伦理底线之下的行为

《辞海》中"偷"字条目说:"窃取,引申指背着人做事。如:偷看;偷渡,也指偷窃的人;贼。如:小偷……"②"贼"字条目说:"……盗窃者的统称,亦专指小窃……"③无论"偷"还是"贼",都是社会结构中的消极面。人类已经获得共识:需要寻找一个"善"作为伦理底线。这很重要。1993 年在美国纽约召开的世界宗教议会解决了这个问题。会议认为,"在各种宗教之间已经有一种共同之处,它可以成

<hr>

① 亚里士多德:《诗学》,罗念生译,人民文学出版社,2002 年,第 26 页。

②《辞海》,上海辞书出版社,1979 年,第 255 页。

③《辞海》,第 1435 页。

为一种全球伦理的基础——这是关于一些有约束力的价值观、不可或缺的标准以及根本的道德态度的一种最低限度的基本共识"。① 全球伦理的内容为：理念是"没有道德便没有人权"。两项基本的要求是："每一个人都应受到符合人性的对待"，"己所不欲，勿施于人"。四条不可取消的指令：（1）一种非暴力和敬重生命的文化："不可杀人"——"尊重生命"；（2）一种团结的文化和公正的经济秩序："不可偷窃"——"处事正直，办事公平"；（3）一种宽容的文化和诚实的生活："不可撒谎"——"言行都应诚实"；（4）一种男女之间权利平等与伙伴关系的文化："不可奸淫"——"彼此尊重，彼此相爱"。② 由此可见，"不可偷窃"是最低的伦理底线。那么，《神偷寄兴一枝梅　侠盗惯行三昧戏》其题材为"偷"，如前所述，我们已然确认，神偷懒龙不是丑的形象，那么，作品是怎样解决伦理底线之下的"偷"与文学特性相吻合问题的？"偷"是如何转换为善而成为审美对象的？或者问："偷"与善和美如何兼容？

（二）"偷"与善和美如何兼容？

回答是将"偷"移至伦理底线之上。移至伦理底线之上的机制如何？从前面分析的五个部分可见具体策略如下。第一，通过突出"神偷"的侠义将"偷"移至伦理底线之上。我国早在先秦就有辩证地看待"盗"的思想资源。先秦庄子"窃钩者诛，窃国者侯"的感慨为"窃"做了超越式辨析，给予在开阔的阶级社会视野中理解"窃"以空间。《庄子·外篇·胠箧第十》跖之徒问于跖曰："盗亦有道乎？"跖曰："何适而无有道耶？夫妄意室中之藏，圣也。入先，勇也；出后，义也；知可否，智也；分均，仁也。"可见，"盗亦有道"是用"道"给"盗"以合理性和合法性，由此形成了"侠盗"的思想资源。"侠盗"为"侠"的身份形态之一种。司马迁在《史记·游侠列传》中概括游侠的精神特征为："今游侠，其行不轨于正义，然其言必信，其行必果，已诺必诚，不爱其躯，赴士之困厄，既已存亡死生矣，而不矜其能，羞伐其德，盖亦有足多者矣。"司马迁界定了侠的狭义内容，而且提升为理论形态的价值观念，这是非常有眼光的。有学者指出："侠的分流发轫于两汉，深化于魏晋六朝，至唐已趋向成熟，提供了侠客的诸种形态，游侠、义侠、盗侠、隐侠、豪侠，近似于剑仙类的侠客等等，盖为后世武侠小说家塑造形象时所本。"③ 本篇就用了"侠盗"思想资源。

①《世界宗教议会走向全球伦理宣言》，孔汉思、库舍尔编、何光沪译：《全球伦理——世界宗教议会宣言》，四川人民出版社，1997年，第8-9页。

②《全球伦理——世界宗教议会宣言》，第168页。

③ 鲁德才：《古代白话小说形态发展史论》，南开大学出版社，2002年，第254页。

"入话"所用《史记·卷七十五·孟尝君列传第十五》的"自古说孟尝君养食客三千,鸡鸣狗盗的多收拾在门下……"本身就有侠的味道。懒龙"亦且仗义疏财,偷来东西,随手散与贫穷负极之人",突出侠义的色彩,有助于刻画人物性格。正如凌濛初描写的:"懒龙笑道:'吾无父母妻子可养,借这些世间余财,聊救贫人。正所谓损有余、补不足,天道当然,非关吾的好义也。'""损有余而益不足"以此对应"人之道则不然,损不足而奉有余"的现实,即以"侠盗"之合理性,给了懒龙以伦理底线之上的一个基本立足点:懒龙富有同情心,他愿意帮助贫穷的人。"偷"成为了"损有余而益不足"的手段,"偷"自身反而失去了本体意义。因他同情并帮助穷人的善良,让他有趣的"偷"变为可被欣赏的善和美。可见,中国传统文化中侠义精神参与了审美因素的生成。笔者以为,"神偷"一枝梅,不能仅用盗侠来概括,重要的是如司马迁所表述的游侠精神特征贯穿于他的性格和行为形态中,以侠义将"偷"移至伦理底线之上。

第二,通过将"偷"转换为做游戏,凸显游戏中的智慧,将"偷"移至伦理底线之上,进而生成审美因素。第二部分故事,是他受了窘迫,逢急生智,脱身溜撒;第三部分故事,是完全用"偷"做游戏。在这两部分,至于偷了谁,偷的财产给了谁,这些问题都不再重要,重要的是故事展开中挥发出的趣味。在此需要注意游戏和智慧两个因素。由于第四、五部分故事也涉及到智慧,智慧问题后面再说。先说游戏,借用伽达默尔的看法,所谓游戏,具有一种独特的本质,它独立于那些从事游戏活动的人的意识。游戏的特征在于,一切游戏活动都是一种被游戏着的过程,游戏的真正主体并不是游戏者,而是游戏本身。游戏就是具有魅力吸引游戏者的东西,就是使游戏者卷入游戏中的东西,就是束缚游戏者于游戏中的东西。浅白地说,就是凌濛初借讲懒龙脱身溜撒而"偷"以及为做游戏而"偷"的故事,带领读者一同参与到这些游戏中。即伽达默尔认为的,游戏本身是由游戏者和观赏者所组成的整体。游戏者只是使游戏的过程得以实现的因素。最真实感受游戏,并且游戏对之正确表现自己所"意味"的,乃是那种并不参与游戏而只是观赏游戏的人。我们阅读懒龙"神偷"故事,即是"神偷"游戏的观赏者,懒龙是游戏者。懒龙和他以"偷"为名的"戏耍"共同构成了游戏。鲁迅所说的"娱心"功效就来自于此。此时"偷"这一社会负面现象,已经成为次要因素。

第三,通过"偷"调侃讥讽贪官污吏,或者通过"偷"揭露官与吏相互勾结,由此显露出官吏为更大"偷"之本性。从而将懒龙之"偷"移至伦理底线之上,从其揭露和批判社会黑暗的角度产生审美因素。上述由"偷"而分别转换为"侠义""游戏""调侃讥讽"等三种方式中，均渗透着智慧。智慧始终参与审美因素的生成，并提高故事之趣味。何为智慧？"智慧，在其最独特的意义上，是指面临不易直接用逻辑分析解决的矛盾时，凭藉生活与实践经验所采取的非常规的应对态度与方法。"①智慧是人类心智杰出才能的表现，智慧本身不具有价值取向，即不可评价。但当智慧渗透于某事件中的时候，就因该事件价值取向而具有了价值。懒龙的智慧正因他偷富济贫、以"偷"调侃讥讽和揭露贪官污吏而具有了善的价值，并让人愉快，从而生成美感。

四 《神偷寄兴一枝梅　侠盗惯行三昧戏》介于口头艺术与作家文学之间的特性及其思考

通过前面诸部分的描述和分析，已经自然地形成了融口头艺术及其他媒介艺术/文字创作，民间文学/作家文学在内的宏阔视野，基于此，可以得到哪些介于口头艺术与作家文学之间的特性及其思考呢？

（一）系列故事讲法，是宋明以降文人话本小说创作融口头艺术和书面文学特点，并有作家个性化和美学追求的具体体现

由前面分析已经看到，凌濛初的《神偷寄兴一枝梅　侠盗惯行三昧戏》的系列故事讲法是有意为之，"神偷"故事在基本伦理底线之上以符合审美理想的逻辑讲述出来，可证明系策略。当然，凌濛初等作家在当时不会有我们如今的学理性认识，他们是依靠艺术经验而达到此效果的。至于缀段性结构，中国明清长篇小说中较多见，短篇小说中较少。就我所见，在《三言二拍》中一共有五篇缀段性结构的作品，其题材主要分布在公案侠义、考验升仙、名士风流等方面，公案侠义、考验升仙类型则更常见。这五篇作品分别为：（1）《初刻拍案惊奇》卷四十《华阴道独逢异客　江陵郡三拆仙书》；（2）《醒世恒言》卷三十四《一文钱小隙造奇冤》；（3）《警世通言》卷三《王安石三难苏学士》；（4）《喻世明言》卷十三《张道陵七试赵升》；（5）《二刻拍案惊奇》卷三十九《神偷寄兴一枝梅　侠盗惯行三昧戏》。连缀方式分别为：以一个人（或几个人）贯穿几个故事；以一件事贯穿不同人物的故事；以相同类型的故事（比如科场故事）连缀起几个不同人物的故事；故事之间没有任何关联。《神偷寄兴一枝梅　侠盗惯行三昧戏》属侠义公案一类，采用的是以某个侠、盗或官员连缀起不同的故事。既然此作解决了伦理底线问题，其

---

① 尤西林：《人文科学导论》，高等教育出版社，2002年，第94页。

有效性就可以说明,此种连缀方式有这样的效果。我们将效果看作是整体性的,就应了罗伯特·休斯所说的:"结构主义思想的最显著特点是在过去似乎仅存在着未加区别的现象的地方看到了秩序或结构。"① 在凌濛初笔下,系列故事中的每一个故事都是一个部分,这些排列为谱系的各个部分组合在一起,其意义不是"简单的部分的相加",而具有了系列故事整体的意义。这个意义大于各部分相加之和。这个效果必定是出于文人有意为之。

(二)"文心"和"里耳"相互兼顾的文本特征

冯梦龙和凌濛初的"三言二拍",处于从口头说话艺术向文人创作转换的过程中。绿天馆主人所写的《古今小说序》中说:"迨开元以降,而文人之笔横矣。""大抵唐人选言,入于文心;宋人通俗,谐于里耳。天下之文心少而里耳多,则小说之资于选言者少,而资于通俗者多。"② 这是主要着眼于白话小说脱胎于说话,而从口头艺术来说小说艺术特性的。"文心"是需要细心阅读和体会的文本特点,"里耳"则是脱胎于"说话"艺术的痕迹。正如前述,凌濛初的《二拍》皆为自己所作,除了前面分析过的系列故事讲法解决了伦理与审美之关系,标志其文人创作特性之外,还有哪些兼有两者的文本特点呢?

首先,以故事为主,故事与人物形象相得益彰。依据"有说话人,如今说书之流,其文笔通俗,其作者莫可考","小说之资于选言者少,而资于通俗者多",让读者兴奋点跟随说书人沿着故事轨迹前行, 故事必定为第一原则。但系列故事的"顷刻间捏合"③ 之效果,则包含着跃然纸上的懒龙形象和性格:懒龙侠义、豪爽、善良、风趣、狡黠、充满着智慧等性格特点,随着故事或曰随着系列故事的展开,逐步地深入读者心里。故事与人物形象相辅相成,相得益彰,则是"文心"和"里耳"相互兼顾的文本特征。在《三言二拍》中固然有些作品侧重故事,有些作品侧重人物,这与作家艺术理想和风格有关。但最终人物形象和性格的凸显,是作家文学特性之一,则毋庸置疑:人物需要有心理内涵基础,自然须有人文精神和美学理想为其精髓。由此可看到作家文学的追求和艺术匠心。将话本小说置于口头/书面、民间/作家文学融合和转换过程中理解,故事与人物之关系,应为考察和研究的一个角度。

---

① 罗伯特·休斯:《文学结构主义》,刘豫译,生活·读书·新知三联书店,1988 年,第 63 页。

② 郭绍虞主编《中国历代文论选》第三册,上海古籍出版社,1980 年,第 226—227 页。

③ 吴自牧:《梦粱录·小说讲经史》,载孙克强主编《中国历代分体文论选》(下卷),北京交通大学出版社,2006 年,第 731 页。

其次,叙述特点及蕴含人文底蕴的议论。"说话"艺术诉诸听/说关系,一般采用第三人称叙事,夹叙夹评为其主要的"话说"形式。"说书人时而是书中的角色,时而又跳出来,以说书人的观念评议书中的人物和世态,与书情融为一体,而同听众保持一定距离。跳出来评说时,又与听众直接交流,促膝谈心,而与小说中的人物和小说世界保持一定距离。"① 以说书体为叙事体制的白话小说也是如此。但是,在白话小说中,以说书人口吻的议论,毕竟是出于文人作家,叙述特点以及议论的人文底蕴,需要认真考察,因为,正如西方叙事学认为的,"叙事(narratee):在修辞意义上,指某人在特定场合出于特定目的向某人讲述某事的发生"。② 即努力说服受众,让他们接受与认可。看《神偷寄兴一枝梅　侠盗惯行三昧戏》之议论,可见凌濛初已有自觉追求,可归纳如下:首先,结局既符合说书人的叙述口吻,又策略地表明了作家的人文态度。懒龙"恐怕终究有人算他,此后收拾起手段,再不试用,实实卖卜度日"。这个结局的描述很有趣也符合说书人的讲述逻辑:说书在本质上都是倒叙手法,已然知道了一切,然后从头到尾一一道来。既然将懒龙的各种"神偷"事迹说完了,才最后交待结局,显然是一切早已了然于心,因此这个结局描述本身就具议论性质。其次,此作议论时时夹有反讽。何为反讽?英美新批评派的克利安思·布鲁克斯将反讽定义为:"语境对于一个陈述语的明显的歪曲……举一个最简单的例子,我们说'这是个大好局面';在某些语境中,这句话的意思恰巧与它字面意义相反。这是最明显的一种反讽——讽刺。……语境使之颠倒,很可能还有说话的语调标出这一点。"③ 懒龙的全部故事已经形成了一个语境,可是到最后结尾处,作家用苏州人的复数口吻议论道:"至今苏州人还说他狡狯耍笑事体不尽。似这等人,也算做穿窬小人中大侠了。反比那面是背非、临财苟得、见利忘义一班峨冠博带的不同……可惜太平之世,守文之时,只好小用伎俩,供人话柄而已。"与开头"入话"中的一段议论相呼应:"可见天下寸长尺技,具有用处。而今世上只重着科目,非此出身,纵有奢遮得,一概不用,所以有奇巧智谋之人,没处设施,多赶去做了为非作歹的勾当。若是善用人材的,收拾将来,随宜酌用,未必不得他气力,且省得他流在盗贼里头去了。"这个议论可做多种理解,反讽味道极浓,可看作对社会批判之策略。要之,此议论有较重的人文底蕴,议论曲折有致,属文人白话小说之特点。

---

① 鲁德才:《古代白话小说形态发展史论》,南开大学出版社,2002年,第2页。

② 詹姆斯·费伦:《作为修辞的叙事》,陈永国译,北京大学出版社,2002年,第172页。

③ 赵毅衡编选《新批评文集》,百花文艺出版社,2001年,第379页。

　　简短的结论:宋以降的白话小说,介于说话艺术和文人创作的交融、转换及成熟过程中,其讲述形式、故事与人物之关系,人物心理内涵之底蕴,叙事与议论等方面,在口头/文字、民间/作家文学融为一体的大文学思想观念中,均需细心辨识,可为考察文人创作特性及特点之角度。

（原载《文学与文化》2011 年第 2 期）

互文性定义探析 *

李玉平

20 世纪 60 年代,"互文性"(intertextuality)这一术语甫一问世,就被符号学、精神分析、解构主义、后殖民主义、女性主义、新历史主义、文化研究等众多流派的理论家所挪用, 现在业已成为最流行而使用又最混乱的文学理论和文化研究关键词之一。令人遗憾的是,尽管诸多学者在竞相挪用这一概念,但是鲜有人对它下一个精确严密的定义,更多的情况是不加界定地信手拈来,随意使用。互文性这一术语产生于结构主义向后结构主义转型的过程中, 它以凸现文本的不确定性、多元性和未完成性为旨归。一定要给"互文性"下一个统一、确定、封闭的定义,这似乎也有悖于互文性本身所宣扬的后现代主义精神要义。难怪《互文性》一书的作者艾伦(Graham Allen)不无感慨地说:"我们并不试图通过揭示互文性这一概念的基本定义,来矫正互文性一词使用的混乱局面。给'互文性'下一个定义的企图注定是要失败的。"①我们不是后现代主义者,大可不必遵循后现代的精神要义和游戏规则。

当然,作为一个定义,将互文性界定为文本之间互相指涉、互相映射的一种性质是远远不够的。到底何谓文本,何谓相互指涉、相互映射,这些都是需要严格界定的。

托多罗夫在探求"文学是什么"这个问题时,提到两种路径:一是功能性把握,即研究文学有何作为;一种是结构性把握,即考察文学的本质和属性。托多罗夫认为:"无可置辩的功能实体(姑且这样认为),未必就有一个与之相对应的结

作者简介:李玉平(1975 —),男,南开大学文学院副教授。

* 本论文为国家社科基金项目"互文性与文学理论基本问题"(项目号:06CZW001)的阶段性成果。

① Graham Allen, *Intertextuality*, London and New York: Routlege, 2000, p.3, emphasis mine.

构实体。"① 因此,他对文学研究的结构路径提出了质疑。互文性作为人类智力领域一种重要的现象,内容相当广泛,情况异常复杂,时间空间跨度都很大,而且处在不断的更新发展之中,很难像自然科学那样给出一个精确划一的定义。鉴于科学中的互文性属于消极互文性,没有多大的研究价值②,本文只是对与文学艺术有关的一些互文性现象作出概括和总结,而这种概括和总结更多的是功能上的。

我们对互文性的定义如下:互文性是指文本与其他文本,文本及其身份、意义、主体以及社会历史现实之间的相互联系与转化之关系和过程。在这里,互文性是一种意义于其中转换生成的函数关系(功能而非本体)。构成互文性必须具备三个要素:文本 A、文本 B 和它们之间的互文性联系 R。因此,界定互文性概念,关键是对文本和互文性联系的界定。

一　何谓文本

互文性的"文"——"文本"究竟指什么,直接关系到互文性概念本身的含义。文本是当代西方文学理论以至于整个人文社会科学中最常用的术语之一, 但也是一个最难界定的术语,文本的内涵言人人殊。

美国哲学家格雷西亚(Jorge J. E. Gracia)曾这样界定"文本":"一个文本就是一组用作符号的实体(entities),这些符号在一定的语境中被作者选择、排列并赋予某种意向,以此向读者传达某种特定的意义(specific meaning)。"③格雷西亚写了一本长达 36 万字的专著来论述他的文本定义。由此可见,"发现一个恰当的文本定义绝非易事,这不仅因为文本具有复杂而独特的性质,还因为人们已提出了许多不同的文本概念,近年来情况尤其如此"④。

文本(text)的拉丁语词根为"textus",原意是纺织品和编织物。文本的概念可以分为古典概念和当代概念两个类别。⑤

---

① 托多罗夫:《巴赫金、对话理论及其他》,蒋子华、张萍译,百花文艺出版社,2001 年,第 7 页。

② 文学艺术和科学领域都有互文性现象存在。不同的是,文学艺术中的互文性是产生新意、形成对话的积极互文性。互文性对于文学艺术至关重要。科学中的互文性是精确转述他人原意、独白式的消极互文性。科学对自己的过去采取与文学艺术截然不同的态度,互文性对于科学来说无足轻重。

③ 乔治·J. E. 格雷西亚:《文本性理论:逻辑与认识论》,汪信砚、李志译,人民出版社,2009 年,第 16 页。

④ 乔治·J. E. 格雷西亚:《文本性理论:逻辑与认识论》,第 15 页。

⑤ Jeffery R. Di Leo, "Text", In Michael Kelly, (editor in chief.), *Encyclopedia of Aesthetics* (*Vol. 4*), New York: Oxford University Press, 1998, pp.370-374.

文本的古典概念从斯多葛(Stoics)学派开始,一直延续到 20 世纪中叶。文本的古典概念把文本看作是自洽的、静止的、统一的客体,文本作为书写的信息,连接着能指和所指两大要素——文本的能指是文本的物质层面,包括字母、单词、句子等等;文本的所指是文本单一的、封闭的、确定的意义。

20 世纪 60 年代以降,文本的内涵从古典时期的书面话语扩展到任何客体,不论是书面的,还是口头的;美学的还是非美学的。一些理论家甚至把世界本身也当成一个文本。文本概念的这一转折主要是受结构主义语言学和符号学的影响。结构主义者认为语言是非表征性的,语言先于世界,世界是语言的产物,是"字词的世界产生了物的世界"(雅克·拉康语),他们"把人描绘为一种在语言中独特地进行发明和创造的动物"。①神话是一种语言、亲属关系是一种语言,"构成文化的整个社会行为或许事实上也表现了一种按照语言的模式进行'编码'的活动"②。在结构主义语言学的基础上,一门新的学科——符号学应运而生。实际上,文本概念的当代时期,文本的外延几乎等于符号学中"符号"的外延。"文本成为了一切可以用来进行解读和阐释的事物。"③文本不仅指书面和口头的语言作品,它还包括其他一切可以产生意义的符号实体:音乐、舞蹈、照片、建筑、广告、服饰等等,甚至人的手势、人的身体也都被当作文本。德里达甚至提出"文本即世界"的观点,断然宣称,文本之外一无所有。

对于文本不同的界定,形成了不同的互文性概念。狭义的互文性指一个文学文本与其他文学文本之间可论证的互涉关系,互文性研究诗学路径的倡导者吉拉尔·热奈特(Gérard Genette)和米切尔·里法泰尔(Michael Riffaterre)就秉持此种观点。热奈特的互文性概念指可找到明确证据而且易于操作的特定文本之间的联系,即"两个或若干个文本之间的互现关系,从本相上最经常地表现为一文本在另一文本中的实际出现"④。它包括引语(带引号,注明或不注明出处)、抄袭(秘而不宣的借鉴,忠实于源文本)、影射。热奈特的互文性概念瞄准的是"结构整

① 特伦斯·霍克斯:《结构主义和符号学》,瞿铁鹏译,上海译文出版社,1997 年,第 12 页。

② 特伦斯·霍克斯:《结构主义和符号学》,第 24 页。

③ Alec McHoul, "Text", In Paul Bouissac, (editor in chief.), *Encyclopedia of Semiotics*, New York: Oxford University Press, 1998, p.610.

④ Gérard Genette, P*alimpsests: Literature in the second degree*, trans. Channa Newman and Claud Doubinsky, Lincoln NE and London: University of Nebraska Press, 1997, pp.1–2.

体"(structural whole),即基本上是封闭的,起码是半自治的文学领域。①

里法泰尔则从读者阅读与接受的角度切入互文性。里法泰尔宣称:文本拥有静止的意义,这意义不是源于文本对现实世界的模仿(他斥之为"模仿的谬误"),而是来自将个体的词汇、句子、意象、主题、修辞装置等联系起来的符号结构。他宣称,读者要努力"克服模仿的藩篱"(surmount the mimesis hurdle),将焦点聚集在"自足文本"之上,因为"文本控制着它自身的解码"。②里法泰尔将互文性看成文学文本的总体特征,并且在文学接受过程中集中体现出来。"随着里法泰尔的研究,互文性才真正成为一个接受理论的概念,因而形成了这样一种阅读模式,它以深层把握修辞现象为基础,主要是把文学材料里的其他文本当成是本体文本的参考对象。"③里法泰尔的互文性定义凸显了以下两点:第一,里法泰尔坚信阐释学意义上的终极意义和作者意图说,以此区别于解构主义。他认为潜藏符谱(hypogram)、共同母体(matrix)和既定结构始终存在于文本中,作者扮演着限制和决定文本的相互指涉性的角色。里法泰尔通过提出潜藏符谱、共同母体等概念竭力清除文本的异质性,并且通过作者意图对互文性的过程进行限定。因此,在潜藏符谱、共同母体、作者意图都被寻获之前,读者无法宣称他的阅读是最终的阅读。第二,里法泰尔表现出典型的结构主义特点。他认为,存在一个原始、权威的本源,此源头再孕育出既定的结构、共同母体和潜藏符谱。而共同母体和潜藏符谱拥有控制其他"非先验"结构的力量。文本的意义和阅读的终极目的正是对共同母体和潜藏符谱的不懈追寻。

广义的互文性指任何文本与赋予该文本意义的文化、符号和表意实践之间的互涉关系,这些文化、符号和表意实践形成了一个潜力无限的文本网络。互文性研究意识形态路径的实践者朱利娅·克里斯蒂娃(Julia Kristeva)和罗兰·巴特(Roland Barthes)即持此种观点。克里斯蒂娃的互文性概念具有宏阔的社会历史视野,将社会、历史、文化统统纳入互文性的视野。克氏通过表征生成文本,将精神分析理论引进互文性研究,考察"过程中的主体"在互文性运作中的功能。克氏的互文性理论是一种社会意识形态的主体性的宽泛意义上的互文性理论。巴特将互文性看作一个由无数文本组成的多维空间,而这些互文本来自广阔的社会

---

① Graham Allen, *Intertextuality*, London and New York: Routlege, 2000, p.102.

② Michael Riffaterre, *Text Production*, trans. Terese Lyons, New York: Columbia University Press, 1993, p.6.

③ 蒂费纳·萨莫瓦约:《互文性研究》,邵炜译,天津人民出版社,2003 年,第 13—14 页。

和文化文本,它们是匿名的无迹可循的不加引号的引语。巴特的互文性理论宣告作者之死,主张不及物写作,倾心能指游戏带来的"极乐",凸显了浓重的解构主义色彩。

狭义互文性联系的文本仅限于文学文本,而广义互文性却将文学以外的艺术作品,人类的各种知识领域、表意实践,甚至社会、历史、文化等统统看作文本。二者的区别建立在其不同的出发点上:狭义互文性旨在将特定的文本置于可见的系统之中,追寻确定的意义;广义互文性则追求能指的狂欢、意义的撒播。前者囿于文学范围之内,并且要求互文性关系要找到事实根据,固然视野狭隘、捉襟见肘。但是,后者却又大而无当,缺少必要的限制,容易跌入"一切皆互文"的泥淖,削弱这一新的文学批评术语应有的学术价值。因此,我们这里定义的互文性要在狭义与广义、结构与解构、诗学形态与意识形态之间保持必要的张力。

二　文本与互文本

从字面上看,互文本(intertext)必然是文本,而文本却不一定是互文本。那么,两者之间到底关系如何呢?

文本和互文本你中有我、我中有你。文本是有边界的,油画的画框使画中、画外井然有别;小说的开头、中间、结尾,标示其文本界限。文本还是统一连贯的,文本各要素借助字词语法、篇章结构、风格文类,达成一体、融会贯通。互文本却要破除文本的边界,打通此一文本与其他文本的联系。互文本也是统一连贯的,一方面此一文本本身即为一有机体,另一方面此一文本与其他文本创建了结构关联。

从单个文本看,有两种极端:一是文本纯属独创,完全是无所依傍的匠心独运,无一字有来历,没有丝毫的互文性;一种是文本完全是其他文本的互文本,无一字无来历,文本中彻头彻尾都充斥着互文性。此即程千帆先生所谓"模拟之至"与"创造之至":

> 模拟之至,盖字句意义、格律神气,一切同乎前人,读者固无需此类作品,即作者也不贵乎有之也;创造之至,盖格律神色,一切异乎他人,读者固无从了解,抑且一人之作,当篇篇有殊,时时有异也。[1]

---

[1] 程千帆:《文论十笺》,武汉大学出版社,2008年,第209页。

事实上,这两种极端在文学艺术实践中都是不存在的。任何一个文本不可能完全独创,没有一点互文性,这样自我完满、自我封闭的文本无丝毫的交流性可言。反之,一个互文本完全沉浸在与其他文本的互文,没有一点独创性,丧失了作为文本的完整性,化作了一堆互文性的碎片,也无法进行交流。在现实中,既不存在绝对的文本,也不存在绝对的互文本,文本生存于互文性中,互文本坐实在文本性里。

由此引发出一个问题:单个文本的互文性程度怎样衡量?由于互文性是文学艺术中普遍而又复杂的现象,毕竟不同于自然科学的研究对象,无法对之进行精确的定性和定量分析。因此,尽管国外有一些学者提出一些衡量互文性程度的标准,但是,操作起来仍然困难重重。

泼费斯特(H. Pfister)将衡量互文性的标准分为质的标准和量的标准两类。[①]质的标准包括:(1)指涉性(referentiality)——是简单的引用还是有意地改换主题?(2)交流性(communicativity)——发送者的意图和接受者的理解之间的线路是否畅通?(3)自反性(autoreflexivity)——是否有明显的互文性标志?甚至互文性成为当下的话题,成为元叙述。(4)结构性(structurality)——句法结构等是否一致?(5)选择性(selectivity)——是简单指涉故事的主人公,还是大段引用原文?(6)对话性(dialogicity)——两个文本之间的意识形态和语法张力。量的标准包括密度与频度(density and frequency)、数量与多样性(number and variety)。泼费斯特为我们衡量互文性的程度提供了许多有益的标准,但是,这些标准操作起来存在一定的困难,譬如,互文性的理解程度随着不同的接受者而变化,因此,交流性的标准就很难具体衡量,我们总不能设立一个标准读者。再如,互文性是一个动态发展的过程,随着新的文本不断涌现,互文本的数量也在不断变化,再加上读者个体差异,互文性的数量这一标准就很难实行。

钱德勒(Daniel Chandler)提出了评价互文性的另一套指标:其一是反身性(reflexivity),指在多大程度上自觉地运用了文本互涉;其二是可选性(alteration),就被用来互涉的文本资源而言,与互文性成正比例;其三是外显性(explicitness),即对其他文本的互涉明显与否(直接引文自然比间接引文明显);其四是理解的重要性(criticality to comprehension),即读者对互文性的辨识有多

---

① *Intertextuality in Advertising*, http://www.anglistik.uni-muenchen.de/~linguistics/adpapers/inter/inter1.htm.

重要；其五是采用的规模（scale of adoption），即在文本之内涉及或结合其他文本的规模；其六是结构的无限性（structural unboundedness），即文本在何种程度上是更大的结构的一部分。①

以上是从单个文本的角度考察互文性，那么两个互文本之间的相同性又有多大呢？如下图所示，两个文本之间相互指涉、相互映射的程度是一个变量（X），它在两个极端之间变动不居：一是两个文本没有一丁点儿相同之处（A），一是两个文本完全相同（B）。事实上，完全不同（A）和完全相同（B）都非两文本之间互文性关系的常态，文本间的互文性关系更常见的是处于 AB 之间的状态。

图 1　两个文本间互文性程度示意图

我们把处于 A 点的互文性关系称为零互文性，即两个文本没有丝毫的相同之处；B 点所示的互文性我们称为完全互文性，即两个文本完全相同。其实，完全互文性也是相对而言的。在文学艺术中，绝对没有两个完全相同的文本，即使两个文本在外观上完全相同，它们的意义和价值也不一样。比如，两首古体诗，标题、内容完全一样，似乎符合完全互文性的条件，但是其意义还会有不同。譬如，两首内容完全相同的诗，一首我们署一位古人的名字，另一首署一位今人的名字。那么，对于这两首诗的解读方向和结果一定不会相同。退一步说，即使两个文本的外观和署名完全一致，它们的价值和意义也是不一样的。比如，一幅是张大千的名画《红妆步障图》，另一幅是《红妆步障图》的摹本，画的色彩、线条，包括画上的署名、闲章，都一模一样，几乎可以以假乱真。但是，这两幅具有完全互文性的画，其艺术价值有着天壤之别：一幅是真迹，一幅是赝品。

完全互文性在文学艺术实践中常常表现为抄袭，即两个文本（或其中一部分）一模一样。在文学艺术中，即使一个文本与另一个文本在外观上完全相同，它的意义也不会完全等同于另一文本，也会有新的意义产生。因此，抄袭在某些后

---

① Daniel Chandler, *Semiotics for Beginners*, http://www.aber.ac.uk/media/Documents/S4B/sem09.html.

现代主义作家笔下成了故意为之的创作策略。①

三 互文性的张力:意识形态与诗学形态

为互文性下一个科学的定义必须在互文性研究的"意识形态"与"诗学形态"路径之间保持必要的张力,充分吸收两种路径各自的优长并竭力避免其缺陷。

至于互文性研究的不同路径,国际学界大多采用二分法。②"种种不同的二元划分,前者将互文性视为一种普遍的现象,凸显(这个概念创立)原初的、后结构的、解构的、激进的、批判的、颠覆的、革命的意义;后者将互文性看成特定文学作品和类型所具有的某种显著的特点,它存在于学究化的文学研究者中,尤以结构主义和解释学为其保守的出发点。"③我们认为,"意识形态"与"诗学形态"精准地概括了互文性研究两种路径的本质与特点,深刻地揭示了两种路径的本质区别。

意识形态路径建立在对互文性概念创立者克里斯蒂娃以及巴赫金、罗兰·巴特、德里达等大师经典著作的阐释和发展基础上,融汇、整合了解构主义、马克思主义、精神分析等理论资源,考察文本内外身份、主体、意义、社会历史现实的动态联系与转换。诚如德国学者泼利特(Heinrich F. Plett)对互文性研究激进派的评价,意识形态路径"从未发展出一套系统的、可传授的文本分析方法,他们的出

---

① 王钦峰在论述后现代主义小说时提出了"极限互文性"的概念。他指出,博尔赫斯以其游戏和自娱的态度极大地拓宽了互文性的范围,它不仅广泛使用了常用的互文性,丰富、拓展了其中的戏拟、解释、引用诸法,而且虚构、发明、演练了抄袭、假冒、假造等极限互文性手法。其中最能显示其创造性或迄今为止几乎无人敢于模仿的手法则是抄袭、假造这两种。参见王钦峰:《后现代主义小说论略》,中国社会科学出版社,2001年,第29页。

② 根据侧重点的不同,对于互文性研究方法和思路的分类,有各种各样的观点:解构主义互文性和结构主义互文性(Morgan),激进互文性和传统互文性(Plett),隐性互文性和显性互文性(Jenny),非标记性互文性和标记互文性(Grivel),等等。除了这些常见的二分法之外,也有三分的,德国理论家雷娜特·拉赫曼(Renate Lachmann)将互文性概念分为三个层面:第一,哲学层面上的本体论概念使我们意识到所有文本的普遍特性;第二,更多地与文学阐释相联系的描述性视角;第三,文化批评观念,它将文学是个人想象的自由表达这一人文主义观念问题化(See Mark Juvan, *History and Poetics of Intertextuality*, West Lafayette: Purdue University Press, 2008, p. 44)。实际上,拉赫曼的三分可以合为二分,第一和第三可以合二为一,皆为意识形态上的使用,第二是诗学形态的应用。

③ Mark Juvan, *History and Poetics of Intertextuality*, West Lafayette: Purdue University Press, 2008, pp. 43-44.

版物以高玄抽象著称,远离(文学文本的具体)现实。如此一来,不仅妨碍了其理论的可理解性, 也使他们的批评视野弥漫着神秘气氛和表现出高昂的独断姿态"①。

诗学形态路径的实践者是狭义的文学理论家, 不像意识形态派那样具有哲学家、社会学家、精神分析学家、女性主义者等纷繁的跨学科身份,他们以文学为研究对象,观念相对保守。他们围绕文学意义的生成与解读,就文本对前文本人物形象、故事情节、结构方式、原型母题、文类风格、符码惯例等诸多因素的描述、转化和模仿,发展出了一套缜密而周详的分析体系,为传统的文学研究开辟了新的领域,提供了新的视野。

依据我们给出的定义,互文性是文本之间一种联系和转化的关系与过程,那么文本的间性与互文本间的转化又有哪些情形呢?

德国学者泼利特将互文本之间的转化分为五种:替换、添加、缩减、置换与复化(complexity)。② 替换是互文性转化最常见的一种类型,替换分媒介替换、语言替换和结构替换三大类。替换可以在同一种类的符号或结构中发生,也可以在不同种类的符号或结构中发生。添加通常是由源文本进一步发展出新的文本,新文本是第二性的,因为它的充分释义必须依赖与前文的互文性解读。新文本通常会以标题或副标题的形式表明与源文本的联系,譬如,巴塞尔姆的后现代小说《白雪公主》和格林童话《白雪公主》。缩减既可以针对整个文本,也可以针对文本的一部分。若针对整个文本,缩减就表现为摘要、缩写、大纲、精义等。各种文摘报刊和文学选刊登载各类缩减作品。置换是指将文本拆成碎片,然后按不同的顺序排列。互文性复化可以分别在句段轴和聚合轴上发生。句段轴上的复化为系列化,聚合轴上的复化为凝缩化。

我们对文本之间互文性转化的强调主要吸收了互文性研究诗学形态路径的研究成果。互文性研究必须在诗学形态与意识形态路径之间保持必要的张力,我们不仅要注意吸收诗学形态路径的研究成果, 还需特别借鉴意识形态路径的可取之处。因此,我们的互文性定义并不囿于文本之间的相互联系与转化,而是把文本及其身份、意义、主体以及社会历史现实之间的互动、转换也纳入了考察范

---

① Plett, Heinrich F., "*Intertextualities*", in Plett, Heinrich F. (ed.), *Intertextuality*, Berlin and New York: Walter de Gruyter, 1991, p.4.

② Plett, Heinrich F., "*Intertextualities*", in Plett, Heinrich F. (ed.), *Intertextuality*, Berlin and New York: Walter de Gruyter, 1991, pp. 20-24.

围。这一方面是应互文性的逻辑界定之需,另一方面也是正视与尊重国内外学界互文性广义使用的学术现实。

我们的文本概念既打破了囿于语言一隅的狭窄视野,又力避将宇宙、社会等所有一切都视为文本的大而无当。在我们的互文性定义中,文本的使用范围限于文学艺术之内,采用俄国符号学家尤瑞·洛特曼(Jurij Lotman)的文本定义。洛特曼主要从三个方面来界定文本:第一,有一个由符号组成的表达面;第二,有一个界定的范畴,如画之框架,诗之(篇幅)空间;第三,有一个内部结构使文本浑然一体。①如此一来,我们就将文本内与文本外截然分开,文本内是具有统一结构的半物质性艺术符号表达面,文本外是身份、意义、主体、社会历史现实等外部系统。我们的互文性有效地沟通了文本内外,将文本与文本外的身份、意义、主体、社会历史现实的转换生成纳入了定义之中。

互文性作为一种有效的阐释工具和认知模式,它以语言和符号为基础,致力于"阐释主体、言语行为、文本、语言系统、文学话语、意识形态符码、超语言意指实践以及历史生成过程之间的联系"②。我们的互文性定义有机地沟通了文学研究和文化研究,不仅突出了文学文本之间的联系和转化,而且注重在广阔的文化语境中考察文学意义的生成与交流,拓宽了传统文学研究的范围,为其提供了新的视野和方法。

我们把互文性界定为文本与其他文本,文本及其身份、意义、主体以及社会历史现实之间的相互联系与转化之关系和过程。如此一来,研究的中心就由"作者—作品—传统"三角关系转向了"文本—话语—文化"三角关系,有力地凸显了互文性研究跨学科、跨文化、跨媒体的间性特征。"这一策略转向最显见的效果是将文学文本从心理、社会和历史的决定论中解放出来,使其向与其他文本和符指过程的相互指涉自由开放。"③互文性研究突破了学科的界限,在"理论"这一伞状概念的庇护下,有效地整合了文学、哲学、社会学、传媒学、心理学、符号学等多

---

① Jurij Lotman, *The Structure of the Artistic Text*, trans. Ronald Vroon, Ann Arbor: The University of Michigan, 1977, pp.51-53.

② Mark Juvan, *History and Poetics of intertextuality*, West Lafayette: Purdue University Press, 2008, p. 179.

③ Tha s Morgan, "*The Space of Intertextuality*", in Patrick O'Donnell and Robert Con Davis (eds.), *Intertextuality and Contemporary American Fiction*, Baltimore and London: The Johns Hopkins University Press, 1989, p.239.

学科的理论资源为我所用。互文性本质上又是一种跨文化的研究，它将不同民族中主流的、边缘的文学与文化联系起来进行比较研究，互文性成为比较文学的后结构主义版本。如今的数码媒体时代，日常文化生活中普遍存在的多媒体配合、跨媒体转换现象更是为互文性研究的跨媒体方向提供了广阔的空间，互文性又成为阐释超文本等新型电子文化的有力工具，再一次证明了互文性丰富的理论阐释力和强大的学术生命力。

（原载《文学与文化》2012 年第 4 期）

当代少数民族文学的民族性价值追求反思 *

朱　斌

民族性,毫无疑问,是当代少数民族文学的核心价值追求之一。然而,我国当代少数民族文学的民族性价值追求,却一直存在着诸多明显的偏颇。其中,最突出的是浮浅化——缺乏必要的深度和广度,往往只沉溺于对自我民族独特价值符号的浮浅书写。因此,当代少数民族文学充斥着诸多浮浅的民族性符号,比如蒙古族作家笔下随处可见大草原、蒙古包、骏马、马头琴和长调等;而回族作家笔下则触目所及都是清真寺、白帽子、新月和"花儿"等;而在藏族作家笔下,格桑花、酥油茶、青稞酒和经幡等则目不暇接。这些因素,常常只是"民族特色"的一种浮浅点缀,远未触及民族深层的价值标志。这种浮浅化导致了当代少数民族文学民族性价值追求的其他缺陷,主要包括:其一,片面化,即片面固守自我民族的价值规范,而对其他民族的价值取向小心翼翼,一味抵触;其二,虚假化,即难以真实反映各民族现实生活中价值取向的多元性和复杂性,难以真实揭示各民族历史语境中价值取向的杂糅性与变动性;其三,雷同化,即往往缺乏独特个性,沦落为一种群体性的模式化的价值书写。

因此,当代少数民族文学应努力摆脱其民族性价值追求的各种浮浅化现象,有意识地强化其民族性价值追求的深度和广度。

一　当代少数民族文学民族性价值追求的深度

当代少数民族文学强化其民族性价值追求的深度,总体上要求民族作家超

作者简介:朱斌(1968—),男,西北师范大学文学院教授。

* 本论文为教育部哲学社会科学重大课题公关项目"文艺评论价值体系的理论建设与实践研究"(项目号:15JZD039)的阶段性成果。

越浅表的、外在形貌上的民族特征,而深入把握自我民族的内在精神、性格、情感和心理,以及深层的思维方式等。这意味着:少数民族作家不能把民族性价值追求仅仅误认为是说几句民族性的方言土语,描写一些民族性的风土人情,或叙述一些民族性的人事物象,从而把浮浅的"民族风貌"误当成"民族精神"向他人展现、炫耀。然而,许多民族作家"在刻画本民族人物形象时,有时偏重于外貌服饰、方言土语、风俗习惯、特殊情节的描写,而往往忽略对具有民族特性的思维定式、心态结构和传情达意方式的开掘"①。所以,其民族性价值蕴含就十分浅陋,缺乏一种耐人回味的深广魅力。难怪严英秀(藏族)会严正批评:"只靠那些虽丰富直观但零散表面的也就是肤浅的感受和认知,就去写藏族题材的作品……只能是浮光掠影,得其貌而失其神,如镜中花瓶中水,总是隔着一层。"②显然,这种浮浅化的民族性价值追求,是应该为有抱负的少数民族作家所摒弃的。

　　当代少数民族文学强化其民族性价值追求的深度,关键并不在于描写各民族诸多外在标志,如独特外貌、独特服饰、独特饮食、独特话语、独特居所建筑和地域风景等,而在于揭示各民族深层的心理活动、意识活动、情感活动和思维方式等。

　　首先,民族性价值追求,应强化对独特民族心理的表现。"心理活动是人类共有的, 而民族心理则是与民族的特性相关, 体现出不同民族差异的心理活动。……每一个民族都有自己的一致性的心理特征与心理活动, 这就是民族心理的实质所在。"③可见,深层的民族心理虽然与人类共同的普遍心理存在诸多契合处,但它更是特定民族与众不同的心理表现,往往反映了该民族共同体成员在共同价值观作用下的独特心理特征,是该民族价值取向的一种独特标志。所以,民族心理活动与民族性价值追求密切相连,这主要表现在:其一,独特的民族心理活动及其诸多外部表现,与民族独特的价值取向密不可分,实际上成为民族价值取向的一种独特标志,因而是少数民族文学民族性价值追求的一个重点内容;其二, 独特的民族心理定势, 反过来往往对民族价值取向具有一种强大的制约作用,因而对少数民族文学的民族性价值追求也会产生强大的影响。可见,少数民族文学有深度的民族性价值追求,必然离不开对民族独特心理活动的表现,尤其

---

① 白崇人:《民族文学创作论》,广西民族出版社,1992 年,第 98 页。

② 索木东:《藏族传统文化感召下的洁净创作:藏族女作家严英秀访谈》,藏人文化网,2011 年 6 月 21 日。

③ 郑晓云:《文化认同论》,中国社会科学出版社,2008 年,第 150 页。

离不开对民族独特心理定势的把握与揭示。

其次,民族性价值追求,应强化对独特民族意识的表现。如果说独特的民族心理在很大程度上是一种感性体验,那么独特的民族意识在很大程度上则属于一种理性认知,它们都受民族价值取向的制约,都是民族价值取向的体现。民族意识的产生有两个前提。其一,需要不同民族之间的文化碰撞,"如果一个民族处于与异环境毫无接触的封闭状态下,那么也就无所谓民族意识"①。其二,需要依靠对自我民族价值规范的认同来激发。在与诸多异质文化的碰撞过程中,如果少数民族缺乏对自我民族价值规范的认同,那么也无所谓自我民族意识的产生。因此,少数民族文学的民族性价值追求,与独特的民族意识密不可分:从积极意义上讲,独特的民族意识可以有效维护各民族对自我民族价值规范的认同,有助于自我民族价值取向的健康存在与积极发展;从消极方面看,正是出于维护自我民族价值规范,独特的民族意识有可能导致自我民族价值取向的封闭与狭隘,因而可能激发不同民族之间的价值冲突。所以,少数民族文学的民族性价值追求,应有意识地发挥民族意识的积极作用,而警惕其消极影响。

再次,民族性价值追求,还应强化对深层民族情感的表现。通常,同一民族的人有着不同于其他民族的共同情感,尤其在族际交往中,自我民族与他民族在情感体验及其表达上往往存在明显差异。因此,少数民族文学强化其民族性价值追求的深度,也应有意识加强对自我民族独特情感活动的深刻表现。难怪鲍义志(土族)会坚信:"作为一个民族作家,如果缺乏家乡的父老兄弟姐妹身上那种浓烈的、息息相通的、休戚相关的情感,你将一事无成。"② 在民族独特的婚礼和葬礼等人生礼仪活动中,以及各种生产活动和庆典活动中,人们往往都能体验到一种共同的民族情感,从而激发出丰富多彩的民族情感活动。因此,少数民族文学强化其民族性价值追求的深度,不但应有意识地强化对自我民族丰富多彩的民族文化活动的叙写,而且应自觉强化对由这些活动所激发的丰富多彩的民族情感活动的表现。此外,民族情感在族际交往过程中往往表现得更深刻、更独特。所以,少数民族文学强化其民族性价值追求的深度,也应有意识强化不同民族交往过程中所激发的独特民族情感活动。

最后,民族性价值追求,也必须强化对独特民族思维方式的表现。少数民族

---

① 郑晓云:《文化认同论》,第 152 页。

② 鲍义志:《人间要有真情》,《民族文学》1988 年第 5 期。

的思维方式,往往保留了原始思维的突出特点。"由于认识尚未开化,原始思维无意识'心物不分',万物有灵的混同性,往往划不清物我的界限,常常随个体的主观心意组接外部世界,将物理的和心理的,有生命的和无生命的,不自觉地'艺术的'凑合在一起。"① 这种原始思维与艺术思维或诗性逻辑密切相关,本质上都属于万物有灵的通灵思维。维柯曾指出:原始民族依据诗性逻辑来表达自己并感知世界,诗性逻辑中最重要、最鲜明、最常用的比譬(tropes)就是隐喻(metaphar),隐喻就是使无生命的事物显得具有感觉和情欲。② 从思维方式看,这种诗性逻辑,其实就是一种隐喻思维,是基于泛神论世界观上的宇宙万物的通灵共感思维,它是许多少数民族的一种集体无意识,至今依然渗透于诸多少数民族的生产、生活和艺术之中。这种独特的思维方式决定了少数民族深层的精神状态,反映了他们深层的价值认知特点,因而也成为其价值取向的一种独特标志。所以,当代少数民族文学的民族性价值追求,也应深深扎根于自我民族独特的思维方式,强化对自我民族独特思维活动的表现。

当然,少数民族文学要强化其民族性价值追求的深度,还可以进行其他诸多方面的努力。譬如,可以强化对独特民族性格和民族审美趣味等的表现。但关键在于强化对特定民族价值规范影响下的深层心理活动、意识活动、情感活动和思维方式等的摹写。所以,张承志(回族)强调:"实际上从事任何民族研究和民族工作,或者接触民族问题,都应该把注意民族的情感、心理素质和意识摆在绝对的第一位。"③ 次仁罗布(藏族)则指出:"藏族作家不应停留在写藏族传统文化的表象上,而要成为呈现其精髓内涵者。"④ 乌热尔图(鄂温克族)更是明确表示:"我力图通过自己的作品让读者能够感觉到我的民族的脉搏的跳动,让他们透视出这脉搏里流动的血珠……我希望我的读者能够听到我的民族的跳动的心音。"⑤ 需要强调的是,在特定民族价值规范影响下的深层的民族心理、民族意识、民族情感和民族思维方式等,可能是片面而狭隘的,甚至成了根深蒂固的民族成见或偏见,乃至于成了偏激的民族歧视。因此,总体上,当代少数民族文学强化其民族性价值追求的深度,关键就在于,既深刻表现自我民族深层的各种民族心理、民

---

① 陈勤建:《文艺民俗学》,上海文化出版社,2009 年,第 170 页。

② 维柯:《新科学》,朱光潜译,商务印书馆,1989 年,第 200 页。

③ 张承志:《我所理解的民族意识》,《民族文学研究》1987 年第 5 期。

④ 胡沛萍、次仁罗布:《文学,令人驰骋:著名藏族作家次仁罗布访谈录》,《西藏文学》2011 年第 6 期。

⑤ 乌热尔图:《写在〈七岔犄角的公鹿〉获奖后》,《民族文学》1983 年第 5 期。

族意识、民族情感和民族思维方式等，又深刻暴露自我民族深层的各种民族成见、民族偏见和民族歧视等。

当代少数民族文学要想走出民族性价值追求的浮浅化困境，除了努力强化其深度外，还必须有意识强化其广度。这要求少数民族文学的民族性价值追求不应是狭隘的、逼仄的，不能只将眼光拘囿于一时、一地、一人、一物或一事之上，而应超越具体时空和具体人事物象的限制，看得更广、更远，有意识地赋予其最大限度的概括力和表现力。具体而言，当代少数民族文学强化其民族性价值追求的广度，关键在于强化其时间广度和空间广度。

二 当代少数民族文学民族性价值追求的时间广度

当代少数民族文学要强化其民族性价值追求的时间广度，应同时强化时间的三个基本维面——历史性维面、时代性维面和未来性维面，从而促成民族性价值追求的历史性、时代性和未来性的有机交融。这要求少数民族文学既继承诸多古老而悠久的传统价值取向，又吸收诸多崭新而现代的时代价值取向，更为关键的，还应容纳着眼于未来长远发展的诸多价值取向愿景，从而沟通价值取向的过去、现在和未来。具体而言，这要求少数民族作家做好以下三个方面的工作。

首先，应强化民族性价值追求的时代性或现实性。白崇人先生曾指出："任何一个时代的代表作家，都是那个时代的产儿。只要他忠于历史潮流，忠于人民，他的作品就必然属于那个时代，就必然打上那个时代的烙印。"[1]当代少数民族文学的民族性价值追求也应如此：应忠于时代价值取向，真切感应当今时代价值精神的脉动，关注现实生活中诸多价值变革的新特点，以烙下不可磨灭的时代价值印记，从而给人以鲜明的时代感。因此，当代少数民族文学应努力捕捉时代价值取向的新信息，广泛吸纳时代价值取向的新因素，以努力反映各民族新的价值生活、新的价值冲突，特别是要解放思想，敢于揭示当今社会重大的价值矛盾，以至于能够使少数民族文学成为时代价值变革的号角，成为时代价值取向的镜子。

而且，即便是民族历史题材，少数民族作家也应站在当今价值观念变革发展的时代前沿，站在时代价值取向的高峰，从新的时代价值立场去表现它，从而凸显民族传统价值取向与当下现实价值取向之间的诸多契合点，最终通过历史题

---

[1] 白崇人：《民族文学创作论》，第 70 页。

材透视出作家在时代价值观念引发下的价值追求。可以说，只要作家的价值观念具有突出的时代性，只要他是站在时代价值精神的立场去处理民族历史题材，那么，其对民族历史的书写就必然会给人以鲜活的时代价值感，其民族性价值追求也就具有了一定的现实性。而那些缺乏鲜明时代价值感的民族历史题材，尽管有可能非常独特，甚至充满了猎奇色彩，但并不足取，因为其民族性价值追求必然缺乏一种包容过去与现在的时间广度。

此外，当代少数民族文学民族性价值追求的时代性，不应是作者生硬地添加进作品的诸多浮浅的时代符号。对此，一些民族作家已有所警惕，所以，意西泽仁（藏族）指出："如果我们不研究本地区的实际情况，甚至把时代精神仅仅理解为某项具体政策，看见内地在写什么，就跟着去写什么。这样的作品不仅没有新意，而且还会出现不真实的情况，甚至还会出现用别人的东西来套自己的生活的现象。"① 艾扎（哈尼族）则感叹：这种"与时代紧密结合的文学作品我们看得实在太多了"，这使"文学往往缺少独立的人本主义思想而充满功利色彩。时代的更换，政治气候的转变往往使我们的文学捉襟见肘，大量的作品充满了假、大、空"。② 所以，当代少数民族文学强化其民族性价值追求的时代性，应警惕这种浮浅的时代化价值倾向。

其次，应强化民族性价值追求的历史性或传统性。杰出的作品总能站在历史高度，跳出时代看时代，从而扎根时代而又超越时代，最终获得一种更加深远的历史价值意蕴，以至于能激起不同时代读者的心灵共鸣。据此，当代少数民族文学的民族性价值追求，既要立足时代现实，洞悉纷繁复杂的时代价值取向，又要频频回顾历史与传统，熟谙纷繁复杂的传统价值规范，从而使其民族性价值书写既具有突出的时代感，又具有悠远的历史意味。对此，许多民族作家都有所自觉。次仁罗布（藏族）强调："文学，是一个民族的记忆，写作者就是这种记忆的记录者。"③ 而存文学（哈尼族）则断言："一个作家如果不了解自己民族的历史，是无法写出深刻的作品里的。"④ 鲍义志（土族）也坚信："作为作家和文学工作者，理应对本民族的历史有更多的了解，知道我们从哪里来，从而再说我们到哪里去。"⑤

---

① 意西泽仁：《扎根在肥沃的土地上》，《文谭》1983 年第 2 期。
② 艾扎：《哈尼族文学对于传统文化的继承与发展》，《民族文学》2011 年第 4 期。
③ 次仁罗布：《记忆的书写》，《民族文学》2013 年第 8 期。
④ 陈约红、存文学：《存文学访谈》，《滇池》2002 年第 7 期。
⑤ 鲍义志：《让彩虹更加绚丽》，《中国土族》2012 年第 3 期。

而且,即便是写现实生活的作品,也要凸显一种悠远的传统价值意蕴。实际上,当代一些少数民族作家,尤其是新时期以来的许多少数民族作家,常常都能发掘出现实生活的历史文化意蕴。玛拉沁夫(蒙古族)的《活佛的故事》、边玲玲(满族)的《德布达理》和蔡测海(土家族)的《远处的伐木声》等都如此:并不满足于对时代现实中的价值观念变革做简单呈现,而在反映自我民族现实生活价值变革新风貌时,强化了作品的历史透视性和传统纵深感,因而提升了其民族性价值追求的广博度。所以,当代少数民族文学即便书写现实生活题材,也应把当今现实放进悠久的历史长河进行观照,以沟通现在与过去,从而写出对当今时代价值风貌的历史体验、传统感悟,以至于赋予作品一种历史透视感和文化纵深感。

当然,当代少数民族文学强化其民族性价值追求的历史感,也应避免浮浅的历史传统价值追求。这种浮浅的历史传统价值追求,在书写民族历史题材的作品中表现得尤其普遍,主要包括:其一,将民族传统和历史的价值取向欲望化,致力于从民族历史中去探寻各种欲望化的隐私,添油加醋,随意点染;其二,将民族传统和历史的价值取向娱乐化,大胆"戏说",随意"恶搞",往往借一点传统和历史的影子,就天马行空地展开叙述;其三,将民族传统和历史的价值取向表象化,即只关注其表象的热闹和精彩,而剔除了其丰富内蕴、深广意味。实际上,这强化的并不是深广的历史价值意蕴,而是浅薄的媚俗价值倾向。当代少数民族文学强化其民族性价值追求的历史感,应摆脱这种对待民族历史与传统的浮浅态度。

最后,应强化民族性价值追求的未来性或前瞻性:放眼长远未来,以内涵一种对未来价值理想的美好期望,包容一种面向未来的价值规范愿景,总与对未来价值追求的长思远虑紧密相连。对此,当代一些少数民族作家也有所洞悉。譬如,扎西达娃(藏族)明确指出:少数民族作家审视当下应具备一种未来眼光,"如果我们具备把自己置于未来二十年或更远的历史前端的能力,我们对于今天的城市裂变和阵痛或许会有一个新的认识,而不只是沉沦在咏叹中"。[①] 阿来(藏族)曾郑重表示:"我写作的时候,一直有一个强烈的祈愿:让我们看到未来。"[②] 张承志(回族)也公开宣称:"我的小说是我的憧憬和理想,我的小说中的男主人公是我盼望成为的形象。"[③]

---

① 扎西达娃:《何处是家园》,《西藏文学》2003年第3期。

② 阿来:《有关〈空山〉的三个问题》,《扬子江评论》2009年第2期。

③ 张承志:《生命的流程》,《读书》1986年第10期。

　　这要求少数民族作家站在未来价值理想的高度，去观照时代现实和历史传统。既肯定、吸纳时代现实和历史传统中符合未来价值理想的积极因素，又批判、否定其中违背未来价值理想的消极因素。这样，高远的未来价值理想不但成为时代现实和历史传统中积极价值因素的推动力量，而且成为现实和历史传统中消极价值因素的批判力量。这就促成了过去、现在与未来价值取向的有机一体。可见，当代少数民族文学的民族性价值追求应以长远未来的价值理想为镜，去观照时代现实和历史传统的价值取向，照出其中的残缺、丑恶与不完美，又将其中的光彩和希望集中起来，从而让人们在黑夜中看见光明，感受到未来的幸福与美好。这样，未来美好的价值理想就能促成时代现实和历史传统的价值取向的茁壮成长，保证其能沿着未来价值理想的方向延伸、发展，从而根除其痼疾，摆脱其平庸，以至于无论是对时代现实题材的价值书写还是对历史传统题材的价值叙述都充盈着未来价值理想的耀眼光芒。

三　当代少数民族文学民族性价值追求的空间广度

　　当代少数民族文学民族性价值的广度追求，除了强化时间广度之外，还应强化空间广度，应同时强化空间的几个基本维面——本土性维面、国家性维面、世界性维面与宇宙性维面，从而促成"小我"的本土性价值取向与"大我"的国家性、世界性以及宇宙性价值取向的有机交融。这要求当代少数民族文学努力做好以下几个方面的工作。

　　其一，应强化民族性价值追求的本土性或地域性。我国大多数少数民族往往分散居住在不同地域，这使不同地域的同一民族往往存在价值取向的地域差异。比如，不同地区的苗族由于被山河阻隔而有了不同的地域性价值倾向。就服饰而言，有黑苗、白苗、红苗、花苗、短裙苗和长裙苗等之分，这体现了他们服饰价值取向的地域性差异。其住宅也因地而异，黔东南的苗族多住"吊脚楼"，这是木制结构的两层平房和楼房，湘西苗族则多住木制结构的单层平房，云南昭通地区的苗族则多住用树干交叉搭成的"权权房"，这体现了他们建筑价值取向的地域性差异。甚至，特定民族聚居地区，由于地理环境的差异，也呈现出地域性价值取向的明显差异。比如，人口较少的普米族主要聚居在云南省西北部几个相邻的县，但依然存在明显的地域性差异：宁蒗、永胜地区的普米族实行大家庭制度，往往数代同堂，而兰坪、维西地区的普米族则喜欢小家庭，往往两三代分家而居。可见，即便居住地比较集中的民族,也依然存在地域环境的差异,其价值取向也并不相同。

因此,同一民族的不同作家,由于成长、生活、工作在不同地域,其文学创作也往往深受地域环境影响,呈现出不同的地域性价值风貌。以当代回族作家为例,新疆的回族作家,如白练、姚金梅和马康健等,其文学创作往往深受新疆独特地域文化的影响,具有浓郁的新疆风味;而云南的回族作家,如马宝康、马明康和白山等,其文学创作则常常受云南独特地域风貌的影响,因而充满了云南地区的风景画和风俗画;而宁夏的回族作家,如马知遥、马治中和查舜等,其文学创作则往往深受宁夏独特地域文化的影响,因而交织着一幅幅鲜明生动的塞上风光。这样,他们作品的民族性价值追求就体现出不同的地域性价值精神。这在当代少数民族文学中是一种极其普遍的现象。所以,当代少数民族文学强化其民族性价值追求的空间维度,最基本的就是强化其价值倾向的地域性和本土性。

其二,应强化民族性价值追求的国家性。任何民族的特定地域,往往都归属于一个更大的空间——特定国家。所以,任何特定民族的地域文学,都应把国家性价值取向注入民族的地域性之中,从而促成地域性和国家性价值取向的有机融合。正因为如此,阿来(藏族)笔下的机村,不但具有藏民族的地域性与本土性,而且还具有鲜明的中国性。如阿来自己所强调指出的:"这个村庄首先是一个中国的农耕的村庄,然后才是一个藏族人的村庄",虽然"写的是一个藏族的村庄,但绝不只是为了某种独特性,为了可以挖掘也可以生造的文化符号使小说显得光怪陆离而来写这个异族的村庄。再说一次,我所写的是一个中国的村庄"。①所以,强化各民族价值取向共同的国家意识,突出各民族价值取向共同的国家特征,表现各民族价值取向共同的国家品格,是当代各少数民族作家义不容辞的责任和使命。

这要求当代少数民族作家应超越自我民族"小我"的地域与本土价值意识,自觉树立"大我"的中华民族价值意识和社会主义中国的价值意识,深入把握祖国全体人民共同的价值愿望、价值心理,真切关心我们祖国的历史传统、时代现实和未来命运,真实反映我们祖国艰难而又可歌可泣的价值变革发展进程,以促使我们祖国价值观念的更新和进步,从而赋予其作品的民族性价值追求以一种鲜明的国家性特征。这也要求当代少数民族作家应同时强化自我的本土责任感、

---

① 阿来:《我只感到世界扑面而来》,《当代作家评论》2009 年第 1 期。

民族责任感和国家责任感,不但肩负起为本土代言、为民族代言的神圣使命,更要肩负起为全国人民代言、为祖国代言的神圣使命,不但关注民族复杂的地域问题、本土问题,更要关注复杂的国家问题,从而使自己的作品不但具有地地道道的本土性、地域性,更具有地地道道的中国性——有突出的中国作风、中国气派。

其三,应强化民族性价值追求的人类性或世界性:不但超越民族"小我"的地域价值取向,而且超越民族"大我"的国家价值取向,向全世界、全人类共同的价值理想开放。这意味着,少数民族作家应置身于全世界、全人类的价值高度,将自我民族、自我地域和自我国家放到整个人类的宏阔背景上进行观照,关注本民族、本地域、本国家与当今世界全人类共同面临的各种世界性问题,从而把民族命运、本土命运和国家命运融汇到全世界人类的共同命运之中。对此,一些优秀的少数民族作家其实也有着清醒认识。所以,阿来(藏族)坦言:"就我本人的写作来说,虽然命定要从一种在这个世界上显得相当特殊的文化与族群的生活出发,但我一直努力想做到的就是,超越这种特殊性,通过这种特殊而达到人性的普遍。"[1] 而铁穆尔(裕固族)则认定:少数民族作家"在不丧失自己民族的独特性的前提下,一定要摆脱民族利己主义,自由地服务于全人类"。[2]

可见,当代少数民族文学的民族性价值追求,应警惕这样一种偏颇——让价值取向的民族性、本土性和国家性遮蔽了价值取向的人类性、世界性与全球性。因此,当代少数民族作家不能过分夸大自我的民族性、本土性和国家性,一旦它们被极端张扬起来,就会以自我民族、自我本土或自我国家的价值取向为疆域,就容易滋生极端的民族主义、狭隘的本土主义和偏激的爱国主义,就会防范、抵制甚至仇视世界上其他地域、其他民族与其他国家的价值规范,就会严重遮蔽全世界人类共同的传统价值经验、共同的现实价值感受和共同的未来价值理想。这样,其作品的民族性价值追求就变得偏颇、狭隘而浮浅,往往缺乏开放的胸襟、包容的气度;更多的是一种"掩耳盗铃"的自我安慰:对异己的价值体系盲目抵制,同批判自我民族价值规范的一切行为不懈斗争,常难以掩饰对自我民族价值传统的自恋,甚至对自我民族价值体系中那些落后的因素也绝对认同。

最后,应强化民族性价值追求的宇宙性。"伟大艺术家,总渴求着超越人生的

---

① 阿来、陈祖君:《文学如何寻求"大声音"》,《现代中国文化与文学》2005 年第 2 期。

② 铁穆尔:《创作随想》,《西藏文学》2005 年第 2 期。

有限而达于万物一体的无限境界,总是寻求着独与天地精神往来的极境体验。他们的创作,不仅仅是作为个人在抒发琐屑的一己之感情,也不仅仅是作为人类在抒发普遍的人类情感,而是作为与天地万物通灵一体的宇宙精灵,在抒发着无限而神秘的宇宙体验。"① 这意味着杰出而伟大的作家作品,应站在最宏阔、最高远的宇宙价值立场,超越人类性价值视野,跳出人类看人类,跳出地球看地球,获得一种最宏大的宇宙价值视野。对此,阿来(藏族)是有所感悟的,他说:"从科学的、宏观的角度看,地球都是尘埃,更不用说地球上的人。从空间的角度宇宙无边无际,整个地球的生命都是尘埃。只要对当代空间物理学有所了解,就足以使我们产生比宗教更强烈的宿命感。"② 这必然要求超越"人类中心"的价值取向,站在整个宇宙的价值高度来看待人类,看待万物,获得一种最宏阔的宇宙价值意蕴。

因此,当代少数民族文学的民族性价值追求,不但应超越"小我"的本土与民族价值取向,而且应超越"大我"的国家与人类价值取向,站在最高远、最宏阔的宇宙价值立场,审视自我本土、自我民族和自我国家以及全世界和全人类,从而获得一种天地视野和宇宙胸襟。唯有如此,才能看出自我本土、自我民族、自我国家和全人类真正的价值病症、价值危机,才能真正克服偏颇的地方主义、狭隘的民族主义、偏激的爱国主义和自恋的人类中心主义,从而拓展出最广博的价值意蕴空间。所以,当代少数民族文学的民族性价值追求,不但应警惕本土意识、民族意识和国家意识的过度膨胀,而且还应警惕人类意识的过度泛滥,不要让它们遮蔽、压制了最宏阔的宇宙意识。这要求民族作家努力沟通宇宙万物的价值意蕴,参天地之心而立言成文,以至于能究天地之变、达造化之妙,从而使自己作品的民族性价值追求能获得最广博的空间维度,最终抵达文学艺术的最高价值境界——宇宙境界。

综上所述,当代少数民族文学的民族性价值追求,从时间维度上,应维持历史价值视野、时代价值视野和未来价值视野之间的必要张力,而在空间维度上,则应维持本土价值视野、民族价值视野、国家价值视野、人类价值视野和宇宙价值视野之间的必要张力。而且,时间广度的拓展与空间广度的强化是彼此互动的,它们共同作用,最大限度地拓展了少数民族文学民族性价值追求的深广性。

---

① 朱斌:《原型象征:审美张力空间的拓展》,《武陵学刊》2010年第4期。
② 阿来、易文翔:《写作:忠实于内心的表达——阿来访谈录》,《小说评论》2004年第5期。

唯有如此，当代少数民族文学的民族性价值追求才能克服其普遍存在的各种浮浅化倾向，才能真实有效地揭示各少数民族价值取向的复杂性、多样性和变动性。

（原载《文学与文化》2018 年第 1 期）

文学思潮及现象研究

《狂人日记》重读札记

——纪念鲁迅诞辰 130 周年

李新宇

一

作为启蒙的呐喊,《狂人日记》面对中国的历史传统发出了最为惊人的声音:"这历史没有年代,歪歪斜斜的每叶上都写着'仁义道德'几个字。我横竖睡不着,仔细看了半夜,才从字缝里看出字来,满本都写着两个字是'吃人'!"中国的历史,竟然是一部"吃人"的历史!

它是通过狂人之口喊出的。

细心的读者都会发现,《狂人日记》有两个叙事者。日记中的叙事者是狂人,但在日记之前有个序,它的叙事人是以作者的面目出现的。序中说,狂人是他的朋友,日记是朋友在生病时写下的。而现在朋友已经痊愈,"赴某地候补"去了。在这个叙事者看来,日记"语无伦次",而且颇多"荒唐"之处。他说朋友的病是"迫害狂",而他写出这些日记,只是"供医家研究"。这是一个"正常人"的语气。

然而,这个"正常人"的"正常"叙事,却是一个烟幕弹。而在实际上,作者的话是通过那个似乎不正常的狂人说出的。

让狂人代替作者说了许多话,而作者又以并非狂人的姿态写下那样的序。这个现象可以有各种不同的解释,但有一点是不能不注意的:鲁迅写《狂人日记》时,并非没有顾虑,因而为自己准备了一个避难所。

作者简介:李新宇(1955—),男,南开大学文学院教授。

二

小说的主人公，也就是小说正文的叙述者，是一个狂人。所谓狂人，也就是常说的"疯子""精神病患者"，总之是精神不正常的人。这样一个角色的日记，能当真吗？鲁迅要表达自己的见解，为什么要借一个疯子之口？

事实上，所谓正常人与疯子，所谓精神的正常与不正常，往往是在具体环境中根据常态判定的。尼采在《快乐的知识·动物的批评》中说过，动物如果视人类为它们的同类，大概会觉得人类很不正常，视人类为癫狂的动物、笑的动物、哭的动物或不幸的动物。也就是说，在一般动物看来，人是不正常的。换句话说，在一个不正常的环境中，正常会成为不正常。

在这里，狂人之所以被称作狂人，是因为他在那个环境中是不正常的。他不同于常人，所以他是狂人。然而，这个狂人所显示的，却是一种新的目光，一种新的理性，是对于自身生存环境和历史传统的深刻认识和深入思考，是难得的怀疑和批判的精神。

这就显示了一种矛盾：狂人与他生存环境的矛盾。如果他所处的环境是正常的，他就是不正常的；如果他是正常的，他所处的环境就有问题。

小说通过这种人物设置，已经把一个怀疑者和批判者与他的生存处境的矛盾展示出来。小说中的狂人之所以是狂人，是因为他对自己的环境有了完全不同于常人的感受，有了新的目光，在习以为常中看到了一个人群的大悲剧。

三

《犯人日记》所写的具体环境常被忽略，这是不应该的。

狂人生活在哪里？小说的回答是："四千年来时时吃人的地方。"

小说中出现的唯一村子，是"狼子村"。需要注意的是，它不是"文明庄"，不是"人道屯"，也不是"慈悲店"……而是"狼子村"。地名的设置很重要。因为它是狼子村，人类的理性自然没有位置。事实上，小说所写的整个环境，都可称作"狼子村"。

狂人生活的环境如何？"然而须十分小心。不然，那赵家的狗，何以看我两眼呢？我怕的有理。""今天全没有月光，我知道不妙。"在小说中，我们可以看到他对这个环境的观察和体验:到处是古怪的眼色,交头接耳的议论,藏刀的笑,铁青的脸色,路人"似乎怕我,似乎想害我"……这个环境让狂人充满恐惧,时时感觉到有被吃掉的危险。

因为有恐惧,他有了许多疑问。"凡事总须研究,才会明白。古来时常吃人,我也还记得,可是不甚清楚。"所以,他对历史进行了研究,发现了吃人的真相。

狂人不认为吃人是合理的,这与他所生存的环境格格不入。"他们会吃人,就未必不会吃我。"他最先的恐惧只是怕自己被人吃掉。因为他感觉到从赵家的狗各色人等,都怀有吃人的心思。同时,又有一套吃人的理论:"易子而食","食肉寝皮"……

然而,这个食人的民族有自己的文化。他们不像一般动物那样,要吃就公开痛快地吃,而是鬼鬼祟祟,以"狮子似的凶心,兔子的怯弱,狐狸的狡猾"创造各种名目。狂人想:"我晓得他们的办法,直捷杀了,是不肯的,而且也不敢,怕有祸祟。所以他们大家连络,布满了罗网,逼我自戕。"这里说的,也就是鲁迅多次说过的中国文化的软刀子杀人,不担杀人的罪名,而又趁了心愿。

在这里,每一个人都有被吃的可能。"自己想吃人,又怕被别人吃了,都用着疑心极深的眼光,面面相觑。"每一个人都会生活于恐惧之中。

四

狂人不仅是一个觉醒者和批判者,也是一个反思者。他的批判是与反思一起进行的。在这个"四千年时时吃人"的地方,他一方面时时有被吃的可能,同时又与吃人者脱不掉的干系:

> 吃人的是我哥哥!
> 我是吃人的人的兄弟!
> 我自己被人吃了,可仍然是吃人的人的兄弟!

再进一步,就是涉及自我的反省与追问:我是否也吃过人?"大哥管着家务,妹子恰恰死了,他未必不和在饭菜里,暗暗给我们吃。""我未必无意之中,不吃了我妹子的几片肉,现在轮到我自己……"因此,他自称"有了四千年吃人履历的我",并且为此而羞愧。

这是一种深刻的自我反思。这种自我反思使狂人没有置身于那个野蛮环境之外。他是"狼子村四千年文明"的反省者。

五

狂人的行动和理想是非常值得注意的内容。狂人是一个启蒙者。他一旦觉醒，一旦看到了狼子村文明的秘密，就想把自己的发现告诉别人，以期结束吃人与被吃的命运。

这是狂人的想法："去了这心思，放心做事走路吃饭睡觉，何等舒服。"所以，他要劝转那些吃人的人，使他们从此不再吃人。但他的努力难以有效。因为"他们可是父子兄弟夫妇朋友师生仇敌和各不相识的人，都结成一伙，互相劝勉，互相牵掣，死也不肯跨过这一步"。日记第八则写道：

> 忽然来了一个人：年纪不过二十左右，相貌是不很看得清楚，满面笑容，对了我点头，他的笑也不像真笑。我便问他："吃人的事，对么？"他仍然笑着说："不是荒年，怎么会吃人。"我立刻就晓得，他也是一伙，喜欢吃人的；便自勇气百倍，偏要问他。
>
> "对么？"
>
> "这等事问他什么。你真会……说笑话。……今天天气很好。"
>
> "天气是好，月色也很亮了。可是我要问你，"对么？"
>
> 他不以为然了。含含胡胡地答道，"不……"
>
> "不对？他们何以竟吃？！"
>
> "没有的事……"
>
> "没有的事？狼子村现在吃；还有书上都写着，通红斩新！"
>
> 他便变了脸，铁一般青。睁着眼说，"有许有的，这是从来如此……"
>
> "从来如此，便对么？"

狂人的重要精神特征就是偏要追问吃人的事对不对。得到的回答是："从来如此。"那么，"从来如此，便对么？"这种怀疑精神正是启蒙者的特征。

他要用新的思想使他的哥哥告别吃人的传统。他的思维和参照是值得注意的。他知道这种吃人的传统并非狼子村所特有，而是人类本来共有的。但在进化

的道路上,有的人群要学好,不吃了;有的人群却不知悔改,更多地保留了野蛮的习俗。在日记第十则中,他这样劝说大哥:

> "……大哥,大约当初野蛮的人,都吃过一点人。后来因为心思不同,有的不吃人了,一味要好,便变了人,变了真的人。有的却还吃,——也同虫子一样,有的变了鱼鸟猴子,一直变到人。有的不要好,至今还是虫子。这吃人的人比不吃人的人,何等惭愧。怕比虫子的惭愧猴子,还差得很远很远。
>
> "易牙蒸了他的儿子,给桀纣吃,还是一直从前的事。谁晓得从盘古开天辟地以后,一直吃到易牙的儿子;从易牙的儿子,一直吃到徐锡林;从徐锡林,又一直吃到狼子村捉住的人。去年城里杀了犯人,还有一个生痨病的人,用馒头蘸血舐。
>
> "他们要吃我,你一个人,原也无法可想;然而又何必去入伙。吃人的人,什么事做不出;他们会吃我,也会吃你,一伙里面,也会自吃。但只要转一步,只要立刻改了,也就人人太平。虽然从来如此,我们今天也可以格外要好……"

可是,启蒙常常是无效的。这位大哥开始还只是冷笑,随后眼光便凶狠起来,脸色也立即变青,最后,他朝着看热闹的人喊:"都出去! 疯子有什么好看!"

在这里, 狂人又发现了中国人的一种妙法:"他们岂但不肯改, 而且早已布置;预备下一个疯子的名目罩上我。将来吃了,不但太平无事,怕还会有人见情。佃户说大家吃了一个恶人,正是这方法。这是他们的老谱!"

狂人却仍然要喊:"你们立刻改了,从真心改起! 你们要晓得将来容不得吃人的人……"

"将来容不得吃人的人",这句话包含着对历史和现实的理性认识,包含着一种新的社会理想——关于自由、平等和人权保障的理想。这正是鲁迅在 1907 年前后已经确立的"立人"目标。

最后,狂人的呼声一点也不激越,一点也不洪亮,是一个被吃者最后的呼叫,是一个启蒙者的微弱希望,而且充满犹豫而不敢肯定:"没有吃过人的孩子,或者还有? 救救孩子……"

六

1918 年 8 月 20 日，鲁迅给好友许寿裳的信中说到这篇小说的创作动机："偶阅《通鉴》，乃悟中国人尚是食人民族，因此成篇。此种发现，关系亦甚大，而知者尚寥寥也。"

正因为"知者尚寥寥"，鲁迅要让更多的人知道。他要通过自己的呐喊而告诉国人：我们深处其中的，是这样一个环境。鲁迅借狂人之口，对这个民族的历史进行了揭示。

几年之后，鲁迅对他的这一思想进行过补充说明。他不仅认为中国传统吃人，而且发现了吃人传统的结构，以及它赖以存在和巩固的机制。在《灯下漫笔》一文中，鲁迅以他特有的清醒和深刻揭示了中国人的生存状态：

> 假如有一种暴力，"将人不当人"，不但不当人，还不及牛马，不算什么东西；待到人们羡慕牛马，发生"乱离人，不及太平犬"的叹息的时候，然后给与他略等于牛马的价格，有如元朝定律，打死别人的奴隶，赔一头牛，则人们便要心悦诚服，恭颂太平的盛世。
>
> …………
>
> 但实际上，中国人向来就没有争到过"人"的价格，至多不过是奴隶，到现在还如此，然而下于奴隶的时候，却是数见不鲜的。中国的百姓是中立的，战时连自己也不知道属于那一面，但又属于无论那一面。强盗来了，就属于官，当然该被杀掠；官兵既到，该是自家人了罢，但仍然要被杀掠，仿佛又属于强盗似的。这时候，百姓就希望有一个一定的主子，拿他们去做百姓——不敢，是拿他们去做牛马，情愿自己寻草吃，只求他决定他们怎样跑。
>
> 假使真有谁能够替他们决定，定下什么奴隶规则来，自然就"皇恩浩荡"了。可惜的是往往暂时没有谁能定。举其大者，则如五胡十六国的时候，黄巢的时候，五代时候，宋末元末时候，除了老例的服役纳粮以外，都还要受意外的灾殃。张献忠的脾气更古怪了，不服役纳粮的要杀，服役纳粮的也要杀，敌他的要杀，降他的也要杀：将奴隶规则毁得粉碎。这时候，百姓就希望来一个另外的主子，较为顾及他们的奴隶规则的，无论仍旧，或者新颁，总之是有一种规则，使他们可上奴隶的轨道。

对于中国的文明，鲁迅有两个重要概括。当历史教科书大谈历史的悠久与辉煌时，鲁迅告诉人们："任凭你爱排场的学者们怎样铺张，修史时候设些什么'汉族发祥时代''汉族发达时代''汉族中兴时代'的好题目，好意诚然是可感的，但措辞太绕湾子了。有更其直截了当的说法在这里—— 一，想做奴隶而不得的时代；二，暂时做稳了奴隶的时代。"当一些人赞美中国文明时，鲁迅告诉人们："所谓中国的文明者，其实不过是安排给阔人享用的人肉的筵宴。所谓中国者，其实不过是安排这人肉的筵宴的厨房。"

这决非信口开河，亦非激愤之语，而是有着深入的考察作为依据。他发现了一个形成和巩固的机制："有贵贱，有大小，有上下。自己被人凌虐，但也可以凌虐别人；自己被人吃，但也可以吃别人。一级一级的制驭着，不能动弹，也不想动弹了。"

作为历史的证据，鲁迅引了《左传》中的说法："天有十日，人有十等。下所以事上，上所以共神也。故王臣公，公臣大夫，大夫臣士，士臣皂，皂臣舆，舆臣隶，隶臣僚，僚臣仆，仆臣台。"如果只是单纯的压迫，或许因为反抗而改变。但中国的尊卑上下却并非绝对的，它给弱小者留有希望。鲁迅说："'台'没有臣，不是太苦了么？无须担心的，有比他更卑的妻，更弱的子在。而且其子也很有希望，他日长大，升而为'台'，便又有更卑更弱的妻子，供他驱使了。"因为每一个人都有奴役别人的希望，这种等级制度便得以长存。"因为古代传来而至今还在的许多差别，使人们各各分离，遂不能再感到别人的痛苦；并且因为自己各有奴使别人，吃掉别人的希望，便也就忘却自己同有被奴使被吃掉的将来。于是大小无数的人肉的筵宴，即从有文明以来一直排到现在，人们就在这会场中吃人，被吃，以凶人的愚妄的欢呼，将悲惨的弱者的呼号遮掩，更不消说女人和小儿。"

所以，读《狂人日记》，不能不同时阅读《灯下漫笔》。这二者，一是象征性的艺术表达，一是直白的思想表达。

（原载《文学与文化》2011 年第 4 期）

"人类向各民族所要的是'人'"

——《热风》与鲁迅"五四"时期的"文明批评"和"社会批评"*

黄 健

　　在沉寂了十年之后,鲁迅开始参与由陈独秀主编的《新青年》杂志发起的"五四"新文化运动,展开了他对于"旧文化、旧思想、旧道德"的"文明批评"和"社会批评"。①他在"五四"时期撰写的"随感录"式的杂文,后来大都收集在《热风》中,较为完整地反映出了他对于中国传统文明和社会所存在问题的深邃思考和深刻批判。用他的话来说,这些"随感录"式的"短评","除几条泛论之外,有的是对于扶乩,静坐,打拳而发的;有的是对于所谓'保存国粹'而发的;有的是对于那时旧官僚的以经验自豪而发的;有的是对于上海《时报》的讽刺画而发的"②。表面上看起来,鲁迅只是针对"五四"时期社会上出现的各种现象有感而发,实际上,则是通过现象看本质,由外而内,由表及里地层层剖析,找到形成这些现象的本源和症结所在。在鲁迅看来,对于一个尚未对新的文明(现代文明)到来做好充分接纳准备的传统中国和它的国民来说,其实一切都是非常难以改变的。他曾多次感叹:"不是很大的鞭子打在背上,中国自己是不肯动弹的。"如何推动中国社会和

　　作者简介:黄健(1956—),男,浙江大学文学院教授。

　　* 本论文为国家社科基金重大项目 "鲁迅的文化选择对百年中国新文学的影响研究"(项目号:19ZDA267)的阶段性成果。

　　① 在《两地书》中,他对许广平说,现代中国"最缺少的是'文明批评'和'社会批评'",并表示他所做的就是要以现代文明的理念和标准展开批评活动,参见鲁迅:《两地书·十七》,《鲁迅全集》(第十一卷),人民文学出版社,1981年,第 63 页;鲁迅:《呐喊·自序》,《鲁迅全集》(第一卷),人民文学出版社,1981年,第419 页。

　　② 鲁迅:《热风·题记》,《鲁迅全集》(第一卷),第 291 页。

文化由传统向现代文明转变,是鲁迅在"五四"新文化运动中所作的系统、全面、整体而深刻的思考,也是他选择以"文明批评"和"社会批评"的方式,参与"五四"新文化运动的一个重要原因。纵观鲁迅在"五四"时期撰写的"随感录"式的杂文,不难发现,他所基于的是现代文明的价值标准和立场,所依据的是现代人道主义的思想理论。在《热风》中,鲁迅重点是对传统中国尚不适应现代文明的种种症状,以及在社会各个领域所产生的滞后现象及其所产生的问题和障碍,进行了全面的分析和批判,并大力宣扬以"自由"为核心理念的现代文明价值观,其主旨就是要大力推动中国走向现代文明,拥抱现代文明。因为他坚信那根抽打在中国背上的"皮鞭"总是要来的,而且"总是要打到的"。①

一

用现代文明价值理念和标准看来,传统中国及其文化观念中一个最匮乏的因素,就是没有"人"的观念,没有"人"的价值、权利、尊严和地位。鲁迅认为,"中国人向来就没有争到'人'的价格,至多不过是奴隶",整个中国的历史也不过是"想做奴隶而不得"和"暂时做稳了奴隶"时代的交替循环,是一部"吃人"历史。他一针见血地指出:"所谓中国的文明者,其实不过是安排给阔人享用的人肉的筵宴。所谓中国者,其实不过是安排这人肉的筵宴的厨房。"②他还通过文明的对比,指出"欧美之强",则"根柢在人",并倡导建立"人国","人国既建,乃始雄厉无前,屹然独见于天下,更何有肤浅凡庸之事物哉"。③应该说,运用"人"的观念,开展"文明批评"和"社会批评",这本身就是现代文明批评所要遵守的原则,当然也是鲁迅在"五四"时期"随感录"创作的指导思想和显著的思想特征。

正是沿着以"人"为本的主导路径,鲁迅在"随感录"中就针对传统文明、传统社会中的"非人"现象展开了重点批评。在《热风·二十五》中,他针对中国养孩子的状况进行了分析,指出:"中国的孩子,只要生,不管他好不好,只要多,不管他才不才。生他的人,不负教他的责任。虽然'人口众多'这一句话,很可以闭了眼睛自负,然而这许多人口,便只在尘土中辗转,小的时候,不把他当人,大了以后也做不了人。"显然,这不是一般性的就事论事,而是用"人"的标准来进行现象的审

---

① 鲁迅:《坟·娜拉走后怎样》,《鲁迅全集》(第一卷),第164页。
② 鲁迅:《灯下漫笔》,《鲁迅全集》(第一卷),第213、216页。
③ 鲁迅:《坟·文化偏至论》,《鲁迅全集》(第一卷),第56页。

视。在传统的"重生不重养"观念制约下,中国人普遍对"生孩子",尤其是对生"男孩"还是生"女孩"看得比较重,对"多生"也看得比较重,因为在"孝"的观念中,没有孩子,或人丁不旺,都是"不孝"的表现,正所谓"无后为大"也。然而,生了孩子又究竟怎样"养孩子",养好孩子,则往往是囿于条件限制,特别是经济条件限制,多是顾不上来,所以孩子大都是"放养",或美曰其名是"天养"。其实,从根子上来讲,这就是没把孩子真正看作是"人"的表现,他一针见血地指出:"中国娶妻早是福气,儿子多也是福气。所以小孩,只是他父母福气的材料,并非将来的'人'的萌芽,所以随便辗转,没有人管他……大了以后,幸而生存,也不过'仍旧贯如之何',照例是制造孩子的家伙,不是'人'的父亲,他生了孩子,便仍然不是'人'的萌芽。"显然,鲁迅的批评,正是把这种现象上升到如何将孩子培养成"人"的高度来进行的,他明确指出:"因为我们中国所多的是孩子之父,所以以后是只要'人'之父!"① 如同稍后写的《我们现在怎样做父亲》一文所指出的那样:"没有法,便只能先从觉醒的人开手,各自解放了自己的孩子",宁可"自己背着因袭的重担,肩住了黑暗的闸门,放他们到宽阔光明的地方去;此后幸福的度日,合理的做人"②。"人"的观念、"人"的意识,是鲁迅在"五四"时期撰写"随感录"所遵守的基本原则,这也使得他的"随感录"不是一般性的泛泛而谈,更不是发发牢骚,说些风凉话,而是对这种现象所蕴聚的内涵及其本源进行剖析,发掘实质,让人深思和反省。

倡导"人"的思想,所针对的是"非人"的现象,是"奴性"的国民劣根性。鲁迅在此时撰写的"随感录"一类的杂文中,认真分析了中国人从来没有争取到过"人的价格,至多不过是奴隶"的原因,他指出:"昏乱的祖先,养出昏乱的子孙,正是遗传的定理。民族性造成之后,无论好坏,改变都不容易。"③ 从民族根性上寻找造成"非人"和"奴性"的根源,使他的"随感录"不仅摆脱了纯粹的事务性评判和批评,而且在探究症结根源当中,能够具有一种全新的认识视阈,一种世界性的眼光和标准,或者说是更具现代文明的价值标准,从而找出这种症结根源的根性,探寻现代中国人的生存境况和出路。如在谈及中国人与世界人的关系时,他就指出:"许多人所怕的,是'中国人'这名目要消灭;我所怕的,是中国人要'世界人'中挤出。……于是乎中国人失了世界,却暂时仍要在这世界上住!——这便是我的大

① 以上引文均出自鲁迅:《热风·二十五》,《鲁迅全集》(第一卷),第295、296页。

② 鲁迅:《坟·我们现在怎样做父亲》,《鲁迅全集》(第一卷),第295页。

③ 鲁迅:《热风·三十八》,《鲁迅全集》(第一卷),第313页。

恐惧。"采用"世界人"的标准,也即现代文明的标准,来评判中国人遭遇的"非人"境况,形成的"奴性"原因,这就不是一般性的忧国忧民情感,而是从中贯穿着一种现代的思想,也即是要置于世界文明发展主流的高度来进行审视、对照,从中找出根源,推动现代中国的文明转型。对此,鲁迅强调指出:"想在现今的世界上,协同生长,挣一地位,即须有相当的进步的智识,道德,品格,思想,才能够站得住脚:这事极须劳力费心。"① 在他看来,"智识,道德,品格,思想"这些被现代文明反复强调的"人"的要素,在传统的"人"的范畴里是极其匮乏的,这也即是造成"非人"现象和"奴性"根源的一个重要原因。他指出:"简单地说,便只是纯粹兽性方面的欲望的满足——威福,子女,玉帛,——罢了。然而在一切大小丈夫,却要算最高理想(?)了。我怕现在的人,还被这理想支配着。"② 在谈及"暴君的臣民"时,他又指出:"暴君治下的臣民,大抵比暴君更暴;暴君的暴政,时常还不能餍足暴君治下的臣民的欲望。……暴君的臣民,只愿暴政在他人的头上,他却看着高兴,拿'残酷'做娱乐,拿'他人的苦'做赏玩,做慰安。自己的本领只是'幸免'。从'幸免'中又选出牺牲,供给暴君治下的臣民的渴血的欲望,但谁也不明白。死的说'啊呀',活着高兴着。"③ 在传统文明中,"奴性"的"臣民"毫无"人"的价格,也毫无独立的认知和判断,一切都是在"暴君"治下"幸免"地苟且活着。而在现代文明价值视阈中,一个人所具有的"智识,道德,品格,思想",是他作为现代人所持有的一个最基本的标准,因为这是真正的"人"的标准。他是独立的,是自由的,是觉悟的;这也是摆脱奴役,消除"非人"现象,克服"奴性"心理的一个最基本的标准。很显然,这种现代文明的价值标准,始终是贯穿在鲁迅此时撰写的"随感录"之中的。

需要指出的是,鲁迅所持有的"人"的标准,在这个意义上就不是泛泛而指的"人",不是概念化的"人",而指的是具有鲜明的个性、独立自我意识的个体的"人"。他指出:"中国人向来有点自大。——只可惜没有'个人的自大',都是'合群的爱国的自大'。这便是文化竞争失败之后,不能再见振拔改进的原因。"所谓"个人的自大",并非指个人的狂妄、自傲,而是指个体的独立性,他说:"这种自大的人,大抵有几分天才,——照 Nordau 等说,也可说就是几分狂气。他们必定自己觉得思想见识高出庸众之上,又为庸众所不懂,所以愤世疾俗,渐渐变成厌世家,或'国民之敌'。但一切新思想,多从他们出来,政治上宗教上道德上的改革,

① 以上均引自鲁迅:《热风·三十六》,《鲁迅全集》(第一卷),第 307 页。

② 鲁迅:《热风·五十九"圣武"》,《鲁迅全集》(第一卷),第 355 页。

③ 鲁迅:《热风·暴君的臣民》,《鲁迅全集》(第一卷),第 366 页。

也从他们发端。所以多有这'个人的自大'的国民,真是多福气! 多幸运! "①很显然,鲁迅强调的"个人的自大",特点就是"独异",而所针对的是"庸众"。在这里,鲁迅受尼采哲学思想的影响,强调了"卓越的个体"对于世界,对于人生的特殊意义,不过与尼采所不同的是,他强调的"独异",尽管针对的是"庸众",但不是强调二者的对立,而是强调先觉悟的"独异"个体,应肩负自己的责任,去对"庸众"进行启蒙,唤醒仍在"绝无窗户而万难破毁"的"铁屋子"里昏睡的国民。

二

　　在现代文明视阈中,"人"的标准,是用科学的标准来衡定的。换言之,科学的理念、思想、价值标准,也是现代文明的重要标准,是人获得现代觉醒之后,用科学的力量、理性的力量去观照世界,探索世界,构建世界新秩序的重要价值取向。鲁迅早年在南京求学和在日本留学期间,形成了自己的科学观,如 1903 年在《浙江潮》发表的《说鈤》和《中国地质略论》,以及写于 1907 年的《人之历史》和《科学史教篇》等文章中,就展示出他极具现代理念的科学思想。他认为"十九世纪之物质文明","无不蒙科学之泽"②。由此,他注重将科学的发展与人类社会发展联系起来进行综合考察,找出中国在近代之所以落后与长期不注重科学发展的内在原因。他的这种科学思想、认识、思维和评判标准,同样贯穿在"五四"时期撰写的"随感录"杂文中,是他开展"文明批评"和"社会批评"的重要理论依据和方法。

　　在《热风·三十三》开篇,鲁迅就一针见血地指出了当时"一班好讲鬼话的人,最恨科学"的现象,指出"其中最巧妙的是捣乱。先是把科学东扯西拉,羼进鬼话,弄得是非不明,连科学也带了妖气"。通过大量的例证,他不仅分析了此现象及其表现,同时也分析和指出了产生这种现象的原因。结合对传统文明的审视,他指出:"从前的排斥外来学术和思想,大抵专靠皇帝;自六朝至唐宋,凡攻击佛教的人,往往说他不拜君父,近乎造反。现在没有皇帝了,却寻出一个'道德'的大帽子,看他何等利害。"用现代文明的价值来衡量,用科学的方法来剖析,鲁迅所展开的系列批评,也就能够使人清楚地看到当时整个社会信"鬼话"和"捣乱"科学的根源与后果,他指出:"其实中国自所谓维新以来,何尝真有科学。现在儒道诸公,却径把历史上一味捣鬼不治人事的恶果,都移植科学身上,也不问什么道道,

---

① 鲁迅:《热风·三十八》,《鲁迅全集》(第一卷),第 311 页。
② 鲁迅:《坟·科学史教篇》,《鲁迅全集》(第一卷),第 32 页。

怎样是科学,只是信口开河,造谣生事,使国人格外惑乱,社会上也罩满了妖气。"①在鲁迅开展的"文明批评"和"社会批评"中,由于是结合对传统文明中科学要素极其匮乏根源的审视和探究,他也就找到了造成当时社会上"鬼话"连篇,大肆污蔑和捣乱科学的现象的本源,即整个文明体系对科学是排斥的,如同他在文中例举的那位"神童",他所谓的"本领在科学家之上"的狂妄,其本质是他的愚昧、无知和麻木,不仅是对科学的"捣乱",更是对科学一无所知的本能排斥。

科学是医治人的愚昧无知的良药,用科学理念、方法和价值标准来审视传统文明及其在现实社会中的种种表现,特别是对处在新旧交替转型时期的国人开展思想启蒙,鲁迅在"五四"时期开展的"文明批评"和"社会批评",就非常注重把各种非文明的现象上升到科学的高度来认识和思考,用科学的照妖镜照出一切"非人"的、"非科学"现象的原形,并通过文明的比较,拨掉笼罩在一些现象上的所谓神圣的光环,让人看得清清楚楚,明明白白。在《热风·三十七》中,通过对当时流行的"打拳"现象的剖析,鲁迅就指出,"现在那班教育家,把'九天玄女传与轩辕黄帝,轩辕黄帝与尼姑'的老办法,改称'新武术',又是'中国体操',叫青年去练习。听说其中好处甚多,重要的举出两种来,是:一、用在体育上。据说中国人学了外国体操,不见效验;所以须改习本国式体操(即打拳)才行。……二、用在军事上。中国人会打拳,外国人不会打拳,有一次见面对打,中国人得胜,是不消说的。即使不把外国人'板油扯下',只消一阵'乌龙扫地',也便一齐扫地,从此爬起"②。 显然,鲁迅对这种现象的描述,并不是一般性的泛泛而指,而是处处表现出寓意其中的现代文明价值标准和科学标准,从中展现出来的文明与愚昧、先进与落后的对决,既展示出传统制约下的愚民"阿Q"式的愚昧和无知,又展示出蕴含其中的狡黠、巧滑和无赖之心理意识,同时更是展示出基于现代文明价值之上的科学思想之光芒。因为只有科学才能战胜这种愚蠢、愚昧和无知,只有文明才能揭示隐藏其中的狡黠、巧滑和无赖,并在本质上揭示出了这种"非人"现象的后果,以及奴性性格心理在国民性上的种种表现。

用科学的思想和价值标准审视处在新旧转型之中的中国社会,并展开"文明批评"和"社会批评",鲁迅非常注重透过一些愚蠢、愚昧的社会现象发掘其本质涵义,所指的仍然是受传统制约的人,是对人怎样被奴役而产生"非人"现象的剖析、反思和批评。在《热风·四十二》中,鲁迅从外国人称中国人为"土人"说起,初

① 鲁迅:《热风·三十三》,《鲁迅全集》(第一卷),第298、301页。
② 鲁迅:《热风·三十七》,《鲁迅全集》(第一卷),第309页。

觉还"颇不舒服",但经过一番认真"细想"之后,觉得是有其中的道理的,他说:"他们以此来称中国人,原不免有侮辱的意思;但我们现在,却除承受这个名号以外,实是别无办法。因为这类是非,都凭事实,并非单用口舌可以争得的。试看中国的社会里,吃人,劫掠,残杀,人身卖买,生殖器崇拜,灵学,一夫多妻,凡是所谓国粹,没有一件不与蛮人的文化(?)恰合。"接着,他还就"土人"其他的与现代文明所背驰的行为,如拖大辫、吸鸦片,以及自大与好古等等,进行了分析和批评,特别是对缠足现象,鲁迅说它是在"土人的装饰法中,第一等的新发明了",其中更为特别的是"土人"在其中种种如此"残酷"的做法,不以为痛苦,反而是"以残酷为乐",以"丑恶为美",这"真是奇事怪事"。① 尽管"土人"是外国人对中国人的一种蔑称,但剔除其中侮辱的成分,从"土人"无法对接现代文明的角度来反思,也正是可以看到长期的精神奴役对人的性格、心理、思维、意识和行为方式等方面摧残与影响的后果。鲁迅后来也多次提到这种情形,并严肃地指出,展开"文明批评"和"社会批评",如果不认真地考量人在社会中的主体状况,仅仅只是就现象而谈现象,那么,人的解放,人的尊严,人的权利的维护也就无从谈起,就必然会产生"极容易变成奴隶,而且变了之后,还万分喜欢"② 的现象。这不仅仅只是国民性如何奇怪,更是人在精神奴役下的一种真实存在的境况,对此,只有一味药可治,这就是现代文明,就是科学,如鲁迅所说:"我希望也有一种七百零七的药,可以医治思想上的病。这药原来已发明,就是'科学'一味。"③ 所以,早在"五四"新文化运动初期,陈独秀就疾呼只有采用包括科学在内的现代文明,才能真正"可以救治中国政治上道德上学术上思想上一切的黑暗"④。倡导新文化的同人大都持这一观念。无疑,鲁迅的科学思想在传播现代文明、开展"文明批评"和"社会批评"上,更是展现出了他独有的智慧和高度。

三

以"自由"为核心理念的现代文明价值观,对于人的权利、地位、尊严的维护,所强调的是"自由"与"平等"。鲁迅在"五四"时期开展的"文明批评"和"社会批评",所遵循的也是这个基本原则。他指出:"现在的外来思想,无论如何,总不免

---

① 鲁迅:《热风·四十二》,《鲁迅全集》(第一卷),第327页。

② 鲁迅:《坟·灯下漫笔》,《鲁迅全集》(第一卷),第215页。

③ 鲁迅:《热风·三十八》,《鲁迅全集》(第一卷),第313页。

④ 陈独秀:《本志罪案之答辩书》,《新青年》第6卷第1号,1919年1月15日。

有些自由平等的气息,互相共存的气息。"① 在《随感录三十九》中他明确指出:"但我们应该明白,人格的平等,也是一种外来的旧理想。"② 在传统的制约下,人是按照血缘辈分和伦理等级来划分的,并无自由平等可言。鲁迅在《灯下漫笔》中就曾清晰地描述了这种状况,他说等级制度中的人是"有贵贱,有大小,有上下",然而,却往往是陷入"自己被人凌虐,但也可以凌虐别人;自己被人吃,但也可以吃别人。一级一级地制驭着,不能动弹,也不想动弹了"③ 的境地,在这当中内斗、内耗,相互猜忌,相互忌恨,相互残杀,日复一日,恶性循环,进而使整个中国"便成了一面受破坏,一面修补,一面受破坏,一面修补的生活"④ 的无法"动弹"的"超稳定"社会,与现代文明世界隔离开来,表面上是一派祥和,但实际上则只是"中国的人,大抵在如此空气里成功,在如此空气里萎缩腐败,以至老死"⑤。

在鲁迅看来,开展"文明批评"和"社会批评",就要推动"自由"与"平等"的价值理念深入到中国人的精神世界中。他指出首要做的工作是推倒旧的"偶像",打碎禁锢人的精神枷锁。他以中外对比的事例指出:"不论中外,诚然都有偶像。但外国是破坏的偶像的人多;那影响所及,便成功了宗教改革,法国革命。旧像愈催破,人类便愈进步……那达尔文易卜生托尔斯泰尼采诸人,便都是近来偶像破坏的大人物。"他接着呼吁:"即便使所崇拜的仍然是新偶像,也总比中国陈旧的好。与其崇拜孔丘关羽,还不如崇拜达尔文易卜生。"⑥ 摧毁旧的偶像,追求的是人的解放,特别是精神的解放和心灵的自由,而人一旦获得了"自由"和"平等"的权利,也就能够获得自我的主体意识,个性的自我意识,进而认识到自己的价值、责任和使命,成为真正的"人之子"。鲁迅说:"东方发白,人类向各民族所要的是'人',——自然是'人之子'……人之子醒了;他知道了人间应有的爱情,知道了从前一班少的老的所犯的罪恶;于是起了苦闷,张口发出这叫声。……我们还要叫出没有爱的悲哀,叫出无所可爱的悲哀。……我们要叫到旧账勾销的时候。"⑦ "人之子"的觉醒,也就是人的觉醒,而觉醒了的人,就不再被奴役,不再被旧像束缚,而是"所信的主义,牺牲了别的一切,用骨肉碰钝了锋刃,血液浇灭了烟焰",

① 鲁迅:《热风·五十九"圣武"》,《鲁迅全集》(第一卷),第 356 页。
② 鲁迅:《热风·随感录三十九》,《鲁迅全集》(第一卷),第 318 页。
③ 鲁迅:《坟·灯下漫笔》,《鲁迅全集》(第一卷),第 215 页。
④ 鲁迅:《华盖集续编·记谈话》,《鲁迅全集》(第 3 卷),第 357 页。
⑤ 鲁迅:《热风·四十一》,《鲁迅全集》(第一卷),第 325 页。
⑥ 鲁迅:《热风·四十六》,《鲁迅全集》(第一卷),第 332、333 页。
⑦ 鲁迅:《热风·四十》,《鲁迅全集》(第一卷),第 322、323 页.

并"在刀光火色衰微中,看出一种薄明的天色,便是新世纪的曙光"①。

获得"自由"和"平等"权利的人,不再是传统的依附型人格,而是现代的独立型人格,所信服的不再是外在的所谓权威,不再是所谓的"代言",代帝王言,代圣人言,而是依据自己的内心准则,遵循现代文明的价值标准,运用现代的知识,运用自己独立的价值判断,独立的"思",独立的"言",独立的"行",作出自己独立的选择。因此,一个现代的独立的人,在面对现实社会种种的"非人"现象,非文明的现象,总是会表现出自己的不满。鲁迅说:"不满是向上的车轮,能够载着不自满的人类,向人道前进。多有不自满的人的种族,永远前进,永远有希望。多有只知责人不知反省的人的种族,祸哉祸哉!"②在鲁迅看来,"不满"是获得现代文明熏陶之后,每一个独立的个体,对自己、对社会所承担的责任,并非满腹牢骚,无所作为,或自暴自弃,破坏社会,而是正视现实,发现问题,找出症结,寻求改革的办法,推动整个社会的良性发展。鲁迅举古今的例子分析说:"古来很有几位恨恨而死的人物。他们一面说些'怀才不遇''天道宁论'的话,一面有钱的便狂嫖滥赌,没钱的便喝几十碗酒,——因为不平的缘故,于是后来就恨恨而死了。"他告诫人们,"不满"不是所谓的"愤恨","愤恨只是恨恨而死的根苗,古人有过许多,我们不要蹈他们的覆辙",此外,"不满"也不是所谓的"恨人",他说"我们更不要借了'天下无公理,无人道'这些话,遮盖自暴自弃的行为,自称'恨人',一副恨恨而死的脸孔,其实并不是恨恨而死"。③鲁迅区分了"不满"与"愤恨"的性质,旨在用文明的力量唤醒现代人的心灵觉悟,用自己独立的思考和选择,作出符合文明准则的抉择。

通过"文明批评"和"社会批评",鲁迅希望以"自由"为核心理念的现代文明,能够真正在现代中国落地、生根、发芽、成长,希望现代中国人能够真正摆脱奴役,消除一切"非人"的社会弊端,迈向现代文明,与"现今的世界上,协同生长",在现代文明发展史上享有崇高地位。他说:"祖先的势力虽大,但如从现代起,立意改变:扫除了昏乱的心思,和助成昏乱的物事(儒道两派的文书),再用了对症的药,即使不能立刻奏效,也可把那病毒略略薶淡。"如同他创作小说的理念是一样的,意在引起社会的"疗救"的注意,指出他的"文明批评"和"社会批评"是"对于'不长进的民族'的疗救方法"。他直言不讳地指出:"我有一句话,要

---

① 鲁迅:《热风·五十九"圣武"》,《鲁迅全集》(第一卷),第 356 页。
② 鲁迅:《热风·六十一"不满"》,《鲁迅全集》(第一卷),第 359 页。
③ 鲁迅:《热风·六十二"恨恨而死"》,《鲁迅全集》(第一卷),第 360 页。

劝戊派诸公。'灭绝'这句话,只能吓人,却不能吓到自然。他是毫无情面:他看见有自向灭绝这条路走的民族,便请他们灭绝,毫不客气。"在他看来,如果现代中国不能与时代一道前行,不真切地拥抱现代文明,那就只能是"自己走到灭绝的路上"。① 在此,他把希望寄予中国的青年,如他后来所表达的那样:"我早就很希望中国的青年站出来,对于中国的社会、文明,都毫无忌惮地加以批评。"② 在《热风》中,他多次指出了这一点,他说:"愿中国青年都摆脱冷气,只是向上走,不必听自暴自弃者流的话。能做事的做事,能发声的发声。有一份热,发一份光,就令萤火一般,也可以在黑暗里发一点光,不必等候炬火。……我又愿中国青年都只是向上走,不必理会这冷笑和暗箭。"③ 受进化论思想的影响,鲁迅对此是充满乐观的,他说:"生命的路是进步的,总是沿着无限的精神三角形的斜面向上走,什么都阻止他不得。……无论什么黑暗来防范思潮,什么悲惨来袭击社会,什么罪恶来亵渎人道,人类的渴仰完全的潜力,总是踏了这些铁蒺藜向前进。"④

总之,鲁迅收在《热风》中的"五四"时期的"随感录"杂文,完整地显示出了他善于透过社会现象来探讨现代中国人如何真正成为"人"的思想,也即他所强调的"人类向各民族所要的是'人'"的时代思想,同时,通过"文明批评"和"社会批评"的"随感录"写作,充分表达了他对以"自由"为核心理念的现代文明的深刻认识和理解,展现出现代知识分子特有的公共关怀。郁达夫对此曾作出高度的评价,他指出:"至于他的随笔杂感,更提供了前不见古人,而后人又绝不能追随的风格,首先其特色为观察之深刻,谈锋之犀利,比喻之巧妙,文笔之简洁,又因其飘溢几分幽默的气氛,就难怪读者会感到一种即使喝毒酒也不怕死似的凄厉的风味。"⑤ 郁达夫的评价是中肯的,独到的。在现代中国转型的特定时期,开展"文明批评"和"社会批评",不仅仅只是一种单纯的写作行为,同时也是受现代文明熏陶的知识分子的责任和使命。鲁迅在这个方面作出了表率,更是为后人敬仰和效法,并形成了中国现代杂文写作的一种独特范型,其影响是广泛的、深远的。

(原载《文学与文化》2019 年第 2 期)

---

① 鲁迅:《热风·三十八》,《鲁迅全集》(第一卷),第 313、314 页。

② 鲁迅:《华盖集·题记》,《鲁迅全集》(第三卷),第 4 页。

③ 鲁迅:《热风·四十一》,《鲁迅全集》(第一卷),第 325 页。

④ 鲁迅:《热风·六十六生命的路》,《鲁迅全集》(第一卷),第 368 页。

⑤ 郁达夫:《鲁迅的伟大》,《郁达夫谈鲁迅全编》,上海文化出版社,2006 年,第 111 页。

"苏生"和"毁灭"之间的预言

——鲁迅的精神特质与"灵明"开启的现代性 *

耿传明

鲁迅的朋友、同乡曹聚仁曾当面对鲁迅说:"你的学问见解第一,文艺创作第一,至于你的为人,见仁见智,难说得很。不过,我觉得你并不是一个难以相处的人。"①鲁迅对曹的说法表示同意,曹认为依古人的说法,鲁迅应该是属于"圣之清者也"一类人物,"圣之清者",出于《孟子·万章》下篇,是孟子将伯夷、伊尹、柳下惠和孔子作比较时说的话,与"圣之清者"并列的还有被称为"圣之任者"的伊尹、"圣之和者"的柳下惠和"圣之时者"的孔子。被称为"清者"的伯夷并不急于用世,他代表的是一种高出于世俗的洁身自好的人生态度,不愿意以牺牲道义原则为代价来苟且偷生,从这个意义上讲,伯夷与鲁迅确有相同之处,鲁迅一生与现实政治运动的若即若离也正说明了这一点。不过,伯夷、叔齐之"清"主要是一种出世之清,他们以"不食周粟"实现的是对个人性的道义原则的坚守;而鲁迅则代表的是一种入世之清,其道德理想是实现人类历史上从未有过的"人的时代",这是一种以重塑人的心灵为目标的精神改造运动,所以他始终保有深厚的人间性,不可能遗世独立。鲁迅晚年写了小说《采薇》,对伯夷、叔齐的墨守旧义、不肯变通虽有讽刺但也有同情, 主要讽刺的还是善于见风使舵的小丙君和势利浅薄的阿金姐一类人物。而曹聚仁说鲁迅"并不是一个难以相处的人,"也是一个非常真实的感受,鲁迅本质上是一个热心之人、入世之人,他一生都在呼唤、寻找"精神界

作者简介:耿传明(1963—),男,南开大学文学院教授。

* 本论文为教育部社科基金项目 "清末民初文学嬗变中的代际关系与文化转型"(项目号:13YJA751014)和天津市社科基金项目"清末民初文学的代际演变与文化转型"(项目号 TJW12-001)的阶段性成果。

①曹聚仁:《鲁迅评传》,复旦大学出版社,2006年,第120页。

之战士""革新的破坏者",对于他所认定的同道、朋友,是坦诚相见、倾心相与的,关键在于他择友极严、要求亦苛、爱憎鲜明又以斗争为快意、为乐事,对他视之为"敌人"者绝不宽容,所以被他视为是对手的人或对他所知不多的人会觉得他难以相处、不好接近,这是他所持的是非善恶标准异于常态、常人的缘故。

纵观鲁迅的著作,大多与现实政治相关,虽多从文化入手,但归趣仍在政治,"冀以学术干世"①可以说是鲁迅从事文学活动的主要目的。他对政治的理解与一般意义上的政治不同,他更关注的是一种精神层面的变革而非单纯权力、制度层面的变更。他在清末就提出了"掊物质而张灵明,任个人而排众数"②的立人主张,将"人于自识,趣于我执,刚愎主己,于庸俗无所顾忌"③的个人作为立人的目标,并将其视为群体觉悟的基础,认为只有"声发自心,朕归于我,而人始自有己;人各有己,而群之大觉近矣"④。他认同斯蒂纳的反律法的唯我论的极端个人主义,"谓真之进步,在于己之足下。人必发挥自性,而脱观念世界之执持。惟此自性,即造物主。惟有此我,本属自由;既本有矣,而更外求也,是曰矛盾。自由之得以力,而力即在乎个人,亦即资财,亦即权利。故苟有外力来被,则无间出于寡人,或出于众庶,皆专制也。国家谓吾当与国民合其意志,亦一专制也。众意表现为法律,吾即受其束缚,虽曰为我之舆台,顾同是舆台耳。去之奈何?曰:在绝义务。义务废绝,而法律与偕亡矣。意盖谓凡一个人,其思想行为,必以己为中枢,亦以己为终极:即立我性为绝对之自由者也"⑤。也就是说,法律是为我所用的工具,只能是它服从于我,而不能是我为其所制。他欣赏叔本华的"兀傲刚愎,言行奇觚,主我扬己、尊崇天才、蔑视民众"⑥,赞成克尔凯格尔的"惟发挥个性,为至高之道德"⑦,颂扬易卜生的"反社会民主之倾向"⑧,尤为赞同尼采这位"个人主义之至雄桀者矣,希望所寄,惟在大士天才;而以愚民为本位,则恶之不殊蛇蝎。意盖谓治任多数,则社会元气,一旦可隳,不若用庸众为牺牲,以冀一二天才之出世,递天才出而社会之活动亦以萌,即所谓超人之说,尝震惊欧洲之思想界者也"⑨。由

---

① 《鲁迅书信》(第一卷),人民文学出版社,2006年,第7页。
② 《鲁迅全集》(第一卷),人民文学出版社,2005年,第47页。
③ 《鲁迅全集》(第一卷),第51页。
④ 《鲁迅全集》第八卷,第26页。
⑤ 《鲁迅全集》(第一卷),第52页。
⑥ 《鲁迅全集》(第一卷),第52页。
⑦ 《鲁迅全集》(第一卷),第52页。
⑧ 《鲁迅全集》(第一卷),第52页。
⑨ 《鲁迅全集》(第一卷),第53页。

此他认为"彼之讴歌众数,奉若神明者,盖仅见光明一端,他未遍知,因加赞颂,使反而观诸黑暗,当立悟其不然矣"①。最后得出的结论是:"故是非不可公于众,公之则果不诚;政事不可公于众,公之则治不到。惟超人出,世乃太平。苟不能然,则在英哲。"②这种与物质为先、民众至上的现代性历史发展趋势相左的个人主义、天才主义、文化偏至的救世主张是为何产生的?它具有一种什么样的精神特质和逻辑结果? 他对于"心声""内曜""灵明"这种人的主观精神力量的倚重是出于一种什么样的文化政治信仰?它与同样注重这些因素的西方灵知主义、审美救世主义现代性是何关系?它代表的是一种什么样的现代性诉求?这些都是值得我们探讨的问题。既往对鲁迅这些主张的评价都是放在启蒙主义的人性解放的功利性向度之内来评估其价值的。笔者尝试超越这一向度之外,也就是在"解放""进步"这种"文化前识"和价值判断之外,来审视这一问题,从某种"拉拉队"式的立场后撤,转向一种中立性的通观,以章太炎所谓"虽致用不足尚,虽无用而不足卑"的古文经学的"求是"态度来考察传统天道世界观在西方冲击下崩溃之后知识阶层的现代精神趋向,在古今之变的问题意识中考察鲁迅所代表的这种"灵明开启"的价值诉求的内涵和特质以及其所呈现出来现代性的世界图景和生存体验。

一 "比沙漠更可怕的人世在这里"
——"灵明"先觉者的存在处境与精神回应方式

近代中国所面临的是从周代中国文化定型以来的"三千年未有之大变局"③,如此"非常之变"必然催生"非常之道","新症"已非"古方"可医,这在"甲午"之后的士人阶层中已普遍成为共识, 近代中国乌托邦文学的兴盛便是中国人为应对这种前所未有的危机和变化而出现的突出文化现象。近代以来中国发生的巨大变迁不只是对外部威胁的被动的应对,也是一个主动求变、而且是"大变""全变"的过程。在旧的世界日渐颓败、衰微而新的世界扑面而来、生机勃勃之时,弃旧从新也就成为了一种普遍的选择, 所以即使并不怎么激进的士人如郑孝胥者在他的《五十自寿诗》(1910年)也曾写下了:"读尽旧史不如意,意有新世容我侪"的诗句,至于激进的革命者态度则更为激愤、刚爽,如蒋智由的诗:"凄凉读尽支那

---

① 《鲁迅全集》(第一卷),第52页。

② 《鲁迅全集》(第一卷),第52页。

③ 《同治十一年五月十五日李鸿章折》,载《中国近代史资料丛刊·洋务运动》第五册,上海人民出版社,1962年,第119页。

史,几个男儿非马牛?!"走出传统、斩断传统以求得涅槃新生,成为了时代先觉者的强烈心声,在这种时代氛围之下,乌托邦文学的兴盛也就不难理解了,它成为先觉者弃绝、不满于传统和当下的政治现实的精神依托、批判利器,旧世界愈腐败、愈不可救药,这种对新世界的向往愈强烈、愈难以抑制。由此造成的结果改革者与其身处的传统和现实产生疏离和对抗,成为故乡的异乡人,将自己从其所处的社会文化、传统习俗中抽离出去,以对待客体的批判的、审视的眼光来看待其周边的一切,由此以置换现实为目的的现实颠覆者眼中的"第二现实"开始出现,这种"第二现实"作为一种现实的颠倒,担负起一种旧的世界的掘墓人的角色,他以来自于新世界的使者的身份宣告旧世界的死亡和新世界的到来。正如鲁迅《摩罗诗力说》开头所引尼采的话:"求古源尽者将求方来之泉,将求新源。嗟我昆弟,新生之作,新泉之涌于渊深,其非远矣。"古源衰竭,必须另寻新源,改弦更张、"别求新声于异域",才有新生的希望,否则只能为旧世界殉葬。在《破恶声论》中他开头也讲:"本根剥丧,神气旁皇,华国将自槁于子孙之攻伐,而举天下无违言,寂漠为政,天地闭矣。狂蛊中于人心,妄行者日昌炽,进毒操刀,若惟恐宗邦之不蚤崩裂,而举天下无违言,寂漠为政,天地闭矣。吾未绝大冀于方来,则思聆知者之心声而相观其内曜。内曜者,破黮暗者也;心声者,离伪诈者也。人群有是,乃如雷霆发于孟春,而百卉为之萌动,曙色东作,深夜逝矣。惟此亦不大众之祈,而属望止一二士,立之为极,俾众瞻观,则人亦庶乎免沦没;望虽小陋,顾亦留独弦于槁梧,仰孤星于秋昊也。"①当时是一个绝望与希望并存的时代,只有苏古掇新,别立新宗,才有新生之望。他所开出的药方是:"故今之所贵所望,在有不和众嚣,独具我见之士,洞瞩幽隐,评骘文明,弗与妄惑者同其是非,惟向所信是诣,举世誉之而不加劝,举世毁之而不加沮,有从者则任其来,假其投以笑骂,使之孤立于世,亦无慑也。则庶几烛幽暗以天光,发国人之内曜,人各有己,不随风波,而中国亦以立。"②为激发人的这种自性、灵明,他提出了与其时代的科学主义者以吴稚晖为代表的"新世纪派"针锋相对的主张,曰:"伪士当去,迷信可存。"③他高度强调人的精神信仰的重要性,认为传统和现代之别"特为易信仰而非灭信仰"④,精神信仰可以和科学并列,两不相涉。他所倚重的人的"自觉至、个性张"就来自于人性

①《鲁迅全集》第八卷,第 25 页。
②《鲁迅全集》第八卷,第 27 页。
③《鲁迅全集》第八卷,第 30 页。
④《鲁迅全集》第八卷,第 31 页。

深处的灵明的开启,由此个体的人的精神创造力得以发挥,理想世界就自然会到来。科学主义者单纯强调人的自然物质属性,只能造就一个被动的物的世界,导致人的灵性、自主性被扼杀,崇高价值的贬值,虚无主义的盛行,显然无助于人的真正解放。由此观之,鲁迅的主张可归之为一种浪漫主义的文学政治,他以人的主观能动性、精神创造性、个人自主性为依归,带有典型的政治审美化倾向,这种托克维尔命名的"抽象的文学政治"在法国大革命时期也曾风行一时,它代表的是一种超政治的无限革命的乌托邦政治倾向。关于这种为道德主宰的政治,汉娜·阿伦特将其与现代"公民反抗"做了区别,她认为这种出于道德的"良心反抗"是出于个人内心的要求(个人信仰、信念等),以一个人的内心平衡作为准绳,说到底将事情归结为个人的;而"公民反抗"的不同在于它是一种集体的、公开的、以挑战政治权威的正当性为指归的社会运动,着眼于公共领域中的"善"而不是一己的"善";落实到公共事务的改善而不是个人的解脱。在这个意义上,以良心的要求来取代政治的标准是远远不适当的。阿伦特还区分了人类实践的三种形式和与之相适应的三个领域,即"劳动"(labor)、"生产"(work)和"行动"(action)。劳动与外界无关,带有纯私人性质,"生产"则是一个私人领域和公共领域之间的"雌雄同体的领域",只有"行动"是在公共领域中展开的,它是由于别人的在场而激发的,但却不受其所左右,它存在一种"固有的不可预见性",因而在公共领域中,人和人处于最大限度的开放之中,人们互相能够看见和听见,他人的在场保证了这个世界和人们自己的现实性,使得一个人最大限度地表现了自己的个性和实现自己的最高本质。"行动"的一个重要方面是"言谈",在言谈中人们敞开他自己,阐释和展现自己。言谈本身具有巨大的政治意义:如果不是想要直接动用暴力,那么,言谈所具有的措辞和劝说便是政治方式本身。也就是说政治依赖于人与人之间的互动和现代公共领域的存在,而天才主义的浪漫主义政治实际上是一种雌雄同体的"生产"活动,它以个人的主观性和创造性为主导和归趣,追求独异、轻视互动,表现为一种居高临下的姿态,它属于一种为主观性规则主导的领域,与互动性规则主导的政治领域存在根本性的差异,而浪漫主义政治的特性就在于消除这两种领域的差异,从而使审美和政治之间发生错位。如果鲁迅"个性至,自觉张"的立人,最终陷入的是古人所说的"一人则一义,二人则二义,十人则十义。其人兹众,其所谓义者亦兹众。是以人是其义,以非人之义,故交相非也"①的状态,实则个人独持我见、不合众嚣的逻辑结果和最大可能是一种人人自以为

---

① 《墨子·尚同》上,载《诸子精粹今译》,孙通海、王颂民主编,人民日报出版社,1993年,第107页。

是、无从达成共识的无政府主义式的无序状态,这种绝对自由状态能否达成鲁迅所期待的那种"沙聚之邦立而可转为人国"①的承诺,显然是会让人产生疑问的。而价值观的四分五裂正是宗教、传统衰落之后,以个人主义为核心的文学、文化所可能呈现的必然趋势,所以价值的多神论成为了现代性无法逃脱的宿命,人的内省和共同感的消失开启的是一个人人自以为义的时代,其对于"人国"构建所起的作用也具有一种双刃剑的性质,其主要意义体现于对人性的任何限制、约束的消解、否定而非建构、肯定之上。

　　传统与现代的变化从根底上讲是一种天人关系的变化,现代性的人的主体性的确立是以对天的伦理、超验意义的解魅为开端的,在现代性的主客二元对立的视域之中,传统神灵之天和伦理之天的意义都已消失,"天"与人的精神信仰、伦理道德信念完全脱钩,成为单纯的自然之天、物质之天。由传统的以人从天、天人贯通到现代的以人胜天,人与自然的对立,则是近代中国文化在文化核心处发生的古今之变,严复的"物竞天择,适者生存"的《天演论》在其中发挥了关键作用,近代人通过对天人关系的颠倒和重估,改变了人的人生观、世界观、宇宙观,由此引发了人的心性结构、精神气质和情感模式的变化,文学以其对"新人"的召唤和塑造方面走在了时代的前列,也从根本上改变和更新了人们对世界和人生的看法和感受。作为人性解放的追求者,近代人所面对的首要压力就是伦理之天对于人的感性欲望的规范、束缚和压抑,天理人欲之辨是儒家道德人性论的理论基础。儒家的"天",主要是一种伦理之天,它代表的是一种与人世相对的超越性的维度,孔子的"毋意毋必毋固毋我"代表的正是这种"效法天地以立人极",以人从天的价值取向,而现代性则表现为对意、必、固、我的坚守和张扬,由此引发深刻的文化变革。这种变化在清末文学中的表现首先是对传统"伦理之天"的解魅与文学上的"唯情论"的兴盛。清末言情小说中涌动着的是近代人的感性解放的大潮,从符霖到苏曼殊和徐枕亚等,表现的都是一种为伦理本位传统所排斥"不伦之情",这种冲破了伦理束缚的感情激流彻底摆脱了"性"对"情"的羁绊,使现代性的情感主义的伦理开始大行其道,正如蔡元培所说,所谓现代也就是人的"我见的扩大",它是对孔子的"毋意毋必毋固毋我"反向运作,代表的是一种意、必、固、我的坚执之情,这是对传统中庸调和、温柔敦厚的诗教的叛离,用鲁迅《摩罗诗力说》的话说只有"撄人心"而非"不撄人心",才是文学的目的,而传统文学

---

①《鲁迅全集》(第一卷),第 57 页。

之病就在于不撄人心,即使人心趋于静而非趋于动。从人生观、宇宙观来看,他们信奉的是一种"是非审之于己、毁誉听之于人、得失委之于数"的率性任情的人生态度。人的精神气质的变化主要来自于价值观的变化,而作为时代的整体精神气质的变化也就推动了作为最高文化综合体的文学风貌的变化。其次这种变化表现为对"神灵之天"的解魅与"科学人生观"的兴起,陈独秀在《敬告青年》一文中对于青年提出的六大希望以及胡适《沁园春·誓诗》所表现出一种反叛传统的决裂之情都表现出破除传统天人一体的宇宙观,走向天人分离,人与自然的对立的现代性指向,它与熊十力所推崇的天人一体的四与之德相映成趣,人不但与天地,与日月,与四时,与鬼神无关,而且要成为它们的主宰者,所以五四人对传统文人的"触绪生悲,因时兴感"极为厌恶,其在新文学运动起来后将第一个扫荡对象定为充斥着旧文学情调的鸳蝴派小说不为无因,因为从审美心理上两者呈完全对立,那种睹月伤心、看花流泪的自哀自怜、多愁善感的传统才子气与锐意进取、横厉无前的"新青年"的确相去甚远。他们代表的是一种自主的去创造历史的自信和豪迈之情,这种由"从天而颂"到"制天而用"的变化正凸显出现代文化的人本主义特性。鲁迅的灵明说和精英主义倾向与李贽的"童心说",龚自珍对于"心力""奇人"的呼唤,都有一脉相承的关系,其所推崇的精英与《红楼梦》中贾雨村所说的"正邪两赋之人"颇为相近:贾的评论是"男女偶秉此气者,上则不能成仁人君子,下亦不能为大凶大恶。置之于万万人之中,其聪俊灵秀之气则在万万人之上,其怪僻邪谬不近人情之态又在万万人之下。若生于公侯富贵之家,则为情痴情种;若生于诗书清贫之族,则为逸士高人;纵再偶生于薄祚寒门,断不能为走卒健仆甘遭庸人驱制驾驭,亦必为奇优名娼"。清末革命党、作家何海鸣也有名言"人生不能做拿破仑,便当做贾宝玉"[1],表现出的都是这样一种审美化的英雄救世主义的情怀。

二 被钉十字架的"人之子"
——黑白分明的世界与鲁迅式的英雄主义

在《野草·复仇二》中,鲁迅改写了耶稣为救世被钉十字架的历史,从耶稣的内在心理视角来写救世者与他所要拯救的对象之间的矛盾和对立:"因为他自以为神之子,以色列的王,所以去钉十字架。"在被钉前后,他受尽了来自兵丁和看

---

① 何海鸣:《求幸福斋随笔》,上海书店,1997 年,第 13 页。

客的侮辱和嘲笑："兵丁们给他穿上紫袍,戴上荆冠,庆贺他;又拿一根苇子打他的头,吐他,屈膝拜他;戏弄完了,就给他脱了紫袍,仍穿他自己的衣服。"然而,耶稣拒绝饮用可缓和痛楚的药酒,因为他"要分明地玩味以色列人怎样对付他们的神之子,而且较永久地悲悯他们的前途,然而仇恨他们的现在"。在四面都是敌意、可悲悯的、可咒诅的人的围观中,耶稣被钉上了十字架。文章最后点明"上帝离弃了他,他终于还是一个"人之子";然而以色列人连"人之子"都钉杀了。钉杀了"人之子"的人们身上,比钉杀了"神之子"的尤其血污,血腥。鲁迅对《圣经》的这个改写自有其深刻的文化意味,也就是说它代表的是一种由宗教"神人"文化向现代"人神"文化的转换,但其救世的精神实质未变,只不过指向不同,"神人"信仰,是以人向神皈依为导向,以获得灵魂的拯救,信仰上帝者并不以改造社会为己任和目标;他注重的是自己属灵的身份,要把凯撒的还给凯撒,把上帝的归于上帝。而现代"人神"文化则罢黜了上帝的存在,人自居于曾被上帝占据的位置,将自我要求神圣化,以改造社会为己任和目标,将凯撒的事业与上帝的事业合二为一,这就增加了其风险、难度、不可预测性以及悲剧性。作为这种"人的神圣化、完美化、理想化"目标的追求者,其所承受的压力、遇到的敌意也就可想而知,而鲁迅一生着力表现的也正是这种人间救世者与其所救对象间的隔膜、对抗、难以沟通和相互理解的困难。"疯子""狂人"成为大众眼中的救世者的标准称呼,被敌视和排斥成为他们的共同命运。在《无花的蔷薇一》中,鲁迅这样感叹:"豫言者,即先觉,每为故国所不容,也每受同时人的迫害,大人物也时常这样。他要得人们的恭维赞叹时,必须死掉,或者沉默,或者不在面前。总而言之,第一要难于质证。如果孔丘,释迦,耶稣基督还活着,那些教徒难免要恐慌。对于他们的行为,真不知道教主先生要怎样慨叹。所以,如果活着,只得迫害他。待到伟大的人物成为化石,人们都称他伟人时,他已经变了傀儡了。"[1]

相对于现实中的人性的难以改变,留日时期的鲁迅还一度倾心于"人造人"的幻想,鲁迅是学科学出身的,他最早的创作大多与科普、科幻小说有关,在其早期的一篇译著中,有一篇名为名为《造人术》的短篇科幻小说,该作载于 1905 年《女子世界》第 2 期,署名为米国(美国)路易斯托仑著,译者(实为改作,与原作有较大差异)索子(盖离群索居之意)。该小说写一化学家伊尼他氏辞掉教授工作,专心于"造人"研究,终于费了六年时间,在实验室造出"人"的萌芽,"于是伊尼他

---

[1]《鲁迅全集》(第三卷),第 272 页。

氏大欢喜,雀跃,绕室疾走,噫吁唏!世界之秘,非爱发耶?人间之怪,非爱释耶?假世界上有第一造物主,则吾非其亚耶? 生命,吾能创作;世界,吾能创作。天上天下,造化之主,舍我其谁。吾人之人之人也,吾王之王之王也。人生而为造物主,快哉"。结尾是:"感谢之冷泪?冷冷然循新造物主颊。"该小说后附萍云(周作人)曰:"《造人术》,幻想之寓言也。索子译《造人术》,无聊之极思也。彼以世事之皆恶,而民德之日堕,必得有大造烘炉而铸冶之,而后乃可行择种留良之术,以求人治之进化,是盖悲世之极言,而无可如何之事也。"①周作人后来谈及此小说,说其主旨"就是后来想办《新生》之意"②。如此看来,一般对《新生》命名的理解就过于浮泛,若从造就"新人"的角度来理解,才可说明为何《新生》之夭折,给鲁迅带来的失望之重和绝望之深,"精神造人"的难度丝毫不亚于"科学造人",以致他此后沉默十年,几乎忘却了这个年轻时的梦想。

这种"造人"的遐想代表着现代知识分子超出芸芸众生之上追求完美政治、至善社会、理想人性的努力,因为理想社会是需要建立在理想人性之上的。马克思·韦伯对现代知识分子寻求"获救之道"的文化心理趋向作过这样的分析:"非特权阶层寻求的是如何摆脱外在苦难的获救之道⋯⋯与此相比,知识分子寻求的获救之道往往基于精神需要,所以它更远离生活,更具理论色彩,也更为系统。知识分子试图通过各种不同的方式⋯⋯为自己的生活赋予某种普遍意义。⋯⋯由于知识主义(intellectualism)抑制了对迷魅的信仰,世界的变迁过程被祛魅,失去了迷魅性。⋯⋯结果知识分子越来越要求世界及整个生活模式遵从某种重要而有意义的秩序。知识分子标志性的从世界出逃的行为,其原因就在于,这种对意义的需求与他体验到的世界及其制度的现实是相互冲突的。"③五四运动时期的鲁迅重拾青年时代的梦想在于他从原来个人性的"立人"理想向以文化运动的方式来"新民"的方式转换, 对此美国哲学家艾利克·霍弗有过这样的评论:"知识分子是群众运动的助产士。悲剧命运之所以几乎总是降临到他们头上,是因为无论他们怎样宣扬和赞美共同奋斗,本质上他们仍是个体主义者。他们相信个体幸福的可能性,相信个体意见和倡议的正当性。"④然而群众所要求的自由与他们所要求的自我表达、自我实现的自由不同,群众所需要的不是信仰自由,而是信仰本身,一种让他们可

---

① 陈梦熊:《鲁迅全集中的人和事》,上海社会科学出版社,2004年,第15页。

② 陈梦熊:《鲁迅全集中的人和事》,第27页。

③ 斐迪南·布伦蒂埃等:《批判知识分子的批判》,王增进译,中国社会科学出版社,2007年,第67页。

④ 斐迪南·布伦蒂埃等:《批判知识分子的批判》,第30页。

以狂热拥抱、无需检测就可照单全收的信仰,因此知识分子很容易在群众运动起来之后就被迅速抛开。而鲁迅式的英雄主义也并不表现在现实的事功之上,而表现为他的存在标志着一种人的生存的精神向度,在洞悉人生的虚空本相之后仍不放弃、仍然热爱人生,在希望和绝望之分已无从判断的情境下,仍然坚持绝望地抗争,这是一种真正的现代情境下的存在论意义上的英雄主义。

现代英雄主义产生于传统天人关系瓦解后的虚无主义情境中,这种虚无主义首先产生于"物的世界"与"意义世界"的脱离,人与宇宙、人与社会的关系由传统的亲和转为敌对,由此产生一种天人对立的二元论思想,而这种二元论与西方古代的诺斯替主义(灵知主义)具有某种相通性。所谓灵知主义是希腊哲学晚期的一种思想。他们将一种隐秘的、关乎拯救的智慧,称之为"诺斯"。诺斯替主义相信人透过自身的努力,可以拯救自己,跳出当下这个污浊的世界,使自己圣洁的灵魂,回到其本来的故乡,一个迥异于污浊的现实世界的更美的世界。约纳斯将这种古代的灵知主义与现代性的救世主义理想作了对照,认为他们共同具有以下特征:首先他们都起源于对现实处境的不满,而且认为自己的处境之所以不佳可以归因于这个世界内在的拙劣构造而不是人类和我们自己的缺陷。由此他们相信从世界之恶中拯救出来的可能性是存在的,存在的秩序必将在历史过程中被改造;从一个悲惨的世界之中必将历史性地演进出一个美好的世界。存在之秩序的改造发生在人类行动的王国之中,也就是说,拯救的行动乃是通过人类自身的努力而成为可能的。如果真有可能对既定的存在秩序进行结构改造,使之成为令人满意的完美秩序,那么,为这种改造开出处方就成为落在诺斯替主义者肩上的重任。关乎改变存在之方法的知识——诺斯——就成为诺斯替主义者的根本关怀。构造自我与世界之拯救的程式,愿意作为先知宣称自己拥有关乎人类拯救的知识,这些都属于诺斯替主义的典型特征。从此信念出发,诺斯替主义者乃将自己视为是被上帝拣选的选民,现实世界中的神性的载体,只有他们才能从物质和变化无常的尘世中解脱出来,而芸芸众生不过是浑浑噩噩的俗世之辈,毫无得救的希望。

要之,灵知主义和现代性的救世主义是一种于皈依上帝的宗教的、自我归罪的传统方式之外力图一劳永逸的终结人类苦难、将人间建成天国的社会改造运动,它是一种罢黜了"上帝"的宗教,割除了"内圣"的"外王",其精神特征突出表现为其与现实世界的水火不容的绝对对立性,它认为世界本身就是邪恶的:"如果神是善性的,那这个世界上为什么存在邪恶,除非这世界据以创造的质料是绝对的坏恶?如果命运及其仆从掌管着这个宇宙,那我们该如何看待灾害、疾病、以及猝死呢?"①由此即可以断定这个世界本身的不可回避的邪恶性,因此人要从这个邪恶的世界中得救的唯一希望,就是将这个世界彻底砸烂之后进行合乎理想的重造,由此回归自己真正意义上的精神家园。因此其主张可概括为这样的理念:"人里面的神性火花,从神性领域而来,落到这命运的、生与死的世界,需要自我神性的对应者来唤醒,以便能够最终重新成为一体。"②它将人分为属灵的人、属魂的人、属体的人;属体的人是不可救药的,属魂的人尚可教育和启蒙,属灵的人才是真正的人,由此可见这种救世说的精英救世主义特性。再者,它不将获救的希望放在来世、天国、彼岸,而是要求在现实中实现这种理想,将账当下结清,由此作为一种救世哲学其旨趣不是解释世界,而是改造世界,在行动中证明自己,所以它突出地表现为"无限的行动与力量"。

约纳斯认为现代西方的存在主义的二元论较灵知主义更甚:"灵知主义与存在主义二元论之间的一个核心差异不不容忽视:灵知的人是被扔入到一个敌意的、反神明的、因而是反人性的自然之中;而现代人则是被扔入到一个漠不关心的自然之中。只有后一种情况才代表了绝对的空虚、真正无底的深渊。在灵知的观念中,敌对者、邪灵还是人形的,既便在陌生之中也有几分熟悉,而这种对立本身也提供了生存的方向——诚然,这是一种否定性的方向,但是它的背后支持着否定性的超验,这个肯定的世界是这种否定性的超验的质的对立者。现代科学中的冷漠的自然甚至于连这种敌对性也没有,从这个自然中根本不能得出任何方向。这就使得现代虚无主义比起灵知虚无主义对这个世界的恐惧、对它的律法的违抗来,还要更无限地极端、更无限地绝望。那个自然绝对地冷漠,是一个真正的深渊。"③

中国传统宗教中也不乏这种带有灵知主义色彩的教义,典型的如周作人在《无生老母的信息》中所讲到的"无生母"信仰,它对知识阶层的迷茫心灵也会产生触动:"经里说无生老母是人类的始祖,东土人民都是她的儿女,只因失乡迷路,流落在外,现在如能接收她的书信或答应她的呼唤,便可回转家乡,到老母身边去,绅士淑女们听了当然只觉得好笑,可是在一般劳苦的男女,眼看着挣扎到

---

① 转引自章雪富:《基督教的柏拉图主义:亚历山大里亚学派的逻各斯基督论》,上海人民出版社,2001年,第102页。

② 李思源:《什么是诺斯替主义:从其神话体系的宇宙论和人类学观之》,《信仰网刊》2003年第5期。

③ 刘小枫选编:《灵知主义与现代性》,华东师范大学出版社,2005年,第55页。

头没有出路,正如亚跋公长老的妻发配到西伯利亚去,途中向长老说,我们的苦
难要到什么时候才完呢,忽然听见这么一种福音,这是多么大的一个安慰。不但
他们自己是皇胎儿女,而且老母还那么泪汪汪的想念,一声儿一声女的叫唤着,
怎不令人感到兴奋感激,仿佛得到安心立命的地方。"①这种将现实世界视为"异
乡",将虚幻世界视为"本土"的生存态度,与灵知主义可谓异曲同工。总之,它是
人与其所置身的世界之间的冲突剧烈化、极端化的一种体现,在现代性情境之
下, 进步主义的历史观和浪漫主义的乌托邦憧憬进一步推动了这种理想与现实
的冲突。

　　这种本土和异乡的分离、应然和实然的冲突所引发的人与宇宙、世界的对立
的紧张性在鲁迅身上有充分的表现,是毋庸多言的,《野草·秋夜》中的"夜空"即
与我即园中的一切呈现出一种敌对之势:"这上面的夜的天空,奇怪而高,我生平
没有见过这样奇怪而高的天空。他仿佛要离开人间而去,使人们仰面不再看见。
然而现在却非常之蓝,闪闪地目夹着几十个星星的眼,冷眼。他的口角上现出微
笑,似乎自以为大有深意,而将繁霜洒在我的园里的野花草上。"冷漠的、充满敌
意的、我仇视它,它也对我报之以仇视的宇宙,正是现代宇宙虚无主义者眼中的
人类处境,而出身于这样一种处境中的人唯一可取的态度就是以敌视对待敌视,
以仇恨报之以仇恨,正如园中敢于刺向青天的枣树,"他们简直落尽了叶子。……
而最直最长的几枝,却已默默地铁似的直刺着奇怪而高的天空,使天空闪闪地鬼
眨眼;直刺着天空中圆满的月亮,使月亮窘得发白。"面对人的挑战的宇宙似乎也
开始畏惧人世了:"鬼眨眼的天空越加非常之蓝,不安了,仿佛想离去人间,避开
枣树,只将月亮剩下。然而月亮也暗暗地躲到东边去了。而一无所有的干子,却仍
然默默地铁似的直刺着奇怪而高的天空,一意要制他的死命,不管他各式各样地
眨着许多蛊惑的眼睛。"而体现着这种挑战宇宙的反抗精神的精灵就是那"夜游
的恶鸟",鸱枭的叫声,也就是为鲁迅所呼唤的"真的恶声",然而我也同时感到这
种挑战宇宙的无望和自不量力,我所能得到的可能只是来自天国的笑声"我忽而
听到夜半的笑声,吃吃地,似乎不愿意惊动睡着的人,然而四围的空气都应和着
笑。夜半,没有别的人,我即刻听出这声音就在我嘴里,我也即刻被这笑声所驱
逐,回进自己的房"。虽是力量对比悬殊的、无望的抗争,但"我"仍要对那些飞蛾
投火般为追求光明而死的"苍翠精致的英雄们",表达我的敬佩和祭悼。正如《野

---

① 钟叔河编《周作人文选 1945—1966》,广州出版社,1995 年,第 93 页。

草》题辞中所言：“天地有如此静穆，我不能大笑而且歌唱。天地即不如此静穆，我或者也将不能。我以这一丛野草，在明与暗，生与死，过去与未来之际，献于友与仇，人与兽，爱者与不爱者之前作证。为我自己，为友与仇，人与兽，爱者与不爱者，我希望这野草的朽腐，火速到来。要不然，我先就未曾生存，这实在比死亡与朽腐更其不幸。”人与宇宙、社会的对立，人间世界的沙漠化，是构成鲁迅的生存体验的核心内容。这种人的愿望与世界的非理性的沉默所产生的荒诞感，是西方存在主义所表达的主要内容，鲁迅与他们不同的在于他更强调的是来自宇宙世界的敌意而非冷漠，因此其反抗更具有普罗米修斯式的悲剧英雄气质，带有前存在主义色彩。

鲁迅的一生坎坷多艰、饱经忧患、饱尝四处碰壁之苦，这种生活经历也助成了其敏感、多疑、愤世嫉俗的个性的形成。他的世界是一个黑白两分、爱憎分明的世界，他对朋友和对敌人完全是两种不同的态度，不走中庸之道，坚信冲突、斗争才是唯一的天下正道、宇宙真理。正如其自己所说：“至于文人，则不但要以热烈的憎，向‘异己’者进攻，还得以热烈的憎，向‘死的说教者’抗战。在现在这‘可怜’的时代，能杀才能生，能憎才能爱，能生与爱，才能文。”①这种“立意在反抗，指归在行动”的“精神界之战士”的世界观和人生观，构成了鲁迅敌我分明的文化性格的特质。

但世俗生活中的人所处的世界并不是这样一个紧张对立、泾渭分明的世界，所以从常人的眼光来看鲁迅的性格、行事就带有某种不可解甚或过于戏剧化的地方，与鲁迅有密切交往的老朋友沈尹默曾有这样一段有趣的回忆：20世纪20年代中期，鲁迅还住在北京绍兴会馆里时，有一天沈尹默去看他：只见鲁迅正坐在书桌旁，看纸糊窗子上有一只吃得很肥的壁虎，见了人也不逃避。尹默就问鲁迅这是怎么一回事。鲁迅笑答这只壁虎是他喂养的宠物，每天还给它吃稀饭呢。沈尹默坐下后，又注意到鲁迅身边的墙上还挂着一只弹弓，便又奇怪地发问：“文人还学武吗？”鲁迅说那是他用以对付在门前胡同口撒尿的人，因为“禁止随地小便”之类的招贴对这些人没有用，就只好动武了！直到晚年，沈尹默向人提及这段鲁迅往事时，还禁不住笑了起来：“他啊，从这两件小事，就可以看出他真是爱憎分明！”鲁迅的个人癖好也明显带有“以丑为美”“以恶为善”即将“恶”视为进步的助推器的反世俗、反律法主义色彩。

---

① 《鲁迅全集》（第六卷），419 页。

鲁迅的学生、同乡孙伏园也曾这样谈起鲁迅所留给他的独特印象:鲁迅的敌我意识极强,"他把友敌分得非常清楚,他常常注意到某人是 SPY(间谍),某人是TRAITOR(叛徒)",孙伏园说这样的鲁迅是"一个没干过革命工作的或只是寻常知识社会或商业社会的人是不大会了解的"①。这也是在清末你死我活、激烈对抗的革命氛围中成长起来并将这种时代特性保持终身的鲁迅的特殊之处。

孙伏园笔下的鲁迅比较平实, 他还讲到这样的场景:"鲁迅先生的复仇观念最强烈,在日本时每于课余习些武艺,目的就在复仇。幼年被人蔑视与欺压,精神上铭刻着伤痕,发展而为复仇的观念。后来鲁迅先生回国,见仇人正患不名誉的重病,且已到了弥留……只好苦笑,从此收拾起他那一把匕首。鲁迅先生复仇的任务,虽只剩了一声苦笑,但关于匕首的解说,往往使他引动少年豪气,兴趣极为浓厚,如在微醺之后,更觉有声有色。我自己已经听过这故事的了,一天到先生书斋中去,看见桌上有放着匕首,许景宋等七八位青年在座。鲁迅先生说:这故事你是听过了的,我又在这儿对着青年自称英雄了。"②

鲁迅所展现的精神特质与造就现代知识分子的主要传统:科学主义、浪漫主义、"启示录"传统和挑战一切秩序的"反文明"传统都有直接或间接的关系。美国社会学家爱德华·A.希尔斯认为由现代知识分子所发起的"革命"从科学主义和浪漫主义中吸取了不少的养分,"但从根本上说,它基于一个更古老的传统,即所谓的启示录传统和千禧年传统。那种认为我们所处的充满诱惑和腐化的罪恶世界总有一天会走到尽头,会被一个纯洁、美好的世界所代替的信仰,肇始于《旧约》中先知们的启示录"③。"启示录传统"造就的现代知识分子具有"截然区分善与恶、拒不承认两者有一丝兼容可能性的心理倾向,天塌下来也要实现正义的执著信仰拒不妥协或绝不容忍妥协"④ 的立场。这也就是鲁迅在世俗常态生活方式之外,给人们开出在"苏生"和"毁灭"之间必居其一的二元选项的原因,它带有一种现代性的末世论色彩, 与此相应的是它催生出一种超越现实的人情世态之上的清坚决绝的精神气质,这就使其与反世俗、反律法、对现实世界持整体性拒绝态度的灵知主义颇有相通之处。当然谈鲁迅与灵知主义的关系主要是一种对于某种精神现象的平行比较,鲁迅并没有接触过古代诺斯替主义的经典,如果说诺

---

① 孙伏园、孙福熙:《孙氏兄弟谈鲁迅》,新星出版社,2006,第16页。

② 孙伏园、孙福熙:《孙氏兄弟谈鲁迅》,第29页。

③ 斐迪南·布伦蒂埃等:《批判知识分子的批判》,第50页。

④ 斐迪南·布伦蒂埃等:《批判知识分子的批判》,第51页。

斯替主义对他有影响，那也只是通过尼采等等受灵知主义影响的现代西方哲人间接的影响，它主要表现为在西方"上帝死了"之后弥漫于整个思想文化界精神氛围、价值取向和人本主义、理想主义的人生态度。

灵知主义与宗教性传统的相同之处在于其都是对现实世界的否定和超越，不同之处在于其否定、超越的方式、方向有异，如基督教表现为区分俗世与天国的来世主义，认为人不该幻想尘世之城会转变为上帝之国，因为人世间充满罪恶，而罪恶的造成来自于人自身的罪性，所以面对现世的不幸，首先应该归罪的是人性自身的软弱、自私和有罪，而不是上帝所主导的尽善尽美的宇宙秩序；老子的"天之道，损有余而补不足。人之道，则不然，损不足以奉有余。孰能有余以奉天下？唯有道者"(《道德经》第七十七章)也正与此相通，也就是说人世的苦难是由于人违背了天道造成的，所以人自身就是苦难的肇事者；而灵知主义则认为世界本身就是邪恶的，而人则是无辜的受害者，不是人配不上天，而是天配不上人，因此拯救之道就是以人正天，建立起一个实现"真公"的世界，在这个世界里，错勘贤愚、不辨善恶的窦娥冤式的不公将不会复现，甚至"一切悲剧将不可想象"(聂绀弩语)，因为我们已经清除了一切可能产生悲剧的根源。所以这是一个将是非善恶的仲裁权由"天"和来世转移到"人"和现世的变化，而谁有资格来做这种裁决，就是现代灵明开启之后的思想先觉者、"天"之反叛者，正如鲁迅所言："叛逆的猛士出于人间；他屹立着，洞见一切已改和现有的废墟和荒坟，记得一切深广和久远的苦痛，正视一切重叠淤积的凝血，深知一切已死，方生，将生和未生。他看透了造化的把戏；他将要起来使人类苏生，或者使人类灭尽，这些造物主的良民们。造物主，怯弱者，羞惭了，于是伏藏。天地在猛士的眼中于是变色。"[1]而古今哲人先觉的差异也就在于他不再是蛰居于书斋的沉思和冥想，而是要走向十字街头，唤起改造社会和人生的风暴，所以对行动的重视在现代性中是高过一切的，正如列奥·施特劳斯所言："现代的突出特征是行动，是无限的行动与力量，它的形象是克鲁梭，是浮士德，是查拉图斯特拉；另一方面，现代的无根基性使得对意义的追问，对在体论基础的探求，对源初的渴望与回归无比的强烈，所以不断的寻找起点，不断的重塑创世意志，在自由与虚无间挣扎，在这个意义上，现代的特征是反思，反反思，是永远向着远方独行的浪子，是穿行在大街上的陌生人，它的形象是波德莱尔，是阿辽沙，是 K。行动与沉思，实践与理论，是现代的品质，

---

① 《鲁迅全集》(第二卷)，第 226-227 页。

现代的优越,也是现代作为危机的两端。"鲁迅之成为现代"中国的圣人",并非出于偶然,因为他是这种朝向无限的行动的现代性精神之道成肉身的体现者。

（原载《文学与文化》2013 年第 3 期）

从沈琼枝到冷清秋

——兼论《金粉世家》的传统脐带 *

陈千里

雅、俗的关系，是文学研究、文学批评永远绕不开的话题。问世之初曾洛阳纸贵的《金粉世家》长时间被文学史冷落，便是这个话题的一个典型例证。而这一话题之所以成为了学术的"泥沼"，往往与研究者非此即彼、泾渭分明的态度有关。实际上，雅与俗，无论是二者的边际、界限，还是价值的高低，都不是简单如黑与白。本文即从《金粉世家》的一个小的情节入手，揭示其鲜明的传统脐带，以及作者处理这一"脐带"时，摇摆于俗与雅之间的态度。

一

张恨水自己对《金粉世家》的评价是："有人曰：此颇似取径《红楼梦》，可曰新红楼梦。吾曰：唯唯。又有人曰：此颇似溶合近代无数朱门状况，而为之缩写一照。吾又曰：唯唯。仁者见仁，智者见智，孰能必其一律？"① 取径于《红楼梦》而"写朱门"，这与林语堂自述其《京华烟云》创作动机十分相似。但批评界对两部作品的态度却是大相径庭。20 世纪 30 年代，左翼文人阿英甚至称张恨水为"封建余孽的鸳鸯蝴蝶派作家""为封建余孽以及部分的小市民层所欢迎的作家"②。当时左派阵营中似乎只有茅盾态度较为平和，认为张恨水的作品在旧形式中包含了一

作者简介：陈千里（1977—　），女，南开大学文学院教授。
* 基金项目：中央高校基本科研业务费专项资金（63182016）
① 张恨水：《金粉世家·序》，江苏凤凰文艺出版社，2018 年。
② 魏绍昌编《鸳鸯蝴蝶派研究资料》，上海文艺出版社，1984 年，第 32 页。

些新东西。①

《金粉世家》的开头是一篇"楔子"。这种形式在我国古代长篇小说中并不罕见。《水浒传》《儒林外史》《红楼梦》等，都可以看作是由"楔子"发端。特别是《儒林外史》，上来的回目就是"说楔子敷陈大义"。但是，《金粉世家》的"楔子"又有别具匠心之处。它以作者的口吻，第一人称叙事，引出了女主角：

> 我到了庙门口，下了车子，正要进庙，一眼看见东南角上，围着一大群人在那里推推拥拥。当时我的好奇心动，丢了庙不进去走过街，且向那边看看。我站在一群人的背后，由人家肩膀上伸着头，向里看去，只见一个三十附近的中年妇人，坐在一张桌子边，在那里写春联。

> 这时候我的好奇心动，心想……也许她真是个读书种子，贫而出此。但是那飘茵阁三字，明明是飘茵坠溷的意思，难道她是浔阳江上的一流人物？我在一边这样想时，她已经给人写起一副小对联，笔姿很是秀逸。对联写完，她用两只手撑着桌子，抬起头来，微微嘘了一口气。我看她的脸色，虽然十分憔悴，但是手脸洗得干净，头发理得齐整，一望而知，她年青时也是一个美妇人了。……不是在词章一道下过一番苦功夫的人，决不能措之裕如。到了这时，不由得我不十二分佩服。叫我当着众人递两块钱给她，我觉得过于唐突了。虽然这些买对联的人，拿出三毛五毛，拿一副对联就走。可是我认她也是读书识字的，兔死狐悲，物伤其类，这样藐视文人的事，我总是不肯做的。我便笑着和老妇人道："这对联没有干，暂时我不能拿走。我还有一点小事要到别处去，回头我的事情完了，再来拿。如是晏些，收了摊子，到你府上去拿，也可以吗？"那老妇人还犹疑未决，书春的妇人，一口便答应道："可以可以！舍下就住在这庙后一个小胡同里。门口有两株槐树，白板门上有一张红纸，写冷宅两个字，那就是舍下。"我见她说得这样详细，一定是欢迎我去的了，点了一个头，和她作别，便退出了人丛。

> 其实我并没有什么事，不过是一句遁词。我在西城两个朋友家里，各坐谈了一阵，日已西下，估计收了摊子了，便照着那妇人所说，去寻她家所在。果然，那个小胡同里，有两株大槐树，槐树下面，有两扇小白门……我走进大

---

① 茅盾曾评价张恨水的创作为"近三十年来，运用'章回体'而能善为扬弃，使'章回体'延续了新生命的，应当首推张恨水先生"，见《关于〈吕梁英雄传〉》，《中华论坛》1946 年 8 月。

门一看,是个极小的院子,仅仅只有北房两间,厢房一间……

过了几天,已是新年,我把那副对联贴在书房门口。我的朋友来了,看见那字并不是我的笔迹,便问是哪个写的? 我抱着逢人说项的意思,只要人家一问,我就把金太太的身世,对人说了,大家都不免叹息一番……

我心里想,这样一个人,我猜她有些来历,果然不错。只是她所说的大家庭,究竟是怎样一个家庭呢? ……我那朋友摇摇头道:"这话太长,不是三言两语可以说完的。若真是她,我一定要去见见。"

……所幸我这朋友,是个救急而又救穷的朋友,立意成就我这部小说,不嫌其烦地替我搜罗许多材料,供我铺张。自春至夏,自秋至冬,经一个年头。我这小说居然作完了。①

这样的开头是有些新意的。从叙事学的角度看,把文本的叙述分出作者、讲述者与故事中人的不同层次,是小说艺术趋于精致化的表现。这样的开头,在我国古代小说史上,只有《红楼梦》稍许接近一些。《金粉世家》如此开篇,不仅给女主角冷清秋设计了精彩的出场,而且制造了力度很大的悬念。可以说,作为报刊连载的作品,这样的设计既体现了文学的匠心,又满足了媒体的发行需要。

这一开篇是相当精彩的。但是,它并不是张恨水的戛戛独造。

《儒林外史》四十、四十一两回书中写了一个奇女子沈琼枝:

国子监的武书家中穷,请不起客……微微醉了,荡到利涉桥,上岸走走,见码头上贴着一个招牌,上写道:"毗陵女士沈琼枝,精工顾绣,写扇作诗。寓王府塘手帕巷内。赐顾者幸认'毗陵沈'招牌便是。"武书看了,大笑道:"杜先生,你看南京城里偏有许多奇事,这些地方都是开私门的女人住,这女人眼见的也是私门了,却挂起一个招牌来,岂不可笑! "

庄非熊心里有些疑惑,次日来到杜少卿家,说:"这沈琼枝在王府塘,有恶少们去说混话,他就要怒骂起来。此人来路甚奇,少卿兄何不去看看?"杜少卿道:"我也听见这话,此时多失意之人,安知其不因避难而来此地? 我正要去问他。"……武书道:"这个却奇。一个少年妇女,独自在外,又无同伴,靠卖诗文过日子,恐怕世上断无此理。只恐其中有甚么情由。他既然会做

---

① 张恨水:《金粉世家·楔子》,第1-8页。

诗，我们便邀了他来做做看。"说着，吃了晚饭。那新月已从河底下斜挂一钩，渐渐的照过桥来。杜少卿道："正字兄，方才所说，今日已迟了，明日在舍间早饭后，同去走走。"武书应诺，同迟衡山、庄非熊都别去了。

次日，武正字来到杜少卿家，早饭后，同到王府塘来。只见前面一间低矮房屋，……沈琼枝看见两人气概不同，连忙接着，拜了万福。坐定，彼此谈了几句闲话。武书道："这杜少卿先生是此间诗坛祭酒，昨日因有人说起佳作可观，所以来请教。"……武书对仕少卿说道："我看这个女人实有些奇。若说他是个邪货，他却不带淫气；若是说他是人家遣出来的婢妾，他却又不带贱气。看他虽是个女流，倒有许多豪侠的光景。他那般轻清的装饰，虽则觉得柔媚，只一双手指却像讲究勾、搬、冲的。论此时的风气，也未必有车中女子同那红线一流人。却怕是负气斗狠，逃了出来的。等他来时，盘问盘问他，看我的眼力如何。"

……少卿检了自己刻的一本诗集，等着武正字写完了诗，又称了四两银子，封做程仪，叫小厮交与娘子，送与沈琼枝收了。……

知县道："你这些事，自有江都县问你，我也不管。你既会文墨，可能当面做诗一首？"沈琼枝道："请随意命一个题，原可以求教的。"知县指着堂下的槐树，说道："就以此为题。"沈琼枝不慌不忙，吟出一首七言八句来，又快又好。知县看了赏鉴，随叫两个原差到他下处取了行李来，当堂查点。翻到他头面盒子里，一包碎散银子，一个封袋上写着"程仪"，一本书，一个诗卷。知县看了，知道他也和本地名士倡和。签了一张批，备了一角关文，吩咐原差道："你们押送沈琼枝到江都县，一路须要小心，不许多事，领了回批来缴。"那知县与江都县同年相好，就密密的写了一封书子，装入关文内，托他开释此女，断还伊父，另行择婿。此是后事不题。[①]

两相比较，至少有以下六点相同或近似：（一）都是才女在市井鬻文为生；（二）都引起了男主人公对其身份的怀疑；（三）才女的才情都征服了质疑的男性；（四）才女都是红颜薄命，遇人不淑；（五）才女都得到了男主人公及其朋友的同情与帮助；（六）才女的遭际都有一定程度的隐秘。

据此，《金粉世家》的这一别具匠心的开篇脱胎于《儒林外史》，冷清秋的身上有或多或少的沈琼枝的基因，应属确凿无疑的了。

---

① 吴敬梓：《儒林外史》，四十一回，人民文学出版社，1980年，第396-404页。

二

可是,当我们把视线再放远一些,又会发现,沈琼枝的故事也并非吴敬梓的夐夐独造。吴敬梓的好朋友程廷祚在《与吴敏轩书》中讲到:"昨所谈茸城女士之事,诚可谓瑰琦倜傥,庸夫之所惊疑,达士之所快心也。……足下有矜奇好异之心,而抱义怀仁,被服名教。何不引女士以当道,令其翻然改悔,归而谋诸父母之党,择盛德之士而事之,则足下大有造于女士,而自处之道,可谓善矣。"① 这里的"茸城"即今天的松江,"茸城女士"则是当时松江的一位张姓才女。而此事又牵扯到当时的大诗人袁枚,据《随园诗话》:

> 余宰江宁时,有松江女张氏二人,寓居尼庵,自言'文敏公族也'。姊名宛玉,嫁淮北程家,与夫不协,私行脱逃。山阳令行文关提。余点解时,宛玉堂上献诗……余指庭前枯树为题,女曰:'独立空庭久,朝朝向太阳。何人能手植,移作后庭芳?'……释其背逃之罪,且放归矣。②

显然,这位张宛玉就是沈琼枝的原型。梳理一下,这一故事的前世今生大致为:袁枚在江宁(今南京)做地方官时,审理了才女张宛玉的案子;张宛玉因不满婚姻而私自"脱逃",隐居于江宁,因为文才受知于袁枚等;夫家起诉,追逃于江宁,吴敬梓既欣赏其才华,又关注其命运与抗争;袁枚当面考察其才华,亦表欣赏与同情,于是使用权力帮助该女摆脱了困境。这些主要环节在沈琼枝的故事中几乎都得到了体现,甚至在县衙中指树作诗的细节也基本一致。

这一故事在当时可算得是骇人耳目。张宛玉有幸遇到了放达的诗人官员袁枚,而从程廷祚的信件看,吴敬梓等文坛名流也都给予了相当的关注与声援。但张氏的行为毕竟大大悖逆于礼教,所以程廷祚一本正经地告诫吴敬梓,不要过分地参与此事,应该引导这位才女回归礼教,这既是现实可行的,也是吴敬梓自我规范、自我保护的选择。

看来,由于袁枚的适时出现,"现官不如现管",程廷祚的担心成为了杞忧。而

---

① 程廷祚:《青溪文集》续编卷六,道光十七年东山草堂刻本。
② 袁枚:《随园诗话》卷四,清乾隆年刻本,见中国基本古籍库。

吴敬梓则把自己的欣赏、同情及好奇转化到了小说中，于是，就产生了沈琼枝这一形象。

三

从张宛玉到沈琼枝，没有改变的是才女的身份，对婚姻命运的反抗，以及得到才士们青睐与帮助，从而摆脱厄运；改变的则是吴敬梓所增加的沈琼枝出招牌"写扇作诗"的情节。从文学的角度看，这一改变可称妙笔。这个情节更凸显了才女之才，而由此带来的身份猜疑也增加了故事的戏剧性。

张宛玉的事迹之所以引发吴敬梓的如此关注，从积极一面看，是他的人文情怀与较为通达的性别观念所致；如从消极一面看，却又是千百年间文人们津津乐道的"才妓"情结的流露。对沈琼枝身份的猜疑，正是曲折地表达出这一心理。而清代另一部白话小说《花月痕》，第十回"两番访美疑信相参"，也是写才士荷生听说了采秋之名登门验证，而女主角的身份明确定位为"诗妓"，似可作为一个旁证。而张宛玉、沈琼枝的故事从写作心理的角度看，则不妨视为"才妓"母题的平移。

从沈琼枝再到冷清秋，没有改变的同样是才女的身份，对婚姻命运的反抗，以及得到才士们青睐与帮助，还有出招牌卖字作联的情节。不同的是，冷清秋已是人近中年，形象、气质的设定迥异于沈琼枝；另外，她也没有官司缠身，以及受惠于官员的情节；而其归宿也不再是"另行择婿"了。

与沈琼枝相比，甚至与张宛玉相比，冷清秋的形象更加淡雅，也多了些时代气息。她脱离豪门，依靠自身的才华与能力谋生，生计十分艰辛，但维持着自尊与从容。这显然是和新文化运动以来，社会性别观念的进步及女性的觉醒密切相关。她的接人待物，不卑不亢，受人恩惠当即平等回报，都透射出传统士大夫立身处世的精神，使得冷清秋比起寄寓尼庵的张宛玉、有江湖气的沈琼枝，多了三分文雅。而"我"的命题邀联，更是作者欲使冷清秋"雅化"的苦心所在。本来冷清秋是摆摊卖春联的，"我"却提出"倒不要什么春联，请你把我的职业，做上一副对联就行"的要求。这就有了以文会友的意味。而冷清秋的应对是：

> 那妇人一看我的名片，是个业余新闻记者的，署名却是文丐。笑道："这位先生如何太谦？我就把尊名和贵业做十四个字，行么？"我道："那更好了。"

……她在裁好了的一叠纸中,抽出两张来,用手指甲略微画了一点痕迹,大概分出七个格子。于是分了一张,铺在桌上,用一个铜镇纸将纸压住了。然后将一支大笔,伸到砚池里去蘸墨。一面蘸墨,一面偏着头想。不到两三分钟的工夫,她脸上微露一点笑容,于是提起笔来,就在纸上写了下去。七个字写完,原来是:"文章直至饥臣朔。"我一看,早吃了一大惊,不料她居然能此。这分明是切"文丐"两个字做的。用东方朔的典来咏文丐,那是再冠冕没有的了。而且"直至"两个字衬托得极好。"饥"字更是活用了。她将这一联写好,和那老妇人牵着,慢慢地铺在地下。从从容容,又来写下联。那七个字是:"斧钺终难屈董狐。"斧钺这下一联,虽然是个现成的典。但是她在董狐上面,加了"终难屈"三个字,用的是活对法,便觉生动而不呆板。这种的活对法,不是在词章一道下过一番苦功夫的人,决不能措之裕如。到了这时,不由得我不十二分佩服。①

这一大段是作者用了十二分气力作出的,是冷清秋"出场"的浓墨重彩。但是,这里面的词章讲究,相信即使在当时大部分报刊读者也是莫名其妙的,也是他们不感兴趣的。而作者这样写,自有"雅化"作品的苦心。东方朔的典故使用,冷清秋书写前的动作、神态,都是传统文化中文人雅士标志性气质的表现。"抽出两张来,用手指甲略微画了一点痕迹,大概分出七个格子""一面蘸墨,一面偏着头想。不到两三分钟的工夫,她脸上微露一点笑容,于是提起笔来,就在纸上写了下去""将这一联写好,和那老妇人牵着,慢慢地铺在地下。从从容容,又来写下联"——这些都是极生动、极雅致的笔墨,在"通俗"作品中很难见到。

作者为冷清秋设计的这幅联语,如果说上联体现的是传统文人雅士的气质、修养,下联则融进了鲜明的新时代特色。冷清秋虽然用的是董狐的旧典,却包含着两层新意:一层是新闻记者应有的"秉笔直书"的基本职业素养,另一层隐含了数年前报刊界一件震动全国的大事件——林白水案。林白水因撰文揭露、抨击军阀暴政,先是下狱,仍不屈服,终被张宗昌杀害。所以,"斧钺"云云实有相当深厚的思想文化内涵。这样的内容,这样的写法,当然不应简单地视作俗笔,更不是"封建余孽及小市民所欢迎"的了。

但是,作者之所以被打入"通俗"行列,也不是莫须有之事。

---

① 张恨水:《金粉世家》,第2-3页。

首先，如前所述，渲染冷清秋之身份可疑，虽在情理之内，也不无迎合报刊读者的用意。且这一层还有旧文人、旧小说"才妓"情结的成分。

其次，冷清秋的自尊、孤傲气质是有了，但作者又为她设定了一道藩篱："齐大非偶。""齐大非偶"与市井细民耳熟能详的"门当户对"异曲同工，既为其容易理解，又为其喜闻乐见。冷清秋羞见故人的结局，固然有作者情节设计的用心在内，但也是其内在自卑心理的一种合乎逻辑的表现。冷清秋的故事终结于此，是和作者刻意的低调处理思想性话题分不开的。如果看当时洛阳纸贵的阅读、发行效果，他无疑是求仁得仁，是成功的。但如果和或前或后的鲁迅、老舍、林语堂，甚至张爱玲的同类题材作品相比，堂庑之深浅判然立见。

可见，雅与俗，既是不可回避的话题——作为批评者、研究者，当雅则雅、当俗则俗，春兰秋菊各有其秀；又要看到二者并非截然对立，黑白之间颇多中间色调。处理好这两方面的关系，才是文学史研究更有说服力、生命力的关键所在。

（原载《文学与文化》2018 年第 4 期）

精英的离散与困守

——《霜叶红似二月花》的绅缙世界 *

罗维斯

茅盾的文学创作素以及时反映时事见长。《霜叶红似二月花》(以下简称《霜叶》)这部疏离了明确社会政治事件的小说似乎是一个特别的存在。《霜叶》在文学技艺上的圆熟曾得到不少褒奖，却又是茅盾较为成功的小说中较少被研究者关注的一部。的确，《霜叶》这部特别之作在茅盾的文学序列中是有些难以安置的。不过，若是将小说中的赵守义视为顽固的封建地主阶级，王伯申属于新兴的资产阶级，钱良才、张恂如是地主阶级的知识青年或小资产阶级，那么，整部小说的故事情节又可以解读为地主阶级与资产阶级的斗争与妥协以及知识青年身处其中的迷惘与失落——这不是正与茅盾自言所秉持的社会科学理论相吻合？在这看似顺理成章的结论背后，却掩不住《霜叶》小说文本所透出的异样气息。

茅盾惯于在小说中作社会政治剖析，却又往往难以调和个人体验与科学理论之际的裂隙，以至于他的许多小说内部充满撕扯的痕迹。而《霜叶》一直被视为茅盾长篇小说中圆融、成熟的一部。这种圆熟不仅来自《霜叶》对旧小说技法的借鉴，更重要的一点是，在这部小说中，茅盾很大程度上抛开了社会科学理论的羁绊，以一种相对松弛的状态书写自己对中国社会、政治、经济转型的感性体认。

《霜叶》不似茅盾之前的小说那样明确地关注重大社会历史事件，而是将社会、政治、经济的变革融入一个江南小镇几个家族的日常生活当中。不过，与现代文学中众多家族小说不同，《霜叶》很少单纯地书写几个家族的内部生活。《霜叶》

作者简介：罗维斯(1986—)，女，南开大学文学院讲师。

* 本论文为天津社科基金项目"绅士阶层的演化与茅盾的文学创作"(项目号：2X2016136)的阶段性成果。

中新与旧的冲突很少表现为家庭内部的新旧观念冲突。家庭内部矛盾只作为一种旁支和陪衬。其中的主要矛盾和叙事线索都集中于家族之外的地方事务。不同家族之间更多地是凭借对地方事务的立场与态度而非姻亲关系进行连接。

小说中涉及的婚恋自由观念也显得十分稀薄。以至于《霜叶》的时代背景究竟是在"五四"之前还是之后这一问题自小说问世以来就充满争议。而我们似乎很容易忽略一点，"民国"是《霜叶》最为明确的基本时代背景——这一点也在小说中被不断强调。这一时间背景也使得《霜叶》虽被认为与《红楼梦》十分类似，但却与之具有本质区别。《红楼梦》的故事有着一个明确的皇权背景。而一直强调"民国"背景的《霜叶》却在着力叙述着一种与皇权相对的权力形态——绅权。

在中国传统社会中，社会管理通过自上而下的"皇权"和自下而上的"绅权"形成一种双轨政治模式。在基层社会中，绅士阶层是社会事务的实际操控者。[①]皇权的式微和瓦解，加之清季民初的地方自治运动，都使地方绅士获得了更大的权利。[②]《霜叶》对地方事务的叙述显现着民国初年显著的时代特点。绅权在地方事务中的作用是茅盾小说中多有关涉的内容。所不同的是，茅盾在这部小说中使用了一个之前鲜有提及的概念——"绅缙"。

绅缙是《霜叶》中被视为封建地主、资产阶级、小资产阶级知识分子的一系列人物形象共同的身份属性。绅缙，"亦做'缙绅'。古代称有官职的或做过官的人。在茅盾的作品中相当于'绅士'。指旧时地方上有势力，有功名的人。一般是地主或退职官僚"[③]。"缙"通"搢"，原意是插笏，古代朝会时官宦所执的手板，有事就写在上面，以备遗忘，转用为官宦的代称。绅是古代士大夫束腰的带子。插缙于绅，固又可以"缙绅"代称仕宦。[④]清代的乡约文献，江南一带的评弹，晚清小说中也都有"绅缙"的用例。[⑤]民国时期相关文献中也有"绅缙"之称。从用例来看，绅缙的含义偏向于茅盾在小说更常用的概念"绅士"。绅士包括具有科举功名（包括文科举和武科举）而又尚未出仕者，卸任（丁忧、退休或被罢黜等情况）的官员，依靠军功或蒙阴取得功名的人；此外，也指清季接受新式教育或出国留学的人群中

---

① 参见费孝通：《乡土重建》，岳麓书社，2012 年，第 45-49 页。

② 魏光奇：《清末民初地方自治下的"绅权"膨胀》，《河北学刊》2005 年第 6 期。

③ 李标晶、王嘉良主编《简明茅盾词典》，甘肃教育出版社，1993 年，第 416 页。

④ 杨金鼎主编《中国文化史词典》，浙江古籍出版社，1987 年，第 165 页。

⑤ 如牛铭实编著《中国历代乡规民约》，中国社会出版社，2014 年，第 328 页；吴宗锡主编《评弹文化词典》，汉语大词典出版社，1996 年，第 106 页；石玉昆：《小五义》，北方文艺出版社，2013 年，第 177 页。

被朝廷赐予功名者。①

　　绅缙作为帝制时代的产物,是拥有基层社会管控权责的精英阶层。在《霜叶》中,茅盾以"绅缙"标明小说中各色人物的基本身份属性,直陈自己对于中国基层社会的原初观感。民国初年,基层社会半新半旧的"政治格局"通过小说中对各式绅缙②的书写自然铺陈开来。

一

　　茅盾常以具有绅士身份的人物形象展现时代变革的新旧交错,并极力刻画绅士阶层所负载的文化意味。但《霜叶》不仅舍弃了"绅士"这一强调士子即读书人身份的称呼,改用了"绅缙"这一更强调官员身份的称呼,且鲜有提及获取绅士身份所需的文化资本。从《霜叶》的具体叙述来看,县城的绅缙大多也并不具备帝制时代的官员身份。科举制度废除以后,读书人彻底失去了以学识换取功名的渠道。小说以绅缙这种更强调官员身份的称呼似乎更指向对基层社会的实际控制。当以文化资本换取政治资本的模式逐渐淡出基层社会管控权力的获得时,经济地位开始成为绅缙的重要筹码。于是,我们也在《霜叶》中看到了对县城诸家绅缙经济来源的铺陈描绘。

　　老派绅缙赵守义靠着土地经营和高利贷积累财富,这也使得他最接近我们观念中的剥削阶级——地主。不过,我们似乎忽略了一个重要的事实:不捐买官爵或没有科举功名的地主仍旧是庶民,没有管理地方事务的资格。而具有绅士身份的人在赋税徭役方面享有特权,也更容易拥有土地和财富。③老派绅缙赵守义作为地方事务的把持者,可见并非一般的庶民地主。不仅如此,"土地作为绅士的收入来源,并没有人们想象的那么重要。很多绅士并不拥有大宗土地,从而靠土地获得足够的收入。相当一部绅士似乎全无土地"④。土地的资本回报率是比较

---

　　① 参见费孝通、吴晗等:《皇权与绅权》,岳麓书社,2012年,第7、60页;周荣德:《中国社会的阶层与流动——一个社区中士绅身份的研究》,学林出版社,2000年,第5-6页;张仲礼:《中国绅士——关于其在19世纪中国社会中作用的研究》,上海社会科学院出版社,1991年,第1、18页;瞿同祖:《清代地方政府》,范忠信、晏锋译,法律出版社,2003年,第267、273-275页;王小静:《试论科举废除之前的学堂毕业奖励制度》,《兰州学刊》2008年第8期。

　　② 由于史学社会学文献中多用绅士这样的称呼,本文中会出现绅缙与绅士混用的情况。

　　③ 瞿同祖:《清代地方政府》,第270、271页。

　　④ 张仲礼:《中国绅士的收入》,上海社会科学出版社,2001年,第185页。

低的。土地经营作为绅士阶层的收入来源尽管总量巨大,但只有绅士基层中少数的上层人士才能从地连阡陌的大片地产中获得较多的收益。而这些大规模的地产也会在一次次的继承中被不断分割。① 随着清季民国初年的一系列社会变革中,土地收入才逐渐成为绅士阶层的重要经济来源。从《霜叶》的叙述来看,老派绅缙赵守义的土地盘剥和高利贷剥削十分刻薄的。小说也借新派绅缙王伯申之口称,赵守义也不过是专干损人不利已之事的老剥皮;赵守义的土地也十之八九是巧取豪夺而来的。

　　绅士阶层在社会骤变中,除了加强土地经营之外,还有另一条转型之路——转向现代工商业。小说中的新派绅缙王伯申就属于后者。王伯申的父亲当年做官不成,可见这一家有着绅士阶层的地位。王伯申通常被我们视为新兴资产阶级,其实他有另一个身份——绅商。

　　"绅商"是中国社会转型中的一个独特群体。"绅商"一词在19世纪以前的历史文献中绝少使用,且直到20世纪初年,"绅商"一词大多都是指绅士和商人两类人。但伴随着绅士与商人在新的经济基础上的融合,绅商一词的含义也在逐渐发生变化,开始指向绅士和商人融合生成的新的社会群体。② "1905年左右各地商会的普遍设立构成绅商阶层正式形成的重要标志。"③ 绅与商的合流主要有两条途径,即由绅而商或由商而绅。清末的绅商绝大多数是靠着捐纳的异途跻身绅士行列的。④ 19世纪末20世纪初形成的新兴的绅商阶层,"既有一定的社会政治地位,又拥有相当的财力,逐渐代替传统绅士阶层,成为大、中城市乃至部分乡镇中最有权势的在野阶层"⑤。《霜叶》中十几年前还上不得台面的王伯申一家正是在时代变革中崛起的绅商。

　　《霜叶》所大量描写的绅缙几乎都与商业紧密相关,其中既包括传统商业,也有轮船公司这样的新兴产业。小说中,张恂如一家的吃穿用度靠的是祖上的老店。秀才胡月亭却已经把祖上传下的布铺做垮了。黄和光的家财既有镇上的房租,也有压在各种老铺里的现金收益。县城上"那家'殷实绅商'不是在轮船公司里多少

---

　　① 张仲礼:《中国绅士的收入》,第187页。

　　② 章开沅、马敏、朱英:《辛亥革命前后的官绅商学》,华中师范大学出版社,2011年,第170-173页。

　　③ 章开沅、马敏、朱英:《辛亥革命前后的官绅商学》,第186页。

　　④ 章开沅、马敏、朱英:《辛亥革命前后的官绅商学》,第177、178页。

　　⑤ 章开沅、马敏、朱英:《辛亥革命前后的官绅商学》,第186页。

有点股本"①。在《霜叶》这部小说中,几乎每个绅缙家庭都与商业有所关联。

"清政府和先前的皇朝一样,明确禁止绅士从事若干商业活动。"②但实际上,还是有绅士会改换姓名经商。不过,"以牟利为宗旨的商业活动从不被视作绅士的正当职业"。尽管清末以后有越来越多的绅士利用经商牟利,商业活动本身依旧受到上层绅士的贬斥。在漫长的传统社会中,真正通过经商获得丰厚利润的还是曾有仕宦经历的绅士。帝制时代,在朝担任官职几乎是获得巨额财富的唯一途径。不仅是高官才能获得高收入,历史学研究者从方志和宗谱中获悉,几乎所有官员都能获得大量财富。官员自己和其他人都认为,与任何职业相比,当官最有利可图。而对于没有担任官职的绅士而言,发挥绅士功能则是他们的重要收入来源。绅士阶层作为一个具有领导地位和特殊声望的精英阶层,承担着众多地方和宗族事务。③绅士阶层能够从承担地方事务中获得丰厚的收入。这些收入来自聘金、礼金、当地居民摊派甚至是地方税收。这些收入往往高于土地或经商的所得。④

由此,我们就不难理解《霜叶》开篇时,张府内绅缙太太们的谈话了。无论是从事土地经营和高利贷盘剥的赵守义,还是从事现代商业活动的王伯申,这两位县城数一数二的绅士,都"根基太浅",是上不得台面的。赵守义、王伯申这两位县城最有势力的绅缙,他们集聚财富的方式不仅过去在传统绅士阶层中不入流,而且财富的规模也未见得能与帝制时代的绅士相比。从几位绅缙"太太们"的谈话可知,县城里现在的大户哪有以前的大户人家"底子厚"。小说中的大部分绅缙无论是经济收入,还是身份地位,都无法与以前的绅缙相比。《霜叶》中看似写了绅缙家太太们的居家闲谈,其实展现了民国初年由政治经济转型引发的地方权势的转移。

随着传统绅士阶层转向单纯的土地剥削和高利贷收入或者从事商业活动,有一定经济实力的社会阶层也在试图享受绅士阶层的待遇。小曹庄的一个小小的"暴发户"曹志诚,有三十多亩田地,讨了个大户人家的丫头做老婆,便学起了大户人家的规矩,摆起架子来,"专心打算出最便宜的价钱雇佣村里一些穷得没有办法的人做短工"⑤。就是这样一个刚靠着土地收入当上小地主的人,已经在

---

① 茅盾:《霜叶红似二月花》,华华书店,1948 年,第 178 页。

② 张仲礼:《中国绅士的收入》,第 138 页。

③ 张仲礼:《中国绅士的收入》,第 185 页。

④ 张仲礼:《中国绅士的收入》,第 185 页。

⑤ 茅盾:《霜叶红似二月花》,第 181 页。

村里干起原本是绅士才有资格做的包揽诉讼。

不仅绅士阶层在地方管理中的职权被兴起的富裕庶民分割，更让绅缙太太们感到不忿的是绅缙人家在日常生活中刻意彰显的阶层区隔也被逐渐打破。在张家老太太看来："如今差不多的人家都讲究空场面了。那怕是个卖菜挑粪出身的，今天有几个钱，死了爷娘竟然也学绅缙人家的排场，刻讣文，开丧，也居然还有人和他们往来；这要是在三十年前呀，那里成呢？干脆就没有人去理他……"①瑞姑太太也感慨："从前看身份，现在就看有没有钱。"②"作为传统乡村的一个独特的社会集团，士绅不仅是封建礼教文化的代表，也是政治权力的象征在地方上对声望、文化、经济等资源的垄断，使其成为占据乡间生活中心并拥有某种权力的魅力型人物……士绅与平民不断在日常生活的各种细节中区分彼此，从而共同维护各自在权力关系中的身份。人们希望成为士绅群体中的一员，并小心翼翼地维护着权力的合法性及权力关系本身。"③但民国以后，清朝旧制废除，绅民界限日益模糊。小说中，属于绅士阶层的礼制开始被富裕的庶民仿效，并在一定程度上得到了乡民的认可。

小说中，财富多寡不仅僭越了帝制时代社会阶层的区隔，也在逐渐生成管控地方事务的资格。在传统社会中，绅缙身份由科考和仕宦得来。尽管绅缙的家人可以与其共享特权与荣耀，但除蒙荫以外，一般而言绅缙身份终究不可世袭。但科举制度废除以后，无论是科考正途或是捐纳异途都不复存在。较之功名官职而言，财富恰恰能够代际传承。小说中，绅缙身份出现了一种"世袭化"的倾向。绅缙家庭的少爷如张恂如等人只要自己愿意，就可以出来担任管理地方事务的绅缙。

茅盾之前的小说往往强调绅士阶层的文化属性。《霜叶》这部小说却刻意淡化了这一点，而重点展示绅缙的经济资本。小说中，由"官"到"管"的"缙"代替了学而优则仕的"士"，经济取代知识成为绅缙身份的标志。种种日常生活层面细碎的细节实际上展现了民国初年绅士阶层及地方权势一些根本性的变化。"在由农业宗法社会向工商业社会的过渡转折中，金钱开始替代功名成为衡量社会成就和社会地位的标志。人们逐渐用经济成就的大小而不是文章道德的高低来评判一个人的社会价值。"④《霜叶》所呈现的半新半旧的社会历史风貌，实质上也就

---

　①　茅盾：《霜叶红似二月花》，第 164 页。

　②　茅盾：《霜叶红似二月花》，第 164 页。

　③　李涛：《士绅阶层衰落过程中的乡村政治——以 20 世纪二三十年代的浙江省为例》，《南京师范大学学报》（社会科学版）2010 年第 1 期。

　④　章开沅、马敏、朱英：《辛亥革命前后的官绅商学》，第 183 页。

是政治变革引发经济结构骤变之后，地方精英的分崩离析与结构重组。而这种地方精英内部的变化正是《霜叶》中主要故事情节展开的原点。

二

现在研究普遍认为，《霜叶》展现了农耕文明与现代商业的冲突。其实，小说中还花了更多的笔墨来表现经济基础变化引发地方权势转移之后，作为地方精英的绅缙们如何面对和处理这种冲突之下的地方事务。在小说这种地方绅缙对地方事务的管控又渗透于县城绅缙家庭日常生活的细节之中。

小说开篇以张恂如与家中女眷的谈话引出了新派绅缙王伯申试图以兴办平民习艺所为名与老派绅缙争夺善堂的管理权。随后，又以县城里绅缙与"少爷班"等各色人物在茶肆的闲谈进一步勾勒出县城绅缙们的派系划分和处理地方事务的立场。如何处理地方公益事业中最大宗款项——善堂存款，成了小说中绅缙们争论的焦点。

通常我们会将王伯申与赵守义对善堂管控权的争夺视为地主阶级与资产阶级的冲突。当然，从二人背后的经济基础来看似乎也没有错。不过，我们也应该了解，除了按不同经济基础划分出人物社会阶层差异之外，赵守义与王伯申在小说中还有着一个共通的身份属性——绅缙。因此，这就不再是单纯的农耕文明和商业文明之间冲突、落后的地主阶级和新兴资产阶级矛盾，而是社会转型期作为地方精英的绅缙们在地方事务中的内部权力分配问题。

赵守义是县城中老一辈绅缙中最有实力的一位，并代表着老派缙绅掌管县城的公共事务——善堂。与他同属一个派系的鲍德新是前清的监生，胡月亭是前清的一名秀才。前者以捐纳异途得功名，后者是科举正途出身。二位无疑都具有帝制时代的绅缙身份。赵守义能在其中为首，又能与省城举人这样的上层绅士交好，应该具备帝制时代的绅缙身份。至于王伯申则被归为了新派绅缙。他的合作伙伴大多是自己公司的职员，所结交的上层势力也不再是有威望的绅缙，而是科长这样现代行政体系中的政府官员。他也很愿意与在上海做买办的冯退庵这样的更新式的人物往来。他的新派既来自新的经济基础，也来自新的政治势力。王伯申虽有做官不成的父亲，但作为新兴的绅商在地方上的势力仍旧稍逊于"老派"绅缙。《霜叶》中传统的地方事务仍由一些"老派"的绅士掌控。而随着经济地位的上升，从事现代商业的"新派"绅缙也开始与"老派"争夺管理善堂这样的地方核心权力。

《霜叶》中所写的善堂在江南地区是十分常见的综合性慈善机构,一般涵盖育婴堂、义塾、保甲局、义渡、丐厂等众多机构,负责老人、寡妇、弃婴的赡养,施舍药材、食物,教育,治安巡逻,救灾、救生等社会生活的方方面面。①《霜叶》中就谈到了县城的孤老病穷按月在善堂领取抚恤金,善堂每年还要施药材。善堂运营的经费来自私人或其他社会组织的捐赠,捐赠的形式包括土地和现金等,也有官产投入其中,如国家划拨的土地等。《霜叶》中写道,长江三角洲地区善会、善堂林立,就连县城内及之外的市镇也遍布着善会善堂。②经济上的富庶曾使帝制时代的江南绅士阶层十分乐于出资兴办各种地方公益事业。③善会善堂基本上都由地方绅士负责经营管理,领导这些善举的群体被称为善堂绅士或善举总董。④"负责当年运营的会员也希望在证明众人的捐赠都得到正当的运用的同时,报告当年事业究竟取得了什么成绩。这样就出版并广泛散发了被称为《征信录》的会计事业报告书。于是捐赠者和参与这一事业的同仁利用该报告对事业内容进行监督。"⑤

但是,小说中,赵守义掌管善堂十余年来竟然都没有做过征信录。这是十分反常的情况。此外,在多数情况下,善会善堂运营需要大量经费,每年的赤字部分需要主事的绅士自己垫付亏空,对绅士而言这成了一种类似于徭役的承重负担,因而被地方绅士视为畏途。⑥而《霜叶》中,善堂已经由赵守义一个人把持多年,这桩传统慈善事业反倒成了有利可图、值得一争的领域。以赵守义为首的"老派"绅缙除了昏聩之外,私德与公德皆不甚佳。这种道德上的缺陷显然无法满足帝制时代对地方公益事业管理者的基本要求。至于,"新派"绅缙王伯申,他的新在老派绅缙眼中只是:"就事论事,只要一件事情上对了劲,那怕你就和他有杀父之仇,他也会来拉拢你,俯就你。事情一过,他再丢手。"⑦张、钱两家的太太们看来,王家几代都是精明透顶的人物,只会钻营占便宜而从不吃亏。小说也不断强调着这个新派绅缙上身唯利是图的商人特性。王伯申办平民习艺所既是试图拥有传

① 夫马进:《中国善会善堂史研究》,伍跃、杨文信、张学锋译,商务印书馆,2005 年,第 467-475 页。

② 夫马进:《中国善会善堂史研究》,第 419-420 页。

③ 徐茂明:《江南士绅于江南社会(1368—1911 年)》,商务印书馆,2004 年,第 190、191 页。

④ 夫马进:《中国善会善堂史研究》,第 476 页。

⑤ 夫马进:《中国善会善堂史研究》,第 709 页。

⑥ 夫马进:《中国善会善堂史研究》,第 443-445 页。

⑦ 茅盾:《霜叶红似二月花》,第 99 页。

统绅士在地方的声望，其中也包含有个人的利益诉求。王伯申的轮船公司随意倾倒煤渣以致河道堵塞，轮船航行引发的水涝还淹没了农民的田地，危害一方。但精明算计经营成本的王伯申却并没有在这些问题上表现出对公益事业的热心，反倒利用自己的绅缙身份与官员疏通来维系自己的利益而损害地方公益。

最终，新派绅缙与老派绅缙经过互相算计之后，还是达成了利益和权力的妥协。尽管新旧两派绅缙经济基础和政治势力依然不同，但同处于绅缙地位还是能让他们因为共同利益而暂停争斗。地方公益尤其是穷苦人的利益并不在新旧两派绅缙的重要考量范围之内，县城里的大部分绅缙也都因为自身利益而袖手旁观。这并不是帝制时代绅士阶层主事地方的常态。

民国以后，绅士管理地方失去了官方的监督和规则约束，更失却了物质基础。当掌控地方的绅士成了单纯依靠土地和高利贷剥削的劣绅或者唯利是图的商人，那么就很难期待他们能够如传统正派绅士一般为地方公益事业尽心尽力。然而，在县城这样的基层社会，不仅在制度上绅缙依旧是实际的控制者，而且平民的心态依旧希望绅缙主事。《霜叶》所写的也正是新旧交替的社会背景下，作为精英的绅缙阶层的道德失落和责任缺失。而茅盾极力刻画民国初年这种半新半旧的氛围的同时，也在怀想一种正派绅士主事地方的理想状态。

三

时代转换过程中，绅缙的私利与公益不可避免地发生冲突。但在小说中，无论是老派绅缙赵守义，还是新派绅缙王伯申，都不是帝制时代掌管地方事务的精英阶层。从"太太们"的闲谈来看，县城里的大户"四象八头牛"大都衰败得没有影了，只剩下钱家这一头象。而在钱家的瑞姑太太看来，钱家也不如当年，算不得象而只是一头瘦牛了。[1]"同治前后，家产百万以上可称'象'，五十万至百万者称'牛'，三至五十万喻为'狗'。到清末民初，这'四象'财产达到巅峰，都有上千万两以上。"[2] 小说中这些原本的大户都因经济变革而衰败。在经济变革中发起来的绅缙其经济规模已大不如前。

然而，茅盾本人依旧对正派绅士造福一方的历史记忆充满怀想。正当老派的

---

[1] 茅盾：《霜叶红似二月花》，第 164 页。

[2] 钟桂松：《社会转型时期的历史画卷——纪念茅盾〈霜叶红似二月花〉创作 70 周年》，载《茅盾研究》(第 12 辑)，新加坡文艺协会，2013 年，第 171 页。

赵守义等一众绅缙与绅商王伯申针对善堂存款产生冲突时，一派看似隐没的政治力量浮出水面。一位是新派班头、已故的老一辈绅缙钱俊人的儿子钱良材，一位是喜好格致之学、不合时宜的老绅缙朱行健。钱良材的父亲钱俊人是前清时候县里的热心人，"新派的班头，他把家产花了大半，办这样办那样"。① 现下闲散、不合时宜的老绅缙朱行健也总是和他一道帮衬。这两位无疑是传统正派绅缙无私奉献地方的典型。可惜的是钱俊人壮年而逝，朱行健只是个说的话"平时就被人用半个耳朵听着"② 的闲散老绅缙。

小说中关于老绅缙朱行健的内容大多与他喜好科学技术有关。但从朱行健参与地方事务的少量细节中，我们却能感受到他沉迷于科技是一种逃避。赵守义原本满以为早年在县城里"闹维新"的朱行健会支持平民习艺所这样看似新派的地方事务。但是，面对少爷班们热心用善堂办现代慈善事业平民习艺所时，朱行健能清醒地指出其中的症结和风险。他也曾与钱俊人热心办新派事业，却最终一事无成。而他也能体会钱俊人的感慨："行健戊戌算来也有二十年了，我们学人家的声光化电，多少还有点样子，惟独学到典章政法却完全不成气候，这是什么缘故呢，这是什么缘故呢？"③ 朱行健对于声光电化的痴迷，也来自对典章政法改革的失望情绪。不过，当面对涉及地方公益的大事件时，他一改平时闲散的作风，主张用善堂的款项疏通河道，解决轮船带来的农田水患。服务桑梓的绅缙职责，在朱行健那里也并不曾被抛却。

钱俊人的儿子钱良材在茅盾后来的回忆录中被归为"一些出身于剥削家庭的青年知识分子"④。可实际上，小说中非但没有涉及这些青年剥削的细节，反倒大量书写了他们为地方公益的无私付出。正派的传统绅士日渐式微的事实或许激发了茅盾的怀想与向往。这使得《霜叶》中的钱良材在某种程度上成了正派绅士钱俊人的某种再现，是帝制时代正派地方精英的回光返照。

钱良材出场之前，他的嗣母瑞姑太太就谈到钱良材活像他的父亲钱俊人。钱家的宗亲"永顺哥"也忍不住和村民反复地赞叹钱良材："活像他的老子，活像他的老子！啊呦呦，活像！""活像！一点儿也不差！""你要是记得三老爷，二十多年

---

① 茅盾：《霜叶红似二月花》，第 39 页。

② 茅盾：《霜叶红似二月花》，第 40 页。

③ 茅盾：《霜叶红似二月花》，第 39 页。

④ 茅盾：《我走过的道路》(下)，人民文学出版社，1997 年，第 300 页。

前的三老爷,我跟你打赌你敢说一声不像?"① 小曹庄的村民认识钱良材,也因为他是赫赫有名的钱俊人钱三老爷的公子。在钱家庄,钱良材的地位也与钱俊人的声望密切相关。

对于钱良材本人来说,他每次提到父亲生前的言行必然会引起虔诚而思慕的心情。钱良材当年站在父亲的病床前聆听嘱咐时,甚至会感觉到父亲的那种刚毅豪迈的力量已经移在自己身上。他十分努力地继承父亲为桑梓服务的理想。钱良材看不起王伯申明明是自私自利的守财奴骨头,却要充大老官假意关心地方公益。于是他"存心要教给他,如果要争点名气,要大家佩服,就该懂得钱是应当怎样大把大把的化!"②"钱良材和他的父亲一样的脾气:最看不起那些成天在钱眼里翻筋斗的市侩,也最喜欢和一些伪君子斗气。在吝啬的人面前,他们越发要挥金如土。"③

尽管,钱良材在小说中是县城里的"少爷班",而不具备钱俊人那样的绅缙身份,却依旧竭尽着正派绅缙的职责,诚挚地关心乡民的利益。王伯申的轮船导致河道周边农田被淹。县城其他绅缙大多都在轮船公司有股份而不愿牺牲自己的经济利益出面协调。只有朱行健和钱良材愿意上公呈处理。可是王伯申与官员的关系却使此事不了了之。在下了两天雨以后,钱良材担心家乡的水患,赶回去察看。在与绅缙官员交涉无果的请况下,钱良材再次选择了大把花钱的方式解决问题。他花费自己的家财,连夜组织村民筑起堤坝,防治轮船航线带来的水涝灾害。这个过程中,钱良材独自承担重责,颇有点孤军奋战的悲壮决绝。朱行健和钱良材让其他绅缙忌惮之处就在于,这样的正派绅缙能够为了公益而发起"傻劲"来,全然不顾及自身利益。

茅盾对于这样的正派绅士是充满情感和偏爱的。钱俊人担心吃奶三分像,而奶妈出身低微、小家子气、说不定还有暗病,所以钱良材是自己的母亲喂的奶。这在绅士家庭中是十分少见的情况。赵守义的连襟徐士秀打量起钱良材时也会不由自主地收敛起傲慢。他看到,钱良材即便只穿一件短衣却也是上等的杭纺。"良材的脸上那样的温和,然而那两道浓眉,那一对顾盼时闪闪有光的眼睛,那直鼻子,那一张方口,那稍见得窄长的脸盘儿,再加上他那雍容华贵,不怒而威的风

---

① 茅盾:《霜叶红似二月花》,第196页。
② 茅盾:《霜叶红似二月花》,第158页。
③ 茅盾:《霜叶红似二月花》,第158页。

度,都显出他不是一个等闲的人物。"① 原本是以徐士秀的视角叙述,但字里行间又不难感到作者忍不住的溢美之词。就连与钱府有关的人物都获得乡民的另眼相看。永顺哥一个农家老汉,因为和钱良材是同一个高祖的,"小时候也在这阔本家的家塾里和良材的伯父一同念过一年书。良材家里有什么红白事儿,这'永顺哥'穿起他那件二十年前结婚时缝制的宝蓝绸子夹袍,居然也有点斯文样儿,人家说他毕竟是'钱府'一脉,有骨子"②。

　　小说中,钱良材具有极高的道德操守和品行规范。为了农民的利益,他到县城与官员绅缙交涉,尽力挽救危局。在白糟蹋了时间却一无所获时,他会发自内心地羞愧。在没有实际解决问题的情况下,他"觉得没有面目再回村去,再像往日一样站在那些熟识的质朴的人们面前,坦然接受他们的尊敬和热望的眼光"③。筑堤坝时,但凡用到乡民的一个麻袋、竹篓,他都叮嘱家丁一定要付钱,绝不让农民吃亏。连外乡的船夫也知道钱大少爷从不亏待人,乡里的百姓更对他信任、推崇。为了突出钱良材名门望族、气度不凡的形象,小说中还专门用邻村曹家庄的小地主"暴发户"曹志诚做陪衬。曹志诚这个满脸麻子、腆出个大肚子、满身臭汗、说起话来颤动着一身的肥肉的土财主, 更凸显出钱良材这位正派绅缙家的大少爷是如何气宇轩昂,正直、无私、善良。

　　在传统社会中,绅士是一乡所望、一邑之首。这种特殊的地位既得益于官方策令,也源自正派绅缙对于乡里公共事业的付出。《霜叶》这部小说的很大一部分情节也是围绕绅缙与地方公益之间的关系展开。而小说中,善堂的管理正显示出了当时地方绅缙与公益事业之间的裂隙和矛盾。诚如上文所言,江南地区的善会善堂是涵盖社会生活各方面的综合性公益机构。在传统社会中,这种机构的设立和运行既有地方官员强加于绅缙的近似国家徭役的强制要求, 也不乏乐善好施的正派绅缙一掷千金的主动承担。绅士在地方的声望也正是通过对当地社会的贡献所构筑。《霜叶》中的钱俊人无疑是正派绅缙的某种理想状态,大有毁家纾难、为国为民的担当。他的儿子钱良材在很大程度上也是这种正派绅缙道德理想的继承者。

　　然而,历史的轨迹早已划过了清王朝最后的边儿。作为继承者的钱良材开始对父辈的理想产生了迷茫和更进一步的思考。面对家世的衰微,社会现实的旧辙

---

① 茅盾:《霜叶红似二月花》,第 183 页。
② 茅盾:《霜叶红似二月花》,第 190 页。
③ 茅盾:《霜叶红似二月花》,第 176、177 页。

已坏、新轨未立,钱良材坚持以一己之力承继正派绅士的理想,但对于现实也不免充满困惑与反思。他牺牲了自己和乡里的土地,出资筑堰防涝。但工程完成后,他感到了说不出的懊恼和空虚:"如果那时他是仗着'对大家有利'的确信来抵消大家的'不大愿意'的,那么现在他这份乐观和自信已经动摇而且在一点一点消灭。"① 钱家庄的质朴的农民渴望把所有的疑难"整个儿"交给钱大少爷。他们习惯于"天塌自有长人顶"的快慰。村民觉得钱大少爷见过知县老爷了,就会有办法。他们听说钱大少爷已经想好了办法,"老年人会意地微笑,小孩子欢呼雀跃"②。小说中,随处的日常生活细节展现着传统向现代转换的症候。

清朝到民国的变迁,并没有改变村民的思想意识观念,他们仍旧等待着被绅缙和父母官拯救或者简单地暴力相抗。而钱良材则对现实有了更深层次的认识。他明白:"大家服从他,因为他是钱少爷,是村里唯一的大地主,有钱有势,在农民眼中就是个土皇帝似的,大家的服从他,并不是明白他这样办对于大家有益,而只是习惯的怕他而已!"③ 农民的这些想法是让他痛苦的。他对钱俊人的事业有继承,也有迷茫与自省。尽管履行着绅缙之责,但他清楚自己已不是当年的绅缙,而只是和曹志诚一样的地主。"他整天沉酣于自己所谓的大志,他自信将给别人带来以幸福的,然而他最亲近的人,他的嗣母,他的夫人,却担着忧虑,挨着寂寞,他竟还不甚晓得。而且他究竟得到了什么呢?究竟为别人做到了什么呢?甚至在这小小的村庄,他和他的父亲总可以说是化了点心血,化了钱,可是他们父子二人只得到了绅缙地主们的仇视,而贫困的乡下人则得到了什么。"④ 正派绅士阶层无私地倾尽所有心力家财却一事无成,这多少显出了单纯的个人理想和担当在改良社会上的无力,也是茅盾个人对正绅理想的留恋与游移。

小说开篇谈及筹办新的慈善事业时,老绅缙朱行健就曾对维新派改良社会的失败努力有所感慨。而作为维新派绅缙钱俊人的继承者,钱良材也一直处于对父亲正派绅缙理想的坚守与反思之中。在他心目中,父亲给他指的道路没有错:"可是如果他从前自己是坐了船走的,我想我现在总该换个马儿或者车子去试试罢?"⑤ 钱良材的抉择也不仅仅是对父辈绅缙处世之道的反思。钱良材最终咬紧牙

---

① 茅盾:《霜叶红似二月花》,第 212 页。
② 茅盾:《霜叶红似二月花》,第 200 页。
③ 茅盾:《霜叶红似二月花》,第 213 页。
④ 茅盾:《霜叶红似二月花》,第 211 页。
⑤ 茅盾:《霜叶红似二月花》,第 171 页。

关，把先父遗下来的最后一桩事业，佃户福利会停掉了。这也多少有些经济上的考虑考虑。《霜叶》中几乎没有谈到钱良材的经济来源。他既不从事商业经营，又在土地经营上厚道纯良不让穷苦的农人吃亏，那么他大把花出去的钱来自何处呢？

其实，茅盾虽没有直接追溯钱家的官职家世，却也暗示了钱家是名门望族。正如上文所言，这样的绅缙世家能够从做官和承担地方事务中获得远高于地租和经商的收入。钱家是县城的"四象八头牛"中仅存的"象"了。"大爷派"十足的钱良材也养成了如父亲一般大把散钱的习惯。而在钱家的瑞姑太太看来，钱家也不如当年，算不得象而只是一头瘦牛了。⑥在清季民国初年的社会经济结构变动中，地方绅士也随之产生了内外部的严重分化。随着经济实力的下降，正派绅缙对地方的贡献逐渐减小。正派绅缙的继承者钱良材虽有志于继承父志，但已失却了帝制时代绅缙经的济实力和政治权力。

与茅盾的许多长篇小说创作相似，《霜叶》也是一部没有完成的作品。小说中也并没有展现正派绅缙的继承人钱良材在社会政治之路上的抉择。而小说的后半部分却多少透露了正派绅缙的继承者思想样态的转变。钱良材质问张恂如："你是张恂如。大中华民国的一个公民，然而你又是人之子，人之夫，人之父，你的至亲骨肉都在你身上有巴望，各种各样的巴望，请问你何去何从。你该怎样？"①这一番话也未尝不是他对自己的拷问。一方面，他感到了在五伦的圈子里没有自由的自己，在家宅之外的事业也困境重重。另一方面，他又对"民国"这一现代国家形态有清晰的概念，也具有农民所没有的公民意识。儒家道德约束与现代公民意识的转变，公民责任与亲族的利益期望，传统正派绅缙的事业与新兴社会局面下的道路选择，都构成了这个正派绅缙继承者的内心的困扰。

小说中，县城两大绅缙赵守义与王伯申对善堂管理权的争夺，是清季民国初年政治经济变革之下精英阶层涣散的体现，而钱良材与朱行健则在时代骤变中困顿地坚守着一种旧式地方精英的道德理想。

四

茅盾本人就出身于江南小镇的绅商家庭。茅盾在小说中的叙述也颇有些家

---

① 茅盾：《霜叶红似二月花》，第 164 页。
② 茅盾：《霜叶红似二月花》，第 169 页。

族史书写的色彩。帝制时代，读书人以科举制度获取功名，进则为官，退则为绅。江南自古富庶繁华，文化兴盛，既有不少诗礼传家者靠着科考正途跻身绅士，也有商人以捐纳的异途成为绅士。"晚清咸丰、同治以后，商人竞相捐纳，如潮水般涌入士绅阶层，形成一个特殊而又影响巨大的绅商群体。"② 茅盾的祖父经商之余，手不弃卷，多年以来期望有科举正途出身；虽未如所愿，倒也还是以捐纳得了绅士身份。茅盾在回忆录中也谈及祖父人品端方而被当地绅士请去商议地方事务。茅盾的父辈自幼受教应举，亲族中也不乏由绅入商或由商入绅者。

　　生长于江南一带绅士家庭的茅盾，历来对绅士阶层在清季民国的现代转型充满兴趣。茅盾的小说创作中惯以绅士阶层在经济转型中的演变分化展现其对中国社会现代化进程的某种整体性的分析。而他笔下的绅士阶层又常常若隐若现，并与小资产阶级、民族资产阶级等他所掌握的社会政治理念混杂在一起。茅盾习惯于在叙述人物身世背景时谈及人物的绅士身份和绅士家庭背景。而《霜叶》的叙事时间推至了民国初年，远早于他几乎所有的小说。绅士阶层不再是小说中人物的过往，而成为了当下。这是帝制时代的绅缙在民国社会中嬗变的最初形态。某种意义上说，《霜叶》是茅盾之前许多小说创作的前传，也最大程度地暴露了他内心隐秘的情结。或许也正因如此，新时期以后，茅盾仍旧对这部未完成的小说恋恋不忘，想要续作。

　　续稿中，茅盾试图重新将《霜叶》归之于某种政治理论和自我阐释的逻辑自洽体系当中。为此，续稿中王伯申要办电灯公司，黄和光与张恂如都要认股。他的那位原本在小说中着墨不多的儿子王民治则会携新婚妻子东渡求学，学电机以服务于电灯公司发展的需要。大有"洗白"资本家王伯申的势头，也符合茅盾历来对现代资本主义发展的兴趣和好感。王伯申一家未尝没有成为《子夜》中吴荪甫那样的民族资本家的可能。续稿中，正派绅缙钱俊人的继承者在国民革命的大潮中投入了新的政治理想。钱良材等绅缙家族接受了新式教育的青年，也极有可能成长为《动摇》中参与国民革命运动的革命青年。小说中出场不多的绅缙家族的小姐们，在城里接受了现代教育，也将成为茅盾小说中常常书写的时代女性。

　　总体上看，《霜叶》标志着茅盾在创作手法的一次释放。细碎的日常是茅盾书写得最为细致生动、得心应手的内容。而茅盾长期以来却更希望以一种宏大叙述表现中国社会政治的重大事件和突出风貌。这种写作专长与写作主题偏好之间

---

① 徐茂明：《江南士绅与江南社会(1368—1911年)》，商务印书馆，2004年，第174页。

的差距,也常常使得茅盾的小说显出某种生硬和造作。而在《霜叶》中,茅盾开始平顺地处理二者的关系,以自己书写琐碎幽微的特长来展现一个社会迟缓的变局。

同时,《霜叶》是一个复杂的文本,包含着茅盾多年来对中国社会政治的思考。20世纪40年代,茅盾在新文学上的地位得到进一步确认。创作《霜叶》时,他已到过延安,但最终没有留下。而《霜叶》整部小说基调沉郁,局势模糊,政治倾向亦极不明朗。可以说,其中也多少透露出了茅盾内心在面对社会政治理念抉择上的某种困境。

茅盾自称清楚《霜叶》中的青年知识分子只是霜叶而非红花。霜叶的红固然只是木叶凋零衰败前回光返照的灿烂,二月花才是新春将至一场明媚的开始。但从小说文本来看,这旧的红甚至比新生的红更让作者留恋,也正如落寞的正派绅缙也有新兴社会政治理想一般光明的魅力。或者"霜叶红似二月花"之前的一句"停车坐爱枫林晚"才更符合茅盾的创作心声。某种意义上说,《霜叶》包含着茅盾小说创作与内心世界的一些隐秘,由此出发来反观茅盾其他的小说创作,我们或许能产生一些新的认识。

(原载《文学与文化》2017年第1期)

以课程讲义为视角的现代中文学科
教育教学状况研究

金　鑫

　　民国大学,编撰、印发授课讲义非常普遍,在文史哲等基础学科,这一现象尤其突出。这些讲义,应新式大学课堂教学需要产生,随学科现代化和教师职业化进程发展, 在学科发展与教育实践的双重语境中, 形成了独特的体例特征——"讲义体式",或称"讲义体"。以中文学科为例,相关课程讲义在体式特征("讲义体")方面比较集中地呈现出"分章节立标目""弹性结构""残缺结构"等特点,这些特点是对彼时中文学科学时趋于稳定、学程存在差异、课程体系形貌初具、授课方式呈现多样化等教育现象和教学细节的反映。一种"讲义体"现象就代表着曾经客观存在的一类学科教育状况,分析"讲义体"现象的过程就是了解民国时期学科教育状况的过程。本文即以中文学科为中心,以"讲义体"现象为途径,作出具体考察,以期有助于对现代中文学科的起源和发展、现代中文教育的形式和内容,拓宽认识,加深理解。

一

　　首先,可以借由"讲义"及其体式考察民国大学中文学科教育的学程、学时等问题。

　　"分章节,立标目",是最突出的"讲义体"现象,它将讲义中完整的知识体系划分为若干小的单位, 而其划分主要依据两个方面:其一是知识系统的内部结构,其二是教学的实际需要。以文学史课程为例,课程讲义基本都是以时代、文体

作者简介:金鑫(1982—　　),男,南开大学文学院副教授。

作为章节划分的主要依据,先秦、两汉、魏晋、唐、宋元、明清等朝代与文、诗词、曲剧、小说等文体的组合,是最常用的章节题目。显然这是以知识系统的内部结构作章节划分。在此基础上,一些文学史课程讲义还会进一步划分,例如陆侃如、冯沅君的《中国文学史简编》就将"古民族的文学"分为上中下三部分作为讲义的第二、三、四讲,将唐代散文"散文的进展"分为上下两部分作为讲义的第八、九讲。①当按照知识结构划分出现明显冗长的章节时,出于课堂教学的实际需要,就要做进一步划分,使其与其他章节的体量保持一致,达到每课时完成一个讲义章节的目的。多数讲义即便未对同一内容板块进行拆分,也会尽力使各章节篇幅、体量保持基本一致。这种"讲义体"现象说明,民国大学每学时的讲授时间已经稳定,教员需要从传统的自由安排、随意讲授的授课习惯中解脱出来,逐步适应规范化的学时安排。讲授内容与学时关联,寻求章节均衡便是顺理顺情的做法。

此外,由于民国大学教员流动频繁,很多讲义都跟随教员施用于多所大学,像陆侃如和冯沅君的《中国文学史简编》就曾先后施用于中法大学、中国公学、安徽大学、北京师范大学、北京大学等校②,讲义的章节体量无需调整即可适应各校授课之用,可见民国各大学每学时的长度已基本一致。这既是学科教育规范化的表现,也为教学交流和教员流动提供了便利。

"分章节,立标目",还为教学实践带来另外一种可能,即各章节内容相对完整、独立,某一章节的讲授不依赖前后章节的关联性,章节之间的联系一定程度上被削弱;这给了教员调整章节位置、跳讲或选讲某些章节提供了可能;进而逐步形成了另一种重要的"讲义体"现象——"弹性结构"。中文学科中,这一现象在语言学理论和文学概论等理论色彩较浓的课程中出现较多。

姜亮夫曾于1930年至1933年在上海大夏大学和复旦大学开设音韵学课程,授课讲义于1933年由世界书局以《中国声韵学》为题正式出版。在该书的编辑大意中,作者特别说明:"书系著者在学校中讲授声韵学所编之讲义,此一科目,在大学课程中并无一定之标准,时间多寡之分配,往往因学校而异。初编此书时,即同时在两个时间多少悬殊之学校讲授,因欲两方皆无过多过少之虑,编制方面乃不得不有申缩之余地。故大体隐分两部,一为'原理之分析',以为讲授时

---

① 参看陆侃如、冯沅君:《中国文学史简编》,开明书店,1932年。

② 参看陆侃如、冯沅君:《中国文学史简编·序例》。

间较少者用,一为'历史之叙述',以为讲授时间较多者扩充之用。"①黎锦熙曾于1920年至1924年在北京师范大学开设国语文法课程,授课讲义于1924年由商务印书馆以《新著国语文法》为题正式出版,作者为该书专门撰写了授课与使用方法,其中说到:"本书虽曾用作师范大学国文学系底讲义,但也曾用作初级中学一年级底教本;其体例编制,大体上即是供初、高两级中学之用的。因为这书是寓圆周法于二十章底进程之中:大约前三章为第一圆周;第四、五两章和第十二、十三两章又成一段落;中间插入第六至十一凡六章底词类细目,只备参检之用;第十四章以下又进而成一段落:故下自短期的讲习所、补习科,上至大学专门的文科各系,都可用为课本。短期讲习,只以前三章为限,以下即可作'归而求之有余师'的自修课程;专门研究,则以全书为大纲,可依类博稽载籍,旁搜材料,而归纳有方,系统不乱。"②

可见,"弹性结构"作为一种"讲义体"现象,其产生的根源在于教员希望讲义能适应不同的学程安排,进而适应不同学校的授课需要。这说明,民国各大学中文学科课程的学程安排并不一致,即使是同一课程,不同学校每学期的课时数也有差异。这与各大学较强的教育自主性有关,也说明中文学科在各大学的发展很不均衡:师资实力强的课程,所授内容就深入具体,相应的课时数也更多;师资匮乏的课程则请兼课教师简要讲授,课时数较少。学科实力的差距还直接影响了学生的水平,跨校兼课的教员们在编写讲义时除了要考虑学程调整、讲义体量,还要考虑不同学校学生的差异,调整讲义内容的深浅。这表现为:首先,讲义正式出版时,作者一定会着力说明该书适宜的读者群,如王力在其诗法讲义以《汉语诗律学》为题出版时,就在自序中强调:"全书的内容是这样的:从一般常识到比较高深的知识;从前人的研究成果到作者自己的一些心得。这样的一部教学参考用书,对于大学高年级专门化课程(有关汉语诗律学的),也许还不无小补。"③其次,在讲义的知识深度上要有拓展性,例如在各章节或整部讲义最后附列参考书目和拓展阅读文献,标识出与该课程相关知识点所在位置,张世禄在其语音学讲义以《语音学纲要》为题正式出版时,就在例言中作了说明:"本书每篇篇末,附录各种主要参考书,并注明其章节页数,以示著作对于本书编制时取材的根据,并

---

① 姜亮夫:《中国声韵学·编辑大意》,世界书局,1933年,载《民国丛书》第二编第53卷,上海书店,1990年。

② 黎锦熙:《新著国语文法·引论》,商务印书馆,1924年。

③ 王力:《汉语诗律学·自序》,新知识出版社,1958年。

为本书读者进而研究之用。"①

二

借"讲义"及其体式之考索,还可观察民国大学中文学科教育的课程体系。

民国大学中文学科的部分讲义存在知识结构不完备、未全面涵盖今天看来一些重要的知识点等情况。如果作为一部独立的学术著作,上述情况自然是明显的不足和遗憾,但如果将这些"不足"还原到当时学科教育状况中去考察,则其将成为一种重要的"讲义体"现象,其中蕴含着很多珍贵的学科教育发展片段。

知识结构不完整,是指讲义未能包含课程规定的全部内容,这一情况集中出现在文学史类课程中。中国文学史作为较早确定的中文学科"核心"课程,在民国高校普遍开设,产生的课程讲义也最多,还有相当部分正式出版。在中国文学史课程讲义中,贯穿由先秦到明清整个古代文学发展始终的并不多,多数讲义只包含文学史的部分内容,在出版时会对著作名称有所调整。这一现象由多种客观因素促成,如受学时限制无法完整讲授,鲁迅在厦门大学讲授中国文学史的课程讲义原题为《中国文学史略》,仅编写到汉代,就是为学时所限,故次年在中山大学讲授时即改题为《古代汉文学史纲要》(入全集时又易名为《汉文学史纲要》)②;再如中途更换教师,无需编写完整,刘永济在东北大学讲授文学史纲要的讲义就只编写到隋,后以《十四朝文学要略》为题正式出版,出版前言说明这一情况云:"本书原在东北大学为诸生讲授我国文学史而作讲义,编至隋代而此课由大学别聘刘君豢龙讲授,因而罢手。"③

除课时所限、教员流动等客观原因,"讲义体"知识结构不完备,还与当时中文学科课程体系之逐步形成有关。这主要表现在两个方面:

第一,北京大学、东南大学等师资力量较雄厚的高校,会将中国文学史课程按时代拆分,交由不同教员讲授。多位教员的参与,使中国文学史从一门课程转变为一套课程体系。此举不仅使教员可以各展所长,提高文学史授课质量,还可以使文学史课程教学与教员同时开设的选修课程形成互补,为以文学史为主干,文体、思潮、批评、作家作品等专题研究为辅助的中国文学史课程体系的形成奠定基础。北京大学早在 1917 年就将文学史课程拆分为"周秦文学""汉魏六朝文

---

① 张世禄:《语音学纲要·例言》,开明书店,1932 年。

② 《汉文学史纲要》,载《鲁迅三十年集》第 20 卷,鲁迅全集出版社,1947 年。

③ 刘永济:《十四朝文学要略·前言》,中华书局,2007 年。

学""唐宋文学""元明清文学"四个部分①,刘师培的文学史讲义以中古为下限②,吴梅的文学史讲义以辽金元为下限③,正是文学史课程体系形成的佐证。

第二,一些不分阶段开设文学史课程或课时数有限的高校,其讲义则呈显了另一种课程体系形态。很多文学史讲义都止于唐宋甚至更早,胡适的《白话文学史》、胡小石的《中国文学史讲稿》、鲁迅的《汉文学史纲要》、傅斯年的《中国古代文学史讲义》、游国恩的《中国文学史讲义》、闻一多的《中国文学史稿》莫不如此。与之相呼应的,是唐诗、宋词、元杂剧、明清传奇小说等专题研究类课程的大量开设和授课讲义的编写、出版。据此可以推测,中国文学史与其他古代文学专题类课程在实际讲授中逐步形成互补,唐宋元明清等时段以专题研究形式开设的课程比较多,讲授中国文学史课程的教员在课时受限或精力不济的情况下,就会据此略讲这些时段的文学史内容,而借助专题课程实现知识结构的完整性。如胡小石曾先后在北京女子师范大学、武昌高等师范学校、南京中央大学和金陵大学开设中国文学史课程,其讲义1928年在上海人文出版社出版,内容截至唐宋,因此称《中国文学史讲稿上编》。据其学生回忆,胡小石这样解释其讲义的不完整:"元人杂剧,宋元南戏,明清传奇、小说,与各种俗文学,目前均有专家研究,成绩斐然,余实无多发明,口述作介绍则可,汇录成书则不可。"④

另有一部分讲义,虽然在结构上较为完整,但并未涵盖课程应有的全部要点。如果学术著作如此,是明显的缺陷,但作为讲义,它却往往表徵着彼时中文学科课程体系化的或一方式。与文学史课程与专题研究类课程形成的互补类似,同时开设多门课程的教员会根据几门课程之间的关系,建构与个人学术研究体系相对应的课程体系。这种情况的典型代表是刘师培。他在北京大学开设中古文学史课程时曾编写《中国中古文学史讲义》,该讲义后经反复出版成为汉魏六朝文学研究的经典著作。但与现今对文学史的全面认识相对比,该讲义在内容上存在明显的知识遗漏:"譬如总集如《文选》、《玉台新咏》,文学批评著作如《文心雕龙》、《诗品》,均未曾专门论列。虽名以'中古',然其论述的范围始于汉末曹氏当

---

① 参看《文科改定课程会议议决案修正》,《北京大学日刊》1917年12月9日第二版。

② 参看刘师培:《中古文学史》,上海书店,1923年。

③ 参看吴梅:《辽金元文学史》,商务印书馆,1934年。

④ 参看胡小石:《中国文学史讲稿·后记》,载《胡小石论文集续编》,上海古籍出版社,1996年,第205页。

政,终于陈代,上不及秦汉,下未论北朝及隋代,显得很不全面。"①从学术研究角度考察,这一评价无疑是准确而中肯的,但《中国中古文学史》曾经是一部讲义,如果站在学科教育的立场,回到当时的教育情境之中,则会产生另一种论断。刘师培于 1917 年至 1918 年在北京大学中国文学门同时开设三门课程,分别为中国文学史(中古部分)、汉魏六朝专家文研究和《文心雕龙》研究,后来,其中国文学史的课程讲义由本人整理出版②,后两门课程则根据学生罗常培的听课笔记整理出版③。从课程和讲义的名称可以看出,两门选修课所讲内容对《中国中古文学史》的不足作了有效补充,形成了整体述史、作品研究、专书研究三门课程相互照应的中古文学课程体系。

在中文学科课程体系化进程中,教员发挥着重要作用,通过他们的授课讲义,能非常清楚地看到这一点。例如,陈柱尊曾于 1924 年起在上海大夏大学开设墨子研究课,留下了两本完全不同的课程讲义,一部名为《定本墨子间诂补正》,是在孙仲容《定本墨子间诂》基础上编写的课程讲义,以句读和文字注疏为主要内容,1927 年群众图书公司正式出版;另一部名为《墨学十论》,是以专题形式对墨子及其相关学说进行通讲,1926 年由商务印书馆正式出版。1927 年起,陈柱尊又开设了老子研究课,同样留下了两本讲义,以文字训诂和句读为主要内容的《老子集训》和以学理分析为主的《老学八篇》。同一门课程,有两部内容、体例、形态完全不同的讲义,这一独特现象背后是教员们对课程体系建构的自觉努力和探索。陈柱尊认为,"治古书当先从事于考证,训诂,以求通其文词,而后义理可明"④。他因此在开设课程时做了如下安排:"为诸生讲老子,爰著《老子集训》,略采诸家之说,参以己见,意欲使之粗明训诂,稍通玄旨也。既课毕,爰复授此八篇,以与集训为一经一纬之用焉。"⑤教员按照个人对知识系统和教学规律的理解,将一门课分为两个部分,两部分知识之间的关系不是并列,而是先行后续,前一部分为先导,后一部分总结提升,课程的系统化特征

① 刘跃进:《关于魏晋南北朝文学研究的若干问题》,载《走向融通——世纪之交的中国古典文学研究》,知识产权出版社,2005 年,第 195 页。

② 刘师培的《中古文学史》,1920 年由北京大学出版部正式出版。

③《汉魏六朝专家文研究》根据罗常培课堂笔记整理,1945 年由独立出版社出版;《文心雕龙讲录二种》根据罗常培课堂笔记整理,以《左庵文论》为题载于《国文月刊》第 9、10、36 期,今《刘师培中古文学论集》收录,中国社会科学出版社,1997 年。

④ 陈柱尊:《老子集训·自序》,商务印书馆,1928 年,载《民国丛书》第五编,第 5 卷,上海书店,1990 年。

⑤ 陈柱尊:《老学八篇·自序》。

非常明显。

三

最后,通过考察"讲义"及其体式,还可以一定程度上"复原"民国大学中文学科教育课堂讲授的一些情况。

课堂讲授是学科教育的重要环节,教师的教育理念、教学设计在这一环节实施,学生接触新知识、记忆和掌握新知识,以这一环节为起点;这也是师生接触、交流最频繁的一个环节,直接影响着教学效果,也非常直观地反映着当时的学科教育状况。近年来,学术界开始重视对民国大学"课堂"的研究,主要以各大学校史资料和师生回忆为材料,力图重现彼时大学"课堂"场景,为学科史、教育史研究提供新的角度。但其较多依赖校史资料和当事人的回忆,因此其成果主要是以课程名称呈现教学情况,或通过回忆感性呈现师生风仪和课堂氛围,而对授课内容、讲授方式等与学科教育关系最密切的内容则鲜有涉及。讲义是教员课堂讲授的蓝本,通过讲义,不仅可以了解民国大学课堂的授课内容,还可以由"讲义体"考察教员的授课方式,进而把握民国中文学科课堂教育教学状况。这里列举中文学科几种具代表性的"讲义体"现象,从课堂教学角度解读其出现的原因,挖掘其背后的授课方式真相。

教师个人讲授和师生讨论互动,是中文学科教育最常见的两种授课方式。民国时期大学,教员个人讲授占绝大多数,讨论互动则较稀少,这也许是因为中文学科教育对传统私塾教育的教学方法有所继承,加之当时学生成熟较早,自控能力强,教员不大有动力设计讨论等授课环节以调动学习热情。以交流讨论为主要方式的课程少,相应的,供这类课程使用的讲义就更少。在笔者搜集到的讲义中,有一本为容庚在燕京大学开设"简笔字"课的讲义,1936 年由哈佛燕京学社以《简体字典》为名出版。[①] 该讲义为字典形式,没有一般讲义的章节结构,卓定谋为该书作序称此书是容庚逐字讲授并与学生随堂讨论记录而成。[②] 故《简体字典》与其说是讨论课的讲义,不如说是讨论课的记录和成果,独特的体例形式证明了民国中文学科教育中讨论式授课的存在。其实在各体文习作课尤其是文学

---

① 现收入《容庚学术著作全集》第十四卷,中华书局,2011 年。

② 参看《简体字典》卓序,《简体字典》,哈佛燕京学社,1936 年,载《容庚学术著作全集》第十四册,中华书局,2011 年,第 227 页。

创作类课程中,讨论式授课也是存在的。但这种授课方式随机性强,不能完全按照教员的设计进行,因此往往无法形成较为详细完整的讲义。

与讨论式授课讲义罕觏不同,教师讲授为主的中文学科课程则基本都编有讲义,其中一部分以学术著作或文献史料的形式保存至今。从现存的讲义看,主要有四种体例:系统式,专题式,辅助式和移用式。透过四种"讲义体"现象,可以看到民国中文学科教员最常用的四种授课方式。

系统式讲义数量最多。教员根据学程安排和学时数,把要讲授的知识作筛选和分割,形成一符合教学规律、适应学程安排的系统。系统的各个部分各自相对完整,但又不是完全独立的,它们彼此相关——或先后相继,或由浅入深,或互为因果……。中国文学史等述史类课程,文学概论、语言学概论等理论性较强的概论课程,教员会较多选用这种体例。讲义体例的集中,促进了上述课程讲授方式的固定,如文学史以时代为经、文体为纬的结构方式,语言学概论语音、词汇、语法顺序排列的结构方式等等。多数教员在编写讲义时遵循这些潜在的结构方式,使之巩固下来;少数教员则在讲义中注入个人的理解和思考,使之渐趋完善。直到今天,系统式仍是中文学科最常见的成果形式和最常用的授课方式。

专题式讲义由多篇独立文章组合而成。这些文章内容完整,可独立发表;相互之间是平行关系,没有非常紧密的关联。专题式主要见于新文学和写作类课程讲义,是担任教职的新文学作家们使用较多的讲义体例。苏雪林在武汉大学讲授新文学研究的讲义就是由《沈从文论》《郁达夫论》《周作人先生研究》等多篇独立文章构成的[①];废名在北京大学讲授现代文艺的讲义是由对《尝试集》等诗歌作品的若干评论文章构成的[②];许杰抗日战争时期在后方几所大学讲授小说戏剧选读的讲义由《谈鲁迅的〈药〉》《鲁迅的〈故乡〉》等评论文章构成[③];还有陈望道在复旦大学讲授作文法的《作文法讲义》[④],沈从文在西南联大讲授各体文习作的讲义《习作举例》[⑤],俞平伯在清华大学讲授高级作文的讲义《词课示例》[⑥],汪静之在暨南大学讲授小说通论的讲义《作家

---

① 参看苏雪林:《中国二三十年代作家》,台湾纯文学书社,1983 年。

② 参看废名:《谈新诗》,北平新民印书馆,1944 年。

③ 参看许杰:《鲁迅小说讲话》,泥土社,1951 年。

④ 参看陈望道:《作文法讲义》,民智书局,1923 年。

⑤ 参看沈从文:《习作举例》,《国文月刊》(第一卷)第 1、2、3 期。

⑥ 参看俞平伯:《词课示例》,载《俞平伯全集》(第四卷),花山文艺出版社,1997 年。

的条件》①等,都属于专题式讲义。这些讲义中的文章或前或后多在报刊上独立发表。从编写难度上看,专题式讲义其组成较为简易,不要求教员对所授内容有完整系统把握,而实践、鉴赏等要求较强。这对于新兴课程和系统性较弱的课程非常适用。因为讲义由独立文章构成,专题式讲授更为自由灵活,教员在课程进行中可以随时调整授课内容和顺序,每一课的内容则相对明确集中,便于教员讲授和学生记忆。在今天的中文学科教育中,专题式讲授在作家研究、作品研究和某些前沿性选修课中仍被较多采用,所产生的教学、科研成果则多以论文集的形式出现。

辅助式讲义,多用于以一本或多本元典性著作为教本的课程中。其中,元典或为课程的主要研究对象,或为课程的主要知识来源,讲义则配合元典编写;授课时讲义与元典配合使用,既便于教员讲授,也利于学生理解掌握。辅助性讲义主要应用于以下几类课程:第一类是诸子研究,教员授课多由文字考释、句读、语言疏通讲起,选定一个前人注本为教本,讲义则是配合该教本编写,起辅助教学的作用。例如陈柱尊在南洋大学、暨南大学开设庄子研究,该课程以王先谦《庄子集解》为教本,同时编写讲义《庄子内篇学》以为辅助②;在暨南大学、大夏大学开设中庸研究,则以郑玄的中庸注本为教本,编写讲义《中庸注参》作为授课辅助③。第二类是作品研究,教员会选取理想版本的作品为教本,讲义编写不再引入教本内容,授课时作品与讲义配合使用。例如钱基博在上海光华大学开设韩文研究,选用坊印本《东雅堂韩昌黎集》为教本,编写讲义《韩愈志》《韩愈文读》配合讲授。④第三类是专书研究,尤以《文心雕龙》《说文解字》研究最为集中,黄侃⑤、林损⑥、李审言⑦、范文澜⑧都曾开设过《文心雕龙》研究课程,均以原书为教本,另外

---

① 参看汪静之:《作家的条件》,商务印书馆,1937年。

② 参看陈柱尊:《庄子内篇学·自序》,学术讨论出版社,1916年。

③ 参看陈柱尊:《中庸注参·自序》,商务印书馆,1931年。

④ 参看伍大福:《钱基博文史教育述论》,《江南大学学报》2007年4月。

⑤ 黄侃1914年在北京大学讲授文学概论,课程以《文心雕龙》研究为主要内容,编写有讲义《文心雕龙札记》,1927年北京文化学社出版《神思》以下20篇;1935年中央大学《文艺丛刊》刊发《原道》以下11篇,1953年由中华书局首次合并出版。

⑥ 林损1918年起在北京大学讲授文学概论,课程以《文心雕龙》研究为主要内容,编写有《文心雕龙讲义》,未独立出版,今《林损集》收录,黄山书社,2010年。

⑦ 李审言1923—1925年在东南大学讲授《文心雕龙》研究,编有《文心雕龙讲义》,未正式出版,讲义残卷现藏广东省兴化市图书馆。

⑧ 范文澜1925年在南开大学讲授《文心雕龙》研究,编写有讲义《文心雕龙讲疏》,天津新懋书局1925年正式出版。

编写讲义作为辅助；陈汉章①、赵少咸②等都开设过"说文"研究课程，围绕教本《说文解字》编写授课讲义。此外，程千帆 1945 年在武汉大学开设《史通》研究，以浦起龙《史通通释》为教本，编写讲义《史通笺记》作为教学辅助③。第四类是音韵学课程，教员选用前人音韵专书作为教本，围绕前人专书编写授课讲义，如李亮工 1916 年在山西大学讲授音韵学，将《章氏二十三部音准》用为教本，编写讲义《音韵学手稿》作为辅助④；杨树达自 1927 年起在清华大学讲授古文字学，选用吴承仕《六书条例》为教本，编写辅助性讲义，后以《古声韵讨论集》⑤为题出版。

　　移用式讲义，是指教员没有为课程专门编写讲义，而是直接将他人的讲义或翻译外国著作用于自己的课堂讲授。直接将他人讲义移做己用，则此时的讲义与课本已非常接近，这种做法减弱了讲义的灵活性、适应性等特征，教员的学术个性、教学理念体现的也不明显。但这种移用降低了开课的门槛，很多对教员水平要求较高的课程因讲义的移用得以在更多学校开设，利于中文学科教育的普遍开展。例如，邵祖平曾先后在重庆中央大学、四川大学开设诗词研究课，编写有讲义《七绝通论》与《七绝诗话》⑥，沈祖棻随后在华西大学开设"诗歌专题研究"课，就是直接移用了邵祖平的讲义⑦；龚道耕在成都高等师范学校的讲义《中国文学史略论》⑧，胡适在南开大学暑期学校和教育部两期国语讲习所授课所用讲义《国语文学史》⑨，则分别被四川地区和北京地区的大学教员移用为授课讲义。翻译外国著作用为讲义的情况不多，但这种做法缩短了某些新课程的筹备时间，对推动新兴课程的发展、加快中文学科教育现代化进程有所促进。例如孔芥在中山大学

① 陈汉章 1918 年在北京大学开设"说文"课，编写《说文讲义》作为辅助，讲义未正式出版，今仅存油印本第 10—17 节残卷，现藏国家图书馆。

② 赵少咸 1920 年起在成都大学开设"文字学"课程，编写《说文集注》作为辅助，讲义未正式出版，现仅存六卷。

③ 该讲义初名"笺记"，1980 年由中华书局以《史通笺记》为题正式出版。

④ 未出版，手稿由其家人收藏。

⑤ 涵研究论文六篇，好望书店 1933 年出版。

⑥《七绝通论》为邵祖平任教重庆中央大学的授课讲义，曾在《学术世界》1936 年（第一卷）第 8—11 期连载，当时没有统一题目，1941 年顾颉刚将其刊于《文史杂志》（第一卷）第 11、12 期，取名为《七绝通论》；《七绝诗话》为邵祖平在四川大学任教期间编写的授课讲义，1943 年由中国文化服务社成都分社正式出版。1946 年应张映怀之邀，两部讲义由中国文化服务社成都分社合并出版。

⑦ 参看邵祖平：《七绝诗论、七绝诗话合编·自序》，巴蜀书社，1986 年。

⑧ 参看龚道耕：《中国文学史略论·自序》，载《龚道耕儒学论集》，四川大学出版社，2010 年，第 57 页。

⑨ 参看《白话文学史·自序》，上海古籍出版社，1999 年。

开设文学概论课,所用讲义《文学原论》即是翻译帕克《美学原理》而成[1];孙俍工在复旦大学讲授诗歌原理课,所用讲义为翻译荻原朔太郎《诗底原理》而成[2]。类似情况还有陈瘦竹 1942 至 1947 年在江安国立剧专讲授戏剧批评课, 全文翻译聂考尔的《戏剧理论》用作讲义[3]。

民国大学中文学科的课堂教学以教员独自讲授为主要形式,但通过几种比较集中的"讲义体"现象,不难发现同属教员独自讲授,仍存在授课方式上的不同:系统式讲义代表教员授课的主流方式,自成系统,按部就班,利于中文学科核心课程教学方法的形成和稳定;专题式讲义代表着一种相对灵活自由的授课方式,便于教员及时将最新、学生最感兴趣的内容引入课堂,且每堂课的内容自成体系,因此对学生更具吸引力,课堂氛围也更自由活跃;辅助式讲义主要出现在传统性知识内容的课程中,教员将前人元典与个人讲义相结合,将传统的经验式阐发转化为更较现代的系统知识,从授课角度实现了部分学科内容的现代性转化;使用移用式讲义的课堂很像今天的课本教学,这种授课方式降低了经典课程对教员业务能力的要求,利于拉近不同师资水平的大学之间的距离,推进学科教育整体的规范化发展。

作为民国大学教员在学科教育实践中逐步摸索出的一种文本体式, 讲义和"讲义体"蕴含了丰富的民国学科教育教学信息。虽则民国大学讲义数量庞大,保存至今可供研究的有限,暂时尚无法对"讲义体"的内涵和特征做穷尽式归纳,但在研读现存讲义文本的基础上,梳理分析其比较集中反映出的相关问题,仍不失为研究民国大学学科教育状况的有效途径。过往中文学术史与中文教育的研究,于此多有忽略。这一方面缘于旧讲义实物难睹、文本多变;另一方面,也是因为观念上对此一独特现象重视不够。对"讲义"这一珍贵的学科教育史料的详细呈现和深入解析,不仅可以丰富现有中文学科教育史研究,还可以为民国高等教育研究提供新的视角和方法。

(原载《文学与文化》2014 年第 1 期)

---

① 参看孔芥编《文学原论·序》,正中书局,1937 年。

② 参看荻原朔太郎著、孙俍工译:《诗底原理·译者序》,中华书局,1933 年。

③ 参看《陈瘦竹戏剧论集·前言》,江苏教育出版社,1999 年。

西方汉学界《品花宝鉴》研究的性别视角 *

薛英杰

随着福柯的性史研究在西方汉学界产生巨大影响，西方学者自 20 世纪 80 年代中期以来围绕明清社会文化中的男风现象进行了丰富的考察，在明清法律、历史、文学等领域取得了重要成果。作为中国古代男色文学的集大成之作，晚清小说《品花宝鉴》因其对士伶关系的浪漫描写和性别特质的独特建构，而受到汉学家的广泛关注，成为西方明清男风研究的热门议题之一。

《品花宝鉴》最早刻印于道光二十九年（1849）。作者陈森是一位怀才不遇的士人，约生于乾隆晚期，至迟在 1857 年已经去世。[①] 该作以士人梅子玉和男伶杜琴言的恋情为主要线索，是中国古代唯一一部描写士伶恋情的长篇小说。20 世纪 90 年代后，西方学者从性别角度出发针对《品花宝鉴》展开了热烈的讨论，其争议主要包含以下三个方面：第一，在基督教文化中反同性恋立场的影响下，学者就男色是否为女色替代品的问题表达了不同的意见；第二，与西方理论思潮相呼应，学者将男女性别特征的交错现象解释为性别流动性（gender fluidity）的体现，并讨论其是否具有颠覆社会等级秩序的作用；第三，针对士伶恋情中的情欲分离现象，学者从权力和欲望的角度考察了士人对精神之爱的追求具有怎样的社会文化意义。

作者简介：薛英杰（1989— ），女，南开大学文学院副教授。

* 本论文为天津社科基金项目"明清僧人色情故事本事及流变研究"（项目号：TJZWQN18-002）的阶段性成果。

① 有关陈森生平的考证成果，参见尚达翔：《说〈品花宝鉴〉》，《明清小说研究》1988 年第 3 期；张青青：《〈品花宝鉴〉的成书年代》，《当代小说》2007 年第 3 期；姜秋菊：《也谈〈品花宝鉴〉的成书年代——兼论陈森的生卒年》，《明清小说研究》2011 年第 1 期；李永泉："陈森"、"陈森书"之辨——〈中国小说史略〉释疑一则》，《明清小说研究》2014 第 2 期；许隽超：《〈品花宝鉴〉成书时间新证》，《文献》2016 年第 2 期。

自 21 世纪以来,中国大陆学界将性别视角引入《品花宝鉴》的研究,并对西方的部分性别研究成果进行了回应。但是,由于英文论著译介的不足和学术背景的隔膜,目前大陆学界关于西方相关成果的了解并不全面,也未能对其研究思路及理论来源进行深入辨析,甚至沿袭了西方学界的部分错误结论。因此,本文在全面整理西方《品花宝鉴》性研究成果的基础上,兼及本土学者的相关研究,尝试讨论以下问题:西方学者的文化立场对《品花宝鉴》研究产生了怎样的影响?西方汉学界的《品花宝鉴》研究与西方理论思潮之间存在怎样的联系? 有关西方相关研究成果的考辨,具有怎样的启发意义?

一　女色替代论的来源与反思

西方汉学界关于《品花宝鉴》的理解,往往以女色替代论为起点。女色替代论既指将男伶贬低为妓女替代品的思路, 也包括将男伶解读为士人妻子替代品的方法。前者来源于西方学者对晚明文人及鲁迅观点的沿用,即认为狎伶文化的盛行是由于官府颁布了禁止官员狎妓的法令, 因此士人不得不利用伶人来填补娱乐生活的空白;后者深受西方基督教文化反同性恋立场的影响,即认同清代对待男风的严厉态度,并推断士伶恋情需要被异性婚姻所取代。虽然吴存存、魏浊安(Giovanni Vitiello)等学者的研究已对其进行了有力的反驳,但是女色替代论仍然在海内外学界的《品花宝鉴》研究中影响深远。因此,梳理《品花宝鉴》研究中女色替代论的来源及其产生的错误结论,是十分必要的课题。

(一)作为妓女替代品的男伶

晚明文人及鲁迅将男伶视为妓女替代品的观点, 在很长一段时间内是西方汉学界《品花宝鉴》研究的主流思路。晚明文人多认为小唱阶层在北京的出现,是因为明代政府颁布了禁止官员狎妓的法令。例如,谢肇淛(1567—1624)《五杂俎》曰:"今京师有小唱,专供搢绅酒席, 盖官伎既禁, 不得不用之耳。"[①] 沈德符(1578—1642)《万历野获编》曰:"京师自宣德顾佐疏后,严禁官妓,缙绅无以为娱,于是小唱盛行,至今日几如西晋太康矣。"[②] 在他们看来,文人是因官妓的被

---

① 谢肇淛:《五杂俎》,傅成校点,载上海古籍出版社编《明代笔记小说大观》,上海古籍出版社,2005年,第 1638 页。

② 沈德符:《万历野获编》,杨万里校点,载上海古籍出版社编《明代笔记小说大观》,第 2551 页。

禁而不得不以变童为新的性欲对象，从而导致了男风的流行。

但是，根据吴存存的研究，女色替代论在史料和逻辑上存在诸多漏洞。一方面，尽管政府颁布了狎妓禁令，晚明至清代的上层男性仍然能够享受妓女提供的服务，还拥有妾室、家庭女乐和婢女等性对象。另一方面，明清政府在禁止官员狎妓的同时，也禁止官员狎童。例如，陈洪谟（1474—1555）《治世余闻》记载了一则官员因狎童而被惩处的故事，曰："既而果有郎中黄昈等事发。盖黄与同寅顾谧等俱在西角头张通家饮酒，与顽童相狎，被缉事衙门访出拿问，而西曹为之一玷。"① 可见，明清文人既不缺乏占有女性的机会，也可能因狎童而受到惩处。② 因此，就文人阶层而言，变童并不是对妓女的合法替代，而是另一种有别于女色的性欲对象。

虽然晚明文人以女色替代论来解释京城小唱流行现象的思路难以成立，但是该观点在《品花宝鉴》的研究中十分流行。鲁迅《中国小说史略》最早以晚明禁止官妓的法令为背景来解释《品花宝鉴》中的男色描写，曰：

> 明代虽有教坊，而禁士大夫涉足，亦不得挟妓，然独未云禁招优。达官名士以规避禁令，每呼伶人侑酒，使歌舞谈笑；有文名者又揄扬赞叹，往往如狂酲，其流行于是日盛。清初，伶人之焰始稍衰，后复炽，渐乃愈益猥劣。③

实际上，清代政府同样禁止士人的狎伶行为。例如，"道光元年奉上谕，士民挟优醵饮，耗竭资财，旷废职业，因此导侈长恶，不可不严行饬禁"④。可见，道光年间狎伶并非对狎妓的合法替代。但是，由于未能注意到女色替代论所存在的问题，《中国小说史略》将《品花宝鉴》中的狎伶之风解释为政府禁止官妓的结果，并成为在汉学界影响较大的观点。

作为英语世界第一部中国古代男风研究著作，韩献博（Bret Hinsch）于1990年出版的《断袖之情：中国男风传统》较早讨论了《品花宝鉴》中的男色描写。韩献

---

① 陈洪谟：《治世余闻》，盛冬铃点校，载《治世余闻·继世纪闻·松窗梦语》，中华书局，1985年，第53-54页。

② Cuncun Wu, *Homoerotic Sensibilities in Late Imperial China*, London & New York: Routledge/Curzon, 2004, pp.30-33.

③ 鲁迅：《中国小说史略（释评本）》，周锡山释评，上海文化出版社，2004年，第214页。

④ 王利器辑录《元明清三代禁毁小说戏曲史料》，上海古籍出版社，1981年，第68页。

博延续了鲁迅的解释思路,认为:

> 但是,由于法律禁止官员出入妓院,此类(狎邪)小说很难延续中国爱情故事中"才子佳人"的核心主题。因为法律并不禁止士人与男伶交往,士人自己有时转向男伶来寻求替代。③

韩献博不仅延续了女色替代论的说法,而且忽视了晚清狎邪小说仍以妓女恩客之悲欢离合为主要题材的事实。王德威的《品花宝鉴》研究也以女色替代论为前提,认为琴言"从来没有被视为实实在在的欲望目标,因为在欲望的辩证关系中,他本人只是一个代替品"。④在女色替代论的影响下,学者在很大程度上否定了《品花宝鉴》中男色描写的独特性,甚至不承认男伶在小说欲望叙事中所占据的核心位置。

(二)作为妻子替代品的男伶

在《品花宝鉴》中,正面士人不仅与伶人保持着浪漫关系,而且都与贵族女性成婚。小说反复强调伶人与士人妻子在容貌上的相似性。例如,子玉的母亲第一次看到琴言时,"倒像是那里见过似的,忽然想起很像他未过门的媳妇琼姑模样"⑤。为了解释伶人与士人妻子在身份上的重叠性,汉学界产生了关于《品花宝鉴》的另一种误解——将伶人视作应被士人妻子所取代的角色。

司马懿(Chloe Starr)关于士人、伶人与士人妻子之间关系的解读,是女色替代论中较具代表性的观点。她这样解释同性恋情与异性婚姻之间的关系:

> 在男性与女性伴侣之间的选择,同样可以被表现为在受社会习俗约束的关系与更为边缘化而更自由的关系之间的选择:在违抗父母的愿望时,像子玉这样的年轻人在表达一种另类的、但也不算不同寻常的性欲,并且无视婚姻正统的要求。这种挑战并不严肃,更倾向于是浪漫青年在承担成年责任和性角色之前的最后放纵。⑥

---

① Bret Hinsch, *Passions of the Cut Sleeve: The Male Homosexual Tradition in China*, Berkeley, Los Angeles & Oxford: University of California Press, 1990, p.157.

④ 王德威:《被压抑的现代性——晚清小说新论》,宋伟杰译,北京大学出版社,2005年,第80页。

⑤ 陈森:《品花宝鉴》,尚达翔校点,上海古籍出版社,1990年,第400页。

⑥ Chloe Starr, "*Shifting Boundaries: Gender in Pinhua Baojian*", Nan Nü, Vol.1, No.2(1999), p. 274.

司马懿认为，作为一种越轨的性关系，士伶恋情在士人成年后需要被婚姻所取代。但是，以上论述存在三个问题。首先，子玉在第六回中已与琼华订下婚约，从未违抗过父母的意愿。其次，士伶恋情是清代京城士人所追逐的时尚，并不具有挑战社会规范的意义。再次，在小说结尾，子玉既与琼华结为夫妇，也维持着与琴言的浪漫关系，"正是内有韵妻，外有俊友，名成身立，清贵高华，好不有兴"①。可见，同性恋情与异性婚姻并不矛盾，它们共同构成了士人理想的情感生活。

　　司马懿将男伶解释为士人妻子替代品的思路，既是文本误读的结果，也忽略了清代京城狎伶文化产生的历史语境。不过，其根本原因在于西方汉学界反同性恋立场的影响。同性恋在西方基督教文化中，尤其是 14 世纪至 15 世纪之后，成为一种不道德的违法行为。自 19 世纪至 20 世纪上半叶，西方医学话语倾向于将同性恋视为性变态行为。虽然 20 世纪中叶以来西方社会开始了同性恋合法化和去病理化的进程，但是有关同性恋深受迫害的文化记忆，却在西方汉学家的心中建构了牢固的同性恋必然受害的印象。特别是以伍慧英（Vivien W. Ng）等为代表的学者，以清代惩罚男性同性性犯罪的律例为依据，认为清代对同性恋持恐惧的态度。② 在清代同性恋恐惧论的影响下，很多西方学者得出《品花宝鉴》中的男伶最终需要被士人妻子所取代的结论。与司马懿的观点相一致，葛良彦也认为："作为真实女性的替代者，伶人一直在扮演士人爱人的'妻子'角色。他与其所扮演的角色'几乎相同'，直到他最终被士人的真实妻子所取代。"③ 司马懿与葛良彦未能注意到的是，鉴于中国古代对待男风较为宽容的态度，士伶恋情并非舆论所谴责的对象，而是与正统婚姻并行不悖的性爱形式。

　　魏浊安较深入地反驳了以士人妻子替代品来解释男伶社会角色的思路。他指出，琴言所代表的同性恋情与琼华所代表的异性婚姻至少在表面上是平等的关系。有关琼华容貌酷似琴言的描写，并不意味着琼华能够取代琴言的地位，反而可以理解为是女性对男伶角色的扮演。"叙述者需要创造一些额外的灵魂伴侣——丈夫所爱男童的女性复制品。然而，作为原型的男伶才是这些男性浪漫灵

---

①　陈森:《品花宝鉴》，第 883 页。

②　伍慧英关于清代同性恋恐惧论的论证，参见:Vivien W. Ng, "*Ideology and Sexuality: Rape Laws in Qing China*", The Journal of Asian Studies, Vol. 46, No.1(Feb., 1987), pp.57-70; Vivien W. Ng, "*Homosexuality and the State in Late Imperial China,*" in Martin Bauml Duberman, Martha Vicinus and George Chauncey (eds.), *Hidden from History: Reclaiming the Gay and Lesbian Past*, New York: Meridian, 1989, pp. 76-89.

③　Liangyan Ge, "*Feminization, Gender Dislocation, and Social Demotion in Pinhua Baojian*", Late Imperial China, Vol. 29, No. 1 (2008), p.48.

感的真正来源,反过来证明了男性之爱在小说中的优越地位。"① 由于摆脱了女色替代论的限制,魏浊安肯定男性之爱在小说中所占据的中心位置,为正确认识《品花宝鉴》开拓了道路。

在基督教文化中仇视同性恋立场的影响下,很大一部分西方学者难以理解士人追求男色的风气,因此选择从替代论的角度来解释男伶的社会角色。总体而言,以女色替代论为基础的《品花宝鉴》研究对男色现象进行了双重的错误解读。在士人的浪漫生活中,学者倾向于将男伶解释为妓女的替代品,进而贬低了男色在性时尚中所占据的独特位置;在士人的家庭生活中,学者则将男伶解释为最终需要被士人妻子所取代的对象,从而否定了男色是当时士人正常的性爱形式。

与西方汉学界的研究情况相仿,大陆学界的《品花宝鉴》研究同样深受女性替代论的影响。随着 20 世纪初基督教性爱观念的引入对中国传统性道德观念产生巨大冲击,近现代中国研究者不再将男风视为一种历史上常见的性爱形式,而是将其作为道德堕落的标志而大加挞伐。② 例如,郑振铎在评价《品花宝鉴》的文学史地位时,指出:"在小说中保留这个变态心理的时代者,当以此书为最重要的一部,也许便是唯一的一部。"③ 郑振铎的观点所体现的反同性恋立场,仍然贯彻于当代中国学者的《品花宝鉴》研究中。特别是鲁迅所提出的女色替代论,经过王德威的阐释与发挥,已经成为大陆学界十分流行的观点。学者们或将男伶完全理解为女性的化身,或认为赏玩男伶的行为触及社会伦理道德的底线,或认为士人成婚是向传统社会规范妥协的表现。④ 实际上,通过考察《品花宝鉴》的具体文本及其产生语境,则会发现士伶爱恋既不是对男女之爱的复制,也不是违背当时社会伦理规范的行为。《品花宝鉴》关于士伶恋情的刻画,不仅有着独特的审美价值,而且从同性性爱关系的角度揭示了父权制的权力运作方式。其中,西方汉学界围绕性别特质的流动性与情欲分离现象所展开的讨论,既产生了颇多争议,也

---

① Giovanni Vitiello, *The Libertine's Friend: Homosexuality and Masculinity in Late Imperial China*, Chicago & London: The University of Chicago Press, 2011, p.199.

② 吴存存:《"旧染污俗,允宜咸与维新"——二十世纪初关于私寓、倡优并提的讨论与中国性史的西化》,《中国文化》2008 年第 2 期。

③ 郑振铎:《郑振铎全集第十二卷·文学大纲(三)》,花山文艺出版社,1998 年,第 393 页。

④ 女色替代论和同性恋恐惧论是大陆学界《品花宝鉴》研究的常见观点,例如黄勇生:《男性情爱的想象与期待——论〈品花宝鉴〉》,《宜春学院学报》2008 年第 1 期;黄海燕:《〈品花宝鉴〉体现的清代文人狎优心态》,《湖南工业大学学报》(社会科学版)2008 年第 5 期;赵慧研:《谈〈品花宝鉴〉中的名士形象》,《辽宁师专学报》(社会科学版)2015 年第 4 期。

提供了重要启发。

二　性别特质研究的两种路径

《品花宝鉴》中兼具女性气质的男性与富有男子气概的女性,因其性别特征的彼此交错,而引起了海内外学者的兴趣。在霭理士(Henry Havelock Ellis)《性心理学》的影响下,大陆学界多从性别认同的角度来解释男伶的女性化现象。①《性心理学》不仅提出"性美的戾换现象"(sexo-aesthetic inversion),来指称在服饰、行为、情绪等方面"男的多少自以为是女的,而女的则自以为是男的"的情况②,而且潘光旦在其译注中将善于模拟女子的男伶与戾换者相联系③。大陆的《品花宝鉴》研究多以该著关于性美戾换的论述为出发点讨论男伶的女性化特点。但是,此类研究的前提是将男伶视为潜在的戾换者,因此其重点是考察男伶在多大程度上认同自身所扮演的女性角色。

西方汉学界较多使用性别流动性的概念来分析《品花宝鉴》中的性别交错现象。其关注点并非研究男伶是否可能成为性倒转者,而是讨论性别特质的跨越性是否具有颠覆父权制的意义。就男伶的女性化而言,男伶的女性特质既是男伶所处被动地位的标志,也被解释为男伶最终获得解放的力量;就士人的女性化而言,士人的女性特质既是士人较高社会地位的标志,也被认为是士伶身份差异模糊化的表现;就女性的男性化而言,小说中的才女与侠女既充当了加强现存秩序的角色,也被视为一种超越性的存在。从具体的研究路径来看,王德威、黄卫总(Martin W. Huang)、司马懿等倾向于将性别流动性解释为对男权中心主义的确认;马克梦(Keith McMahon)等则更关注性别流动性之于颠覆社会等级秩序的潜

---

① 如梁建欣:《〈品花宝鉴〉性别倒错现象成因分析》,《华侨大学学报》(哲学社会科学版)2003 年第 1 期;闫月英、闫秀梅:《建构与想像——从〈品花宝鉴〉的性别倒错现象看性别的意义生成》,《潍坊教育学院学报》2009 年第 4 期;武云霞:《"软红十丈春风酣,不重美女重美男"——由〈品花宝鉴〉看清代士伶的性别倒错》,《中华文化论坛》2014 年第 6 期;张国培:《〈品花宝鉴〉的伶旦之美与清代士人品花心态——以杜琴言为例》,《内江师范学院学报》2017 年第 1 期。

② 霭理士:《性心理学》(下),潘光旦译,山东文艺出版社,2018 年,第 24 页。

③ 潘光旦使用中国伶人的例子来补充霭理士关于性美戾换的论述,曰:"以前同性恋者所恋的对象中,'相公'或'象姑'业中,扮旦角的男伶中,一定有不少的例子是有戾换的倾向的。清代末年北京唱旦角的伶人里,有好几个就在日常生活里也喜欢模拟女子,并且模拟得极自然,例如艺名小翠花的于连泉。"见霭理士:《性心理学》(下),第 43 页。

在可能。

（一）男伶的女性化问题

《品花宝鉴》不仅利用女性化修辞对男伶进行描写，突出其阴柔之美，并且按照才子佳人小说中的叙述套路，制造了男伶与佳人在身份上的混同。例如，琴言不仅是黛玉形象的延续，有着绝世的美貌和敏感的性格，也是杜丽娘的扮演者，经常借杜丽娘的戏剧身份向子玉表达自己的爱慕之情。

围绕男伶兼具男性身份与女性特质的现象，西方汉学界提出了两种解释路径。第一种路径以王德威为代表，分析了男伶的女性特质如何成为加强父权秩序、贬低女性特质的工具。王德威认为，由于女性化修辞来源于以男性为中心的价值体系，小说利用此类修辞来描写男伶的方法，强化了异性恋的规范。男伶能够充当女性完美替身的原因在于，"女人只是一个带有男人所规定的'女子'特征的东西"①。因此，男伶对女性身份的扮演，既是在异性恋框架中对男伶被动角色的确认，也证明了女性特质是男性可以操控和制造的标签。

第二种路径以马克梦为代表，认为女性特质具有反抗父权秩序、重获男伶主体性的积极意义。马克梦指出，女性特质不仅仅是容貌、衣着等女性化特征的叠加，而是"包含一种对主体性本身状态的敏锐认识"②，即体察到主体所陷入的困境及其超越这一困境的可能。小说中的正面伶人都为其所被迫扮演的女性角色而感到羞耻，最终赎身脱籍，加入士商阶层。也就是说，男伶正是因其在男性身份与女性角色之间的分裂而倍感痛苦，从而意识到摆脱从属身份、实现自我解放的必要性。

这两种有关男伶性别特质的理解方式，有着不同的产生背景。王德威的研究以性别的社会建构论为前提。社会建构论的基本观点是承认社会性别（gender）并非以生理性别（sex）为最关键的决定因素，而是社会文化建构的产物。朱迪斯·巴特勒（Judith Butler）指出："性别不应该被解释为一种稳定的身份，或是产生各种行动的一个能动的场域；相反地，性别是在时间的过程中建立的一种脆弱的身份，通过风格/程式化的重复行动在一个表面的空间里建制。"③在摒弃生理决定

---

① 王德威：《被压抑的现代性——晚清小说新论》，第 82 页。

② Keith McMahon, "*Sublime Love and the Ethics of Equality in a Homoerotic Novel of the Nineteenth Century: Precious Mirror of Boy Actresses*", Nan Nü, Vol.4, No.1 (2002), p.82.

③ 朱迪斯·巴特勒：《性别麻烦：女性主义与身份的颠覆》，宋素凤译，上海三联书店，2009 年，第 184 页。

论的基础上，社会建构论强调社会文化及权力在塑造男女性别差异中所发挥的关键作用。男伶的女性之美，既构成了对生理决定论的有力反驳，也是士人所规定的结果。因此，王德威认为："这里涉及的已经不再仅仅是与生俱来的性'别'，而是像陈森描绘并参与的那种社会所认可的性'资格'。"①

马克梦的讨论吸收了西方关于晚明尚情美学（qing aesthetics）的研究成果。晚明尚情美学对女性特质的理想化，是西方学界较为关注的问题。通过反思宋明理学在"天理"与"人欲"之间所建立的二元对立关系，晚明文人认识到"情"构成了人性的积极方面。在尚情思潮的影响下，晚明小说和戏剧赋予了"情"以正面价值。而女性则因其非政治身份和情感力量而被视为"情"的化身。② 以承认晚明尚情美学对女性特质的推崇为基础，马克梦认为"女性所包含的纯洁性与超越性，给予女性以果断行动的能力和完全无视物质问题的勇气"③。因此，兼具女性特质的琴言，坚决拒绝了情色诱惑与物质利益，最终实现了自我的解放。

可见，王德威在性别的社会建构论的框架下，将男伶的女性化特征解释为社会权力操控下的产物；马克梦则以晚明尚情美学的研究为基础，肯定男伶的女性特质是谋求主体性地位的积极力量。这两种关于女性特质的认识，贯穿于有关士人的女性化和女性的男性化等问题的考察中。

（二）士人的女性化问题

自晚明以来，理想男性的形象往往是容貌柔美、性格软弱的年轻男性。《品花宝鉴》中的正面士人在容貌及个性方面都呈现出女性化的特征。例如，子玉不仅容貌酷似女性，而且其多愁善感、动辄哭泣的性格也接近于女性。士人的女性化特征为深入分析《品花宝鉴》中的性别流动性问题提供了重要补充。

与王德威关于女性特质的消极评价相一致，黄卫总通过比较女性特质在士人与伶人身份建构中的不同作用，指出对女性化符号的不同占用体现了士伶之间的不平等关系：《品花宝鉴》中伶人的女性化容貌，是士人所鉴赏的对象；士人的女性化容貌，则不会削弱其男子气概。④ 吴存存通过分析明清小说、花谱、戏剧，进一步

① 王德威：《被压抑的现代性——晚清小说新论》，第82-83页。

② 艾梅兰（Maram Epstein）：《竞争的话语：明清小说中的正统性、本真性及所生成之意义》，罗琳译，江苏人民出版社，2005年，第68-73页。

③ Keith McMahon, "*Sublime Love and the Ethics of Equality in a Homoerotic Novel of the Nineteenth Century: Precious Mirror of Boy Actresses*", Nan Nü, Vol.4, No.1 (2002), p.76.

④ Martin W. Huang, *Negotiating Masculinities in Late Imperial China*, Honolulu: University of Hawai'i Press, 2006, pp.140-145.

证明了士人"对女性化个人风格的暂时采用,能够带来荣誉和赞美"①。因此,女性特质对男伶地位的贬低和对士人身份的抬高,证明了士伶关系在本质上的不平等性。

站在肯定女性特质超越性的立场上,马克梦认为士伶共有的女性特质是模糊二者身份差异、建构平等知己关系的纽带。由于马克梦将女性特质理解为对主体状态的体察能力,"相较于男性化,女性化更有利于实现另一个人(爱人或朋友)的主体性"②,士伶性别特质向女性化方向的移动,使他们能够细心体会彼此的内心世界,成为相互体贴的知己。正是以共有的女性特质为源泉,士伶实现了身份界限上的模糊化,在一定程度上挑战了士伶之间的不平等权力关系。

无论是有关男伶女性化问题的考察,还是关于士人女性化问题的讨论,西方汉学界产生分歧的焦点在于如何认识女性特质的本质。因此,考察小说关于真实女性的描写,成为《品花宝鉴》性别特质研究的另一项重要内容。

(三)女性的男性化问题

与才子佳人小说中具有男性属性的佳人相似,《品花宝鉴》中的才女与侠女都表现出男性化的特点。作为才女的代表,琼华即兴而作的《灯月词》被誉为"光怪陆离,骇人耳目,绝像太白复生。此岂闺阁中所能的"③。作为侠女的代表,设计惩治潘其观的三姐"若做了男子,倒是个有作为的"④。汉学界有关《品花宝鉴》中女性的讨论,主要集中于两个问题。如何从性别角度来理解女性的男性化现象?女性与男性正统秩序之间的关系是怎样的?

通过比较男伶的女性化与女性的男性化,司马懿认为两者是对女性特质从属地位的确认。费侠莉(Charlotte Furth)通过考察关于雌雄同体者、变性人等非男非女现象的医学话语,指出由女变男的转化是值得肯定的改变,由男变女的转化则容易受到社会的质疑。⑤ 在费侠莉研究的影响下,司马懿认为,在《品花宝鉴》中女性因其所具有的男性特质而受到赞美,而男伶则因其被强加的女性特质

---

① Cuncun Wu, "'Beautiful Boys Made up as Beautiful Girls': Anti-masculine Taste in Qing China", in Kam Louie & Morris Low (eds.), *Asian Masculinities: The Meaning and Practice of Manhood in China and Japan*, London & New York: RoutledgeCurzon, 2003, p. 21.

② Keith McMahon, "Sublime Love and the Ethics of Equality in a Homoerotic Novel of the Nineteenth Century: Precious Mirror of Boy Actresses", Nan Nü, Vol.4, No.1 (2002), p.94.

③ 陈森:《品花宝鉴》,第 159 页。

④ 陈森:《品花宝鉴》,第 570-571 页。

⑤ Charlotte Furth, "Androgynous Males and Deficient Females: Biology and Gender Boundaries in Sixteenth- and Seventeenth-Century China", Late Imperial China, Vol. 9, No.2 (Dec., 1988), pp.1-31.

而深受歧视,最终通过抛弃女性特质而实现了地位的上升。[1]性别身份转换的不对称性说明《品花宝鉴》中的性别流动性仍然深受男权意识的影响。

针对女性与男性正统秩序之间关系的问题,马克梦进行了较为全面的讨论。作为尚情美学的载体,女性所包含的纯洁性和超越性具有反抗正统秩序的可能;作为男伶的竞争者,女性则"进入了正统男性话语的权威"[2]。也就是说,当女性远离男性世界时,她们以其极度纯洁的面貌出现,成为一种超越于现有秩序的存在;当女性抱怨士伶的浪漫感情时,她们督促男性承担自己的社会责任,从而构成了正统男性秩序的象征。

在西方《品花宝鉴》的性别特质研究中,性别的社会建构论和晚明尚情美学是主要的理论资源。前者较为关注社会权力对性别特质的操控,证明性别流动性是对已有等级秩序的强化。后者则肯定作为"情"之化身的女性特质所具有的积极意义,认为主体向女性特质的移动彰显了反抗父权秩序的可能。总体而言,《品花宝鉴》中的性别交错现象并未对现存社会秩序形成真正的挑战。即使在小说结尾,士伶关系在本质上仍然是不平等的。但不可否认的是,在《品花宝鉴》所幻想的士伶关系中,士人放弃了自己的一部分特权,例如拒绝采用居高临下的态度对待伶人,能够从伶人的立场出发体察他们的不幸命运。其中,《品花宝鉴》最为核心的内容——士人对性特权的放弃和伶人对贞洁的维护,是西方汉学界所特别关注的问题。

三　情欲分离现象的不同解读

由于继承了《红楼梦》的"意淫"说,《品花宝鉴》将追求没有肉欲的精神之爱作为叙述重点。书中,不仅所有正面伶人都守身如玉,而且所有正面士人都真挚地爱慕伶人,完全排除了与伶人发生性关系的可能。在清代同性恋恐惧论的影响下,海内外学界往往从规避道德谴责的角度来解释小说对士伶纯洁感情的推崇。例如,王德威提出,这种情欲彻底分离的现象暴露了作者"急于调和伦理规则和情欲诱惑之间的辩证关系"[3];谭坤同样认为,为了规避道德与法律的束缚,陈森

---

[1] Chloe Starr, "*Shifting Boundaries: Gender in Pinhua Baojian*", Nan Nü, Vol.1, No.2(1999), p. 298.

[2] Keith McMahon, "*Sublime Love and the Ethics of Equality in a Homoerotic Novel of the Nineteenth Century: Precious Mirror of Boy Actresses*", Nan Nü, Vol.4, No.1 (2002), p.101.

[3] 王德威:《被压抑的现代性——晚清小说新论》,第77页。

"竭力让同性之间的精神恋符合正统的伦理规范"①。但是，考虑到男风在中国古代并不是一个需要回避的道德问题，作者无需通过刻意删除性描写来迎合社会伦理规范的要求。并且，马克梦提醒我们，虽然晚明小说《弁而钗》和《宜春香质》已经使用含蓄优美的辞藻来描写男性同性性爱关系，但是《品花宝鉴》故意放弃了这一由晚明男色小说所奠定的高级色情描写传统，拒绝将正面人物放置在任何涉及亲密身体接触的场面中。② 因此，性描写在士伶浪漫关系中的缺席，并非作者迫不得已的伦理选择，而是其建构男风理想关系的描写策略。如果摆脱清代同性恋恐惧论的束缚，那么应该如何看待士伶纯洁感情所具有的社会文化意义呢？围绕这一问题，汉学界分别从平等性、幻想性和色情感的角度，进行了不同的解释。

（一）表达对平等的追求

明清社会虽然对男风持有相对宽容的态度，但是对参与双方不平等的社会地位进行了严格规定。由于平等的同性之爱是对社会规范的挑战，"在社会上同一阶层男性之间身体上的亲密关系，是不被接受的"③。阶层鸿沟在同性性关系中直接体现为性角色的固定分配。苏成捷（Matthew H. Sommer）指出，地位较高的男性在性关系中的主动者角色，喻示了其在父权制中的统治地位；地位较低的男性对被动者角色的承担，则是对其男子气概的削弱或玷污。④ 因此，在地位相差悬殊的士伶关系中，士人必然被视为主动角色，总能得到舆论的宽容；伶人则被视为被动角色，是社会所歧视的对象。

基于同性性关系与阶层鸿沟之间的联系，马克梦认为，《品花宝鉴》中士伶双方对性行为的拒绝，是士人尊重男伶人格、建立士伶平等关系的保证。有关名妓与名伶文学传统的比较，说明"在士人与妓女或旦一起寻求的崇高之爱中，富有尊严与尊重的关系是不可或缺的体验"⑤。但是，伶人的低贱身份却决定了任何有

---

① 谭坤：《论〈红楼梦〉对〈品花宝鉴〉的影响》，《明清小说研究》2015 年第 1 期。

② Keith McMahon, "Sublime Love and the Ethics of Equality in a Homoerotic Novel of the Nineteenth Century: Precious Mirror of Boy Actresses", Nan Nü, Vol.4, No.1 (2002), p.87.

③ Cuncun Wu, Homoerotic Sensibilities in Late Imperial China, London & New York: RoutledgeCurzon, 2004, p.104.

④ Matthew H. Sommer, Sex, Law, and Society in Late Imperial China, Stanford, California: Stanford University Press, 2000, pp.117-118.

⑤ Keith McMahon, "Sublime Love and the Ethics of Equality in a Homoerotic Novel of the Nineteenth Century: Precious Mirror of Boy Actresses", Nan Nü, Vol.4, No.1 (2002), p.88.

关士伶关系的性爱暗示都会解构小说所推崇的平等之爱。因此,作者反复强调伶人的贞洁,以保证小说关于平等男色关系的理想。正如魏浊安所指出的,"作为士人尊重伶人的标志,贞洁是实现平等化过程的主要手段"①。为了避免不平等的社会角色在性关系中的复制,士人选择放弃与伶人发生性关系的特权,以表达对伶人的尊重和追求平等关系的诉求。

不过,以士伶平等为框架的论述,一定程度上导致学者忽视了士伶浪漫关系在本质上的不平等。如,《品花宝鉴》这样评价士人徐子云的狎优之癖:"这一片钟情爱色之心,却与别人不同:视这些好相公与那奇珍异宝,好鸟名花一样,只有爱惜之心,却无亵狎之念。"②可见,在徐子云心目中,伶人是与珍宝、花鸟相等同的鉴赏对象。但是,魏浊安这样解读该段评价:

> 作为最重要的"名士"和旦的资助者,徐子云有着一个多次用于士伶会面的花园。不像那些将旦视为"奇珍异宝、好鸟名花"的粗俗之人,他只有"一片钟情爱色之心",并且"只有爱惜之心,却无亵狎之念"。③

由于过分强调士伶关系的平等性,魏浊安对该段内容进行了错误的解读,认为徐子云并未将伶人等同于珍宝、花鸟等物品。实际上,士人从未彻底消除士伶间的身份界限,而是单方面幻想了士伶的纯洁关系,以满足自我对浪漫感情和士人品味的想象。

(二)单方面幻想的结果

随着清中晚期京城徽班发展了一套以私寓制为中心的演艺运行方式,私寓弟子既需要进行演艺训练,也不得不为上层社会男性提供男色服务。④但是,《品花宝鉴》却故意掩盖了伶人的真实处境,一再夸大伶人对士人的忠贞,将士人对伶人的性剥削想象为一种剥离了肉欲的精神之爱。康正果指出,排斥肉体欲望的士伶关系完全为狎客的利益而服务。"他们付出的更多的是他们并不缺少的金

---

① Giovanni Vitiello, *The Libertine's Friend: Homosexuality and Masculinity in Late Imperial China*, Chicago & London: The University of Chicago Press, 2011, p.190.

② 陈森:《品花宝鉴》,第65页。

③ Giovanni Vitiello, *The Libertine's Friend: Homosexuality and Masculinity in Late Imperial China*, Chicago & London: The University of Chicago Press, 2011, p.190.

④ 吴存存:《戏外之戏:清中晚期京城的戏园文化与梨园私寓制》,香港大学出版社,2017年,第17-20页。

钱,而得到的则是怜香惜玉的满足。"① 吴存存详细分析了士伶精神爱恋与现实世界之间的脱节,例如有关士伶恋情的刻画完全缺乏物质与肉欲的因素,过分夸大伶人对自身职业的厌恶,为伶人所设定的脱籍结局在现实中几乎无法实现。② 因此,《品花宝鉴》中缺乏色欲的情爱叙述,并非对现实生活中士伶关系的真实反映,而是士人从自身利益出发所演绎的浪漫幻想。

通过说明士伶纯洁感情在本质上的幻想性与虚伪性,康正果、吴存存等研究者揭示了士伶关系内部根深蒂固的权力关系。一方面,士人站在道德制高点上对伶人保持贞洁的期待,实际上是对伶人人格的贬低。虽然私寓里的狎邪活动是徽班演艺体制的产物,但士人并未意识到不公的社会体制才是造成伶人不幸境遇的关键,仍然从伶人道德品质的角度来解释原本属于社会罪恶的问题。在《品花宝鉴》中,洁身自好的伶人"是玉虚门下弟子,是兴周伐纣的",出卖肉体的伶人"是通天教主门人,是助纣为虐的"。③ 正如康正果所指出的:"他们在美化个别优伶的同时,把大多数被归入邪类的相公连同他们所蔑视的狎客一并推入了堕落的一群中。但是,把伶业纳入色情业的病态社会却始终没有得到深刻的批判。"④

另一方面,士人对士伶纯洁感情的刻意美化,是为了抬高士人的精神境界和鉴赏品味。陈森以较具现实色彩的笔法描绘了反面狎伶者的纵欲生活和伶人备受欺侮的悲惨境遇。可见,陈森非常清楚伶人的真实生活,但是为了保护士人的浪漫幻想,故意虚构了一个士伶彼此爱恋的超现实世界。"在描写恶人糟蹋伶童时,与其说作者在意的是他们侮辱了伶旦,不如说他痛恨的是他们毁坏了浪漫爱情,使爱的奇妙感觉降为一时的感官满足,士人品味受到糟蹋,虽然他不是不明白这才是现实。"⑤ 通过剔除士伶关系中的性欲成分,士人展示了自己高雅脱俗的趣味,从而与其他社会阶层相区别。

因此,从社会权力的角度对《品花宝鉴》存情去欲现象的讨论主要包括两种方法:由于提供性服务是伶人被贬低的重要原因,学者认为对士伶纯洁关系的强调,是尊重伶人人格的表现;通过证明士伶精神爱恋是士人单方面幻想的结果,学者指出此类想象反映了士人展示自我品味、划分身份界限的需要。不过,有关

---

① 康正果:《重审风月鉴——性与中国古典文学》,麦田出版股份有限公司,1996 年,第 161 页。

② 吴存存:《戏外之戏:清中晚期京城的戏园文化与梨园私寓制》,第 121-133 页。

③ 陈森:《品花宝鉴》,第 344 页。

④ 康正果:《重审风月鉴——性与中国古典文学》,第 162 页。

⑤ 吴存存:《戏外之戏:清中晚期京城的戏园文化与梨园私寓制》,第 139 页。

士伶浪漫爱情的社会权力分析，其焦点仍然集中于士伶关系是否具有对平等性的追求。马克梦还从《品花宝鉴》中提炼了"崇高爱情"（sublime love）的概念，通过分析情欲分离现象所体现的深刻色情感，为《品花宝鉴》研究提供了不一样的视角。

（三）深刻色情感的制造

《品花宝鉴》的情欲分离现象，代表了清代小说中一种重要的爱情模式——重视精神性的契合而非肉体欲望的实现。桑梓兰（Tze-lan Deborah Sang）以《聊斋志异·娇娜》为例，说明孔生与娇娜之间的情谊虽然不存在肉体关系，却具有深刻的色情感。根据精神分析学的研究，"如果欲求的正是失去的东西，如果幻想对性而言是不可或缺的，那么有理由相信，没有肉体性行为之处，正是最具欲望、幻想快感最多、也最具性意识之处"[1]。从欲望的幻想性来看，男女的精神爱恋胜过肉体关系的原因在于，无法实现的肉体欲望给予了人们无限幻想的可能。因此，蒲松龄认为孔生与娇娜的纯洁情谊远远超越于孔生与松娘的婚姻，评价曰："得此良友，时一谈宴，则'色授魂与'，尤胜于'颠倒衣裳'矣。"[2]

与桑梓兰的研究路径相似，马克梦将《品花宝鉴》中不涉肉欲的精神恋爱称之为"崇高爱情"，并分析了其色情感的来源。由于认识到欲望的不可实现性与性快感之间的迂回关系，马克梦认为《品花宝鉴》对贞洁的强调，保证了欲望的无法实现性，从而获得了更为深刻的色情感。"正是由于对性行为的不断延迟和取消，这种看似纯粹的纯洁之爱具有了最为强烈的色情感。"[3]子玉与琴言之间彼此渴望而又难以实现的爱情，才是小说最容易激发色情幻想的部分。虽然他们总是陷入缠绵悱恻的相思之中，但是子玉却不敢造访琴言的私寓，只能在朋友的聚会上与琴言偶尔相会，以致两人相思成疾。可以说，子玉是在故意延宕其与琴言的见面，尽可能排除与琴言发生亲密接触的可能，来达到一种精神恋爱的纯粹境界。即使二人同榻而眠时，小说仍然强调他们之间的纯洁关系，写道："此刻子玉、琴仙在一个枕上和衣而卧，竟把嫌疑也忘了。"[4]对于崇高爱情而言，"和衣而卧"本

---

[1] 桑梓兰：《浮现中的女同性恋：现代中国的女同性爱欲》，王晴锋译，台湾大学出版中心，2014年，第88-89页。

[2] 蒲松龄著，张友鹤辑校《聊斋志异会校会注会评本》，中华书局，1962年，第65页。

[3] Keith McMahon, "*Sublime Love and the Ethics of Equality in a Homoerotic Novel of the Nineteenth Century: Precious Mirror of Boy Actresses*", Nan Nü, Vol.4, No.1 (2002), p.83.

[4] 陈森：《品花宝鉴》，第877页。

身已经带有微妙的性意味。

汉学界有关《品花宝鉴》情欲分离现象的讨论,既揭示了士伶纯洁恋情背后的社会权力关系,也提醒我们注意精神之爱本身所具有的色情感。虽然士人对性特权的放弃体现了对士伶关系平等性的追求,但是士人所建构的士伶纯洁关系,故意回避了伶人的真实处境,仅仅服务于士人宣称自身高雅品味、幻想浪漫感情的需要。而小说所幻想的纯洁精神爱恋,并非对色情的彻底摒弃,而是通过对性行为的不断延宕,获得了更为深刻的色情感。

结　语

《品花宝鉴》关于士伶恋情的描写和性别特质的呈现,在明清文学中有着诸多回应,是明清性别文化的重要问题。自 2000 年以来,性别已经成为大陆《品花宝鉴》研究的重要角度。然而,由于英文成果译介的不足和研究思路的不同,大陆学者较少对西方《品花宝鉴》研究领域中的复杂声音进行批判性的借鉴与反思。有关西方研究思路的总结及其与本土相关成果的比较, 能够为大陆学界提供以下三方面的启示:

首先,反思《品花宝鉴》研究中的女色替代论,构成了明清男风研究的重要前提。女色替代论不仅是西方汉学界较为常见的观点, 也在大陆学界有着较大影响。在反同性恋立场的影响下,很大一部分学者不承认男伶在清代京城士人情感生活中所占据的位置,而是沿用晚明文人及鲁迅所提出的女色替代论,将男伶视为妓女的替代品或者终将被士人妻子所取代的对象。女色替代论导致了很多关于《品花宝鉴》的文本误读,或认为女性才是士人真正爱慕的对象,或认为士伶恋情被异性婚姻所代替,或认为狎伶是士人成年之前暂时的性放纵。因此,深入考辨小说产生的具体语境、反思女色替代论所存在的问题,是正确认识明清男风问题的基础。

其次,考察西方关于性别流动性的研究方法,为明清文学性别研究的理论更新提供了助益。目前大陆学界借用霭理士所提出的性美庡换理论来解释男伶女性化现象的方法,在一定程度上使研究局限于有关男伶性别认同问题的讨论中。西方学者利用性别流动性来讨论性别交错现象的思路, 则吸收了更为丰富的理论资源。从性别的社会建构论出发,王德威等学者认为《品花宝鉴》中的性别流动性是对现存社会秩序的强化;以晚明尚情美学的研究为基础,马克梦等学者指出性别身份向女性特质的流动具有质疑父权秩序的积极意义。由于男性的女性化和女性的男性化是明清性别文化的重要现象,全面分析西方关于《品花宝鉴》中性别流动性的研究,有助于深化有关明清社会中权力运作机制和男女性别特质的讨论。

最后,借鉴西方有关情欲分离现象的解释路径,能够丰富明清文学性别研究的讨论方法。由于清代并非一个恐惧同性恋的社会,《品花宝鉴》对士伶之间纯粹精神恋爱的推崇,与规避道德谴责的动机关系不大,而是作者刻意建构的男色描写策略。围绕小说中的情欲分离现象,西方学者进行了多元的讨论。从权力的角度来看,学者揭示了士伶纯洁关系的两面性——既是士人放弃性特权的表现,也是士人宣称高雅品味的产物。从欲望的角度来看,西方学者的重要贡献是指出《品花宝鉴》中的存情去欲现象蕴含着深刻的色情感,为理解清代小说中欲望描写的本质开辟了重要路径。

(原载《文学与文化》2020 年第 4 期)

文化研究

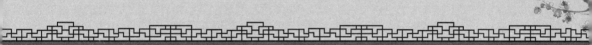

祛魅时代的文化图景 *

陶东风

"祛魅"(disenchantment)一词,源于著名社会学家马克斯·韦伯所说的"世界的祛魅"(the disenchantment of the world),又译"世界的解咒",是指西方国家在传统到现代的转型过程中出现的对世界的一体化宗教性解释的解体。前缀 dis意为"非""去""解除",enchantment 意为魅力、迷人之处、神奇超凡的力量。这个名词从动词 enchant 演化而来,表示迷惑、施魔法。disenchantment("祛魅")的字面意思就是去除迷人之处。此词起源于当代科学哲学,一般的理解为曾经一贯信奉或被追捧的,神圣的人、物、事、感情、信念、文化符号,受到新的认识后地位迅速下降,神秘光环不再,沦为平常之物。

简言之,对原先被赋予神奇魔力的某种东西不再着迷、盲目崇拜或迷信,这就是祛魅。由于这个术语触及了现代性的某些非常本质性的东西,因此它也成了理解现代社会的关键词,韦伯以后的很多社会学家发展了这个概念。

本文将介绍西方重要社会理论家关于祛魅的论述,特别是有关文化祛魅和文化现代性的论述,以期为我们分析和把握中国当代文化状况提供有益的参照。

一 世俗化、工具理性与祛魅(韦伯)

韦伯说的"祛魅"过程,指的是"那些充满迷幻力的思想和实践从世上的消失。这一过程不仅表示宗教信仰的衰落,而且还表明宗教活动的理性化"[1]。祛魅

作者简介:陶东风(1959—　),男,广州大学人文学院教授。

* 本文得到国家社会科学基金项目"文学的祛魅与文艺学的边界问题"(项目批准号06BZW002)以及北京市人才强教"教学名师"项目的资助。

[1] 尼格尔·多德:《社会理论与现代性》,陶传进译,社会科学文献出版社,2002年,第43页。

发生在西方国家从宗教社会向世俗社会的现代性转型(理性化)中。自世界"祛魅"以后,就进入所谓"诸神纷争"(价值多元化)时期:对世界的解释日趋多样与分裂,社会活动的各个领域逐渐分立自治,而不再笼罩在统一的宗教权威之下(比如宗教法庭不再能审判像伽利略和哥白尼这样的科学家)。因此,祛魅包含两个相互联系的过程:一是一体化的宗教形而上世界观的瓦解,准确地说是它失去了规范世俗生活的力量,成为私人的信仰而不是一种公共生活的规范;二是与此相关的世界的"合理化"过程。

这个过程有点类似我们说的"思想解放"。"上帝死了",什么都可以想了,人的自主性提高了,批判、质疑的反思意识与理性精神强化了。马克斯·韦伯在《新教伦理与资本主义精神》中强调"工具理性"对世界的"祛魅"作用,通过工具理性(科学技术和经济计算)掌握世界,原则上再也没有什么工具理性无法把握的神秘莫测的力量在统治世界了。

此外,祛魅还意味着随着宗教形而上世界观的瓦解,随着它全面统治世界的权力的丧失,世界分裂为各个自主的领域(政治、经济、科学、道德、艺术等),原来那个无所不晓的"牧师"分裂为各司其职的"专家"。人的行为由原先的"价值理性"主导转向"目的—手段理性"或"形式理性""工具理性"主导,前者强调的是价值和信仰的绝对性,后者偏重为达到一个预定目标可以选择任何最有效的工具(手段)。这种"工具理性"的主导一方面破除了迷信,但是另一方面使现代文明陷入"理性(工具理性)的牢笼"之中——专家们有技术而无灵魂,大众为了放纵物欲不择手段。一切终极的、崇高的价值都烟消云散了。物质文明进步神速,而生活却越来越无意义。①

二 市场经济与祛魅(马克思)

稍早于韦伯的马克思已经在他对于现代资本主义的批判中触及到了祛魅的一些基本含义。他强调的是资本主义的市场逻辑和商品交换关系——"商品拜物教"——对传统社会文化的祛魅作用。马克思用"一切坚固的东西都烟消云散了"

---

① 马克斯·韦伯:《学术与政治》,冯克利译,生活·读书·新知三联书店,1998年,第29、48页。参考《新教伦理与资本主义精神》,生活·读书·新知三联书店,1992年;《经济与社会》(上卷),商务印书馆,1997年,第一章。

来形容和描述现代社会的特点。也就是说,祛魅的结果是社会的稳定性的丧失,世界以及人的生活全部进入了持久的动荡不安之中。

与现代社会相比,前代社会的突出特点就是稳定性,而这种稳定性的基础则是宗教或传统价值的神圣性。所以,神圣性瓦解的后果之一就是稳定性的消解。波德莱尔用流动状态("漂泊的存在")和气体状态("空气")来描述这种流行的、变化的、不稳定的状态。不停的动荡,永远的不确定和骚动不安,这就是我们今天的社会文化图景。

一个动荡变化的社会也是一个充满了矛盾性和复杂性的社会:既活力四射又分崩离析,怀疑精神空前地激发了人的创造力,但是又深陷虚无主义的漩涡,人们陷入了"一个所有各种事实和价值都在其中旋转、爆炸、分解、重组的漩涡的感觉,有关什么是基本的、什么是有价值的、乃至什么是真实的东西的一种基本不确定;以及最激进的希望在遭到根本的否定时的闪光"①。

在马克思看来,这一切都是由现代经济即资本主义商品经济的动力和压力造成的,它永无休止、永不满足,它把自己刚刚创造的东西迅速摧毁,把自己刚刚梳理的价值迅速摧毁,把刚刚捧出来的偶像迅速摧毁。它的能量既是生产的能量,也是毁灭的能量,而且这是同样的一种能量——浮士德精神。一方面是飞速发展,另一方面是分崩离析。一方面是不断创造,另一方面是不断毁灭。这就是祛魅以后的现代世界。

马克思在《共产党宣言》对此现代图景提供了难以超越的出色描述:"生产的不断变革,一切社会状况不停的动荡,永远的不安定和变动,这就是资产阶级时代不同于过去一切时代的地方。一切固定的僵化的关系以及与之相适应的素被尊崇的观念和见解都被消除了,一切新形成的关系等不到固定下来就陈旧了。一切等级的和固定的东西都烟消云散了,一切神圣的东西都被亵渎了。人们终于不得不用冷静的眼光来看他们的生活地位、他们的相互关系。"②马克思强调的是现代社会的典型特征:无休止的变化、动荡和革命,一切原先被视为神圣的、稳定不变的东西,如今全部融化在飞速变化的漩涡之中。马克思特别强调了商品交换法则的祛魅力量,在这个法则统治下,根本就不存在什么神圣、永恒的东西,上

---

① 马歇尔·伯曼:《一切坚固的东西都烟消云散了——现代性体验》,徐大建、张辑译,商务印书馆,2003 年,第 155 页。

② 中共中央马克思格斯列宁斯大林著作编译局编译《共产党宣言》,《马克思恩格斯选集》(第一卷),人民出版社,1995 年,第 275 页。

帝、爱情、职业、文化,等等,无不被祛魅。"根本就不存在神圣的东西,没有人是不可碰触的,生活变得彻底非神圣化了","资产阶级把现代人的尊严变成了交换价值,用一种没有良心的贸易自由代替了无数特许的和自力挣得的自由"。马克思写道:

> 资产阶级在它已经取得了统治的地方,把一切封建的、宗法的、田园诗般的关系都破坏了,它无情地斩断了把人们束缚于天然尊长的形形色色的封建羁绊,它使人和人之间除了赤裸裸的利害关系,除了冷酷无情的"现金交易",就再也没有任何别的联系了。它把宗教虔诚、骑士热忱、小市民伤感这些情感的神圣发作,淹没在利己主义打算的冰水之中。它把人的尊严变成了交换价值,用一种没有良心的贸易自由代替了无数特许的和自力挣得的自由。总而言之,它用公开的、无耻的、直接的、露骨的剥削代替了由宗教幻想和政治幻想掩盖着的剥削。
>
> 资产阶级抹去了一切向来受人尊崇和令人敬畏的职业的神圣光环。它把医生、律师、教士、诗人和学者变成了它出钱招雇的雇佣劳动者。资产阶级撕下了罩在家庭关系上的温情脉脉的面纱,把这种关系变成了纯粹的金钱关系。①

这些热情洋溢的文字现在读来还是那样的惊心动魄,令人热血沸腾。伯曼认为,马克思是在强调市场在现代人的精神生活中所具有的巨大力量,"他们看着价格表,不仅是为了寻求经济问题的答案,而且也是为了寻求形而上学问题——什么是值得的,什么是可尊敬的,乃至什么是真实的——的答案"。一切都变成了交换价值。"于是,任何能够想象出来的人类行为方式,只要在经济上成为可能,就成为道德上可允许的,成为'有价值'的;只要付钱,任何事情都行得通。这就是现代虚无主义的全部含义。"②

对于祛魅导致的虚无主义（陀思妥耶夫斯基借他笔下的主人公的叩问说出了这种虚无主义的本质:"上帝死了,还有什么是不能做的呢?"）,马克思虽然不乏担忧,但更多的是感到欢欣鼓舞,马克思在这里看到了平等和民主化的历史潮

---

① 《共产党宣言》,《马克思恩格斯选集》(第一卷),第 274-275 页。

② 马歇尔·伯曼:《一切坚固的东西都烟消云散了——现代性体验》,徐大建、张辑译,第 143 页。

流,称赞其"革命意义",把它视作一种历史的"进步"。正如伯曼说的:"马克思在某种程度上知道,这种状况很可怕:现代的男女们因为没有了可以制止他们的恐惧,很可能什么事情都做得出来;由于从害怕和发抖中解放了出来,他们就可以自由地踩倒一切挡道的人,只要自我利益促使他们这样做。但马克思也看到了没有了神圣的生活的优点:它带来了一种精神上平等的状况。于是,现代资产阶级尽管可以拥有压倒工人和其他一切人的巨大物质力量,却决不能取得先前的统治阶级能够当然拥有的精神优势。有史以来第一次,所有的人都在一个单一的存在水平上面对自己并且彼此面对。"①实际上,在马克思的历史唯物主义看来,这种由资本主义经济活动中产生、并扩展到社会生活各个领域的交换价值原则,具有极大的解放作用,它不仅仅推动了物质和经济的巨大发展,而且也使得束缚人们思想和创造力的东西(无论是宗教权威还是世俗的传统习俗)都土崩瓦解。

祛魅的这种巨大威力自然也波及到文学艺术与文化创造领域。一个祛魅的社会,艺术的祛魅当然是必然的。在艺术领域,祛魅意味着我们不再把艺术视作超越力量(彼岸、神明、永恒价值、绝对真理等)的体现加以膜拜,"永恒"和神圣的价值观念只是骗人的谎言,它掩盖了现代性的过渡、历史和矛盾。

除了失去神圣宗教的庇护,祛魅还意味着艺术的市场化和商业化使得艺术和艺术家斯文扫地。商品交换法则不再赋予艺术家和作家以劳动者、雇工以外的任何神圣性(艺术品和艺术家的职业"光环"都被抹去了,它使诗人和学者成为被雇佣的仆役)。马克思和其他许多学者艺术家对此都有描述和观察。马克思从艺术家的经济地位的转换来论述艺术家"光环的丧失"。现代市场社会的艺术家在商品文化面前遭受不得不出卖自己的劳动,包括体力和感受力、想象力以及深层情感,他们在经济和精神生活方面全部依赖于他们所鄙视的资产阶级市侩。资产阶级抹去了一切向来受人尊崇和令人敬畏的职业的神圣光环。它把医生、律师、教士、诗人和学者变成了它出钱招雇的雇佣劳动者。

对于现代性的这种既解放人又使人精神上无家可归的双重特点,理论家们常常爱恨交加,比如齐美尔。鲍曼指出:"齐美尔对都市社会的观点,充满了对现代性的爱恨交加的复杂情绪……这种双重交织是对悲剧性的一种生动写照——无法化解的矛盾辩证地缠绕在一起:绝对仅仅在个人及其遭遇的独特性中展示

---

① 马歇尔·伯曼:《一切坚固的东西都烟消云散了——现代性体验》,徐大建、张辑译,第148页。顺便指出,伯曼这个观点并不完全适合中国,在中国,精神上的平等也在继续争取。

自身,永恒隐身于瞬间即逝的事件背后,常态隐身于唯一性的背后。"①几乎任何一位研究现代性的伟大思想家,对现代性都带有这种爱恨交加的复杂感情。

三 祛魅与现代科技(本雅明)

现代世界的祛魅不仅与工具理性、商品经济相关,而且与科学技术的飞速发展、科学主义世界观的兴起相关。科学主义世界观认为,一切实际存在的真理(或真实)都是由我们的感官经验或科学实验手段提供的,此外别无获得真理或真实的途径。因此,一切传统信念、特别是宗教信念中所谓超感性、不能由感觉和科学手段实证的东西,实际上都是不存在的,更不要说有什么权威性了。科学主义"以为不能在尸体解剖过程中找到人的灵魂, 就因此而证明了人的灵魂并不存在……一句话,它只相信一切被人类视为'高级的'事物(即心灵和精神的事物)都可以还原为低级的或'基本的'的事物(即物质、感觉和物理性的事物),除此之外,它什么也不相信。"②

现代科技对于艺术的祛魅作用在本雅明的《机械复制时代的艺术品》中得到了出色的经典性阐述。本雅明在此文中分析了前现代艺术中特有那种 "灵晕"(aura,又译"光晕")在机械复制时代是如何消逝的。"灵晕"是指围绕在艺术作品周围的独特的,本真的,与宗教仪式、宗教膜拜相关的那种带有神圣性的韵味和氛围。据有关专家研究,"灵晕"具有以下特征。(1)礼仪性。有灵晕的艺术品是以"礼仪"为根基的,包括原始社会最早的巫术礼仪,中世纪的宗教礼仪,以及现代社会的"世俗礼仪",即创造性的、不可复制的美的形式。由于这种礼仪性,传统的艺术作品获得了体现令人尊敬的权威和尊严的"膜拜价值"。这种价值在机械复制的时代已经一去不复返。(2)本真性或独一无二性。即艺术品原作的那种定位于此地此刻的唯一性,一旦被机械复制,原本和复本的差异消失了,本真性和唯一性也就荡然无存。(3)距离感。所谓距离感是指艺术品的"一定距离外的独一无二的显现"。艺术品的神秘感就依赖于这种时间和空间上的距离感。机械复制的艺术品大量进入人的日常生活, 甚至在厕所、盥洗室也可以看到复制的艺术杰

---

① 齐格蒙·鲍曼:《立法者与阐释者:论现代性、后现代性与知识分子》,洪涛译,上海人民出版社,2000年,第153页。

② 尤金·诺斯:《虚无主义:现代革命的根源》,马元龙译,未刊稿。

作。这就根本上消除了这种距离感。(4)模糊性。这种模糊性是一种只有通过感受加以体验而不能通过理性分析获取的气息和光晕,它吸引你凝神遐想。但是,伴随机械复制时代的到来,艺术活动被纳入了精确而机械的计算,模糊性也就此消散。

在本雅明的解释框架中,艺术祛魅的最重要原因就是现代技术在艺术中的渗透。机械复制技术的批量化生产能力使复制品脱离了艺术品的原作以及灵晕,使复制品的"暂时性与可重复性"代替了原作的"独一无二性与持续性"。复制技术还改变了观众的感知方式,复制品的可接进行使得观众和艺术品不再有距离感,艺术品不再有"不可贴近性"。复制品追求的是"展览价值"而不是"膜拜价值"。

对于这种现象,本雅明亦喜亦忧。喜的是艺术借助复制技术而走向大众,这是艺术和文化的民主化,可谓大众的民主事业服务,其进步的政治意义自不待言;但是另一方面,本雅明对于灵晕的消逝还是心存遗憾,为之唱一曲深情的挽歌。

四　巴黎街头的浪荡子(波德莱尔)

当马克思在《共产党宣言》中写下下面这段话的时候,已经触及了文人或知识分子在现代社会被无情祛魅的命运:"资产阶级抹去了一切向来受人尊崇和令人敬畏的职业的光环,它把医生、律师、教士、诗人和学者变成了出钱招雇的雇佣劳动者。"马克思特别提到了"医生、律师、教士、诗人和学者",这些人基本上就是我们所谓的知识分子阶层。可见,现代社会对于职业的祛魅主要是针对知识分子阶层而言。

伯曼在《一切坚固的东西都烟消云散了》一书中专门就马克思所说的"光环"解释说:"光环将生活分裂为神圣的和世俗的:正是光环,使得笼罩着光环的人物令人敬畏,神圣化的人物是从人类状况的母体上剥离下来的,是不可阻挡地从激励着其周围的男男女女们的需要和压力之中分离出来的。"①这些所谓"笼罩着光环的人物""神圣化的人物"即知识分子阶层,特别是从事文学艺术生产的文人。现代知识分子虽然不是什么严格意义上的宗教人士,但是在宗教权威解体之

---

① 马歇尔·伯曼:《一切坚固的东西都烟消云散了——现代性体验》,徐大建、张辑译,第 148 页。

后,他们却发挥着类似教士的"立法者"(文化合法化)功能①,是类似教士的"圣职"人员(布迪厄语)。他们是些"真正相信自己受到自己职业使命的感召、自己的工作很神圣的现代人"②。这就是我们所谓知识分子的"精英"意识。

但是鲍曼的这种观点实际上忽视了一点:现代知识分子从来没有获得类似教士的那种不可质疑的文化立法者地位——他虽然在努力这样做。在知识分子试图行使立法者权力的第一天起,他就陷入了一个尴尬:他无法摆脱市场的制约,即使是他对资本主义社会的发自肺腑的批判,也必须成为商品才能进入公共领域。鲍曼至少应该补充说明:所谓"文化的立法者"同时不能不也是知识劳动和知识商品的出售者。在这点上,马克思至少是伯曼的补充。在马克思看来,知识分子不过是资产阶级"出钱招雇的雇佣劳动者"(有点类似于王朔说的"码字工")。马克思说:"这些不得不把自己零星出卖的工人,像其他任何货物一样,也是一种商品,所以他们同样受到竞争方面的一切变化的影响,受到市场方面的一切波动的影响。"③对此,伯曼解释说:"当马克思把知识分子描述为打工者时,他想要让我们看到,现代文化是现代工业的一部分。"④这些知识分子、作家、艺术家的创作,同样也受到市场的调节,深深地陷入了交换价值的法则并受其控制,知识分子的所谓自主性即使不是虚妄,也是有条件的。

除了马克思的雇佣劳动者、鲍曼的立法者以外,第三类现代知识分子形象是波德莱尔笔下的"浪荡子"——剥去了神圣光环、在大街上闲逛、对现代大都市生活充满了爱恨交织的复杂情感的"浪荡子"(又译"花花公子""游手好闲者")。浪荡子的形象首见于诗人波德莱尔笔下。在其散文集《巴黎的忧郁》中,有一篇叫《光环的丧失》。此文描写了一个诗人和一个"普通人"在妓院的相遇和对话。这个"普通人"原先对于诗人、艺术家是极为崇敬的,他见到诗人也来妓院,非常惊讶地问:

> 怎么? 您在这儿,我的朋友? 您,是个吃神仙食物的人,是个喝宇宙精华

---

① 以研究现代性著称的杰出思想家鲍曼认为,在前现代社会,是教士承担文化立法者的角色,制定一个社会的价值标准、是非标准;在现代社会则是知识分子(其杰出代表是左拉);到了后现代社会,随着宏大叙事的危机,文化的碎片化,立法者失去存在的土壤,知识分子在后现代社会成了阐释者,他们不立法,也立不了法。

② 马歇尔·伯曼:《一切坚固的东西都烟消云散了——现代性体验》,徐大建、张辑译,第149页。

③《共产党宣言》,《马克思、恩格斯选集》(第一卷),第276页。

④ 马歇尔·伯曼:《一切坚固的东西都烟消云散了——现代性体验》,徐大建、张辑译,第149页。

的人！怎么也会落到这样一个地方来？我真是感到吃惊！

这位诗人回答道：

> 我的朋友，您不知道我非常害怕马和马车吗？刚才，我急冲冲地穿过林荫大道，纵身跳过泥泞，要在这一团混乱的车流中避开穿过从四面八方奔腾而来的死神。可是由于一个猛烈的动作，我的光环从我头上滑落下来，掉到碎石子路中的泥潭里去了。我太害怕了，没有来得及把它捡起来。我觉得，丢失我的标志总比我的骨头被撞断要好受一些。而且，我暗自想想，再不好的事情里面也总有好的一面。现在我可以隐姓埋名地四处走动，做这些低级的事情了，就像常人一样，无论什么不道德的事情都可以尝试一下。于是就像您看到的，我到了这儿，跟您没什么不同！①

当这个普通人提议诗人是否应该为自己失去的光环张贴一个"寻物启事"或到警察局报案时，这位诗人说："完全没有必要！我喜欢这儿。您是唯一一个认出我的人，况且，我已对尊严感到厌烦。"这个所谓"光环"就是关于诗人和艺术家的神圣性的神话。这个神话不但知识分子自己信奉，普通人也信奉。所以，不妨把这篇散文看作是对于艺术神圣性的嘲讽和自嘲（因为波德莱尔自己也是这样一个艺术家）。②诗人头上的"光环"已经没有任何意义，它仅仅是一个摆设。当诗人匆匆穿过马路，躲避着四面八方同时飞来汽车和随时可能降临的死神时，当他在泥泞的不断蹦跳时，"光环"从头上滑了下来落到烂泥中。而且，身陷现代生活的漩涡的诗人"没有勇气把它捡起来"，而且觉得"没有必要"那样做。因为他已经承认"艺术的崩溃和商品文化的胜利"（伯曼语）。

波德莱尔曾经认为，艺术家自己就是自己的"上帝"，而"光环的消失"使我们看到了这个"上帝"之死。这个光环消失在哪里？消失在车水马龙川流不息的现代化巴黎——隐喻现代性。如果说马克思对于艺术家祛魅的描述是经济学的，那么，波德莱尔的描述就是心理学的，是现代生活在艺术家和诗人心中产生的尊严失尽的那种感受。这种感受不再是悲壮的，相反是滑稽的，这个艺术家是一个"以

---

① 马歇尔·伯曼：《一切坚固的东西都烟消云散了——现代性体验》，徐大建、张辑译，第199~200页。
② 在王朔的小说中我们也看到了这种嘲讽，但是要晚了差不多两个世纪。

反英雄的面目出现"的英雄,"其最庄重的真理时刻将不仅仅被描述为而且也将在实际上被体验为滑稽表演和音乐会或夜总会上的插曲——引人注目的小噱头"①。

正如这个对话表明的,无论是波德莱尔笔下的浪荡子诗人,还是波德莱尔本人,都不拒绝"妓院"这样的所谓"不道德的地方",相反,对波德莱尔本人以及那个诗人而言,在林阴大道的另一边,在那些低级的"没有诗意""不道德的场所","诗歌也照样能够蓬勃发展,也许发展得更好"②。这就是波德莱尔对于祛魅以后的艺术和艺术家、对城市现代生活的态度,是和精英知识分子非常不同的态度。在波德莱尔看来,"现代的诗人越像普通人,他们就越接近于真正的深刻的诗人,假如他投身于现代世界的日常生活中的运动和混乱——新的交通是这种生活的一个基本标志——他就能够为艺术利用这种生活。这个世界上的'蹩脚诗人'乃是那种希望保持自己的纯洁性完好无损、于是不上大街没有交通危险的人"③。

波德莱尔对现代性的这种态度,和我们中国 20 世纪 90 年代的"人文精神"论者可谓大相径庭。波德莱尔首先要做一个现代性的兴趣盎然的观察者——浪荡子就是这样的一个观察家——而不是急于给它下结论,尤其是一边躲开它进入自己的精英小天地,一边痛斥它。"'光环的丧失'其实是在宣告某种东西的获得。"④"泥潭"和"光环"的辩证法。正因为波德莱尔不拒绝现代生活的混乱、肮脏、腐败、堕落,他才从中发现了光环、诗意、神奇以及创造力等等。

(原载《文学与文化》2010 年第 1 期)

---

① 马歇尔·伯曼:《一切坚固的东西都烟消云散了——现代性体验》,徐大建、张辑译,第 202 页。
② 马歇尔·伯曼:《一切坚固的东西都烟消云散了——现代性体验》,徐大建、张辑译,第 205 页。
③ 马歇尔·伯曼:《一切坚固的东西都烟消云散了——现代性体验》,徐大建、张辑译,第 205-206 页。
④ 马歇尔·伯曼:《一切坚固的东西都烟消云散了——现代性体验》,徐大建、张辑译,第 206 页。

谁在建构当代文学经典？当代文学能否建构成经典？

——"当代文学经典化"问题的反思 *

赵 勇

按照通常的文学史分期，中国当代文学至今不过只有短短六十年的历史。而这六十年又以改革开放为界，大体上分为前三十年与后三十年。前三十年有所谓的"十七年文学""文革文学"或"文革时期的地下文学"之说，后三十年又有所谓的"新时期文学"（主要是 20 世纪 80 年代）、"后新时期文学"（20 世纪 90 年代）和"新世纪文学"之别。但所有这些又可统称为"当代文学"。

我之所以重复这些常识性的说法主要是想强调如下事实：近年来，伴随着文学理论界的解构经典热，当代文学研究界涌动着的却是一股建构经典的潜流。而这种建构又明确指向了当代文学。但仔细分析，这里所谓的当代文学并非指前三十年，而主要是指后二十年，即 20 世纪 90 年代以来的文学。于是，如下问题也就油然而生：为什么选中近二十年的当代文学作为经典建构的对象？究竟谁在建构当代文学经典？如此建构隐含着建构者怎样的意图？这种建构富有成效吗？它究竟是顺应还是违背了文学经典化的一般规律？

以下我将试图对其中的一些问题做出回答，也试图以此种方式对目前颇有争议的当代文学的评价问题做出回应。

一

如果说文学经典化的因素在古代相对单纯，那么进入现代社会后，建构文学

作者简介：赵勇（1963—　），男，北京师范大学文学院教授。

* 本论文为教育部人文社会科学重大项目 "大众文化的冲击与新世纪中国文学的嬗变"（项目号：07JJD751074）的阶段性研究成果，并获"新世纪优秀人才支持计划资助"。

经典的因素则是变得纷繁复杂了。而这种复杂性在当代体现得尤为明显。比如，"小说排行榜"的遴选(如中国小说学会 2001 年以来进行的一年一度的中国小说排行榜的评选)，文学评奖机制的运作(如"茅盾文学奖""鲁迅文学奖"等)，文学评论刊物相关栏目的设置(如《南方文坛》的"重读经典")，当代文学史教科书对作家作品的定位(较新的文学史著作如陈晓明的《中国当代文学主潮》等)，所有这些，都成了建构文学经典的基本元素。而事实上，无论是排行榜的诞生、文学奖的产生，还是"重读经典"的评论、文学史中的描述，其实都与批评家的推动有关。因此，在当代文学经典化的过程中，当代文学批评家应该是最重要的因素之一，他们常常扮演着建构文学经典幕后推手的角色。一些批评家的所作所为及其相关言论，让我们看到了他们在建构文学经典过程中的不懈努力。兹举几例如下。

2009 年 11 月 7 日，陈晓明在《羊城晚报》发表《中国文学达到了前所未有的高度》①一文后，立刻引起极大的争议。此后，尽管他又撰文解释"前所未有的高度"，"是指在这 60 年的范围内来说的"，甚至把"前所未有的高度"改换成"过去没有的高度""过去未曾有的高度"，但他对近二十年当代文学评价很高的观点并未改变。因为他认为："汉语小说有能力以汉语的形式展开叙事；能够穿透现实、穿透文化、穿透坚硬的现代美学。如贾平凹的《废都》与《秦腔》。""汉语小说有能力以永远的异质性，如此独异的方式进入乡土中国本真的文化与人性深处，如此独异的方式进入汉语自身的写作，按汉语来写作。如刘震云的《一句顶一万句》。""汉语小说有能力概括深广的小说艺术。如莫言从《酒国》、《丰乳肥臀》到《檀香刑》、《生死疲劳》。"②而在回答记者"请举出 60 年来能够代表中国文学高度的几位作家、作品并简要说明原因"的问题时，陈晓明说："我想就 90 年代以来的这十多年，提出十几部作品。余华《在细雨中呼喊》，林白《一个人的战争》，贾平凹的《秦腔》，陈忠实《白鹿原》，莫言《檀香刑》《丰乳肥臀》《生死疲劳》，刘震云《一句顶一万句》，铁凝《笨花》，阿来《尘埃落定》，王安忆《长恨歌》，苏童《河岸》，姜戎《狼图腾》，严歌苓《小姨多鹤》，毕飞宇《推拿》等等。……我时刻都在把中国当代这些作品，与当代诺贝尔奖、布克奖、龚古尔奖等影响卓著的作品进行比较——这些作品是我始终阅读和思考的背景，才会提出汉语言文学的高度问题。"③我以为，

---

① 参见 http://www.ycwb.com/ePaper/ycwb/html/2009-11/07/content_649938.htm。

② 陈晓明：《对中国当代文学 60 年的评价》，《北京文学》2010 年第 1 期。

③ 陈晓明：《回应批评：重新阐释中国当代文学的价值——答〈羊城晚报〉记者吴小攀问》，《文艺争鸣》2010 年第 2 期(上半月)。

以上所引陈晓明的言论透露出来的信息有二：第一，代表当代文学高度的作品均来自20世纪90年代以来的长篇小说；第二，尽管他没有使用当代文学经典之类的用语，但转换到建构经典的语境中，他的用词及其相关判断或许已隐含着某种冲动——让近二十年的当代文学经典化。

如果说在陈晓明那里建构当代文学经典还只是一种模糊的无意识冲动，那么在另一些批评家那里则变成了一种确确实实的焦虑。张清华指出：

迄今为止，这些有可能标志着汉语新文学问世百年以来的成熟与成就的作品，尚未得到真正的艺术和思想的阐释，这是非常令人困惑和遗憾的。稍加比较我们不难发现这样一个对照关系："现代文学"三十年里，研究者几乎诠释出了"伟大的作家"，但是我们会问，"伟大的作品"呢？有多少文本是可以称得上"伟大的文本"的？"当代文学"的六十年中，尽管人们不承认已经出现了"伟大的作家"，但是毫无疑问，其间几乎已经出现了"伟大的作品"，这些作品就在90年代以来陆续问世的长篇小说里，在《活着》、《九月寓言》、《废都》、《长恨歌》、《许三观卖血记》、《丰乳肥臀》、《檀香刑》、《人面桃花》里，它们无论在作品的思想含量、艺术的复杂与成熟的程度上，都远远超过了现代文学中的经典文本，但对这一点却几乎无人愿意承认。①

这里不仅又一次提到了20世纪90年代以来长篇小说的成就，而且还形成了这些小说远远超过现代文学经典文本的判断。与此同时，由于作者在相关论述中已经启用了与文学经典相关的用语（比如："关于先锋小说等当代文学变革历史中最重要的部分，在60年代出生的一代批评家手中得到了精细而系统的阐释，使之成为了当代文学经验的经典谱系中的组成部分，并且作为二十多年来文学变革的美学成果固定了下来。""某种程度上，50和60年代出生的作家，包括先锋小说家和'新生代'作家在内，他们之所以非常早地被确立了经典化的地位，与他们的同代批评家及时而准确的阐释是分不开的"）。我们便因此可以推断，张清华已经在经典化的思维框架中打量这些小说了。而他的焦虑则是来自这些"伟大的作品"还没有被充分经典化的焦虑。

① 张清华：《在历史化与当代性之间——关于当代文学研究与批评状况的思考》，《文艺研究》2009年第12期。

迄今为止,我见到的"当代文学经典化"最直接也最理直气壮的呼吁来自吴义勤。他在一篇文章中以"中国当代文学究竟有没有'经典',应不应该'经典化'"为小标题发问,然后做出了如下回答:

> 从"五四"中国现代文学开端到现在,中国文学已走过了近百年的历程,但是对这百年中国文学的认识,学术界似乎一直都停留在中国现代文学阶段,经典作家和经典作品的认同似乎也仅限于现代文学三十年。从1949年到现在,中国当代文学已有了近六十年,两倍于中国现代文学的历史,但却笼罩在现代文学的"阴影"中,一直陷于没有经典、没有大师的窘境之中,学术界很长时间宁可前赴后继地去"研究"、"挖掘"、"重新发现"现代文学史上的那些二流、三流的作家作品,也不愿正视当代文学的成就。是中国当代文学真的没有经典、没有大师? 还是种种偏见蒙蔽了我们的双眼,使我们不能发现和认识经典与大师? 在我看来,中国当代文学尤其是新时期文学的成就无疑是20世纪中国文学史最为辉煌的篇章。无论是从汉语本身的成熟程度和文学性的实现程度来看,还是从当代作家的创造力来看,"当代文学"的成就多要远远超过了"现代文学"。因此,对于中国当代文学来说,理直气壮地去筛选、研究和认定那些涌现在我们身边的"经典"正是一个紧迫的任务。①

很显然,在"当代文学"高于或超过"现代文学"的问题上,吴义勤与张清华的判断基本上是一致的。而既然当代文学近三十年或近二十年取得了如此高的成就,确认当代文学经典就成了题中应有之义。同时,由于吴义勤在文章中使用了比其他批评家更直率的表达, 似乎也就更让人意识到了当代文学经典化的紧迫性和必要性。

以上择其要者,我罗列了三位批评家在当代文学经典化问题上的主要观点。需要指出的是, 由于这三位批评家在目前的当代文学研究界与批评界均为领军人物,他们的冲动、焦虑与呼吁就既具有了某种示范效应,也具有了一定程度的代表性。然而如此一来,也带来了我们必须面对的理论问题:当代文学是否值得经典化? 人为的焦虑与呼吁是否能解决问题? 我们究竟该如何确认经典?

---

① 吴义勤:《新世纪中国当代文学研究的现状与问题》,《文艺研究》2008年第8期。

二

如果要谈论当代文学经典化的问题，我们必须对什么是文学经典有一个基本的认识，对建构经典的主要因素有所了解。而经过近年来关于文学经典问题的相关讨论后，我觉得这个问题已基本解决。比如，黄曼君认为：经典"是那些能够产生持久影响的伟大作品，它具有原创性、典范性和历史穿透性，并且包含着巨大的阐释空间"①。童庆炳指出：文学经典的建构起码需要如下六个要素：（1）文学作品的艺术价值；（2）文学作品的可阐释的空间；（3）意识形态和文化权力的变动；（4）文学理论和批评的价值取向；（5）特定时期读者的期待视野；（6）发现人。②李建军认为：判断一部文学作品是不是伟大的经典可以有两个尺度：其一是专业尺度，其二是伦理尺度。而古今中外的经典作品又都服从如下律则：易感性、普遍性、永恒性、正极性和给予性。③而美国学者布鲁姆（Harold Bloom）在归纳西方二十六位作家及其作品成为经典的原因时指出：这些作品都有一种"陌生性"（strangeness，一译"疏异性"），"这是一种无法同化的原创性，或是一种我们完全认同而不再视为异端的原创性"。与此同时，他也提供了一种测试经典的方法："一项测试经典的古老方法屡试不爽：不能让人重读的作品算不上经典。"④而此种说法在意大利作家卡尔维诺（Italo Calvino）那里也能看到："经典作品是那些你经常听人家说'我正在重读……'而不是'我正在读……'的书。"⑤以上诸学者虽切入经典的角度不尽一致，但许多思考显然具有重叠之处。而在这些重叠的地方，我以为原创性（艺术价值）、持久性更值得重视。

一旦以上述标准或律则来考量近二十年的当代文学，问题就会变得复杂起来。我们当然首先应该承认这一时期确实涌现出了一批优秀的作品，但它们是不是"伟大的作品"，写作这些作品的作家是不是已然成为"大师"，更进一步说，这些作品是否已真正具备了成为经典的文学素质，却是需要打上一个问号的。比如

---

① 黄曼君：《中国现代文学经典的诞生与延传》，《中国社会科学》2004 年第 3 期。

② 童庆炳：《文学经典建构诸因素及其关系》，载童庆炳、陶东风主编《文学经典的建构、解构和重构》，北京大学出版社，2007 年，第 80 页。

③ 李建军：《文学因何而伟大》，华夏出版社，2010 年，第 11-12 页。

④ 哈罗德·布鲁姆：《西方正典》，江宁康译，译林出版社，2005 年，第 2、21 页。

⑤ 伊塔洛·卡尔维诺：《为什么读经典》，黄灿然、李桂蜜译，译林出版社，2006 年，第 1 页。

原创性,如果没有《金瓶梅》,我们可以说《废都》具有原创性。但问题是,无论批评家在今天发掘出了《废都》怎样的意义与价值,我们都必须承认它在艺术价值或所谓的"文学性"上原创性不够。我以为就此一条便可以看出《废都》与经典的距离。

但是,在一些批评家那里,我却看到了把《废都》经典化的努力。2009 年,《废都》解禁之后重新出版,前面分别是李敬泽、陈晓明、谢有顺的三篇长序。这种序言当然有多种意义,但其中的一种无疑是对《废都》文学价值的再确认。在这种确认仪式中,陈晓明就把贾平凹册封为纯文学与乡土文学"最后的大师"①,而谢有顺则判断出:"在叩问存在意义的维度上,《废都》是最典型和深刻的作品。……事隔十几年之后回过头来看,我们不得不承认,它对于知识分子精神命运和存在境遇的探查,的确是达到了一个非常重要的高度。"②此外,孟繁华也指出:"经过十几年之后,这部作品的全部丰富性才有可能重新认识。《废都》的重要性我觉得主要体现在两个方面:一、作为长篇小说,它在结构上的成就,至今可能也鲜有出其右者。……二、小说在思想内容上得风气之先:贾平凹最早感受到了市场经济对人文知识分子意味着什么。"③笔者以为,拉开一定的时间距离对《废都》再认识与再评价是完全必要的,我们也不妨承认它在当代文学中的重要性,但所有这些并不能证明它作为文学经典的价值。

当代文学艺术价值方面的问题,我们还可以《狼图腾》为例略加分析。《狼图腾》面世后便成为一本超级畅销书,但现在看来,这不过是一次成功的商业策划。而一旦转换到艺术价值层面上加以考量,即使我们不动用文学经典的尺度,此部小说也存在着诸多问题。李建军指出:"从基本的精神姿态上看,《狼图腾》局量褊浅,规模卑狭:它固守狭隘的民族主义和国家主义立场,缺乏广阔的人类意识和历史眼光;从伦理境界看,它崇尚凶暴无情的生存意志,缺乏温柔的人道情怀和诗意的伦理态度;从主题上讲,这部小说作品的思想是简单的、混乱的,甚至是荒谬的、有害的;从艺术上看,它虽有蔑视小说规范的勇气,但缺乏最基本的叙事耐心和叙事技巧:它的勇气更多的是蛮勇和鲁莽,是草率和任性。它把小说变成了

---

① 陈晓明:《代序二:穿过本土,越过"废都"——贾平凹创作的历史语义学》,载贾平凹《废都》,作家出版社,2009 年,第 26 页。

② 谢有顺:《贾平凹小说的叙事伦理》,载贾平凹《废都》,作家出版社,2009 年,第 36 页。

③ 孟繁华:《新世纪文学的当代性》,《文艺争鸣》2010 年第 2 期(上半月)。

装填破烂思想的垃圾袋。"①司振龙认为："文学形象层面的薄弱，思想意旨的低下，都决定了《狼图腾》是形式与内容皆欠佳的败笔之作。"②而笔者在为"五个一工程·一本好书"评奖活动写的审读意见中也认为："作为小说，《狼图腾》结构上显得散漫；叙述上拖泥带水，比较臃肿。因作者把重心放在狼那里，人物形象便显得模糊。同时，由于价值判断的混乱，人与狼的关系又显得暧昧：一方面是人打狼，一方面是人爱狼，这种矛盾性充斥于全书之中，但情感依据和逻辑依然揭示得不够，无法让人完全信服。本书更大的缺陷在于，作者是把它当成小说写的，却处处透露出学术论文的思考和写法。这并不是一种后现代主义的笔法，而应该是初学写作者的一种不成熟：作者想以小说文体传达一种学术思考，两种思维相互碰撞，却没有达到很好的融合。"一些评论者的看法再加上本人的阅读感受，让我意识到《狼图腾》不过是一部被炒红的流行读物，它与文学经典还有遥远的距离。

　　然而在陈晓明那里，我们却看到了截然相反的评价："这部作品大气磅礴，有豪迈之情，故事充满自然品性，背景空旷辽阔。它的叙事方法并不复杂，但在叙事上有一种强劲的推动力，这得力于它所依靠的表现对象——广袤的草原与凶猛的狼性，但这些要转化为小说叙事的内在推动力，依然需要一种驾驭的能力。作者能驾驭如此宏大有气势的叙事，能把握大起大落的情节，结构变化也运用自如，这都显示了作者相当的艺术技巧，特别是语言精练而纯净，舒畅而有质感，可以感觉到有一种精气神贯穿始终。在风格上，它具有阳刚之气。"③需要说明的是，这并非一般的评论文章，而是进入"中国当代文学史"中的文字。一般而言，在教科书中予以重点评论的作品，或者有让其经典化的意图，或者客观上起到了使其经典化的作用。陈晓明以三页半的篇幅并从五个方面总结《狼图腾》的写作特点和创作成就，其用意显然不言而喻，其影响力也不可低估。

　　在这里，我自然无法一一评点评论家所列举的20世纪90年代长篇小说的所有"佳作"，而只是想以上述两例说明当代文学经典建构中所暴露出的一些问题。而一旦一部文学作品的原创性不够，艺术价值不高，它被经典化将面临巨大的困难。在此状况下，评论家即使有种种努力，恐怕也很难让它传之久远。

　　这就不得不涉及衡量文学经典的另一要义——持久性。一部作品是否可以

---

　　① 李建军：《是珍珠，还是豌豆？——评〈狼图腾〉》，《文艺争鸣》2005年第2期。

　　② 司振龙：《干巴巴的说教 凶巴巴的谬论——对姜戎"奇作"〈狼图腾〉的一点质疑》，《安徽文学》2007年第8期。

　　③ 陈晓明：《中国当代文学主潮》，北京大学出版社，2009年，第542页。

成为经典、经典程度如何,并不是批评家就可以一锤定音的,因为它必须接受时间的检验。而在一定的时间长度中,它是否还会被后世的读者与批评家反复阅读、隆重阐释、重新评价等等,都成了一部作品经典化道路上的关键所在。举例言之,在文学的政治意识形态阐释框架中,沈从文的作品并无意义,然而一旦阐释框架回归到文学本体,沈从文的文学便凸显出丰富的审美价值,并能为今天乃至明天的读者所阅读和喜爱。之所以如此,还是因为其作品艺术价值高的缘故,能够经受住时间的检验。事实上,由于一部作品能否穿越时空至关重要,即使是当代文学批评家也不得不承认这一事实。比如,孟繁华就曾指出:"文学经典化最重要的是'历史化',时间是决定文学经典最后的尺度。一个时间的流行作品不是经典,正像一部作品获奖不能证明它是经典一样。当代文学也要经过一个经典化过程,它不是要不要提到日程上来的问题,不是修路架桥、建希望小学、西部开发等事情,要某些部门提到日程就可以解决的。文学的经典化要经过一个缓慢的过程,比如一个时间一部作品受到批评,但另一个时间评价就不同了。"①我以为,这是直面当代文学经典化理论难题的明白话。

当然,一部文学作品究竟需要绵延多长时间才可称之为经典,这是可以讨论的。在这一问题上,我觉得我们可以认同布鲁姆的说法:"对经典性的预言需要作家死后两代人左右才能够被证实。"②这也就是说,如果我们承认这一说法具有某种合理性,那么一部作品作为经典的价值只有在作家去世大约五十年之后才能体现出来。大概也正是在这一意义上,哈慈里特才有了如下思考:

> 一本书还是在作者死了一两个世代之后再来评价要好一些。我对死人比对活人有信心。当代作家大致可以分为两类——你的朋友或你的敌人。对前者我们总是太有好感,对后者我们总是成见太深,于是我们便无法从中获得阅读之乐,也无法给予两者公正的评价。③

这里既涉及成为文学经典的时间问题,也涉及对当代作家与文学的评价问题。沿此思路我们不妨形成如下结论:如果一部作品没有经过时间长河的淘洗,它的经典性应该是可疑的;另一方面,当代批评家对新近出现的文学作品所进行的评价

---

① 孟繁华、张学东:《重读经典与重返传统的意义——与孟繁华先生对谈》,《朔方》2009 年第 11 期。
② 哈罗德·布鲁姆:《西方正典》,江宁康译,译林出版社,2005 年,第 412 页。
③ 哈洛·卜伦:《西方正典》(下册),高志仁译,中国台湾立绪文化事业有限公司,1998 年,第 738 页。

往往不太可靠。

回到中国当下的现实语境中我们便会发现，批评家急欲使其经典化的恰恰是近二十年以来出现的文学作品。不用说，这些作品的作者大都健在，他们的作品显然也还没有经过充分的历史沉淀和时间检验。而且，即使在现阶段，这些作品虽然为一些专业读者（如评论家）所喜爱，但它们是否也能像《红楼梦》那样成为非专业读者手中的爱物，显然还是一个值得讨论的问题。还有，如果不是出于专业研究的需要，这些作品能唤起"重读"的欲望吗？以笔者为例，我曾在《废都》面世的第一时间（1993 年 8 月）读过此书并写有相关评论，但此后这么多年我却再没有动过重读它的念头。2009 年《废都》再版，我虽然又买回一本，但我只是读了读前面的三篇序文，正文却依然没有重读的欲望。我个人的例子当然不能说明太多问题，但我似乎也很难设想会发生如下情况：《废都》因其艺术魅力的召唤而让当年读过它的读者一遍遍地返回去重读。凡此种种，都意味着如下事实：让 20世纪 90 年代以来的文学作品成为经典将会面临较大的风险。

与此同时，当批评家提交了当代文学经典化的作品清单时，虽然它们可能是这一时代的上乘之作，它们的胜出也体现了批评家的审美判断（尽管我对其中的一些判断持保留意见），但除此之外，显然还掺杂了更为复杂的因素。比如，文学市场化进程的加快正是出现在 20 世纪 90 年代以来。而在这一进程中，虽然作家与出版商，出版商与批评家之间的深层关系还有待于考察，每一部具体的作品商业化与市场化的高低程度也有待于分析，但如下问题大家业已达成共识："红包批评"盛行，它们一方面左右着舆论的导向，一方面又为读者提供了不一定真实与诚实的作品判断。例如，文学批评家孟繁华的如下文字就出现在《狼图腾》一书的封底："《狼图腾》在当代中国文学的整体格局中，是一个灿烂而奇异的存在：如果将它作为小说来读，它充满了历史和传说；如果将它当作一部文化人类学著作来度，它又充满了虚构和想象。作者将他的学识和文学能力奇妙地结合在一起，具体描述和人类学知识相互渗透得如此出人意料、不可思议。显然，这是一部情理交织、力透纸背的大书。"①我们当然不能说这样的文字不是对作品的评论，但问题是，一方面它与海尔集团董事局主席张瑞敏、蒙古族歌唱家腾格尔的相关推荐文字放在一起具有某种喜剧效果；另一方面，它显然也变成了出版商商业策划

---

① 参见《狼图腾》一书的封底文字（长江文艺出版社，2004 年 4 月第 1 版，2007 年 4 月第 29 次印刷）。

的成功文案。①批评家如此参与文学商业化的过程,其结果只能是降低批评家的公信力,从而出现王彬彬所描述的那种情况:"一些批评家,看上去不像是学文学的,倒像是学'市场营销'的。"②

与此同时,批评家与作家的关系也值得注意。在今天,固然有所谓的"酷评家",但专门为作家唱赞歌的"表扬家"也不在少数。究其因,是因为一些评论家与作家已不光是朋友,更成了所谓的"被文学捆绑在一起的一对夫妻"。作为朋友,批评家在评点作家的作品时当然会手下留情;作为"夫妻",批评家虽然也会与作家争吵,但更多的时候是夫唱妇随,家庭和睦。这种失去了距离感的关系不光影响着批评家的判断,也会损害到批评家的智商。而一旦作家的作品面世,朋友之谊、"夫妻"之情往往会占据上峰,它们对批评家的审美判断力构成了一种干扰。——在这里,我当然不是说批评家由此就放弃了自己的审美判断,以至于敢把差的说成好的,黑的说成白的;而是说他们的心理天平哪怕只是稍稍倾斜,就失去了真正意义上的客观公正。或许正是因为作家与批评家的关系无法摆到桌面上谈,所以面对此类问题,批评家往往会闪烁其词。比如,当记者问出如下问题时("你觉得当下作家与批评家关系怎样?有些批评家与作家关系紧密在多大程度上会影响其批评的公正?"),陈晓明回答:"总体上来说,中国作家与批评家关系可能密切些。这是中国文化使然,要脱离这种文化也并非易事。中国批评家对作家的关系密切,在多大程度上会影响批评的公正性,我觉得可能会有些影响,但事物也是一分为二的,批评家可能也有机会与作家更直接进行交流,这些交流有些建设性的意义更多些。"③在这里,用"一分为二"而把是否影响到批评的公正性问题轻轻滑过,显然并没有直面真正的问题,而是对问题的回避。因为说到底,这个问题是没办法谈的,或者即使谈及,也没有触及事情的根本。

我之所以指出如上事实,主要是想说明诸多因素会影响、消解、改变甚至扭曲批评家的判断力,而并非要否认文学经典化过程中批评家的作用。事实上,任何一个时代的批评家都扮演着潜在经典发现者的角色。作为发现者,他们披沙拣金,自然功不可没,但在今天这样一个复杂的文学格局中,如何才能消除文学经

---

① 参见安波舜:《〈狼图腾〉编辑策划的经验和体会》,《出版科学》2006 年第 1 期。

② 吴小攀:《当下的评论家与作家关系"很恶俗"——南京大学中文系教授王彬彬专访》,《羊城晚报》2009 年 12 月 19 日。

③ 陈晓明:《回应批评:重新阐释中国当代文学的价值——答〈羊城晚报〉记者吴小攀问》,《文艺争鸣》2010 年第 2 期(上半月)。

典建构中的负面因素，或许才是更值得思考和更值得面对的问题。在这些问题没有解决之前，我们不妨先别忙着去建构当代文学经典。因为说到底，一部作品是不是文学经典，并非当代批评家说了算，而是需要经过后世的检验——不仅要检验这些作品艺术价值的高低真伪，同时也要检验作为发现者的推荐之辞是否夹带私货。如果推荐语写得天花乱坠却名不副实，后来的读者也不买账，那是会被我们的子孙后代耻笑的。

　　以上我只是回答了谁在建构当代文学经典和当代文学能否建构成经典的问题。其实这些问题已是常识，几乎是不需要讨论的。更值得探讨的是批评家建构当代文学经典背后的动因。而这一问题说来话长，容我另文分析。

（原载《文学与文化》2010 年第 2 期）

"点石斋"的遗产
——以初刊本、原始画稿与视觉性研究为中心 *

唐宏峰

2014 年是《点石斋画报》创刊一百三十周年。1884 年,申报馆出版发行了一种新的文化产品,名为《点石斋画报》,为其庞大的印刷帝国增添了一名新的活力四射的成员。此时,同样由其创立的《申报》已经发行了十二年,早已确立了在彼时中国报纸行业内不可撼动的首要位置。《点石斋画报》作为《申报》的附刊,通过引进照相石印技术(photolithography)和本土画师操作,成为晚清中国持续时间最长(1884—1898)①、发行最广②、影响最大③的新闻画报。"点石斋"积累了四千

作者简介:唐宏峰(1979—　　),女,北京大学艺术学院研究员。
* 本论文为国家社科基金项目"近代中国视觉文化研究"(项目号:10CC077)的阶段性成果。

① 关于《点石斋画报》的闭刊时间,学界尚存在很大争议,有 1894 年、1896 年、1898 年和 1900 年等不同说法。参见裴丹青:《〈点石斋画报〉研究综述》,《河南图书馆学刊》2007 年第 2 期;苏全有、岳晓杰:《对〈点石斋画报〉研究的回顾与反思》,《重庆交通大学学报》(社会科学版)2011 年第 3 期。

② 初期《点石斋画报》的封面里页上书"上海申报馆申昌书画室发售,外埠由卖《申报》处分售",表明画报随《申报》发售。而到画报创立之时,《申报》早已建立了遍布全国的发行网络,借此便利,《点石斋画报》自然也播散广发。后来在 1888 年至 1889 年间,《点石斋画报》更建立了自己的全国发售体系。《点石斋各省分庄售书告白》(午三,十七)称:"机器印书创自本斋,日渐恢阔极盛于斯,历计十余年来自印代印书籍,凡称书房习用者,检点花名,应有尽有。兹于戊己己丑间各省皆设分庄,以便士商就近购取。"随后列举了各地的发售处,包括北京、杭州、湖南、广东、江西、贵州、广西、南京、湖北、河南、重庆、成都、山东、陕西、甘肃、苏州、汉口、福建、山西、云南二十处。

③ 参见包天笑的回忆:"我在十二三岁的时候,上海出有一种石印的《点石斋画报》,我最喜欢看了。本来儿童最喜欢看画,而这个画报,即是成人也喜欢看的。每逢出版,寄到苏州来时,我宁可省下了点心钱,必须去购买一册。这是每十天出一册,积十册便可以线装成一本。我当时就有装订成好几本。虽然那些画师也没有什么博识,可是在画上也可以得着一点常识。因为上海那个地方是开风气之先的,外国的什么新发明,新事物,都是先传到上海。譬如像轮船、火车,内地人当时都没有见过的,有它一编在手,可以领略了。风土、习俗,各处有什么不同的,也有了一个印象。"(包天笑:《钏影楼回忆录》,大华出版社(香港),1971 年,第 112-113 页)

余张图像,内容包罗万象——国家战事、国内各地新闻消息、上海洋场景观、京城风物、世界各地风俗奇闻、各地战事状况、西洋新物发明、国外政治经济新闻等,成为表现近代中国历史与社会文化的丰富资料库,在学界倍受重视。

我们应当如何纪念"点石斋"? 藏有《点石斋画报》原始画稿的上海历史博物馆和收藏画报初刊本最全的上海图书馆,都在创刊一百三十周年之际举办展览纪念活动。除此之外,在我看来,出版社按原貌重印《点石斋画报》全本,博物馆影印出版画报原始画稿,学界反思"点石斋"研究现状、加强对画报本体的研究、深入探究其视觉性内容等是更加重要、亟待各界共同深入的工作,也是对"点石斋"的真正纪念。在美查、吴友如、王韬、任伯年等画报的参与者、贡献者们的筚路蓝缕的创造中,有很多内容尚未被后人真正认识,纪念"点石斋",首要在于看清它的面貌,进而理解它的创造。

一　按原貌重印《点石斋画报》全本

初步进入《点石斋画报》研究的学者,大多会被画报的基本面貌和众多版本所迷惑。"点石斋"于1884年5月创刊,在刊行十四年间,基本保持每十天一号,共发行了44集共528号。初刊本在上海图书馆和伦敦大学亚非学院图书馆存量最多,其他散见于中国国家图书馆和世界各大学图书馆。我们可以想象一位晚清读者刚刚买到新一期画报的样子:画报采用传统线装方式,使用连史纸印刷。首页为彩纸封面,上书隶书"点石斋画报",并标注出版时间、总号数、价码和附赠内容等信息。图画正文中,第一幅和最后一幅为单页图,中间七幅图为两个页面合成一张的宽幅,共计九幅。[①] 紧接最后一张单页时事画,可能出现广告页。随后就是文学作品附录了,《点石斋画报》从创刊第6号起就经常在常规新闻画后面刊发连载的笔记小说、戏曲、谜语等,包括《漫游随录》《淞隐漫录》《乘龙佳话》《点石斋丛钞》《闺媛丛录》《风筝误》《蒿园迷胜》等。大致每期一则,配以比新闻画绘制得更为精细的插图一张。同时,在此一册图画和文字之外,经常会有一张甚至两三张尺寸通常大于画报本身的插页画夹在画报当中, 是点石斋附赠的另一种文化产品,读者大概会很快抽出它们,单独收藏、装裱或挂起。这些插页画基本上是

---

①《点石斋画报》的通常形态是第一幅和最后一幅为单页图,中间七幅图为两个页面合成一张的宽幅,共计九幅。但偶然也会出现特别的情况,有时全部是单页图,比如"影戏助赈"(巳六),这样总图数就更多。

当时活跃于上海和江南地带的被后世称为"海派"画家群体所作的人物、花鸟、山水画。这样的初刊本的面貌在物理形态上比后世的各种重印本要丰厚得多，人们基于重印本而得来的对于《点石斋画报》基本面貌的印象，跟原始面貌相比，实在是单薄得多。在新闻时事画的主体之外，《点石斋画报》通过长期稳定地提供小说附录和插页画，而为自己增添了重要的文学意义和美术意义，有力提升了自己在文化产品层级上的地位。

1897 年，点石斋主人似乎是觉得画报已办经年，到了总结的时候，将已刊画报悉数集合起来，重新装订成册付印（此前已有过几次集合重印）。1898 年点石斋终刊后，又将续出的内容增补进去，总计形成 44 集。此次重印根本改变了初印本的形态，抽掉封面、广告、附录和插页画，只留下时事画，并将每一期画报按照顺序连续装订起来（甲一至十二组成甲集，乙一至十二组成乙集），形成书籍的样式，这也符合画报体例设计者的预想："书缝中之数目亦鱼贯蝉联，将来积有成数，可以装成一本之后，再将缝中数目另起。其幅式之大小统归一律，以便合订成书，毫无参差不齐之病。鉴赏家以为然否？"① "点石斋"既是新闻——即时的图像消费产品，又是画作——可供长久收藏赏玩。这套 1897 年重印本最终成为后世各种点石斋重印本的最主要的底本，因此，人们现在很难看到初刊画报中的附录、广告和插页画等内容，尤其是后两者，因而"点石斋"的面貌就被简化为一份纯粹的新闻画报。

现在使用最广的点石斋重印本主要为以下几种。第一种为 1983 年广东人民出版社出版，基本与 1897 年点石斋集合重印本面貌一致，使用连史纸印刷，线装书籍样式，按照原始的天干地支的集序装订。此版为最尊重原貌、印制最为精美的版本，为学界所倚重。不过缺点与 1897 年版一样，没有提示时间的封面，也没有内容丰富的文学附录和插页画。第二种为大可堂版，图像印刷精细，并对图中古文进行了白话文翻译，学界使用很多，但此版对"点石斋"原始面貌改动巨大：采用现代书籍装帧，而非原始的线装两页合并为一幅的形式；不按原始集序装订，没有标注原始集号和图像号，而是重新按图像顺序依次编号，这非常不利于使用不同版本的研究在引用上相互沟通；同样没有封面、附录和插页画。第三种为江苏广陵刻印社重印的版本，此版图像印刷较差，且不完整，只有甲乙丙丁四集，但这个版本按原始面貌装订，同时最重要的是收录了封面、一些广告和附录，

---

① 《点石斋画报》甲一封二，广东人民出版社，1983 年。

让人可以一瞥"点石斋"一部分原初真颜，但没有插页画。其余为各种现代选本，以陈平原和夏晓虹选集的《图像晚清》(百花文艺出版社，2001 年)最为重要。

现在，我们能见到"点石斋"原始全貌的途径，除了在少数图书馆中查阅难得一见的初刊本外，还有上海图书馆利用其丰富馆藏所做的《点石斋画报》数据库。该数据库基本以初版本为底本，辅以少量大可堂重印本，数字化为 PDF 版本。其图像效果可以接受。重要的是该数据库包含了封面、附录和插页画中的大量内容，甚为宝贵。《点石斋画报》的附录(笔记小说、戏曲、谜语等)，尚可在各种后世单行本、重刊本中看到(如王韬的两部作品、何桂笙的《乘龙佳话》等，《点石斋丛钞》和《闺媛丛录》除了单行本，还被大型图画集成资料集《清末民初报刊图画集成》收录)，但插页画现在则是绝难一见了。我在此数据库中浏览到三百余张插页画图像，数量庞大，可以说，这是目前接触点石斋插页画的最方便的途径。此数据库是非常宝贵的资源，但极少有研究者使用。

1885 年即《点石斋画报》创刊第二年，美查开始附赠美术插页，不定期随画报共同发售。插页画的画家来源，既包括点石斋自己的画师，比如张志瀛、田子琳、何元俊和金蟾香等，也包括当时更有声望的海派画家，如任伯年、任熏、沙馥、管劬安等。这些插页内容非常丰富，题材包括山水、花鸟、人物，式样有扇面、册页、卷轴，除此传统中国画样式外，还有地图、战事图等实用图像。这些插页构成了《点石斋画报》的重要组成部分，从每一期《申报》上的出售广告必提及插页内容这一点，可见插页对画报吸引力的意义。插页画之于点石斋的根本意义在于，它使得这份画报的意义更加丰厚，在即时性的消费品——画"报"之外，增添了更具时间延续性的美术"画"报的意义。插页画并非偶一为之，而是有充分的计划，延续了很长时间，积累了大致三四百张图像，这些画作凭借点石斋的庞大销售网络进行传播，是晚清中国尤其是上海和江南图像市场的重要组成部分。由于搜见不易，学界对这部分材料的使用极为有限，仅瓦格纳一人略有提及，亟需研究者共力深入。

我在另外的文章中就我所见对《点石斋画报》插页情况作过一番描述和分析。这里限于篇幅无法展开，仅提供几图(图 1—8)，令读者约略感知。我强调要重视《点石斋画报》原初的丰富性，在"点石斋"所提供的图像世界中，展现域外新物新事和中国城市与乡村新闻异事的时事画自然是主体，也是点石斋成为一份备受学界重视的文化与历史材料的根由，但这方面却遮盖了《点石斋画报》在晚清美术生产与传播中的意义。点石斋的广泛读者定期收到尺寸不一、风格各样的白描山水人物之精美复制品,可以赏玩、可以装饰。美查的经济头脑与市场意识,使点石斋成为一份集合了新闻、美术和文学的视觉文化产品。面对其美术插页积累起来的庞大数量、丰富种类与驳杂面貌,研究者长久以来的忽视令人不安。

图 1　张熊《岁朝清供》,《点石斋画报》1885 年第 30 号

图 2　任熏《释迦牟尼佛》,《点石斋画报》1885 年第 32 号

图3　任伯年《茂陵风雨病相如》,《点石斋画报》1885 年第 33 号

图4　沙馥《平地一声雷》,《点石斋画报》1885 年第 33 号

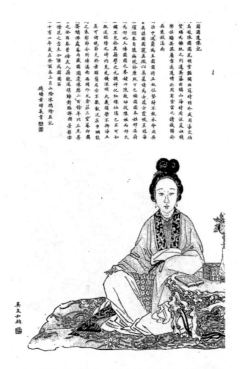

图 5　吴友如《陈圆圆像》,《点石斋画报》1885 年第 57 号

图 6　徐家礼《卧游图》系列,《点石斋画报》1889 年第 179 期

图 7　陶咏裳《一曲阳春谁得识》,《点石斋画报》1891 年第 280 号

图 8　钱越荪《□径松风稳跨牛》,《点石斋画报》1895 年第 410 号

因此，纪念"点石斋"，在我看来，首要在于按原始面貌重印《点石斋画报》全本。上海图书馆最有资格完成此惠及学界之举。按照初印本面貌重印，主要做到以下几点：第一，原样保留每一期画报的封面、广告、附录和插页画等所有内容及其顺序；第二，原样线装书样式（当然不必真的线装），两个页面合成一幅图画；第三，插页画的复制争取原样等大，如果做不到，当标注原始尺寸，这也是上图的数据库无法满足需求的原因，电子版图像无法反映插页画的尺寸、材质等物理属性，以及与正刊之间的空间关系。这样的全本才会让后世读者了解点石斋的真正面貌与全部意义。

也是在全本全貌的视野下，我们考察"点石斋"的创作与参与的人员，就不会仅局限于"点石斋"主人美查和吴友如等画报画师身上，而是扩大范围看到《申报》文人圈和海派画家的参与。不只是"点石斋"的附录中刊发王韬、何桂笙等人的作品，同时，《申报》文人圈的交游唱和等活动也时常会进入"点石斋"，体现为画报上的图像，比如《徐园采菊图》（辰三·十三）。而点石斋的插页画则在在显示了画报与海派画家群体之间的密切互动关系，在 1885 年新年第一号上，"点石斋"决定赠送的第一张插页画是时年八十二岁享有盛名的海上画坛巨擘张熊的《岁朝清供》，随后任伯年、任熏、沙馥、管劬安、顾旦、钱越苏等海派画家的画作便经常出现。插页画中数量最大、持续时间最长的是徐家礼的《卧游图》系列，在序言《山窗读画图》中，徐家礼称：

> 卧游图奚为而作哉？余友点石斋主人癖嗜书画，犹长于鉴别，尝以石印法印行各种画谱，莫不精妙入神。于是海内收藏家乐以其所得名人真迹或出诸行箧或寄自邮筒，六法二宗，互相讨论，长帧大卷，寸纸尺缣，几乎美不胜收。前后十余年间，得饱眼福者不下千数百本。约其家数，自元明以下得百数十家。主人评赏之余，爱不忍释，属余随时临摹。阅岁既多，遂成巨册，援宗少文语名之曰"卧游集胜"，仍付石印，以共同好。①

在他的叙述中，美查与海上画家和藏家有着充分的互动交游，"点石斋"高质量的图像印刷与传播对画家构成了巨大吸引力。在此段文字所提供的图景中，画家与现代的图像印刷出版单位紧密互动，我们不将这些画家看作点石斋的参与者甚

---

① 转引自瓦格纳：《进入全球想象图景：上海的〈点石斋画报〉》，《中国学术》第八辑（2001 年 4 月），第93 页。

至作者,难道不是一种漠视和偏颇吗?"点石斋"所表现出来的图像与文字的世界,是多种主体和多种媒介综合作用的产物。

我们在此将《点石斋画报》看作晚清上海文化艺术的综合场域的一种产品,而非单纯的新闻时事画报,这才是"点石斋"的真正面貌,是"点石斋"提供给晚清国人的完整的视觉世界。也是在这种综合文化产品的背景下,我们才可理解"点石斋"在表现域外新知新物、乡野奇闻与家国时事时所进行的那种平衡——传统的颇具装饰性的线描图画,与各种杂糅了不准确的透视空间关系、新鲜未知器物的再现、充满动感与叙事性的不稳定的场面等内容的时事画一起,为画报的读者们展现一个一面破碎一面仍完整、一面动荡一面尚稳定的外在世界与其身处环境的图景。

二　影印《点石斋画报》原始画稿

据我了解,《点石斋画报》是唯一一份还保留有原始画稿的近代画报。上海历史博物馆宝藏有四千余张《点石斋画报》的原始画稿,占全部画稿的绝大部分,这是非常宝贵的画报研究资料。原始画稿与画报印刷品之间存在着显著的差异,这些不同让研究者认识到新式的照相石印技术(photolithography)①给画家带来的操作余地,看到吴友如等点石斋画师在适应与利用新媒介新技术时表现出的丰富创造力。

据上海历史博物馆保管部封荣根先生讲述, 这些画稿为 20 世纪 50 年代以前上海博物馆从私人藏家手中收购得来。这些画稿的载体为 660mm×536mm 大小的硬纸板,画稿为纸本粘贴其上,版心尺寸为 602mm×470mm。而《点石斋画报》初刊本版心尺寸为 300mm×200mm。可见原稿是经过照相缩小后再被印刷,这在单纯的石印条件下是无法实现的。出于线装书籍体式,一张完整的画稿被从中间裁开,前后粘在两张纸板上,这样一张纸板上并列两张不同图画,分别与前后纸板上的图画内容相连, 所以印刷出来就是画报上两页面合成一幅图画的面貌。在每一张纸板右侧,有另纸粘贴的文字,标记"点石斋画报第×号×集"和两张

---

①　关于《点石斋画报》采用的照相石印技术,参见 Weihong Bao, *"A Panoramic Worldview: Probing Visuality in Dianshizhai huabao,"* Journal of Modern Chinese Literature, Vol. 32 (March 2005);笔者未刊稿《照相"点石斋"》。

图画的标题与画师名字。这部分文字显然为事后添加，在印刷本中并无此内容。①

原始画稿更大更清晰，有利于我们真正面对《点石斋画报》的笔墨风格。但在我看来，原稿的意义更在于让我们清晰地看到了照相石印技术的特殊效果。这里首先讨论画报对文字的处理。《点石斋画报》图文并置，通常在图画上方题头处有一段文字介绍画面新闻的时间、地点、具体过程和训诫意义等信息。原始画稿显示画报上的文字另有书写者而非绘画人。几乎所有的文字都并非直接书写在画稿题头空白处，而是写在另外的纸上，之后裁剪粘贴在画稿合适的位置上。为了适应画面内容，文字下缘通常参差不齐，甚至有时每行字是单独裁剪的纸条，组合拼贴在一起。这样经过照相成底版再落石印刷，印成品只区分墨色和空白，粘贴的痕迹就看不出来了。画师的署名钤印和文字末位的印章，也大都是另纸粘贴上的。这些拼贴与补丁，经过照相石印的媒介，都被掩盖了。

《点石斋画报》原稿与印刷本最大的不同之处在于原稿上有大量涂改痕迹。这些痕迹有修改和造型两方面功能，经过照相石印而呈现出特殊的效果。如《公家书房》（士十二·九十）（图9、10），表现英国公共图书馆情景。画面整体采用了西式版画排线笔法，包括人物、书架和图书，呈现出固定光源下的明暗阴影效果，除了背景中的屏风是传统中国画法（点石斋时常在西式环境中添加中式元素）。原稿中，屏风上的几处图案经过修改，用白色油性颜料（颇类如今的涂改液）涂抹覆盖原来的图案，再在此颜料之上重新用墨线绘画。《麟阁英姿》（士八·五十七）（图11）的修改则更彻底，结合两种修改方法，画作最重要的部分即李鸿章的头像整体为另纸重画之后粘贴覆盖原作，而边缘部分则使用白色油性材料大量涂抹之后重画，使头像与身体衔接，衣服上的花纹也有不少涂抹重画。此种涂改重画在"点石斋"原稿上随处可见。这自然是"点石斋"的新媒介技术带来的自由，白色的涂改在并非纯白的纸张上清晰可见，但经过印刷媒介就消失了，表面平滑顺畅、天衣无缝。传统中国水墨画几乎不修改，写意山水如果用墨有误，尚可不断地反复积墨逐渐调整，而线描工笔则要么重画，要么将错就错。而照相石印术使得油画般的涂抹在水墨画中成为可能。

---

① 遗憾的是，由于上海历史博物馆尚未正式发布原始画稿的图像，我无法获得图片，因此本文不能提供原始画稿的插图，而只能配以相关的画报图像。

图 9　《公家书房》,《点石斋画报》(土十二·九十)

图 10　《公家书房》局部,《点石斋画报》(土十二·九十)

图 11 《麟阁英姿》,《点石斋画报》(土八·五十七)

"点石斋"原始画稿的特殊性在这里显露出来,它并非作为完整的画作而独立存在,而是为了复制而出现的底稿①,如此遍布拼贴、补丁、涂改的斑驳面貌并未打算示人,印刷出来的画报才是这次作画的终点。这正是本雅明所谓"机械复制时代的艺术",但不仅于此,这更是"为了可复制性而设计出来的艺术"② ——适应于新的复制技术,点石斋原稿才可能如此涂抹修改。更关键的是,这种涂抹在一些情况下并非为了修改,而是为了某种特殊的造型。这就是更自觉的对新媒介技术的适应,并创造性发挥这种媒介特性。前述《公家书房》一图,画面右边前景女性长裙上的花纹乃是用白色油性材料点染而来。原稿上,该女子衣服用平行线和网格线画成,并通过线的疏密形成明暗效果,在其上,有白色油性颜料覆盖

① 当然也并非西方绘画中的素描底稿,素描底稿并不呈现在最终的画作上,而"点石斋"画稿则经过媒介转化为最终的成品。

② 本雅明:《机械复制时代的艺术作品》,阿伦特编《启迪》,张旭东译,生活·读书·新知三联书店,2008年,第240页。

部分墨线而形成不规则的花纹，印刷后呈现出来的就是墨线和空白形成的美妙纹饰。紧邻该女子与其交谈男性的西装也采取了这种手法，原稿显示，用来表现其西装下摆纹理的网格线中的横向平行线，均为白色油性颜料构成。若与其前方提行李箱的男性服装相比，可见二者的细微差别：行李箱男的西装纹理为墨线交叉。除此种造型功能外，这个白色油性颜料还被利用来形成高光效果。此图右边正在从书架上取（放）书的男子左膀处衣服的明亮效果，实为白颜料涂抹的结果，这里白颜料并未浓重得覆盖住墨线，而是淡淡地平涂，衣服的交叉线依然可见，经照相石印后显现出来的效果就是留白增多、墨线变疏，而形成光亮效果。这种用涂抹材料造型的现象，在原稿中经常出现，尤其是构造西方女性衣饰上的花纹。在《演放气球》（未一·三，图12、13）中，"点石斋"画师使用墨线和白色涂改颜料构造了层次分明的气球网罩，先是用粗细不同的墨线造型，里层是重墨粗线，外层是淡墨较粗的线，之后在外层墨线上又用白颜料全部重涂一遍，遮盖住墨线的中间部分，这样就形成了与里层不同的白心黑边的外层网罩，而气球的最里面又是一层用极细的线描出的内层。精细的描摹构造出非常清晰和立体的层次，代表了点石斋描绘新式科学器物的最好水平。

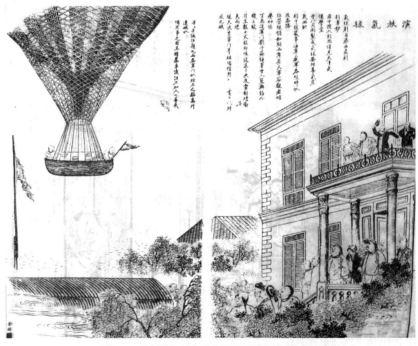

图12　《演放气球》，《点石斋画报》（未一·三）

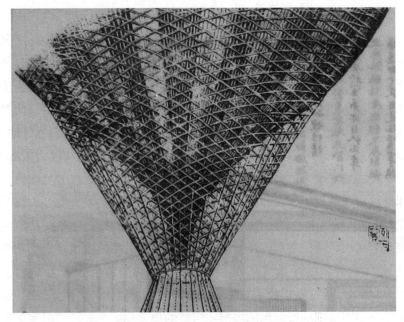

图13 《演放气球》局部,《点石斋画报》(未一·三)

原始画稿的存在,展示出"点石斋"所采用的新式复制技术强大的再媒介(remediation)能力。照相石印虽然不能给希望复制自己作品的画家以彻底的自由,同木刻一样,依然要求以线描为主要手法,但是它带来了更大程度的自由,图文关系更灵活,修改更随意,造型手段更丰富。"点石斋"的画师们适应于这种新技术而产生了种种创造,他们显然对自己的作品最终要经过媒介复制而呈现给更广泛和更远距离的观者这一点有着充分的自觉意识,他们使自己的作品更方便复制,更适于经过媒介中介而得到最佳的表现。

"点石斋"的画稿是一种新的特殊形态,不是传统的供人鉴赏的画作,而是等待着在另一重媒介中再现的未完成品,在这个意义上,吴友如等"点石斋"画师不同于以往的文人画家或职业画家,他们是自觉的机械复制时代的艺术家,掌握印刷资本主义条件下的图像生产秘诀。即使当吴友如越来越不满足于自己画报画师的身份,希图加入更高雅的艺术家行列,而创办《飞影阁画报》和《飞影阁画册》,主画传统人物花鸟仕女图的时候,他依然没有离开现代媒介的传播,依然采用的是照相石印传播,让自己的画作在另一重媒介中再现、增值、传播,而非传统的创作和出售画稿画作本身。

以上只是对这些画稿的简要分析。《点石斋画报》的原始画稿封存多年，研究者鲜少使用，2014 年上海历史博物馆将复制部分画稿进行展览，我们期待着这些画稿能早日得到高质量的影印出版，届时点石斋的研究水平必将提升一个层次。

三　将视觉性作为核心问题

随着历史研究中新史学研究取向的出现，在社会史与文化史日渐重要，同时图像日渐成为历史研究材料的重要组成部分的条件下，《点石斋画报》的重要性愈渐凸显。近代社会文化史研究中常见使用该画报资料者，"点石斋"成为图像证史的最佳材料。现有《点石斋画报》研究的主体就是这种社会历史研究。前文强调"点石斋"的丰富驳杂，而研究者讨论这一丰富性，多是从内容角度分析其既容纳西物新知又包含乡野异闻、既包括战争外交时政又热衷果报鬼神故事的驳杂性，而对画报和图像本身，则少有讨论其性质的复杂与丰富。而我主张，在社会文化的研究之外，应加强对画报本身的研究，加强对画报所提供的视觉世界、视觉性的研究，加强对画报的图像特征和媒介性质等方面的研究。

对于《点石斋画报》自身的研究属于报刊研究的范围，在这方面瓦格纳和陈平原做了开创性的研究，但目前依然有许多基本问题是不清楚的，如以下几点。第一，关于点石斋书局的成立时间，有 1879 年、1878 年等不同观点，我根据其他研究者均忽略的一则广告材料判断为 1878 年。① 第二，关于《点石斋画报》的终刊时间，如前所述，尚未有最终定论。第三，关于画师与《点石斋画报》的关系，资料也非常有限，我们并不很清楚画师对画报的掌握程度，是可以决定图画的内容，还是接受美查的分配？或者二者皆有，不过他们如何协商？资料显示吴友如对画报内容应该是有一定影响权的，但其他画师如何？画师的思想意志与画报的政治倾向和商业态度之间是否有龃龉？第四，在相对固定的画师群体之外，"点石斋"同时招募各地画稿，这些画稿占多大比例？有些外地画稿在画报的文字中有体现，比如"京师友人赠画"之类，但大多数并无说明，也无署名。"点石斋"依据什么标准来选择投稿，是内容、图像风格，还是技法？第五，《点石斋画报》的画师群

① 参见笔者即将发表的文章《1884：〈点石斋画报〉中的再媒介性》（编者注：该文已于 2016 年发表，见《照相"点石斋"——〈点石斋画报〉中的再媒介问题》，《美术研究》2016 年第 1 期）。

体中,只有吴友如得到了较多的关注和研究,其他十几位常出现或偶尔出现的画家基本没有独立的研究,我们不了解他们的生平与创作,也不了解他们与"点石斋"的具体关系,他们的个人创作与新闻图画创作之间形成了什么样的关系? 是否如吴友如一样在大众媒介与高雅传统之间进行协商与平衡? 第六,《点石斋画报》无疑是晚清发行最广、影响最大的画报,但对其形成的并世与后世影响的研究,只不过是反复引用包天笑、鲁迅等的言语,缺乏更丰富的材料证明。对画报的经营与管理方面的研究,也相当有限,美查在华期间经营《点石斋画报》的活动,与其离开后画报的经营情况,很多都是不清楚的。总而言之,关于画报的史料的发掘和整理还需做很多工作。

对画报本身各种疑难的解答,会令《点石斋画报》的面容更加清晰,这样一方面会使研究者将画报放到一个动态的发展的十四年办刊历史过程当中,将其充分历史化;另一方面则将画报图像归属于特定的创作者——即使是新闻图画,也并非均质的图像,研究者需要将图画与其创作者的生命历程与创作历程联系起来,这样,真正图像的问题才会得到回答。

另一方面,关于"点石斋"现有研究状况的问题,我更强调视觉性、图像特征与媒介性质等更加欠缺的方面。作为历史文化材料的"点石斋"一直被高度重视,而作为晚清中国视觉世界的构造元素、近代中国人的视觉性的来源、与中国视觉现代性表征的重要体现的"点石斋"则尚待充分挖掘。现有的研究成果多出自文学史、历史、文化史与新闻传播史的学者,美术史学者无法在美术的意义上注重"点石斋",以笔法风格等问题考量"点石斋",答案不过就是初级的中西合璧,一些美术学的硕博论文做了这方面的工作。① 而对画报的视觉性、技术手段、媒介性质、图式传统、图像特征、图像来源等可能更适切于新闻画报(既是画作,更是新闻;虽是新闻,但仍是画作)的问题,则少有人提出。《点石斋画报》是视觉文化研究的极佳对象,但很多标属为视觉文化研究的成果却根本规避了视觉性问题,把画面转为叙事,进而转为史学材料。无论是社会历史分析,还是报刊研究,都基本默认画报图像的同质性,认为其所传达的时事信息是由画面透明地再现出来。这种研究对图像本身基本盲视。"点石斋"以图像传播新知或旧闻,形成了自己的

---

① 谢菁菁:《西画东渐与〈点石斋画报〉》,中国美术学院硕士学位论文,2010 年;安瑞峰:《作为历史风俗画的〈点石斋画报〉——艺术特色探微》,上海师范大学硕士学位论文,2008 年;李娜:《〈点石斋画报〉的西方题材画》,上海大学硕士学位论文,2009 年;郭秋惠:《"点石":〈点石斋画报〉与 1884—1898 年间的设计问题》,清华大学美术学院博士学位论文,2009 年。

图像传统、视觉表达的惯例，其传播的内容与传播这一内容的媒介、方式和惯例一起参与塑造着晚清中国读者的视觉经验，影响着他们所观看的世界和观看这一世界的方式，影响着视觉感知优势的形成，影响着近代中国视觉性的内容、性质和走向。这个过程是怎么形成的，怎样达到的，怎样完成的，这些问题亟待学界共力深入。

《点石斋画报》通过画面的组织、空间的表现、内容的偏好、图像的征用、媒介的混杂和对中国画的使用等，为近代上海市民乃至更广泛的人群提供了一个以往未见的新的视觉世界。这里当然新旧驳杂、传统与现代性并存，但根本上，点石斋使用一个现代性的媒介手段来再现中国与世界，照相石印使得"点石斋"可以更加自由、便捷地征用各种媒介的图像，"点石斋"的图像世界远比一般理解的要丰富和驳杂。前文分析了原始画稿中显现的种种创造，显示出新的印刷技术和媒介技术带来的自由，在照相石印的条件下，"点石斋"将不同性质的图像如照片、时事画、西洋版画、中国画、地图、幻灯片、全景油画等融合、再现出来，对象物在多重媒介的中介链条末端出现在读者目前。

我们可以《点石斋画报》上一张较为特殊的图像为例来探讨这种复杂的图像转译与再现问题。《点石斋画报》(甲五·四十二)曾刊登一张酷似照片的图像，名为《暹罗白象》(图14)。这张图为这一期画报的最后一张，为单幅。与点石斋通常的图文融合的组合关系不同，此图文字与图像完全分离，上半部为一段文字，讲述一头被命名为"东光"的暹罗白象如何从暹罗被运至美国纽约进行展览；下半部为一张大象的图像，没有画师署名。这张图像与点石斋通常的线描版画不同。首先从构图上来看，按照点石斋原创画的惯例，画面通常会展现故事，何况这段文字的故事性很强，画师可以展现情节的高潮，比如大海上轮船遇风暴颠覆，或者在美国看客云集等，这是点石斋上最频见的两个主题，而这张画面却纯粹展现了一张静止的大象的侧面像，整个画面呈现为漆黑的背景中对象占据整个画面，没有其他人物和环境。其次从图像特征上来看，与传统的单薄的线描风格非常不同，背景和对象的表现都非常浓重，画面非常写实，大象粗糙的皮肤纹理得到了细致的表现。乍看上去，这张图片的效果非常像一张照片。

图 14 《暹罗白象》,《点石斋画报》(甲五·四十二)

面对这张图像,首先可以肯定它不是点石斋画师原创,原因如上所述两点,对比画报上其他的表现大象的图像,会看得更清楚。因此,这张《暹罗白象》当有其图像来源,是对其他媒介的再现,或者是照片,或者是西方画报图像,这两者是"点石斋"最主要的图像来源。"点石斋"的画师有临摹照片或其他图像的传统。不过这张图从图像特征上来看,实在让人怀疑是照片的直接复制,问题是彼时"点石斋"是否可以直接印刷照片。从照相石印的技术过程来看,通过摄影来复制图像成底版,再着墨落到石上,而摄影当然可以翻拍照片再成底版,因此似乎可以实现直接印刷照片? 但实际上,照相石印术并非照相制版技术,照相石印技术并不能原样复制印刷所有的图像,比如一般的风景或人物照片,而只能复制线描水墨画或版画。正如傅兰雅所说:"凡石板所能印之画图,不能用平常所照之像落于石面印之,须有浓墨画成之样,或木板铜板印出之稿,画之工全用大小点法,或粗细线法为之。"① 问题不在于照相复制的第一个步骤,摄影技术本身可以翻拍各

①《石印新法》,《格致汇编》1892 年秋季卷。

种图像,包括照片本身,玻璃底版的形成没有问题,问题在于晒片之后的着墨过程,只能根据曝光与非曝光来区别墨色与空白,而无法区分墨色深浅浓淡,即无法再现一般照片的灰度色调。因此,石印强调浓墨与线条,复制印刷依靠墨的水墨白描画或依靠线描或排线的中西版画都比较合适,而复制印刷西方油画则很困难,当然也无法印刷普通照片。

因此,《暹罗白象》应当是对西方画报图像的临摹或直接复制,而非照片。瓦格纳在他对《点石斋画报》的经典研究中已经指出点石斋与西方画报同行之间有着丰富的图像交流,点石斋依靠美查与西方报刊沟通之便利,可及时与西方主流画报进行互动。[①]关于《暹罗白象》,我在 1884 年 4 月 19 日的美国《哈珀周刊》(*Harper's Weekly*)上找到了图像来源(图 15),新闻叙述内容也与"点石斋"基本一致。对比两图会看到,《哈珀周刊》图画面比点石斋图更宽,元素也更多,左右两侧分别站立三人,左前方还有一个木桶("点石斋"图中也有木桶,但不完整,也不清晰)。仔细观察两图,大象的各种细节完全一致,可以判定点石斋是直接复制了《哈珀周刊》此图(截取其中间部分),而非其经常采用的临摹方法。

但同样的问题是,《哈珀周刊》图为照片还是版画?该图在标题旁边有文字标明"Gutekunst 拍摄"(Photographed by Gutekunst),似乎指明此图为照片。但仔细观察画面,可从图中人物、背景、干草地、水桶等处看见清晰的笔触,同时在大象身上,尤其是耳朵和颈带,也可以看见密集的线条。因此我认为这不是照片,而是画报画师临摹照片的绘画。临摹照片作画而称之为摄影,这在当时西方画报是常

图 15　*Harper's Weekly*,1884 年 4 月 19 日

---

① 参见瓦格纳:《进入全球想象图景:上海的〈点石斋画报〉》,《中国学术》第八辑(2001 年 4 月)。

见的做法。如图 16,几乎每张人像下面都标注了"Photographed by",但显然图像仍为版画,应该是画报的画师临摹照片而做。

图 16　*Harper's Weekly*,1885 年 4 月 11 日

　　上海历史博物馆宝藏的《点石斋画报》原始画稿,证实了我的猜测和分析。在《暹罗白象》这一张画稿上,上部是另纸粘贴的手写文字,下部则是空白。这里没有图画,只有文字。而跟这批画稿保存在一起的有一张西方画报单页,正是 1884 年 4 月 19 日的《哈珀周刊》。此页纸折叠放置,白象图露在表面,旁边有毛笔手写文字"甲五　四十二"。这证明当年点石斋主人得到几个月前的《哈珀周刊》,对白象新闻很感兴趣,希图刊在《点石斋画报》上,或许是由于图像本身太过复杂(线条纹理过细过密),"点石斋"没有采取画师临摹的方法,而是决定直接复制该图像,最终就形成了《点石斋画报》上风格最特殊的一张图。

　　由此来看,《点石斋画报》上的《暹罗白象》直接复制了西方版画原图。这里,在中式连史纸与古文书写的面貌下,隐藏着多重的媒介互动与图像再现。我们可以想象一下这个多层联动的过程,白象实物—摄影师拍照—西方画师绘画—《哈珀周刊》上的版画—点石斋照相制底版—配文字—文图共同落石印刷—《点石斋画报》上的《暹罗白象》,这里经过了多少层媒介的套叠,然而表面呈现出来的却是似乎直接的透明的对象物。通过多种媒介运作运送读者直接到达对象物那里,那头亚洲白象经过复杂的媒介再现系统，得以呈现在晚清画报读者眼前。

美查在《点石斋画报》序言中强调新闻画报的要义在于真，为达到真实则需放弃不重真实的中国画传统而采取西法，尤其是注重技术中介的西法，"西法娴绘事者务使逼肖，且十九以药水照成，毫发之细层叠之多，不少缺漏，以镜显微能得远近深浅之致……故平视则模糊不可辨，窥以仪器如身入其境中……"这里显然在讨论摄影技术，美查有技术化观视的自觉，他的图像印刷帝国也确实采用了最新式的照相石印术。美查希望自己的画报可以经过新技术的媒介，而达到对新闻事物的真实描画。写实技法与新闻真实自然是两码事，但《点石斋画报》确实通过新媒介的复杂实践，努力将各种图像，及这些图像中的世界真实地呈现给帝国晚期的城市居民们。

历史只对今人有意义，所谓一百三十周年，《点石斋画报》早已成为故纸，其意义在于后人的学术建设，在于历史研究与视觉文化研究。但我想说，"点石斋"具有少有的自我纪念碑化的自觉意识，它在尚未终刊之际将自身装订成册出版集合本，它将自身的原始画稿进行了非常好的整理。点石斋预计到了自己在后世的流传，并为这种流传做了最好的准备。今人纪念"点石斋"有着充分的条件，整理再版初刊本与画稿，提升研究水平，当做到不辜负先人吧。

（原载《文学与文化》2014 年第 4 期）

作为政治批评的缝合式批评

——齐泽克研究

刘昕亭

斯拉沃热·齐泽克是斯洛文尼亚哲学家、精神分析家和文化理论家。他熔铸精神分析、马克思主义、黑格尔哲学于一炉,研究涉及哲学、电影和文学/文化批评等多个领域,本文将齐泽克独树一帜的理论书写概括为"缝合式批评",即一种朝向具体普遍性的知识生产,一种试图抵达并解开当代政治困局的文化政治批评。

一 齐泽克:回到缝合

"缝合"这一概念在 20 世纪 60 年代开始被拉康理论化,历经精神分析、电影研究、政治学等领域的扩展,在拉康、雅克—阿兰·米勒、丹尼尔·达扬、希斯、拉克劳等理论家的不断努力下,缝合打开了一个弹性而开阔的思考空间。在此基础上,齐泽克对缝合概念进行了更新,围绕着内部—外部、主体—客体、具体—普遍三个理论轴线,打破了后结构主义与解构主义的思想范式,重新回到对于普遍性问题的探讨,并对"后理论"告别批判理论成果的行为进行了回击。在《真实眼泪的恐怖:理论与后理论之间的基耶洛夫斯基》(*The Fright of Real Tears：Krzysztof Kieslowski between Theory and Post-Theory*, 2001)中,齐泽克首次提出了"回到缝合"(Return to Suture)的口号,也正是在这本为英国伦敦电影学院撰写的系列课程中,齐泽克对缝合理论进行了系统改装。

齐泽克将当代电影研究中主要的论争焦点归结为 "电影领域的阶级斗争":

作者简介:刘昕亭(1984—),女,中山大学文艺理论教研室副教授。

即"今天电影研究的一个主要矛盾在于,解构主义／女性主义／后马克思主义／精神分析／社会批评／文化研究等等被对手讽刺地称为'理论'的东西与所谓'后理论'之间。其中的'理论',上述种种并非一个一致的整体,而毋宁是维特根斯坦所言的家族相似,而所谓的'后理论',则是认知主义以及(或者)复古主义者们对于理论的回应。"①

　　针对"后理论"反对理论的种种行径,更重要的是重新激活电影研究的活力,齐泽克有的放矢地提出了"回到缝合"的口号:

　　　　有一个概念,曾经在理论的全盛期扮演重要角色,这个概念浓缩了电影研究的所有理论,当然最后也成为后理论进攻的主要目标,这个概念就是缝合。缝合的时代似乎不可挽回地过去了:在今天理论的文化研究版本中,这个术语几乎不再出现。但是与其将这种消失接受为一个事实,不如努力将其解读为电影研究衰落的一个标志。②

"缝合"概念的复兴,彰显了齐泽克在当代理论界某种"两肩余一卒,荷戟独彷徨"的困窘,一方面他不能苟同于波德维尔等电影理论家轻松告别理论的姿态,当代批判理论的确存在许多问题,但是放弃理论转向一种所谓的"中间层面"的研究,是一种自欺欺人的行径。另一方面,他亦不能认可当代主流的后结构主义、解构主义的思考路径。我们将在其后展开的分析中,看到齐泽克如何以一种缝合式批评,矢志不渝地把黑格尔这样一个体系性哲学的集大成者,改造为一个开启差异的理论家;同时倾全力在拉康与后结构主义诸位理论家之间制造断裂,把拉康定位为一位"反—后结构主义"思想家,在这个过程中,缝合在内部—外部、主体—客体以及具体的普遍性三个维度上开启了一种新的普遍性的知识生产。

二　缝合:内部——外部

　　无论是银幕理论还是电影意识形态批评,传统上对于缝合概念的使用,有一

---

① Slavoj Žižek. *The Fright of Real Tears*:*Krzysztof Kieslowski between Theory and Post-Theory*. London: BFI Publishing,2001:p.1.

② Slavoj Žižek. *The Fright of Real Tears*:*Krzysztof Kieslowski between Theory and Post-Theory*. London: BFI Publishing,2001:p.31.

个共同的理论预设,即将缝合与整体(totality)联系起来,缝合所最终完成的工作,就是构成一个整体。在这个意义上,缝合是一种伪装的手段,擦抹掉人为运作的痕迹;也是一种自我封闭的路径,造就出自然化的天衣无缝之感。精神分析就此强调主体别无选择地与电影摄影机认同,意识形态批评发现了电影表述中的种种话语伪装,而拉克劳在解构策略上对缝合的使用,则是利用这个概念指出,作为整体的一种社会存在,是不可能的:

> 缝合通常会被感知为一种编码,在其中外部(exterior)被刻写进内部(interior),所以"缝合"领域,制造出没有外部必要的自我封闭的效果,抹去自身制造的痕迹:制作过程的踪迹,它的裂隙,它的机械主义统统都被涂抹,以至于制成品看上去是一个自然有机的整体(这与认同一样,并非简单地全情投入进准-现实的故事中,而是一个更为复杂的撕裂过程)。①

齐泽克的这一分析意在指出,既往对缝合概念的理解,是依照一个严格的内—外区分来建构自身的。从镜头语言来看,在经典的 A——B——C 镜头段落中,如果我们将拍摄同一对象的 A、C 两个镜头视为一个流畅的统一体,那么正是 B 镜头,一个补充进的外部,保证了内部(从镜头 A 到镜头 C)的有机连贯。这个来自外部的 B 镜头,为前后两个漂浮的能指赋予了意义,我们据此得以理解从 A 到 C 是同一个人物的表情变化,情绪起伏。希斯针对缝合概念合法性的辩护,也正是强调这一运作(这也是何以后马克思主义理论家拉克劳独独青睐希斯缝合理论的原因),尽管缝合只适用于其实数量相当有限的正/反打镜头,但是缝合的逻辑却是通行于整部电影的,因为一部情节完整、叙事流畅的电影,其实是由一段段支离破碎的镜头段落,最终缝合而成的。拉克劳将缝合扩展到政治学领域,借缝合概念指出了社会内部与社会外部的辩证关系,强调在一个有机整体的建构中,被拒斥于整体的外部(即非社会)发挥着至关重要的作用。一个社会凭借什么把自己定义为一个作为共同体存在的"社会"? 我们又如何认同自己是一个社群或社会的成员,一个大家庭中的一部分? 正是来自外部的异己性因素,使得社会关系的团结协作成为可能,是这个异己性的外部因素最终促成了社会得以"缝合"成为自身。所以拉克劳的缝合意味着,"没有外部,就没有内部",正是在这

---

① Slavoj Žižek. *The Fright of Real Tears:Krzysztof Kieslowski between Theory and Post-Theory*. London:BFI Publishing,2001:p.55.

个以意义上"社会并不存在"。

齐泽克对缝合的改写,首先以对内部—外部关系的重新思考为起点:

> 简明来说,"缝合"意味着,外部的差异总是内在的,一个现象的外在限制总是反映着这个领域的内在自身,因为它固有的不可能性完全成为了自身。事实上,不但是"没有外部,就没有内部",而且"没有内部,就没有外部"。所以康德先验唯心主义的教训就在于:为了显示出协调一致的整体,外部的现实不得不被一个主体性的元素所"缝合"。①

在内部—外部的辩证关系上,对齐泽克来说,首先理论思考的方向发生了转变。与拉克劳"社会并不存在"的解构主义脉络形成鲜明对比的是,齐泽克出其不意地把焦点重新调整到内部,不是强调外部的存在"缝合"出了内部,而是重新重视内部——是内部自己创造出来一个外部,并用这个外部把自己缝合成内部。在这个意义上,被排除于社会外部的非社会因素,早已内在于社会内部,一切外部的冲突、分歧与混乱,其实都是内部的症结。仅仅说"没有外部,就没有内部"是不够的,还必须补充"没有内部,就没有外部":正是因为内部不可能是整一流畅的,所以内部需要、也必须创造出来一个外部,一个异己的他者,把自己从不可能的自在,"自为"成为可能。这正如一幅绘画之所以能够"成为一幅画",就在于画框的存在,只有画框区隔出外部、空白、作品之外,我们才能最终得到作为艺术品而存在的一副绘画。

在这里可以看到齐泽克的缝合式批评,严格地与拉克劳的解构主义运作拉开了距离,作为德里达的信徒,拉克劳强调了就内部概念来说,外部这个不在场的幽灵的重要作用。但是对于齐泽克来说,外部就是内部自己创造的剩余,就是"在内部之中而不是内部"的那种东西。不是内部参照外部,构成了自己,而是内部为了构成自己,自为地创造出了一个外部,并在这个创造中,内部从自在成为自在—自为。

以对内—外关系的重新思考为基础,齐泽克重新写就的这个缝合,突破了既往批判理论、左翼思想的某种"启蒙自恋",即齐泽克特意强调,缝合不是"幻觉",不是不着痕迹的擦抹,也不是需要理论家们去积极识破的高级骗术。缝合恰恰是在暴露伤口、撕裂伤口,呈现血淋淋的事实。齐泽克反复提醒道,一定要避免将缝

---

① Slavoj Žižek, *The Fright of Real Tears：Krzysztof Kieslowski between Theory and Post-Theory*. London：BFI Publishing,2001：p.57.

合等同于幻觉：

> 缝合何以是幻觉(illusory)的精确对立面，自我闭合的整体性成功擦去了其制作过程的非中心化踪迹：确切说缝合意味着，这种自我闭合(self-enclosed)是绝对不可能的，被排斥的外在性总会在其中留下自己的踪迹，或者用标准的弗洛伊德术语，没有压抑(来自于自我经验的现象场景)就没有压抑的回归。①

从电影理论一直到拉克劳的后马克思主义，关于缝合的故事，一直是一个悲观的失意故事，关于主体不得不也一定会被欺骗、被蒙蔽的故事，关于主体不得不陷入大他者(Other)预先为其选定的主体位置的故事，在某种意义上，这对应着整个左翼批判理论的困境。在齐泽克的改装里，与理论重心的转变同时发生的，是一个更为积极、充满了可能性的理论策略。著名的齐泽克研究专家法比奥·维吉(Fabio Vighi)提出，齐泽克重要的理论建树就在于，作为一位批判理论家，他肯定了伤口、创伤的理论价值，"完全不同于阿多诺，齐泽克辩证法的目标就是挽救创伤经验的政治功能，将其显示为具有生产力和潜在变革力量的所在"②。在齐泽克改写的这个新的故事里，正是因为缝合，内部的不可能性被暴露出来，被压抑和排斥的外在性才有机会重新归来。

三　缝合：主体——客体

齐泽克对于缝合概念的重新思考，进一步涉及了对于主体——客体关系的改写。为了外部成为可能，一个由内部生产的、人造的补充物必须被制造并添加，对于内部来说，这个缝合物是一种主体性的生产，对于外部来说，这个主体性的生产创造了客体，围绕着"缝合"，主体——客体的关系变得空前复杂起来，而这正是拉康小对形(objet petit a)③概念的精髓所在：

---

① Slavoj Žižek. *The Fright of Real Tears：Krzysztof Kieslowski between Theory and Post-Theory*，London：BFI Publishing. 2001：p.58.

② Fabio Vighi. *On Žižek's Dialectics：Surplus，Subtraction，Sublimation*. New York：Continuum Press，2010：p.144.

③ Objet petit a 为法文表达，是拉康重要的概念发明，英文翻译为 object little a，拉康坚持此词汇应该保留不被翻译的状态。中文多翻译为"小对形"，亦有根据英文译为"小客体"，我个人认为不妥，遂选用"小对形"的译法。

为了产生真实的效果,一个人造的补充物不得不被添加,这就类似于画面需要背景,以确保一个场景的现实性幻象。并且接合(interface)就在这个层面上发生的:这就是支撑"外部现实"自身连续性的内在元素,是把现实的效果加诸于我们目之所见的人造荧幕。这就是拉康的小对形(objet petit a):主体性元素构成了客体——外部现实。①

电影缝合理论,是建立在主观镜头与客观镜头的基本区分之上的:在基本的电影语言中,通常将呈现剧中人物目中所见的镜头称为"主观镜头",而客观内容的呈现则是"客观镜头",两者组成的一个连贯场景就是匹配镜头。②齐泽克对于缝合概念的重写,激进地击碎了主体,校正了客体匹配镜头的定位,精密的镜头分析,严谨的符号学发明,在对"后理论"的不停追击中,齐泽克捍卫了银幕理论的成果,也再度开拓了缝合在电影讨论中的新空间。

齐泽克将既往各路电影理论家不断发展的缝合体系称为"标准的缝合概念",在齐泽克看来,标准的缝合概念其实搞错了问题,经典好莱坞叙事电影的基本母体(与缝合概念所描述的逻辑)恰恰相反:并不是每一个客观镜头被整合进叙事空间,成为故事中某个人物的主观视点镜头,而是主观视点镜头必须与某个内在于叙事现实的主体牢固匹配,同时这个主体必须在一个客观镜头里得到表现。所以"缝合"真正要解决的问题,也正是缝合对于电影叙事、电影观众主体位置建构的重要作用在于,缝合就是为一个客观镜头寻找一个匹配主体的运作,而这个主体必须是故事中的人物,即"所谓的缝合其实就是将一个客观镜头主观化,其主观化的方式,就是将其分配给叙事空间中某个主人公"③。

标准恐怖电影的制作方式之一,其恐怖效果的来源,就是把客观镜头"重新编码"改写、反转为主观镜头。例如在一个镜头画面中,观众看到的是一家人正其乐融融地围坐在客厅吃饭——毫无疑问地,这是一个客观镜头在交代基本的场景与故事发生的背景。突然之间出乎意料地,通过类似摄影机轻微抖动、主观化声轨的加入等编码方式,显示出这是一个杀手追踪潜在受害人的主观镜头,即我

---

① Slavoj Žižek. *The Fright of Real Tears:Krzysztof Kieslowski between Theory and Post-Theory.* London: BFI Publishing,2001:p.31.

② 参见《电影艺术词典》(修订版)相关词条,中国电影出版社,2005 年。

③ Slavoj Žižek. *The Fright of Real Tears:Krzysztof Kieslowski between Theory and Post-Theory.* London: BFI Publishing,2001:p.33.

们所目击的平静安详的场景,其实正是一个阴云重重的凶案现场,恐怖的效果、不安的气氛、惊悚的张力,就此而来。值得一提的是,客观镜头的主观化,以及主观镜头的客观化(在此不再举例)其实是电影重要的一种编码方式,也是电影超越小说、戏剧的艺术魅力所在,这种主观——客观、主体——客体的辩证关系与主体体验,正是其他艺术样式所无法替代的。

在这一思考路径上,电影缝合理论所面对的终极威胁,其最大的理论漏洞,事实上亦是对缝合概念非常有效的指责,并影响了缝合有效性与适用性的是,既往的缝合理论无法处理大量的非缝合镜头、非视点镜头,因为它们不能准确地分配给某个故事人物。齐泽克就此提出一个新的电影符号学概念:"一个不可能的主体性凝视",即"幽灵镜头"或"无主体镜头",这种镜头不能确定观看者,也不能在叙事中被定位,他们漂浮于叙事空间中,是"自由漂浮的凝视幽灵,不属于任何确定的主体"。①

这进一步显示出,齐泽克借重新"回到缝合"所提出的问题,并不是简单的主观反转为客观,或者客观反转为主观,并且以一种解构主义的姿态轻松宣布,不要拘泥于主体—客体的二元对立。齐泽克借"缝合"这个概念完成的理论工作,是建构一个不可能的主体性位置,一个被无法说出的恶魔客体(monstrous evil)所影响的主体存在。在电影叙事中,这种"不可能主体"的标准例子,是当一个镜头被明确标示为主观时,观众突然被迫意识到,在真实故事空间内,能够占据这个视点镜头的主体是并不存在的。例如在希区柯克的经典名作《群鸟》(1963)中,燃烧中港口上空著名的上帝镜头,被接下来进入画框的鸟群们重新意指,将其主观化为邪恶入侵者自身的视点镜头。在这个意义上"缝合"意味着,客体已经是一个主体的产物,同时总是存在一些东西,无法被主体化,而主体化的意指实践,总有失败,也总有剩余。

四 缝合:具体的普遍性

齐泽克的"缝合"概念,以对内部—外部、主体—客体的重新思考为起点,其最终的理论抱负,则是重塑一种新的理论生产方式与知识构成,这就是作为一种政治批评的缝合式批评。

---

① Slavoj Žižek. *The Fright of Real Tears:Krzysztof Kieslowski between Theory and Post-Theory*. London: BFI Publishing,2001:p.36.

　　如果我们抛却"缝合"概念特定的精神分析、电影批评与解构主义脉络，仅从字面理解，"缝合式批评"这个形容，其实颇契合齐泽克著作给人的直观感觉——南辕北辙的七拼八凑、四六不靠谱的胡说八道，最高雅与最低俗、最先锋与最犬儒，最精英与最民粹，在齐泽克的著作里，统统一网打尽，被"缝合"在一起。从"占领华尔街"的抵抗行动到当代对黑格尔的激进读解，从斯大林式社会主义的功过是非到今日中国的市场经济进程，似乎没有齐泽克不关心的话题，也没有齐泽克不能应对的讨论。

　　但是当我将齐泽克独树一帜的理论书写命名为"缝合式批评"时，指的是一种新的知识生产方式，即一种具体普遍性的知识生产——缝合式批评，就是一种重新谈论普遍性，重新处理具体与普遍之间辩证关系的批评。齐泽克明确将"缝合"定义为："缝合，准确关涉着普遍与特殊之间的缺口，而也正是这个缺口，最后被缝合。在黑格尔的意义上，缝合的基本母体作为'具体的普遍性'（concrete universality）发挥功能：正如我们能够从所有其他的变化中找到特殊性，虽然这个特殊性从来都不纯粹。"[1]

　　当齐泽克以"电影领域中的阶级斗争"来形容他针对后理论，复兴"缝合"概念的理论行动的时候，他首先反对的是"后理论"在政治上的退让与保守。在齐泽克看来，代表"今日电影理论发展现状的名字"，就是本·布鲁斯特（Ben Brewster），这位 20 世纪 60 年代著名的激进理论家，曾是《银幕》杂志的编辑成员，亦是将阿尔都塞的意识形态与主体询唤（interpellation）理论引入英语学界的翻译和推广者；现在正在转向早期电影研究，倾心于 1917 年以前的电影，在齐泽克看来这颇具症候意味："这很明显地意味着规避十月革命，而同样的策略也发生在理论界擦抹掉失败的左翼运动创伤的意愿中。这是个令人难以置信的巧合——十月革命的那一年，也正是古典电影被整合入美学实践的时候。"[2]针对后理论信誓旦旦地让电影研究回归电影本身，齐泽克一针见血地指出："后理论的专业主义热情是被一种意味深长的政治退守姿态所支撑的，是一种消除政治介入的痕迹与失望的意愿。把研究限定在 1917 年前的电影，牵涉着一种不愿承认的恋物，那

　　[1] Slavoj Žižek. *The Fright of Real Tears：Krzysztof Kieslowski between Theory and Post-Theory.* London：BFI Publishing，2001：p.33.

　　[2] Slavoj Žižek. *The Fright of Real Tears：Krzysztof Kieslowski between Theory and Post-Theory.* London：BFI Publishing，2001：p.13.

是停止袭击、结束大他者阉割创伤意愿的表达。"齐泽克非常精准地提出，后理论转向学术的专业主义，其实是精神分析意义上的一种自我防御机制，理论家们"忙着摆脱掉介入左翼的最后痕迹"，急于抚平左翼政治实践失败的创伤，这都是建基于对创伤过去的回避。后理论所付出的代价，就是"假装"马克思、弗洛伊德、意识形态符号学等从未存在过，似乎我们可以回到某种天真岁月，那里没有无意识，没有被多元决定的、被象征过程去中心化的生活。也正是在这个意义上，"回到缝合"是弗洛伊德所谓的"被压抑者的回归"，是拉康所谓的"最后清账的时候"。

后理论在转向一种回归书斋的政治姿态时，其专业主义的研究并非那么货真价实。对于以认知主义为理论指导的后理论学者来说，理论的逊位意味着，我们终于不再被那些诸如意识形态、主体、凝视、实在界等宏大理论名词搞得惊慌失措了——"没有 TOE（Theory of Everything）我们照样能解决特殊问题！"在齐泽克看来，这同样是一种自欺欺人：尽管后理论者能够不时提醒我们警惕理论的教条主义风险，但是这种"从理论的噩梦中解脱出来"的感觉是完全错误的。后理论家们在两个截然相反、彼此排斥的基础上讨伐理论（他们尤其厌恶精神分析）：一方面，他们指责理论是全球 TOE 的翻版，声称我们需要复数的理论：谦逊的、中层的、以经验为依据的可证实的研究；另一方面，后理论家们指责文化研究主导下的电影研究，不再问类似于"电影感知是什么"的基本问题，只是简单把这个问题归结为在特殊的权力关系中产生的一种概念成果。于是后理论陷入到一种自相矛盾的吊诡之中：究竟需要什么样的理论研究？后理论家们捉襟见肘地在"宏大理论"与"地方性知识"之间摇摇摆摆、犹豫不决。

齐泽克的解决之道，就是生产一种具体的普遍性："一个恰当的辩证方法可以提供逃离这种困境的方法，这种方法聚焦于普遍性与作为它的组成部分的特殊性之间的悖论关系（The key feature of this approach concerns the paradoxical relationship between university and its constitutive exception）。"[①] 值得一提的是，后理论学者也把自己标举为一种"辩证研究"，这遭到了齐泽克的无情拒绝："后理论家们的所谓辩证法是一个简单的认知概念，即通过测试特定的假说逐渐积累起有限的知识"。当诺耶·柏曲声称"电影理论的基本框架就是辩证"，同时强调

---

① Slavoj Žižek. *The Fright of Real Tears：Krzysztof Kieslowski between Theory and Post-Theory*. London：BFI Publishing，2001：p.15.

"电影理论化是变得更有意识的辩证责任的必需"的时候,他所指的"辩证"概念意味的是:首先,一种(电影)理论通过与反对它的理论对话,来保卫自己,当反对派理论输掉的时候,一种理论就可以证明自己胜利了,这种逻辑类似于在面试中能够答得出问题的人,就能获得更好的工作。其次,这个所谓的辩证过程是循环反复的,没有理论可以声言能够提供最终的立场,一旦一个巨型理论踢走了所有竞争者,人们就开始转而支持一种更为谦和的无休止竞争。齐泽克嗤笑道:"如果这就是辩证法,那么卡尔·波普尔,攻击黑格尔的第一人,就是古今最伟大的辩证法家!"[①]

齐泽克同意后结构主义的论断,我们不可能获得真正意义上的普遍性,普遍性必须在每一个具体的存在中得以意指。但是借由对拉克劳霸权概念的批判,齐泽克提出,每一种具体情境,其与普遍性的距离关系并不同一,每一个特殊性,固然可以在霸权争夺战中与其他特殊性竞争中脱颖而出成为普遍性, 但是每一个特殊性并非具有均等的机会和相同的实力加入这个协商、斗争与谈判的过程中。这就是齐泽克在霸权概念之外开拓缝合空间的原因所在——缝合代表的, 既不是后理论鼓吹的"中间层面"研究,也不是拉克劳解构主义路径上的霸权争夺战,缝合真正开启了一个从特殊到普遍性的直接短路,其中每一个特殊性都充满了占据普遍性空白的可能性,而理论家的作用,就是去制造这个短路。

"缝合"这个外科手术名词,被精神分析、电影研究、政治学不断借用,其中以电影"缝合理论"做出的理论贡献最大,正是借由"缝合"概念,电影机器的意识形态效果与观影过程中的主体建构, 被引入电影研究中, 这正是齐泽克再度复兴"缝合"的重要依据。在汲取既往理论成果的基础上,齐泽克对传统缝合体系进行了改装,一方面,齐泽克对"缝合"概念的复兴,批判性的回应了以认知主义为代表的"后理论"对"银幕理论"、电影意识形态批评的质疑;另一方面,齐泽克亦突破了既往银幕理论、解构主义对"缝合"概念的使用,使得"缝合"迈出了电影研究,开始在政治学、社会学、文化研究等诸多疆场驰骋,并以一种缝合式批评最终完成了对于"具体的普遍性"知识的生产。针对拉克劳等后马克思主义者对"缝合"的使用,齐泽克从内部—外部、主体—客体两个方面,重新定位了"缝合",并

---

① 对于后理论的批判,其他重要的批评文献可参见:《电影理论解读》(Robert Stam 著,陈儒修、郭幼龙译,台北远流出版集团,2002 年)、《电影与当代批评理论》(Robert Lapsley & Michael Westlake 著,李天铎、谢慰雯译,台北远流出版集团,1997 年)等。

提出"缝合"是一种具体的普遍性。在此一思想基础上,本文将齐泽克一系列批评实践和理论书写,概括为"作为政治批评的缝合式批评",在"理论之后"的平淡时代里,齐泽克正在以一种新的缝合式批评,开启理论的未来。

（原载《文学与文化》2018 年第 3 期）

被玻璃所阻隔的"声音景观"

雷蒙德·默里·谢弗（Raymond Murray Schafer）　著

王　敦　译

　　在蒙特利尔的一家突尼斯餐馆里,店主夫妇共享一根弯管,从玻璃容器里同饮葡萄美酒。他们抬起软管,调整之倾斜之,让美酒直接流入嘴里,而不是从酒杯里呷饮或用吸管吸吮,与很早以前人们从皮酒囊里喝酒的法子实质上是一样的。这意味着与现代饮用方式全然不同的感受，也包括声音效果——空气和流动的液体在狭窄弯曲的出口争夺空间,迸发出明快的汩汩声。现在,这方法已经被玻璃杯的使用取代了,就好比个体的私有制已经取代了部落共享。

　　而通过吸管从瓶子和罐子里吸吮，就如同体现了私有制的变本加厉——连芳醇也要隐藏起来。人们在就餐开始时就举起玻璃杯碰击,部分潜意识动机是为越来越无声化的进食做一点听觉上的补偿。而后来出现的一次性塑料杯更加无声,连碰击的声音也发不出来。可见,物质材料在变迁,声音在变迁,社会风俗也在变迁。

　　每一个社会的"声音景观"都是由该社会的主要物质材料所决定的。人们就是在这个意义上谈竹文化、木文化、金属文化、玻璃文化和塑料文化等。这意思是说，人的活动和自然因素能使它们在各自振动范围内表现出具有文化相关意味的声音。生活里离不开水声。不同时代和文化的水的声音成为分析具体文化形态的理想声音资料。在现代社会,由于水龙头、抽水马桶和淋浴设备的日常运用,水声成为家居生活的一个重要基准音。在前现代文化里,水声的标志更多地要在村庄的泉眼或水泵那里才能清晰地听到，因为人们在那里从事所有的洗涤和打水的活计。与水不一样,石头只有被别的东西砍凿、刮削或碾压时,才会被动地发出

　　作者简介:王敦(1971—　),男,中国人民大学文学院副教授。

声响。不同的人用不同的方式来对待石头，从而也发出不同的声响；这也可以被当作是世界上很多文化的重要听觉标识。

在 19 世纪道路开始用碎石铺路之前，马车的轮子碾过鹅卵石路面的声音是很响的，曾经是所有石头文化所共同的基准音。这种响动经常声音很大，所以在医院和病人的住处附近，稻草经常被铺在路上来消解马蹄声和车轮的咯吱声。①欧洲很大程度上曾经是一种石头文化，而且在很大程度上仍旧是这样，特别是在当今欧洲一些遗存的、较少被光顾的地方。石头曾被堆积起来修建大教堂、宫殿和宅邸，极大地塑造了这些建筑的声学效果。这不仅体现在这些宏伟和坚硬的建筑空间内部的声音折射，也在建筑墙体的外面，强化了演说、奏乐和仪式的声音效果。北美本来在建筑声响上属于木文化，但后来在 20 世纪走入了混凝土和玻璃的时代，像现代欧洲一样。

在构建"音景"的材料中，玻璃是最不易被察觉的，因此需要特别注意它。人类制造和使用玻璃的历史，可以上推到 9000 年以前或更早，尽管其获得重要性是很晚近的事。②在公元前 200 年左右，古罗马的玻璃工匠掌握了碾制玻璃平板的工艺，用来制造马赛克和小块的玻璃平面，尽管这时的小块玻璃制品是半透明的，只能透过微弱的光线。在公元 1300 年后，威尼斯人改进了玻璃熔液的制造工艺。平面玻璃窗的大量制作是 17 世纪以后的事了。1567 年，让·卡利（Jean Carre），一个安特卫普商人，从英国女王伊丽莎白一世那里获得了 21 年的执照，为英国人做窗玻璃。1688 年，路易斯·卢卡斯·德·内汉（Louis Lucas de Nehan）发明了新的浇铸方式，使得人们得以制作大面积的、光滑的、厚度均匀的玻璃平面。从此，人们可以做出高质量的镜子，也能给大面积的窗户安装玻璃。

曾经在很长时间里，玻璃窗是要上税的。在 1776 年的不列颠，拥有 10 个玻璃窗的住宅每年要交 8 先令 4 便士的税。从 1808 年到 1825 年，年税提高到了 2 英镑 16 先令。此后，税率减半，而且拥有 7 个以下玻璃窗的房子可以免税。到 1845 年，玻璃工业已经迅速地发展成为一个繁荣的产业。1851 年为伦敦世博会而建造的标志性建筑"水晶宫"（Crystal Palace），安装了 100 万平方英尺的平面玻璃，显示了玻璃技术和应用的辉煌成就。

---

① 在欧洲文学里有大量此类描述。比如说在萨克雷小说《名利场》的第 19 章，当 Miss Crawley 生病的时候，临街道上铺了齐膝深的稻草，叩门环也被摘下。

②根据 W. M. Flinders Petrie 爵士的说法，古埃及人在公元前 12000 年前就知道玻璃了，尽管最早的玻璃工艺是在公元前 7000 年出现的。见：G.W. Morey，*The Properties of Glass*（New York，1938），p.12.

　　在 20 世纪,所有城市的商业街道都在逐渐淘汰那些浪漫的石头时代的雕琢工艺,好腾出地方来安置大幅面的玻璃橱窗。在街道上方,高楼大厦彻底取消了窗户,而以整体玻璃幕墙代之。从街道上,我们就可以透过玻璃窥见曾经属于隐秘地带的室内景观。在高层写字楼上,高级管理者们的视线一直延伸到高远的天际。这些对我们来说,都不是什么新鲜的感受了。我们早已生活于其中。值得认真思考的,是平面玻璃的应用所带来的感知变迁。

　　从"音景"的角度来说,玻璃窗是一个非常重要的发明,能将外部世界框定在一个人工的如幻影般的"寂静"里。随着玻璃的大量应用,声音的传递被阻碍,不仅将空间区隔为"这里"及"那里",而且导致了诸感官的分裂。今天,一个人可以一边观看着自己的外部视觉环境,同时聆听着自己的听觉环境,二者的分隔靠的是一扇玻璃。平板玻璃击碎了感官整体,替换以矛盾的视觉和听觉印象。伴随着室内生活的普遍化,文化习俗变迁的两个现象不经意地演变出来:一个是音乐成为室内的艺术, 另一个就是对噪音污染的阻隔——噪音就是要被阻隔在外面的声音。

　　在音乐活动被搬到室内之后,街道上的喧嚣就变成了特别需要谴责的目标。贺加斯(Hogarth)的著名版画《被惹恼的音乐家》(The Enraged Musician)淋漓尽致地展现了这种冲突。在室内,一个职业乐师烦恼地把手捂在耳朵上。室外,众多的声响活动正在进行中:婴儿在尖叫,一个汉子在磨刀,儿童在滚铁圈和敲鼓,小贩们敲钟吹号来叫卖。还有一个衣衫褴褛的乞丐正对着乐师的窗户吹奏双簧管。从画中可以看出,市内的音乐和室外的"音景"开始变得敌对了。这通过比较贺加斯的画和一个世纪前勃鲁盖尔(Brueghel)笔下的市镇活动场面,就更觉明显。贺加斯的画里有玻璃窗,在勃鲁盖尔的油画《狂欢节和四旬斋的战争》(The Battle Between Carnival and Lent)里则没有。勃鲁盖尔画里的人们走到开着的窗子那里去聆听,贺加斯笔下的乐师则是去关上窗户。

　　玛丽－路易斯·冯·弗兰兹(Marie-Louise von Franz)在一个关于童话的研究里指出,玻璃"切断的是感性,不是思维活动……就是说你透过玻璃可以不受干扰地看清每样东西, 就觉得好像玻璃不存在……但是它割断了各种感官间的联系……人们经常说:'感觉好像那儿有一面玻璃墙……在我和我的四周给间隔开。'"[1] 玻璃将丰饶的声音感知世界排除在外。我们从自己在室内(往往是坐着的)的视线,虽然能把外面的世界"看"得一览无遗;但我们与外部世界丧失了真

---

① Marie-Louise von Franz, *Individuation in Fairy Tales* (Boston and London, 1990), p.15.

正的互动。需要感知的世界是在"外面";反思的活动则发生在"里面"。没有我们的感官参与,真实的"外面"被思维活动简化为几个标签:a. 被遗弃的(比如现代公寓楼的四周);或 b. 肮脏喧哗的(比如稠密的都市区);或 c. 浪漫化的(比如从度假胜地的窗户看出去)。

可以判定,城市噪音的增加是与玻璃的增加同步的。从 18 和 19 世纪的欧洲保留下来的旧街道上,那些美丽的法式窗户在如今已经蒙尘。这些昔日繁华居所里曾经的主人已经遗弃了它们,迁往更"安静"的地段去了。这告诉我们,这样的窗户, 曾经能满足人们抵挡街道噪声的问题, 已经有很长时间落后于时代需要了。那些昔日的窗户常常是打开着的;它们可不像现代旅店那种不能推开的"窗户",完全把环境封死。而当人们将内部空间彻底绝缘于外部"噪音"之后,人们又张罗着重新让室内的听觉感受"交响化"起来。于是,在 20 世纪,开始了背景音乐和广播的纪元。室内听觉环境的重新营造,其实应该算是"室内装潢设计"的一个分支,为的是让内部空间重新拥有感官上更完整的活力。然而在今天,内部空间和外部空间的听觉视觉分裂正在变本加厉。通过窗户看到的世界就如同电影,其配音来自室内的音响搭配。我记着有一次坐火车经过落基山脉。坐在圆顶透明的观览车箱里,听着从公共扩音系统里传出肤浅煽情的背景音乐,我不禁想到:我不过是在欣赏一部关于落基山脉的旅游观光影片——我根本没有"来到"这里。

当"内部"和"外部"的分离已经告成,脆弱的玻璃墙在文化意义上就会变得像石墙一样坚不可摧。甚至连窃贼也尊敬玻璃,因为其碎片所能造成的痛苦是每一个人都巴不得要避免的。"他必用铁杖治理他们, 好像打碎陶器一样粉碎他们。"——这是《启示录》(2:27)里颇为有力的一个听觉形象。陶器是《圣经》时期中东地区人们的日常用具,人们当然熟悉其声音和特性。陶器一旦被打碎,绝对会产生非常刺耳、暴力的听觉信号。对今天的我们来说,玻璃一旦被击碎,也是这样。但是我却忍不住觉得,除非我们将阻隔感官的多余的玻璃打碎,否则在西方文化里心灵—肉体的分裂是不可能被治愈的。但愿我们能得以再次栖居在一个统一的感知世界里,在那里面,所有的感官是互动的,而不是对立、分等级的。

(原载《文学与文化》2016 年第 2 期)

见证的危机及其超越
——纪录片《浩劫》的见证艺术 *

秀珊娜·费尔曼(Shoshana Felman)　著

陶东风　编译

　　《浩劫》(Shoah)是著名导演、历史学家兰兹曼(Claude Lanzmann)耗时十多年的呕心沥血之作，基本内容由他在 1974 到 1985 年间对大屠杀目击证人的访谈（见证/证词）组成。兰兹曼让他们在镜头前现场作证。在见证文学研究权威秀珊娜·费尔曼(Shoshana Felmam)看来，这部长达 9 小时的纪录片对于大屠杀的独特重现，"彻底动摇了我们对于大屠杀的认识，同时也改变了对于现实本身的看法，我们对于世界、文化和历史的认识，以及我们生活在这样的世界、文化和历史中意味着什么的认识"①。

一　见证的必要性和意义

　　大屠杀幸存者、诺贝尔和平奖获得者、著名见证文学作家埃利·维赛尔在其《上帝的孤独》(The Loneliness of God)中指出，见证的必要性和意义在于无人能够替代自己作证："如果有人可以为我代言，我便不会写下我的故事，我以我的故事作为见证，以我自己作为证人，三缄其口或讲另一个故事，都是作伪证。"② 见

作者简介：陶东风，男，(1959—)，广州大学人文学院教授。

* 本文编译自 Shoshana Felman 和 Dori Laub 的 *Testimony: Crises of Witnessing in Literature, Psychology and History*(Routledge Chapman and Hall, Inc., 1992)第七章。

① Shoshana Felman & Dori Laub, *Testimony: Crises of Witnessing in Literature, Psychology and History*, Routledge Chapman and Hall, Inc., 1992. p. 205.

② Shoshana Felman & Dori Laub, *Testimony: Crises of Witnessing in Literature, Psychology and History*, p. 204.

证的不可替代性来自证人无可取代、独一无二的观看——通过自己的眼睛看。这样的证人又被称之为"视觉证人"(visual witness)。在西方哲学、法律和认识论的传统中,见证必须基于亲眼目击(first-hand seeing),必须是目击见证(eyewitness testimony)。在法庭上,这是最具权威的证据。

由于作证就是对真理/真相负责,所以作证者要在法庭上发誓。面对法官、听众、历史和读者,作证的目的、价值和意义不仅是报道一个事实或事件,或讲述曾经经历的东西。作证行为的更重要意义在于向他人说话、影响听众并指向对一个共同体的呼唤。

这里隐含的紧张是:作见证必然要采取自己作为证人的客观立场(证人只需讲述自己看到了什么而不应对所见发表评议),受自己法庭誓言的严格制约;但与此同时,作证又带有唤醒和呼吁听众的伦理责任。这样,作证就不仅仅是叙述,而且要把自己的叙述"许诺给他人","承诺自己通过言说为历史或事件的真相负责,为某种超越个人而具有一般有效性和结果的事情而负责"①。这就是为什么见证人既要为了其见证的客观性、可信性而做到非个人化,同时其见证又必须由其自己亲自作出。

二 如何见证未被见证的大屠杀

发生了大屠杀的时代本该是见证的时代。在整个人类历史上,大屠杀罕有其匹,最需要见证。然而遗憾的是,对大屠杀的见证又困难重重。甚至在一定意义上说,大屠杀成了一个无证事件(proofless event),而见证时代也成了无证时代(the age of proofflessness)。这是怎么回事?在分析《浩劫》之前,这个问题必须首先得到阐释,因为拍摄《浩劫》的目的就是要探讨并克服、超越见证的危机。

《浩劫》中出现的证人有三类:受害者(幸存的犹太人)、迫害者(纳粹军官)、旁观者(波兰的非犹太人)。有意思的是:区分他们的与其说是他们实际看到了什么,不如说是他们看不到什么以及为什么看不到,亦即为什么见证失败。犹太人(受害者)看到了大屠杀的某些场景和细节,但却由于被骗和无知,不能理解看到的东西(比如被驱赶到犹太人聚集区、被送往集中营)意味着什么,其目的为何、

---

① Shoshana Felman & Dori Laub, *Testimony: Crises of Witnessing in Literature, Psychology and History*, p. 204.

终点在哪里。很多犹太人具有被塞进车里、开往集中营的经历,但对其真正目的并不知情(可参见维赛尔的《夜》),根本不知道这是通向集体灭绝之路。旁观者(波兰人)也看到了与大屠杀有关的一些场景,但作为旁观者他们并不认真看(do not quite look),避免直视(looking directly)。他们或偷窥(on the sly),或侧视(sidelong glance),因此既忽视了自己的证人身份,更未意识到自己无意间成为大屠杀同谋的身份。纳粹军官作为罪犯则有意识地扼杀、销毁大屠杀证据(他们在影片中的讲述让我们充分理解了这一点)。正是他们的这种有意摧毁证据的行为使得大屠杀难以被看到(连被杀者的尸体也要焚化并扔进河里),更无法被看透。即使是大屠杀的参与者也是如此。比如,屠杀行为的每个环节都由不同的纳粹分子(有时也有犹太人参与)执行,从而并不知道自己行为的确切含义。比如,负责运送犹太人的"死亡列车"的负责人瓦尔特·史提尔(Walter Stier)在影片中讲述:知道火车开往奥斯维辛,但是不知道到那里后犹太人会被灭绝。

这样,三类人的见证角度、位置、立场、情感都极为不同,但有一点是共同的,即他们都未能成功地看到大屠杀事件,都是"不能见证的证人"(witnesses who do not witness)。"电影通过视觉证人的证词,让我们正确地看见了作为历史上前所未有的、无法想象的没有证人的事件的大屠杀,这样的事件历史地存在于字面意义上的对其证人的抹灭中。"这样的事件,从认知和知觉意义上看是没有证人的事件,这既是因为它事先排除了看,而且因为它事先排除了看的共同体(community of seeing)存在的可能性,使不同的目击者之间无法相互印证,从而消除了见证共同体的任何可能性。"①

历史学家和历史知识的作用、责任就是在这样的语境中体现出来。影片中有一个叫劳尔·希尔伯格的历史学家。如果说纪录片中那些被采访的目击者是一级证人,那么这位历史学家和导演兰兹曼本人则充当"二级证人"(second-degree witness),他们是一级证人及其证词的证人(witness to witness, witness to testimony)。他们以转译者的角色承担了翻译、解读证词的任务。因此,他们是信息接收过程的中介,其反思性见证立场可以协助观众接收并解释信息,帮助观众与符号的陌生性进行斗争,正确理解证词的字面意义与哲学—历史意义。兰兹曼特别强调:《浩劫》不是一部历史影片,其主要目的也不是传递知识(尽管其中当然有历史知识),而是通过对各色证人的采访,活生生地演示见证之可能与不可能的过

---

① Shoshana Felman & Dori Laub, *Testimony: Crises of Witnessing in Literature, Psychology and History*, p. 211.

程。在此意义上,电影的整个过程实则是一个探讨见证如何可能的哲学过程。在此,知识固然重要(因为知识是消除目击见证之分歧的有效手段),但知识本身"并不是足够积极有效的观看行为"。这部影片的新颖之处,乃是"对一种我们都不自觉地陷于其中的根本性无知(radical ignorance)的惊人洞见。历史不能轻易地驱散这种无知,相反,它笼罩了历史。"①电影告诉我们:"历史如何被用于历史的持续遗忘过程,而且这个过程足够反讽地包含了历史书写行为。历史不只是记忆热情(passion of remembering)的产物,它也是遗忘热情(passion of forgetting)的产物。"②

三　导演的多重角色

这部见证大屠杀的纪录片的成功,极大地归功于导演兰兹曼高超的艺术技巧。兰兹曼身兼多种角色:(1) 电影的叙述者;(2) 证人(一级证人,下同)的访谈者,即证人及其证词的引发、接收、见证者;(3) 探索者:主导对证词之真伪(事实)的探究辨析,他经常作为质疑者深入对事实的追索(不是直接说出自己的质疑,而是通过其他方式),并将之提升到哲学探索的高度。这三个角色虽然不同,但时常切换且相互交织交融。

与那些喜欢张扬、彰显自己的主导权力、经常站出来以权威口吻评点人物、解说情节的叙述者不同,兰兹曼在严格意义上说只是证人:不是作为访谈对象即大屠杀目击证人的第一级证人,而是目击者之见证过程的见证者(二级证人),他的功能是把见证过程及其隐含的问题呈现出来。这样,作为叙事者的兰兹曼在电影中经常保持沉默。③他的功能在于把一连串的不同声音(证人的证词)连贯起

---

① Shoshana Felman & Dori Laub, *Testimony: Crises of Witnessing in Literature, Psychology and History*, p. 214.

② Shoshana Felman & Dori Laub, *Testimony: Crises of Witnessing in Literature, Psychology and History*, p. 214.

③ 故事开始之前,电影片首以无声方式呈现故事的前历史和由来;但进入电影叙事之后,作为叙事者的兰兹曼就不再说话。片首的这段话是:"故事从现在的彻尔诺(Chelmno)开始……彻尔诺是波兰的一个小城,犹太人最先被瓦斯都死的地方……被送去的四十万名男女、儿童,只有两名生还……最后阶段的生还者,史列比尼克,被送到彻尔诺时才十三岁……我在以色列找到了他,说服一度为男童歌手的他与我一起回到彻尔诺。"这里的事件故事被设定在现在,把尚未呈现的过去简要概述为一个前史或前故事。叙述者即导演因此是一个在现在的叙述中开启或重新开启往事的人。

来。这是一种沉默的叙事：通过自己的沉默引导出亲历者或目击证人的故事。这样的沉默具有重要的叙述功能："叙述者让他人来叙述，也就是让他所访谈的各类证人的声音来叙述，如果他们想要见证，也就是上演他们独特、不可取代的第一手见证，那么，他们的故事必须自立己说（speak for themselves）。"①可见，沉默的叙事本质上是一个关于"导演之听"的故事。"导演穿梭在生者和死者之间，移动在不同地点与声音之间，他总是持续而又不连贯地出现在银幕的边缘，成为可能是以最沉默的方式表达、以最具表达力的方式保持沉默的证人。"②

　　但是导演除了叙事者之外还是访谈者、探索者，作为访谈者和探索者，他在访谈过程中必须打破沉默，引导被访者（犹太人受难者）开口说话，质疑纳粹军官的闪烁其词和自相矛盾，并特别注重富有意味的细节之呈现。"作为访谈者，兰兹曼所要求的不是对大屠杀的大而化之的解释（great explanation），而是对特定细节的具体描述"。比如他不断地问："当时的天气很冷吗？""从车站到集中营多远？旅途多长时间？""毒气室是什么颜色的？"诸如此类。这些都是非常具体、有时候沉重得让人难以呼吸的细节。作为探索者的兰兹曼，他那些深刻而直击要害的质疑，更是发挥了不可小觑的作用。

　　首先，访谈者必须打破证人的沉默，挑战死亡的不可言说性（unspeakability），将证人之沉默的去神圣化。此所谓"去神圣化"（desacralizing），也可以译为"亵渎"，指的是兰兹曼所追问的集中营中发生的诸多骇人听闻的残酷现象，常常是幸存者/证人极度不愿意再次回忆和谈论的。九死一生地从集中营逃生的幸存者再也不愿意回忆残酷的过去，这样的回忆甚至超出了人类心理承受力的极限。即使是访谈者，听人讲述这类匪夷所思的非人化经验（人在极端环境下如何堕落为动物。比如维赛尔《夜》里写的运货车上极度饥饿的犹太人，为了抢路人扔到车上的面包而大打出手，其中包括亲父子之间），同样是一种很难忍受的折磨。由此人们常常对证人的沉默表示同情和尊重，与证人的沉默达成妥协。但这恰恰是作为访谈者的兰兹曼必须克服和超越的："访谈者首先要避免的就是与证人的沉默妥协，通过这种妥协，访谈者与被访者经常不言明地相互合作，共同努力以获取

_____

① Shoshana Felman & Dori Laub, *Testimony: Crises of Witnessing in Literature, Psychology and History*, p. 218.

② Shoshana Felman & Dori Laub, *Testimony: Crises of Witnessing in Literature, Psychology and History*, p. 216.

回避真相所带来的双方的舒适心安。"①费尔曼的这个见解极其深刻，因为它窥探到了人类回避回忆苦难的深层次心理原因。

这样，为了使大屠杀记忆"起死回生"，为了重新把一个没有证人的事件写入见证与历史，兰兹曼必须对证人的沉默发起挑战，必须打破并超越这沉默。

其次，访谈者还要拒绝将大屠杀的经验加以"标准化"处理，亦即抵制将大屠杀的经验纳入已有的、习以为常的认知—阐释模式和叙述模式（比如"黑暗已经过去、光明即将来临"等），从而导致其特殊性的丧失。比如，影片中的纳粹分子格拉斯勒试图把犹太人隔离区等同于历史上常见的隔离区，否定前者的特殊性，声称"历史上充满了隔离区"。作为质疑者、探索者的兰兹曼则持续提出对此类还原论的质疑，强调犹太人隔离区的独特性。换言之，作为质疑者的访谈者不单提出问题，更要质疑、拆散、解构所有既定的解释。

对既定阐释框架和认知模式的拒绝，某种程度上导致了这部作品的撕裂和碎片化，它似乎远离了理论化、观念化的诱惑——因为理论和观念总是力图通过整合碎片而达致某种所谓"整体性"。但是导演并不对此感到过分担忧。兰兹曼自己说："我没有概念，我只有执迷——这很不同：对于寒冷、对于第一次震吓的执迷……《浩劫》是充满一部充满恐惧，也充满活力的电影，你不能用理论来拍摄这样一部电影。所有我的理论尝试都失败了。这样的失败是必然的。你是在脑子、心脏、肚肠、肺腑所有这些地方建构这部电影。"②

但这样做恰恰使得《浩劫》成为一部充满哲学意味的探索影片：对大屠杀经验之差异性、特殊性、难以把握性（ungraspability）的探索，对见证之可能性和不可能性及其相互关系的探索。它充满了各种见证之间的摩擦和紧张，充满了见证之声音、视野的碎片化、多元化和不可通约性。

四　见证之必要性与不可能性

影片要处理的一个悖论是，见证的必要性恰好来自于见证的不可能："《浩劫》是通过比乍看之下更为深不可测、矛盾重重、充满悖论的方式拍摄的关于见

---

① Shoshana Felman & Dori Laub, *Testimony: Crises of Witnessing in Literature, Psychology and History*, p. 219.

② Shoshana Felman & Dori Laub, *Testimony: Crises of Witnessing in Literature, Psychology and History*, p. 223.

证的影片。事实上,它所肯定的见证之必要恰好悖论式地来自于影片同时戏剧化地加以呈现的见证之危机乃至不可能。"电影所展示的见证危机——它正是通过与这种危机的斗争、对抗才建构了自己——才是电影最深刻、最关键的主题。大屠杀是没有证人的事件(an event without a witness)。这正是大屠杀的独特性所在。这不仅是因为纳粹有意识地摧毁了证据和证人,还因为:"事件的内在的不可理解性以及事件的欺骗性心理结构(deceptive psychological structure of the event)阻碍了对事件的见证——即使是受害者的见证。"①

通过呈现见证的历史性的不可能,同时影片也揭示了逃避作证人或成为证人的历史的不可能,影片探索了见证的边界。"②电影既表现了见证的不可能性,又强调了逃避作见证的不可能性。

我们可以稍微展开一下上述悖论式的处境。

首先,有些幸存者证人的身体活着,但精神、灵魂已死。他们自己选择了"死亡"——麻木不仁、拒绝回忆。他们借此使自己闭上眼睛,拒绝阅读关于大屠杀的作品,更拒绝站出来作见证。这种不读不说的欲望、这种沉默意志(will-to-silence),其实来自恐惧听见和见证自己,这是一种"死去"(指心灵死去)的证人埋葬在自己心中的意志。他们或者因为过去太过悲惨而拒绝回忆,或者因为自己在过去的污点言行(比如检举揭发狱友)而极力躲避,更不愿意说出自己回避作证的真正原因。面对这样的情况,导演的做法是:"证人必须为自己埋葬的证人重新开坟(reopen his own burial)——即使他悖论式地将这个埋葬经验为他得以幸存的条件。"③

这个观点极其深刻,包含多层纠结难解的含义。对于那些心智力量、精神力量并不十分强大的幸存者,必须把证人——即过去的自己——"埋葬"了,让作为证人的自己"死去",他才能得以幸存(有很多幸存者重新成立家庭后改名换姓过着隐居的生活,就是典型的此类埋葬自己的行为)。过去的岁月实在不堪回首。但是,作为见证艺术,纪录片《浩劫》必须让这个被自己埋葬的证人重新活过来,重

---

① Shoshana Felman & Dori Laub, *Testimony: Crises of Witnessing in Literature, Psychology and History*, p. 80.

② Shoshana Felman & Dori Laub, *Testimony: Crises of Witnessing in Literature, Psychology and History*, p. 224.

③ Shoshana Felman & Dori Laub, *Testimony: Crises of Witnessing in Literature, Psychology and History*, p. 225.

新站出来说话。作证是死——肉体无法承受回忆的痛苦（诗人、作家策兰选择了在作证之后自杀，令人唏嘘不已）；不作证也是死——灵魂、精神之死，虽生犹死，甚至生不如死。

其次，有些证人的身体死了，但是大屠杀的记忆阴魂不散。为了消灭证据，纳粹将奥斯维辛的犹太人尸体挖出来烧掉，骨灰倒进河里（他们扬言"不能留下一个证人"）。今天的人们看到的只是一个个空坟（empty grave），这些死去的证人甚至没有留下一具尸体。《浩劫》中没有出现尸体，但通过其中不断出现的空坟意象，我们仿佛能够"看到"这些"失踪的尸体"（missing corpses）：空坟的存在有力地证明这里曾经尸体横陈。"作为一部关于种族灭绝和战争暴行的影片，《浩劫》最让人感到意外的是尸体的不在场。但是《浩劫》通过'旅行'于没有尸体的坟场，通过其对空坟——这里既看不到死去证人，又有他们的阴魂出没——坚持不懈的探索，而不可思议地让我们见证到的正是失踪的尸体。"①

电影中有这样一场极为震撼的对话：

> **这是最后的坟墓？**
>
> 是的
>
> **纳粹的计划是叫他们掘开坟墓，从最旧的开始？**
>
> 是的。最后的坟墓是最新的，而我们从最旧的开始，也就是第一个隔离区的坟墓。你掘得越新，尸体就变得越扁平，你想拿但是它已经碎了，拿不起来。我们必须打开坟墓，但没有工具……任何人只要提到"尸体""牺牲"就会挨打。德国人强迫我们把尸体叫做蛹（Figuren）……
>
> **他们从一开始就被告知所有坟墓中有多少蛹？**
>
> 盖世太保的头头告诉我们："九万人躺在此地，必须把他们彻底清除，不留一点痕迹。"②

这段对话强有力地证明"死去的证人"乃是客观存在。纳粹知道，即使是"蛹"——犹太人的尸体，仍然是大屠杀的物证，所以必须挖出来加以清除。

---

① Shoshana Felman & Dori Laub, *Testimony: Crises of Witnessing in Literature, Psychology and History*, p. 226.

② Shoshana Felman & Dori Laub, *Testimony: Crises of Witnessing in Literature, Psychology and History*, p. 226.

五　见证之内外：局内人与局外人

电影《浩劫》探索的另一个重要问题是见证的内外问题。今天的我们，作为大屠杀的外人，能够从"内部"见证大屠杀吗？既然大屠杀是一个没有证人的事件，那么，用什么方式、什么创造性的工具、付出什么样的代价，才能见证这个事件？或者，我们只能处于"外人"的位置并从"外部"见证它？

何为"内"（inside）？何为"外"（outside）？何为"从内部见证"（witness from inside）？

"内"就是集中营、大屠杀的内部，"外"就是集中营、大屠杀的外部。"从内部见证"就是从集中营、大屠杀内部见证，从犹太人的死亡内部见证。但仔细分析，"内外"又有更多的几个层次含义：地点（集中营、隔离区）的内部与外部，事件（大屠杀）的内部与外部，证人的内部与外部。

首先，费尔曼指出：从内部见证"意味着从见证人的死亡、麻木不仁以及见证人的自杀内部见证"[1]。也就是说，要见证证人如何以及为什么变得麻木不仁，为什么选择拒绝作证或选择自杀。自杀实际上是一种（证人自己）杀死证人的行为，并通过自己的死置身见证之外（不必见证）。因此，问题变成了：如何进入证人内部，见证其不想见证、不想置身内部的欲望？

其次，从集中营内部见证，意味着必须从一个致命秘密的绝对限制（absolute constraint of a fatal secret）中见证，"这个秘密如此令人恐怖又紧紧缠绕着人，以至于使人甚至拒绝面对它。有许多理由使得那些被此秘密束缚又无法摆脱它的人感到僭越它是不可能的"[2]。这个"秘密"当然就是灭绝犹太人。这个秘密不但在大屠杀施虐时期任何人不能交谈，即使是大屠杀之后，受害者与加害者也都不愿谈论，成为这个秘密的守护者。它是如此可怕，当事人自己也不想知道。即使是理性或者理智的力量也难以打破这种沉默。见证就是要挣脱这种"秘密""秘密约定"的束缚和控制。

第三，面对一系列的不可能性，从死亡营内部见证，意味着一种悖论式的必

---

① Shoshana Felman & Dori Laub, *Testimony: Crises of Witnessing in Literature, Psychology and History*, p. 228.

① Shoshana Felman & Dori Laub, *Testimony: Crises of Witnessing in Literature, Psychology and History*, p. 228.

然性:需要从一种根本的欺骗中见证(testifying from a radical deception)——这种欺骗因其同时具有自欺性质而被加倍强化。比如:党卫军一直欺骗犹太人说:你到集中营是来工作的。即使在即将送他们进入毒气室时,还要骗他们说是去冲淋浴。由于党卫军自己明知这是欺骗,所以这也是自欺。"欺骗"制造了幻象,如何撕破、揭穿这种欺骗与谎言,见证历史真相?

最后,从内部见证,意味着从他者性的内部见证(testify from inside Otherness)。这是站在非犹太人立场说的。从内部见证就要进入与我们相对的"他者"——犹太人——的内部。在这部电影中,主要是指从犹太人的意第绪语中见证。"他者的语言正是我们不能用来进行言说的语言,是我们不了解的语言。从他者性内部见证,就是从被注定听作只不过是噪音的方言的活生生的悲怆(living pathos)中见证。"①

不管哪种意义上的内和外,从内部见证的核心是进入犹太人角色内部(经验、语言、环境等等),不要自己取代之。所以,与内外相关的必然是局内人/局外人的问题。

所谓"证人",就是见证真相的人。对于大屠杀事件,可以从内部和外部加以见证。从内部见证的是受害者证人(即"内部见证者",比如普里默莱维),即犹太人受害者;与之相对的是"局外人证人"(outsider-witness),他们可以是受害者的邻居、朋友、生意伙伴,各种地方机构,或旁观者、国际援助者、国际同盟等。美国的犹太人也属于局外人证人(因为他们没有遭到流放或严重迫害)。甚至迫害者本人也可以是"局外证人"。遗憾的是,绝大多数实在的或潜在的证人,都"辜负了证人的职责,最后仿佛堕落到没有留下什么人见证发生的事情"②。

见证的困难到底在哪里?作者主要分析了内部见证者及其无法见证的原因。作者写道:"无法相信所有历史的局内人都摆脱了事件的污染力量(contaminating power of event),保持充分清醒的、不受影响的证人地位。没有人能够充分远离事件内部,完全摆脱被牵制的角色以及随后的身份定位——无论是受害者还是施害者。没有哪个观察者可以全体或独自地保持完整,而不受到见证本身的牵累或危害。加害者尝试把规模空前的灭绝行为理性化,把妄想的意识形态(delusional

---

① Shoshana Felman & Dori Laub, *Testimony: Crises of Witnessing in Literature, Psychology and History*, p. 231.

② Shoshana Felman & Dori Laub, *Testimony: Crises of Witnessing in Literature, Psychology and History*, p. 80.

ideology)强加于受害者,其堂皇的强制压力使证人失去了任何理性的、未被亵渎的、不受妨碍的参考坐标。"① 这就是说,极权主义的意识形态成功地毒化了受害者的心灵和思维,使其与加害者分享相同的思维方式和价值观,从而失去了见证自己的灾难的资源和可能性。很显现,"见证"在这里具有站在极权主义意识形态之外来审视和反思自己的灾难——它本身就是极权主义的恶行——的意涵。光有事实和经历还是不够的。

所以,从这个意义上,大屠杀极度残酷、不可思议的现实,以及旁观者和对此的反应的缺乏,固然是造成大屠杀历史没有见证者的原因,更为重要的是,"身在事件内部(being inside the event)这种情况也使我们无法想象:有人可以步出事件发生于其中的强制性的、极权的、非人的参考框架,并提供观察事件的独立参框架,可以说无论从事件的外部还内部,历史地看大屠杀都没有证人"② 。作者认为强调这点极为关键。

为了进一步深入阐释"从内部见证"(witness from inside)为什么不能见证,作者进一步分析了这个概念。他认为:"要理解内部见证者这个概念,我们必须把大屠杀视作这样的一个世界,在这个世界中,想象他人(the Other)根本就是不可能的。不再有一个可以以'你'相称的他人,你可以希望这个人倾听你,把你当作主体,回答你的问题。"③ 这个"你"是愿意与你对话、听你言说、回应你的问题的平等者(他人)。由于没有这样的人,大屠杀的历史现实是:"它在哲学上剥夺了向别人言说、召唤别人、转向别人的可能性。但是当一个人不能转向一个'你'(you),那么,他即使对自己也不能以'你'(thou)相称。大屠杀因此创造了这样一个世界:在这个世界中一个人无法见证他自己。纳粹系统因此变得万无一失,不但理论上没有外在的见证者,而且说服了其牺牲者——也就是内部的可能证人——相信使他们成为非人那套东西(纳粹意识形态)乃是无比正确的,他们的经验即使和自己也无法交流,因此它根本就没有发生。失去自己见证自己、也就

① Shoshana Felman & Dori Laub, *Testimony: Crises of Witnessing in Literature, Psychology and History*, p. 80.

② Shoshana Felman & Dori Laub, *Testimony: Crises of Witnessing in Literature, Psychology and History*, p. 81.

③ Shoshana Felman & Dori Laub, *Testimony: Crises of Witnessing in Literature, Psychology and History*, p. 81.

是从内部进行见证的能力,或许就是灭绝的真正含义。"①

这段话值得认真分析。见证的前提是必须存在两个人,两个不完全相同的人,因为完全相同的人不能彼此见证。一个人如果不能把自己一分为二,从自身分裂出一个对话者、交流者"你",让这一个"你"看着另外一个"你",那么他就不能见证自己。可见这个"你"既可以指他人,也可以是从自己身上分裂出来的"他我"。最最可怕的是,极权主义消灭了这个的不同"你"产生的可能性,从而也就消灭了自己见证自己的可能性。

《浩劫》力图要阐明的见证困境或危机是:从集中营内部(保密行为内部、欺骗内部、自我欺骗内部、他者性内部等等)见证真相既是必须的,又是极度困难的(几乎不可能),就像从死亡内部(from inside death)见证死亡一样。因为"内部没有声音"(the inside has no voice)。②从内部看,内在是无法解读的(unintelligible),因为它无法向自己呈现自己。由于不能向自己出现自己,内部即使对内部人而言也无法想象、无法理解甚至无法记住。在奥斯维辛负责处理尸体的犹太人穆勒回忆说:"我完全无法理解它,仿佛脑袋遭一重击,晕死过去。我甚至不知道身处何处。……我被震惊了,似乎被彻底麻醉,准备服从任何指令。我吓坏了,变得麻木不仁。"③

因此,即使幸存下来的受害者,也无法知道、更无法讲述集中营最内部——比如焚尸炉——的真相:知道这个真相的人全部化作了一缕青烟。集中营幸存者、意大利见证文学的重要作家普里莫·莱维在《被淹没与被拯救的》中反复强调:最有资格见证的人都死了,活下来的人,包括他自己,都不是最有资格的见证者。他甚至认为:恰恰是"那些最糟糕的人幸存下来:自私者、施暴者、麻木者……"而"最糟糕的人幸存下来,也就是说,那些最适应环境的人;而那些最优秀的人都死了"。④这些人不是生活在集中营的最底层,也不是最有资格做见证的人,他们的经历和回忆并不能揭示集中营最本质的东西。他写道:"我们,幸存

---

① Shoshana Felman & Dori Laub, *Testimony: Crises of Witnessing in Literature, Psychology and History*, p. 81-82.

② Shoshana Felman & Dori Laub, *Testimony: Crises of Witnessing in Literature, Psychology and History*, p. 231.

③ Shoshana Felman & Dori Laub, *Testimony: Crises of Witnessing in Literature, Psychology and History*, p. 231.

④ Shoshana Felman & Dori Laub, *Testimony: Crises of Witnessing in Literature, Psychology and History*, p. 231.

者们,不是真正的证人。……我们幸存者是数量稀少且超越常态的少数群体,凭借着支吾搪塞,或能力,或运气,我们没有到达集中营的罪底层。"①那些到达"底层"的人才是"彻底的见证人",但是他们多数死了,或者失去了讲述的能力。

因此,内部是沉默的地点,是声音消失的地方,是无法传达的。"在焚尸炉,在门的另一边,所有事物都消失了,所有事物都转为沉寂,失落的是声音、说明、只是、意识、真相、感觉能力和表达能力。"但是,这个关于"失落"的真相既恰好构成了进入大屠杀内部的意义,同时又决定了从大屠杀内部见证真相的不可能性。

如何跨越生死之间的门槛发现内部的真相?影片处理的就是真相和门槛(threshold)的关系,是讲述真相的不可能性,但也是随这个不可能性而来的找回真相的历史必要性和可能性。

必须再次重申:这是见证艺术面临的又一个悖论:内部人失去了见证的可能性或能力;而外部人则根本进不了"内部"。换言之,进入大屠杀内部就是为了找回失落的真相,而这个"失落"一词又恰好界定了这是不可能的。

六　一个记者的超越内外之旅

记者卡尔斯基在影片中的作用就是要表明:面对几乎是绝对的隔绝,该如何跨越内与外的划分, 以及这种跨越行为的含义和结果。在卡尔斯基的见证努力中,至关重要的是其旅行过程中的双重移位(double movement of a trip):先是从外到内,再从内到外。

卡尔斯基是波兰人,二战期间他应两名犹太人领袖的邀请,从独立于纳粹控制之外的波兰世界,进入纳粹控制的犹太人隔离区。这次的"向内"之旅是为了接下来再次"向外"计划的,其政治使命是将隔离区的真相带到外面,让世界了解。他的犹太人隔离区之旅,在政治意义上讲,没有完成使命,因为盟国领袖对他披露的信息不予以理睬。但从他个人角度讲,他却通过跨越界限进入内部,然后又再次跨越界限回到外部,而完成了自传意义上神奇的向他者之旅(journey toward the Other)———一次根本性的置换(radical displacement)。

最为关键的是:卡尔斯基的两次隔离区之行,使他超越了外人的身份。他和反纳粹的犹太人领袖建立了一种亲密关系, 从原来的波兰贵族身份转变为了犹

---

① 普里默·莱维:《被淹没与被拯救的》,上海三联书店,2013 年,第82-83 页。

太人他者身份：一个犹太人他我(Jewish alter ego)。在这遭遇他者的故事里，卡辛斯基是作为波兰贵族这个非犹太人身份(non-Jewish)而爱上犹太人的。"他之所以能够爱上犹太人，是因为他在犹太人身上发现了某种熟悉的人性"，换言之，他与犹太人的关系是人与人之间的关系。就是在这个"同情转移"的过程中，卡尔斯基得以将犹太人从其犹太性(Jewishness)中分离出来，并将其作为"想象的伴侣和兄弟"(imaginary companion and brother)带入卡尔斯基自己的波兰贵族世界。他意识到"我们都是犹太人"(因为我们都是人)。

与此同时，陪伴卡尔斯基的犹太人领袖，通过对卡尔斯基的回应，把卡尔斯基带出了其波兰贵族世界，让他不仅参观与他自己的世界不同的陌生世界，而且超越了简单的陌生性（它只能引发卡尔斯基的好奇而不能使之产生移情认同），使卡尔斯基出乎意外地发现了一个犹太"他我"并化身这个"他我"。他发现自己好像一直住在隔离区，因此隔离区就是"他的世界"。内在、外在之间的界限就这样被打破了。卡尔斯基通过经验和记录"成为他我"意味着什么，而"实际上体会到内在于大屠杀意味着什么，以及作为一个局内人的感受"①。特别是那个带着他两度进入隔离区的犹太人领袖的突然消失(被纳粹杀害)深刻地、内在地刺痛了他，"成为卡尔斯基自己独特的大屠杀经验"②，"见证被植入了这种失落感，它不只是从外部、而且是从自己的丧亲之痛(bereavement)中体会的失落感"③。

具有戏剧性的是，导演兰兹曼本人也经历了与卡尔斯基类似的身份转变："兰兹曼本身的旅程也与卡尔斯基的旅程相呼应：他也将我们带入一个目的在于跨越界线的旅程，先从外部世界进入到大屠杀的内部，再从大屠杀内部回到外部世界。"④在由导演兰兹曼和电影观众组成的关系中，观众类似电影里的卡尔斯基，是由外部出发的访问者，而兰兹曼类似反纳粹领袖，他虽不是犹太人，却知道由外部进入内部的通道。"在电影中由此通道引导我们进入一个独特而难忘的

---

① Shoshana Felman & Dori Laub, *Testimony: Crises of Witnessing in Literature, Psychology and History*, p. 236.

② Shoshana Felman & Dori Laub, *Testimony: Crises of Witnessing in Literature, Psychology and History*, p. 237.

③ Shoshana Felman & Dori Laub, *Testimony: Crises of Witnessing in Literature, Psychology and History*, p. 237.

④ Shoshana Felman & Dori Laub, *Testimony: Crises of Witnessing in Literature, Psychology and History*, p. 238.

观看经验,同时以回声般、鬼魅般的旁白喃喃:看着它,看着它。"④

兰兹曼借助艺术的工具,从内部对外部产生影响,真正地感动观者,实质性地触动听者。《浩劫》在历史(知识)和伦理的双重意义上影响观众,通过人的知性而不是情感来触动观者。在一篇访谈中,兰兹曼说:"我的问题是传达的问题,为此,人不能受情绪控制。你必须保持距离。这项工作使我陷入莫大的孤独……但重要的不是被击倒,或是击倒他人。我宁愿经由理解(intelligence)来触动他们。"⑤

更深层次的问题是:如何才能在传达"内部"的悲伤、断裂、深渊般的孤独的同时,又不被这深渊所击垮或被悲伤所控制,不失去外部的立场? 如何才能同时身处内在与外在?如何将观众导入内部,又与外界保持联系?这种"经由理解的触动"犹如将内部黑暗带到外部的亮光之下,在理解之光中叙述大屠杀。在影片中,物理的光隐喻理解、了解,它还与纳粹对光(理解和了解)的恐惧形成对照和呼应。纳粹对光(理解/了解)的恐惧,就是对于大屠杀秘密——秘密总是让人联想到黑暗——之外泄(曝光)的恐惧,所以,他们的秘密文件怕光,他们运送犹太人囚犯的货运列车被封得死死的,因为里面的"货物"(犹太人)是不能见"光"的。集中营犹如一个尸体(以及"将死的活死人"/"死活人")的容器,将生命吸入到无边的黑暗和虚无。害怕光,说到底就是害怕灭绝的阴谋被外界知晓、了解,除了尽可能清除物理意义上的光,阻止外界了解的另一个措施就是隔离。因此,纳粹设计了种种隔离区,无数围墙,目的都是把不可告人的计划和犹太人一起封/圈起来,防止其被外界看见(曝光)。

兰兹曼的电影可以视作一次自外入内的旅行,带着观众进入大屠杀的黑暗心脏,但同时要冲破包裹和守护黑暗的层层铜墙铁壁,将之带到外面的光明——理解——之下,使真相大白于天下。

七　外与内、局外人与局内人的转化

兰兹曼的身份非常特殊。他在自传中说:他在成长过程中受的不是犹太教育。其父于 1913 年归化为法国国民,39 岁的时候加入法国军队参加第一次世界

---

① Shoshana Felman & Dori Laub, *Testimony: Crises of Witnessing in Literature, Psychology and History*, p. 238.

② Shoshana Felman & Dori Laub, *Testimony: Crises of Witnessing in Literature, Psychology and History*, p. 239.

大战,曾获得法国军事勋章。兰兹曼自己也受法国思想文化的熏陶,主修德国哲学。就此而言,他虽然是犹太人而且在纳粹统治期间经常躲避纳粹的搜捕,部分体验到内部人(犹太人)身份的滋味,但仍然应该被归入大屠杀的"外人",其导演《浩劫》属于从外部进入大屠杀。他进入内部的过程(旅行)同时也是身份的转变过程——换言之,是一个走向"他者"的旅程。拍摄《浩劫》无异于一次艰辛的生命之旅,在黑暗中摸索,充满了不可能的挣扎。《浩劫》的叙事指向是:将集中营的"内部"见之于光(被外界了解)。这也是兰兹曼本人的生命叙事,是一个关于生命旅程的演出和解释,电影既是这个旅程的诠释者,同时也是它的物质证人。

　　战后的兰兹曼一直在寻找自己的身份,他做了一连串的旅行,不断在内部与外部之间进行调节、协商。这些旅行经验可称之为"存在的探索之旅"(itinerary of existential search)。拍摄纪录片《浩劫》乃是这个探索的一部分。电影是他"发现内部的地方"①。

　　1947 年,兰兹曼在德国主修哲学,之后在柏林大学教授哲学。这个时候的他作为一个欧洲学者,一个纯粹的哲学爱好者,并不关注大屠杀。后来一个偶然的机会,他应学生要求主持一个关于反犹主义的谈论会,却遭到法国驻德国军事指挥官的警告(希望他不要触及这个政治"敏感"问题)。这使他意识到西方世界对于大屠杀的回避和遗忘,决心与之对抗。兰兹曼就这样意料之外地涉入政治。之后他来到东德,再之后又以国际记者身份来到了以色列(1952 年)。正是在以色列,他开启了他的走向"他者"(犹太人)以及发现"内在"(自己内部的犹太性)之旅。这个地理位置的移动与其身份认同的易位正相对应。在以色列的经历既是一个跨越他者/外在(犹太人世界)(crossing to the other)的过程,但也是一个显露"内在"——自己身上的犹太性——的过程。这是一个在他的内部回响的内在性:"我立刻意识到这些犹太人乃是我的弟兄,而我之身为法国人乃属偶然。"②此时他发现自己的写作计划发生了微妙变化:他本来是要以国际记者的局外人身份为法国《世界报》写关于以色列的报道,但是他发现"我无法用写印度或其他国家的心情写以色列。我没有办法"③。这是因为他无法再以外人身份写作,不能再由

① Shoshana Felman & Dori Laub, *Testimony: Crises of Witnessing in Literature, Psychology and History*, p. 244.

② Shoshana Felman & Dori Laub, *Testimony: Crises of Witnessing in Literature, Psychology and History*, p. 247.

③ Shoshana Felman & Dori Laub, *Testimony: Crises of Witnessing in Literature, Psychology and History*, p. 248.

外部见证。他也发现了媒介的问题：他不再能通过写书的方式传达他存在之旅的经验感受。他的写作计划陷于停顿。

直到 20 年之后，他找到了电影这个媒介，这个兼容多层次、多方向的多元性媒体，从视觉角度铭写并通过电影来见证文字书写的不可能性：它既是对不可能性的见证，同时也是对不可能性的克服。这种不可能，"一方面是从外部言说内部的不可能，另一方面则是从内向外言说的急迫的必要性"[1]。

在兰兹曼从外到内的转化中，也有一个重要的中介或引路人，这就是他的夫人，一个犹太人。她的出现创生了一种"我们"关系，一种由爱的对话（loving dialogue）发展到爱的盟誓的关系。她是一个沟通内外的媒介，把他引入犹太人世界。他拍摄了《为什么以色列》（Why Israel）这部电影献给自己的夫人。接着就接受了犹太人朋友的委托拍摄《浩劫》。他面对的问题是："如何从内部谈论毁灭，而不是沦为沉默或自我毁灭？如何从内部让毁灭被听到？如何让这部影片通过自由的方式言说，不但使内部不再受摒除，而且积极地纳入外界？"[2]《浩劫》是向"内部"的终极迈进，是史无前例地、面对面地直逼"内部"，特别是面对并超越来自内部的抵抗——犹太人幸存者对大屠杀拒绝谈论的姿态。

从某种意义上说，由于犹太人自己也不了解自己的命运，因此，他们其实也是外人："犹太人自己的存在方式表明他们也只是自己历史与大屠杀的局外人。"[3]这种无知不是来自学识、阅读的欠缺，资料的缺乏，而是源于"大屠杀将自己显示为与知识不相称"（the Holocaust reveals itself as incommensurate with knowledge）。大屠杀本身抵制从内部了解它。与此同时，由于对内部的探索是痛苦、残酷的，兰兹曼自己也抵制进入内部，就像不愿意接近一个"黑色的太阳"。他直言：内部"像是一轮黑色太阳，你必须与自己搏斗才能继续下去"，"我必须抵抗我的一个顽固倾向——忘记前面所做的一切"，"我总是必须与一种内心倾向——排斥正在做的东西——进行搏斗。很难面对这些"。[4]正如我们前面曾经指出的：大

---

① Shoshana Felman & Dori Laub, *Testimony: Crises of Witnessing in Literature, Psychology and History*, p. 248.

② Shoshana Felman & Dori Laub, *Testimony: Crises of Witnessing in Literature, Psychology and History*, p. 248.

③ Shoshana Felman & Dori Laub, *Testimony: Crises of Witnessing in Literature, Psychology and History*, p. 252.

④ Shoshana Felman & Dori Laub, *Testimony: Crises of Witnessing in Literature, Psychology and History*, p. 252.

屠杀的灾难太过黑暗,回忆和讲述它们均超越了人的心理承受能力。亲历者拒绝回忆,讲述者拒绝讲述,听众不愿倾听。让人直面极端的非人状态("黑色太阳")需要非凡勇气。电影之旅"不仅是一个前所未有的朝向毁灭的历史之旅(historical journey towards erasure),而且同时是进入和步出自己内部的黑色太阳(a journey both into and outside the black sun inside oneself)"——"自己内部的黑色太阳"似乎可以理解为自己身上的非人性元素。

不愿意正视也罢,不敢正视也好,"黑色的太阳"却确实存在于那里。否认无济于事。只有承认并在理智上彻底认识它才能最后涤除它。理解(understand)《浩劫》不仅是了解(know)大屠杀,而且是对何为"不知"(not knowing)获得新的洞见,理解抹灭(erasure)——既包括纳粹对犹太人的抹灭,也包括幸存者对创伤记忆的抹灭——通过何种方式成为了我们历史的一部分。这样,"《大屠杀》之旅开启了理解历史的新可能性,以及走向将历史的抹灭历史化(historicizing history's erasure)的实际行动"[①]。

八 寻获的故事:见证、证人的回归

兰兹曼旅行的终点,是寻获了大屠杀的幸存者史列比尼克,并把他带回到彻尔诺集中营大屠杀现场,而这个终点恰恰又是电影的起点。兰兹曼之旅的重大收获就是找到了这个证人,并最后成功劝说他出来见证。在这个过程中,他还发现了(又一意义上的寻获)大屠杀见证所蕴含的各种深度与复杂性。这里包含了一系列的寻获/找到:(1) 找到了幸存者: 集中营最重要的证人;(2) 找到了一个关键地点——进入"内部"的地点:以色列。经由这个地点,兰兹曼就可以进入与"他者"的密切关系中;(3) 找到了电影这个媒介:找到了电影就是找到了一种新的视觉可能性(new possibility of sight),不仅仅是一种可能的视野,而且是修正(以前的)视野的可能性。

电影在找到/寻获以色列这个关键地点以及证人后,又以此为出发点开启了一个再出发的旅程:逆向追溯历史,返回原初的大屠杀场景,即从以色列回到波兰的彻尔诺集中营这个毁灭的原景。这是一个兰兹曼开始时极不情愿开始的悲伤之旅,因为彻尔诺集中营是一个悲伤之地、"空白之地"。他也没有期待此行会

---

① Shoshana Felman & Dori Laub, *Testimony: Crises of Witnessing in Literature, Psychology and History*, p. 253.

有什么收获。出乎意料的是,到了那里以后,原先积累的关于大屠杀的知识被引爆了,原先这些知识、研究成果不过是积累在那里,好像装满了炸药的炸弹,却没有引爆的引信。波兰之行正好是引信。

同时回到原景的还有那个找到的证人,小男孩史列比尼克。由于他是一个原来纳入屠杀计划并已经中弹(未致命)的幸存者,所以他的回来无异于"死者"或"鬼影"的回归,"一个没有证人的事件现场中已死的证人的归来"。在发生大屠杀的时候,这个男孩曾经目睹大量犹太人被屠杀和二次屠杀(即那些毒气室出来还没有死的半死不活的人被再次烧死)。但由于史列比尼克在侥幸逃脱之后长期麻木不仁,因此不能担当证人。真正的证人是在此时此刻(跟随兰兹曼重新来到彻尔诺大屠杀现场的那个时刻)诞生的。新诞生的史列比尼克开始为当时残暴得无以复加的屠杀作见证,"只是在此刻,通过跟追兰兹曼回到彻尔诺,史列比尼克才从自己的死亡(麻木不仁)中回归,并第一次成为证人,一个善于表达的、充分有意识的证人,见证他在战争期间看到的东西"[①]。因此,"死者"的回归所象征的是证人的回归,是对没有见证的原初历史场景的回溯性见证。

（原载《文学与文化》2020 年第 4 期）

---

① Shoshana Felman & Dori Laub, *Testimony: Crises of Witnessing in Literature, Psychology and History*, p. 258.

诗歌戏剧研究

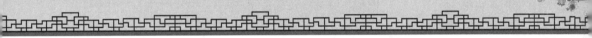

中国现代主义诗歌化理性为神奇的密钥 *

吕周聚

诗歌借助于语言形式，运用具体的艺术表现手法来表现诗人独特的思想情感，语言及表现手法成为诗人思想情感的呈现形式。从心理学的角度来说，思想情感是诗人的一种思维方式，而思维本身与语言形式存在着密切的关联："思维是我们本能活动的一部分——最具人类特点、感情色彩及个人特征的一部分。但这种高度的个人才能也是我们极其明晰的社会性反应，因为它与语言的联系是如此密切，以致不能脱离说话的方式。而且无论我们所运用的语言多么新颖，这一实践本身也纯粹是社会的承继。然而，深植于语言之中因而也深植于社会及其历史之中的理性思维，反过来又是我们个人经验的模式。我们实质上观察并记忆'可言明'者。不可言明者也会触动我们的意识，不过它们经常有几分象难以对付的客人，我们带着一种神秘之感，依自己的性情去承认或否认它们。语言使每个人都成为特定社会的成员，而思维借语言的表达又使他与自己的人民结成了更密切的联系，这是任何'社会观点'或'利益共同体'力所不及的。这种最本源的智力上的纽带可靠地维系着隐居者、孤独的逃犯或被逐出教会的人，有如习性相投的居民之间的关联。任何一种事实，无论它如何地不涉及意识，我们对它的体验却总是打着语言的印记的。"① 语言(形式)与思维互为存在的前提，成为二位一体的复合物，语言是思维的外化存在形式，不同的语言形式实际上就是不同的思维方式的呈现形式。诗人的创作是一个非常复杂的思维运行过程，诗人的思维方式不同，其所呈现出来的语言形式也就不同。中国现代主义诗人喜欢在诗歌中表

作者简介:吕周聚(1962—　)，男，青岛大学文学与新闻传播学院教授。

* 本论文为山东省社会科学规划重点项目"中国新诗审美范式的历史转型"(06JDB096)的阶段性成果。

① 苏珊·朗格:《情感与形式》，刘大基、傅志强、周发祥译，中国社会科学出版社，1986年，第251页。

现理性思维,他们必须掌握神奇的密钥才能进入理性的殿堂,而这种神奇的密钥就是能够呈现出理性思维的独特的艺术表现形式。

一

　　诗人的思维方式不同,其性格及所用语言形式也就不同。从心理学的角度来看,人的性格大致可分为内向与外向两种。在袁可嘉看来,性格比较外向的诗人常采用新诗戏剧化的第二种方向, 奥登是其中的代表,"他的习惯的方法是通过心理的了解把诗作的对象搬上纸面,利用诗人的机智,聪明及运用文字的特殊才能把他们写得栩栩如生,而诗人对处理对象的同情、厌恶、仇恨、讽刺都只从语气及比喻得着部分表现,而从不坦然裸露"①。奥登善于运用"非个人"的戏剧化方式,以轻松幽默的笔调,以具有反讽意味和悲剧感的幽默方式来表达自己的思想情感;他注重对心理特征的揭示,运用离奇新鲜的比喻产生陌生化的艺术效果。奥登的诗歌对卞之琳、冯至、杜运燮等诗人产生了很大的影响。卞之琳、冯至、杜运燮等善于运用机智、聪明及文字的特殊才能来呈现诗人的不同思维,赋予诗歌一种智性美。这种机智、聪明及文字特殊才能是诗人理性思维的具体表现,与诗人的深厚学识、洞彻的观察力和深刻的思辨力密切相关。

　　智性是智慧、机智的表现,对诗人而言,它首先是一种思维方式,机智灵活是其基本特征;其次,它也是一种语言表达方式,与知识密切相关,幽默、反讽等艺术表现手法是其具体表现。作为思维方式,它是先天形成的;作为艺术表现手法,它是经过后天训练而成的。因此,相比较而言,学院派诗人的作品更多地表现出智性美的特征。袁可嘉认为:"机智(wit)——它是泛指作者在面对某一特定的处境时,同时了解这个处境所可以产生的许多不同的复杂的态度,而不以某一种反应为特定的唯一的反应。……表现于人生或诗里,它常流露为幽默、讽刺或自嘲。这是一种很难驾驭的品质,许多人都不经意地将它蜕变为浅薄下流,油腔滑调,或一星小聪明的搔首弄姿。在好的方面,许多优秀的诗作都表现了严肃异常的机智,使诗篇意外地生动,意外地丰富。"②机智是一种很复杂、很难驾驭的技巧,它

---

① 袁可嘉:《新诗戏剧化》,载《半个世纪的脚印——袁可嘉诗文选》,人民文学出版社,1994 年,第69-70 页。

② 袁可嘉:《谈戏剧主义——四论新诗现代化》,载《半个世纪的脚印——袁可嘉诗文选》,第 80 页。

与油腔滑调有很大的区别——机智是一种深刻、严肃、丰富的哲理思想,而油腔滑调产生的是一种浅薄、滑稽、单一的搞笑行为。中国新诗派的诗人们以独立的姿态来面对社会现实,独立地思考问题,机智地处理现实人生及诗歌创作中的各种问题。辛笛的《手掌篇》以 W. H. 奥登的诗句"自我想来,活着常常就是想着"为引子,思想成为他崇尚的生存方式。穆旦是一位具有深刻思想的诗人,其思维呈现出曲折迂回的运行方式,他对爱情、生命、死亡等抽象问题的思考独特而深刻:"水流山石间沉淀下你我,/而我们成长,在死底子宫里。/在无数的可能里一个变形的生命/永远不能完成他自己。"(穆旦《诗八首》)以诗的形式来思考、回答人从哪儿来、到哪儿去等哲学问题,揭示出人生变化莫测的存在形式和生命永远处于残缺的未完成状态的无奈结局。诗人从现实人生出发对宗教问题进行深入思考,发现了现实人生与宗教之间的悖论:"就把我们囚进现在,呵,上帝,/在犬牙的甬道中让我们反复/行进,让我们相信你句句的紊乱/是一个真理。而我们是皈依的,/你给我们丰富,和丰富底痛苦。"(穆旦《出发》)人生在世如同囚徒一般没有自由,反复行进在犬牙的甬道中,充满曲折与磨难,我们皈依上帝,将上帝紊乱的语言当做真理,而上帝给我们的是丰富的痛苦,"囚""犬牙""甬道""紊乱"等词语的选择形象而又深切地表现出作者对现实人生的睿智思考。"读他的文字会有许多不顺眼的滞重的感觉,那些特别的章句排列和文字组合也使人得不到快感,没有读诗应得的那种喜悦与轻柔的感觉。可是这种由于对中国文字的感觉力,特别是色彩感的陌生而有的滞重,竟也能产生一种原始的健朴的力与坚忍的勃起的生气,会给你的思想、感觉一种发火的摩擦,使你感到一些燃烧的力量与体质的重量,有时竟也会由此转而得到一种'猝然,一种剃刀似的锋利'(王佐良语)。"①卞之琳也是一位富有智慧的诗人,他看到了世界万物之间的复杂关系,并以诗的语言表达这种复杂的思想:"你站在桥上看风景, /看风景人在楼上看你。//明月装饰了你的窗子,/你装饰了别人的梦。"(卞之琳《断章》)短短的四句诗,表现出人与人、人与自然、人与社会之间复杂而辩证的关系,它既是诗人对宇宙人生的智性思考的产物,又是诗人智性语言表达的结晶。

诗人以哲学家的眼光来观察世界,发现了世界万物中所普遍存在的矛盾性,看到了事物之间变化莫测的复杂关系。同时,他们也在寻找在诗歌中解决矛盾的办法。如同在哲学中运用辩证统一的理论来解决矛盾冲突一样,诗人们在诗歌中

---

① 唐湜:《搏求者穆旦》,载《新意度集》,生活·读书·新知三联书店,1990 年,第 103 页。

也运用辩证的方法来解决各种矛盾之间的冲突,寻求它们之间的统一。"辩证性(dialectic):戏剧化的诗既包含众多冲突矛盾的因素,在最终却都须消溶于一个模式之中,其间的辩证性是显而易见的。它表示两个性质。一是从一致中产生殊异,二是从矛盾中求得统一。诗的过程是螺旋形的、辩证的。"①在中国现代诗人中,穆旦无疑是最具辩证思维的一位,其诗歌中也充满了辩证统一。绝望与快乐、生与死本是互相对立的,但在穆旦笔下却得到了统一:"勃朗宁,毛瑟,三号手提式,/或是爆进人肉去的左轮,/它们能给我绝望后的快乐,/对着漆黑的枪口,你就会看见/从历史的扭转的弹道里,/我是得到了二次的诞生。"(穆旦《五月》)"绝望后的快乐","从历史的扭转的弹道里,我是得到了二次的诞生",用辩证的语言表达出生与死之间的密切关系,本是互相对立的生与死、绝望与快乐形成一个具有张力的整体。"希望,幻灭,希望,再活下去,/在无尽的波涛的淹没中,/谁知道时间的沉重的呻吟就要堕落在/于诅咒里成形的/日光闪耀的岸沿上;/孩子们呀,请看黑夜中我们正怎样孕育/难产的圣洁的感情。"(穆旦《活下去》)"希望"与"幻灭"、"无尽的波涛"与"日光闪耀的岸沿"、"黑夜"与"圣洁"形成强烈的反差对比,它们之间的矛盾对立产生一种张力,隐喻着人类生活的艰难与痛苦,"活下去"成为一种痛苦的存在状态,作者用诗的语言阐释了"活着就是痛苦"这一存在主义的哲学命题。袁可嘉对穆旦的《时感》进行了分析:"作为主题的'绝望里期待希望,希望中见出绝望'的两支相反相成的思想主流在每一节里都交互环锁,层层渗透;而且几乎是毫无例外地每一节有二句表示'希望',另二句则是'绝望'的反问反击,因此'希望'就益发迫切,'绝望'也更显真实,而这一控诉的沉痛、委婉也始得全盘流露,具有压倒的强烈程度;末句'我们只希望有一个希望当做报复'似是全诗中最好的一行,它不仅涵义丰富,具有综合效果,无疑有笔者在他处曾经说过的'结晶'的价值。"②郑敏是西南联大哲学系的学生,她接受了系统的哲学思维训练,这种思维在其诗歌作品得到了展现:"倘若恨正是为了爱,/侮辱是光荣的原因,/'死'也就是最高潮的'生',/它美丽灿烂如一朵/突放的奇花,纵使片刻间/就凋落了,但已留下/生命的胚芽。"(郑敏《时代与死》)作品揭示了"恨"与"爱"、"侮辱"与"光荣"、"死"与"生"、"片刻"与"永恒"之间的辩证关系,前者是后者的原因,后者是前者的结果,它们互相依存,是一个有机的整体。

---

① 袁可嘉:《谈戏剧主义——四论新诗现代化》,载《半个世纪的脚印——袁可嘉诗文选》,第81页。
② 袁可嘉:《新诗现代化——新传统的寻求》,载《半个世纪的脚印——袁可嘉诗文选》,第54页。

　　现代主义诗人用辩证思维来体验、思考现实人生，能够透过事物外在的表象来看到其内在的本质，全面地认识、把握问题，避免了浪漫主义的直接、片面与极端，现代主义诗歌因此而具有了智性因素。

二

　　在许多人眼里，诗人感情充沛，思维简单，只会听任自己的感情支配行事，凭直觉做出判断，缺少理性的思考与判断。我们须承认，感情充沛的确是诗人的典型特征，但诗人除了充沛的感情之外，还应具有发达的理性。具有理性的诗人常常能够以理性来控制咆哮的感情，以冷静的眼光看待事物之间的复杂关系，通过理性思考发现事物的本质，并用诗的语言将之呈现出来。

　　在现实生活中，许多事物之间存在着一种悖论的关系，诗人需要一种特殊的思维来发现事物之间的这种悖论关系，也需要一种特殊的艺术表现手法来表现这种悖论，而这种方法就是悖论。所谓的悖论，即似非而是的陈述，表面上看起来荒诞无稽而实质上真实可靠，"似是而非，似非而是（paradox）——现代诗人和玄学诗人都同样喜欢用。他们觉得它是最适合戏剧化的要求，因为它本身至少就包含两种矛盾的因素，在某种行文次序中，它往往产生不止两种的不同意义，这便造成前次我们所说的'模棱'，而使诗篇丰富"①。诗歌忌讳浅薄、直接、明了，追求含蓄、曲折、朦胧，而悖论无疑是诗人获得含蓄、曲折、朦胧的艺术效果的一条最佳途径。卞之琳在 1937 年暮春时节于杭州西湖西北岸陶社小住，从附近的禅寺中感到了浓郁的禅意，写下了《装饰集》最后两三首诗，其中包括《灯虫》。如他所言，这首诗"结束了一度迎合朋友当中的特殊一位的柔情与矫情交织的妙趣，而不免在语言表层上故弄禅悟，几乎弄假成真，实际上象玩捉迷藏游戏的作风"。②这种表面上的假与实质上的真构成一种悖论："哈哈！到底算谁胜利？／你在我对面的墙上，／写下了'我真是淘气'。"（卞之琳《淘气》）这种悖论的手法表现出了"特殊朋友"表面上淘气而实质上可爱的性情行为。"乡下小孩子怕寂寞，／枕头边养一只蝈蝈；／长大了在城里操劳，／他买了一个夜明表。／／小时候他常常羡艳／墓草做蝈蝈的家园；／如今他死了三小时，／夜明表还不曾休止。"（卞之

---

① 袁可嘉：《谈戏剧主义——四论新诗现代化》，载《半个世纪的脚印——袁可嘉诗文选》，第 80 页。
② 卞之琳：《话旧成独白：追念师陀》，《中国新文学史料》1989 年第 2 期。

琳《寂寞》）"蝈蝈"与"寂寞"、不曾休止的夜明表与死了三小时形成对比，产生一种悖论的张力，揭示出人生的孤独、寂寞。陈敬容也善于运用悖论来表达自己独特的思想："流得太快的水／像不在流，／转得太快的轮子／像不在转，／笑得太厉害的脸孔／就像在哭，／太强烈的光耀眼，／让你像在黑暗中一样／看不见。／／完整等于缺陷，／饱和等于空虚，／最大等于最小，／零等于无限。"（陈敬容《逻辑病者的春天》）诗人从日常生活现象中发现了事物表象与本质之间不一致的问题，表面上的非与本质上的是之间构成悖论，诗人用诗的语言表达了相对论这一深奥的科学哲学命题。袁可嘉也善于运用新批评派所谓的"矛盾的语言"以求得讽刺的效果，《冬夜》《进城》是这方面的代表作。"起初觉得来往的行人个个不同，／像每一户人家墙上的时辰钟；／猛然发现他们竟一如时钟的类似，／上紧发条就滴滴答答过日子。"（袁可嘉《冬夜》）表面上的不似（来往的行人、每一户人家墙上的时钟各不相同）与本质上的似（时钟上紧发条就滴滴答答过日子）构成一种生活的悖论，揭示出人们生活的艰辛、单调与无奈。"走进城就走进了沙漠，／空虚比喧哗更响；／每一声叫卖后有窟窿飞落，／熙熙攘攘真挤得荒凉。"（袁可嘉《进城》）"城"与"沙漠"、"空虚"与"喧哗"、"熙熙攘攘"与"荒凉"相互矛盾对立，城市表面上看起来喧哗热闹、熙熙攘攘，但在本质上它却如同沙漠，空虚、荒凉，揭示出现代人生活的孤独与寂寞。布鲁克斯认为："悖论是诗歌不可不用的语言，而且是正合诗歌使用的语言。科学家的真理要求语言清除悖论的所有痕迹；而诗人所表达的真理只有用悖论语言来处理。"[①]在他看来，悖论是诗歌的语言，可以表达诗歌真理，具有普遍性与普适性。悖论在中国现代主义诗歌的大量运用，也充分地说明了这一点。悖论本身的特征决定了诗歌的思辨性、朦胧性与晦涩性，读者需要开动自己的大脑进行理性的思考才能理解、领会作品的深层内涵。

在现实生活中，有许多令人啼笑皆非的非正常事物，其表面与本质互相矛盾，如何才能更好地表达诗人对这种复杂现象的认识？反讽无疑是一种很好的表现手法。反讽在西方是一种古已有之的修辞手法，在古希腊戏剧里就经常出现"佯装无知实则是先知""字面意义与实指意义错位"等表现手法。这种手法到了20世纪初被艾略特等人发扬光大，他们把作为语言现象的反讽与作为哲学概念的反讽融为一体，将反讽上升为一种诗歌本体，并对中国现代主义诗人产生了很大影响。"讽刺感（sence of irony）——这个术语最不好译，也最难凭空解释。粗略

---

① 赵毅衡：《新批评——一种独特的形式主义文论》，中国社会科学出版社，1986年，第181页。

说来,它是指一位作者在指陈自己的态度时,同时希望有其他相反相成的态度而使之明朗化的欲望与心情。它与机智不同:机智只是消极地承认异己的存在,而讽刺感则积极地争取异己,使自己得到反衬烘托而更为清晰明朗。这儿所谓'异己',在诗中便是许多不同于诗中主要情绪的因素。"①尽管对反讽(irony)有各种不同的理解,赋予了不同的内涵,但反讽有其基本的特征:"反讽的基本性质是对假相与真实之间的矛盾以及对这矛盾无所知:反讽者是装作无知,而口是心非,说的是假相,意思暗指真相;吃反讽之苦的人一心以为真相即所言,不明白所言非真相,这个基本的格局在反讽所有的变体中存在。"②中国的现代主义诗人掌握了反讽这种独特的表现手法,并将之运用到诗歌创作实践之中。"哈哈哈哈,有什么好笑,/歇斯底里,懂不懂,歇斯底里!/悲哉,悲哉!/真悲哉,小孩子也学老头子,/别看他人小,垃圾堆上放风筝,/他也会'想起了当年事……'/悲哉,听满城的古木/徒然的大呼,/呼啊,呼啊,呼啊,/归去也,归去也,/故都故都奈若何!……"(卞之琳《春城》)北京百姓在垃圾堆上放风筝,表面上看起来生活无忧无虑、充满幸福快乐,实则是被逼无奈、苦中作乐,而小孩子学老头子的口吻说话,表面上好笑好玩,实则揭示出他们祖祖辈辈过着同样生活的悲惨命运。"物价已是抗战的红人。/从前同我一样,用腿走,/现在不但有汽车,坐飞机,/还结识了不少要人,阔人,/他们都捧他,搂他,提拔他,/他的身体便如烟一般轻,/飞。但我得赶上他,不能落伍。/抗战是伟大的时代,不能落伍。/虽然我已经把温暖的家丢掉,/把好衣服厚衣服,把心爱的书丢掉,/还把妻子儿女的嫩肉丢掉,/而我还是太重,太重,走不动,/让物价在报纸上,陈列窗里,/统计家的笔下,随便嘲笑我。"(杜运燮《追物价的人》)诗人用反讽的手法来描写抗战时期物价的飞涨,令人痛恨的飞涨的物价成了抗战的红人, 其身份发生了巨大的变化,"他"乘汽车、坐飞机,要人、阔人都在捧"他"、搂"他"、提拔"他",而"我"得赶上"他",不能落伍。表面上是"我"在主动追赶飞涨的物价,实则是"我"为物价所逼,无奈地把温暖的家丢掉,把好衣服、心爱的书丢掉,把妻子儿女的嫩肉丢掉,即便这样,"我"仍赶不上"他",因为"我"还存有太多的肉,还有菜色的妻子儿女,还有重重补丁的衣服,他们都应该丢掉。诗人以"口是心非"的语言形式,控诉了抗战时期通货膨胀给诗人及老百姓生活所带来的物质匮乏与精神痛苦, 与当时流行的政治讽刺诗有所不同。穆旦运用反讽手法对抗战时期某些政治要人的行

---

① 袁可嘉:《谈戏剧主义——四论新诗现代化》,载《半个世纪的脚印——袁可嘉诗文选》,第80-81页。

② 赵毅衡:《新批评——一种独特的形式主义文论》,第179页。

为给予了无情的批判:"多谢你们的谋士的机智,先生,/我们已为你们的号召感动又感动,/我们的心,意志,血汗都可以牺牲,/最后的获得原来是工具般的残忍。//你们的政治策略都非常成功,/每一步自私和错误都涂上了人民,/我们从没有听过这么美丽的言语/先生,请快来领导,我们一定服从。//多谢你们飞来飞去在我们头顶,/在幕后高谈,折冲,策动;出来组织/用一挥手表示我们必须去死/而你们一丝不改:说这是历史和革命。"(穆旦《时感四首·一》)诗人看到了抗战军民在前线浴血奋战而某些政客却在后方打着人民的旗号大发国难财的事实,表面上歌颂这些政客,表示愿意听从他们的号召、领导而牺牲自己的心、意志、血汗及至生命,实际上从内心里却对他们充满了鄙视与仇恨,作者用这种正话反说的反讽手法,表达了自己对这些政客的强烈不满,对当时国民党政府的腐败无能给予了深刻批判。

作为表现手法,悖论与反讽有所不同;但作为思维方式,它们又带有某些共性,"狭义的悖论的确只是反讽的一种,而广义的悖论与反讽是一回事"①。悖论与反讽遵循的是一种辩证思维,能够透过事物表象看到本质,揭示表象与本质之间的矛盾,表达诗人对事物本质的深刻认识,诗歌因此而获得了智性之美。

三

崇尚理性的诗人大多都属于学院派,他们饱读诗书,积累了丰富的知识典故,并在写诗的过程中自觉或不自觉地将这些知识融入到自己的作品之中。其作品充满了知识典故,但作者并非简单地堆砌知识典故,而是运用戏拟的手法,借用前人已有的文本、知识、典故来产生出新的文本。所谓戏拟(parody),是一种滑稽性的模拟、模仿,将前人已有的作品加以改写,借用其文体样式、语言风格或具体的句子来表达自己的思想情感,将两个或两个以上的文本糅合为一个新的文本,这样新的文本就具有了更加丰富复杂的思想内涵。

卞之琳善于运用戏拟的手法,从别人的作品中获得写作的灵感,将别人的诗句灵活化用,使其获得新的生命。如他所言:"我总喜欢表达我国旧说的'意境'或者西方所说'戏剧性处境',也可以说是倾向于小说化,典型化,非个人化,甚至偶尔用出了戏拟(parody)。所以,这时期的极大多数诗里的'我'也可以和'你'或

---

① 赵毅衡:《新批评——一种独特的形式主义文论》,第185-186页。

'他'('她')互换,当然要随整首诗的局面互换,互换得合乎逻辑。"①卞之琳的夫子自道给我们提供了解读其作品的线索与依据。卞之琳的某些作品充满了知识典故,这些知识典故跳跃性大,如果不清楚这些知识典故的背景来历,就很难理解把握作者的诗歌意图。《鱼化石》在这方面非常具有代表性:"我要有你的怀抱的形状,/我往往溶化于水的线条。/你真像镜子一样的爱我呢。/你我都远了乃有了鱼化石。"(卞之琳《鱼化石(一条鱼或一个女子说)》)作者在诗后对每一诗句都做了注释。在第一句后面注明:"法国保尔·艾吕亚有两行诗:她有我的手掌的形状,她有我的眸子的颜色。我们有司马迁的'女为悦己者容'。"说明了"我要有你的怀抱的形状"的来历,是对保尔·艾吕亚诗的戏拟和化用。第二句后面注明:"从盆水里看雨花石,水纹溶溶,花纹也溶溶,令人想起保尔·瓦雷里的《浴》。"指出了这一句与《浴》之间的关系。第三句后面注明:"斯特凡·玛拉美《冬天的颤抖》里有'你那面威尼斯镜子……'一段。"指出了这一句是对"你那面威尼斯镜子……"的戏拟与化用。第四句后面注明:"鱼成化石的时候,鱼非原来的鱼,石也非原来的石了。这也是'生生之谓易'。近一点说,往日之我已非今日之我,我们乃珍惜雪泥上的鸿爪,就是纪念。"揭示出了第四句与"生生之谓易"之间的戏拟化用关系,说明了此句与道家思想之间的密切关系。这首诗中的四个核心意象并非简单的物象,而是具有独特文化背景内涵的知识意象,且与情色相关,作者将这四个知识典故根据自己的思维需要加以排列组合并置到一首诗中,使其发生碰撞、融合,形成一个新的文本,产生艺术张力。虽只有短短的四句,但它包含了丰富的知识内涵,隐晦曲折地表达出男女之间的情爱,并赋予其哲学内涵。如果读者不知道这四句诗的知识背景及其互文关系,就很难理解作者所要表达的思想情感。

戏拟并非简单的模仿,而是通过对原作的某些特征(文体、语言、内容、韵脚)的模拟来产生新的文本,通过突出原作的某些特征来表达作者独特的思想情感。卞之琳自觉地运用戏拟的手法来写作, 更个别的还是存心做戏拟(parody),其《一个和尚》是这方面的代表作:"昏沉沉的,梦话又沸涌出了嘴,/他的头儿又和木鱼儿应对,/头儿木鱼儿一样空,一样重;/一声一声的,催眠了山和水,/山水在暮霭里懒洋洋的睡,/他又算撞过了白天的丧钟。"(卞之琳《一个和尚》)作者对这首诗曾做过具体说明:"我前期诗中的《一个和尚》是存心戏拟法国十九世纪末期二、三流象征派十四行体诗,只是多重复了两个脚韵,多用 ong(eng)韵,来表

---

① 卞之琳:《雕虫纪历·自序》,人民文学出版社,1984 年,第 3 页。

现单调的钟声，内容却全然不是西方事物，折光反映同期诗作所表达的厌倦情调。"①作者不是对哪一首具体诗作的戏拟，而是对法国 19 世纪末期二、三流象征派十四行体诗的戏拟，是对一种文体形式（十四行体、ong(eng)韵）的戏拟。消极颓废是象征派诗歌的主要特征，作者运用 ong(eng)韵（空、重、钟）表现出和尚单调乏味、空洞无聊、消极敷衍、得过且过的生活方式和生活态度，虽然戏拟的是法国象征派十四行体诗，表现出来的却是传统的中国思想，是对"当一天和尚撞一天钟"的形象表现，同时也对同时期文坛上流行的消极、厌倦情调进行了讽刺。这种戏拟在卞之琳的作品中大量存在。其《长途》一诗写北平郊区，有意仿照魏尔伦（Paul Verlaine）一首无题诗的整首各节的安排。其中"几丝持续的蝉声"是对瓦雷里《海滨墓园》写蝉声的几句的化用。其《距离的组织》充满了知识典故，初读时令人摸不着头脑："想独上高楼读一遍《罗马衰亡史》，/ 忽又罗马灭亡星出现在报上。/ 报纸落。地图开，因想起远人的嘱咐。/ 寄来的风景也暮色苍茫了。/（'醒来天欲暮，无聊，一访友人吧。'）/ 灰色的天。灰色的海。灰色的路。/ 哪儿了？我又不会向灯下验一把土。/ 忽听得一千重门外有自己的名字。/ 好累啊！我的盆舟没有人戏弄吗？/ 友人带来了雪意和五点钟。"（卞之琳《距离的组织》）作者在这首诗后面附了七个注释。第二行后面加注："1934 年 12 月 26 日《大公报》国际新闻版伦敦 25 日路透电：'两星期前索佛克业余天文学者发现北方大力星座中出现一新星，兹据哈华德观象台纪称，近两日内该星异常光明，估计约距地球一千五百光年，故其爆发而致突然灿烂，当远在罗马帝国倾覆之时，直至今日，其光始传至地球云'。这里涉及时空的相对关系。"对新闻稿的戏拟化成了"忽有罗马灭亡星出现在报上"。在第四行后面做了注解："'寄来的风景'当然是指'寄来的风景片'。这里涉及实体与表象的关系。"在第五行后面注明："这行是来访友人（即末行的'友人'）将来前的内心独白，语词戏拟我国旧戏的台白。"在第六行后面注明："本行和下一行是本篇说话人（用第一人称的）进入的梦境。"在第七行后面注明："1934 年 12 月 28 日《大公报》的《史地周刊》上《王同春开发河套讯》：'夜中驱驰旷野，偶然不辨在什么地方，只消抓一把土向灯一瞧就知道到了哪里了。'"第九行后面注明："《聊斋志异》的《白莲教》篇：'白莲教某者，山西人也，忘其姓名……某一日，将他往，堂上置一盆，又一盆覆之，嘱门人坐守，戒勿启视。去后，门人启之。视盆贮清水，水上编草为舟，帆樯具焉。异而拨以指，随手倾侧，

---

① 卞之琳：《雕虫纪历·自序》，第 16—17 页。

急扶如故,仍覆之。俄而师来,怒责'何违我命!'门人力白其无。师曰:'适海中舟覆,何得欺我!'这里从幻想的形象中涉及微观世界与宏观世界的关系。"第十行后面注明:"这里涉及存在与觉识的关系。但整诗并非讲哲理,也不是表达什么玄秘思想,而是沿袭我国诗词的传统,表现一种心情或意境,采取近似我国一折旧戏的结构方式。"由此可见,除了注释四和七是作者注解说明之外,其他五句都是戏拟,其中两句是对新闻稿的戏拟,一句是对句子的戏拟,一句是对旧戏台白的戏拟,一句是对《白莲教》故事的戏拟。作者通过戏拟将五个不同的文本"组织"在一起,文本间的距离消失了,弥合为一个新的文本,而这些文本碰撞产生一种新的艺术张力,表现出一种难以言明的复杂心情或朦胧意境。

　　戏拟手法的运用给卞之琳的诗作带来了丰富而复杂的思想内涵,使其作品具有非常浓烈的智性色彩。但戏拟化用本身带有一定的局限性,需要作者能够恰到好处地将原作与自己的作品融为一体,如果处理得好,就会点石成金,自然会给作品增色加分;若处理不好,就会陷入掉书袋的陷阱,使作品显得枯燥无味,晦涩难懂。

　　对作者来说,通过对前人已有文本的戏拟可以创造出新的文本,新的文本与原有的文本相比,在某些方面发生了新的变化,在思想内涵、审美风格等方面实现了增值。对读者来说,在阅读运用戏拟手法写出来的作品时则比较困难,读者必须对戏拟的原作有所了解才能读懂作者的用意,这就要求读者要有开阔的阅读视野(有的作者在作品之后说明戏拟的是哪些作品),并且要对不同文本之间形成的互文关系进行分析,从而发现其新的张力场,领悟作者所要表达的思想情感。

　　对于中国现代主义诗人而言,理性是一个充满了风险与挑战的神秘领域,诗人要想进入理性的殿堂,要想在作品中呈现出理性的艺术魅力,需要掌握能化理性为神奇的艺术表现手法,而机智、辩证、悖论、反讽、戏拟等无疑是诗人进入理性殿堂的密钥,是诗人点石成金的神药。

(原载《文学与文化》2013 年第 2 期)

探赜能指与所指的"机密"

——现代诗语的离散张力 *

陈仲义

一　语词潜在的"三维度"

把握现代诗语,先要从它基本的单位——语词入手。"语词是世界的血肉。"
——梅洛·庞蒂说出了语词与世界、语词与我们的亲缘关系,这种"亲在"集中体
现在人与世界、世界与人的隐喻关系中。语词与隐喻无法剥离,但不是所有语词
都具备隐喻性质。从语词的关系学出发,语词可切分出三个隐秘的维度,此前这
样的维度在诗学与诗歌写作中往往被忽略。今天,为弄清诗语的奥妙,我们从最
基本的"源头"做些分辨。研究诗歌语言学多年的耿占春指出:

> 每一个词都在三个向度上与他者发生关系,这就是:词与物,词所指称
> 的对象;词与人,即词的符号意象给人的语言知觉;词与词,一个词在整个
> 语言符号系统中,在具体的本文结构中的位置。换言之,每个词都与来自三
> 个世界里的意向在这里相遇。而语词则是这三个世界的临界面,与语词所具
> 有的这样三种类型的关系,词与物、词与人、词与词的关系相对应,词的意义
> 就有三种相应的层次。经验层次,作为功能上可以指代的对象的意义、心理
> 知觉层次,作为有所感悟有所期待的意义、符号的经验关系层次,作为可以

作者简介:陈仲义(1948—)男,厦门城市职业学院教授。

* 本论文为厦门市优秀人才科研出版基金《现代诗语言研究》(项目号:XMRC201102)以及中国作家
协会 2011 年重点扶助项目阶段性成果。

用某种特殊的语言形式构成的意义。在具体文本中,符号的结构关系层次,
心理知觉和经验层次是辨认意义情境的本质上互为关联、互为隐喻、互为背
景的方式。①

透过上述对语词的微观分析, 我们初步看清语词各自独立而又相互关联的面目
(见图1):

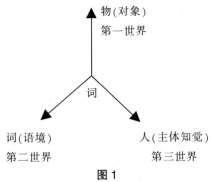

图1

语词的三维度带来巨大的文化意蕴。它的"客观"身份,它与他者、他词的关系,它
被主体所塑造——三种途径所构成的明示或暗示,转喻或隐喻,表明我们只能居
住在无穷无尽的他指性与自指性合围的世界里。人类不仅创造自身的语言奇迹,
又制造语言的牢笼。下面以三维度为模型举"灯"为例(见图2):

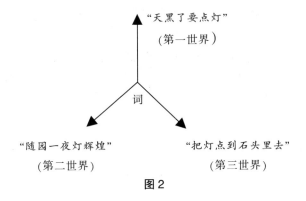

图2

　　第一世界"天黑了要点灯":灯是经由人工发光的器物,属于功能指代,说的
是用人工照明代替失去的光线,属于一种十分明确、应对自然现象的客观实录,

----

① 耿占春:《隐喻》,东方出版社,1993年,第143页。

停留于日常层面的语用行为和工具性,可归入物质范畴。

第二世界"随园一夜灯辉煌":灯虽然脱离了物质实用层面,但在心理知觉作用下——变为对现实的一种加工性反应(一夜辉煌),不过基本没有脱离词与词结合的语境所形成的经验性产物,这种经验产物依然停留在人的经验范围内,可归入经验认知范畴。

第三世界"把灯点到石头里去":两个不相关的词——"灯"与"石头",在同一个句子的语境中被人为地强制关联,词被主体强烈干预后发生非正当关系,产生了新的意义。整句话压缩后的内核是——灯点石头。显然,在强大主体作用下,灯超出一般经验,构成超验式的隐喻,是对经验的一次刷新,属于高级精神范畴。

语词就在这三种维度中交错着,为人的存在提供居所,为人的栖息"遮风挡雨",同时也构成自身稳定的结构和不断生成的基础。在人们没有完全看清语词的"秘密"之前,语词只是事物的一个"命名"、一种代码或一个手段,现在却成为"一个极大的审美欲望对象"。语境是由词的这三个向度或三种意义关系互相穿越而形成的。原来被我们关注的事物"退居二线"了,语言本身突出出来了。即语言的最小单位也以词的面目强调自身的存在。"如果我们认同这种自我引述、自我提示、自我参照的语言事件,我们就能从活本文中释读出新的意义作用,并因此参加到超越日常语言支配的新的世界的创造中去。"①

也就是说,在词与物的关系向度中,语词一般是保持着原初状态,保留着原初命名、传递交流功能;在词与主体知觉发生关联时,语词才显示巨大的艺术潜能和创设倾向;而在词与词之间,有两种情况,一种是继续维系着古老的定式,维系着稳定的关联,另一种是在人为干预下,发生如"第三世界三"所示的变换、更新。简洁地说,词与物构成的第一世界和词与词构成的第二世界,多数时候属于非诗语的世界,它们执行的基本是交际的语用功能。而词与主体知觉构成第三世界,才可能抵达相互发现、相互照明的境界。在第三世界中,语词运动通过隐喻等多种渠道,获取诗性的光辉和不断刷新诗意的生机。

那么,在下面,让我们先回到语词的静止层面,认识其最基本的胚胎构造——语词的能指与所指,进而再思考其变革的可能。

二　能指与所指的关系变革

索绪尔(Ferdinand de Saussure)有一个重要观点,即任何语言符号都是由

---

① 耿占春:《隐喻》,第 144 页。

"能指"(signifier、speaking)与"所指"(signified、meaning)构成的,他特地给出明确的图示②(见图3):

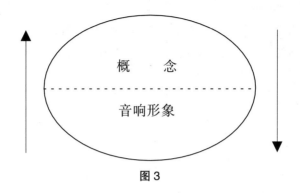

图 3

这个图示显然带有语音中心主义的"霸权"色彩。需要讨论的是,如果能指只是指音响形象,那么它只能服务于表音语系,这对于非表音的语系未免不公或过于狭窄。在笔者看来,能指不仅指语言的声音,还应该包含形状和书写形式;所指是指语言所反映的事物概念及其引申意义,固然十分准确,但索绪尔基于印欧语系的语音学结构,特别重视声音形象,反倒疏忽了其他语系的符号形态。既然概念与音响的两种内涵其实并不能完全覆盖表意语系——尤其对汉语来说,那么是不是应该对其中的能指添加第三者——"形态"要素呢?下面,以"石头"这一语符为例,试在汉语特有的"音形义"基础上做出修正(见图4):

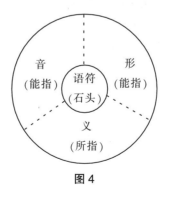

图 4

由是,能指得到"形"的补充,石头的发音、字体形象、书写本身才完整地体现能

---

① 索绪尔:《普通语言学教程》,高名凯译,商务印书馆,2009 年,第 101 页。

指。石头的原始第一义是地质作用下所形成的矿物聚合体，两者"加"起来的结果，就构成了石头表示矿物质、矿藏、建筑材料的语符。而从语符的完整组织结构入手，可以看出"能指与所指之间存在的关系是一种张力关系，二者呈现出来的是一种动态平衡。一方面能指要不断产生出新的所指内涵，另一方面所指也要不断获得新的能指形式。正是在能指与所指不断转换、不断增殖的意指过程中，语言的诗性得以产生、得以丰富"①。

确立语言的诗性，究竟要从哪里起步呢？早期结构主义语言学认为能指与所指之间的关系是对应的，一定的能指代表一定的所指，两者不可能分隔，要尽量减少由不确定带来歧义和模糊，所以语用过程要克服双方的背离。然而，现代诗语言学的使命是要突破语用枷锁，寻求陌生化出路，打破能指与所指的固化关系，切断两者之间的单向对应关系，创造单一能指对应无限所指的形式，故离散两者的关系已然成为首选的突破口。

从语词的运动层面考察，可将能指与所指之间视为一种双向运动。一方面，离散拉大了距离；而另一方面，能指与所指继续相依为命，其依存性不希望完全破坏原有秩序。在这种扩张与趋同的双向运动中，能指与所指愈是出现多种离散式对应，愈是能获得"有意味的形式"。半个世纪以来，现代诗语的能指与所指正在加大离散化运动。离散无非就是创造性开发语词的弹性与张力——随便面对一个字词，诗人们千方百计在能指与所指的缝隙间，伸入考古学的刷子，在字形、音响、会意各个层面上不断擦拭，拂去古老的惯性尘埃，尤其寻求被所指所"遮蔽"的能指，在相互投射中发现新意。杨松波的《瑶》是一次成功尝试：

瑶

曾经一步一摇
走在崎岖的山道
是朝廷的徭役和刀矛
让一步一个血印的
盘瑶
…………

---

① 胡彦：《当代人本诗歌的语言特征》，《作家》1996 年第 5 期。

瑶山

瑶胞

瑶歌

今日已在我这个游客

左手的手机里

右手的相机里

从飘摇

走进了逍遥

一个独立的"瑶"字,作者并不死心眼受制于所指的支配,像从前那样单一性地挖掘"瑶"的美玉内涵或"瑶族"的族群意向,而是在能指的诱发下摇曳出:瑶——摇——徭役——盘瑶——瑶山——瑶胞——瑶歌——飘摇——乃至逍遥! 从瑶到逍遥,相距何其远矣,它使蕴藏在"瑶"字里的能指与所指,既独立又交互运动,经由同音、近形、转接,收获了丰盈的弹性与张力,一改从前正儿八经的"瑶族之歌"的定向所指。

粗略地说,如果能指大体相等于所指,基本上符合实用原则,能起到准确传达、交流信息的功能;如果所指大于能指,则符合人类语言和思维特点,也符合艺术创作的规律,大可成为破译诗歌艺术的规准;而能指大于所指,则造成对传统艺术功能的颠覆,它涉及如何进一步革新能指与所指关系的问题。

有论者认为,所指与能指关系的离散,形成两种鲜明体征:一种是对能指的强调,另一种是流动的所指出现。对能指的强调,特指对能指本身"质感"的突出,它可以把能指从传统的单一声音传媒形式的"桎梏"中"拯救"出来,使之直觉化、纯粹化和表现化,往往具有一种"使石头更像石头"的表达效应。对能指的强调,使离散的能指和所指不可能再表达任何的意义。既是形式、也是内容的能指在"先锋实验诗"中便被调整和修饰成为一种"零度写作"状态下的原初物象语体。①

笔者以为,适度的离散是可行的,而某些极端者硬将能指和所指对立起来,殊不知两者距离过大,会造成不知所云、毫无意义的结果。能指和所指既然不是绝对对立,就允许有所偏斜、有所倚重,这主要是因为在语符内部,能指与所指之

---

① 周芸:《"先锋实验诗"的语体特征与结构主义语言观——结构与解构的矛盾》,《学术探索》2001 年第 1 期。

间还存在一种非对称的关系。故偏斜和倚重能重新激活能指与所指在诗性表达上的活力。换句话说，双方适度离散，并不会造成语词家庭的毁灭，而有利于语词在语境压力下最大限度发挥潜能：能指往往不止对应一个或几个所指，而是对应凡适合其范围内的众多所指；况且能指在独立"出走"后，完全有能力独当一面、自撑门户，赢得广结姻缘、"多子多孙"的门庭；而本来潜力就雄厚的所指因"分家"也能意外地得到更多沾亲带故的资产。至少，能指与所指相对独立的平行发展，平添了诗语家族的兴旺景致。

本质地说，能指与所指是一系列语音上的差别与另一系列意义上的差别的"共同体"。中国汉语经过几千年的演变和发展，产生了五六万个汉字。不妙的是，由于各种复杂原因，所指越来越丰富宽泛，能指越来越流离失所，难怪罗兰·巴尔特曾武断地说，中国是一个只有所指没有能指的国家。基于长期以来能指被所指"压抑"深重，能指不断萎缩，解放能指就成了先锋诗歌的重头戏。

20 世纪 80 年代第一波先锋诗正值高峰，以意象大规模覆盖诗坛而彰显所指的强大优势时，谁也没想到会很快孳生出它的对立面，以"前非非"为主的反对派迅速涌动起能指的大潮，一时占据了上风。能指与所指在语词运动过程中一直处于此消彼长的拉锯状态，在某种程度上也就是意象化与非意象化的运动。于坚的名篇《对一只乌鸦的命名》，是对能指与所指这一离散运动的形象注脚。他分别四次废除所指的强制性"命名"功能。通过"命名消解——命名确立——命名失语"这一三段论，进入词与物、人与存在的本源性思考：原来，一切文化的隐喻、象征都是虚妄的神话延续，人对物的命名永远无法抵达本真的敞亮，只有充分解放能指，才可能走出虚妄的"没有阳光的城堡"。二十年之后，我们在青年诗人胡弦那里看到《水龙头》的书写方式，再次感受能指与所指之间远未止息的离散，以及对于离散的努力：

> 弯腰的时候，不留神/被它碰到了额头//很疼，我直起身来，望着/这块铁，觉得有些异样/它坚硬，低垂，悬于半空/一个虚空的空间，无声环绕/弯曲，倔强的弧//仿佛是突然出现的/——这一次它送来的不是水/而是它本身

作为水龙头的能指——自然对应于"铁""尖硬""弯曲""倔强的弧"四种意象的所指，并且引申出与水的关系。但是这一次，诗人明确指出水龙头"它送来的不是水"——无情斩断了它的含义，而赤裸裸呈现它的能指——作为物质的水龙头的

"它本身"。这首诗明显发出一个信号,它所强调的是,要继续在生活的经验中拒绝隐喻的所指,即回到事物自身的能指,而不是其他。

在笔者看来,能指与所指之间的离散,需要维护某种消长、涨停的关系张力。张力的"投资"范围,一要适度疏离常规语言与指称对象之间的单向对应关系;二要腾出一定地盘,让能指经营相对独立的"单干",以充分扩展、解放"生产力"。换句话说,疏离就是适度而得体地增大能指与所指、能指与能指、所指与所指之间的跨度,重心不妨在能指上多下点功夫,以追回被过往岁月所压抑的损失。然而矫枉过正,凡事都移情能指,甚至让能指完全取代所指,也可能使诗歌轻浮虚飘,形式化十足。

三　离散中的张力

那么,如何在能指与所指的疏离、纠缠过程中,保持应有的张力?前辈诗人们一般都比较遵循艺术辩证法,做到稳扎稳打。比如犁青和纪弦曾经提供上乘的视觉形象和听觉形象的范本。犁青用《石头》写真以色列,全诗 90 句,多数诗行的末尾都用"石头"作结,开头是这样的:

> 在以色列我看到
> 海畔　地上　石头
> 荒丘　古堡　石头
> 绵羊在石砾中寻觅青草吃下了　　　石头
> 骆驼在坎坷的板路上淌汗踢踏着　　石头
> 牧羊人在砂砾中栖宿顶撞到　　　　石头
> 耶苏在雪白沾雪的地下产房初张眼眸看望到　　石头
> 耶苏为阿伯拉罕造出了子孙捏捏塑塑　　　石头
> 犹太人洗濯躯体的缸缸罐罐敲敲凿凿　　　　石头
> 埋着手脚包裹着麻木尸骸的坟墓前面挡住　　石头
> …………

诗人在《诗旅断想》中坦承,写以色列石头"纯是来自感性的'第一感觉'"。是的,由于连篇累牍的能指排列,读者首先感知到石头所造成的视觉形象。44 块精心堆垒的能指，第一时间就足以把人震垮，因为表象略大于潜藏在其中的有关战争、死亡的意旨。由于鲜明的视觉性，《石头》抵得上一首潜在的图象诗。这充分证明，一首诗的能指被充分发掘出来，视觉形象的冲击力占据被接受的先机是完全可能的。在这里，能指与所指至少打了一次平手，长期被所指窒息的能指有了扬眉吐气的机会。

纪弦《你的名字》则提供能指意义上的听觉形象。其出色在于"用了世界上最轻最轻的声音，/轻轻地唤你的名字每夜每夜"的独特语式和韵律。固然名字是泛指的，人物是抽象的(隐去对象描述)，但提供的是承续《雨巷》久违了的音响形象：

> 大起来了，你的名字。
> 亮起来了，你的名字。
> 于是，轻轻轻轻轻轻轻地唤你的名字。

这一音响形象之所以催生出感性具体、有温度有心跳的情调，就在近旁的"尤物"——十四个"你的名字"搭配复沓的"轻"组合成立体型"环绕音箱"，声音的环绕比任何"我爱你""我爱死你了"之类的慷慨所指，更为幽远缠绵，更具循环回味的形象感，能指在这里起到独特的不可替代的作用。难怪诗人树才会说：词语构成的诗在具备意思时，更多地是不具备意思。意思的重要性远不及构成一首诗整体价值的形式和声音特质。①

形式的声音特质在能指中完全获得独立位置，是能指"取代"所指的标志。伊沙的某些极端性文本有意让能指与所指绝缘：

> **惟一的妻儿**
>
> GGGGGGGG
> 伦伦伦伦伦伦伦伦
> GGGGGGGG

---

① 树才：《词语这种材料》，载《诗探索》2000年第1—2合辑，天津社会科学院出版社，2000年，第278-280页。

伦伦伦伦伦伦伦伦
G 伦 G 伦 G 伦 G 伦
伦 G 伦 G 伦 G 伦 G

除了题目保留唯一的所指外,伊沙让能指占领文本的每一寸空间。揣测他是从旅行的车轮轰鸣或手织毛线衣的声响获致灵感,顺手将妻儿的能指代码——G 和伦做成平行编码,并穿插成经纬运行,头尾衔接,环环相扣,在声气急促的谐音中完成针脚密集的亲情编织。谁有勇气敢将能指的音响拧到如此超大的音量呢?

　　成功播送能指的音量,取决于离散中的巧妙转换。转换的出色文本当推高凯《村小:识字课本》(获全国儿童文学奖),其转换得出人意表又自然熨帖。不仅音响洪亮,且声音背后的音像栩栩如生,呼之欲出。似乎是信手挑来五个生字:"蛋""黑""花""外""飞",如何处理这五个所指呢?一开始作者就在全力突出能指声音的同时,巧妙带动隐形的声像所指,使二者的转换张力处于密切的圆融状态,超越一般浅白的童诗而获致深层的寓意。在无任何背景的清空语境下,只听见朗朗识字声:"蛋　蛋　鸡蛋的蛋 / 调皮蛋的蛋 / 乖蛋蛋的蛋 / 红脸蛋的蛋 / 马铁蛋的蛋",未见其人,先闻其声,沉重的所指被能指的轻快、雀跃所带领,我们惊喜地看到"小蛋们"的淘气、捣蛋、纯朴(包括恶作剧)的生龙活虎般的形象。紧接着是"hua"的能指呼唤:"花　花　花骨朵的花 / 桃花的花 / 杏花的花 / 花蝴蝶的花 / 花衫衫的花 / 王梅花的花 / 曹爱花的花",女声部的整齐节奏、却不乏嬉笑打闹地呼唤花衣服,蹦跳着绽开着走来,好一幅生机勃勃的童真画卷。最后是"飞　飞　飞上天的飞 / 飞机的飞 / 宇宙飞船的飞 / 想飞的飞 / 抬翅膀飞的飞 / 笨鸟先飞的飞 / 飞呀飞的飞……"能指的音响越拧越高,它集结起马铁蛋、小黑手、油菜花们——刚刚还在村口捡拾猪粪,在灶前塞把柴火,手指缝里残留着泥垢。但升华了声音影像,在寓托性的所指后面,不正涌动着一股股充满憧憬、希望、改变自身命运与变革社会的力量? 这是所指单独承担的抽象说教所无法企及的。

　　其实,早在俄国形式主义时期,能指就作为语言最为显著的物质形式,语音作为首选的形式因素, 或者说更为极端地成为惟一被感觉的对象。形式主义相信,在语音中沉积着人与自然的原始联系,诗歌只有专注于语音,才能使沉积于语音中的原始的深层关系、原始的体验得以揭示。从形式主义理论这一观点出发,自然会导致对"无意义语"的钟爱。"可以断言,在诗语构成中,发声(和语能器官动作)及语音表现具有首要意义。"①更有甚者是,"诗的语言以语音的词为目的;更确切地说,因为其相应目的的存在,诗的语言是以谐音的词,以无义言语为目的的"②。在这里,形式主义的"能指至上"论,摧毁着所指一统天下。深受影响的第三代诗人便有意将意象能指化——意象能指化实际上指涉了诗歌的非意象化,诗歌回复为完全的"语象"状态。

极端做法是完全阻断能指和所指的关系,不让读者由能指联想到所指,能指不再指向所指,而是悬空漂浮,形成增嫡运动,成为由一种能指滑向另一种能指的过程,做得好,或许也可成为"花样滑冰"。即德里达所谓的能指的"延异"(differance)。德里达为"延异"编造了两重意思:一是指"意义"的无穷推延,永远找不到真意;二是指每个词语义的自我差异,自相矛盾。这些内在永恒矛盾,形成一种语词内部的"解构"。

问题是,在能指的无限推延中,能指链能取代意义的无穷吗?何小竹《我张大嘴巴》:"我张大嘴巴。嘴巴,名词。/ 我张大嘴巴。嘴巴,宾语。/ 我张大的嘴巴能吃下一只苹果。嘴巴,主语。……"全诗是纯粹遵循语法规则的"口舌运动",纯粹得只是出示普通语言学常识;嘴巴与苹果的能指纠葛,让人感知不是我说语言,而是语言说我,一方面罗列语法通向释义,另一方面有意屏蔽心灵对语词的作用,让语词自个儿生成。结果呢?没有感觉所指什么增值,也感觉不到张力在能指与所指间的作用,所以到最后,像这样的作品就很难被认可。

作者的另一首《太阳的太》,则将诗句当做字典条目来写,虽然这一次包括了声音、形态、书写方式全在内的能指,也由此扩展了能指的原始义引申义,但由于塞满太多词典材料,整首诗篇蕴含的诗意也同样被湮没了。

太(Tai)

①过于;杜甫《新婚别》诗:"暮婚晨离别,无乃太匆忙。"
②极大;见"太空"。
③指高一辈。如太翁;太先生;太师母;太夫人。
④犹言很、极;如不太多;太好了。
(《辞海》缩印本第 638 页)

---

① 鲍·艾亨鲍姆:《论文学》,载张冰《陌生化诗学》,北京师范大学出版社,2000 年,第 88 页。
② 茨维坦·托多罗夫:《批评的批评》,王东亮、王晨阳译,生活·读书·新知三联书店,1988 年,第 5 页。

全诗一共五行,我理解何小竹强行"照搬词典"的用意,自二十年前早有预谋,是要彻底粉碎能指与所指的固化联结,使语言恢复本体面目,超越二元秩序和象征世界,进入纯语象的"嬉戏"。本来题目"太"——其能指声音(Tai)与四种释义(所指)可能构成诗性张力,有机会对这一烫手的副词"太"做出别具一格的突破,可惜作者顽固地全部采用非诗的工具质料,最多只保留"太"的原初态,反倒在离散中离散了诗意。

　　而更为走火入魔的是原复旦首任诗社长许德民,近年实验抽象诗有过之而无不及。秉承索绪尔"能指和所指的关系是任意的"主张[1],把任意性作为实现符号表达的"理想"——在广度与复杂性方面随心所欲;也从中国独特的"字思维"那里获致灵感,竭力让能指与所指处于全息式的任意关系中,通过字的随机发生组合,彻底改变人们的阅读习惯:"语义无关联、随机、偶发、无逻辑、无词语,单字镶拼、组合。没有主题,没有逻辑,没有常规的意义,甚至没有两个字以上词组,更没有我们平时习惯了的语言,口语或者书面语。"[2]如此,能指与所指从离散到彻底的分道扬镳,乃至南辕北辙。

比界炸魂

民状下
觅晾千花淫水
虚工对磨
荒村近轻按瞧贱

凭如乳耕山主
比界炸魂书起琴
落航悬多偶变
表虏聚杀次赶灯
流病直统蛹中

茧权静寻坏

　①　许德民:《探索抽象诗写作》,http://blog.sina.com.cn/s/blog_4997cfc201000al2.html,2007.7.21。

　②　许德民:《探索抽象诗写作》。

诈包共产胸
灰派乘头学
大因逛角聋

该还尽
卵圆以
妻弟道
胡交腔

所指全军覆没，只剩天书般的能指在招魂。许德民致力于抽象艺术与抽象诗研究，有助于独立、自由、创新思维普及，他苦心经营，全额配套乱码敲字法、报刊杂志截字法、字典词典截字法、词汇解构等多种技法，乐此不疲，但放肆能指与所指的任意释放，必陷自毁之虞。许氏抽象诗可能与绘画上只剩单纯线条和色块的"康定斯基"型构同气相求，但是，绘画语言与诗语还是有所不同的。在语言界面上，可以无视能指与所指的固有权限？可以剥夺能指与所指最基本的生存"底线"？固然现代诗语是要"迫使语言从概念、从特指、从固定的因果链条中脱落，通过对语词和语句的意义突触、聚合和裂变，使它闪光，使它共鸣，使它释放罕有的能量"①。然而，完全放逐与剥夺语词的基本连结点，意味着诗语的张力消失殆尽。如此，张力与语词简直就是在进行一场自暴自弃的"悬梁自尽"！

同样，同行实验中还有一位叫北斗的(洪权)，十几年来坚持写三字诗(已逾千首)。题目只允许一个字，内容也只允许排列两个字，组成 Δ 型，以单纯的象形、会意、指事为基础，凝固为意、象、言的微型建筑，试图用这样的"塔诗"来光耀诗坛。如：

岛
陆　絮

有人解释说，絮是树之花，岛是陆之须，在岛与陆的大小比对中，可以让人联想到大树飘落的一籽花絮；也由此引申整体与部分不可分割的理念。还有：

---

① 耿占春：《改变世界与改变语言》，社会科学文献出版社，2000 年，第 84-85 页。

血

波　沫

又被阐释为：波代表涌动的力量，沫挽留不逝的余脉，共同推进着如潮汐般的生命情境。有偏爱者大加赞赏，惊呼"相看两不厌，唯有三字诗"。或许在三足鼎立中，能指与所指间也不乏隐隐埋伏着些微张力，但因为过于简化、过于孤立、过于枯瘦，在"字空间"的有限、固定形式里，无法伸展更大的"抱负"，这样的三字诗难免在一厢情愿的"凿壁偷光"中，仅留下自我婆娑的几点光斑而已。可怜的张力，在这里已经气若游丝！

能指与所指最好保持恰当的距离与阻隔，距离与阻隔就是张力。能指离所指太远，或不及于所指，就会陷入文字游戏的泥淖，能指与所指距离太近，又会犯"坐实"之弊。[1]但如果能指任意扩张，与任何所指失去联系，也不能产成新的意义，导致所指消失。而能指堆积在一个平面上，旧的象征秩序消解了，新的意义阐释空间并没有产生，这样的诗歌写作本身就是一种破坏行为。[2]毕竟，世界是一个巨大的意义系统，意义更多来自所指的支撑。

近年，现代诗大展能指舞台，有助于补救从前的偏颇。需要清醒的是，能指与所指在张力的接引下，迅速恢复非同寻常的交往，且有所松绑、有所离散，那是葆有诗性形态所必需的，但任何偏袒一方的极端做法，都可能是诗的迷误。

（原载《文学与文化》2013 年第 2 期）

---

① 朱恒：《现代汉语与现代汉诗关系研究》，华中科技大学博士学位论文，2008 年，第 20 页。

② 高燕：《当代诗歌非诗化倾向研究》，四川大学硕士学位论文，2004 年，第 44 页。

当代女性主义诗歌论 *

罗振亚

从生理特征上讲,女性感情的易动性、体验的内视性、情绪的内倾性、认知的形象性,使她们在诗歌创作方面有种先天的优势。可是遍检西方诗歌史,截至20世纪60年代美国的自白派诗群崛起之前,女性却始终缺席。至于中国的女性诗歌,虽源远流长,但也始终是一支涓涓细脉。漫漫三千年间只有蔡文姬、薛涛、李清照、秋瑾等少得可怜的几位女才子作为"补白"偶尔亮相;并且充溢诗中的"多是相思之情,离别之恨,遭弃之怨,寡居之悲以及风花雪月引出的种种思绪"①,其诗歌发出的声音仍是男性"他者"话语的重复,性别意识一直被蒙蔽着。到了现代诗中,女性的觉醒获得了长足进步,陈衡哲、冰心、林徽因、陈敬容、郑敏等人,对女性主题的拓展扩大了女性诗歌的视野。然而它与浩荡的女性解放潮流仍不相称,其女性性别和书写意识还相当微弱。20世纪70年代中后期的思想解放,唤来了女性诗歌的春天,舒婷、林子、傅天琳、王小妮等一大批崛起的诗人,在诗中张扬女性意识、呼唤女性自觉。她们那种群体精神与个体经验的融汇,从男权社会"离析"后的绮丽、温柔、婉约的力量,对美、艺术与优雅的张扬,都暗合了女性诗歌的情思与艺术走向;但这一切还只是女性主义诗歌的早期形态,此时她们关心的是整体的"人"的理性觉醒和解放,代表的是一代人的觉悟,诗歌内质上仍受制于古典主义、理性主义的精神理想。直到1984年翟永明的组诗《女人》及序言《黑夜的意识》发表,才标志着具有鲜明的性别主体性的女性主义诗歌在中国正式诞生。此后,一股反抗男性话语、挖掘深层生命心理、具有先锋意识的女性诗

作者简介:罗振亚(1963—),男,南开大学文学院教授。

* 本论文为国家社会科学基金项目 "个人化写作"——1990年代先锋诗学的建构与对话 (项目号:08BZW065)的阶段性成果。

① 乔以钢:《低吟高歌——20世纪中国女性文学论》,南开大学出版社,1998年,第9页。

歌创作潮流逐渐形成。

　　英国女权主义创始人弗吉尼亚·伍尔夫曾说,一个女人如果想写小说"要有一间自己的屋子"①,为自己构筑一个情感和灵魂的空间。其实写诗也是如此。中国新时期女性主义诗歌创作,走的正是这一出入于"自己的屋子"的创造路数。

一　解构传统的躯体诗学

　　"每个女人都面对自己的深渊——不断泯灭和不断认可的私人痛楚与经验"②,她首先是女人,然后才是诗人。翟永明这段话显示女性生命意识和女性主义诗歌已由"人"的自觉演进为女性的自觉。以此为开端,她相继写出诗作《静安庄》《黑房间》。紧承其后,几乎在1984—1988年间,唐亚平推出黑色意象组诗《黑色沙漠》;孙桂贞更名为伊蕾,携组诗《情舞》和《独身女人的卧室》,惊世骇俗地挺进诗坛;陆忆敏、张真、海男也纷纷在诗中标举女性意识。这些诗人的渐次登场,以综合女性深层心理挖掘、女性角色极度强调与自我抚摸的自恋情结的躯体诗学,替代了舒婷一代的角色确证,以自我扩张和主动进攻的方式,确立了性爱、情欲的存在意义,支撑起足以与男性对抗的话语空间。

　　那么,女性主义诗歌如何建构躯体诗学? 埃莱娜·西苏说:"妇女必须通过自己的身体来写作,只有这样,女性才能创造自己的领域。"③ 在人类社会里,传统女性包括身体在内的一切都由男性书写,其鲜活的人体也只是男性鲜花、饰物等象喻系统中的"物",是男性娱乐文化里的一个玩偶、一道风景。女性要改变被讲述的命运,却没有自己能够沿袭的形象和话语积淀,借用男性的"他者话语"做参照,又只能变相地钻入男性思想欲望的圈套;于是唯一有效的出路就是摆脱属于男性的传统、历史和社会经验的纠缠,回归躯体,将躯体作为写作资源。因为在男性文化统摄下,女性属于自己的只有身体,用躯体写作是突破传统躯体修辞的最佳角度;因为在"自己的屋子"里,女人的存在首先是身体的存在,逃离了他者的窥视,身体成为赖以确证自己存在和价值的尺度,成为灵感的来源所在。翟永明说"站在黑夜的盲目中心,我的诗将顺从我的意志去发掘在诞生前就潜伏在我身

---

　　① 弗吉尼亚·伍尔夫:《一间自己的屋子》,生活·读书·新知三联书店,1999年,第2页。

　　② 翟永明:《黑夜的意识》,吴思敬编《磁场与魔方》,北京师范大学出版社,1993年,第140页。

　　③ 埃莱娜·西苏:《美杜莎的笑声》,载张京媛主编《当代女性主义文学批评》,北京大学出版社,1992年,第191页。

上的一切"①,唐亚平在诗中呈现了女性的躯体体验,并使其成为压倒一切的情思意向。若说后朦胧诗歌主张"诗到语言为止",此时的女性主义诗歌则有一种"诗到女性为止"的倾向,它把世界缩小到女性的范围,把女性看作了诗歌生命的全部。

和女性躯体关系最密切的是什么?有许多。如梦、神话、飞翔、镜像、黑夜、死亡等,都是女性诗歌钟情的意象,但首当其冲的是黑夜,所以女性主义诗歌找到的第一个词语就是黑夜。翟永明的《女人》之后,其他诗人也都心有灵犀地操起"黑色"的图腾,释放女性生命的欲望和体验。黑夜直面着女性生命的本来状态,"我披散长发飞扬黑夜的征服欲望/我的欲望是无边无际的漆黑"(唐亚平《黑夜沙漠》);黑夜引得诗人心灵飞翔,"我是你的黑眼睛,你的黑头发……夜潮/来临,波中卷走了你,卷走一场想象"(沈睿《乌鸦的翅膀》);黑夜包容着复杂的想象和感受,"我插在你身上的玫瑰/可以是我的未来可以是这个夜晚"(虹影《琴声》)……一般说来诗人多瞩目太阳或月亮,为何女诗人偏偏钟情于黑夜,使其成为女性诗的共同隐喻?这要从诗人隐秘的心理深层去破译。翟永明以为"女性的真正力量就在于既对抗自身的命运的暴戾,又服从内心召唤的真实,并在充满矛盾的二者之间建立起黑夜意识……保持内心黑夜的真实是你对自己的清醒认识,而透过被本性所包容的痛苦启示去发掘黑夜的意识,才是对自身怯懦的真正的摧毁"②,显然,黑夜意象兼具表现女性在男性话语下深渊式的生存境遇和在黑夜里摸索对抗的双重隐喻功能,象征着女性生命的最高真实。从审美眼光看,夜之"单一的深黑色可能会使人感到空间变得狭窄,而如果面对的是朦胧的黑色,由于看到的景物轮廓不分明,可能会产生空间扩大的感觉"③。从诗学渊源看,太阳之神阿波罗掌管的白昼是属于男性为主体的世界,而作为中心边缘的女性,只能把视觉退缩到和白昼相对的世界的另一半——黑夜。黑色本身极强的包容性和遮掩性,和女性子宫的躯体特征及怀孕、分娩、性事的躯体经验的天然契合,能使女性回复到敞开生命的本真状态中深挚地体味;黑夜作为难以言明和把握的混沌无语空间,涵纳着女性全部的欲望和情感,那种万物融于一体的近乎"道"的感觉境界特性,与女性敏感善悟、遇事常隐忍于心、心理坚韧深邃的个性有着内在的相通,容易激发女性的想象力,是女性填补历史的最佳想象通道;黑

---

① 翟永明:《黑夜的意识》,吴思敬编《磁场与魔方》,第142页。

② 翟永明:《黑夜的意识》,吴思敬编《磁场与魔方》,第140-141页。

③ 刘纳:《嬗变:辛亥革命时期至五四时期的中国文学》,中国社会科学出版社,1998年,第336页。

夜的黑色在色彩学上代表色彩的终结,也意味着开始和诞生,黑色的夜则幽深神秘,宜于潜意识生长,它喻示着女性躯体的浮现与苏醒。鉴于上述原因,女性诗人们普遍滋长出自觉的黑夜意识,并在黑夜意识笼罩下展开了躯体叙述:

一是女性隐秘的生理与心理经验的呈现。女人的生命经验首先源于身体的认知,女诗人们正是通过身体的发现,如月经、怀孕、流产、生殖、哺乳等生理特征和变化感受以及对身心的影响,确立了自己与世界的联系。"我的乳汁丰醇,爱使我平静/犹如一种情愫阻在我胸口/像我怀抱中的婴儿"(林雪的《空心》),诗宣显着人类崇高的母爱体验,体现了从女儿性到母性心理成熟的平静和自豪。成熟女性都恐惧青春消逝,有种自恋倾向,从身体提取写作资源的视角更强化了这一特点。伊蕾在《独身女人的卧室》里注视自己,孤芳自赏味十足。翟永明很多诗也都以躯体讲述作写作支点,是女性之躯的历险;并且都围绕女性身体的某一生命阶段展开。《女人》初现女性种种躯体姿态;《静安庄》书写女人个体的身体史;长诗《死亡的图案》表现母女深爱又互戕,写母亲临终前七天七夜里的煎熬、残忍和女儿为之送终过程的感受。女性诗人凭借自身隐秘的生理心理经验的优势,将以往对母爱的神圣描述进行了去蔽化处理,让人感到"它既是伟大崇高令人肃然起敬的,又是愚昧、非人性丧失自我的"。翟永明的《母亲》的反母性视角就使母亲形象带上了平庸渺小、限制人拖累人的沉重阴影。

二是性欲望、性行为的袒露。作为"水做的骨肉",女性主义诗人都为爱而存在,将爱视为宗教。只是她们不再像舒婷、申爱萍等人那样含蓄典雅、欲说还休,或则带灵肉分离的柏拉图色彩;而以女性生命之门的洞开,具现女性的精神欲望乃至隐秘飘忽的性体验、性行为。伊蕾的《独身女人的卧室》在幽暗、躁动、神秘而有诱惑力的空间里,反复呼唤"你不来与我同居",希望有强有力的男性征服以印证自己的女性本质,其对爱近乎疯狂的传达,把"坏女人"的渴望激发得亢奋而饱满,撕毁了礼教和道德虚伪的面具。和伊蕾的受虐心理相对,唐亚平有施虐倾向。《黑色沙漠》组诗中沼泽、洞穴、睡裙等意象的大量铺展,在寄寓忧郁痛苦的宿命时也隐喻着女性器官,流露出女性身体的内在神秘,"是谁伸出手来","在女人乳房烙下烧焦的指纹/在女人洞穴里浇铸钟乳石"(《黑色洞穴》)。诗已成为性动作、性行为的隐曲展现。张烨的《暗伤》完全是性爱过程和感觉的陶醉。强烈的美感都是肉感的,没有情欲与性欲吸引互补的爱情只能是虚幻的,女性意识的自觉就包括对情欲与性欲的重新认识。女性主义诗人关于性的尽情挥洒,在一定程度上动摇了禁欲主义观念,对每个人的艺术和道德良知都构成了一种严肃的拷问。

三是死亡意识的挥发。反省死亡的宿命是一切诗人的共同主题,对于感觉细微的女性而言,死亡更是她们生命中挥之不去的情结。她们对死亡的体悟似乎比男性更彻底,对和死亡相关的危机氛围更敏感。对命运的敏锐预感和连续三年居住病房的经历,使翟永明总感到死亡的阴影在悄悄临近,"听见双星鱼的嗥叫/又听见敏感的夜抖动不已/极小的草垛散布肃穆感/脆弱唯一的云像孤独的野兽,蹑脚走来"(《静安庄》)。乡村平常的物象和夜晚,在诗人的眼睛和心里却神秘而恐怖,仿佛随时会有意外发生。在陆忆敏那里,死亡意识似乎与生俱来。死亡一会儿成了装着各种汗液的小井,一会儿又变为难以逃避的终极,"翻到死亡这一页/我们剪贴这个词,刺绣这个字眼/拆开它的九个笔画又装上"(《美国妇女杂志》)。但好在不论是心怀恐惧还是意欲征服,不论是视为本能享受还是希求拯救方式,哪种死亡观都和悲观厌世无缘,都指向着生命的自觉和生命意义的探求。如伊蕾的死亡意识常包孕着破旧立新的精神意向,由死亡意识这"个人的隐秘世界出发,探讨了当代女性所面对的种种危机和困惑,思考了生命的本质问题"①,其《黄果树瀑布》中死亡的同义词是永生和再生,它使生命获得了形而上的意义。唐亚平的《黑色石头》中虽有面对死亡的千古浩叹,但是死亡是对人类精神故乡"返航"的彻悟,却赋予了诗作宗教式的无悲无喜的平静豁达、超脱坦然。

女性躯体诗学的生命体验呼吁相应的文学文体和话语方式来承载。鉴于中国女性话语意识到新时期才获得实质性觉醒,此前始终无自己语言历史的现状,为解构菲勒斯中心主义文化,女性诗人们不约而同地向美国诗歌寻找艺术援助,启用"偏执"自白的话语方式。因为在自白派中,罗伯特·洛威尔、西尔维娅·普拉斯和安妮·塞尔斯顿等,都以自白式表述作为书写风格和抒情方式。这种内心独白、神秘的女性自传现象适合于女性的天性,和中国女性诗人躯体、生命深处的黑色情绪存在着天然的契合,所以被中国女性诗歌所采用。许多作品干脆以《独白》《自白》为题,以实现对自身经验和外在世界的再度命名。或者说,女性主义诗歌的言说对象是缩写的躯体秘密和内心真实,诗人把它们从灵魂里径直倾泻出来,最接近生命的本真状态,倾诉和独白就足以撑起诗人和世界的基本关系。

这些自白诗的特点:一是第一人称使用频率极高,"我"始终像一块居于中心的磁石,将周围的世界吸纳、浑融一处,形成穿透力强烈的叙述气势和语气。"我只为了你/以最仇恨的柔情蜜意贯注你全身/从脚至顶,我有我的方式"(翟永

---

① 张颐武:《伊蕾:诗的蜕变》,《诗刊》1989 年第 3 期。

明《独白》);"我禁忌什么我自己也不知道／我无视一切／却无力推开压顶而来
的天空／这一天我中了巫术"(伊蕾《情舞》);"我不在你啜泣的风衣中死去／我
不在你碎语的阴影中死去"(海男《女人》)……冷静犀利的翟永明,报复情结浓郁
的伊蕾,书写个人咒语般的海男,都是"我"字当先,呼之欲出的激情烧灼使她们
抛开象征话语,一律启用直指式的"我"字结构,一连串决绝强烈的表白和倾诉,
有一气呵成的情绪动势和情思冲击力。二是以自白和诉说作基本语调,使诗从过
去的歌吟走向自言自语,结构日趋意绪化、弥散化。受普拉斯的非规范的个人化
语法影响,中国女诗人滋长了一种毁坏欲和创造欲,伊蕾说崇拜语言又不得不打
掉对语言的敬畏而去破坏语言,海男希望到一片可以使用女人语法、不用考虑规
范的没有语言的地方去。"年迈的妇女／翻动痛苦的鱼／每个角落,人头骷髅／装
满尘土,脸上露出干燥的微笑,晃动的黑影"(翟永明《静安庄》),人头骷髅上竟露
出干燥的微笑,荒诞离奇;但将主客观世界沟通的幻觉,却使平淡静态的现象世
界里容纳了心智的颤动,印象强烈,是典型的个人化语法的拆解、破坏体现。三是
注意自白和叙述、议论、抒情手段的配合,克服仅为表达痛快而忽视语言优美的
弊端。一味直抒胸臆或用意象抒情,都容易失之肤浅和苍白,深解此中三昧的诗
人们因之而变得节制,即便直面灼热的生命内蕴也会谨慎的疯狂。陆忆敏诗里少
有撕心裂肺、呼天抢地的景象,《我在街上轻声叫嚷出一个诗句》内向、节制、抑扬
有度,让情感在混乱得难以自拔的情境下仍有殊于他人的"文明"色彩;连十二首
涉足死亡的"夏日伤逝"也平静得出奇。伊蕾也动用自白派诗的语言形式,但由叙
事然后转入议论和抒情是其自白诗的一大特色。《独身女人的卧室》每段结尾的
"你不来与我同居",就兼具巴赫金的对话理论的妙处。女性主义诗歌的自白话
语,孕育了一批好文本,但无限制的运用也使其陷入了误区。一方面,过于排斥外
在世界和社会题材,在反抗男性主权话语的过程中不时显露出失常、失控和近乎
疯狂之态,许多内向的挖掘常滑向单调贫乏、歇斯底里和矫揉造作。另一方面,过
分抬高自白话语,也让人常误以为诗不是"经过技术的磨练而获得的艺术,而被
兴奋地视为女性自身的一种潜在的天性"[①],从而使诗失却了西方自白诗对日常
经验的体认和捕捉后的分析、评论品质,排除了技术因素,降低了写作难度。

　　总之,二十世纪 80 年代的女性躯体诗学以男性话语霸权的解构和女性自白
话语方式的建构,改变了诗歌领域女性被书写的命运。它拓宽了内宇宙和人性蕴
涵的疆域,实现了女性文学的真正革命。它扩大了女性解放的内涵,使诗人们把

---

① 臧棣:《自白的误区》,《诗探索》1995 年第 3 期。

目光收束到女性世界自身,在狭窄却幽深的天地里尽情经营,感觉是女性的,思维是女性的,话语是女性的,使诗歌从思想到载体都烙上了女性主义色彩。这不仅使诗歌样态更加繁复,也以躯体符号为女性主义诗歌找到了自由恰适的精神栖息空间——"自己的屋子"。当然,女性躯体诗学的高度个人化和私语化,不乏片面的偏执的深刻,也减弱了共感效应。另外,过度地制造性别的人为显示,也会陷入自我把玩、孤芳自赏的泥淖,甚至变男尊女卑为女尊男卑的挑逗,以至最终呈现了运作的技巧,却失去了写作的诗意。

二 激情与技术共生的写作

在诗歌写作越来越边缘化的 20 世纪 80 年代后,女性主义诗歌却相对平静,不但翟永明、伊蕾、唐亚平、王小妮、张烨等"老"诗人锐利不减,唐丹鸿、李轻松、鲁西西、周瓒、安琪等"新"诗人更源源不断;而且置身于物质欲望的潮流里,诗人们能拒绝其精神掠夺,超然宁静,在寂寞中致力于日常生活的提升,以精神创造的反消费力量为诗"招魂"。更可贵的是,出于对男权话语和西方女权主义话语的双重反拨,出于对自身以往缺陷的矫正,女性主义诗歌在"语言论转向"的全球化语境影响下,做了诗学策略的相应调整。法国女性主义理论家朱利亚·克里斯蒂娃在《妇女的时间》一书中说,女性的写作要经历三个阶段,即对男性词语世界的认同——对男性词语世界的反叛,即二元对立式的词语立场——回到词语本身,直面词语世界。我以为,在新时期女性诗歌视野里,如果说舒婷一代和翟永明、伊蕾、唐亚平一代分别完成了女性写作觉醒、确认的前两个阶段;那么 90 年代后女性主义诗歌则进入了回归词语本身、直面词语世界的语言写作时期,在 80 年代关注"说什么"的基础上,又开始关注"怎么说"的技术问题。或者说,已进入激情和技术对接、混凝的时期,明显表现出新的审美指向与形态。

一是淡化了性别意识。性别意识确立、女性身体的开掘,使女性主义诗歌获得了成功;但对它的过度张扬则使女性主义诗歌破绽百出。"当西方的女权主运动者唾弃一切传统留给妇女的权益,要求受到男子一样的社交待遇时,中国的一些女性反抗却表现在请将我当一个女性来对待"[①],这种总想到性别的写作是低级的。因为真正的女性诗歌要通过文本接近成功的境界,而不能借助和男性文化对抗的性别姿态;成熟的女性主义诗歌应有角色意识又能超越角色意识,打破性

---

① 郑敏:《诗歌与哲学是近邻》,北京大学出版社,1999 年,第 395 页。

别界限,着眼于女性,和全人类讲话,接通女性视角和人类的普泛精神意识。明了这一道理后,女性诗人们在 90 年代后除少数个体仍承继翟永明、唐亚平们开辟的路子,对女性内在的神秘感受、体验、冥想进行言说外,大部分诗人都淡化了自赏、自恋和自炫意识,积极缓解性别对抗,不仅言说女性,还向女性之外的人群、女性问题之外的人类命运与历史文化,做更博大的超性言说,而且别有洞天。在这一向度上,非但王小妮、虹影、张真等自觉转向了宽大的人文视野,如"现在我想飞着走 / 我想象我的脚 / 快得无影无踪"(王小妮《活着·台风》),那对于诗意的不可落实的存在幻想,是人类不满庸俗尘世生活、渴望永恒超越的心理外化;翟永明的《壁虎和我》中悲悯壁虎的经验,不再为女性所独有,而成为笼罩全人类的伟大情怀,上升到命运沉痛思索的高度。就是新崛起的诗人也纷纷瞩目重大书写领域,创造超性别文本。如周瓒的《窗外》是知识的底色和轻灵的感受并驾齐驱,虽然思维、语感和表达方式依旧是女性的,但节制内敛,处处闪现着智慧的辉光,本色的语言流动里寄寓的思考已攀缘到了完全可以和男性比肩的感知高度。性别意识淡化后,女性诗人以少有的冷静与睿智,通过直觉力的介入和对感受深度的强调,打破了那种理性、知识、抽象等存在常和男性必然联系、而和女性互相背离的迷信,从人性的观照中发现思想的洞见,超越片断的感悟、灵性和小聪明,抓住、抵达事物的本质属性,介入了澄明的哲理境界。"在春天的背面 / 有些事物简明易懂 / 类若时间之外的钟 / 肉体之上的生命 / 或是你初恋时的第一滴泪 / 需要谁的手歌唱它们并把它们叫醒"(陈会玲《有些事物简明易懂》),对生命的思考已进入人类的生存和灵魂深处,说明人类的最高言说都存在于肉体之外。沙光的《灰色副歌》对人类处境的鸟瞰不再依赖性别角色,大地表象后短暂、破碎、不定因素的幽暗本质发现,和吁求拯救的灵魂承担,已有受难的基督徒的苦苦挣扎和上升的神性闪现。王小妮的《不要帮我,让我自己乱》中无可奈何的"烦"心理,也契合了现代人渗透骨髓的空虚和绝望心理,以及都市化压迫、异化、隔绝人类的残酷本质。

二是向日常化与传统的"深入"。80 年代一些女性诗人的特立独行、嫉愤孤傲,和包括诗人在内的广大女性群体相比,不无贵族化的落寞寡合之感;女性主义诗歌也因过分瞩目思想感觉的敏感地带,无法涵盖女性生理、心理和社会属性的全部特征,视野狭窄。90 年代后,诗人们意识到自己决非女神、圣女式的超人,和其他女性相比没什么优越感、神圣感;更年轻的诗人干脆不把自己当诗人,认为写诗和吃饭、睡觉、性爱、吃零食等事端一样,都是一种生存方式和自娱行为。

这种对尘世的认同,使她们将目光下移,向自己屋外的世俗现实人生、生活场景俯就,写生存的境遇和感受,注意使经验日常化。例如,此间的王小妮把自己界定为家庭主妇和木匠一样的制作者,认为"诗写在纸上,誊写清楚了,诗人就消失,回到他的日常生活之中去"①,谐调了诗与日常生活的关系,置身于琐屑里却能固守一颗诗心,"一日三餐/理着温顺的菜心/我的手/漂浮在半透明的白瓷盆里",完全是一个家庭主妇的口吻叙述,细碎而充实;并且还"不为了什么/只是活着"(《活着》)。诗作对凡人俗事、卑微生活细节的抚摸,已由恬淡平静的顿悟取代了诗人早期诗中的纯真清新之气,蛰伏着"纸里包不住"的理想之火。翟永明也开始从日常经验中提取需要的成分,《小酒馆的现场主题》透过酒馆的灯红酒绿、五光十色,发现的是都市现代人精神的贫乏、无聊、虚夸和在困境中的无望努力。特别是进入新世纪后,深入底层和平民的打工诗歌、乡土诗歌那种对普通生活、心灵细节的具象抚摸和深挚的人道情怀,更表现出一种令人欣喜的伦理承担。如郑小琼的《表达》写到:"多少铁片制品是留下多少指纹/多少时光在沙沙的消失中/她抬头看见,自己数年的岁月/与一场爱情,已经让那些忙碌的包装工……塞上一辆远行的货柜车里"。诗介入了时代良心,显示出对人类遭遇的关怀和命运担待。这就是女工青春的现实,寂寞与忙碌是生活的二重奏,爱情、青春只能在机器流水线上被吞噬。钢铁与肉体两个异质意象并置,赋予了诗一种情绪张力,底层的苦楚与艰辛不宣自明。女性主义诗歌向现实的"深入",还包括对过去的现实即传统题材和精神向度的回归。若说翟永明写赵飞燕、虞姬和杨玉环的《时间美人之歌》,写黄道婆、花木兰和苏慧的《编织行为之歌》,写孟姜女、白素贞和祝英台的《三美人之歌》,分别取材于中国戏曲、小说、民间传说,它们和张烨的《长恨歌》、唐亚平的《美女西施》等一道,在选材上有传统音响的隐约回应,偏重于古典素材、语汇和意象的现代意识烛照与翻新;那么燕窝的《关雎》、安琪的《灯人》等则侧重于传统人文精神和情调的转化和重铸。如"灯火国度里被我们男子带走的/我饲养过的马匹和蚕/还好吧/一个人打秋千时/幸福的花裙子/飘到天上"(《关雎》),这是燕窝"恋爱中的诗经",含蓄精美;《灯人》让人读着仿佛走进了潇湘馆,女诗人心怀高洁又满腹心事的纤弱,犹似林黛玉再现。蓝蓝的《在我的村庄》那清幽质朴的感恩情怀,香色俱佳的宁静画意,浸满人间烟火又脱尽人间烟

---

① 王小妮:《木匠致铁匠》,载现代汉诗百年演变课题组编《现代汉诗:反思与求索》,作家出版社,1998年,第361页。

火的天籁生气,凝结温暖和忧伤的意境,又似陶渊明再生。

　　三是进入了"技术性的写作"。90年代后,诗人们发现了以往抒情那种只考虑生命自白式奔涌、不顾及技法的缺失,并借助张曙光、孙文波等男性诗人的叙事性手段和空前提高的语言意识,既考虑那些体内燃烧的、呼之欲出的词语本身,又考虑怎样把它们遵循美的标准进行贴切安置组合的技巧问题,从而转向了"技术性的写作",并在一定程度上使技艺晋升为左右写作的主要力量。这种技术至少包括两方面,首先表现为内省式叙述。如在绝望矛盾的80年代认同普拉斯的翟永明,到写作《死亡的图案》《咖啡馆之歌》时就逐渐完成了语言的转换,以细微而平淡的叙述替代受普拉斯影响的自白语调,即便使用自白语式也加大了抒情态度的客观性。也就是说,为消解、对抗激情的弊端,很多诗人将日常叙述作为改变诗和世界关系的手段,以口语化的词语本身和叙述联姻介入生活细节,去恢复、敞开、凸显对象的面目,敲击存在的骨髓,这一方面增强了诗歌对生活细致入微的观察、分析成分,和处理复杂事物的能力,一方面使日常生活场景大面积地在诗中生长。如翟永明借助《壁虎和我》两个生物的互视,写心灵和文化的隔膜,写在异邦的寂寞孤独,诗已由内心的剖述转为一种对话性的戏剧展开。丁丽英将观察由诗歌方法晋升为认知态度,《一天早晨》是对有限性的体认,但它自我思想的抒发已让位于精到的观察和细节的描绘,自我思想完全被对象化了。虹影试图将外部的某些片段、场景和内在的情感、体悟融合,锻造既有外部世界质感又涵纳精神世界的意象诗,"婚礼正在进行。电视等着转播它的结尾/新娘走了过来/她头顶一罐酒/人们逃走,比水银还快/胜利者从桌下爬了出来,独自关上厚重的铁门"(《老窖酒》),把局外的胜利者预谋破坏婚礼又不出面的形象闹剧,写得极具吸引力,画面后的旨意也颇费思索。其次表现为语言的明澈化。诗人们感到诗的使命就是对"在"的显现,让语言顺利地出场;并在实践中努力实现语言和诗人的生存、心理状态的同质同构,实现语言的明朗化、澄澈化。如"推开东窗西窗/我把纤丽光洁的地板拖了十次/任敲门声不迟不早不偏不倚地滑进"(叶玉琳《子夜你来看我》),它朴素真诚地揭示对情人的诚挚,既把女性的尊严与细腻表露无遗,又有新奇的流动感,读着它仿佛能听到诗人微微的喘息心跳和灵魂的神秘震颤。海男的诗集《虚构的玫瑰》语言也一改佶屈聱牙的晦涩,语句趋于连续澄明,生命本色的激动渐渐退去,理智和语言技艺的贯通,具体可感,优美耐读。翟永明则大量运用成语、引用或化用古诗名句,如《脸谱生涯》中的"穿云裂帛的一声长啸——做尽喜怒哀乐","穿云裂帛"和"喜怒哀乐"放在此语境里乃是贴切至极。需要说明的是女性主义诗歌这种转型和韩东、于坚等第三代诗的日常生活处理不同。抛却它消除 80 年代诗到语言为止实验的激进色彩、进入历尽沧桑后的超脱平静不说,仅是其寻找既和生活发生摩擦又符合现代人境遇的表现方法,就和第三代诗无谓的平民化展示在取向上截然不同;那种更多着眼于生活中高尚、普遍、永恒事物的视点,也和第三代诗的丑的展览、死亡表演有本质区别;至于它接近诗歌的方式,与第三代诗的自我包装、商业炒作气息就更是不可同日而语了。

三 走出"屋子"的得与失

对女性主义诗歌从 20 世纪 80 年代走进"屋子"到 90 年代后走出"屋子"的两极精神互动,人们评价不一,有人攻击它是对男权文化的投降,有人盛赞它是向成熟境界的趋赴。我以为对此应该辩证地加以认识。

必须承认,90 年代后女性主义诗歌的自审、调整是必要、必须的,它兼顾人文性别立场与艺术诗性价值,以人的本质生存处境和诗歌规律技巧的双重关注及综合,结束了 80 年代激情喷涌的单向追索的贫乏历史,渐入成熟。首先,其性别意识淡化后的理性意识苏醒,是对人类文化双性关系的改写,它在显示女性意识艰难嬗变的螺旋式上升轨迹同时,使诗人们得以突破二元对立坐标,摆脱性别限制,在更阔大的视界里从容地去拥抱社会,思考人类命运,并因和人类的永恒性关系的建立而强化了诗歌厚重深刻的生命,告别了躯体写作中的急噪、焦虑和轻浮色彩;并且,其性别意识的淡化使两性的对抗走向了两性对话,使两性和谐的性别诗学建构具有了某种可能。其次,女性主义诗歌经验向日常化和传统的深入,是一种新气象的拓展;它来自日常境遇并充满焦虑的指向,真实折射了现代人的生命和生活本质,在加强诗歌介入现实、叙述生活的适应能力和幅面的同时,使诗人对感觉经验的驾驭变得异常自由;原来被人忽视、遗忘的日常细节和经验,被起用为诗人和时代、人性对话的载体,使诗与存在、日常生活统一,增添了现实精神的活力,超越了以往那些大声疾呼的回归现实的诗歌。最后,女性主义诗歌叙述选择的戏剧感和现场感,使诗性从想象界转为真实界,直面人类生命生活的真本存在;叙述性的口语言说,为诗歌创作提供了观察生活和自我的新视角;深化女性自身的语言探索,回击了女性在商业社会中的身份消费化倾向,使诗歌从沉溺的感情世界走向现代理性观察有了可能。另外,由于诗人们注意了对技术因素和情思蕴涵协调的强调,注意平静沉潜的技术打造,就将女性主义诗歌从 80 年代的破坏季节带入了 90 年代后的建设季节,使诗艺水准大幅度上升,同时保证了诗人风格的多元和繁复。那里有虹影式的敏锐而充满激情的超现实营造,有赵丽华式的来自日常生活的通彻表述,有周瓒式的依靠知识积累所获得的智性追踪,有安琪式的借助语言策略对现实、经验和历史的重构等等,这样就建立起了 90 年代后女性主义诗歌的个人化奇观。

女性主义诗歌走出"屋子"选择的弊端也不容忽视。立足性别又超越性别,是女性主义诗歌自我拯救的不二法门,但女性主义诗歌也因之付出了感召力减弱的相应代价,不少诗人放弃女性立场后仅仅蜷缩在男权话语的大树下分一块阴凉,也放弃了对男权话语再次覆盖的警惕和反对。而在日常化的深入过程中,一些诗人过度倚重形而下的"此在"世界,淡化了对蕴涵着更高境界的"彼在"的关注。因为表现的生活人们过于熟悉,无疑加大了写作难度,使表现存在的深度、走向大气的理想实现起来更加不容易。事实上,90 年代后女性主义诗界也的确貌似热闹实为无序,诗人们普遍缺少博大的襟怀、理想主义的终极追求和高迈伟岸的诗魂支撑,所以震撼人心、留之久远的佳构难觅,读者一致企慕的大诗人就更为少见。如果说 80 年代还能够看到翟永明、唐亚平、伊蕾、海男这样领潮式的重量级人物胜出,到诗界整体艺术水平提高的 90 年代后,让读者心仪不已、能代表一个时代的有分量的诗人却几乎没有显影,这无论怎么说也是一种不小的遗憾。再者,女性主义诗歌理论贫乏的老问题,一直未引起诗人们的充分重视。这注定了她们的写作难以从感性阶段上升到智性写作高度。时常可见的是对生活材料提炼淘洗不够,组织随意,题材和主题互相生发,有重复叠合之嫌;而书写的轻松狂欢和解构传统的迫切心态更"火上浇油",容易导致诗人滥用个人化的话语权利;有时作品只具备反诗性的浅白、粗鄙、庸常,却缺少对生命本质的逼视和承担;自我情感经验无限度的膨胀漫游,即兴而私密,平面又少深度,使诗魂变轻,叙述和口语在扩大诗意空间的另一面则造成了诗意流失。观照对象对写作的高要求和写作手段的低质量的反差,把 90 年代后一些女性主义诗歌文本推向了无效写作的灭顶深渊。这一现象无法不让关心诗歌命运的人深思。

(原载《文学与文化》2011 年第 3 期)

政治冲突与 20 世纪 30 年代诗坛的分化

张林杰

一

20 世纪 30 年代不同诗歌潮流和诗学主张形成的对立，可以视为文化领域中的政治冲突在诗歌艺术上的回响。其中，左翼诗潮与现代主义诗潮这两大潮流，不仅以在都市政治冲突面前迥异的艺术选择标示了"五四"以来现代诗学基础的分崩离析，也以各自的先锋性特征表现了站在不同立场上的诗人对"现代"的不同反应和取舍。

在以旧诗为反叛对象的"五四"诗坛上，诗歌体式和语言的"新""旧"是衡量诗人立场的重要标杆。虽然当时的新诗人各有群体，对诗的具体看法也各不相同，但他们似乎都有一个基本的诗学信念，即或多或少地把诗歌看成是"自我"或"个性"的一种表达方式。

胡适在《文学改良刍议》一文中号召"不作古人的诗，而惟作我自己的诗"[①]，不仅宣告了文学革命的开始，也宣告了诗坛上"个性解放"时代的到来。这一看法，在"五四"时代及稍后的诗坛上，获得了强烈反响。诗人们纷纷以类似的语言，表达了自己的诗学主张。康白情强调诗要"表个人的冲动"，"自由吐出心里的东西"[②]；郭沫若申明诗"是人格的表现"，是"人格创造冲动的表现"[③]；汪静之说要

作者简介：张林杰(1959—　　)，男，天津师范大学文学院教授。

① 姜义华主编《胡适学术文集》，中华书局，1993 年，第 22 页。
② 陈绍伟编《中国新诗集序跋选(1918—1949)》，湖南文艺出版社，1986 年，第 48 页。
③《郭沫若全集·文学编》第 15 卷，人民文学出版社，1990 年，第 338 页。

"极真诚地把'自我'熔化在我底诗里"①；郑振铎也要求诗歌的"真率"和"质朴"，以对抗"雕琢"与"粉饰"②。这些说法都贯穿着以"自然流露"和"自我表现"为基础的诗学理论。白话写的新诗，则似乎成了这种诗学理论的体现。作为中国文化现代性建构的重要组成部分，这一诗学理论与"五四"时代对人格独立和个性自由的强调联在一起，它以诗学形式体现了"五四"时代的"个性解放"主题，为突破传统诗学规范，为现代诗歌的兴起和发展提供了精神资源和创作动力。

　　不过，"五四"诗人所推崇的"个性"中，蕴含的既不是柏拉图式的"迷狂"，也非康德式的"自由意志"，而是宗白华所说的"诗人人格的涵养"，具体说就是"优美的情绪、高尚的思想、精深的学识"③；他们所推崇的"自我"，也同样不是兰波式的"通灵者"，不是雪莱式的"立法者"或尼采式的"超人"，而是通过"读书穷理"，通过"在自然中活动""在社会中活动"而涵化养成的"我"，支撑这个"我"的，不仅是"真率"和"质朴"，也是从"修养"升华出的"为天地立心，为生民立命"的道德人格。这种由"小我"扩充而来的"大我"，在某种意义上反映了早期新诗人们对自我与社会、自我与诗歌关系的浪漫预设：一个有着完美人格的"自我"是实现理想社会的前提，而这个"自我"的"自然流露"则是达到"天真诗境"的基础。

　　但随着社会生活的变化和新诗的发展，诗人的政治立场和文学观念日趋分化，诗坛上的"新""旧"对立也开始被各种不同质的"新"之间的对立所取代。质言之，新诗在经历了草创阶段的自我陶醉后，不但"新"本身再也无法成为整合新诗队伍的基本尺度，而且人们对"个性""自我"以及"人道主义"观念的理解也有了越来越多的分歧。到了 20 世纪 20 年代中后期，这种分歧在政治冲突日益激烈、社会环境日趋复杂的情况下，被打上了更多的政治烙印。于是，在大革命前后，以对现实和政治态度的不同为分野，诗坛逐渐形成了更加鲜明的诗人阵营。卞之琳后来回顾说："大约在 1927 年左右或稍后几年初露头角的一批诚实和敏感的诗人，所走的道路不同，可以说是根植于同一个缘由——普遍的幻灭，面对狰狞的现实，投入积极的斗争，使他们中大多数没有工夫多作艺术上的考虑，而回避现实，使他们中其余人在讲求艺术中寻找了出路。"④

　　显然，在卞之琳看来，由大革命的政治分裂导致的"普遍的幻灭"，是诗坛重

　　① 陈绍伟编《中国新诗集序跋选（1918—1949）》，第 93 页。

　　② 陈绍伟编《中国新诗集序跋选（1918—1949）》，第 69 页。

　　③ 宗白华：《艺境》，北京大学出版社，1987 年，第 20 页。

　　④ 卞之琳：《戴望舒诗集·序》，载《戴望舒诗集》，四川人民出版社，1981 年，第 2 页。

组的重要分水岭，它在某种意义上决定了 20 世纪 20 年代后期诗坛的发展方向。这种幻灭不仅意味着乌托邦理想的破产，也意味着"个性解放"的启蒙目标成了瞬息即逝的泡沫，建立在这一泡沫之上的"自我表现"诗学也因此走向了瓦解。

不过，20 世纪 20 年代后期出现的不同诗歌运动，并不完全是"没有工夫多作艺术上的考虑"和"讲求艺术"这两种态度的结果，而是不同诗人群体有意识的诗学选择。

在急迫的政治形势下，一部分诗人把社会变革置于压倒性地位。原先就蕴含在他们"自我"中的道德使命感，很快被转化为"大我"的社会解放意识。他们有意识地借助上海独特的都市环境，力图通过文学活动来延续政治抱负。一方面通过对资产阶级现代性的批判和对政治公共领域控制权的争夺，建立起以批判和"反映"社会现实为核心的"现实主义"诗学原则；另一方面，在通过投身阶级解放的实践获得个人归属感的同时，他们也力图在这种实践中建立起诗歌与大众的联系，不仅努力让诗歌具有实践的价值，也把"大众化"作为成为诗歌的美学目标，这些追求，构成了 20 世纪 30 年代左翼诗歌运动的基本方向。

而另一部分诗人，却因为"幻灭"而开始"回避"政治，在政治斗争的残酷性和危险性面前，他们不得不收敛了"五四"时代的浪漫激情，放弃了"自我"中所包含的社会使命意识，而隐遁于"小我"的世界中，把个人在现代都市生存环境中获得的复杂人生体验转化为对艺术的探寻。他们要以复杂都市环境中的个人体验为基础，以追求诗的自律性为目标，探索与"现代人"精神相适应的诗艺形式，力图通过伸张诗歌内容的"个人性"和诗歌艺术的"自律性"，在一个功利化的时代中保持远离现实烽烟的诗意世界，以维护"自我"的天地，并实现对现实的超越。这就形成了以"讲求艺术"为重要特征的"现代主义"诗歌运动。

二

左翼诗歌是 20 世纪 30 年代诗坛一支富有声势的力量，它是在以上海为中心的现代都市环境中孕育发展和成熟起来的。

首先，20 世纪 30 年代上海的政治斗争环境孕育了左翼诗歌的情感和表达形式。作为本时期文人汇聚的地方，上海也成为各种政治力量争夺文化控制权力的主要战场。那些因为大革命失败而从实际政治活动中重返文学领域的左翼诗人，更是试图借助这一复杂环境，通过文学形式来延续和完成其政治抱负。正是依托于上海发达的现代出版系统和租界独特的环境，左翼诗人找到了一种把自己的文学抱负与政治实践融为一体的方式。租界此起彼伏的飞行集会、街头游行、散发传单等公开的或秘密的政治活动，使他们强化了自己的政治情绪和集体归属感，也培植了一种建立在这种归属感之上的诗歌想象方式和表达方式。正如殷夫的《议决》一诗所表达的：

> 在幽暗的油灯光中，
> 我们是无穷的多——合着影。
> 我们共同地呼吸着臭气，
> 我们共同地享有一颗大的心。

这种在秘密活动中"共同地享有一颗大的心"的体验，这种以"我们"这一公共主体为基础而形成的诗歌表达方式，正生发于与轰轰烈烈的城市政治运动相关的阶级归属感。

其次，上海的都市环境不仅为左翼诗歌的批判性提供精神动力，也为它的传播培养了潜在的读者群。作为中国最大的工商业都会，上海不仅是中国资本主义发展的营垒，也是中国无产阶级最为重要的大本营。据统计，1932 年至 1933 年间，全国 2435 个现代工厂有近一半开设在上海，上海的工业资本总额占全国的 40%。在这里，也有着当时中国人数最多的一支都市产业无产阶级队伍，占全国工人总数的 43%左右[①]，他们是 20 世纪 30 年代上海市民群体中的主要职业成分。此外，还有十几万主要由码头工人和人力车夫构成的苦力阶层。正是在这一迥异于中国传统农业文明的环境中，无产阶级和资产阶级的对立与冲突得到了最为明显的表现，也只有在这样的环境中，中国的左翼诗歌才获得了批判资本主义现代性的先锋锐气，并找到一种建立诗歌与无产阶级关系的合适土壤；同时，作为当时中国市民素质最高的城市，上海也为左翼诗歌提供了一个由职员、知识分子、学生和普通市民构成的潜在的现代读者群。与传统的读者相比，这些都市读者既有着较强的政治参与意识，又有着一定的现代思想观念，对前沿性的文化活动培植起了浓厚的兴趣，这就为以阶级解放实践为中心的政治理念和以资产阶级现代性批判为中心的文化理念的传播准备了前提。

---

① 以上有关数据转引自杨东平：《城市季风》，东方出版社，1994 年，第 52-53 页。

最后，上海开放的国际化环境，以其敏锐的文化触角，为左翼诗歌提供了世界最新政治潮流和诗歌潮流的信息。正是在这一环境中，中国左翼诗人不仅能够迅速地了解国际无产阶级革命运动的发展动态，而且也能够迅速了解世界无产阶级文学发展的动态。因此，他们常常从欧美、俄国和日本传来的各种无产阶级政治运动的信息中获得思想上的支撑和鼓舞，也从这些国家传来的普罗诗歌潮流中为自己的艺术实践寻找理论根据和艺术支持。当时苏联"拉普"所推崇的诗人，如别德内依、基里罗夫、别兹敏斯基等的作品，都是通过上海的刊物和出版物而很快被介绍到中国的。他们为中国普罗诗人的创作提供了政治理想和艺术理想的认同范式。而追逐"现代性"的中国诗歌读者对现实的不满也在这种国际化的现代诗歌潮流中被转化成了对诗歌的审美期待。正是这种与世界最新的普罗文学潮流的联系，使得中国左翼诗歌与国际左翼诗歌构成了呼应，成为国际性的"红色30年代"潮流的组成部分。

左翼诗人把诗歌当成一种参与都市文化领域政治斗争的形式，以"大众"为自己创作的潜在读者，这使得他们的诗歌有着明显的公共性质。

在左翼诗人看来，诗歌不再是神秘的"个性"或"灵感"的表现，而应该是"街心的广告"。早期的普罗诗人蒋光慈就曾以苏联诗人马雅可夫斯基作为例子，来强调他对诗歌的理解："在现时代，真正的诗人恐怕要将自己的诗广告当作标语用罢？暖室内或花月下的慢吟低唱的时代已经是过去了。现在的诗的领域不是暖室，而是喧闹的街道，诗的写处不是字本，而是那街心的广告。马雅可夫斯基能承认自己是广告的诗人，这正见得他是超出旧轨的天才。"[①] 这种以政治公共领域作为驰骋天地、以街头人群作为潜在读者的诗歌，已经从"语言的艺术"变成了行动的方式，从以个性主义为基础的"自我表现"，变成了以体现阶级意志、实现阶级解放为目标的"组织生活"的实践和政治斗争的工具。它一方面把诗歌的"主情"特征强化为宣传鼓动功能，把以个人体验为基础的写作转化为"代言人"式的写作；另一方面，它也力图突出"反映"现实，以进行政治动员的工作。在此，诗人不再是现实的观察者或情感的体味者，而是政治舞台上充满激情的演员，是直接参与社会变革的战士。他常常以大众"代言人"的身份向读者发出号召。与"五四"浪漫主义诗歌中的"大我"相比，这个"代言人"所代表的已不再是普泛的"人"，而是"被压迫的大众"，是"无产阶级"。他要通过诉诸"阶级情感"来激发工农大众的

---

① 《蒋光慈文集》第4卷，上海文艺出版社，1988年，第133页。

"阶级觉悟",把普通读者对现实的不满和变革要求,升华为一种有明确"阶级意识"和政治理想的"行动",由此参与政治公共空间的争夺。

与公共化的政治诉求相呼应的,是表达方式的公共性。为了使诗歌成为动员大众的"街心的广告",沟通与大众的关系是左翼诗人艺术追求的出发点。他们强调:"新兴阶级的诗人们应该尽量地舍弃个人主义的内容形式,创造集团的、大众的诗底内容和形式。"① 他们的诗歌往往采用直接面对读者说话的姿态,或采用"大众合唱诗"的形式,"用集团底朗读、合唱、音乐、照明、肉体运动等把诗的节奏表现出来"②,呼唤读者的参与。这种"大众化"追求相信读者与诗人自己的经验拥有共同性。"只讲美妙的形式,大众看不懂,那是写给少数人读诵的东西。"③ 表现在诗歌句式上,是一系列的顿呼和祈使句;表现在诗歌比喻和意象上,则是所谓"近取譬"的修辞特征,也就是尽量以公众所熟知和接受的意象与比喻为标准。为了实现与大众的交流,左翼诗人不惜牺牲艺术的打磨,以"广告"的形式来写诗,甚至直接把标语口号作为诗句。转向后的郭沫若,直言自己"要充分地写出些为高雅之士所不喜欢的粗暴的口号和标语",甚至宣称"我高兴做个'标语人','口号人',而不必一定要做诗人"。④ 他本时期的诗集《恢复》所追求的正是一种"鞺鞳的鼙鼓""狂暴的音乐"效果。而从象征派转向左翼的诗人冯乃超,在 20 年代后期一篇短剧的附识中也宣称:"洗练的会话,深刻的事实,那些工作让给昨日的文学家去努力吧。"⑤ 他在诗中大声疾呼:"诗人们/制作你们的诗歌/一如写我们的口号。"⑥ 沈端先(夏衍)也强调:"大众的文艺不能是细饼干,要是黑面包。"⑦ 这表明,左翼诗歌的"粗糙"和"标语口号化"倾向,与其说是"忽视艺术"的结果,还不如说是有意识的追求。

稍后出现的中国诗歌会诗人,虽对"呐喊多于描写"⑧ 的早期普罗诗歌有所批评,不像有国外留学背景的蒋光慈等人那样刻意强调诗歌的"广告"性,但他们同样追求诗歌在表达方式上的公共性,并力图把这种公共性与民间传统相联系,

---

① 王训昭选编《一代诗风——中国诗歌会作品及评论选》,华东师范大学出版社,1996 年,第 386 页。

② 王训昭选编《一代诗风——中国诗歌会作品及评论选》,第 386 页。

③ 王训昭选编《一代诗风——中国诗歌会作品及评论选》,第 349 页。

④ 王永生主编《中国现代文论选》第一册,贵州人民出版社,1982 年,第 164 页。

⑤ 《冯乃超文集》上卷,中山大学出版社,1986 年,第 224 页。

⑥ 《冯乃超文集》上卷,第 85 页。

⑦ 《蒋光慈文集》第 4 卷·附录三,第 337 页。

⑧ 杨匡汉、刘福春主编《中国现代诗论》上,1985 年,花城出版社,189 页。

要让诗歌成为"大众歌调"。在其作品中,抽象的"标语""口号"常常被置换成对现实图景直白的呈现。他们也十分注重诗歌上口的音乐性。森堡在《关于诗的朗读问题》一文中谈到诗歌朗读时,强调朗读具有"直接的感动性""大众的普及性"和"集团的鼓动性"等特点。⑤ 这表明,与新月派等诗歌流派对音乐性的理解不同,他们主要是从政治效果而不是从艺术效果的角度去看待诗歌音乐性的。这也使他们往往赋予诗歌的音乐性以一种夸张的意义,用蒲风的话说,"歌唱是力量","诗人的任务是表现与歌唱,而愤恨现实,毁灭现实,或鼓荡现实,推动现实,最要紧的为具体的表现与热情的歌唱,歌唱为唯一的武器"。⑥

把诗歌视为行动方式的诗学观,消泯了诗与生活的距离,使左翼诗歌既同静穆幽远的中国古典诗歌传统形成了巨大的差距,也同浪漫的自我陶醉、顾影自怜格格不入,从而带有一种强烈的叛逆性和先锋性。在20世纪30年代,这种先锋性和叛逆性不仅引起了趋向革命的诗人们的普遍共鸣,也一度成为时髦的诗歌潮流。就连戴望舒这样的"婉约"诗人,笔下也写出了如此雄浑的诗句:

> 穿过暗黑的,暗黑的林,
> 流到那边去!
> 到升出赤色的太阳的海去!
> …………
> 我们是各处的水流的集体,
> 从山间,从乡村,
> 从城市的沟渠……
> 我们是力的力。
> ………… (戴望舒《流水》)

三

当左翼诗人投身于政治斗争而进入主流文学时, 另一部分诗人则通过回避政治冲突来保存一点个人自由,这使得他们的创作走向了边缘化。

---

① 王训昭选编《一代诗风——中国诗歌会作品及评论选》,第482-483页。
② 王训昭选编《一代诗风——中国诗歌会作品及评论选》,第489页。

1930 年,戴望舒在一篇讨论苏联诗人马雅可夫斯基自杀的文章中,分析了艺术家的艺术态度和社会环境的关系:

> 大凡一个艺术家当和自己的周围的社会环境起了一种不调和的时候,艺术家往往走着两条道路:一是消极的道路,即退避到 Tour d'ivoire(象牙之塔)里去,讴歌着那与自己的社会环境离绝的梦想;一是积极的道路,即对于围绕着自己的社会环境,做着为自己的理想的血战。①

这段话可视为戴望舒这类诗人的夫子自道,表达了他们面对现实困境时的态度和选择。面对 20 世纪 30 年代政治公共领域的尖锐斗争,他们没有采取"血战"这种对抗形式,而是选择了一条"退避"的道路,力图"讴歌着那与自己的社会环境离绝的梦想",以维系个人最后的"自由"。在这种选择背后,潜伏着"穷则独善其身,达则兼济天下"的传统进退观。

其实不必高估政治理想的"幻灭"在这些诗人的"退避"中所起的作用。尽管他们有人也曾参加过政治活动,其"退避"与对政治的失望也确乎有一定关系,因为正是政治的残酷性改变了他们对革命的浪漫主义幻想,使其意识到"革命不是浪漫主义的行动"②。但与鼓吹"行动"的左翼诗人相比,他们根本上只是"文人",而并不打算做"战士"。参与"革命"不过是他们寄托文人热情和幻想的方式而已。他们并不想把自己完全交付给政治,也不愿把文学变成政治工具。正如施蛰存所言,他们"在文艺活动方面,也还想保留一些自由主义,不愿受被动的政治约束"③。他们企望通过远离政治,在大时代中保持一点个人世界。在他们看来,革命这样"一种集团的行动,毫不容假借地要强迫排除了集团每一分子的内心所蕴藏着的个人主义的因素"④,因此,他们对任何以政治权力控制文学的企图都保持着警觉。

拒绝政治权力的渗透以保持文艺自由的姿态,使他们自觉地远离了政治公共领域,退入个人内心体验深处去寻找诗的源泉。这虽然让他们的创作在围绕政治冲突而形成的 30 年代文学主潮中走向了边缘化,却又使他们找到了探索现代

---

① 王文彬、金石主编《戴望舒全集·散文卷》,中国青年出版社,1999 年,第 107 页。

② 施蛰存:《沙上的脚迹》,辽宁教育出版社,1995 年,第 129 页。

③ 施蛰存:《沙上的脚迹》,第 129 页。

④ 王文彬、金石主编《戴望舒全集·散文卷》,第 116 页。

人隐秘内心世界的领地。

但实际上，由于激烈的政治冲突，这些诗人无处寻觅真正的"自由"，而由于思想准则的颠覆，他们也无法安顿自己的"自我"。在体验着都市人生的嘈杂紧张的同时，他们也体验着复杂多变的城市生活所带来的各种伤痛。"做人的苦恼，尤其是在这个时代做中国人的苦恼"①，时时使他们陷入虚无感中。为了从这种虚无感中突围，他们把个体的生存体验转化为审美经验，以自己创造的艺术世界去抗拒功利化现实的侵扰。不过他们并不像浪漫主义者那样推崇"原始"的自然和田园世界，而更喜欢在日常的都市人生体验中寻找诗情。徐志摩一类的浪漫诗人，往往抱怨"诗的本能"被"都市生活"所"压死"，抱怨平凡的生活使诗的产量"向瘦小里耗"②，其潜台词是，"诗的本能"与日常都市生活相对立，只有在田园中、在余裕生活中，才能保持这种本能。而这些"现代"派诗人却有意识地在都市中酝酿诗情，他们要在属于城市文明的现代事物(如施蛰存所谓的"港湾""工场""矿坑""舞场""百货店""飞机的空战""竞马场"等"与前代不同的"景观③)中去寻找灵感，通过诗歌来回味和反刍"现代人的现代情绪"，并用一种与现代人复杂精微感受相适应的"现代"形式将它表现出来。

与此同时，上海的开放口岸、国际化的文化环境和租界内的异国情调，不仅使他们有机会迅速接触国外最新的文学潮流，并培植起对"新潮"事物的敏感，而且商业化的文化运作机制也把他们对"现代"的渴望变成了追逐"新潮"的时尚。在这种与世界最新潮流保持密切联系的环境中，形形色色的西方现代主义诗歌所表现出来的"向内转"的特征，既与他们熟悉的"诗缘情"传统相衔接，又与他们力图在复杂环境中维持"自我"空间的追求相呼应，从而成为其重要的艺术资源之一。

从政治公共领域的退出，使他们的创作表现了一种"个人化"特征。左翼意识形态排斥的私人空间，恰好是他们流连的天地。在矛盾重重的都市人生中，既无力做独往独来的英雄，又不想在政治权力的压力下放弃自我，就只好幽居独处，去做一个现代的"隐士"，缩回到内心的巢穴中去舔自己的伤口，反刍作为芸芸众生的一员的"苦恼"。因此，法国象征主义诗人马拉美对19世纪后期法国现代诗人处境的描述，也正好可以用来描述他们与现实的关系："在这个不与人以生存

---

① 梁仁编《戴望舒诗全编》，浙江文艺出版社，1989年，第49页。

② 陈绍伟编《中国新诗集序跋选(1918—1949)》，第216页。

③ 施蛰存：《又关于本刊中的诗》，《现代》4卷1期，1933年11月。

条件的社会里,诗人的处境,实际上是一个幽居独处、为自己雕刻墓碑的人的处境。"① 与"五四"诗歌中的"大我"不同,他们诗中的自我是"小写"的;与左翼诗歌中的建立在集体意识之上的"我们"不同,他们诗中的"我"是个人化的。对他们来说,诗歌传达的是"不敢轻易公开于俗世的人生",是"秘不示人"的个人体验,它构成了"诗意"的真正源泉,而那些附着于"阶级""革命"等"大叙事"的"公共话语",则被视为远离个人切身体验的、与"真感情"无关的东西。因此,对那些以代言人身份发言的诗人,他们都采取排斥态度。在戴望舒看来,提倡"阶级诗歌""反帝诗歌"以及"国防诗歌"的人"不了解艺术之崇高,不知道人性的深邃;他们本身就是一个盲目的工具",而"提出了民族诗歌的人们也是同样的浅薄"。②

在他们看来,不仅诗的体验是个人化的,而且诗歌本身的优势也在于它适于表现个体的隐秘体验。施蛰存说:"你倘若和人家说三句话,人家就立刻可以瞧得透你这个人的性格,你倘若写三篇小说或三首诗,至少可以掩饰得了你的一部分性格。"③ 这与戴望舒所谓"诗是由真实经过想象而出来的,不单是真实,亦不单是想象"④ 的诗学观有着某种共同之处,他们都强调诗歌具有"掩藏"自我的功能。既然一方面诗是"不敢轻易公开于俗世的人生",另一方面又必须以审美意象的形式去表现,因此,就只能"像梦一般的朦胧",成为一种介于"表现自己与隐藏自己之间"的"吞吞吐吐的东西"。⑤ 这种以"想象"来包裹"真实"的"吞吞吐吐"的诗学观,既同讲求"含蓄""蕴藉"的诗学传统相衔接,又迎合了高度紧张的都市环境所培养起来的个人心理防卫机能的需要。《文学》4 卷 2 号上一篇讨论艾略特诗歌的译文就指出,现代诗人所创造的诗歌体式,是一种"掩饰内心疚责,甘为不得已的事情的巧妙的手段"⑥ 。西方的现代主义诗歌正是在这个意义上为这些诗人提供了合适的表达方式。杜衡说,象征派诗人对戴望舒有特殊吸引力,是因为其手法"恰巧合乎他底既不是隐藏自己,也不是表现自己的那种写诗动机的缘故"。⑦ 长于细腻含蓄地表现内心世界的传统诗学,与 20 世纪西方现代主义诗学

---

① 黄晋凯等编《象征主义·意象派》,中国人民大学出版社,1989 年,第 39 页。

② 王文彬、金石主编《戴望舒全集·散文卷》,第 174 页。

③ 施蛰存:《灯下集·序》,开明出版社,1994 年。

④ 王文彬、金石主编《戴望舒全集·散文卷》,第 128 页。

⑤ 梁仁编《戴望舒诗全编》,第 50 页。

⑥ D. S. Mirsky:《论市民诗歌》,季明译,《文学》4 卷 2 号。

⑦ 梁仁编《戴望舒诗全编》,第 49 页。

就这样共同建构起了一套"现代"诗艺,使个体的隐秘体验化为可供玩赏摩挲的审美世界。诗人也凭借这一世界,在动荡的大时代中,保持了个体的独立性和艺术的尊严。

与"个人化"体验相对应,"独语"或"悄悄话"语式成为这些诗人常常采用的话语方式,它们构成了一种内敛的语境,表现了"现代"派诗人孤独内向的"自我"特质。深切细腻的个人体验,需要曲折委婉的传达方式,而自我掩饰的意图,也使他们对曲折、隐晦的形式情有独钟。所以,尽管其意象选择和修辞特征都受到传统的影响,以适应有一定文化修养的读者趣味,但这些意象和修辞形式依然是以个人感觉和玄思为基础的,带有很强的"个人化"意味。

(原载《文学与文化》2011 年第 3 期)

现代及"现代派诗"的双重超克

——鸥外鸥与"反抒情"诗派的另类现代性

解志熙

一 "反抒情"诗派概观:诗学主张与创作实践

前几年,我曾被拽进一部《二十世纪中国文学史》的编写工作中去,受命编写抗日战争及 20 世纪 40 年代这一段。这自然是一件吃力不讨好的工作,但也有一样好处,就是多少可以利用这个机会,为一些有特色而长期不被注意的作家作品说几句话。比如,在讲到抗日战争以来左翼诗潮的新面目这个问题时,除了人所共知的"七月"诗派外,我也乘机介绍了另一个左翼诗派,并将其命名为"反抒情"诗派。由于该诗派迄今仍然不大为学界所知,所以在此似乎有必要做一点概括的介绍。为省事起见,就恕我先照抄那部文学史的相关文字吧——

另一支左翼诗人先后以《广州诗坛》《诗群众》(广州)和《诗》杂志(桂林)等为阵地,其主持人和骨干作者主要来自岭南地区,如胡明树、鸥外鸥、柳木下、婴子、周为等都是两广人士。他们在坚持为抗战而歌的同时,"热心地探求着新形式"(艾青评语),从抗战初期到抗战中后期,一直坚持不懈,特别自觉地追求一种"反抒情"的知性诗风,成为战时左翼诗潮中独特的一支,可称之为"反抒情"诗派。其代表性的诗人就是鸥外鸥、胡明树和柳木下。

鸥外鸥(1911—1995,广东东莞人,原名李宗大,笔名又曾作欧外鸥),他是现代中国最具艺术个性和前卫意识的诗人之一。他少年时期就读于香港,20 世纪 20 年代积极投身进步学生运动;大革命失败后,转而从事文学,30 年代前期在上

作者简介:解志熙(1961—),男,清华大学人文学院教授。

海曾与现代派诗人交往，诗作兼有唯美颓废的风味和知性讽刺的意趣。稍后他不满现代派诗人的脱离实际，诗风有所转变而接近左翼的立场。抗战爆发后在广州与胡明树、柳木下等组织"少壮诗人会"，主编《诗群众》。广州沦陷后，流亡至香港；1941 年底香港陷落后，来到桂林，与胡明树等编辑《诗》月刊杂志。1944 年出版《鸥外诗集》，收 1931 年至 1943 年的诗作，而以战时在香港和桂林所作为多而且也最有特色，分别构成"香港的照相册"和"桂林的裸体画"两个系列的组诗。前一系列其实也可以包括关于广州的诗篇，它们颇富反帝爱国精神，如《和平的础石》《文明人的天职》《用刷铜膏刷你们的名字》等，末一首用在租界里为外国资本家住宅刷门牌的中国人口吻，斥责外国资本家是"一群贪婪可憎的苍蝇满伏在中国"。后一系列则展示了战时文化城桂林的文明危机：由于香港沦陷，大批香港的资本家与市民涌入桂林，不仅使桂林百物腾贵，而且用摩登都市的生活方式污染着这座纯朴的山城，这让诗人忧心忡忡。《被开垦的处女地》一首就展现了原本自然的桂林与"外来的现代文物"的对立。诗人别出心裁地运用象形的汉字，对诗形与诗行的安排颇为讲究。如开头一段（按原文竖排）：

山　山　又　都　　北面望一望　南面望一望　山　山　山　西面一带　西面望一望　山　山　山　东面一带　东面望一望　山　山　山
呵　　　是　是
　　　　呵　山　山
　　　　呵

这并非故弄玄虚的文字游戏，而是为了形象地凸现自然与现代的冲突："狼犬的齿的尖锐的山呵 / 这自然的墙 / 展开了环形之阵 / 绕住了未开垦的处女地 / 原始的城 / 向外来的现代的一切陌生的来客 / 四方八面举起了一双双的手挡住 / 但举起的一个个的手指的山 / 也有指隙的啦 / 无隙不入的外来的现代的文物 / 都在不知觉的隙缝中闪身进来了。"所以诗人在最后提醒人们："注意呵 / 看彼等埋下来的是现代文明的善抑或恶吧。"① 所以，鸥外鸥的新形式实验是为了表达他的现代性感受服务的。但与一般现代派之质疑现代文明而不关心社会现实的态度不同，此时作为左翼诗人的鸥外鸥对文明的现代性批判同时也是对国统区不合理的社会现实的批判——他不仅讽刺那些带着殖民地崇洋迷外生活作风的人是"一群传染病人呵"（《传染病乘了急列车》)，更指斥那些发国难财的贪官奸商

---

① 引者按：诗中黑体字在原诗中是用较大的字号排印的。

们是"食纸币而肥的人",辛辣地嘲讽"他们吸收着纸币的维他命 ABCDE"(《食纸币而肥的人》)。对那些辛苦挣扎的升斗小民,鸥外鸥也不像一般左翼诗人那样情绪化地为其作不平之鸣以至愤怒的呐喊,而是将他们的可悲处境做了反抒情的冷处理,转化为超越了情绪反应的反讽。如《肠胃消化的原理》如此表现食不果腹的穷人——

> 我蹲伏在厕所上竟日
>
> 一无所出
>
> 大便闭结,小便不流通
>
> 我消化不良了
>
> 医生也诊断为"消化不良"要我服泻盐三十瓦……
>
> …………
>
> 我的胃肠内一无所有
>
> 既无所入焉有所出
>
> 既无存款即无款可提
>
> 泻无可泻
>
> 泻无可泻
>
> 我这个往来存款的户口
>
> 从何透支

如此富于知性的反抒情诗风,既不乏批判的力度,又让人读了别有一番滋味在心头。所以艾青曾赞誉"鸥外的诗有创造性、有战斗性、有革命性"[1]。那创造性就突出地表现在善用知性的反抒情风格,来表达对社会现实和现代文明的批判性反思。

　　这种知性的反抒情诗风也是柳木下和胡明树的主导风格。胡明树在当年的一篇诗论中对此有所申论:

> 数年前,鸥外鸥的《情绪的否斥》和徐迟的《抒情的放逐》,虽曾惹起不少人的反对,但作为反"抒情主义"这一点来看,我还是赞同的。
>
> 抒情诗不可无抒情成分,但叙事诗已减低其成分,讽刺诗,寓言诗也就

---

[1] 转引自《鸥外鸥之诗·自序》,花城出版社,1985年。

更少。那么,会不会有一种完全脱离了抒情的诗呢?可能有的,将会有的,而且已经有的。那样的诗一定是偏于理智底、智慧底、想像底、感觉底、历史地理底、风俗习惯底、政治底、社会底、科学观底、世界观底。

总结一句:抒情仍是存在的,因为人仍存在,而抒情是天贼[赋]的本能。但抒情之外当仍有诗存在,因为抒情可以不是诗的决定因素。

抒情以外的诗表面看来是毫无"感情"的,殊不知那感情是早就经过了极高温度的燃烧而冷却下来了的利铁。①

这表明"反抒情"确是该派诗人的自觉追求。在这方面他们的执著程度既超越了提倡"抒情的放逐"而实践不力的同代诗人徐迟,也与主张"逃避感情"而张扬知性的西方现代派诗人不同,因为他们的"反抒情"还包含着"政治底、社会底、科学观底、世界观底"的鲜明指向。当然,他们所谓"反抒情"并非不要情感,而是用知性深化诗情。

柳木下(1916— ,原名刘慕霞,另一笔名为马御风,广东人)曾写给艾青一首短诗:"静静地冥想罢,/激昂地和着海的韵律高歌罢,/脆弱的,知性的/风中的芦苇。"②柳木下自己的诗《无题》就是这种融合了激昂的情绪和知性的思考的典型诗篇。这首诗从充满青春热情的想象开始:"假若/将所有的煤/都掘出来//假若/将所有的树子/都伐下来//于是/把树子和煤/堆成一个大堆//于是/燃上了火//于是/所有的少年们/所有的少女们//拉着手/围着火/唱着歌/跳一个回旋舞//你说/会怎么样呢",然后转向知性的拷问和革命的启发——"假若/山是可以移动的/将大的/小的/所有的山/都移填在海里//你说/会怎么样呢// 假若/有一天/所有的穷人们/都明白了/富是由他们造出来的//而且/起来抗议//你说/会怎么样呢"——到这里激情的确已经通过思想的冷却而转化成锐利的政治锋芒。诚如胡明树所指出的那样,"抒情成分愈少的诗也愈难写。所以抒情以外的诗也就更难写"。这是因为"抒情以外的诗表面看来是毫无'感情'的"③,而一般认为"感情"是"诗意"之源。所以写"反抒情"的诗是要冒着失去"诗意"的危险的。而该派诗人之所以执

---

① 胡明树:《诗之创作上的诸问题》,《诗》杂志第 3 卷第 2 期,1942 年 6 月。

② 柳木下:《芦苇——遥赠笛吹芦的诗人》,诗见胡明树编《若干人集》,《诗》社 1942 年版。按,"笛吹芦的诗人"应作"吹芦笛的诗人",指的是艾青,艾青与这个"反抒情"的左翼诗派的关系颇为密切,以至于"读者到'《诗》社'找'总编辑艾青'的事也发生过'"——见《诗》编者在该刊第 3 卷第 2 期(1942 年 6 月出版)上所载艾青来信《退居衡山时》后面写的附记。该派的诗合集《若干人集》也以艾青的诗打头。

③ 胡明树:《诗之创作上的诸问题》,《诗》杂志第 3 卷第 2 期,1942 年 6 月。

意"反抒情",是因为他们从二十多年来新诗的"抒情主义"之流行看到了问题的另一面,那就是"滥用感情"也会败坏诗意。正是这个发现促使他们走上了知性的"反抒情"的诗路。

胡明树(1914—1977,原名徐善沅,广西桂平人)在这方面不仅有理论,而且在创作上也躬行实践,不遑多让,表现出几个突出的特点。一是在描写下层人民的苦难境遇时,感情特别克制,甚至格外冷峻。如战时的有一天他路过漓江桥头,看到一些乞丐冒着寒冷向路人寻求一点剩余的温暖——一角、二角的镍币,于是写了一首《觅温暖于寒冷地带》的诗,但他在诗中并未大表同情,结尾更是冷峻异常。作者曾解释说他之所以对苦难与不公做冷处理,就是"想用这些事情对那些'滥用感情'的'抒情主义者'诗人下很恰当的一针"①。二是写到自己作为一个战时知识分子的窘困时,有意运用幽默自嘲的口吻,而力戒自伤自悼。如组诗《二百立方尺间》之一《将被免本兼各职的寝房》,在"宽阔的宇宙"的比较下,租住的小小寝室已"兼职了/我的会客厅/读书间与厨房……",又因为"租金像细菌的繁殖之快"而不得不退租,但诗人却模仿官样文章自寻开心地宣告"该房另有任用/着免本兼各职"。三是用科学知识来解构传统的神话思维和浪漫想象,如《宇宙观三章》就亦庄亦谐,别出心裁,实践了他自己的诗学主张——诗人"不独要从审美的目光去认识自然,而且要从智力的目光去认识自然"②。凡此等等,都显示出"反抒情"诗派诸诗人独树一帜的创造性,他们的探索不仅显著地拓展了左翼诗歌的诗意境界,而且在革新中国现代诗的感受力方面也作出了独特的贡献。

二　"戴望舒派"现代诗之超克:鸥外鸥的"另类"现代性书写

由于那部文学史在篇幅上的限制,加上我负责的主要是 20 世纪 40 年代部分,所以未能追溯"反抒情"诗派在 30 年代的活动,且对其诗歌艺术的讨论也只限于反讽的风格学的范畴。究其实,"反抒情"诗派的诗学主张和创作实践,乃是现代诗潮诸流派中最为先锋者,鲜明地标志着现代诗之现代性的一次重大转向——事实上,其"毫不留情"的另类现代性书写,既是对现代实存的颠覆性反讽,也是对"戴望舒派"现代诗之抒情迷思的着意超克。

这里就以鸥外鸥的创作为例再略做一点补充。

---

① 胡明树:《〈觅温暖于寒冷地带〉的写作经过》,《胡明树作品选》,漓江出版社,1985 年,第 555 页。

② 胡明树:《论"诗与自然"》,《文学批评》创刊号,1942 年 9 月。

　　显然,鸥外鸥是这个"反抒情"诗派的核心人物,而他的"反抒情"的诗歌写作其实在 30 年代就有不俗的表现了。虽然那时的他与戴望舒、徐迟等现代派诗人交往,但与戴、徐等"现代派"诗人其实仍然坚守着古典加浪漫的"抒情主义"的诗学宗旨不同,鸥外鸥的写作完全没有优美抒情的雅兴,面对赤裸裸地物化了的现代实存, 他的反应乃是一种 "毫不留情" 的真正现代性的质疑。例如他发表于1934 年初的两首诗——

> 锁是什么时候的发明
> 在日常用品发明年岁表上
> 没有锁的发明年岁的一笔纪事的
>
> 心理学的地
> 锁的发明的年岁
> 还划在人类有了盗窃之心萌起
>
> 而徬徨于急需防御方法的以后
>
> 盗窃之心萌起于人心上
> 又成为什么时候呢的问题了
> 定决不是春情发动月经出勤之类
> 可以在生理学上取出了人体生长到某年岁乃见的答案来作答的
> 怕还是个社会学的答案问题吧
>
> 当私有财产制度之起源
> 法律的地建立之顷
>
> 锁的发明的年岁
> 就徘徊在这个社会学的　心理学的
> 二个方面的演绎结果的年岁之间了吧
> 　　　　——《锁的社会学》①

---

① 此诗初刊于《矛盾》第 2 卷第 5 期,1934 年 1 月 1 日;后收入诗集《鸥外诗集》,桂林新大地出版社 1944 年 1 月出版;又收入《鸥外鸥之诗》,花城出版社 1985 年出版,入后集时有很大修改。

爱情乘了 BUS
彼此皆是幸福的
爱情乘了 BUS
合理的恋爱哲学

轻驮载的仅驮载着相对论的
一夫一妇的小型 CHEVROLET①
明日的道路上
不时代的人与物之鬼魂
彼此携了爱情去乘 BUS 吧

呵呵爱情乘了 BUS
妳是妳的呢
我是我的呢
女性之妳
男性之我
我们是性的呢
不是我的你了呢　妳
不是妳的我了呢　我
爱情是生理的呢
不是礼义道德的了

没有保护驮载一夫一妇的小型 CHEVROLET 的法律了
爱情私有　异性独占
都收入了人类两性关系演进的历史馆
代表过去时代的一历史制度了

CHEVROLET 则阵列②在古物院中

---

① "CHEVROLET"指雪佛兰汽车。
② "阵列"或当作"陈列"，但也可能是诗人的特殊用法，下同不另注。

> 不合理的啊
>
> 驮载二个人而已的狭窄的 CHEVROLET 的肚腹
>
> 徒然被明日的人笑斥的阵列着
>
> ——《论爱情乘了 BUS》①

不难看出，与鸥外鸥的这些"毫不留情"的反讽现代、揶揄浪漫的诗作相比，戴望舒所苦心抒写的"希望逢着一个丁香一样的结着愁怨的姑娘"呀、"绛色的沉哀"呀、"蔷薇色的梦"呀，以及"林下的小语""恋爱中的村姑"等等现代的诗情诗意诗境，委实是太古典的浪漫抒情了，其间的距离真不可以道里计。

如所周知，戴望舒乃是 30 年代"现代派诗"的领袖，而人们可能有所不知的是，戴望舒式的"现代派诗"其实是现代其表、浪漫其内以至于古典其里的。对此，戴望舒的同时代人倒是有所感知的。比如，当戴望舒的代表性诗集《望舒草》在1933 年 8 月出版之时，他的好友杜衡在序言中曾转述一位北京诗友的评论，并从而肯定道：

> 他底诗，曾经有一位远在北京(现在当然该说是北平)的朋友说，是象征派的形式，古典派的内容。这样的说法固然容有太过，然而细阅望舒底作品，很少架空的感情，铺张而不虚伪，华美而有法度，倒的确走的诗歌底正路。②

无独有偶，那时北平的一些"现代派"诗人如废名、何其芳、林庚、金克木等，走的也是这样一种"象征派的形式，古典派的内容"的"正路"。这"正路"说穿了，也就是在西方象征诗学的映照下重建古典的抒情诗意。不难理解，读者是很容易被"现代派诗"的形式现代性所迷惑的，因此也就往往忽视了"现代派"诗人所醉心歌咏的，其实乃是被旧诗词歌吟了成千上万遍的两种基本情调——传统士大夫所矜赏的"人与自然相和谐"的田园闲适之感，和在感情人事上欲说还休的"一片无可宁奈之情"，而成功地表现了这两种"千古浪漫"情调的古典诗歌，当然是晚唐五代两宋的婉约诗词，尤其是晚唐温李的情诗，所以他们也就理所当然地成了20 世纪 30 年代南北"现代派"诗人共同心仪的抒情典范，于是在彼时的中国新

---

① 此诗初刊于《矛盾》第 2 卷第 5 期，1934 年 1 月 1 日出版；后改题《爱情乘了 BUS》，收入诗集《鸥外鸥之诗》，花城出版社 1985 年出版，入集时有很大修改。

② 杜衡：《〈望舒草〉序》，载《戴望舒诗全编》，浙江文艺出版社，1989 年，第 62 页。

诗坛上，便出现了南北"现代派"诗人纷纷用现代诗语来重构"晚唐的美丽"的美丽景观。

应该承认，20世纪30年代"现代派"诗人借鉴象征、绍述古典、重建抒情的努力是很可贵也很成功的，由此我们有了颇富抒情诗意、堪与古典媲美的现代抒情诗。但话说回来，这一努力也潜存着很大的危险——稍不留意而用力过度，就会走向用现代白话复写古典诗情诗意的境地。现代派诗人林庚之仿古典的四行诗就是如此臻于极端的典型。如他的《爱之曲》：

> 都市里的黄昏斜落到朱门
> 应有着行人们惜怜着行人
> 小巷的独轮车无风轻走过
> 冬天来的梦意天蓝过高城
> 街头的人影子夜长不多久
> 红墙上的幻灭何处再相逢
> 回头时满眼的青山与白水
> 已记下了惆怅一日的行程

由于林庚不仅非常沉迷于这种复写，并且颇为自得地多次为文张扬自己的作法，所以终于引起了另一些"现代派"诗人的警觉[①]，促使他们重新思考现代诗的"现代性"问题。即如当林庚的四行诗集《北平情歌》在1936年3月出版后，就引起了钱献之（很可能是戴望舒的化名）、戴望舒的批评。戴望舒失望地发现林庚的这些现代诗似新实旧，即如《爱之曲》这首诗，戴望舒就很容易地将之回译为旧诗，而它的古典化的抒情韵致也于焉暴露无遗——

> 黄昏斜落到朱门，
> 应有行人惜旅人。
> 车去无风经小巷，

---

① 当然，并非"现代派"的新文学人士，也对林庚的"四行诗"的复古倾向不满，如一个显然立场比较左翼的人"庭棕"，即写了《读〈北平情歌〉》一文，认为林庚四行诗"这样的感觉，这样的修辞，不仅陈旧，多少读过一点古诗词的人，简直会立刻闻见一股腐烂味来，新鲜云乎哉？然而，除掉这些，一部《北平情歌》，便几乎别无所有"。见1937年1月31日《大公报》"文艺"第293期（该期为"诗歌特刊"）。

> 冬来有梦过高城。
> 街头人影知难久,
> 墙上消痕不再逢。
> 回首青山与白水,
> 载将一日倦行程。

由此,戴望舒对林庚的四行诗产生了很大的怀疑。他以为:

> 从林庚先生的"四行诗"中所放射出来的,是一种古诗的雰围气,而这种古诗的雰围气,又绝对没有被"人力车","马路"等现在的骚音所破坏了。约半世纪以前掊扯新名词以自表异的诗人们夏曾佑,谭嗣同,黄公度等辈,仍然是旧诗人;林庚先生是比他们更进一步,他并不只掊扯一些现代的字眼,却掊扯一些古已有之的境界,衣之以有韵律的现代语。所以,从表面上看来,林庚先生的四行诗是崭新的新诗,但到它的深处去探测,我们就可以看出它的古旧的基础了。现代的诗歌之所以与旧诗词不同者,是在于它们的形式,更在于它们的内容。结构,字汇,表现方式,语法等等是属于前者的;题材,情感,思想等等是属于后者的:这两者和时代之完全的调和之下的诗才是新诗。而林庚的"四行诗"却并不如此,他只是拿白话写着古诗而已。林庚先生在他的《关于〈北平情歌〉》(引者按,即《关于〈北平情歌〉——答钱献之先生》)中自己也说:"至于何以我们今日不即写七言五言,则纯是白话的关系,因为白话不适合于七言五言。"从这话看来,林庚先生原也不过想用白话去发表一点古意而已。①

说来,戴望舒的为人一向温文尔雅、不好争论,如今却不厌其烦地质疑林庚之所为。这究竟是为什么呢? 我曾经在一篇札记中讨论过这个问题,窃以为:

> 就戴望舒个人而言,他的发表于 1928 年的成名作《雨巷》,不是被叶圣陶称许为"替新诗底音节开了一个新的纪元"么? 的确,《雨巷》在"音节"即林庚所说的韵律上的造诣,不仅当时堪称独步,而且也比多年后林庚的新格

---

① 戴望舒:《谈林庚的诗见和"四行诗"》,《新诗》第 2 期,1936 年 11 月。

律诗远为完美。然而就在这个空前的成功之后，戴望舒却没有乘胜前进，反倒并不珍惜、甚至"不喜欢《雨巷》"，而不喜欢的原因，据杜衡说是因为戴望舒"在写成《雨巷》的时候，已经开始对诗歌底他所谓'音乐的成分'勇敢地反叛了"。这个解释显然有些倒果为因。事实或许是《雨巷》太像用"有韵律的现代语"重构出的旧诗词，其中充满了酷似晚唐五代婉约诗词的氛围、情调、意象和意境，甚至连它的"音乐的成分"也宛如婉约词的格调。如此驾轻就熟的成功恐怕让戴望舒觉得有些不值得、甚至自觉到有被旧诗词俘虏的危险。这或者正是戴望舒断然走出《雨巷》之"成功"的真正原因，而也许正是有过这样的前车之鉴，他才对林庚"拿白话写着古诗"期期之不以为然吧。[①]

的确，从戴望舒的《雨巷》到林庚的四行诗，在"拿白话写着古诗"这一点上，不过是五十步笑百步而已。或许正是有感于此，戴望舒才警觉到由他所开启的那个新诗写作的"正路"很可能是一条美丽而不免狭窄的路，甚至是一套很容易就走到尽头的美丽死胡同，所以他便借批评林庚而重新强调了新诗的现代性："现代的诗歌之所以与旧诗词不同者，是在于它们的形式，更在于它们的内容。结构，字汇，表现方式，语法等等是属于前者的；题材，情感，思想等等是属于后者的：这两者和时代之完全的调和之下的诗才是新诗。"

对当日诗名正如日中天的戴望舒来说，能觉悟到美丽摩登的"现代派诗"似新实旧的问题，这是很不容易的。不过，那时的戴望舒的觉悟仍然有其限度。事实上在他心目中，那个由古典的、浪漫的再加上象征的诗学所积淀起来的"抒情诗"传统，仍然是一个美丽优雅得不可须臾离之的纯诗理想，此所以当他在抗战爆发的前夕看到一些左翼诗人提倡"国防诗歌"的时候，他由衷地大惑不解，以为"在有识之士看来，这真是不值一笑"[②]，仿佛诗一跟国防这样的现实事务扯上关系，就玷污了其纯美似的。前面说过，戴望舒等"现代派"诗人借助西方浪漫—象征诗学与中国古典诗学，以构建中国现代抒情诗的范型并使白话达致诗化的努力，是功不可没的，可惜的是他们竟因此掉进了非美丽高蹈的抒情不足言诗的诗学牢笼，而回避了现代诗如何面对不美丽的现代实存而诗这个真正的现代诗歌难题。

与戴望舒、林庚这样的执著纯粹理想、心怀古典典范的"现代派"诗人不同，

---

① 解志熙：《林庚的洞见与执迷——林庚集外诗文校读札记》，载《考文叙事录——中国现代文学文献校读论丛》，中华书局，2009 年，第 146 页。

② 戴望舒：《关于国防诗歌》，《新中华》第 5 卷第 7 期，1937 年 4 月 10 日。

在当日的诗坛上还存在着另一些现代派诗人,一些"左翼的现代主义诗人",艾青和鸥外鸥就是杰出的代表。艾青开启了用满腔深情拥抱现实、歌咏光明的"新的抒情"之路,成为中国诗歌史上继杜甫之后最为杰出的大诗人;而鸥外鸥则走上了一条冷峻地解剖现代实存、知性地颠覆抒情诗意的现代诗路,成为中国诗歌史上第一个敢于"反抒情""不优美"地写诗的卓越诗人。

艾青是大家熟悉的,无庸多谈,此处单说鸥外鸥。

鸥外鸥虽然厕身于 20 世纪 30 年代的"现代派"诗人之列,但其实他的感兴和趣味与"现代派"诗人那种既心仪古典情趣复好浪漫摩登的姿态迥然有别。在鸥外鸥那里,是完全没有诗要优雅美丽地抒情之兴致,也不存在什么能够入诗什么不能入诗的纯诗学语言之禁忌,毋宁说把诗写得不那么优美典雅,不那么浪漫感伤,却富于直指现代实存的穿透分析力和毫不留情的社会批判性,才是他的现代诗的诗学理想。此所以当他看到戴望舒对"国防诗歌"的非议之后,便立即不留情面地撰文要"搬戴望舒们进殓房"——

> 最近在《新中华》月刊上诗人戴望舒公然侮辱了"社会诗"、"国防"。对于自取殒灭的所谓望舒派实有大检阅之必要;解剖这腐尸之死因【之】必要。……
>
> …………
>
> 戴望舒派之出来,一方面是传统底生殖,一方面是革命顿挫底幻灭的反动,甚至对社会变革底逃避,恐怖责任。所以产生了出来的戴望舒派它是代表着一时代的某一隅的,某一意识的。然而此一派现下到了使观众啧有烦言的讨厌的程度了。……它们的时代过去了![①]

这是迄今可见的对戴望舒为首的"现代派"诗人最激烈的批评。我们今日重读这样的批评,也不要大惊小怪地以为大逆不合诗道。其实,激烈的文艺批评,乃是现代文学中的寻常事,并且唯其是如此尖锐不留情面的批评,才会对被批评者发生足够的警醒作用——戴望舒后来奔赴香港,参加组建香港文艺界抗敌协会,与穆时英等妥协主义者决裂,直至写出《元日祝福》《我用残损的手掌》等朴素浑成、寄托博大的杰作,鸥外鸥的批评未始没有功劳。

---

① 鸥外鸥:《搬戴望舒们进殓房》,《广州诗坛》1937 年第 3 期。

　　至迟到全面抗战前一年,鸥外鸥就已转向为一个"左翼现代主义诗人",其诗作成功地实现了左翼的政治洞察力和艺术的先锋性之非同凡响的结合。如他写于 1936 年的诗《军港星加坡的墙》《第三帝国国防的牛油》,写于 1937 年的诗《欧罗巴的狼鼠窝》《第二回世界讣闻》,以及写于 1938 年的诗《和平的础石》等,就具有广阔的国际视野和敏锐的政治洞察,所以相当准确地预言了抗战、欧战和太平洋战争的爆发,而在艺术上尤其在诗歌语言上,则真正做到了不落抒情诗化之成规、大胆地将凡俗鄙野的生活话语和科学机械术语引入诗中,而又确乎经过了一番点石成金的陶炼功夫和别出心裁的巧妙安排,常常以匪夷所思的冷幽默和引人深思的反抒情取胜,给人脱略不羁、刚健泼峭的美感。即以《和平的础石》为例,全诗如下:

> 东方国境的最前线的交界碑!
> 太平山的巅上树立了最初欧罗巴的旗

> SIR FRANCE HENRY MAY①
> 从此以手支住了腮了
> 香港总督的一人。
> 思虑着什么呢?
> 忧愁着什么的样子。
> 向住了远方
> 不敢说出他的名字,
> 金属了的总督。
> 是否怀疑巍巍高耸在亚洲风云下的
> 休战纪念坊呢。
> 奠和平的础石于此地吗?
> 那样想着而不瞑目的总督,
> 日夕踞坐在花岗石上永久地支着腮
> 腮与指之间
> 生上了铜绿的苔藓了——

---

① Sir Francis Henry May(梅含理爵士)1912 年 7 月 24 日—1919 年 9 月 30 日任香港总督,此处指他的雕像。

在他的面前的港内，
下碇着大不列颠的鹰号母舰和潜艇母舰美德威号
生了根的树一样的。
肺病的海空上
夜夜交错着探照灯的 X 光
纵横着假想敌的飞行机，
银的翅膀
白金的翅膀。

手永远支住了腮的总督，
何时可把手放下来呢？
那只金属了的手。

战时的朱自清先生读到这首诗后，立即敏感到它在语言上的创造性，以为"'金属了的他'、'金属了手'里的'金属'这个名词用作动词，便创出了新的词汇，可以注意。这二语跟第六七行原都是描写事实，但是全诗将那僵冷的铜像灌上活泼的情思，前二语便见得如何动不了，动不了手，第三语也便见得如何'永久的支着腮'在'怀疑'。这就都带上了隐喻的意味"①。应该说，朱自清先生的评论还囿于修辞学的层面，其实该诗在语言上的最大特点，乃是其不动声色、不带感情的反抒情语调，看似淡然随意、有问无答的诗句里含蕴着一种异常冷峻、启人思索的诗意深度，较诸一般慷慨陈词的批判性诗作，具有格外耐人寻味的意味。

其实，鸥外鸥并非不善抒情。从他的一些诗来看，他是颇能驾轻就熟地运用优美轻俏的抒情语言来营造温柔优雅的抒情诗意的，然而"抒情主义"的爱与美之咏叹不是他的目的，倒成了他的锐利讽刺的艺术化妆。比如他的一首"政治抒情诗"《无人岛先占论——进军无人岛事件》，就巧妙借用抒情的爱情咏叹作为化妆，颠覆性地构拟出法西斯的强盗逻辑——

无人岛。

---

① 朱自清:《新诗杂话·朗诵与诗》,载《朱自清全集》第 2 卷,江苏教育出版社,1988 年,第 395 页。

独身身的无人岛，
处女地的无人岛：

无所属的待字的无人岛。

既未婚嫁又无许人。
南海之南
盐味的空气中。
无昼无夜
做着思慕的美梦。

许配了我吧。
热带地的无人岛。
我有南欧人的热情。

在妳的身上竖了我
占据妳的进军之旗。
在妳的身上立了
永为我有的碑。

于是婚后的岁月，
三色旗的热情怀抱中，
无人岛的无昼无夜的无人的梦碎了灭了。

无人岛先占论：
无人岛。
无人岛的无人岛。
岛无人的无人岛。

无人岛。
明快的土地！

此诗刊于 1937 年 1 月出版的《诗志》第 1 卷第 2 期,乃是讽刺意大利法西斯的(三色旗就是意大利的国旗),戏用爱情争先以喻法西斯的强占逻辑,真正是别出心裁、善为喻也。

对于古典和浪漫诗歌的一个永恒主题——爱情,鸥外鸥常常做反浪漫的处理,入木三分地揭示出"现代爱情"的欲望主义真相。这使他的"恋爱诗"具有了反思现代的深度——

我的语言
一砖砖的立体方糖
抛放进妳听觉的杯里
立即发出 ssss 的甜声甜汽的溶解
你饮着这样的糖质的语言
美目盼兮巧笑倩兮的
逐渐支持不住
而且脸红了
体温骤增　有高度的热　脉搏加速　跳跃作声

我的语言
不只是糖质的了
而且混合着酒精
妳看……
妳挽住了我的臂膀了
依偎着我的肩脾了
与我离座而去了
——去我望妳去妳又有些怕去的地方
我是不是一个骗子
妳的恋爱选手入选了一个骗子
　　　　——《妳的选手》①

① 此诗夹载于鸥外鸥的诗论《诗的制造》,该文载《诗》月刊第 3 卷第 4 期,1942 年 11 月。

至于现代的婚姻制度，在鸥外鸥的笔下则呈现出这样一幅令人哭笑不得的自由光景：

> 坐在椅子上
> 左边的是我
> 中间是你
> 右边的是他
>
> 世间
> 有可以容纳得三个人的椅子
> 可没有容纳得三个人的床呵
>
> 我不能奉陪了
> 我要离座而去
> 去找可以容纳我的床啦
> 晚安！晚安！
> ——《婚姻制度的床》①

诸如此类的另类现代性书写，可谓鸥外鸥的拿手好戏，它们往往以"自我"戏剧化的形式，直接介入现代人的实存状态，给予反讽的观照和"无情"的揭示，为读者提供了迥然不同于"戴望舒派"现代诗的另一种美感经验和生活认识。而或许正因为其独特的现代性显得非同寻常的"另类"，完全难以纳入我们已经读惯了且习惯了的那种抒写美丽、意境朦胧的"现代派"抒情诗范畴，所以它们也就长期地被我们有意无意地弃置不道了。

三　诗人何为：诗的现代困局与"反抒情"诗派的经验

此次会议在南开大学召开，这让我想起了曾为南开大学教授兼诗人的罗大

---

① 此诗初收《鸥外诗集》，桂林新大地出版社，1944年1月。

冈先生,在 1948 年 5—6 月间发表于《文学杂志》上的一篇长文《街与提琴——现代诗的荣辱》①。这是一篇具有重要的总结意义的现代诗论,作者从广阔的国际视野观照整个现代诗潮的来龙去脉,着意总结其荣辱得失,而最打动人处则是对现代诗所面临的困局之淋漓尽致的揭示。当然,在此之前早就有人不断指出现代诗的危机(按,罗大冈所谓"现代诗"指的就是现代主义的诗或者说现代派的诗),特别是它的愈来愈个人化的抒情趋向与公众社会的矛盾。对此种矛盾,罗大冈在文章的开篇就径直点明了:

> 诗在现代,乍看似乎是本身满含着矛盾的一件事实。可以说在这极度动乱苦难的世界,诗始终是,比在任何其他历史阶段中,更急切地被需要着,更深刻地被重视着;可是同时,到处有人抱怨现代诗愈走愈陷入个人的寂寞小天地中去,以至于你可以说从来没有见过诗人和他的艺术与群众如此疏远,与实际生活如此隔膜。

但出人意料的是,罗大冈认为此种矛盾乃是"由于观察者仅用社会的立场为出发点"的偏见,而他自己则对现代诗的光荣和困境别有所见,那见解就是非常鲜明地站在纯诗的立场上为现代诗的孤独自吟、孤芳自赏做辩护。

对现代诗的曲高和寡以至落寞固穷,罗大冈并不讳言。他形象地把现代诗人比作在扰攘的十字街头孤独演奏、无人关注的提琴师,同情地描写了其凄凉自弹、寂寞潦倒的窘状:

> 孤傲的诗人,一跨出书房或斗室,立刻显得焦卒(引者按,当作"憔悴")狼狈和踯躅。我在街头瞥见现代诗,它用几乎等于乞丐的身分出现。在某一相当长的时期,我的大部分日子,都消磨在公立图书馆和旧书摊上。从恬静幽黯的精神生活的领域出来,一脚跨进了街,眼睛突然感受到现代生活的艳阳猛照,半天张不开。使我直接意识到的,不但是现代的物质生活与精神生活极度不调和,而且大城市的街衢,尤其是最热闹的,确实具体化了现代生活最丑的一面。就在这样热闹的街上,常常我遇见一位衣衫褴褛的乐人。……

① 罗大冈:《街与提琴——现代诗的荣辱》,连载于《文学杂志》第 2 卷第 12 期(1948 年 5 月)和第 3 卷第 1 期(1948 年 6 月)。下引该文文字不再——出注。

　　　　每次我碰见这位朋友……我的心不由自主轻轻一震。它仿佛对我喊道："瞧这可怜的朋友，这就是现代诗，现代诗的显形，现代诗在街头的窘状。"

　　当然，罗大冈也注意到现代诗在战争年代引人注目的辉煌，不过他认为那只是一个例外情况，与那个例外相比，此种面对现代都市大街的不适应症才是现代诗更基本的困局，甚至是现代诗之不可抗拒的宿命，所以他不但没有批评现代诗的脱离现代实际，反而首肯现代诗走上脱离现实和大众的孤独高蹈之路，虽说是不得已之举，其实倒也是诗的正路，也因此他激励现代诗人"抓住感情的真髓，不做肤泛的外世界的抄袭"，努力追求"纯诗"的理想——"表现'不可言传之隐'"、创造出生活中不常见的"幸福的幻觉"。如此孤傲的遗世独立，当然是不大容易的事情，所以罗大冈乃以未来的荣光作为预定的补偿，说是等到"具体化了现代生活最丑的一面"的"街"不复丑恶了、而"物质文明合理化，人道化，物质生活与精神生活健全调和，平均发展的明日，我想没有人再能藉任何托词，不让众人平心静气去欣赏提琴渗人心坎的低吟"。

　　作为诗人的罗大冈曾经写过数量不多却很不错的现代诗，而作为一个对西方现代诗确有专深研究的学者，他的这篇现代诗论对现代诗的困局之揭示，也可谓淋漓尽致、穷性极相，以至我自二十多年前第一次读到它之后，至今难以忘怀。可是恕我直言，我也很早就有一个疑议，那就是这篇现代诗论给现代诗所开出的解脱困局之方，实在是太浪漫主义、抒情主义了，以至于几乎给人一种诗的精神胜利法之感，因而与其说它准确地阐释了西方现代诗的真精神（我们只要回想一下从波德莱尔到艾略特再到奥登的那些直面现代实存的现代诗，就明白罗大冈的片面性了），倒不如说它更像是 20 世纪 30 年代以来的中国现代派诗人之"纯诗"理想的一个迟到却鲜明的告白。我之所以不嫌辞费地在此转述它，其实就是因为它如此爽直明快地亮明了一些中国现代派诗人的为诗之道——沉湎于纯粹的高蹈的美丽抒情，却在现代的实存面前闭了眼、哑了声。

　　现代社会也许确如罗大冈所说，是一个缺乏诗意甚至根本就反诗的存在吧，诗在日益现代化的当代中国之寂寥无闻、没有"市场"之困局，就再次验证了罗大冈的断言。问题是，现代诗当真能像罗大冈所宣称的那样离开或超脱现代实存而诗而在吗？想来即使能，恐怕也是高处不胜寒吧，归终还得谪落在人世间。这样的人间世诚然不足以令诗人感发兴起出高雅优美的情思，可是纵使抒情之难为，诗却未必就没有出路。究其实，抒情未必像许多人所认定的那样是诗的千古不变的本质属性。说穿了,诗也像宇宙万物一样并无自性,一切不过因缘和合而生而变而已。因缘当然有好有坏,现代于诗或许就是坏因缘吧,但因缘如是,诗自不能不与现代结缘而生而在,这是它的真正宿命。所以作为现代人的现代诗人,也只有直面现代才有可能迫近它的实相,介入现世才可望深入地超克它,而真正具有现代性的现代诗也就孕育在、产生于这不离亦不迷的遇合共在过程中,至于它是否能"诗"地足够抒情和优美,其实并不怎么重要,又何须恋恋焉? 鸥外鸥的"反抒情"的现代诗所给予我们的经验和启示,就在于此。毫无疑问,正是由于深切地洞察到现代实存的非诗之真相,鸥外鸥才自觉地放弃"抒情主义"的诗情、诗意、诗语之营造,转而采取了一种直面现代实存的反浪漫主义的人生态度、反抒情主义的艺术姿态和颠覆惯常诗语的语言策略, 而他的所作所为又显著地影响了一些诗人如胡明树等,从而形成了一个独树一帜的"反抒情"诗派。从中国现代诗歌史来看,鸥外鸥和"反抒情"诗派的崛起,标志着现代诗的创作之道与语言艺术的重大转向,具有不可轻忽的文学史意义,值得深入总结和汲取,而在所谓"诗意地栖居"的抒情诗学精神胜利法再次高唱入云的今天,鸥外鸥及其同志们的诗学观念和创作实践亦具有发人深省的警醒意味。本文所谈不过略为发覆而已,但愿有人能作更进一步的搜求和更深一层的探讨。

(原载《文学与文化》2011 年第 4 期)

穆旦与中国现代主义诗歌心智

张大为

　　穆旦作为中国现代文学史上最为卓越的诗人之一，其诗歌以厚重的诗性品质和鲜明的现代主义风格成为新诗历史上划时代的地标。关于穆旦的研究已经有很多，本文尝试从中国现代主义诗歌的"诗歌心智"的角度，对穆旦进行某种考察。从中国现代主义诗歌心智的角度，容易将生存与语言、过程与结果、实践和理论、诗人与读者等作为一个"有内容的结构"整体进行考量，也容易从一个比较全面和综合性的角度，考量诗歌"现代"之为"现代"的整全的文化内涵和存在特征。此外，就心智结构不仅仅作为个体的自然生命的产物，而且也作为历史和文化传统的结果而言，尽管不一定是出于自觉，在穆旦的诗歌心智当中必然积淀着超出其个体与偶然因素的普遍性的文化内容与文明基因，显示着中国新诗的过去与未来，因此通过穆旦这个经典性的标本，这种考察或许对于整个中国现代主义诗歌传统都具有一定的涵盖性。这种涵盖性的一个重要方面，体现为本文所探讨的包括穆旦在内、或以穆旦为代表的中国现代主义诗歌心智与东方及中国文化传统的关系：文化和文明传统对于一个诗人的诗歌心智的影响，不一定是雕绘满眼、五光十色的"文化"声光，但它同样有可能是深刻和强有力的。

一　穆旦诗歌心智的"自然"基质

　　一个绿色的秩序，我们底母亲，/带来自然底的合音，不颠倒的感觉

——穆旦《春的降临》

作者简介：张大为(1975—)，男，天津社会科学院文学与文化研究所研究员。

这里的"自然",指的不是诗歌写作的题材和内容,而是指穆旦诗歌心智的某种整体上的基本属性和基本格局。在西方传统当中,一直具有一种将自然视为较低级的存在的传统,因此,贬低自然、掩盖自然、寓言性地解释和解读自然,是西方文明当中表现形式不同但却几乎是连贯的传统,直到浪漫主义时代"自然"仍然被视为是较低级灵魂的对应物或附属物。①不仅如此,西方传统当中由于对于"自然"的扭曲和分立导致的人的灵魂和心智的分裂性后果,不只在于强分灵魂与心智的权能领域与高低级别,而且在于灵魂和心智本身成了心智从纯"理性"层面展开的推论性和"理论"性结果:"自然的秘密的观念总是预设了可见的、显现的现象与隐藏在现象背后的不可见者之间的对立……一方面……最早的希腊思想家坚持说,我们难以认识那些隐藏起来的东西。另一方面,他们又认为'现象'可以向我们揭示隐藏的东西……这里可以看到一种类比推理的科学方法的开端……即从可见的结果推出不可见的原因,而不是相反。例如,通过研究人的具体行为,我们可以得出关于人的灵魂之本质的结论。"②这样,这里得到是一种根本性的因果倒置,即人的灵魂和心智成为人自身的"理性"或"科学"推理的结果。尼采判定正是自欧里庇得斯以来的这种颠倒了理性和生命意志关系的哲学家和"理论家"的心智,摧毁了希腊悲剧精神。这种情形一直支配西方传统直至现代,或毋宁说,如尼采的命意所指,它加突出地呈现了"现代人"的"理论家"的心智困境和生命的扭曲形态:

> 对于现代人来说,非理论家是某种可惊可疑的东西,以致非得有歌德的智慧,才能理解、毋宁说原谅如此陌生的一种生活方式。③

出自于"理论家"的心智,基本趋向是封闭自然视界,贬低自然、掩盖自然,不仅仅是从理论修辞与语言层面,也从人性和生存本身层面上,趋向理性化的、自我合法化的循环论证。现代性的基本价值起点,就是贬低自然人性、自然道德、自然理性,在审美的、文学的现代性尤其是"现代主义"当中,就是贬低自然情感、自然语言、自然修辞的价值。穆旦在致一位青年作者的书信当中说,他所热爱的奥

---

① 皮埃尔·阿多:《伊西斯的面纱——自然的观念史随笔》,张卜天译,华东师范大学出版社,2015年,第77页。

② 皮埃尔·阿多:《伊西斯的面纱——自然的观念史随笔》,第39-40页。

③ 尼采:《悲剧的诞生》,周国平译,生活·读书·新知三联书店,1986年,第77页。

登所讲的"暗藏的法律"正是自然律①："暗藏的法律并不否认/我们的或然性规律,/而是把原子星辰和人/都照其实际情形来对待,/当我们说谎时它就不理"(奥登《暗藏的法律》)。在自然的律法面前,人的存在好像只是"神意"的工具："一切的原因迎接我们,又从我们流走""在自然里固定着人的命运"(《隐现》),但自然的标准的缺失,正是现代性的危机本身："现代性的危机表现或者说存在于这样一宗事实中：现代西方人再也不知道想要什么——再也不相信自己能够知道什么是好的,什么是坏的；什么是对的,什么是错的。"②西方的现代主义诗歌形态及其文化内涵在相当程度上,是对于毁灭自然视野、自然价值和自然秩序的西方现代性生存经验本身的反抗,及以各种方式努力返回"自然"性的表现与结果。虽然这样做的结果可能往往是更加远离了自然视野、自然生存,走向其初衷的反面,因而成为现代性的更加极端的审美化神话,但也不能因此就将人们心目的那种欧洲现代主义"经典"形象,当成理解一切现代主义的标准。奥登就是那种"自然"化努力的清朗的、正面的形象。因此,西方现代主义诗歌(或其简单的模仿品)当中的堂吉诃德式的灵魂与内心战争正是自然心智缺席的结果,它们当中至少有一部分并非出于真正"生存的困境",而是灵魂和心智构成上的自寻烦恼,或者说,它们正是失去了自然标准之后的"现代"生存、"现代"灵魂的困境本身：

> 主呵,因为我们看见了,在我们聪明的愚昧里,/我们已经有太多的战争,朝向别人和自己,/太多的不满,太多的生中之死,死中之生,/我们有太多的利害,分裂阴谋,报复,/这一切把我们推到相反的极端,我们应该/忽然转身,看见你(《隐现》)

没有更多的证据能够说明中国现代诗人穆旦作为一个诗人的心灵,信仰的是一个西方式的上帝,因为西方基督教式的上帝,正如尼采在《敌基督者》等著作中进行的基督教批判所揭示的,同样把人类推向"相反的极端",同样没有阻止人类走向被"曲解的生命"和"枯竭的众心"的结果。出自东方式的心智底色,穆旦心目中的对于作为"生命的源泉"的主宰者的诉求,只是"让我们听到你流动的声音"(《隐现》),因此它只能是向着人类所自来的方向"转身"看到的人的生命存在

---

① 穆旦 1976 年 9 月 16 日致郭保卫信,《穆旦诗文集》第 2 卷,人民文学出版社,2006 年,第 209 页。

② 施特劳斯：《现代性的三次浪潮》,载《苏格拉底问题与现代性》,刘小枫编,彭磊、丁耘等译,华夏出版社,2008 年,第 32 页。

之"自然"本源:"我歌颂肉体:因为光明要从黑暗站出来,/你沉默而丰富的刹那,美的真实,我的上帝"(《我歌颂肉体》)。所谓的"上帝",代表的只是诗人穆旦以他自己的知识背景和知识结构,对于现代性的困局及其解决方案进行反思和求索的努力。

在穆旦那里,作为"肉体"的"自然"标准,是一个岩石一般坚实的标准:"因为它是岩石/在我们的不肯定中肯定的岛屿",正是由此"自然"的标准出发,"被压迫的,和被蹂躏的""有些人的吝啬和有些人的浪费""和神一样高,和蛆一样低"的生命价值得以评价(《我歌颂肉体》)。但不仅如此,在穆旦那里,还有着从自然标准出发的一个更加阔大的视野:"我是有过蓝色的血,星球底世系"(《自然底梦》),在它的映照之下,确立起来的是对于人类文明、历史的重新审视和对于人性的重新拷问:"离开文明,是离开众多的敌人""静静的,在那被遗忘的山坡上,/还下着密雨,还吹着细风,/没有人知道历史曾在此走过,/留下了英灵化入树干而滋生"(《森林之魅》)。从这个自然世系看来,人类的文明史不过是瞬息之间的繁华和光影:"虽然人类在毁灭/他们从腐烂得来的生命:/我愿意站在年幼的风景前,/一个老人看着他的儿孙争闹……"(《神魔之争》)。藉此,诗人可以超出历史主义的自大和自以为是的目的论,从一个宽广的视野来反思人类文明和人类自身的历史形象。

所谓的自然,不仅仅是山川草木、日月星辰。在道德、政治和历史领域这样的人性化领域,同样有着一个自然的秩序基础:在此前提下,对真理的敬畏,对一切有价值的、高尚的、文明的东西的由衷的憧憬与向往,对于历史和传统的尊重,这些同样是人的心灵的"自然"的倾向。也正是它们,构成了穆旦诗歌心智的自然基岩:"因为你最能够分别美丑,/至高的感受,才不怕你的爱情,/他看见历史:只有真正的你/的事业,在一切的失败里成功"(《良心颂》)。出自于这样的自然心性和历史良知,在穆旦诗歌当中,充满了沉痛而又现实的历史事件诗性折光,如《哀国难》《防空洞里的抒情诗》《野外演习》《通货膨胀》《轰炸东京》《饥饿的中国》《胜利》《甘地之死》等等;此外,对于无论是甘地这样的伟人,还是洗衣妇、报贩、农民兵这样的普通小人物,穆旦都进行了"不纯粹"的写照:

　　不灭的光辉！虽然不断的讽笑在伴随,/为你们只曾给予,呵,至高的欢欣！/你们唯一的遗嘱是我们,这醒来的一群,/穿着你们燃烧的衣服,向着地面降临。(《先导》)

　　现代主义的修辞方式和语言技艺仿佛是一面凸透镜,使得诗人迅速发现、引燃这些产生过无数平庸诗歌的素材当中隐藏的深情燃点,于是,诗人以镂金刻石般的激越、雄健的笔力,在这些诗歌当中表达自己的欢欣与向往,刻写历史的荣耀和辉煌:"他的脸色是这么古老,/每条皱纹都是人们的梦想,/这一次终于被我们抓住:/一座沉默的,荣耀的石像"(《胜利》)。这些极易变成标语化和口号化的颂歌或战歌的情愫,融入诗人凝练得像物质实体一般的诗歌语言,化作了石像和纪念碑一样厚重的存在,但这前提在于,诗人对于这一切所抱有的"自然"的价值情感与价值认同。其实,这一情形不仅仅在穆旦那里,在很多中国现代主义诗歌当中都可以看到,它正是以穆旦为代表的中国式现代主义诗歌心智的"自然"底色和"自然"格局。

　　在穆旦那里,"我曾经迷误在自然底梦中"(《自然底梦》),将这种迷误仅仅当成是一个虚假的幻象和幼稚的错误,可能同样是出自"曲解的生命"和"枯竭的众心"(《隐现》)的理解方式的体现。在自然之梦醒来的时刻,同样是一种痛楚的撕裂(《我》),伴随着巨大的伤感,但是按照一种东方式灵魂和心智构成来说,从自然的"绿色的秩序",到"蓝色的血,星球的世系",并非一个"理性"与"生命"的倒错过程, 而完全可以是一个自然视野的连续性的扩大和延展, 在这其间贯穿着的,是"不颠倒的感觉"。当这种"自然"秩序延伸进历史和社会领域当中时,穆旦东方式的心灵底色和心智构成,纵使是"现代主义",也不是不堪重负的"理论"化、理念化的沉重,故作深沉的含混,以及玩世不恭地嘲弄一切。这不仅仅是穆旦一个人, 也是一个苦难深重的国度里所有那些优秀的现代主义诗人的基本良知和价值感。缺乏它们不仅仅是道德上的耻辱,而且也将丧失起码的灵魂重量和心智秩序,很难想象这样的灵魂和这样的诗歌心智,会写出什么具有人性的共通感和普遍感染力的诗歌来。在生命的最后一年时间里,穆旦接连写出题名为《春》《夏》《秋》《冬》(此外还有一篇无法确定写作时间的未完成《秋》的断章)的系列诗篇。在这些诗歌当中,诗人的内心停止了那种与自然初始剥离时的缺失性的痛苦挣扎,而整体上带着生命历经"攀登"和"挫折"之后,重新"流入了秋日的安恬"、与自然重新合一的"一切安宁"与"生的胜利"之境(《秋》);即使常常写到"死亡的阴影"(《秋》)和"严酷的冬天"(《冬》),也难以掩盖这些诗歌整体上的作为"和谐的歌声"(《秋》)的喜剧性色彩。这不是强作解人,而是诗人悟透生命的自然本源和自然节律之后的大解脱和大欢喜。

二 穆旦诗歌心智的"诗性"明晰度

你们被点燃,却无处归依。/呵,光,影,声,色,都已经赤裸,/痛苦着,等待伸入新的组合。

——穆旦《春》

穆旦诗歌与诗歌心智的"诗性"明晰度,不是个别诗篇的阐释学、释义学意义上的明晰,而好像是从东方与中国文化和文明根基的深处透发出来的一种生命状态、心灵状态、语言状态。它或许很难用概念化语言来描述,用量化的指标来衡量,但在此种文化和文明内部,它是普遍而又真实的存在状态和感受,是很容易体会到的由于接通文化和文明根基而抵达的存在的"澄明"状态。穆旦东方式诗歌心智的明晰性,或许可以从通透的自我理解、自持能力,灵明、舒展的心灵状态与无所挂碍的内在空明这几个方面来理解。

1. 穆旦诗歌心智的"诗性"明晰性,首先体现在他对于诗歌本身的心智方式的自觉理解和明确坚持之上。20 世纪 50 年代,穆旦发表过一篇批评当时文艺学教材当中关于文学分类标准的文章。这篇文章本身,仍然被限定在当时的认识方式和概念框架当中,比如认为文艺学应该是一种放之四海而皆准的普遍性的"科学"①,又比如用"形象性"来作为对于文学的本质性界定②,不过其基本主旨,在于批评当时甚至直至今天仍然流行的文学作品四分法(诗歌、小说、散文、戏剧),而坚持认为亚里士多德的三分法是"科学性的论断":即"抒情的方法""叙事的方法""戏剧的方法"③。穆旦认为,就文学对于艺术形象的塑造而言,"只能想到有这三种基本方法;而从几千年来的文学所提供的一切繁复样式来看,也没有找到有超乎这三种基本方法之外的"④。因而,这三种方法可以涵盖一切文学类型。透过那个时代包括穆旦本人在内的那些陈旧的概念表述系统, 可以看到穆旦出自一种敏感而透彻的文学直觉、文学心智,对某种文学本质深层的纯粹性的坚持:

---

① 穆旦:《评几本文艺学概论中的文学的分类》,《穆旦诗文集》第 2 卷,人民文学出版社,2006 年,第 73 页。

② 穆旦:《评几本文艺学概论中的文学的分类》,《穆旦诗文集》第 2 卷,第 74 页。

③ 穆旦:《评几本文艺学概论中的文学的分类》,《穆旦诗文集》第 2 卷,第 77-78 页。

④ 穆旦:《评几本文艺学概论中的文学的分类》,《穆旦诗文集》第 2 卷,第 78-79 页。

　　这可以说是时时和文学的形象性密切相关的一种分类法。因为，(就"抒情的方法"而言——引者)我们一提到剖解内心感受，这必然是外在现实活动的结果——环境作用于内心的结果……以塑造形象的基本方法来划分文学，这是紧紧靠拢文学的形象本质的分类法，而以媒介为依据的"诗歌—散文"分类法则不是这样。前者在某种程度上保证了分类可以在文学限度以内进行……①

　　或许这才是穆旦坚持这一文学分类方式的主要诉求：他坚持的是在纯粹"文学限度以内进行"文类区分。这种"纯粹性"标准的出发点不是文学语言特性("媒介")和文学抒写客体("对象")，而是不同的文学类型所对应的思维方式和灵魂状态，因而这三种所谓的"方法"，实际上可以看做是文学心智的不同运作方式。固然比如抒情类的作品，它们跨越了文体，因此不光是诗歌，还可以包括抒情性的散文等，但穆旦认为，与其他的分类标准(比如从文学表现的"媒介""对象")的浅表化导致的混杂、泛滥不同，从文学创作"方法"或文学心智角度进行的分类，恰恰可以贯穿纯粹的文学性标准，将那些不纯粹的文体和文类(比如历史和哲学散文)从"文学"范畴当中排除出去。换句话说，在穆旦看来，文类背后灵魂状态或文学心智的构成与运作机制，是文学更为深层次的"本质"标准。

　　但这里涉及的一个问题就是，现代主义的文学心智、诗歌心智，因此可以说既是更加纯粹的，也是更加不纯粹的：更加纯粹，是因为它从更深的层次上、而不是从语言和文体的表面层次上把握诗歌的本质和本性——那种浅表层面的文体或者文类区分，适合于比较单纯、淳朴、均一的前现代的文学类型；更加不纯粹，是因为它本身因此需要一种更加复杂的、更不纯一的心智状态，将很多似乎是互相冲突的灵魂状态与心智能力综合为一体，从而将更为广阔的生存景观纳入诗性心智的处置范畴当中。在这种心智构成格局的悖论性状态当中，穆旦的现代主义诗歌心智，不仅仅充满了对于自身的灵魂状态的"现代"剖解，而且正是由于这种剖析，而具有了对于自身灵魂和心智状态的更加强大的"元理解"和"元把握"的高度(《诗》)——它或许是诗歌心智的现代之为现代的呈现、展开方式，但它更是诗人能够由此而超越"现代"范畴的卓越的诗性心智能力：正是这种能力，是跨

---

① 穆旦：《评几本文艺学概论中的文学的分类》，《穆旦诗文集》第 2 卷，第 82 页。

越现代性本身的观念化、理论化的陷阱,同时也跨越自身的"理论家"心智,跨越心智本身的观念化与理论化的"废墟",将生存之深层的诗性从晦暗带向自身的"明晰"的基础和前提。

2. 不过,穆旦诗性心智的这种"元理解"和"元把握"的明晰,并非体现为作为典型的"现代人"的康德式、"理论家"式心智结构的叠床架屋的哥特式构造,而是展开为一种东方式的自然而通彻的心意综合能力。这种能力的"综合"性,不仅具有一种现象学式的心灵内视能力,而且它在对于自身的"现代"心灵进行审视的同时,由于其某种或许终究是东方式的空灵、宁静和超脱的属性,而令人意外地保持着比较强烈、自如的诗性意义的自我完成能力和"自然"完型趋向:"'现在'是陷阱,永远掉在这里面,就随时而俱灭"①,因而它超越了"现代"的虚无,整合了"现在"的碎片化,走向诗性意义总体上的完整和明晰。因此,穆旦诗歌与诗人心智的这种诗性的明晰度,其实是来自某种心智整体"自然"而澄澈的秩序性力量:它将那些包括理智和情感在内的多重心灵力量和心智构成,约束与整合进某种具有交响化的明晰性的意义域,其局部的艰深晦涩,不会影响一个易于被唤起和调动的类似接受心智对于其整体意旨的领悟。但这种力量并非是理性的力量,它没有遭受"理性"化或"理论"化的隔裂、颠倒的困扰。理性是明晰的,但它缺乏诗性心智的综合性和延展度,它诉诸的是读者心灵的某一个部分或者层面,某种程度上它仍然缺乏那种照彻身心整体的弥漫性力量。而这种诗性心智对于与它具有类似结构和倾向的诗歌接受心智来说,是明晰的、有力的;或者说,对于它所牵动、携带和裹挟的那种深度灵魂状态和心智力量来说,在理智或者理性的地壳表面上,在意义解析之旅当中歧出的支路和偏移的小径无足轻重。

穆旦式的现代主义当中的这种心灵能力与心智属性,可能来自于东方及中国文化和文明传统对于诗人心灵的原生性塑造,它与西方现代主义诗歌当中的那种毁灭性的"现代"体验与废墟化的"心理"素材——它们或许正是"理论化"与"观念化"心智的另一面,细审之下,多少还是有些区别的。或者说,这一传统不允许人的心智本身的"毁灭"或异化为"废墟"。去除了西方传统当中理性化、"理论"化的支架(包括其废弃和废墟形态)的格碍与切割,诗人的生命力量似乎更加纯粹也更为"原始":"是在这块岩石上,成立我们和世界的距离,/是在这块岩石上,自然寄托了它一点东西,/风雨和太阳,时间和空间,都由于它的大胆的网罗/而投

---

① 穆旦 1976 年 12 月 9 日致杜运燮信,《穆旦诗文集》第 2 卷,第 146 页。

在我们怀里"(《我歌颂肉体》)。在这种情况下,诗人是以全部的纯净的生命力量,在"肉体"的自然"岩石"上,去拥抱和接纳这个世界:某种"黑色的生命"力量(《忆》),可能就是这种原始性的力量。在穆旦的诗歌当中,反复地以"黑暗""黑夜""幽暗"等相关性意象,隐喻它的在场和作用机制,它通过诗歌达到自己的澄明,而诗人借助诗歌回归自然之"原始":

> 脱净样样日光的安排,/我们一切的追求终于来到黑暗里,/世界正闪烁,急躁,在一个谎上,/而我们忠实沉默,与原始合一(《诗》)

与当代诗人热衷的"个体"原则不同,在穆旦那里,这种诗性心智隐然具有某种混沌的、"自然"本源性的非个体化、前个体化色彩,它仿佛就是来自生命"自然"本身的智慧与智能。对于这样的诗性智能来说,比之于"春天的花"和"春天的鸟"的琐碎肤浅的浪漫,诗性生命的凭借对于自身的解悟就能贯通和把握存在的真理、宇宙的秘密,自然生命就是通道,就是道路,就是"肉体"之"上帝",它本身就散发着奇迹的光彩。因而最终从幽暗当中现身出来,化作星辰一样璀璨和永恒的意义星座(《诗》),穿越辽远的历史时空,投射着时间深处的生存秘仪的隐微讯息。

3. 穆旦诗歌心智的明晰度,还体现为由于"智慧的来临"或在"智慧之歌"当中带来的那种空明、安详。穆旦一生都在诗歌中进行着灵魂的自我剖析,不过越到历经沧桑的晚年,这种剖析就越由早年的痛楚的、撕裂性的悲剧色彩,逐渐呈现出安详自在与具有反讽性圆满的谐剧特征。恰如"理智与情感"之间的问答格局:"既使只是一粒沙/也有因果和目的:/它的爱憎和神经/都要求放出光明。/因此它要化成灰,/因此它悒郁不宁,/固执着自己的轨道/把生命耗尽"(《理智与感情》)。用"理智和感情"的关系来描述现代主义诗歌心智和灵魂状态,可能有些简单——理智是聪明的"劝告",而感情则是以始终不渝的执着来作为"答复",其结论恐怕还是感情为体,理智为用,不过在"问答"之间的对话性结构,冲淡了其对立和对抗性的冲突性,而趋向平衡圆融的戏剧性结构,仿佛是诗歌作为"理智和感情"综合平衡结构之本体构成的现实例证。当然,"智慧的来临"或许不仅仅是停止"理智和感情"之间的相互折磨,也不仅仅是认识到它们各自都是具有局限性的灵魂状态、心智状态,而且也是在它们的相互作用和共同消歇的多层次涡旋当中,在它们节制、空灵和巧妙的展露当中,灵魂状态、心智空间整体所获得的余裕、自由和定力。它们仿佛是两个演员，而诗歌的灵魂状态和心智空间则是整出的戏剧结构和舞台效果，不是由它们本身的状态来告诉读者什么、向读者倾吐和推送什么，而是在它们总体上的结构性组织和平衡当中，对于读者类似心智状态的引导与激发。中国当下不少诗歌所呈现的，当然不只是如其表面那样的平浅修辞，但它修辞方式带来的某种智性的讽喻性翻转和轻率的隐喻性意义组织，就像演员在舞台上莫名其妙地翻了两个跟头，或矫揉造作、故作姿态，总是显得太过单薄和轻巧了。读诗的人不见得不理解，但不可能引起读者深层的触动与维持持久的感染力。

从整体上看，穆旦晚年的诗歌或许可以看成是"已走到了幻想底尽头"（《智慧之歌》)的"智慧之歌"。在这里，有着另一种诗性心智的明晰——它仿佛是佛教将世间喜乐悲欢一体顿悟为空幻时，所获得的那种空有一体、不迎不拒的心灵的解脱和自由感："时间愚弄不了我，/我没有卖给青春，也不卖给老年，/我只不过随时序换一换装，/参加这场化妆舞会的表演"（《听说我老了》)。"我"没有什么可执着的，它不过是随着时间剥落的一层层陈旧的"衣衫"。作者此时已经不喜不惧、大彻大悟，享受着那种在"确是我自己"与"失去了我自己"之间达成讽喻性平衡的生命格局当中的心灵的宁静与松放："另一个世界招贴着寻人启事，/他的失踪引起了空室的惊讶:/那里有另一场梦等着他去睡眠，/还有多少谣言都等着制造他，/这都暗示着一本未写出的传记"（《自己》)。这与"永远是自己，/锁在荒野里"（《我》)的少年式的、荒凉贫乏的执着不同，也与生活在两次"蛇的诱惑"（《蛇的诱惑》)及"现实与梦想"（《玫瑰之歌》)之间的青年期的迷茫不同："我爱在淡淡的太阳短命的日子，/临窗把喜爱的工作静静做完……"（《冬》)这里是真正伴随着"智慧的来临"获得的舒展、安详和自在，与达到的心境的空明与生命之旅的"明晰"。

三　穆旦的诗歌心智作为"现代"的后果

如果我们不是自禁于/我们费力与半真理的密约里/期望那达不到的圆满的结合，/在我们的前面有一条道路……

——穆旦《隐现》

西方的现代性传统起源于人对于自身的"发现"，以及作为人性的自恋和回音的"历史主义"视界："一切已知的理想都宣称拥有客观支持:这支持或者是自然,或者是神,或者是理性。历史性洞见摧毁了这些宣称,因而也摧毁了一切理想。然而,正是对一切理想的真正源头的认识使得一种全新的筹划得以可能,即重估一切价值……"①诗歌和文学意义上的"现代主义",是审美现代性的某种极端和极致性体现:它既是这样一种现代性神话的终极点,即它相信通过人性化的语言技艺和美学上的努力和"创造",通过神话化了的审美现代性或者现代性的"审美"神话,可以拯救人类生存的被"遗弃"的绝望困境;同时,它正因此也是对于现代性的"内部"的、"审美"的批判。这样,在西方传统当中,社会历史层面的现代性诉求与诗歌及美学上的"现代主义"这两种"现代"的并置,是一种存在着历史错位和价值悖谬的生存与审美语境。但在作为中国的"现代"诗人穆旦那里,这两者都是真实的,它们的结合是那样的自然和顺利成章,促成这一切的,是中国现代生存的历史和现实,以及诗人心智"自然"而又个性化的构成。当然这种"结合"或许是不"圆满"的,但惟其如此,它才是在真实的"现代"内部的"结合"。

在穆旦那里,几乎看不到对于现代性的抽象凝视与空洞赞美,现代性本身不是标准、不是目的,"现代主义"也不是,而是我们的诗歌不得不是"现代"的,这个"现代"是中国现代生存与语言的真实性后果的总和。同样,正如人们所看到的那样,在穆旦那里具有某种综合性和丰富性,但这种综合性和丰富性,连同那些现代主义的技艺,是一个博大而又敏锐的诗性心智结构合成与累积的产物,是它以诗歌的方式努力生存、努力求索的语言的真理性和真实性结果;或者也可以说,正因为诗人没有一头扎进"现代"的怀抱,被"主义"的视野蒙蔽双眼,才有了穆旦宽博宏深的"现代"诗歌心智和诗歌之"现代主义"的文化—历史构成的具体性:

　　　　总的来说,我写的东西,自己觉得不够诗意。即传统的诗意很少,这在自己心中有时产生了怀疑。有时觉得抽象而枯燥。有时又觉得这正是我所要的:要排除传统的陈词滥调和模糊不清的浪漫诗意……②

我们不认为前半部分只是谦虚和客套,因为后半部分要"排除"的也不是属于"传统"的全部:如果穆旦对于现代主义之前的诗意完全否定的话,也很难理解诗人在 20 世纪 50 年代之后,为什么要以极大的热情和极端认真的态度翻译拜伦、雪莱、济慈、普希金等浪漫主义—现实主义诗人的诗作。正如《理智与感情》当

---

① 施特劳斯:《现代性的三次浪潮》,载《苏格拉底问题与现代性》,第44页。
② 穆旦 1976 年致杜运燮信,《穆旦诗文集》第 2 卷,第 145 页。

中的"理智"和"感情"都是局部和部分一样,"传统"和"现代"的总和也必然交织与交响在其卓越的诗歌心智结构当中,所以诗人的怀疑和坚守都是真实和真诚的,而这种感受与诗人反复书写的某种生存之"两间"体验是一致的。类似这种体验,在很多中国现代诗人作家笔下都出现过,或许是中国的"现代"之为"现代"的历史意识和存在格局的具体构成。但在这其间那种"现在"的惶惑与虚无之感,是诗人个体生命和肉体存在从本体论和存在论层面失去根基的困顿,包括失去"传统"的荫蔽和托举之后的割截性的缺失之感,反映在东方式诗性灵魂和诗歌心智当中的、确乎属于"现代"体验:

> 在过去和未来两大黑暗间,以不断熄灭的/现在,举起了泥土,思想和荣耀,/你和我,和这可憎的一切的分野。(《三十诞辰有感》)

这里的体验或许与"主义"无关或者关系不大,而是意味着诗人自身的感知和应对方式:"一切的事物使我困扰,/一切事物使我们相信而又不能相信,就要得到而又/不能得到,开始抛弃而又抛弃不开"(《我歌颂肉体》)。不是所有人都憎恶传统与现代之间的"分野",并由此重新找到可以被"歌颂"的生命的停伫方式与存在之基——"肉体",因此,后者充分体现着诗人灵魂个性通透的自然属性以及诗性心智纯净的生命质感:"你向我走进,从你的太阳的升起/翻过天空直到我日落的波涛,/你走进而燃起一座灿烂的王宫:/由于你的大胆,就是你最遥远的边界:/我的皮肤也献出了心跳的虔诚"(《发现》)。这种"岩石"般的灵魂基质与卓越的诗人素质,一旦找到它自己的诗性认知路径和展开方式,就立刻被点燃为一座诗歌的"王宫"。它是穆旦这样的中国诗人心智,在中国现代生存条件下找到的"现代"和"主义"的具体内容和方式,而非相反。

穆旦诗歌王者般强大的诗性灵魂和诗歌心智,没有成为"现代"神话和诗歌之"现代主义"本身的俘虏,它一开始就对于"现代"保持着批判性姿态和距离感,对于"现代"生存荒诞性的书写,在穆旦诗歌当中占了一个不小的比例。而这种批判穿透"现代"之心所达到的灵视般的高度和透彻性,使人们不可能将它归之于一个虔诚的纯粹"现代"信徒的眼光:

> ……寂寞,/锁住每个人。生命树被剑守住了,/人们渐渐离开它,绕着圈子走。/而感情和理智,枯落的空壳,/播种在日用品上,也开了花(《蛇的诱惑》)

　　这首诗写出的是现代生存远离了自然性的虚无、残酷和不真实："为什么万物之灵的我们,/遭遇还比不上一颗小树? /今天你摇摇它,优越地微笑,/明天就化为根下的泥土"(《冥想》)。它不同于古典诗歌当中的白驹过隙式的时空观感和忧伤,而是一种典型的现代性的"无根"的惶惑之感:"谁知道一挥手后我们在哪儿? "(《从空虚到充实》)值得注意的是,《蛇的诱惑》这首诗还有一个古怪的副标题叫"小资产阶级的手势之一",穆旦其实经常用"手势"这一系列的意象,来表现现代生存的无从着力的乏力感、意义缺席的荒诞感以及微渺的脆弱感:一方面,"既然五指的手可以随意伸开"(《手》),"手"在此代表了现代生存主体那种虚妄的"自由"和"权力",但另一方面,"如果我们摇起一只手来:它是静止的"(《隐现》),因而"手"又是那种令人绝望的生存之失重的无力感的体现。因此,如同"我已经忘了在公园里摇一只手杖"(《防空洞里的抒情诗》)的荒唐一样,"手"的系列意象,体现了穆旦对于现代汉语诗性开掘的贡献和成果,它写出的是如同"防空洞"里残酷而又不真实的现代生存当中的那种"最后"的、毫无意义的"自由"和百无聊赖的荒诞性。于是,诗人试图离开这个虚假、扭曲的世界:"我想要走,但我的钱还没有花完,/有这么多高楼还拉着我赌博,/有这么多无耻,就要现原形,/我想要走,但等花完我的心愿"(《我想要走》),诗人以立体化的笔触,写出了"现代"世界的某种生活原型。而离开"现代"的世界,诗人寻找的是一条灵魂的还乡之路:"我要回去,回到我已迷失的故乡,/趁这次绝望给我引路,在泥淖里,/摸索那为时间遗落的一块精美的宝藏"(《阻滞的路》)。悖论性的是,在灵魂的还乡路上,领路的是"绝望"本身,而为人们所痴迷的"现代"世界,或许正是这条令人绝望的"阻滞的路"本身。没有人能够真正返回到古典传统和古典时代当中去生活,但现代性的神话和纯粹的"现代"视野本身,包含有极大的问题和遮蔽性,穆旦从敏锐而又卓越诗人心智出发对于现代性的批判,具有一种真切、生动的中国现代思想史价值。

　　有了这样清醒的思想高度和认知前提,在传统与现代的关系维度上,穆旦其并没有、也不可能拒绝和否认与传统的关系(即便穆旦主观上真诚地拒绝和否认这种关系,也不能由此就说明这种关系事实上不存在),诗人只是没有假定中国古典传统与"现代"中国、中国古典诗歌与"现代"白话新诗之间的简单的连续性,诗人没有假装自己融汇古今,或只是不屑于接触古典诗歌与文化传统:"我有时想从旧诗获得点什么,抱着这目的去读它,但总是失望而罢。它在使用文字上有魅力，可是陷在文言中，白话利用不上，或可能性不大。至于它的那些形象，我认为已经太旧了。"①看起来，穆旦对于中国古典诗歌的看法或者说困惑，似乎集中在"语言"和"形象"之上，但正因此，说明穆旦恰恰没有接受将诗歌仅仅当成"语言"和"形象"的现代主义的审美神话。穆旦所看到的，或许正是现代生存困惑和文化困境的一个真实的维度或部分，但穆旦质朴、真淳的诗人心智没有回避它，而是将这种困惑本身纳入诗歌处置的对象领域，更为全角度地写出了"现代"之为"现代"的不完整和不真实的一面："生活变为争取生活，我们一生永远在准备而没有生活，/三千年的丰富枯死在种子里而我们是在继续……"（《隐现》）。但惟其如此，才造就了穆旦式的中国现代主义诗歌的"丰富"与"真实"。

在这个问题上，诗人并没有停留在观念层面，处身于传统与现代之间的生存与心智格局，同时也转换为现代诗艺甚至诗歌文体本身的构成方式。像《五月》这样的诗歌，如果和诗人同时写的《我》（同样写于 1940 年 11 月）对照起来看，可以发现，诗人模拟的几段古典式的诗歌抒情，虽然说不上深沉顿挫，但也不只是出于与现实进行一种简单的、讽刺性的对照的目的。这也就是说，诗人并不是在嘲弄古典式的抒情境界：古典式的抒情和古典式的语言，代表一种曾经的以自然为标准的生活方式、语言方式，代表一个生存方式和文化模式的"子宫"。而"从历史扭转的弹道里"得到的"二次的诞生"，或许和《我》当中"从子宫割裂"同样属于"幻化的形象，是更深的绝望"，因为在现实当中，同样让人看不到希望："流氓，骗子，匪棍，我们一起，/在混乱的街上走——"。这里很难说哪个更真实，哪个更讽刺。因此，全诗最后，"他们梦见铁拐李/丑陋乞丐是仙人/游遍天下厌尘世/一飞飞上九层云"这一段戏仿，单独看几乎让人忍俊不禁，但它其实是对绝望的现实的反讽。而这种对现实的绝望回指与反讽，让两种生存、两种语言耦合为一个戏剧化的智性空间：在这里抵达的不是语言的"目的"，也不是现代性和"现代主义"，在这其中，一种诗性的智能，以"伸出双手来抱住了自己"（《我》）的全部的残缺和寥落的痛楚，仿佛深深地探入到现代生存绝望的内心和"内部"空间当中；而以古典诗歌语境为背景，又仿佛是一面镜子，照出了"现代"背面——它无论是荒凉古旧还是穷奢极欲，都让人觉得这首诗就是"现代"本身，"绝望"本身，"荒诞"本身。或者说，诗歌本身才是残酷的真实。

我们不认为穆旦式的现代主义是完全外在于中国文化和文明传统的创造，

① 穆旦 1975 年 9 月 19 日致郭保卫信，《穆旦诗文集》第 2 卷，第 190 页。

它们二者之间的关系是一直存在的，只是认识到这种关系或许需要某种角度和机缘。穆旦诗歌当中的灵魂的自我战斗、自我剖析、自我阐释和自我解脱贯穿了他的写作历程，几乎能够构成一条完整的时间线索，在自我灵魂与生存现实之间，突显出来的是他那卓越的现代主义诗歌心智能力。穆旦的现代主义诗歌心智，有着与西方现代主义诗人、诗歌类似的某些一般性特征，但更多的是在对他所生活的时代的现实历史问题进行浓缩、加速、变构处置当中，让人们感受到的强大而自由的存在——当然对于诗人自己而言，肯定也包含着巨大的痛苦和荒诞的虚无、无力感。在这其中，隐含着的东方和中国文化传统对于其诗歌心智的规定性的塑型作用。总的来说，穆旦对于诗歌的"现代主义"入乎其内，出乎其外，通过诗歌将自己的诗性灵魂和心智结构本身，浇筑和刻写为一座关于中国生存与历史之"现代"的纪念碑。如果人们在它上面仅仅看到无论是悲壮还是滑稽的"现代"标签，将之仅仅当作崇拜的对象和反对的标靶，无疑是错失了理解"现代"的全面本质的一次机会。只有抱定理解纪念碑的体温、心跳和灵魂的决心，进入那以巨大的心灵力量固定和赋形的、饱藏着巨量的生存秘密和历史讯息的厚重的诗歌岩质内部，或许才不辜负诗人那星空一样光辉灿烂、蔚蓝幽深的诗性心智空间。

（原载《文学与文化》2016 年第 4 期）

极限中的迁缓
——"70后"诗人长诗写作初探

张桃洲

一 "70后"诗人长诗写作的背景

作为一种命名,"70后"有着代际(generation)与流派①的双重指认。其实,这一名号下的诗人进入人们的视野已经很久。虽然这批诗人"正处在日新月异的成长期,是正在进行时态的……绝大多数随时都处在变动、调整之中"②,但他们为时不短的诗歌写作（他们中部分诗人的写作始于 20 世纪 90 年代初甚至更早）已经显出了某些值得关注的趋向。

一方面,受前代诗人写作的滋养,"70后"诗人承续了前代诗人探索诗歌语言可能性的热忱。另一方面,如何从前代诗人的"影响的焦虑"中走出,则更为"70后"诗人所看重,于是"偏移"成为他们写作的美学基石:"从一开始大家都在明里暗里关注着自身与他人在精神境遇、文本记忆和写作趣味等方面的诸多差别,有所不同的是,他们相信这些差别只有在诗歌写作的艰苦掘进和对当代诗歌内在线索的反复辨析中才能被贯彻为一种'偏移'";在他们的写作里,"任何一种写作策略都没有被绝对化,他们的写作始终是阶段性的,每一时期的写作都力图刷新以往诗艺内存,构成对既定写作成规的接续和'偏移'……'偏移'的立场,即是不断重设与自身及他人之间的'修正比'"。③此外,"70后"诗人在文本

作者简介:张桃洲(1971—),男,首都师范大学文学院教授。

① 将"70后"指认为流派的说法,可参见黄礼孩为《70后诗集》(两卷本,海风出版社,2004 年)所写的序言《70 后:一个年轻的诗歌流派》。

② 敬文东:《"没有终点的旅行"》,载《被委以重任的方言》,中国人民大学出版社,2003 年,第 201 页。

③ 姜涛:《偏移:一种实践的诗学》,《北京文学(精彩阅读)》1998 年第 1 期。

上也已初步形成了自己的特点。

那么,如何看待"70 后"诗人在中国当代特别是 20 世纪 80 年代以来的诗歌中的位置?如何确认他们的写作在诗学、文本上的价值?这里,或许可从长诗入手进行一番探讨,既然长诗"更能完整地揭示诗自成一个世界的独立本性,更能充分地发挥诗歌语言的种种可能,更能综合地体现诗歌写作作为一种创造性精神劳动所具有的难度和价值"①。虽然"70 后"诗人人数众多、风格各异,虽然他们中不少人如黄礼孩、冷霜、泉子、刘春、宋尾等以短诗写作见长,但由长诗入手进行考察,确实可从多个重要方面了解这一诗人群体的写作面貌、成就和走向,并领悟中国当代诗歌代际更替与层次分布的特征。

在中国新诗历史上,一直不乏长诗写作的积极参与者。不过在中国台湾诗人痖弦看来,早期新诗中的长诗不甚成功,而究其原因就在于,诗人们"仅仅理解到长诗的量的扩张,而没有理解到长诗的质的探索,误以为长诗只是在叙述一个事件的发展,而忽略了长诗精神层面的表达,也就是他们未能注意诗质的把握";他进一步认为,"一首现代的长诗,与其说是记录事件,毋宁说是记录人性的历史和现代人心灵遨游的历程"②。尽管痖弦所述并不符合新诗历史的实际情形,但也触及了长诗的某些实质性要件。正如诗人骆一禾所言:"长诗于人间并不亲切,却是 / 精神所有、命运所占据。"(《光明》)诗评家唐晓渡则指出,"长诗是诗人不会轻易动用的体式……一旦诗人决定诉诸长诗,就立即表明了某种严重性"③,他所说的"严重性"主要是指潜隐在一首诗的发生与完成之中的深刻动机。

20 世纪 80 年代是长诗写作较兴盛的时期,出现了至少四股引人注目的长诗写作潮流:其一,朦胧诗人群中的杨炼、江河等及其后继者"整体主义"(宋炜、宋渠等)、"新传统主义"(廖亦武等)的现代史诗;其二,"第三代诗"中具有实验色彩的长诗写作,如周伦佑的《自由方块》等;其三,女性诗歌中的长诗写作,代表性作品有翟永明的《女人》、伊蕾的《独身女人的卧室》、唐亚平的《黑色沙漠》等;其

---

① 唐晓渡:《编选者序:从死亡的方向看》,载 "当代诗歌潮流回顾·写作艺术借鉴丛书"《与死亡对称——长诗、组诗卷》,北京师范大学出版社,1993 年。"70 后"诗人梦亦非对长诗的意义也有相似表述:"长诗是强旺的生命力、敏锐的洞察力、巨大的创造力所凝集而成的结晶","它可以全面地表现诗人的才华高低、技艺的生熟、胸襟的大小、情感的浓淡、境界的深浅、经验的多少"。见梦亦非:《艾丽丝漫游 70 后:返真的一代》,《零点·70 后诗歌专号》"复刊号"(总第 8 期),2010 年。

② 痖弦:《现代诗的省思》,载《中国新诗研究》,洪范书店,1981 年,第 19 页。

③ 唐晓渡:《编选者序:从死亡的方向看》,载 "当代诗歌潮流回顾·写作艺术借鉴丛书"《与死亡对称——长诗、组诗卷》,北京师范大学出版社,1993 年。

四,骆一禾、海子等颇显理想主义色彩的长诗主张和实践,譬如海子声称:"我的诗歌理想是在中国成就一种伟大的集体的诗。……我只想融合中国的行动成就一种民族和人类结合、诗歌和真理合一的大诗","我写长诗总是迫不得已,出于某种巨大的元素对我的召唤,也是因为我有太多的话要说,这些元素和伟大材料的东西总会涨破我的诗歌外壳"①,其突出成果包括骆一禾的《世界的血》、海子的《土地》等。20世纪90年代以后,长诗写作的取向受时代气候和整个诗歌风尚的影响而发生了很大变化,此际从事长诗写作的以转型后的"第三代"诗人和一批20世纪60年代出生的诗人为主,对历史、现实元素的重视和力求"最大限度地包容日常生活经验"(张曙光语)成为90年代长诗的基本特征,这为当代长诗写作注入了某些新的质素。重要作品有王小妮《会见一个没有了眼睛的歌手》、张曙光《小丑的花格外衣》、于坚《〇档案》、萧开愚《向杜甫致敬》、王家新《回答》、西川《鹰的话语》、钟鸣《中国杂技:硬椅子》、孙文波《祖国之书,或其他》、陈东东《喜剧》、张枣《跟茨维塔伊娃的对话》、臧棣《新鲜的荆棘》、西渡《一个钟表匠人的记忆》、莫非《词与物》、潞潞《无题》、朱朱《清河县》、庞培《少女像》、宇龙《机场十四行》、刘洁岷《桥》、哑石《青城诗章》、周瓒《黑暗中的舞者》等。

在很大程度上,20世纪80年代包括现代史诗、"非非主义"实验、海子"大诗"理想在内的长诗写作,大抵属于向极限冲刺的写作:无论杨炼的"高原如猛虎,焚烧于激流暴跳的万物的海滨"(《诺日朗》)表现出的强悍,还是周伦佑的果决的"拒绝之盐"(《自由方块》),抑或海子的煌煌《太阳·七部书》,在语词与意识的强度、密度方面无不追求极致,这与那个激情主义的时代氛围是相应和的。而20世纪90年代的长诗写作者逐渐改变了策略,某种高蹈的姿态性写作被一种平易、舒缓的书写所替代,引发争议的"叙事"因素的渗入使此际的长诗在节奏、体式等方面趋于松弛,诗歌与时代的紧张关系也变得隐蔽。显然,在此背景下成长起来的"70后"诗人,其长诗写作必须另辟蹊径,但也不全然是另起炉灶。

二 技艺与精神的双重拓展

作为经受了20世纪80年代理想主义余韵熏染、90年代商业化浪潮洗礼的一代人,"70后"诗人在精神气质上无法不同时打上两个时代的烙印。因此,他们

---

① 海子:《诗学:一份提纲》,载《海子诗全编》,上海三联书店,1997年,第889页。

的长诗写作在文本上可以说兼有冲击极限的痕迹（如蒋浩的几部颇具宗教感的组诗、梦亦非的基于地域文化建构起来的巨型史诗）和在平缓中追求精细的趋势（如姜涛、韩博、孙磊、阎逸等的长诗写作）；同时，在此基础上他们开始探求能标识自己一代的诗学特征。总的来说，"70后"诗人的长诗写作首先从诗艺与精神两方面寻求拓展，并已形成了可予把握的趋向。

一方面，"70后"长诗写作专注于诗歌语言、技艺的持续探索与提升。

比如，既有良好的诗评才能又有敏锐的诗写感觉、虽身在学院但突破学院化写作的姜涛，在其较早的写作阶段就写出了《厢白营》《毕业歌》《京津高速公路上的陈述与转述》等长诗。他的诗歌掺杂了繁复的巴洛克和明晰的写实风格，能够将抽象的譬喻与细微的暗讽糅合在一起：

> 八月已经过去，更换的稿纸上
> 依旧是渺无人迹的热带
> 精确的描写带来幻觉
> 无边的现实有了边缘
> 那曾经在笔尖下渗出的院落
> 而今，是否已租给了别人
> ——《秋天日记——仿路易斯·麦克尼斯》

在语词语义的转移上常常给人惊异之感。

另一位出道甚早的诗人韩博一开始写诗就显出令人侧目的技艺上的成熟，他写于20世纪90年代初的短诗《植物赝品》《永远离去》《太阳穿过树间》等，即便在今天读来也不失新鲜之气息。他的诗歌富于奇异的寓言性，曲折、变幻的语词间蕴含着精确的细节，其长诗尤其如此："拉着一只液态的手，游荡。／海水不知道我也是海水／……我从一个自己／游荡向另一个，我拉着／自己的手。我没有忘记液态的路／绕过暗礁，从上海，去内蒙古"（《未成年人禁止入内》）；他的长诗《献给猫的挽歌》在戏谑的口吻中渗透着不易察觉的忧悒与悲悯，语调流畅自如而充满克制。他的同窗马骅也写出了《秋兴八首》《迈克的雾月十八》等变幻着技法、跨度较大的长诗。

同样值得留意的是阎逸的长诗写作，他早在1997年就完成了长诗《秋天：镜中的谈话或开场白》，其娴熟地将机智的内在思辨与从容的独白语式结合起来的技法,并不逊于前代诗人欧阳江河的同类长诗《咖啡馆》《关于市场经济的虚构笔记》等;他的长诗《猫眼睛里的时辰》深得现代诗的变形之法,错落绵密的语词之流中映照着世界万物的光线与阴影:"对于一颗苍蝇脑袋,用显微镜 / 显示其中隐藏的、米诺托的 / 迷宫(门:七十二扇。/ 台阶:三十九级。岔路口:/ 无数个。)比思考它 / 如何成型更为重要……如果 / 灵魂是小孩子,那么黑暗呢 / 顺着绳子滑过来的风呢。"王炜在他的诗歌中也尝试着技艺的更新,他的长诗《普陀山》呈现了这样一副情景:在深入风景的途中交织着对诗艺本身的沉思——"一首诗写完,一个句子远去,留下来的身体将更空虚","在我与一首诗无法测量的距离之间,句子的 / 进行在不断叛变它的结局";他善于把哲学元素渗入写作的过程之中,其长诗《中亚的格列佛》出于情境营造的需要而采用了"对话体",其行文虽然稍显生硬,但这种寻求突破所付出的努力是可贵的。沈木槿的包括六首短诗的组诗《多棱玻璃球的游戏》(《与一棵树的距离》《阶石》《进入》《攀登》《离开》《越界》)有着冷峭的笔锋,就仿佛一粒多棱玻璃球展现了诗艺的多面性。

不可否认,很多"70后"诗人在探索诗艺的过程中表现出相当浓重的游戏色彩,但也有另一些诗人能够穿透游戏的表面,发掘诗艺的真谛。女诗人燕窝的《三部诗经》(《恋爱中的诗经》《时光河流中的诗经》《最后一部诗经》)及带着网络时代印迹的长诗《爱情就像一条狗》《十封情书》《非非日记》《鼠疫》《欢乐颂》《吃鱼记》等,或轻逸地调用古典资源,或从嬉戏的言辞片断中提取这个时代特有的主题,显示了自如的语言驾驭能力。强调写作的"即兴"性、诗歌实现了"彻底的审美上的松弛"(臧棣语)的王敖,重视语词间相互推衍的力量,其长诗《鼹鼠日记》带有明显的"童话"语调和情境:"对面走来的好人,我给他 / 这缅腆的骷髅,戴上红领带,我说 / 我们要找的宝藏,就在他的脑袋里",力图体现语词自身及语词间关系的原初、直接、新鲜的感觉。

另一方面,"70后"在长诗写作中致力于神性价值与超验之维的探寻和建构。这一取向,在蒋浩、孙磊、梦亦非等的长诗中格外突出。

蒋浩有一阵似乎迷恋长诗写作,自20世纪90年代中期起陆续写出的长诗《罪中之书》《纪念》《说》等,渗透着强烈的宗教意识和形而上之思;随后的《一座城市的虚构之旅》《说吧,成都》等长诗,增加了些许现实的景象;及至后来的断片式长诗《诗》,则从对自然的冥思中抽绎出了"诗"的超验之维。他早年的诗歌擅用长句,能够于驳杂的铺叙中保持古典的整饬:"我们曾从同一条街上不断往回走 / '有时看见穹庐和拱顶',才突然发现 / 自身的不完整,以至于 / 那'双重幻像'

的出现"(《陷落》);近年来在遣词造句上趋于古雅,却也免不了偏枯与干涩。

　　孙磊在20世纪90年代初写作伊始就似乎显出不凡的志趣,短诗《那光必使你抬头》中的"那光"、《那人是一团漆黑》中的"漆黑",为他的诗歌标划了一个特定的题旨——对光芒的赞颂;与此同期完成的长诗《演奏》强化了这一题旨,其起句有如绷紧的弓弦:

> 深夜遇到光芒,一下子我感到众多的星辰里
> 我不是一个生人。但该怎样应付那些经过我的人
> 那些在我体内将我踩响的人,纯正、细腻、睿智。

至20世纪90年代末,他先后完成了《演奏》《朗诵》《旅行》《准备》《剥夺》等长诗。他的诗歌十分注重诗思的动作性(从那些长诗的标题即可看出)与语词的节奏,在题旨上表现出对超验的尊崇,具有俄罗斯文学的凛冽的底色;他后来的长诗《处境》《脆弱,我顺从》等,逐渐转入对日常事物的审视。

　　与孙磊志趣相似的"70后"诗人还有远人、刘泽球、宇向等。远人的长诗《微暗的火》使用第二人称,全篇充满了"祷告"般的絮语:"你就在那里居住,/像一粒种籽,/坚硬,有着/清凉的棱角。/时间的粉末,/掩住你的手,/一起一落的手";刘泽球的《汹涌的广场》《桐梓坝》等长诗虽然隐约折射着现实的场景与指向,但其最终面对的是关乎生存与信仰的焦灼:"即使知觉精确的仪器/也无法从溶化进虚无的渊薮中/提炼任何微小的质料/或许存在始终不被感知/而实存之物/既不是期望中的钥匙/也不通往未被洞察的另一方向"(《桐梓坝》);宇向的长诗《给今夜写诗的人》极具爆发力,"给"的句式(也是姿势)贯穿其中,在虚拟的对话中展示了一种心智的博弈。

　　这里值得一提的是梦亦非的"史诗"写作,他的几部长诗《苍凉归途》《空:时间与神》《素颜歌》《咏怀诗》等都有着宏富的篇幅,在立意、构架、炼句等方面下力很深。比如《空:时间与神》这部包括十二个诗组(即十二章,每章又包括十二首诗)的长诗,试图用"时间"和"神"来诠释"空"的理念,其间穿插了多条或隐或显的与地域文化相关的神话线索,并涉及《圣经》《奥义书》《老子》《列子》《金刚经》《诗经》等古代典籍,这样的安排使全诗在哲理、叙事与抒情的多重张力中生成意蕴。不过,这部长诗得以成形的重要根基之一,则是"都柳江流域这块狭小的水族文化繁衍的神巫之地",占据这片神奇土地的主要是一种水族文化,兼有苗、布依

等文化的融汇,而这一地域上的语言即水语,"是一种诗化的语言,其命名的直接性、巫性,其词序与汉语的区别性,带来原生的陌生化",基于此衍生的诗歌难免与这种文化和语言建立一种同构关系:"水族文化,即巫文化,而诗歌亦是一种巫术的遗迹,一种很难再发生效力的巫术记录、语言巫术,但依然保留着巫术的语言外形。"①从地域文化出发进行长诗写作,也许有其难以避免的局限性,这是需要详加辨析的议题。类似的作品或可举出李郁葱的组诗《地名:南方偏东》等。

三　以"介入性"重置诗歌与现实

20世纪90年代以降,中国诗歌备受指责的原因之一据说是远离现实。事实上,细心的人们不难发现,"在90年代的汉语诗歌中,'介入性'因素及其强度都在不断地增加"②。在那些突出"介入性"因素的诗作里,"现实"及"诗与现实"的"关系"得到了新的诠释:"先锋诗一直在'疏离'那种既在、了然、自明的'现实',这不是什么秘密;某种程度上尚属秘密的是它所'追寻'的现实。进入90年代以来,先锋诗在这方面最重要的动向,就是致力强化文本现实与文本外或'泛文本'意义上的现实的相互指涉性③;那些先锋诗"所指涉的现实是文本意义上的现实,也就是说,不是事态的自然进程,而是写作者所理解的现实,包含了知识、激情、经验、观察和想象"④。

秉承这一诗学路向,"70后"诗人也写出了体悟现实的"介入性"诗作,像前述的姜涛、韩博、阎逸、蒋浩等诗人,其诗歌写作的重心看似放在诗艺的推进上,实则他们的不少作品以隐喻的笔法切入当下的现实生活。如诗人西渡就将韩博的长诗《未成年人禁止入内》视为"'当代评论'的代表作",认为该诗的"好处在于诗人对于现实的变形处理,因而增加了对现实的概括力和针对性,不仅让我们看到现实和诗人对现实的态度,而且让我们看到了诗的艺术"⑤。这无疑是一种稳健的现实观和成熟的诗艺的结合。

---

① 梦亦非:《地域文化·写作资源·史诗》,载《苍凉归途·评论卷》,花城出版社,2010年,第142页。

② 张闳:《介入的诗歌》,载《声音的诗学》,中国人民大学出版社,2003年,第140页。

③ 唐晓渡:《90年代先锋诗的几个问题》,《山花》1998年第8期。

④ 欧阳江河:《89'后国内诗歌写作:本土气质、中年特征与知识分子身份》,载《谁去谁留》,湖南文艺出版社,1997年,第247页。

⑤ 西渡:《普罗透斯,或骰子的六面——读〈汉花园青年诗丛札记〉》,《新诗评论》2008年第2辑。

　　对世俗生活的关注,成为这一代诗人写作中无可回避的主题。相较于每一时期都有诗歌采取过于直接的态度处理社会现实,朵渔的诗歌对现实的关切十分巧妙(尽管笔者对他那首得到广泛赞誉的"地震诗"持保留意见),他的短诗给人印象深刻,如《七里海》只有短短五行,但颇显力度:"当狮子抖动全身的月光,漫步在／黄叶枯草间,我的泪流下来。并不是感动,／而是一种深深的惊恐／来自那个高度,那辉煌的色彩,忧郁的眼神／和孤傲的心";他的诗歌注重对细小事物的描写,某种"虚弱"语气为其偏于口语的写作加入了朴质的元素,这一点也体现在他新近发表的长诗《高启武传》之中。这部长诗试图以个人的微观历史呈现乃至穿越时代的宏大历史,此一方式(或手法),在其他"70后"诗人的长诗,如凌越《虚妄的传记》、张永伟《雪:为村后的小山哀悼》和《再悼村后的小山》、赵卫峰《断章:九十年代》、木朵《名优之死》、江非《一只蚂蚁上路了》等中可以见到。

　　吕约的长诗《四个婚礼三个葬礼》同样展现了一个时代的悲喜剧,却有意将当下与过往、爱与死、灵与肉、冥想与忧患嫁接在一起,因而视野更加开阔,也更有力度, 堪称破碎世界的挽歌:"身体微微离地／在风的脚下卷来卷去／一闭上眼睛就看见自己／街头／泡沫码头／灌木丛　工地／剧院　雕像的阴影下／风口／到处站立／同一时刻出现在两个方向";她还在其文论中对"破碎世界中的完全诗歌"进行了有力思考,提出了"诗歌以语调重建精神秩序""'我们'对'我'的限制与补充""'惊奇'通往世界的无限性和多样性"等命题。[1]另一位出生"南方"(吕约的《四个婚礼三个葬礼》有一节涉及此题)的"70后"诗人王艾,在长诗《南方》中以凝练的笔力,扫描了时代洪流裹挟下"南方"的精神与物质发生变迁的历程,他眼里的"南方"幻化为一个香消玉殒的女子,曾经的优雅气质在历史的滚滚红尘中已经荡然无存:

　　　　多年前我触摸星辰,
　　　　透过她粉色牙床构成的时间地平线,
　　　　看到记忆的稀释剂,
　　　　向那巨大黄昏的怀抱中推出。

　　　　多年前它穿过我的骨骼,

---

　　① 吕约:《破碎世界中的完全诗歌》,载《破环仪式的女人》,天津社会科学院出版社,2009年,第245页以下。

> 留下一排牙印、一绺青丝、一颗皮肤上的黑痣，
>
> 但灵魂盛装，精神假面，
>
> 在一列三流时代开去的列车上飞舞。

这部长诗包含了丰沛的诗情，堪与"南方"相称的华美语词、张弛有度的句式显得摇曳多姿，实乃"70后"长诗中不可多得之作。

王艾的《南方》隐含着不难辨察的反省意识，这种反省意识在另一些"70后"诗人的长诗中则演化为一种激烈的批判，像冯永锋(站在环保主义立场)的《非分之想》、谢湘南(作为媒体工作者)的《过敏史》、魔头贝贝(做过多种职业)的《起诉书》等，对现实的观照与书写中充满了尖利的控诉色彩。相比之下，宋烈毅的《下午时光》《变化》与黄金明的《洞穴》等长诗，更愿意将目光投向那些日常的景致，洞察世俗生活中的卑微力量，语势变得舒缓，语气也柔和了许多："一只黄鼠狼在和他对视 / 这一瞬间 / 照亮他们 / / 阴暗的时刻来临 / 一些东西转瞬即逝 / 只能坐在房间里回忆。"(宋烈毅《下午时光》)这是"介入"现实的另一种路径。

不管怎样，撇开那些过于急切的对现实的表达，对现实的关注和有效"介入"，不仅为"70后"长诗写作增添了厚重感，同时也使长诗作为一种文体在现时代获得了一定的意义依据。这意味着，通过长诗写作，"70后"诗人能够在加速度的时代列车旁放慢步伐，驻足观视，保持一份从容的心境应对纷乱与喧嚣。多年以前，"70后"安石榴曾坦然自陈："70年代出生诗人的群体意义和创作本身尚缺乏理论的阐释和支撑，并没有完成写作的自我阐述和整体阐述。"①迄今为止，这一"阐述"仍然未能完成。毋庸讳言，当前中国诗歌处于较为普遍的涣散、乏力的状态，已经或即将步入不惑之年的"70后"诗人面临着精神与诗艺的双重转型。他们能否成为未来诗歌的中坚？能否摧毁一种腐朽的代际等级制和有关"进步"的意识形态幻象，而将诗歌写作带入一种宽阔之境？以上谈及的部分长诗，或许让人有理由拭目以待。

(原载《文学与文化》2012年第2期)

---

① 安石榴：《七十年代：诗人身份的隐退和诗歌的出场》，《外遇》总第4期，1999年5月(深圳)。

在传统与现代之间

——南开新剧(1909—1918)与现代中国话剧的发生 *

李 扬

在中国话剧的发展史上,南开新剧团是一个不容忽视的存在。在幕表戏大行其道的时代,南开新剧团以专业的精神做业余演剧,成为中国话剧舞台上一道独特的风景,无论是剧本、导演还是演出,都获得了胡适、宋春舫等人的赞誉。20世纪80年代以来,随着《南开话剧运动史料》《南开话剧史料丛编》等著作的编辑出版,南开新剧所取得的成就引起了越来越多的研究者的注意。陈白尘主编的《中国现代戏剧史稿》称《新村正》"具有划时代的意义。它是过渡时期南开新剧的最后一个高峰之作,也标志着我国新兴话剧一个新阶段的开端"[1]。在既往的话剧研究中,人们对南开新剧的源流、特质、风格及其对中国话剧的贡献都有过充分的讨论,但相较于南开新剧为中国话剧运动发展所作出的贡献而言,依然有进一步开掘的空间。正象田本相先生所指出的:"对于南开的戏剧运动应当重新给予评估和深入研究,那么,与之相关联的是对于南开话剧在中国话剧史上的地位、作用和意义等也需要进一步加以深入研究。"[2]

本文从传统与现代两个角度,对南开新剧与校园文化传统、现实主义风格、心理现实主义特征作初步的探讨。

作者简介:李扬(1965—),男,南开大学文学院教授。

* 本论文为国家社科基金项目"现代中国报纸文艺副刊检索系统"(项目号:14BZW119)的阶段性成果。

① 陈白尘、董健主编《中国现代戏剧史稿 1899—1949》,中国戏剧出版社,2008年,第40页。

② 田本相:《〈南开话剧史料丛编〉序》,《中国话剧研究》第12辑,中国传媒大学出版社,2010年,第263页。

一 《用非所学》:作为事件的校长演剧

1909 年秋季,南开中学堂在学校校庆期间上演了话剧《用非所学》,校长张伯苓为该剧的编剧、导演,同时还亲自登场,饰演男主角贾有志,这是南开新剧之始。由于该剧仅存幕表,既往对该剧的研究,往往了了数语,肯定该剧是南开学校上演的第一出话剧,仅此而已。在我们看来,该剧的上演,不但是南开话剧史上的一个重要事件,同时,也是中国话剧史上的一个重要事件。对南开学校而言,这不绝不仅仅是一出戏,它所彰显出来的是南开学校创办人的价值观念、教育理念和校园文化,对南开学校的教育传统产生了重要影响。

根据现存的幕表,该剧的剧情很简单:贾有志在欧美学习工程,学成归国,立志工程救国。当他把自己的这个想法告诉友人时,友人嘲笑其愚腐,告诉他:要想干一番事业,需入仕途,而入仕途,需要有人介绍。贾有志若有所感,于是拜见万大帅,恳求提拔。最终,万大帅委他以县知事职,贾有志大喜,身着官服行三拜九叩礼。在这出戏中,作者的态度是明确的,贾有志之所以被视为"假有志",就是他的工程报国的志愿只是一句空谈,一经外界的诱惑,马上就高高兴兴地步入仕途了。显而易见,张伯苓借此剧提醒学生们要"学为所用",不要"用非所学",他对于贾有志抛弃自己的所学专业步入政途,持否定的态度。

这在某种程度上打破了中国旧有"学而优则仕"的教育理念,同时也改变了中国旧有的生命价值观念。在中国几千年历史上, 人们之所以读书也仅仅是想谋个一官半职,光耀门庭。在这种情况下,知识本身没有独立的价值,它不过是一种走上仕途的手段而已。中国古代的士阶层是靠"官"的职位肯定自己的价值的,在儒家的"修身齐家治国平天下"人生理想之中,"治国平天下"才是儒生的最高理想。在古代典籍中经常可以发现这样的论断:"不仕无义。长幼之节,不可废也;君臣之义,如之何其废之? 欲洁其身,而乱大伦。君子之仕也,行其义也。"(《论语·微子》)"士之失位也,犹诸侯之失国家也。""士之仕也,犹农夫之耕也。"(《孟子·滕文公下》)"不能致功,虽有贤名,不予之赏。……则百官劝职,争进其功。"(《春秋繁露·考功名》)虽然清朝政府在 1906 年就废除了科举制度,但在中国读书人生价值系统中,"做官"依然是对自己生命价值的一种肯定方式。张伯苓通过此剧,倡导的是"学为所用"的价值观,反对的是读书为做官之阶梯的价值观。

实际上,张伯苓剧中所倡导的观念,也是南开学校创办人严修的办学初衷。1908 年,严修在《天津敬业中学学生毕业训词》中说:"诸生今日中国少年之一部分也,勉之勉之,勿志为达官贵人,而志为爱国志士。鄙人所期望诸生者在此,本堂设立之宗旨亦不外此矣。"① 八年后,蔡元培就任北京大学校长时,所倡导的依然是这个意思:"大学者,研究高深学问者也。外人每指摘本校之腐败,以求学以此者,皆有做官发财思想,存于胸臆。故毕业预科者,多入法科,入文科者甚少。盖以法科为干禄之终南捷径。因做官心热,对于教员,则不问其学问之浅深,惟问其官阶之大小。官阶大者,特别欢迎。盖将来毕业,有人提携也。现在我国精于政法者,多入政界,专任教授者甚少。故聘请教员,不复不聘请兼职之人,亦属不得已之举。究之外人指摘之当否,姑不具论。然弥谤莫如自修。人讥我腐败,而我不腐败,问心无愧,于我何伤。果欲达其做官发财之目的,则北京不少专门学校,入法科者尽可肄业法律学堂。习商科者可投考商业学校,又何必来此大学。所以诸君须抱定宗旨,为求学而来。入法科者,非为做官,入商科者,非为致富,宗旨既定,自趋正轨。"② 蔡元培的演说在当时激起了非常大的反响,而严修、张伯苓在中学的教育实践中倡导这种人生观,在中国的现代化进程中,无疑具有着先导性意义。

在中国早期话剧发展史上,学生演剧对中国话剧的发生有着重要的推动作用。19 世纪末以来,无论是圣约翰书院、徐汇公学,还是南洋公学、民立中学、南开学堂等学校都有在节庆日演剧的传统,为初期文明戏的发展储备了难得的人才。但在诸多有演剧传统的学校中,长期坚持下来的似乎唯有南开学校,而对学生最终走向艺术道路产生决定性影响并最终成为杰出表导演艺术家的还是南开学校。为什么唯有南开学校的中学教育产生了这种效应? 这是我一直思考的问题。

从南开学校走出了一批后来成为杰出艺术家的人才,如曹禺、黄宗江、孙瑜、金焰、鲁韧等,在他们的人生自述中,都不约而同地谈及南开的演剧传统对他们的影响:"感谢南开新剧团,它使我最终决定搞一生的戏剧,南开新剧团培养了我对话剧的兴趣。"③ "我所以能够有写戏的能力,都是南开话剧团给我的,张伯苓老校长给我的;我每次演戏,他要亲自看,亲自指导,我一辈子也忘不了。"④ "那

---

① 严修:《天津敬业中学学生毕业训词》,载《天津南开中学志》,天津教育出版社,2014 年,第 95 页。

②《大学校长蔡孑民就职之演说》,《东方杂志》第 14 卷第 4 号。

③ 曹禺:《我的生活和创作道路》,载《曹禺全集》第 5 卷,花山文艺出版社,1996 年,第 89 页。

④ 杜铭:《新年前夕访曹禺》,《南开校友通讯丛书》1996 年(复 19 期)。

时候我在一个中学里读书,想演戏没演过戏。礼堂里演了一出法国名剧,男主角是当代名家。看完之后,又钻进礼堂,看那个名家拖了厚底鞋在照相。场子里空无一人,台上有光,和上演时一样亮。女主角也走出来照相,在台下她是一位教师,平常得好看。她的演技是业余的、不纯熟的,配不上那名家。可是我在暗里注视她,注视她好久,好像她那儿有一道光,是她身上的光呢,还是台上的光?戏演过之后,好几个黄昏,我徘徊在礼堂旁、白杨树下。是什么使得我这样怅然呢?白杨吗,台上消失了的灯彩吗,那名家的演技吗?""只是一些光影,我喜欢这些光影正巧映在舞台上,自做卜解,命定了做剧人。"① "我又幸运地看到了《压迫》、《可怜的裴迦》、《醉了》、《十二镑钱的神气》、《隧道》、《五奎桥》、《寄生草》、《父归》(可能还有《一只马蜂》)等不同题材、不同样式的话剧。首先启发我对社会有了进一步的认识;同时也给我打开了戏剧知识的宝库,使我眼花缭乱地着了迷。加上看了这些演出的后台工作和排戏的情况,使我对如何演出的知识有了些启蒙。我终于在演说比赛锻炼的基础上,中了魔似地去揣摩那些演出的方法。狂热地与金宗宪、王广义等同学合作排出了《求婚》和《时间天使》等三个独幕剧,不想演出时竟受到观众的欢迎。特别是《求婚》。契诃夫的原著已由张平群先生改编为中国化的通俗笑剧。由于明白易懂,在大礼堂演出时,同学们笑得前仰后合,后来又发展到齐声哄叫,同时顿足,结果把后面二楼底部天花板的灰片震落下来,砸了人。演员在台上都吓得再不敢动,待到喧闹稍静,我们便又紧接着演了下去。就好像我们懂得'让过效果的洪峰,不伤戏的内容'这个窍门似的。当然,同学们依然笑个不停,直笑到落幕。这个意外,使我深深认识到喜剧效果的力量。这是我舞台生活的开始,也是后来进入社会便投身到话剧运动,终身走上从事电影事业的道路并热爱喜剧样式的原因。"②

这一定和南开学校的演剧传统有着密切关联。很多学校的学生演剧,一般都是教师负指导之责,演剧的主体是学生。而南开学校演剧,起主导作用的始终是学校、教师,学生只是和老师一起完成戏剧演出。南开新剧团的团长、各部主任都由教师充任,而每次编剧、演出,都是教师带着学生一起创作、演出。这一传统就是从《用非所学》开始延续下来的。《用非所学》不但是张伯苓校长自编、自导,而且还亲自出任主角登台演出,其余角色也是由教师及学校创办人严修先生的亲属充任。这种演剧形式,无论对家长还是学生而言,都是一种新的价值观的洗礼。

---

① 黄宗江:《初恋》,载《卖艺人家》,森林出版社,1948 年,第 64—65 页。
② 鲁韧:《回忆母校多彩的生活》,《天津市南开中学建校八十五周年纪念专刊》,1989 年。

在中国人的心目中,戏子、优人的社会地位是非常低的,一直被看作是下九流的职业,这种观念在一般民众的心里是根深蒂固的。自元代以来,"倡优之家及患废疾,若犯十恶奸盗之人,不许应试"(《通制条格》卷五,《元史》卷八十一《选举志》),"京师梨园中有色艺者,士大夫往往与相狎"(赵翼《檐曝杂记》)。虽然自徽班进京以后,清代艺人的社会地位虽然已经有了较大的提高,但依然为达官贵人的掌中玩物。一般情况下,中国人是不允许自己的子女涉足演艺职业的。但有着崇高威望的校长自编、自导、自演戏剧,这在当时自然提高了戏剧艺术在学生心目中的地位,家长也不会以演戏为误入歧途。因此,《用非所学》的上演,不但提高了日后南开学生参与演戏的热情,也在无形中提高了演员在人们心目中的社会地位。加之在校庆日演剧成为南开学校的传统,久而久之,话剧这门艺术对南开学子的影响也越来越大。

当然,在张伯苓看来,学生演剧的主旨并不是把学生培养成为一个艺术家,而是借助演剧,培养学生的气质,启蒙学生的心智,提高学生的能力。他在《谈南开新剧》一文就讲过:"南开提倡新剧,早在宣统元年(1909 年),仅在藉练习演说,改良社会,及后方做纯艺术之研究。"[1] "昔英国文豪莎士比亚(Shakespeare)有言曰:The world likes stage(意即世界一舞台也)。余谓学校亦一舞台也。故就舞台、学校、世界,依次论之。一剧中角色有工拙之殊。工者类能于出场前静坐默思,揣摩完善,迨出场时胸有成竹,故言语姿态惟妙惟肖,受人欢迎。否则,临场草草从事,何能中肯,何能致胜哉!然此犹剧之小者也,大之则为一校之剧是。夫一校犹一剧场,师生即其角色 Actors。其竭虑尽思,以求导人之道及自励之方。佳者,亦犹扮角之多为预备也。学生在校,不过数年,将来更至极大且久之舞台,则世界之剧是。世界者,舞台之大者也。其间之君子、小人,与夫庸愚、英杰,即其剧中之角色也。欲为其优者、良者,须有预备。学校者,其预备场也。"[2] 显而易见,张伯苓意在通过演剧,在使学生认识社会的同时,培育他们的人格、锻炼他们能力,以更好地为社会服务。而在张彭春看来,伟大的热情、精密的构造和静淡的律动,这三个艺术的原素,前面说过,和我们的生命极深处是接近的。凡是伟大的人,第一要有悲天悯人的热烈的真情;第二要有精细深微的思想力;第三要有冲淡旷远的

---

① 张伯苓:《四十年南开学校之回顾》,《校庆特刊·南开四十周年纪念》。

② 张伯苓:《舞台·学校·世界》,载夏家善、崔国良、李丽中编《南开话剧运动史料(1909—1922)》,南开大学出版社,1984 年,第 17 页。

胸襟。要得到这些美德,不可不营艺术的生活。① 他们所看重的,都是话剧艺术对学生个人气质的培养。而这种传统,是从《用非所学》的上演开始的,它为南开学校的校园文化奠定了坚实的基础,时至今日,学生演剧依然是南开系列学校校园文化的重要组成部分。

因此,无论从哪方面看,《用非所学》都超越了纯粹话剧艺术的范畴,成为一个影响深远的"事件",这种影响,一直存在于南开系列学校的血脉之中。

二 现实主义:徘徊于传统与现代之间

在中国话剧创始期,时事政治戏和外国作品的改编剧占有很大比重。前者如《黑奴吁天录》《义侠记(黑奴报恩)》《迦茵(迦茵小传)》《异母兄弟(爱海波)》《肉券》《猛回头》和《血蓑衣》;后者如《邬烈士投海》《张文祥刺马》《越南亡国惨》《轩亭冤(鉴湖女侠)》《东亚风云》《蔡锷》《张勋复辟》等。而南开学校上演的剧目,无论是《用非所学》《华娥传》《恩怨缘》《一元钱》《一念差》,还是《新村正》,往往取材于中国的现实生活,但又比那些有关时事政治的剧目显得相对平和,它更多地指向世道人心和道德劝谕。这种特质,在思想激荡的年代里,甚至显得有些传统、保守。

谈及南开新剧,论者对周恩来的《吾校新剧观》所倡导的"现实主义"多有讨论。在周恩来眼中,新剧只是通俗教育的一个有效手段,以此来"感昏聩""化愚顽"。在他看来,在诸多戏剧中,只有南开新剧肩负起了"开民智""进民德""感化社会之责"的功效:"吾校新剧,于种类上已占其悲剧感动剧位置,于潮流中已占有写实剧中之写实主义。若社会间所演之新剧,其歌舞既不若旧戏剧专精,情节又无感人之深意。名之曰悲剧,则其于悲哀之极,忽引吭请歌,音调苍凉,固不敢谓无感动之力,然情景已失,动作早无悲意矣。名之曰喜剧,则仅属滑稽诨科,无纯正喜剧之可言。名之曰感动戏,则观者或厌恶久生,或时流淫佚,伤风败化云耳,又何感动之足言哉! 至若按之以潮流,则不仅写实主义不得望其项背,即浪漫、古典二主义,亦不能若旧戏之饶有神味也。"② 周恩来的戏剧观,和张伯苓的

---

① 张仲述:《本学期所要提倡的三种生活——在南开学校高级初三集会上的演讲》,《南开双周》1928年第 1 期。

② 周恩来:《吾校新剧观》,《校风》第 38 期、第 39 期。

《舞台·学校和世界》有着某些一致之处，周恩来文章中的某些段落，甚至就是直接取材于张伯苓校长的这篇演讲稿。作为教育家，张伯苓把戏剧引入学校，其初衷就是要"练习演说，改良社会"。因此，在《一元钱》演出时，他以"热心任事""增广知识""激发天良"三事赠勉各县教育家①，也就是希望诸位教育家不仅要关注学生知识的增长，同时更要让激发他们的良知，培育他们热心为社会做事的热情。正像严修在毕业训词所说的："诸生毕业后，或进专门，或学实业，或改营生计，人各有志，奚能相强。虽然，此特立志之一端，至其本源，则在归本于道德。诸生志于道德，则无论专门、实业以至改营生计，无害为君子，否则虽在通儒院毕业，特小人儒耳，何足取乎！诸生素讲习人伦道德一科，即知即行无俟过虑，而鄙人所尤注意者，则在国民道德。"②"立德"是南开办学的首要宗旨，张彭春在谈及南开学子之气质时说："予深望诸生之来此，有之变化其气质。令人一望即知其为优美深远，有思想，可尊敬之少年。"③要而言之，作为教育家，他们更看重的是新剧对学生世界观的养成与人格的熏陶所起到的作用人。

在南开早期新剧史上，尽管有《新村正》这样既直面社会现实，又充满了现代性诉求的符合时代潮流的作品，但更多的剧作表现的是扶困济危、感恩图报、急公好义、以德报怨之类的传统美德。这种倾向在《华娥传》《恩怨缘》《一元钱》等剧中得到了最集中的体现。《华娥传》写军官黄杰救助了危难中的华氏父女，并在启行前给他们留下钱财，以帮助他们度过难关。华娥感念军人之恩，虽不知恩人之姓名，遂投身红十字会中，以救助军人为己任。恰逢黄杰因伤住院，二人又得相见，在华娥悉心照料下，黄杰很快痊愈。黄母来探视儿子，见华娥品德俱优，于是让他们结婚。黄杰奉赴边疆平叛，在黄杰走后，黄杰之嫂在女仆唆使下，驱逐华娥父女，致使华娥父女无家可归，华父一病不起，华娥痛不欲生，方欲自杀，恰值黄杰归来。黄杰之嫂及女仆潜随而至，当听到华娥、黄杰只是自责，并未迁怒于他人时，嫂仆二人"愧悔万状，无地自容"。《恩怨缘》所讲的则是刘活恩将仇报、刘厚以德报怨的故事。富绅刘央，其妻赵氏，育有一女曰刘忠，但苦于膝下无子，遂收养乞丐王本的儿子，取名刘活，夫妻甚为宠爱，以至刘活骄恣日甚。后赵氏生子刘厚，刘央病逝，将赵氏及刘忠、刘厚托付给刘活。刘活在王本、胡氏的教唆下，谋夺刘氏家产，诬陷刘厚纵火烧死王本，并把刘厚抓了起来，无奈之下刘厚答应将家

---

① 周恩来：《纪事·欢迎余音》，《校风》第 25 期。

② 严修：《天津敬业中学学生毕业训词》，《天津南开中学志》，第 95 页。

③ 张彭春：《学生之气质》，《校风》第 101 期。

产尽数给刘活,才被放出。后在旷野中,见到被盗匪所困的刘活,舍命相救,并因此身负重伤。"活始免于难,深感救己之人。及扶起相见,乃为所仇之弟,遂大悔悟。虽铁心恶邪如活儿者,亦不禁泣涕如雨,痛革前非,乃抚厚归家,还其财产。……厚留活儿共居如前,活不可,厚赆之。活去,以善人终。"《一元钱》所表现的则是赵、孙两家的恩怨故事。赵凯在孙思富陷入困境时,伸出援手,帮助思富度过难关。孙思富感激不尽,提议将自己的女儿慧娟许配给赵凯的儿子赵安。后赵家家道中落,孙思富嫌贫爱富,不但悔婚,而且拒绝救济赵家。后孙思富再度陷入危难,而赵家再度伸出援手,孙思富愧悔难当。

毋庸讳言,这几出戏充满了道德劝谕。但它所讲的又不是一般意义上的因果报应,而是讲用善行感化人,让作恶多端的人在自我反省和无边愧悔中结束全剧,其目的无外是警示学生,让他们做一个品德高尚的好人。曹禺晚年这样谈南开学校对自己的影响:"有几位好老师,张彭春先生,他是张伯苓校长的弟弟,对我有很深很深的教育。每年都教我演戏,他告诉我如何演戏,告诉我戏有如何的好处,告诉我从戏里你知道人究竟是怎么回事情。我一生都有这样的感觉,人这个东西,是非常复杂的,又是非常主贵的。人啊又是极应该把他搞清楚的。无论是做学问、做什么事情,如果把人搞不清楚也看不明白,这终究是一个很大的遗憾,老师们就是这样教的,告诉你如何得人,如何做一个好人。"①

南开新剧中所阐发的这些道德固然是"传统"的,但这种"传统",无论在什么时代,都是一个值得发扬的做人的传统。

三　戏剧冲突:外向化与内向化兼容

在南开新剧发展史上,张彭春起到了非常重要的作用。他的留学归来,使南开新剧团的编、导、演诸方面都达到了一个全新的高度。南开新剧团的代表作《一元钱》《一念差》《新村正》都是在张彭春的主导下完成的。胡适、宋春舫都对这一时期南开学校演出的剧目有过很高的评价。在宋春舫看来,"中国的过渡戏,纯粹新戏,何尝不吃这团圆主义的亏?所以我今天看了这本《新村正》,觉得非常满意。《新村正》的好处,就在打破这个团圆主义。那个万恶不赦的吴绅,凭他的阴谋,居然受了新村正。不但如此,人家还要送万民伞给他。那个初出茅庐、乳臭未干的李

---

① 曹禺:《永远做一个很好的南开人》,载《曹禺全集》第 6 卷,第 321-322 页。

壮图,虽有一腔热血,只能在旁边握拳顿足,看他去耀武扬威呢。这样一做,可把吾国数千年来'善有善报,恶有恶报'的两句迷信话打破了。"① 有人甚至将《新村正》看作是中国的第一部现代话剧。

在诸多研究南开新剧团的论著中,对南开新剧的人物塑造、结构艺术的特征都有非常精彩的论列,在此不赘。本文所关注的是南开新剧在戏剧冲突方面的独特追求:既注重外向化的戏剧冲突,又关注人物的内在心理矛盾,这在中国话剧创始期的剧本中,是一个非常独特的存在。在西方戏剧发展史上,占据主导地位的是外向化的戏剧美学观,这种戏剧强调的是"外在的冲突,即人与社会之间的斗争,或两人之间的斗争,或男女之间的斗争";"这种冲突发生在两种形体力量(可能是人物)之间,或在两种精神之间,或在一个人与非他力所能及的力量之间"。② 它讲究故事的完整性、情节的复杂性和外在冲突的尖锐性,观众很容易被其情节所吸引,深深地沉浸在外在事件的矛盾冲突中,而不关注人物自身的内在心灵活动。内向化戏剧则是在 19 世纪后期才逐渐发展壮大起来的一种思潮,影响比较大的几位剧作家是易卜生、梅特林克、契诃夫。研究界对这种戏剧思潮的称谓并不统一,有着"心理象征剧""静态的悲剧""沉默的戏剧""内在戏剧性"等多种名称,但其内涵却是一致的——对人的内心生活的关注。梅特林克要求人们关注"广袤领域中心灵的内部生活"并认为人的"心理活动千百倍高于肉体活动"③;契诃夫声称在自己的剧本里很少有"效果"甚至根本不需要"效果",在他看来,在舞台上"放枪不是戏,而是事故","全部含意和全部的戏都在人的内部,而不在外部的表现上"④;这些作家扬弃了传统戏剧格外倚重外部事件、外部冲突的戏剧理念,转而挖掘人的内在世界的矛盾,致力于表现主人公意识与下意识心理间的矛盾冲突及其心理发展过程。

我们当然不是说南开早期新剧的创作受到了易卜生、契诃夫、梅特林克这些戏剧前辈的影响,而是说它为了追求剧场效果,非常在意外部的戏剧冲突,但另一方面,为了表现人物的丰富的精神世界,又致力于展现人物的内在精神矛盾和不断自我反省;不知不觉中,南开新剧具备了一种现代戏剧的质素。无论是《恩怨

---

① 宋春舫:《评新剧本〈新村正〉》,《新潮》1919 年第 2 期。

② 阿·尼柯尔:《西欧戏剧理论》,徐士瑚译,中国戏剧出版社,1985 年,第 115、109 页。

③ 梅特林克:《卑微者的财富》,郑克鲁译,《文艺理论研究》1981 年第 1 期。

④ 这两句话均出自尔沃夫 - 罗加切甫斯基的《在同时代人和书信中的安·巴·契诃夫》,引自《契诃夫论文学》,汝龙译,人民文学出版社,1958 年,第 425 页。

缘》《一元钱》还是《一念差》都有着非常激烈的戏剧矛盾冲突:举凡谋夺财产、杀人放火、恩将仇报、盗匪强劫……一系列事件交织在一起,最终将戏剧推向高潮。这一系列的戏剧冲突,无疑是外向性的。但由于作者对"人"的独特理解,诸多南开新剧讲惩恶扬善,但并不是以暴力手段摧毁施恶者,而是通过用更多的善行来感化施恶者,通过施恶者的自我反省来结束全剧。《华娥传》中的华娥虽饱受黄杰之嫂及其仆人的欺凌,几乎走投无路,但当黄杰归来后,却并未向黄杰控诉其嫂的恶行,而只是一味自责,此情此景令在外偷听的嫂仆二人"愧悔万状,无地自容"。《恩怨缘》中作恶多端的刘活,面对刘厚的以德报怨,"泣涕如雨,痛革前非"。在这些剧作中,对恶人的惩戒都是建立在恶的的自我反省基础上的。

这种对人的内在精神矛盾的关注,最集中地表现在《一念差》中。在某种意义上讲,这是早期中国话剧中最具心理现实主义特征的一部戏剧。在这出戏中,当叶中诚得知海关监督的职位被李正斋占据的时候,一方面不甘于现状,急于抢回海关监督的职位,另一方面,当王守义教他使出栽赃陷害的手段的时候,他又觉得这个方法太过残忍,下不去手。但利益的诱惑使他最终决定采用了王守义的计谋,栽赃陷害,最终使李正斋陷入牢狱之灾。这使叶中诚常处于深深的自责中:

> 叶中诚　你别提当年的事,提起来吾真难过。
> 王守义　怎么呢?
> 叶中诚　你想呵,人家李正斋在家里平平安安的,自从咱们这么一办,李正斋下了狱了。
> 王守义　他不下狱,咱就会升天了吗?
> 叶中诚　他的家也抄啦!
> 王守义　他抄了家,咱才起家啦。
> 叶中诚　人家妻子也受了罪啦。
> 王守义　他的妻子不受罪,你吾的妻子就会享福了吗?
> 叶中诚　你也得替人想想。
> 王守义　吾替人想想,吾替谁想? 这类事吾当初做多啦。吾要净替人想,顶现在吾还是穷小子一个,这就是那个事。
> 叶中诚　吾实比不了你。
> 王守义　怎么比不了吾? 你怎么难受法?
> 叶中诚　自从李正斋下狱以后,一时吾也没忘下这个事。睡着睡着觉

要是一醒，立刻就想起这回事来，也就不能再睡喽。吃饭的时候要是一想起来，虽有好饭，也吃不下去啦。外边看着就像很快乐，心里头实在是非常的苦恼。

当叶中诚得知李正斋病死在狱中的时候，他陷入了更大的痛苦，于是想把李正斋的妻子、儿子接到自己家中，以减轻自己的罪责。但李正斋的妻子、儿子坚辞不受，这使叶中诚无时无刻不处于良心的煎熬中，最终陷入癫狂，枪杀了给自己出谋划策的王守义，然后举枪自杀。在这部剧作中，我们很难用"好人""坏人"来给叶中诚定性，他为达目的不择手段，但又良知未泯，是一个典型的"善恶共存者"，正像李正斋妻子何氏所说，"象这样人世界上就不可多得"。在某种程度上讲，《一念差》对叶中诚心理状态的深度开掘，不仅是中国话剧艺术的重要收获，同时也深化了人们对"人"的理解。

综上所述，南开新剧作为20世纪初年校园戏剧的杰出代表，不但拓展了中国话剧的表现领域，同时，他把"剧本"作为"一剧之本"的姿态，对中国话剧走出幕表戏的阴影，进一步走向成熟，起到了重要推动作用。更为难能可贵的是，它的一系列探索，也引领着现代中国校园文化的发展。

（原载《文学与文化》2020年第2期）

一个渴望自由的灵魂

——为纪念曹禺百年诞辰而作

田本相

一

从 1978 年,由于一个偶然的原因,我开始闯入曹禺的世界,写出《曹禺剧作论》;到由于曹禺先生的推荐,成为《曹禺传》的撰稿人;再到我整理访问他的笔记录音,编辑出《曹禺访谈录》;最后,受先生的委托,编辑《曹禺全集》,直到 1996 年曹禺先生逝世,我和先生交往有十八年。在这样一个漫长岁月里,不知有多少次,我坐在他的身旁,倾听他的谈话,有时滔滔不绝,大江大河;有时则是深情缱绻,流水潺潺。让我聆听他灵魂的叹息,内心的煎熬,苦闷的哀号。这样逐渐接触大师的心灵,逐渐地领略大师的风采,回忆那些时刻,我从内心有着对他的感激,感到一种幸福、温暖和力量。

曹禺,这个苦闷的灵魂给我的印象是太深刻了,从童年的孤寂到少年的郁闷,青年的焦虑,直到晚年的痛苦,以至我把访谈录定名为"苦闷的灵魂",也标志我对曹禺先生探索的一个阶段。

几十年来,我不断地走进他的灵魂,苦苦地思索,当我最初把他概括为一个诗化现实主义的作家,以为是一个发现;接着,又终于认定他是一个现代主义的剧作家;直到近年来,我更集中地感受着他是一个伟大的人文主义戏剧家。真是说不完的曹禺。

但是,有一个不断让我思索的问题。他曾经对我说:你要写我的传,就要把我

作者简介:田本相(1932—2019),男,中国艺术研究院话剧研究所研究员。

的苦闷写出来。我的确在寻找他苦闷灵魂的种种表现和发展的印迹；而他为什么这样的苦闷？苦闷是现象，还是本质？究竟这个苦闷灵魂的底里又是什么？苦闷的实质又是什么？几十年来，这个问题都让我惴惴不安。

如果，我们试着给出一个答案，或者说答案之一，那就是渴望自由。在曹禺苦闷灵魂的深处，是一个渴望自由的灵魂，一颗伟大的渴望自由的灵魂。

请允许我对这样一个论断加以阐述，自然是我的阐述。

二

曹禺对自由的渴望最突出地表现在他的极为锐敏的抑压感上。这种抑压感，在曹禺的灵魂里几乎是全方位的：是社会的抑压，是人性的抑压，是生命的抑压，是情感的抑压，甚至是性的抑压。

他说《雷雨》就是"在发泄被抑压的愤懑"。这种抑压感虽然不能说是与生俱来的，却是带有他的生命的本色。也许，生下三天就失去生母，就是一种天生的抑压，是一种生来另类的生命感觉。再也没有曹禺这样强烈的生命感觉。我亲自看到他提起生母时那种伤痛欲绝的样子，老泪纵横。我说不出我的感觉，这是我第一次看到这样一个伟大的作家，这样面对着一个陌生人，来倾述他的抑压之情。

难得的是，这样的生命的抑压感，以及由这种形而下的生命感觉而衍生出来的形而上生命哲学的意味，让曹禺展示出形形色色的具有丰富生命感觉的艺术生命。繁漪、陈白露、金子、愫方、瑞珏……这些人物，都是曹禺用自己的生命感觉塑造出来的艺术生命。

曹禺说他喜欢繁漪，尽管她做了所谓"罪大恶极"的事情，但他仍然认定她有着一个美丽的灵魂。曹禺看重她，看重的是在她被抑压的乖戾背后那颗渴望自由的灵魂。繁漪，与其说她是繁漪，不如说她就是曹禺的情感的化身。我们看到，由于一个渴望自由的灵魂，才诞生出另一个渴望自由的美丽的灵魂。

创造，并非杜撰，更不是因袭，也不自己标榜出来的，他靠的是生命的血泪。

三

鲁迅也是满怀着抑压感的，因此，他把造成这抑压的对象比喻为"铁屋子"，于是有所谓"铁屋的呐喊"。而曹禺则把抑压的对象比喻为"黑暗的坑""残酷的

井",由此而升华为形而上的宇宙感。他是这样说的:

> 在《雷雨》里,宇宙正像一口残酷的井,落在里面,怎样呼号也难逃这黑暗的坑。

在曹禺的作品里,都有着作者的宇宙感。这就使他的作品具有一个超越的境界,宽阔的视野。

任何一个伟大的作家,都是具有这样的哲学的憧憬和幻想的。王国维就说:"《红楼梦》,哲学的也,宇宙的也,文学的也。"(《〈红楼梦〉评论》)这就是《红楼梦》至今仍居于一个伟大的超越地位的原因之一。我以为,曹禺剧作之所以具有持久的艺术魅力,常演不衰,也在于它是哲学的,宇宙的,文学的。莎士比亚、契诃夫、奥尼尔……这些戏剧大师的剧作,都具有这样的特点。这点,是颇值得深入探究的。

正是从这样的大视界来俯瞰人类,才让他感到人类原来是可怜的动物。当人们将《雷雨》的序幕和尾声拿掉时,曹禺是十分不满的,他们不但在艺术上误读了《雷雨》,而且在哲学意味上,更没有看到曹禺那悲天悯人的人文关怀。曹禺有一个惊人的发现:原来人类生活在一个悖论中,一个不可逃脱的悖论中。在他看来,人类在生存本质上是可怜的。

四

人们都奇怪,曹禺为何在二十三岁就写下伟大的作品《雷雨》? 思想那么深厚,生命那么活跃,热情那么激越?《雷雨》是他生命的一次燃烧,是他的生命哲学的升华。

当他还是一名高中学生的时候, 他就写了带有郁达夫风格的《今宵酒醒何处》,尽管意绪消沉,情调感伤,但是,却内蓄着一种对人生的感兴和生命的觉醒。而他的长诗《不久长》,即使放在"五四"诗歌的画廊里,也是一个特异的存在,可以说,它就是中国现代诗歌史上的《古诗十九首》,遗憾的是,它被中国现代诗歌史家所忽略了。

…………

不久长,不久长,

袅袅地,它吹我到沉死的夜邦,

我望安静的灵魂们在

水晶路上走,

我见他们眼神映现出

和蔼的灵光:

我望静默的月儿吻着

不言的鬼,

清澄的光射在

惨白的面庞。

啊,是这样的境界才使我神往啊,

我的来日不久长。

不久长,不久长,

乌黑的深夜潜伏

黑矮的精灵儿恍恍,

你忽而追逐在我身旁。

啊,爹爹,不久我将冷硬硬地

睡在衰草里啊,

我的灵儿永在

深林间和你歌唱!

　　这首诗,在生命短促,人生无常的感叹中,具有强烈的审美现代性。鲁迅当年就说过一些青年带着一种世纪末的哀伤,而在这哀愁中却含蓄着对现代的敏感,既有对自由的渴望,也有着对自由难以得到的感伤。曹禺的诗中就有着浓郁的人生漂泊感和人生的无定感。

　　在这样的一种生命感悟中,他十分顽强地在探索生命的意义和价值。于是他念佛典,读圣经,出入教堂,参观洗礼,聆听教堂音乐,这一切都像着了迷。再有,就是把生命的体验化为身体的运动,他跑马拉松,体味身体极限。但是,当时他最崇拜的是解放农奴的林肯,是惠特曼的诗歌。我当面听他背诵林肯的《在葛底斯堡的演说》,从他不假思索脱口而出的背诵中,可以看出他当年对林肯的崇拜,对民主自由的渴望。

那时，他竟然有这样的决绝的思想："时日曷丧，余及汝偕亡！"可见，他的生命中的抑压感，达到了怎样一个程度，同时也可以看到他是多么渴望自由和解放！

他喜欢音乐，喜欢交响乐，喜欢肖邦，喜欢莫扎特，喜欢贝多芬，我以为，与其说他喜欢音乐，毋宁说他喜欢的是自由，是在或舒缓或激荡的自由流畅的音乐中，所能给于他的自由享受。

五

曹禺的独到之处在于，他与鲁迅一样，有着对于现代的锐敏而深刻的感受。尤其在经历着 20 世纪 30 年代城市的资本主义兴起的阶段，曹禺十分深刻地感到现代的抑压，"光怪陆离的社会"里的种种可怖的人事，在折磨着他，在拷问着他，逼得他片刻不得宁帖。

他看到这个灯红柳绿、纸醉金迷的社会里所包藏的抑压和威逼，他看到这个社会的污浊，罪恶，但更看到在这些罪恶、污秽掩盖下的美，尤其是这种美的毁灭，让他心痛，让他像一个热病的患者。《日出》，在人物、故事中倾泻出来的就是对自由的渴望。"日出"，就是这种渴望的象征。

在中国话剧作品中，再没有像《日出》这样具有如此突出的审美现代性的了。现代资本社会的罪恶，历历在目。如果说《子夜》更带有社会学的特征，那么《日出》所批判的正是资本对人的迫害，对人性的摧残，对人的精神的毒害。而更有别于《子夜》的是，《日出》它写出污浊掩盖下的诗意，罪恶背后的美。

在这点上，曹禺在中国现代文学和戏剧史上的地位，颇像西欧文学史上的波特莱尔，最早举起审美现代性的旗帜。

在曹禺剧作中，内在地涌流着对自由的渴望。《北京人》，这个大家庭把人们禁锢得喘不过气来，把活生生的人变成死活人、活死人，变成废物。

于是，我们看到对于猿人的礼赞，当时有人说这是一种倒退的看法，而其实质则是一种象征：是对自由渴望的象征，甚至说是自由解放的象征。

可惜的是，曹禺的审美现代性，后来却自觉不自觉地被其本人和时代所抑压。

六

在度过了解放的愉快和欢乐之后，看起来，他高官得做，被捧到一个高位上，似乎满足了他对自由的渴望。仔细品味起来，这似乎是一个历史的错位，或者说是一个历史的错觉。他以为是"明朗的天"；但是，在灿烂、辉煌下却不断出现芜秽，感受的是另一种抑压，甚至是令人胆战心惊的抑压。这是对他渴望自由的灵魂的一种新的抑压，是对他那种极为可贵的渴望自由的灵魂，以及那种宝贵的现代性意识的抑压。

直到"文化大革命"，他的灵魂被完全地搅乱了，他几乎要发疯，要自杀。他这个渴望自由的灵魂，竟然以为自己全错了，成为一个罪人。这样一种残酷的灵魂的摧残，让他在打倒"四人帮"之后，发出"从大地狱逃出来"的感叹。让他再一次体味到宇宙的残酷。

对于一个伟大作家来说，"文革"之后，本来是一次历史的契机，创造的历史契机；但是，曹禺却发现，他犹如断臂的王佐，一切都明白了，人却残废了。确切地说，是精神残废了。于是，他那种渴望自由，渴望创造的夕阳之火，怎样也燃烧不起来了。不能不写的渴望同不能写出的矛盾，成为他晚年痛苦的源泉。我听到他无可奈何的悲叹！

但是，他的灵魂是顽强的。他的灵魂又回归，甚至是更为超越了。他要写一部孙悟空的戏，写它苦苦挣扎也逃不出如来佛的手心。宇宙呀，还是那么残酷！但是，他无力奋战了。

我相信曹禺先生是带着他的心灵宝贝走了。

七

最后，我提醒戏剧界朋友，很好地再看看他的戏，研读一下他的言论，尤其是新时期的言论，你就知道我们是怎样辜负了他；他是带着一颗清澈澄明的心，以及对我们戏剧的伟大嘱托而走的。

我请大家一定读一读万方写的《灵魂的石头》，在这里，有着他对女儿的遗嘱，也是对我们的遗嘱，那真是掏心窝子的话。他有三个箴言：

第一，他说要做一个伟大的作家，一定要具有崇高的灵魂。

天才是"牛劲",是日以继夜的苦干精神。你要观察,体会身边的一切事物、人物,写出他们,完全无误,写出他们的神态、风趣和生动的语言。不断看见,觉察出来,那些崇高的灵魂在文字间是怎样闪光的,你必须有一个高尚的灵魂! 卑污的灵魂是写不出真正的人会称赞的东西的。

第二是要有童心。

万万不能失去"童心"。童心是一切好奇、创作的根源。童心使你能经受磨练,一切的空虚、寂寞、孤单、精神的饥饿、身体的折磨与魔鬼的诱惑,只有"童心"这个喷不尽的火山口,把它们吞噬干净。你会在真纯、庄严、崇高的人生大道上一直向前闯,不惧一切。

再有,就是告诫人们要有一个"超然独醒"的人生态度。

他把弘一法师的一首诗,送给万方:

水月不真,唯有虚影,
人也如是,终莫之领。
为之驱驱,被此真净,
若能悟之,超然独醒。

前四句,是说人就是不懂得水月不真这个道理。后四句意谓,忙乎了一辈子,都把这个干净的世界忘到脑后了;如果你悟透了这个道理,你就可以达到一个超然的境界了。

一个作家,要有一个超然的态度,如果掉进各种欲望的漩涡,是不可能有真正的美的创造的。

八

有人曾把曹禺纳入自由主义作家行列,如果从文化思想史的角度,曹禺称得起是一个伟大的自由主义作家。

殷海光先生认为中国的自由主义先天不足,后天失调。真正的自由主义者很少,他只把严复、谭嗣同、梁启超、吴虞和胡适等少数几个人纳入这个范畴之中。

我不赞成他这样的主张。但是他对于自由主义的界定,我很赞成。他说:"一个真正的自由主义者,至少必须具有独自的批评能力和精神,有不盲从权威的自发见解,以及不依附任何势力的气象。"按照这个原则,曹禺可以说做到了。第一,他虽然不是思想家、批评家;但是从他早期的杂感到《雷雨·序》《日出·跋》,洋溢着激扬蹈厉、独立不倚的精神,独到精辟的见解;敢于辩诬,勇于抗争,可以说不畏权威。欧阳予倩导演《日出》,将第三幕拿掉,他当面提出意见。第二,在政治上,他绝不向当局低头,即使蒋介石、张道藩的意见,他也敢顶。第三,在他的作品中,更是处处响彻着向往自由、争取自由的高昂声音。

强烈的抑压感与高昂的自由感是相伴而生的。在强烈的抑压感下,他的心灵是自由的。一个渴望自由的灵魂,必然具有创作自由的心灵。而创作自由的心灵却是走向大创造的前提和条件。

后来,他的自由的心灵被抑压了,一个被抑压的灵魂,是不能有着伟大创造的。

九

最后,让我们一起阅读他晚年写的一首诗《自由人》:

> 我看见了太阳,
> 圆圆的火球从地平线上升起!
> 我是人,不死的人,
> 阳光下有世界,
> 自由的风吹暖我和一切,
> 我站起来了,
> 因为我是阳光照着的自由人!

（原载《文学与文化》2010 年第 4 期）

残酷:曹禺戏剧的现代性解析

宋宝珍

从 20 世纪初叶中国国民世界意识的觉醒,到"五四"时期文学艺术界对西方现代主义艺术的广泛介绍, 可以说一种全新的现代意识已经在中国古老的文化传统中注入了新质。然而,由于话剧的历史为期尚短,创作方法、技巧、经验都十分有限,而重音乐、歌舞、戏耍、故事的中国观众,在接纳现代主义戏剧时,存在着人生经验和审美心理的隔膜,致使体现了中国式的现代主义意识和风格的戏剧,无论在剧本创作还是在剧场演出中,都显示了寥落、沉寂的结局。直到 20 世纪 30 年代,中国现代杰出的剧作家曹禺横空出世,才改变了现代性的中国戏剧被主体文化漠视的命运,从而显示了现代主义艺术与中国本土文化融合的趋势。

在中国现代戏剧的发展中,最具审美现代性的作家无疑是曹禺。他的戏剧创作和戏剧观念都是现代的,从某种意义上讲,曹禺可以说是具有中国特色的现代主义戏剧家。

一 生命的痛苦与现代的焦虑

曹禺的现代性,不是表现为现代的颓废,而是充满了现代的焦虑,在他的创作意识中,几乎集中了生命的焦虑、人性的焦虑、社会的焦虑、都市的焦虑,乃至人类的焦虑、宇宙的焦虑……甚至可以说他的焦虑是与生俱来的。这正如深谙其精神境界的女儿万方所说:"痛苦是他的天性。"[①]这样的天性,对于一个普通的社会人来讲也许是不幸的,但对于一个优秀剧作家之超凡的艺术思维来讲,却又

作者简介:宋宝珍(1964—　),女,中国艺术研究院二级研究员。

本论文为中国社科基金重大项目"中国话剧接受史"(项目号:18ZDA260)的阶段性成果。

① 万方:《灵魂的石头》,载《倾听雷雨》,上海文艺出版社,2000 年,第 15 页。

是一种值得庆幸的天赋。

焦虑(anxiety)这个词来源于印度语"angh",与"狭窄""受束缚"有关,是一种典型的心理学现象,它几乎反映在每一个人身上,只是对象、程度不同而已。"当我们感到一种令人不快的兴奋积累时,我们称之为焦虑。焦虑是兴奋的一种形式,而且是令人不快的兴奋。"①作为艺术思维中的现代性焦虑,虽然也有着上述的表现因素,但是,它主要还不是一种对于自身处境的情绪反应,而是一种带有普泛意义和精神反思性质的存在意识。本文所论及的曹禺戏剧的残酷美学因子,正是基于对其创作心理和戏剧艺术中所呈现的审美现代性的关注。

现代性焦虑的内涵积淀为深刻的苦闷,构成巨大的情绪与意志的冲突,促使剧作家产生一种焦虑性幻想,并且升腾为艺术的想象,凝结成戏剧的意象和戏剧的情境。在现代的剧作家中,几乎找不到哪一个剧作家像曹禺一样,心中燃烧着如此深刻的现代性焦虑,胸膛积淤着如此沉郁的苦闷,意识中飞扬着如此灵动的艺术想象。

曹禺有着一种异乎寻常的压抑感,这种压抑感并非来自物质的困窘与压迫,而往往是他所敏感的精神上的高压,这使他强烈地感受到置身其中的环境是不能忍受的。

曹禺生命感觉中的内在焦虑表现得十分突出。还在其不谙世事的童年时代,他就有着异常的苦闷,在他明亮的双眸中总是暗含着深广的抑郁,这使际遇坎坷、洞察世情的父亲万德尊都极为惊讶,他问曹禺:"你小小的年纪哪里来的这么多苦闷?!"②

其实,如果我们了解了曹禺身世的特殊性,了解了他幼小的心灵中所经受的精神创伤,那么对他所表现出的抑郁、焦虑、敏锐就不会感到诧异了。曹禺出生三天,其母去世,继母虽是他的姨妈,但是却和性情暴躁的父亲一样,是一个依赖鸦片的瘾君子。他们晨昏颠倒的生活,常令曹禺感到家庭恰如坟墓一般死寂。早年失怙的孤独和痛苦,一直潜藏在曹禺的意识深处。这样的成长经历和人生境遇,对于一个平常人来说,也许不一定会产生如此强烈的精神印记,但是对于曹禺来说,他的感觉是如此细密、敏锐,以至这些不幸、忧伤、沉郁、孤愤,便形成了他生命的底色。

特殊的生命的敏感,生命的焦虑,在童年时代的曹禺的心理中烙印上了种种

---

① 维雷娜·卡斯特:《克服焦虑》,陈瑛译,生活·读书·新知三联书店,2003年,第11页。

② 田本相:《曹禺传》第一章"童年的苦闷",北京十月文艺出版社,1988年。

世事残酷的印象。在他童年的时候,他的保姆段妈向他讲述的悲惨家事,使他感到了人生的艰难和世间的残酷;全家移居宣化后,山上幽暗、葱郁、苍老、神秘的老神树,使他产生了对自然的敬畏和恐惧;在父亲任职的宣化镇守使衙门里,他亲眼目睹了凶暴的衙役鞭打"犯人"的血淋淋的惨象,这无疑成为令他惊异并深入他骨髓的残酷印记;年轻时曹禺曾有过一次出游经历,当他看到太原街头下等妓女伫立街边不人不鬼的样子的时候,一种发自心底的冥眩不安、悲凉恐惧便油然生起;抗战爆发前夕,曹禺在南京教书,他的住处离监狱很近,每到夜深人静的时候,监狱中便传出行刑和惨叫的声音,他周围的世界便仿佛一下子变成了鬼哭狼嚎的地狱……

还在中学时代,曹禺就有着对生命的哀叹。在他写的诗歌《不久长,不久长》中,反复咏叹着"我的来日不久长":

> "啊,爹爹,不久我将冷硬地/睡在衰草哟/我的灵儿永在/深林间和你歌唱!"
>
> "我要寻一室深壑暗涧/作我的墓房。"
>
> "我望静默的月儿吻着/不言的鬼/清澄的光色射在/惨白的面庞。/啊,是这样的境界才使我神往哟/我的来日不久长。"①

诗中明显的死亡意象,固然表现着曹禺青春期莫名的感伤,但更多的是显示了他跳出时间流程,质询生命的存在意义的真诚。

曹禺自己的遭际,父亲的早逝、家庭的败落、姐姐的惨死,这一切对于他都变成了一种人生的挤压、灵魂的悲哀、命运的磨砺。于是,在他的意识中就自然地产生了"人为什么活着,人活着为了什么"等无名的惆怅、质疑和苦思冥想。

现代性焦虑,首先是一个"存在"问题——如何存在以及怎样存在的问题。贝尔说:"现代主义所关心的,常常是在新的思想或新的世界观背景下如何生存的问题。"② 现代主义戏剧在哲学上所追索的就是这样的问题。从克尔凯郭尔到海德格尔,再到萨特和加缪,这些存在主义哲学都在不同程度上把焦虑同存在紧紧地联系起来。也许我们还无法断言曹禺是存在主义者,但是,他的生命焦虑是同他对世界与宇宙存在的焦虑紧密联系的。

---

① 曹禺:《不长,不久长》,载《曹禺全集》(第六卷),花山文艺出版社,1996年,第22页。

② 迈克尔·贝尔:《现代主义形而上学》,载《现代主义》,田智译,辽宁教育出版社,2002年,第13页。

　　在他所告白的《雷雨》创作动因中，我们可以真切地认识他这种现代性焦虑。曹禺说，"我不知道怎样来表白我自己，我素来有些忧郁而暗涩；纵然在人前我有时也显露着欢娱，在孤独时却如许多精神总不甘于凝固的人，自己不断地来苦恼着自己，这些年我不晓得'宁静'是什么，我不明了我自己，我没有希腊人所宝贵的智慧——'自知'。除了心里永感着乱云似的匆促，切迫，我从不能在我的生活里找出个头绪"①。从这里的描述可以看出，曹禺仿佛是患上了现代焦虑症。而在《日出·跋》里，这种现代性焦虑就表现得更为突出了："我应该告罪的是我还年青，我有着一般年青人按捺不住的习性，问题临在头上，恨不得搜索出一个答案；苦思不得的时候便冥眩不安。流着汗，急躁地捶击着自己，如同肚内错投了一付致命的药剂。这些年在这光怪陆离的社会里流荡着，我看见多少梦魇一般的可怖的人事，这些印象我至死也不会忘却；它们化成多少严重的问题，死命地突击着我，这些问题灼热我的情绪，增强我的不平之感。有如一个热病患者，我整日觉得身旁有一个催命的鬼低低地在耳旁催促我，折磨我，使我得不到片刻的宁贴。"②

　　我们几乎难以想象曹禺的现代性焦虑所达到的紧张程度，他确实像患了一场瘟疫，陷入"无尽的残酷的失望"之中，他深切地感到："一件件不公平的血腥事实，利刃似地刺激我的心，逼成我按捺不下的愤怒。有时我也想，为哪一个呢？是哪一群人叫我这样呢？这些失眠的夜晚困兽似地在一间笼子大的屋子里踱过来，拖过去，睁着一双布满了红丝的眼睛绝望地愣着神，看着低压在头上黑的屋顶，窗外昏黑的天空，四周漆黑的世界，一切都似乎埋进了坟墓，没有一丝动静。……我绝望地嘶嗄着，那时候我愿意一切都毁灭了吧……我觉得宇宙似乎缩成昏黑的一团，压得我喘不出一口气，湿漉漉的，粘腻腻的是我紧紧抓着一把泥土的黑手，我划起洋火，我惊愕地看见了血。乌黑的拇指被那瓷像的碎片划成一道沟血，一滴一滴快意的血缓缓地流出来。"③他在追索人生，拷问生命，这种焦虑本身就是"残酷的"，并且绝对是现代的，甚至是在外国现代主义剧作家中也罕见的。现代性焦虑作用于他的主观意识，仿佛让他透过一面巨大的放大镜来审视世界的苦难，这使他能够感觉出常人习见的世象背后的残酷性，正是从残酷的审美意念中，曹禺导引出了他的戏剧的审美现代性。

　　中国现代剧作家创作意识中的现代性焦虑，其外在动因来自他们对宇宙人

---

　　① 曹禺：《雷雨·序》，文化生活出版社，1936年，第1页。

　　② 曹禺：《日出·跋》，载《曹禺全集》（第一卷），花山文艺出版社，1996年，第380页。

　　③ 曹禺：《日出·跋》，载《曹禺全集》（第一卷），花山文艺出版社，第381页。

生的困惑和对自身存在的被压迫感的认知。旧的社会形态虽然解体,但封建礼教的幽灵依然在中国大地上徘徊,现代社会的曙光似乎已遥遥可见,但现实中却处处显露出政治的颓败、民生的凋敝、内乱的频仍、社会的失序。这一代人注定要遭受梦醒了之后无路可走的命运,因为他们的灵魂与肉体都与那个自己所痛恨的过去有着千丝万缕的联系。这样的人生际遇,在"五四"时代的知识分子身上是颇有代表性的。

中国剧作家现代性焦虑的内在动因,则是来自剧"作家"挖掘自身灵魂的自觉,来自他们心灵内部的巨大冲突。这些情绪的、感情的和思想的深刻矛盾,构成了他们深刻的感情危机和精神危机。叶维廉曾指出:"事实上,从五四反帝反封建开始,中国作家便被放逐于一个文化的空虚里,各自在'行程'中寻索、犹疑、彷徨、追望、等待一个指向出路的符号而永远等不到,继续求索质疑而时时陷入绝境。鲁迅说:'然而我不愿彷徨于明暗之间,我不如在黑暗里沉没。然而我终于彷徨于明暗之间……'(《影的告别》)他是第一个流露这种境况的人。他希望在墓碣上找到一个指示,但只见残迹:'有一游魂,化为长蛇,口有毒牙,不以啮人,自啮其身,终以殒颠';'抉心自食,欲知本味,创痛酷烈,本味何能知?……痛定之后,徐徐食之,然其心已陈旧,本味又何由知?'(《墓碣文》)'彷徨寻索而未得,内啮又不知本味'就是现代中国民族文化原质根性放逐后的创痛。为了同样的原因,闻一多的诗充满着'死的欲望',欲求死而得再生:'索性让烂的更加烂了……烂穿了我的核甲,烂破了我的监牢,我幽闭的灵魂,便穿着豆绿的背心,笑眯眯地要跳出来了。'(《烂果》)"叶维廉认为,"这就是中国现代主义特有的剧痛,这也许是其它东方国家在现代所经验的剧痛"①。

这种"抉心自食""不知本味"却一意食之的意象,典型地反映着中国现代作家创作心态中一种对待自我的残酷态度,这种残酷不是有意自虐,而是抛弃旧我,追求一种凤凰涅槃式的净化与升华。鲁迅特别称赞过俄国现代主义的先驱人物陀思妥也夫斯基小说中所表现的"伟大的残酷"和"灵魂的深度",他说:"他竟作为罪孽深重的罪人,同时也是残酷的拷问官而出现了,他把小说中的男男女女,放在万难忍受的境遇里,来试炼他们,不但剥去了表面的洁白,拷问出藏在底下的罪恶,而且还要拷问藏在那罪恶之下的洁白来。而且还不肯爽利地处死,竭力要放他们活的长久。而这陀思妥夫斯基(陀思妥也夫斯基),则仿佛就在和他一

---

① 叶维廉:《解读现代·后现代生活空间与文化空间的思索》,台北东大图书公司,1992 年,第 14 页。

同苦恼,和拷问官一同高兴着似的。这决不是平常人做得到的事情,总而言之,就因为伟大的缘故。"①鲁迅对陀思妥也夫斯基小说美学特点的论述,也从一个侧面反映了他自身创作心理的一种倾向。而曹禺,如同鲁迅一样,也是一位具有深刻的自我残酷意识的伟大作家。

曹禺的现代性焦虑,最后都集中表现于对人、人性与人类的关怀上。人类的天性是复杂的,曹禺对于人和人类有着复杂而深刻的体认。他对于人类的存在的认识,处于一种充满矛盾的焦虑中,他爱人,爱人类;但他也恨人。他可怜着他们,希望他们自由,但是他却恨他们偏偏自己捉弄着自己。从一种高蹈的形而上的观念出发,他对宇宙人生满怀悲悯之情,他说:"写《雷雨》是一种情感的迫切的需要。我念起人类是怎样可怜的动物,带着踌躇满志的心情,仿佛是自己来主宰自己的命运,而时常不是自己来主宰着。受着自己——情感的或者理智的——的捉弄,一种不可知的力量的——机遇的,或者环境的——捉弄;生活在狭的笼里、而洋洋地骄傲着,以为是倘佯在自由的天地里,称为万物之灵的人物不是做着最愚蠢的事吗?"②从现实的存在的视角来观察人生,曹禺又对人类的弱点和命运的无奈满怀悲哀。在他看来,人类实在是可怜的动物,人是愚蠢的,是一种不能主宰自己命运却总是盲目奔突的动物,人类自身的存在就是悲剧的所在。在一个违反天道、"损不足以奉有余"的社会环境里,他也恨人,他说:"我更恨人群中一些冥顽不灵的自命为'人'的这一类动物。他们偏若充耳无闻,不肯听旷野里那伟大的凄厉的唤声。他们闭着眼,情愿做地穴里的鼹鼠,避开阳光,鸵鸟似地把头插在愚蠢里。"③

曹禺对现实的感触,恰如波德莱尔论及艾伦·坡在诗中所表达的对于美国的感受:"美国对于坡来说不过是一座巨大的监狱,他怀着狂热的骚动在其中奔波,他生来就适于在一个(比煤气灯笼罩下的巨大野兽)更不道德的世界中呼吸,他的内心生活、精神的生活作为诗人或作为酒徒,只不过是为摆脱这种敌对气氛的影响而进行的不间断的努力罢了。"④

但是,关键在于对于宇宙人生,曹禺具有一种大悲悯的胸怀,甚至说一种大

　　①鲁迅:《陀思妥夫斯基的事》,载《鲁迅全集》(第六卷),人民文学出版社,1981年,第411页。

　　②曹禺:《雷雨·序》,第5-6页。

　　③曹禺:《日出·跋》,载《曹禺全集》(第一卷),第382页。

　　④波德莱尔:《埃德加·爱伦·坡的生平及其作品》,载《1846年的沙龙》,郭宏安译,广西师范大学出版社,2002年,第149页。

悲悯的哲学。他说:"我用一种悲悯的心情来写剧中人物的争执。我诚恳地祁望着看戏的人们也以一种悲悯的眼来俯视这群地上的人们。……来怜悯地俯视着这堆在下面蠕动的生物。他们是怎样盲目地争执着,泥鳅似地在情感的火坑里打着昏迷的滚,用尽心力来拯救自己,而不知千万仞的深渊在眼前张着巨大的口。他们正如一匹跌在泽沼里的羸马,愈挣扎,愈深沉地陷落在死亡的泥沼里。"②

曹禺既有着那种超乎常人的现代性焦虑,同时又有着超越这现代性焦虑的博大胸怀和宽广视阈。在他大悲悯的情怀中,显然有着深刻的人文关怀,这并非是一般的人道主义所能框范的,在曹禺的人生观念中,有着中国传统哲学甚至佛学因素影响的痕迹。

从曹禺的现代性焦虑,我们可以摸索着进入曹禺戏剧美学的秘密世界,从而进一步体悟他的戏剧所呈现的审美现代性。

二 残酷戏剧意象的现代内涵

20世纪30年代,在世界的西方,一个身受东方戏剧影响并成为后现代主义戏剧奠基人的艺术家——安托南·阿尔托正酝酿、提出他的"残酷戏剧"的美学主张。1932年,他发表了残酷戏剧的第一个宣言。1933年,他又发表了残酷戏剧的第二个宣言。1935年,他创建了残酷剧院。1938年,阿尔托的残酷戏剧理论著作《戏剧及其重影》出版,残酷戏剧的残酷观念,日益受到人们的关注,阿尔托本人也成为后现代主义戏剧的鼻祖。

几乎与阿尔托同时,曹禺走出了一条中国式的残酷戏剧的创作路子。虽然他没有提出过"残酷戏剧"的口号,但是在他的戏剧的一系列序跋中,却已经作出了类似的表述。他已经深切地感受着宇宙和世界的残酷,他的现代性焦虑都集中体现在其残酷的哲学和残酷的美学之中,一种残酷之美融化、凝结在他的剧作里。然而这一切并非来自安托南·阿尔托,也并非来自西方其他艺术家的影响,而是来自像曹禺这样一个生活在现代都市的中国人,来自他对于世界和人生的哲学的美学的沉思。

在曹禺的意识中,这个世界和宇宙太残酷了,因此他要在他的戏剧里把这种残酷性表现出来,故残酷感成为搅扰其灵魂、驱动其创作的潜能和动因。他说:

---

① 曹禺:《雷序·序》,第6页。

"《雷雨》所显示的,并不是因果,并不是报应,而是我所觉得的天地间的'残忍'(这种自然的'冷酷',四凤与周冲的遭际最足以代表,他们的死亡,自己并无过咎)。如若读者肯细心体会这番心意,这篇戏虽然有时为几段较紧张的场面或一两个性格吸引了注意,但连绵不断地若有若无地闪示这一点隐秘——这种宇宙里斗争的'残忍'和'冷酷'。"①

曹禺不是哲学家,但是在这里却展示了一种对宇宙的哲学的美学的憧憬,因此他的悲剧感的构成绝非是局部的、个别的因素,也不是单纯的社会学的,而是对于世界、宇宙的"冷酷""残忍"的整体的综合的感悟。他还描述了这个宇宙的特点:"在《雷雨》里,宇宙正像一口残酷的井,落在里面,怎样呼号也难逃这黑暗的坑。"②天网恢恢,疏而不漏,不论是谁,也不论是在何时何地,都难以逃脱、无法抗拒这注定了的残酷的遭遇和悲惨的结局。在他展示的《雷雨》的世界中,周冲、四凤的死亡自然是宇宙"冷酷"的体现,而周萍、繁漪、侍萍也是冷酷的吞噬物。而在《日出》中,陈白露、翠喜、小东西、黄省三的命运,更展现着现代的金钱制度、卖淫制度的罪恶。《原野》中的仇虎和金子的世界更是一个难以逃脱的漆黑的世界。

残酷,在曹禺的剧作中成为一种不言自明的美学原则,成为他揭示这世界的美的奥秘和发现美学新大陆的利器。这也许是古希腊悲剧的残酷命运的提示,或者是奥尼尔戏剧灵魂残酷性的影响,但这更主要的是曹禺自己的人生发现。在《雷雨》里,所有的带有戏剧性的巧合,都是残酷的,都成为毁灭性的悲剧。侍萍同周朴园的重逢是多么的巧合,但又是多么的残酷!而30年前侍萍所遭遇的噩运,几乎又在四凤身上重演,这对于四凤来说,自然是残酷的,而对于侍萍来说就更加残酷,她承受着双重的命运打击。安托南·阿尔托认为,艺术的核心应当表现人类的本能欲望,戏剧应当向观众提供幻觉的沉淀物,使其在内心范畴的犯罪倾向、色情顽念、野蛮习性、虚妄幻想、对生活及事物的空想,甚至同类相食的残忍性都倾泻而出。阿尔托说:"我所说的残酷是指事物可能对我们施加的、更可怕的、必然的残酷。""我所说的残酷,是指生的欲望、宇宙的严峻及无法改变的必然性。"③曹禺戏剧的残酷性正是体现了这样的必然性。

现代主义戏剧有许多特点,而在美学上最突出的特点就是它对于深层的、内在的、隐秘的精神世界的发现。残酷是曹禺的发现,由此点燃了他的灵魂,启发了

---

① 曹禺:《雷序·序》,第5页。

② 曹禺:《雷序·序》,第7页。

③ 安托南·阿尔托:《残酷戏剧——戏剧及其重影》,桂裕芳译,中国戏剧出版社,1993年,第76、101页。

他的感悟，使他发现了世界的隐秘，因此，在他的戏剧中，一种前人未曾发现的残酷之美被展示出来，具有残酷之美的灵魂，残酷之美的人和事，共同构成了曹禺戏剧所特有的悲剧美学内涵。

由于残酷的启示，曹禺发现了繁漪。在中国，繁漪的性格是那样的乖戾阴鸷，可以说这种性格本身就具有内在的残酷："她是一柄犀利的刀，她愈爱的，她愈要划着深深地创痕。"的确，"她的生命交织着最最残酷的爱和最不忍的恨"。她犹如一个魔鬼紧紧地抓住了周萍不放，这种绝望的爱是残酷的，而为了这个不能得到的爱，她自己也走向疯癫，其结局也是残酷的。米歇尔·福柯曾说："最后一种疯癫是绝望情欲的疯癫，因爱得过度而失望的爱情，尤其是被死亡愚弄的爱情，别无出路，只有诉诸疯癫。"①繁漪对四凤也是十分冷酷的，甚至把自己的儿子周冲也拉进来，连一个母亲的颜面也不顾了，这些都有着非人的残酷。但是，繁漪的性格的残酷性还在于她的自我残酷。"情热烧疯了她的心"，她在情感的雷电中不惜焚烧自己。

所谓审美现代性，就其本质来说是反制度化，反传统的。打开中国传统戏剧的人物画廊，还从来没有出现过像繁漪这样的人物，这样的性格。这是一个疯狂地反叛着伦理、反叛着传统、反叛着制度的女性。正是在这样一个人物的阴鸷乖戾的性格中，曹禺发现了繁漪有着"美丽的心灵"，"她有一颗强悍的心"，而且"是值得赞美的"。②

倘若曹禺仅仅发现了事物外在的残酷、一般性的残酷，我们还不能说他具有现代性。从某种意义上来说，曹禺同鲁迅有着某些相似之处，他们都善于发现特定历史情境中人的精神悲剧，善于从人类灵魂的角度揭示精神所受的压迫。

《日出》写的就是陈白露的精神悲剧。在陈白露的遭际中，处处都展示着这样一个受到"五四"思潮影响的知识女性走上社会而最后无路可走的精神陷落和精神悲剧。她是清醒的，她清醒地意识到自己的堕落，深深地懂得自己陷于泥潭而不能自拔。意识到的痛苦是一种残酷的痛苦。"太阳升起来了，黑暗留在后面，但太阳不是我们的，我们要睡了。"这就是曹禺对于现代性悲剧的发现。那个罪恶的金钱社会在精神上逼迫着陈白露，使她陷入极度的痛苦；同时又在灵魂上腐蚀着她，使她陷入一种不可排解的自我矛盾之中，最终导致她精神崩溃而绝望地自杀。《日出》展现了现代都市文明对人的精神的"吞噬之力"，这是一种可怕的残酷

---

① 福柯：《疯癫与文明》，刘北成、杨远婴译，生活·读书·新知三联书店，1999年，第26页。

② 曹禺：《雷雨·序》，第10-11页。

的杀人力量:它禁绝人们的希望,摧残人们的灵魂,腐蚀人们的意志,扭曲人们的心性,以制度化的表面上的公平原则,对处身其中的人实施惨无人道的毁灭。

人生的无奈和存在的悲哀作用于剧作家的创作意识,加深了曹禺精神的内在痛苦,也加深了他对人生残酷的审视。这在《日出》的题记中表现得尤为明显:"时日曷丧,予及汝偕亡!"于表达的绝望、冷酷中,透露了灵魂的热烈、赤诚,恰如鲁迅所引用的匈牙利诗人裴多斐的诗句:"绝望之为虚妄,正与希望相同。"①

而最能体现这种精神悲剧之残酷性的是仇虎的悲剧。《原野》所展现的世界,充满着黑暗、仇恨、恐惧和狰狞,让人感到这里"只有人类的仇恨在那里爆炸、沸腾"。千百年来"父仇子报"的因袭的重担,使得已经遭受残酷打击的仇虎的心灵陷入一个黑暗的地狱,这种古老的观念啃啮着他,折磨着他,熬煎着他。那个黑森林是一个象征,是一个永远挣脱不开的残酷的心狱。

在《北京人》里,戏剧人物表面看来是处于平静的日常生活中,这里没有特别激烈的冲突,也没有十分火爆的场面,但是,却隐藏着刺向人的灵魂的刀剑,蕴蓄着吞噬和绞杀人的灵魂的机锋,这是一个极端冷酷而黑暗的王国。愫方所承受的灵魂的痛苦是深刻的、残酷的,她不但生活在思懿的冷酷的精神逼迫下,又承受着来自曾皓那卑污、阴暗灵魂的折磨。曾家的院落像一座冰冻的世界,人和人之间的情感关系也仿佛凝结成冰。心地善良的愫方,她性格方面的极大的耐性和内心的隐痛,正从一个侧面折射着曾家环境的残酷性。孱弱落寞的文清,本来是一个天资聪颖的人,正是这样的生活环境,窒息了他的生命欲求,扼杀了他的才能,让他在慢性中毒中,成为精神上的瘫痪儿、灵魂上的空虚者,曾家的生活把他磨成了一个死活人、活死人,一具生命的空壳。曾家既是一个令人恐惧的所在,也是残酷的杀人不见血的地方, 又是一个不露声色地摧毁生命活力和灵魂纯净的魔窟。

在曹禺的戏剧中,他的残酷的哲学构筑的往往是一个残酷的世界,在众多具有象征色彩和美学意味的戏剧意象中,都内蕴残酷的意旨。

残酷戏剧的创造者安托南·阿尔托在谈到戏剧时说:"一切的情节都是残酷的,戏剧必须重建在这种超越一切的极端情节的思想之上。"②在曹禺的剧作中,虽然没有阿尔托说得这样绝对,但是,其情节是残酷的,场面是残酷的,环境也是

---

① 鲁迅:《希望》,载《鲁迅全集》第 2 卷,人民文学出版社,1981 年,第 173 页。

② 转引自克里斯托弗·伊内斯:《戏剧中的现代主义》,载《现代主义》,辽宁教育出版社,2002 年,第193 页。

残酷的,这一切形成了曹禺戏剧触目惊心、震撼灵魂的意象。

三　表现主义的美学形态

以上的论述,已经揭示了曹禺所特有的现代性焦虑,以及由这种现代性焦虑所凝结的残酷的戏剧美学风格;那么,接下来,我们应当进一步研究曹禺戏剧的审美现代性的表现特征。

德国著名的现代主义研究学者比格尔指出,现代主义的典型形态是象征主义、唯美主义和表现主义,其基本特征体现为对审美自律性的追求。[①]当人们把曹禺作为一个现实主义的大师给予评价时,自然是着眼于其艺术表现的现实层面及其社会意义。但是,如果更深入地考察其剧作的美学内涵和深藏在内部的灵魂,我们就会发现,曹禺剧作与一般的现实主义戏剧有很大不同。因此,如果把他的一些剧作纳入到表现主义的戏剧范畴,也许更便于理解其美学内涵和情境氛围的整体神韵。就表现形态而言,曹禺的剧作同奥尼尔的一些戏剧有着相似之处,这是符合实际且毋庸置疑的。有的学者把曹禺剧作的风格概括为诗化现实主义,即希望把它的美学形态同一般的现实主义区别开来。所谓"诗化",在特定意义上说,就是"表现化""象征化"。这些理论的概括,蕴涵着前人研究的成果,但是任何一种概括都有着不可避免的局限。从研究中国话剧的审美现代性这样一个命题出发,当我们深入到他的戏剧堂奥之中时,就会发现曹禺戏剧的本质是现代性的,并且是中国式的现代性的。

曹禺的剧作充满了象征的色彩,女儿万方曾经询问他,"雷雨"是什么意思,曹禺回答,"雷"是天上轰轰隆隆的声音,警醒他们;"雨"是自天而下的洪水,把大地冲刷干净。由此可见,《雷雨》剧名就带有象征性。《日出》中的主人公陈白露,名字暗喻"早晨的白露"。《诗经》有诗云"蒹葭苍苍,白露为霜",一种凄冷、肃杀、零落、苍茫的意绪蕴含其中;乐府诗云"青青园中葵,朝露待日晞",太阳一出来,露水就被蒸发掉了,这暗合了陈白露的命运结局。而"原野"既是主人公仇虎宿命所归的地方,也暗喻着一种与生俱来的蛮性。

曹禺说,"现实主义的东西,不可能那么现实"[②]。曹禺戏剧的审美现代性的特点,可以概括为表现同现实的结合,或者说表现主义同现实主义的融合,而其中

---

① 转引自周宪:《现代性的张力》,首都师范大学出版社,2001 年,第 25 页。

② 曹禺:《谈〈北京人〉》,载《曹禺全集》(第七卷),花山文艺出版社,1996 年,第 76 页。

的表现主义成分比较突出。我们之所以说曹禺戏剧风格主要是表现主义的,并非完全基于他的戏剧手法和技巧,而是基于他的戏剧所显现出来的现代的美学意识。曹禺与奥尼尔之间,有着一种美学上的吸引和借鉴,在曹禺的戏剧中,不难发现与奥尼尔的表现主义戏剧美学的融通与关联。

譬如"原始情绪",或者说现代主义艺术思潮中的"原始主义",就在曹禺剧作中渗透着、弥漫着。谈到《雷雨》创作的最初动因,曹禺说,"除此有了《雷雨》一个模糊的影像的时候,逗起我的兴趣的,只是一两段情节,几个人物,一种复杂而又原始的情绪"。而且,他有时把这种原始情绪说得带有十分神秘的色彩:"与《雷雨》俱来的情绪蕴成我对宇宙间许多神秘的事物一种不可言喻的憧憬。《雷雨》可以说是我的'蛮性的遗留',我如原始的祖先们对那些不可理解的现象睁大了惊奇的眼。我不能断定《雷雨》的推动是由于神鬼,起于命运或源于哪种显明的力量。情感上《雷雨》所象征的对我是一种神秘的吸引,一种抓牢我心灵的魔。"[1]《雷雨》中渗透着命运的神秘感,以及作家对于《雷雨》中人事的神秘感,对于大自然闪电雷鸣的恐惧和神秘感应。

神秘、原始、恐惧、梦魇,这些几乎是表现主义戏剧的典型特征。奥尼尔的《琼斯皇》,写戏剧主人公、黑人琼斯被白人虏抢到美国成为奴隶,但是他不能接受强权文明,先后杀死白人乘务员、监狱看守,逃到一个荒岛,在土著人中称帝。在被白人追杀时,逃入森林。在黑森林中,琼斯潜意识中的一段精神历程得以展现——他的种族史的回顾以及他的逃亡,大森林的诡密,原始的恐怖,被剥夺了人性的残酷。正是在琼斯返归原始的野蛮状态的途中,他恢复了自己人性的本真。在这里,剧作家以对原始主义的推崇构成对所谓现代文明的批判。

在《原野》中,曹禺写一个被吃人的"焦阎王"残害得家破人亡的农民仇虎,他从监狱中逃出来,抱着"父仇子报"的观念,非要杀死他的童年的好友、焦阎王的儿子焦大星。古老的复仇观念如同鬼魅一样缠绕了他的灵魂,他终于把大星杀了。此后他逃入了黑森林,"这里盘踞着生命的恐怖,原始人想象的荒唐","到处蹲伏着恐惧",犹如"巨兽张开血腥的口",处处是"狰狞恐怖""原野的神秘""鬼气森森""诡异幽寂",充满了"原始的残酷"和"生命的恐怖"。在剧中,曹禺对此时仇虎的情态做过这样的描述:"恐惧抓牢他的心灵,他忽尔也如他的祖先——那原始的猿人……希望,追忆,恐怖,愤恨连续不断地袭击他的想象,使他的幻觉突然

---

[1] 曹禺:《雷雨·序》,第7页。

异乎寻常地活动起来。在黑的原野里,我们寻不出他一丝的'丑',反之,逐渐发现他是美的,值得人的高贵的同情的。他代表一种被重重压迫的真人。在林中重演他遭受的不公。在序幕中那种狡恶邪诈的性质逐渐消失,正如花氏在这半夜的折磨里由对仇虎肉体的爱恋而升华为灵性的。"①这段文字是为过去的研究者所忽略的,但是,它道出了曹禺的本意:仇虎在从复仇迷狂中惊醒之后,才成为"美"的"真人",同时也升华为"灵性"的存在。在这里,"原始的猿人"作为一种机械的、制度的现代性的对立面,表现了人类对物质层面与精神层面日益分离状况的反抗,以及人类想重新找回迷失的自我、还原灵魂的渴望。因此,"原始的猿人"所体现的审美现代性是十分明确的。

迈克尔·贝尔指出:"作为一种文学传统,原始主义允许文明人通过一个想象中的对立面来审视和满足自身。它常常是文化内部的一个自我批判的主题,如蒙田论述食人生番的文章。但是,在现代主义时期,对于当代文明的彻底怀疑以及对部落人的仔细研究,给了原始主义冲动一种新的优越之处。"②在曹禺那里,原始情绪也是对"当代文明的彻底怀疑"的情绪,借助于这种情绪的展示,来表现对处于当下情景中的人以及制约他的制度的怀疑、批判和思考。在《北京人》中也是这样,曹禺借助一个人类学家袁任敢的口,配合着"北京人"的巨大投影,批判文明化的当代人的孱弱、无能和退化。原始主义,对于现代主义来说,不但是一种思想,而且也是艺术表现中惯用的手法。克里斯托弗·伊内斯指出:"原始主义都是戏剧现代主义的典型手法。"③

我们不妨看看奥尼尔的剧作,如《榆树下的恋情》《安娜·克里斯蒂》《进入黑夜的漫长旅程》《悲悼》《琼斯皇》等,同样有着这样的原始的情绪——无名的恐惧、不可捉摸的命运和不可预知的憧憬;但是,如果认为曹禺是在因袭奥尼尔的戏剧手法,那就大错特错了。曹禺戏剧的神秘、原始情绪、恐惧等等,来自曹禺天性中的明敏的感觉、飞扬的想象、情感的蒸腾交织,以及古老的中国文化在他的精神深处的积淀,诸如此类的因素,构成了他的戏剧美学的民族化特征。

焦虑是恐惧的基础,恐惧伴随着焦虑,焦虑之中也有着恐惧。曹禺创作《雷雨》时的恐惧感,就是焦虑的产儿,并因此促生了焦虑性幻想,产生想象中的艺术图景。他说:"《雷雨》是一种情感的憧憬,一种无名的恐惧的表征。这种憧憬的吸

---

① 曹禺:《原野》,文化生活出版社,1937 年,第 251 页。

② 迈克尔·贝尔:《现代主义形而上学》,载《现代主义》,第 26 页。

③ 迈克尔·莱文森:《戏剧中的现代主义》,载《现代主义》,第 189 页。

引恰如童稚时谛听，脸上画着经历的皱纹的父老们，在森森的夜半，津津地述说坟头鬼火，野庙僵尸的故事。皮肤起了恐惧的寒栗，墙角似乎晃着摇摇的鬼影。"①我们可以联想到，在曹禺的童年时代，暗夜里他听着段妈述说她的家人的悲惨遭遇，从而引起毛骨悚然的恐惧，瑟瑟地，蒙上头躲在被窝里谛听着。也许是在宣化的后山上，对那巨大的神树的恐怖印象的蒸发。这一切都是不可思议的；而这些又往往成为对于一种不可知的神秘事物的苦苦追索和拷问。为什么会有《雷雨》这样残酷的结局，为什么人们会有那么多冲击性"争执"？于是他苦苦地思索着："在这个斗争的后面或有一个主宰来使用它的管辖。这个主宰，希伯来的先知们赞他为'上帝'，希腊的戏剧家们称他为'命运'，近代的人撇弃了这些迷离恍惚的观念，直截了当地叫它为'自然的法则'。而我始终不能给它以适当的命名，也没有能力来形容它的真实相。因为它太大，太复杂。我的情感强要我表现的，只是对宇宙这一方面的憧憬。"②

在《雷雨》中，表现的是一系列的恐惧。首先是"乱伦的恐惧"，在第一幕就使人陷于这种恐惧的想象中，曹禺充分地运用了这个"恐怖感"。弗洛伊德在《图腾与禁忌》中，曾把乱伦和谋杀视为"两个图腾禁忌"，他认为乱伦使人感到恐怖，甚至有所谓"乱伦恐怖症"。

曹禺戏剧中的象征，已经超越了一般手法的意义，也超越了一般现实主义的范畴而成为他现代主义戏剧美学形态的有机组成部分。现代主义的美学形态之所以超越现实主义，是因为归根结底它体现了一种思想，但是，正如庞德所说："一种'思想'，离开了接纳它的思想形式，便没有多少价值。"③

曹禺的系列剧作《雷雨》《日出》《原野》和《北京人》，表面看来是写实主义的，但是其表现主义的象征运用是具有内在结构性和体系性特点的。在《雷雨》中，"雷雨"具有丰富的象征意蕴：它象征"宇宙间的残酷"，也象征摧毁罪恶人世和罪恶制度的力量；雷雨既是整个戏剧的氛围，又是剧情的节奏；而同时又是人物的性格和命运的象征。雷雨是两种极端的矛盾——不是爱便是恨，不是恨便是爱，一切都走向极端的象征，"这样的性格是蘩漪，是鲁大海，甚至于是周萍"。而"雷雨"给人的是象征的诗意。所以曹禺说，他写《雷雨》是在写一首诗。"《雷雨》对我是个诱惑"，"写《雷雨》是一种情感的迫切需要"，"是一种情感的憧憬，一种无名

---

① 曹禺：《雷雨·序》，第4-5页。

② 曹禺：《雷雨·序》，第5-6页。

③ Ezra Pound, *The Literary Essays of Ezra Pound*, ed.T. S. Eliot, London：Faber, 1954：p341.

恐惧的表征"①。《雷雨》是情感的,是诗性的,也是表现的。在《原野》中,繁茂芜杂、充满野性力量和象征色彩的荒原,同样烘托着一个具有表现主义美学特色的悠长而恐怖的梦魇。

《日出》看来仿佛是写实的,其实更像是一首诗。它的情境凸显于血迹斑斑却又金光闪闪的现象之中,而现象的背后却透视着人类的普遍伦理和永恒正义的公理,因此具有了审美的现代性。现代艺术的研究者约翰·加斯纳认为,"现代剧作家试图使现实与诗这两种可能的境界,都能够达到美的极致,或都力图使这两者能够浑然一致或相互叠替"。②曹禺把巨大的热情化为诗魂,熔铸于戏剧的氛围,凝结在性格的血液里,化为人物心灵的音乐。在《日出》中,曹禺所要探索的是一个罪恶的世界,甚至是禁域。无论是陈白露的豪华的客厅,还是翠喜所在的劣等妓院,在曹禺的艺术思维中都成为他精神冒险的地方。他像波德莱尔一样,在污秽中发现了"一颗金子般的心",发现了"华丽的首饰中,恐怖熠熠生辉"。更富有哲理意味的是,曹禺发现了一个在现代的物的世界里辗转、沦落、沉溺的生命的悲剧,剧中的陈白露反复吟咏着这样的诗句:"太阳升起来了,黑暗留在后面,但是太阳不是我们的,我们要睡了。"这是一个生命的悖论,一个存在的悖论,也是一个现代性的悖论。单是这样的一个诗意的发现,就超越了一般意义上的现实主义所能够表现的美学规范。

在曹禺的戏剧中,象征是他的艺术发现,并由这象征而发现世界。象征同被象征的,或者说象征的隐喻,并非是单一的指涉,而是一种丰富的意韵,它呈现出"再现艺术"所不具备的艺术想象力和震撼力。因此,才有说不完的曹禺,才有演不尽的曹禺戏剧,才有曹禺戏剧浩瀚的、深邃的、持久的艺术魅力。

(原载《文学与文化》2010 年第 4 期)

---

① 曹禺:《雷雨·序》,第 5 页。
②《外国现代剧作家论剧作·导论》,中国社会科学出版社,1982 年。

跨文化与文学研究

神话叙事与一神信仰同构的希伯来神话文本 *

王立新

希伯来文学中的"希伯来神话"这一文类，一般认为是指书写于《创世记》第一至十一章内的神话文本，但事实上，这一问题学界的看法是有争议的。在某些学者看来，希伯来神话存在与否就值得商榷，更遑论对其做进一步的探讨。而对另一些学者来说，尽管承认希伯来神话存在于《希伯来圣经》之中，但对其性质的认识，以及其在希伯来文化语境中的重要地位和独特价值，则又显得论述不足。本文在把上述有关问题纳入《希伯来圣经》中相关故事文本考察的背景下，结合对希伯来文化传统的认识，就希伯来神话本身的性质及特征问题谈谈自己的看法。

一　希伯来神话：从"有""无"之争到研究方法的多元化

众所周知，无论作为犹太教经典的《希伯来圣经》，还是作为基督教经典的《旧约》，在其各自的信仰范围内，这部经典都拥有至高无上的地位。而自 18 世纪启蒙运动以来，从科学和理性主义角度看待犹太文化与西方文化时，鉴于这一经典的巨大影响，对它的关注必然是经久不衰、历久弥新的。在所有相关探讨中，作为经典当中重要的组成部分，我们称为"希伯来神话"的那些故事，均会被从不同方面论及，这是自然而然的事情。在这个意义上，相关的成果何其浩瀚，用"汗牛充栋"来形容绝不过分。然而，在有关《希伯来圣经》或《旧约》的相关研究中，明确将存在于《创世记》第一至十一章中有关耶和华神迹叙事的故事，在文类上申明为"希伯来神话"的研究，相对而言在表述上却总是有人含糊其辞。与此形成鲜明

作者简介：王立新（1962—　），男，南开大学文学院教授。

＊本论文为国家社科基金重大招标项目 "希伯来经典与古代地中海文化圈内文学文化交流研究"（项目号：15ZDB088）的阶段性成果。

对照的是,国际学术界对其他地区和民族的神话研究却一直呈蓬勃发展之势,特别是对以美索不达米亚地区、古埃及地区和古代希腊地区神话为核心的古代地中海文化圈内神话形态、母题、关系的研究更是取得了丰硕的成果。直至 20 世纪以来,神话研究形成了与文化理论、文学批评理论、历史学和人类学理论相互渗透的各种神话学研究学派。个中缘由,笔者认为主要是涉及对"希伯来神话"这一概念内涵的理解,以及如何认识其与民族传统的关系问题。

在考察这一领域的相关研究成果时,我们会发现对"希伯来神话"这一提法,学术界的观点就并不统一。换言之,对存在于《希伯来圣经》中的相关故事,能否以"神话"来称之,学者们就有不同的看法。毋庸置疑,因为这部经典与两大宗教的联系,教内学者们的相关探讨自然不会缺席,但是从其各自的信仰立场出发,这些故事自然不会被认为是神话,因为"神话"常常被认为与一种虚构的叙事相联系,不具备真实可信的品格。对信仰者们来说,这些故事与经典中的其他部分一样,都是来自神的"默示",也是形成教义和教会传统的重要基础和根据。其"真实性"系于神圣启示的真理性,而非来自于世俗的科学或理性主义的评判。这一点我们无须多论。然而,即便是在学术界内,也存在着对"希伯来神话"的说法不认同和认同的两种声音。不认同者的主要理由在于,《希伯来圣经》整部经典的编纂和定型,开始于较晚的第二圣殿初期,也即公元前 5 世纪晚期,正典化过程的结束则在更晚的公元 1 世纪末,它是伴随着犹太教的独一神信仰的成熟、传统犹太教开始形成之后的产物。因而,经典中的每一卷都体现了这种一神教的观念,那些称之为"神话"的故事,不过是后人在这种宗教观念下"创作"而成,并不能反映希伯来人和以色列民族早期历史阶段上的精神世界和现实体验,所以,又如何能够称之为神话呢?例如 Y. 考夫曼(Yehezkel Kaufmann)就在其研究古代以色列宗教的煌煌巨著《以色列宗教:从起源到巴比伦流放》中明确地以"神话的缺失"来谈论这一问题。他说:"存留的圣经传奇缺乏那个根本的异教神话:神的谱系。一切神谱中的母题同样是缺失的。以色列的神没有具血缘关系的神谱,没有祖先也没有后代;他的权力既非承袭而来,也不传赠他的权职;他既不死亡,也不复活;他没有性爱的能力或欲望,所显示的是没有对外在于自身的各种力量的需求,或需要依赖于外在于自身的各种力量。"① 艾斯菲尔德(Otto Eissfeldt)也在自

---

① Yehezkel Kaufmann , tr. and abridged by Moshe Greenberg:*The Religion of Israel:Its Beginnings to the Babylonian Exile*, The University of Chicago Press , 1960 , First Schocken Paperback Edition , 1972, pp.60-61.

己那部相当全面地讨论《希伯来圣经》、"次经"和"伪经"各种资料、版本问题的名著《〈旧约圣经〉，包括"次经"、"伪经"及库兰文献中其他同类作品：〈旧约圣经〉形成史》一书中认为，由于犹太一神教的作用和影响，《希伯来圣经》中并不存在神话。人们尽管可以发现在相关叙述中存在着多神信仰的证据，但是由于一神教信仰者最后对文本的编辑处理，类似的和其他的诸多证据在文本的语境中实际上呈现为与一神信仰相一致的构成要素。[1] 我们无须罗列更多学者的名字和著作的名称，因为否认《希伯来圣经》中有神话存在的理由，主要就是出于这样的考虑和逻辑。如果我们在广义上将一切必须以《希伯来圣经》为基本文献依据的研究统称为"古代犹太学"的话，就会看到在各个相关领域（如犹太史研究、犹太政治思想研究、希伯来文学研究、希伯来法学思想与古代近东法学思想比较研究、犹太教与基督教观念比较研究等）的研究中，均是以《希伯来圣经》体现出一神信仰这个"事实"为前提的。在这个意义上，如果我们接受神话叙述必定与多神信仰相关，而与独尊一神的一神教无缘的基本观点，那么否认"希伯来神话"存在的看法就似乎是合理的。

另一些学者则以直接或间接的方式涉及"希伯来神话"这一领域，相关研究也是成果斐然。这一方面的探讨笔者认为可以划分为两大类，在某种程度上也呈现出不同阶段上学术界对与希伯来神话相关问题思考的特点。

第一类是通过对《希伯来圣经》之外资料文献的发掘、整理，证明"希伯来神话"以及希伯来其他相关文本与古代近东其他地区文献之间具有密切关系的工作。在 19 世纪中叶到 20 世纪中期，对希伯来神话的讨论是与在古代近东的考古发掘和资料释读、整理的进程联系在一起的。例如，1872 年，乔治·史密斯（George Smith）在对从亚述都城尼尼微遗址发掘出的泥板资料整理后，发现了巴比伦尼亚地区关于诸神创世和大洪水的叙述，并于 1876 年出版了《迦勒底人的创世叙述》，这使得《创世记》中的创世故事、挪亚方舟故事叙述的来源呈现于世人面前。史密斯的工作意义重大，因为这将学者们对《希伯来圣经》中《创世记》1–11 章叙述的考察，引向了与古代两河流域神话叙述的联系这一更广阔的领域。随着这一领域工作的不断深入，更多美索不达米亚地区的相关文献得以整理，《希伯来圣经》中神话、律法、诗歌、预言、教谕文本等等与该地区

---

① Otto Eissfeldt, tr. by Peter R. Ackroyd: *The Old Testament, including the Apocrypha and Pseude-pigrapha, and also the works of similar type from Qumran, The History of The Formation of The Old Testament*, Basil Blackwell, Oxford 1974, pp35-37. 作者认为以色列不存在真正意义上的神话。

苏美尔人、阿卡德人、古巴比伦人、赫梯人、亚述人等留传下来的精神遗产的多方面关联日益清晰地凸显而出。以与创世和洪水相关的文本为例，以阿卡德语保存下来的文献中，既有出现于礼仪性文本中的数个小的创世故事，亦有因在篇幅之长、流传历史之久和分布地区之广上而闻名的珍贵文献，像《阿特拉哈希斯》（Atrahasis）、《埃努玛·埃利什》（Enuma Elish）和《吉尔伽美什》（Gilgamesh），就是这样的神话、史诗类作品。到了 20 世纪中叶，由 J.B. 普里查德教授（James B. Pritchard）主编的大型文献资料类著作——五卷本的《与〈旧约〉相关的古代近东文本》问世①，更可谓这方面的集大成成果。20 世纪中叶以后，这类工作仍在持续。较大的两次文献发现，一为 1964 年在今天叙利亚西北部古城阿勒颇附近的埃博拉（Ebla）开始的考古，共发掘出楔形文字泥板约 1750 块，时间可上溯至公元前 3 千纪；另一次考古活动则是在 20 世纪 70 年代中叶叙利亚的艾马尔（Emar）地区，发掘出约 800 块泥板资料。②可以预计，随着更多新文献的问世，与《希伯来圣经》相关的经外资料会更加丰富。

第二类则是对希伯来神话本身的研究，这方面亦可以看出两种不同的倾向和志趣。一种是在上述文献基础上进行的比较辨析式研究，英国著名神话学家胡克（S.H.Hooke）教授的《中东神话：从亚述人到希伯来人》堪称代表。③这部富有洞见的著作不但对古代北非、两河流域多个民族如埃及、巴比伦、赫梯、亚述等的神话、传说予以考察，还专辟"希伯来神话"一节，对《希伯来圣经》文本中的有关故事予以分析，而且将希伯来神话的考察范围一直扩展到了对《列王记》中部分先知故事的论述中。同类研究还较多见诸对《希伯来圣经》各卷的通论性著作中，柯林斯（John J. Collins）的《〈希伯来圣经〉导论》就是一部很具代表性的成果。本书完全按照希伯来传统和希伯来圣经学界的研究范式，将这部经典按照"律法""申命派历史""先知预言"和"文集"（"圣录"）四个部分逐卷展开论述，在关于《创世记》一卷的讨论中，吸收、融合了学术界已有的成果，对 1—11 章中的神话故事予以分析。④另一种相对而言则是对希伯来神话阐释性的研究。例如《神

---

① James. B Pritchard , ed., *Ancient Near Eastern Texts: Relating To The Old Testament*, Princeton University Press,1955. 本套著作在不断修订，增加新发现的资料，目前已出版至第 3 版。

② 参见 John J. Collins: *Introduction to the Hebrew Bible*, Fortress Press, Minneapolis ,2004. p.29.

③ S. H. Hooke: *Middle Eastern Mythology*, *From the Assyrians to the Hebrews*, Penguin Group,1963; Dover Publications, Inc.2004.

④ John J. Collins: *Introduction to the Hebrew Bible*, Fortress Press, Minneapolis,2004.

话与历史中的亚当》,将希伯来伊甸园神话中被神创造的始祖亚当作为"原人"的象征性原型,讨论其在古代以色列文化传统中诸方面的表现①;《吗哪之秘:对希伯来神话、传说的荣格式探讨》一书则把荣格心理学和犹太拉比文献的阐释观点相结合,阐发希伯来神话和相关故事;《圣经故事与神话的再思考》②,从历史学、哲学和社会学的视角对圣经故事和神话中的语言和思想予以审辩性的分析等,这一类富有个性的研究多与某种或多种现当代的理论思想和分析方法相结合,不乏具有启发性的观点。

二　关于希伯来神话研究的三点思考

对于上述研究成果,笔者首先不认同否认希伯来神话存在的观点。将神话叙述与多神信仰、诸神的谱系联系在一起尽管自有其逻辑,但笔者认为并不是判定神话叙述存在与否的绝对性标准,对希伯来神话来说,尤其如此。宗教信仰与神话创制之间的确关系密切,那么是否只有多神教的信仰者口耳相传、最后书写下来的诸神的故事和英雄的故事属于神话的范畴,而一神教的信仰者最终编辑、定型的神的故事或神与人共同活动的故事就不应该被视作神话?或者说,多神信仰时期的神话创制者们与天地万物的关系具有某种"和谐统一"的特征,神话故事是自然而然的表达,而一神信仰时期的以色列人因为所信仰的是一位道德化了的神,其关于神、人关系的叙述中就失去了内在的自然表达的能力? 这样的结论恐怕并不能简单地给出。一方面,希伯来神话的产生经过了漫长的历史过程,其最终定型的文本尽管显示出鲜明的一神信仰特征, 存在于其中的那位神也的确有着鲜明的道德化色彩,但是:第一,这些故事中仍然程度不同地保留着早期信仰的痕迹和证据,需要我们对其价值和意义予以关注。第二,神话之所以是神话的关键,在于其创制者既通过神话叙述来解释自己所存在的世界,又相信这种解释具有真实的功效,希伯来神话对于产生、流传直至定型时期的希伯来人、以色列人而言正是如此。

在今天的学术语境下,当我们谈论"神话"的时候,所面对的其实是一个内涵

---

① Dexter E. Callender Jr.: *Adam in Myth and History*: *Ancient Israelite Perspectives on the Primal Human*, Eisenbrauns, Winona Lake, Indiana, 2000.

② Arnold M. Rothstein: *Re-thinking Biblical Story and Myth*: *Critical Essays on Biblical Interpretation*, University Press of America , Inc. , Lanham . New York . Oxford.

丰富的概念。对这一概念的认识，既涉及对"神话故事"本身① 的认识，又关系着我们对神话所具有的社会历史文化功能的评价，以及认识神话和评价其功能的路径和方法。因此，与神话有关的探讨起码应该涉及三个方面的思考，而在这三个方面中，又显然包含着多个层面的内容，需要我们在具体的研究过程中展开。

首先，从我们所能接触到的作为一个文类的"神话"本身来观察，"神话"通常被认为是在早期人类社会阶段初民们的一种"特殊的"精神创造的产物。这种特殊性首先在于尽管我们所能见到的神话故事或留存于后人书写的各类作品中，或是经后人发掘、整理乃至编辑修订而成的产物，但是这些或以诗体、或以散文体文本形式记载传世的故事，却具有其他文类不可替代的独立和重要的价值。"神话"既与人类社会发展的特殊历史阶段相联系，也与人类在特殊历史阶段中的思维方式相联系。事实上，"神话"包含着两个缺一不可、相互依存的层面：第一，顾名思义，"神话"是关乎神祇的叙事。神灵的行为、话语以及围绕着这些行为、话语所发生的"神迹"，是"神话"构成中的根本内容。即便神话叙事中出现了人(如希腊神话中那些与诸神有着"血缘关系"因而具有超凡能力的"英雄"，或希伯来神话中那些"最初的人类祖先")的活动，但在人与神互动的神话舞台上，神依然是神与人关系中的主导者。第二，神话中所叙述的一切，被认为是"真实无伪"发生过的"事实"。换言之，就"神话"本初的意义上而言，神话叙事并非一个如后世书写中的修辞性术语，而是一种建立在叙事者对神和神力世界真实存在的信仰基础上的表达。正如在古代希腊世界，遍布在各地的神庙诉说着希腊人对诸神及其神力的肯定一样，在古代以色列地，从分布在各个支派中负责祭祀活动的利未人的存在，到矗立在耶路撒冷的"第一圣殿""第二圣殿"，也在昭示着以色列人对耶和华及其"大能"的服膺。他们不但相信自己是耶和华的"选民"，更将自己所居住的古代迦南视为"圣地"。诚然，无论是古代希腊人还是古代以色列人，在其早期的神话思维逐渐演变为一种体制化的宗教信仰过程中，多神信仰与独一神信仰的不同造就了其各自流传下来的神话故事在形态和内容上的巨大差异性，但是，内在于神话—信仰逻辑上的延续性，或者说，存在于其中的"原始性"底蕴和对神力笼罩的世界的完整性的认同却是一致的。正如卡西尔在谈到人们认

---

① 正如"神话"这一概念的词源学考证所揭示的，英文中的"神话"(myth)一词从希腊文的 mythos 一词而来，其本意包括了"语词""言说(叙事)""故事"等语义内涵。对神话的探讨因而必然牵涉到如何讲述和讲述什么的叙事与故事关系问题。

识"神话"这一概念时所言:"神话式概念并不是从现成的存在世界中采撷而来的,它们并不是从确定的、经验的、实际的存在中蒸发而来,像一片炫目的雾气那样漂浮在实际世界之上的幻想产品。对于原始意识来说,它们呈现着'存在'的整体性。概念的神话形式不是某种叠加在经验存在的某些确定成分之上的东西;相反,原初的'经验'本身即浸泡在神话的意象之中,并为神话氛围所笼罩。只有当人与这些形式生活在一起时,在这个意义上,才能说人是与其客体对象生活在一起的。"①

其次,从神话之于后世文化的功能关系角度来看,神话作为最初的"创作",是一个区域的族群或民族文化传统的奠基和源头,必然具有构造性的功能。这种构造性的功能既表现在其对后世各个领域有形可见的物质层面的影响上, 也表现在对无形不可见的精神层面的影响上。从前者观之,后人在研究神话之于文化传统的影响时,可以通过对立体的雕像与平面的图像(包括"有意味的"图形)的考察,对考古发掘的实物的分析等而获得。尽管我们知道,就特定历史时空范围内的一种神话系统来说,由此获得的信息仅仅是片段性的和样本性的,但是,借助这些样本,我们却可以合乎逻辑地寻找到神话与文化传统之间关系的基础。从后者来看,也是更重要的,在于流传下来的神话文本所体现出的观念、所内蕴的话语方式, 潜在地影响了民族意识及其文化传统的书写。就希伯来神话系统而言,与之相联系的有形可见的直接物质遗存的确是极为罕见的。既无人能说清楚"伊甸园"到底具体位于何处,也找不到与"巴别塔"所象征的意义相同或哪怕相近的建筑遗迹。尤其令人无可奈何却符合逻辑的是, 考古发掘在从古代两河流域、古代迦南直到古代埃及广大区域内发现了如此之多雕刻的神像,但在独一神信仰要求禁绝偶像崇拜的背景下, 以色列人却肯定不会留下耶和华的任何立体的或平面的形象供后人想象。② 希伯来历史经卷中的确记载了他们曾经敬拜"别神",为这些"别神"建造偶像和丘坛,但这是被谴责的行为,代表了以色列历史上曾长期存在的信仰混杂的状况。至于那位与其"立约"的耶和华神,则只在他们书写下来的文本中处处临在。耶和华作为一个希伯来文化中理解的灵体存在,既不能想象其样貌,更不可被以物质媒介表现出来。然而,从希伯来神话所具有的观

---

① 恩斯特·卡西尔:《语言与神话》,于晓等译,生活·读书·新知三联书店,1988 年,第 37-38 页。

② 直至今日,在关乎其早期历史的古代以色列地的考古发掘中,能找到的与古代以色列人有关的实物主要为生活器皿、房屋与墓葬遗存;此外还发现了形制和尺寸不一的迦南诸族信奉的神祇的神像,如测定为公元前 13 世纪的人偶形青铜巴力神像和赤土陶制鸟形神像。

念来说,其对后世以色列民族文化传统的深刻影响却是不言而喻的。这些观念在相当程度上奠定了这个民族从历史书写到先知预言的基本立场和评判是非的标准,也规制了以色列人情感、心理的皈依指向。

第三,从方法论角度来看,自启蒙时代学者们开始有意识地将神话作为一个独立而重要的研究领域以来,直到21世纪的今天,对神话的考察视野就一直具有跨学科的特征。特别是20世纪以来,随着人文、社会科学领域从研究理论到研究方法的突破和新进展,各种神话研究学派兴起,它们各自从不同的角度,刷新了对神话的认识和理解。在回溯这一学术史进程时我们会发现,涉足神话研究领域的那些最著名的学者中既有人类学家、文化学家、历史学家、社会学家,也有语言学家、心理学家、哲学家、文学批评家等,这一多学科或跨学科研究的特征是由神话这一研究对象所具有的丰富内涵本身所决定的。当然,如果将神话研究视为一个独立的领域,我们可以将上述这些具有不同学术背景的学者们统称为"神话学家",将这一领域的研究统称为"神话学"。不过,也正是因为神话学家们的专业角度不同,其考察与认识神话的视角和方法也就必然有所差异,由此也就必然形成了神话研究中某些重要的理论学说,例如历史神话学、仪式神话学、暴力神话学、心理分析神话学、语言学神话学、结构主义神话学、符号学神话学、功能主义神话学、比较神话学、女性主义神话学等等。因此,以怎样的方法论思想切入我们研究的具体对象才符合实际,是一个十分重要的问题。从希伯来神话的实际情形来看,每一个神话故事单独来看,均具有特殊的意义;而各神话故事整体上作为一个体系而言,又体现了最后编定者的意图。因此,根据具体情况,以跨学科的理论视野,合理吸收各种神话研究的理论资源,才是我们理解和研究希伯来神话的正确途径。

三　希伯来神话文本的叙事要素与所提出的问题

神话产生的时代在遥远的氏族部落制时期,经过了一代代人漫长的口耳相传,其后才被用文字记录下来。以色列人的祖先希伯来人属于古代近东闪米特族群西北支系的一部分,分享着闪族文化的各个方面。比较研究表明,《希伯来圣经》中的各种文类,几乎都与两河流域其他闪族背景的民族的创作有着千丝万缕的联系。根据以色列民族史的年代学框架,希伯来－以色列人的氏族部落制时代,从约公元前18世纪传说中的第一代族长亚伯拉罕开始,直至约公元前11世纪末以色列人在迦南地建立最初的民族国家为止。在这一历史阶段上,他们属于已经有着悠久历史的古代西亚闪米特族群中的成员。族长时期的所谓"希伯来人",并不是一个可以被独立认定的民族共同体,只是代表了越过幼发拉底河进入古代迦南地区的闪族人口的一个称谓而已。① 而即使我们认同希伯来自身的文化传统,将其民族形成的时间确定为出埃及后的旷野时期,其一神信仰也不过处于萌发的早期阶段上。因此,我们有理由认为,这一时期他们口耳相传的神话故事即使不能简单地判定为与他们在"新月地带"上的"闪族亲属"的神话就完全是一回事的话,起码可以肯定的是,因人口迁徙所带来的文化地方化特征,尚并不足以引发神话故事从叙事结构形态到基本观念的本质化变异。② 因此,在相当的意义上,那些在"新月地带"产生、传播,其后被以楔形文字记录下来的神话故事,有一些就是后来的希伯来神话故事不同程度上的"祖本"。至于在古代以色列民族形成之后,神话故事何时以古希伯来语开始记录,我们并不得而知。③ 可以肯定的只是,希伯来神话文本的最后编定,是伴随着"摩西五经"的正典化完成,发生在公元前 5 世纪末、4 世纪初。但是,"摩西五经"正典化完成之日,也即古代以色列宗教转型成为传统犹太教之时。因此,我们看到的希伯来神话的文本,经历了从早期的神话时代直到晚期的犹太教确立时期,遵循了神话—宗教的内在同构发展逻辑。这个过程,恰恰是希伯来神话从形态到观念超越古代近东地区其他民族神话,确立本民族神话特质的过程。那么,被独一神信仰洗礼后的希伯来神话故事,是否还具有神话作为"原初故事"的特征?

　　希伯来神话故事为人们所熟知,这些故事的名称及其在《希伯来圣经》中的位置见表1:

---

① "希伯来人"(希伯来文拼写为 Ivri,英文为 Hebrew),学界认为此词与阿卡德语文献中的 Habiru 或 Apiru 很可能有关,原意是指在沙漠和农耕地区交界的边缘地带游荡,不时侵入农耕地区,具有准军事群体性质的氏族部落群体。约公元前 18 世纪初期,这些闪米特族系的人口中的一部分自两河流域越过幼发拉底河向迦南一带迁徙,被迦南原住民称为"越河而来或河那边过来的人"。

② 如系统梳理现存于《希伯来圣经》中的神话故事,可以发现从素材、某些关键词汇的词源关系到母题和叙事模式、区域文化背景,均与古代美索不达米亚地区的神话、史诗叙述有着密切的联系。

③ 学界认为《希伯来圣经》中最古老的文献,不早于公元前 12 世纪,但并不是《创世记》1-11 章的文本,而是《创世记》4.23-24 的"拉麦复仇歌"和《士师记》5 的"底波拉之歌"。

表 1　希伯莱神话故事在《希伯来圣经》中的位置

故事名称	文本位置	故事内容
第一创世故事	《创世记》1:1-2:4a	神用"话语"在六天内创造天地万物和人,第七天歇工。
第二创世故事(伊甸园故事Ⅰ)	《创世记》2:4b-2:25	耶和华神在东方建伊甸园,用泥土造最初的男人,用男人的肋骨造最初的女人,并使二人结为夫妻。
失乐园故事(伊甸园故事Ⅱ)	《创世记》3:1-3:24	在蛇的引诱下,亚当、夏娃悖逆耶和华的旨意,吃下分别善恶树上的果子,被逐出伊甸园。
兄弟相残故事	《创世记》4:1-4:16	因耶和华悦纳弟弟亚伯的供物（头生的羊和羊的脂油）,未悦纳哥哥该隐的供物(地里出产的作物),该隐杀害亚伯。
伟人故事	《创世记》6:1-6:4	神的儿子们娶人间的美貌女子,生下上古著名的英雄。
洪水故事	《创世记》6:5-9:19	神用洪水灭绝人类,只挪亚一家带各种成对的动物、飞鸟、昆虫等进入方舟躲过洪水。
巴别塔故事	《创世记》11:1-11:9	那时天下人的口音、言语一致,他们聚集要造一座城和一座通天的塔。耶和华变乱了他们的口音和言语,使其彼此无法沟通,他们就停工,分散至全地。

可以看到,希伯来神话所留下的故事虽然并不丰富、繁杂,但却自成体系,而且没有因为其经过了一神信仰的洗礼而失去了神话所应该具有的基本要素。希伯来神话叙事的总体氛围表现出一幅鸿蒙初开的情景,如果我们从纯粹的故事题材、时空特征、人物身份和故事处理的人类经验的范围角度来看,这组神话具有典型的"原初故事"(original stories)的特征。

第一,从叙事题材要素来看,包括了"混沌""天地""日月星辰""陆地的动植物和水中的生物""按照神的形象被造的人";"抟土造人""人类的始祖""人为万物命名";"生命树与智慧树""蛇";"地里所产和头生的羊与脂油作为供物""神的记号";"神的儿子们与人类女儿通婚""半神半人血统的英雄";"洪水""方舟""乌鸦与鸽子""彩虹立约";"通天塔""变乱语言""分散的人类"。存在于这些故事中的所有关键性题材要素,均具有一种原初叙事的一般具体性。

第二,从神话中的时空特征来看,"第一创世神话"中的时间标记有两个——"起初"和"6+1 日"(作为神创世过程的 6 日和歇息的第 7 日)。空间标记是"天和地"。"第二创世故事"(伊甸园故事Ⅰ)的时间标记是"在耶和华神造天地的日子",空间标记是"东方的伊甸",并指明伊甸有四条河——比逊(环绕哈腓拉全地)、基训(环绕古实全地)、希底结(流在亚述的东边)和伯拉河。"失乐园故事"

(伊甸园故事 II)中没有时间标记,空间因素延续上一故事。"兄弟相残"故事中没有时间标记,空间因素是"田间"。"伟人故事"的时间标记是"当人在世上多起来,又生女儿的时候",空间标记是"地上"。"洪水故事"中洪水来袭的时间标记是"这世代"和当"挪亚整六百岁"时。在这样一个不明确的时间起点上,本故事关于洪水爆发的过程给出了几个具体时间——"再过七天""二月十七日那一天""四十昼夜""七月十七日""一百五十天""十月初一日"。① 空间标记是"地上"。"巴别塔故事"的时间标记是"那时""往东边迁移的时候",空间标记是"士拿""全地"。这表明,其根本的时空结构是由晦暗不明的时间概念和基本上无明确所指的空间要素结合而成。例外的是"第二创世故事"和"巴别塔故事",其中相对具体的地名指向了古代美索不达米亚地区。这一特征亦符合神话叙事的特征——时间因素的不确定是决定性的,而空间因素则因神话创制者所生存的具体地域,可以留下痕迹。

第三,从神话中涉及的人物身份来看,各个故事中的人物或主要人物依次分别为"男人和女人""亚当"和"夏娃""该隐"和"亚伯""神的儿子们和人的女子们""挪亚一家""世人"。这其中"男人""女人""神的儿子们"和"人的女子们"以及"世人"一望可知均非专属人名。而"亚当"(Adam)的词义就是"男人、人"(Man,Mankind),"夏娃"(Eve)的词义为"众生之母"(the mother of all living);"该隐"(Cain)的原意为"获得"(acquire),"亚伯"(Abel)一词在此的词义为"气息、呼吸"(breath)②;"挪亚"(Noah)一词的含义是"高处""高地"。我们可以看到,这其中"亚当"和"夏娃"也不是专属人名,其各自名字的意义在于彰显人类始祖的身份,而该隐、亚伯的身份是亚当和夏娃的儿子,挪亚的身份是亚当和夏娃的第九代子孙。在挪亚这一代,发生了灭绝除挪亚一家之外所有地上存活人类的大洪水,因此挪亚成为人类的"第二始祖"。神话中的人物身份明白无误地说明了其作为神话人物的古老性。

第四,从各个故事所显明的主旨来看,其所提出的亦是人类所关心的根本问题。

"第一创世故事"关于天地和人的来历的叙述,涉及宇宙论和人的起源。

"第二创世故事"与"失乐园"故事是一个连续的整体。前一个故事意义的重

---

① 希伯来"洪水故事"其实是由两种不同底本资料组合而成的,因此洪水持续的时间不一,相关说明见后。

② 另一被学界认为可能的词义相当于亚述泥版中出现的 ablu 一词,意思是"儿子"。

点有三个——一是最初的人怎么来的,肉身是什么材质?二是人的"灵魂"由何而来?三是人与被造的世界万物的意义关系是如何建立的?后一个故事其实借由人被逐出伊甸园的叙事,提出了人的自我意识觉醒,从蒙昧时代走向文明时代的问题。

在"兄弟相残"故事中,本为兄弟的该隐和亚伯分别以个人而非家族的名义献祭;该隐为农人,亚伯是牧者;耶和华悦纳的供物不是"地里的出产"而是"羊群中头生的和羊的脂油"。这表明兄弟二人在此其实分别具有集体性的人格,乃是农耕与游牧两种不同生产和生活方式的代表。这个故事的重心不在褒贬两种生产和生活方式的优劣,而在提出早期人类社会化分工之际所引发的问题。

"伟人故事"属于"英雄"母题叙事。如果置于古代地中海文化圈内的神话叙事中观察,体现了与其他民族神话中同样的"英雄"观念,即那些"上古英武有名的人"是神与人交合所生、具有半神半人血统的大能之人。但是,其提出的问题及其意义完全是"希伯来化"的,我们将随后予以回答。

众所周知,"洪水故事"是一种世界性的神话叙事。关于大洪水毁灭人类,后世人是从有着血缘关系的某一家族内部成员繁衍而来的神话,存在于世界上多个地区和多个民族中。希伯来洪水神话除了强调挪亚一家带着成对的活物进入方舟,为洪水时代过后的人类和生物繁衍留下"种子"外,还通过其"分散在全地"的挪亚三个儿子闪、含和雅弗的后裔,触及了民族志或人种谱系学的问题。

在"巴别塔故事"中,关于人类言语、口音(语言)多样性的问题是叙事层面的核心。与其他民族语言类主题神话涉及语言问题时关心的重点是言语(语言)的咒语式的"神力"不同,这一神话通过想象一种原初语言如何分裂为多种不同语言的方式,开启了文化多样性的门户。

从以上四个方面观察,在希伯来神话的各个故事中,其基本的构成要素和提出的根本问题,均是符合神话文本的基本特征的。

四 独一神信仰赋予希伯来神话的基本观念
——以苏美尔、古巴比伦和希伯来洪水神话为中心的考察

随着从古代以色列宗教向传统犹太教的转型,一神教的独一神信仰给希伯来神话叙事留下了深刻的烙印,换言之,正典化时期的以色列民族的子孙们用已然成熟的宗教信仰改造了与闪族文化传统密切相关的神话故事。这种改造源于他们对所信奉的耶和华神的神学思考,随后又将其神学认识纳入到了对每一个

神话故事的解释之中,给予这些故事以明确的道德化叙事动力。我们以"洪水故事"为例来阐明这个问题。

希伯来"洪水神话"源于同为闪米特族系的古巴比伦人的洪水故事,而古巴比伦人的洪水故事又承袭自非闪族族源的苏美尔人的洪水故事。我们先对三种神话的具体内容作一个了解:

苏美尔人的洪水神话是这样讲述的①:人类和动植物是由众神之主安努(Anu)②,风神、大气之神恩利尔(Enlil),水神和智慧之神恩基(Enki)以及大地母神宁胡尔萨格(Ninhursag)共同创造的。安努和恩利尔召开众神会议,决定用洪水毁灭人类,其他一些神祇如宁图、伊南娜和恩基③则对这一残酷行为持保留态度。于是,恩基神以梦向虔敬的王、祭司吉乌苏德拉(Ziusudra)示警,后者建造一艘巨船,藏身其中以躲避遍地的洪水。暴风雨和洪水持续了七天七夜,随后太阳神乌图(Utu)现身,将光芒照射于天地。吉乌苏德拉打开巨船的一扇窗户,乌图神让光线进入船中。吉乌苏德拉拜伏于乌图面前,宰杀了一头公牛和一只羊(献祭)。安努和恩利尔让天地(重新)有了生机,天地显现,植物从大地上生长而出。吉乌苏德拉拜伏在安努和恩利尔前,安努和恩利尔赐给他如神一样的永生。那时,吉乌苏德拉王,保存了各类植物和人类的种子不被毁灭,居住在德尔蒙④,那太阳升起的地方。

古巴比伦人的"洪水故事"是其史诗《吉尔伽美什》中的一部分⑤,在泥板文献

---

① "The Deluge", see *Ancient Near Estern Texts: Reating To The Old Testament*, ed. James B. Pritchard, pp.42-44, Princeton University Press, 1955. 记载苏美尔人这一神话的泥版有多行文字损毁,学界对其解读有个别合理推断之处。可参见本则文献的注释部分。

② Anu 即苏美尔神话中的众神之主,也称"安"(An),古巴比伦人神话中则直接将其众神之主称为"安努"。巴比伦人的神话对苏美尔人的神话多有承袭,某些神名两者有时混用。在本文所引文献中,这则苏美尔神话中的 An 的名字即拼写为 Anu。所引文献出处同上。

③ "宁图"(Nintu)即宁胡尔萨格,"伊南娜"(Inanna)为苏美尔神话中司丰饶和性爱的女神,其在古巴比伦神话中神名为"伊什塔尔"(Ishtar)。

④ "德尔蒙"神话也被称作苏美尔人的"乐园神话"。文本为诗歌体,开头的 1~65 行,提供了与《希伯来圣经》中关于伊甸园叙事的某些相似的题旨和特征. "Enki and Ninhursag: A Paradise Myth", see *Ancient Near Estern Texts: Reating To The Old Testament*, ed. James B. Pritchard, p.38, Princeton University Press, 1955.

⑤《吉尔伽美什》史诗用阿卡德语刻写在 12 块泥版上,"洪水故事"是第 11 块泥版上内容的一部分,为史诗主人公吉尔伽美什从"洪水故事"的主人公乌特纳皮施蒂姆口中听来。cf. *The Epic of Gilgamesh* (*Tablet XI*), see *Ancient Near Estern Texts: Reating To The Old Testament*, ed. James B. Pritchard, pp. 93-95, Princeton University Press, 1955.

中保留了更丰富的细节。诸神开会决定泛起洪水,水神和智慧之神埃阿(Ea)向在苇屋中的乌特纳皮施蒂姆(Utnapishtim)示警,要他立刻建造大船逃生。乌特纳皮施蒂姆用七天时间迅速造好了一条大船,将金银和各种活物装船,让家人和亲属并所有工匠登船,赶在太阳神沙玛什(Shamash)规定的时间前完成了一切。滔天的洪水和着暴雨来临,连诸神都惊恐万状,畏缩成一团。司职繁育的伊什塔尔(Ishtar)女神像个分娩阵痛中的妇人一样哭喊,懊悔在众神大会上发出邪恶的话语,要毁灭地上的人们。众神和她一起,谦卑地坐着,哭泣叹息,紧闭着嘴一言不发。洪水和风暴持续了六天六夜,第七天止息。大船停在尼斯尔山上(Mt. Nisir),又过了六天。第七天乌特纳皮施蒂姆先后放出鸽子、燕子和乌鸦试探水情,只有乌鸦没有回来,表明地上的洪水已退。乌特纳皮施蒂姆放出船上所有活物,在山上献上祭品。诸神闻到香甜的味道,像飞虫一样蜂拥在祭物的上空。伊什塔尔女神举起由安努神为她打造的宝玉,发誓说,就像不会忘记自己一直戴在脖颈上的青金宝石一样,她将永不忘记洪水泛滥的这些日子。恩利尔赶来,向诸神发怒,说不应该有人存活。埃阿开口,指出对犯罪之人可以定其罪,但要仁慈、宽厚,不该不讲道理地用洪水将其剪除,可以用让狮子、狼、饥荒、疫病攻击人类的方式去代替洪水。恩利尔登船,赐给乌特纳皮施蒂姆及其妻以永生。

《希伯来圣经》中所记载的"洪水故事",其实包含了两个不同资料来源的版本①,两种叙述被整合到了一起,但留下了清晰的痕迹,可以被辨识出来。在 J 底本资料的叙事中,首先说明了耶和华因人的罪恶决定发洪水灭绝人类,但唯有挪亚在耶和华眼前蒙恩,于是耶和华命令挪亚和全家人进入方舟,而且,吩咐挪亚,凡洁净的畜类带入七公七母,不洁净的畜类带入一公一母,飞鸟带入七公七母。洪水来临之际,耶和华将挪亚关入方舟。洪水由降雨引发,共持续四十天,止息后经过十四天消退。挪亚先放出乌鸦,随后两次放出鸽子试探水情。挪亚为耶和华筑坛,用各类洁净的牲畜、飞鸟献上燔祭。耶和华闻到馨香之气,决定不再因人的缘故咒诅全地并灭绝各种活物。在 P 底本资料的叙事中,神因人的败坏决定发洪水,但挪亚是个义人。于是神直接向挪亚示警,命令他用歌斐木建造一只方舟,同时告知其方舟的样式和造法。神吩咐挪亚及其家人上船,同时凡有血气的活物,

---

① 两种版本分别为 J 底本资料叙事和 P 底本资料叙事。根据学界关于"五经底本学说"理论,J 底本为称神的名字为"耶和华"(Jehovah,YHWH)、代表以色列民族史上的分国时期出现于南国犹大观点的叙述资料,被称为"耶典"(Jahwist Source);而 P 底本则为代表祭司集团,特别是"巴比伦之囚"后回归故土的祭司集团神学观点、注重宗教献祭仪轨和家族谱系叙述的资料,被称为"祭典"(Priestly Code)。

每样两对带入方舟。洪水来自深渊喷发、天窗敞开（暴雨），持续共一百五十天。一百五十天后水势渐消，方舟停在亚拉蜡山上（Mt. Ararat）。神与挪亚及其儿子、后裔和一切活物立约不再用洪水灭绝生命，毁坏全地，并用云中的彩虹作为立约的记号。

　　比较分析以上三则神话故事，我们可以看出，希伯来洪水神话的确从属于两河流域古老的"洪水故事"传统。尽管三个故事有诸多细节上的差异，但题材、母题、神与人互动的方式、故事主人公作为人类第二始祖的地位、特别是故事发展的线索和叙事的模式却是一致的。这在相当程度上，证明了希伯来神话曾分享闪族神话传统的基本事实。然而，从神话与宗教的关系来看，苏美尔人和古巴比伦人的神话基础是主神与诸神并存的多神信仰，希伯来神话的基础则是一神教的独一神信仰。更重要的是，神话文本所显现的古代以色列民族对其信仰对象的属性的认识，与苏美尔人和古巴比伦人是不一样的。正是这一根本的差别，带来了希伯来洪水神话与其关联的神话传统的本质不同。

　　神的属性，即人所认识和理解的神所具有的本体性。在希伯来宗教文化的传统中，神的属性既包括其自然属性的一面，也包括其道德属性的一面。例如，在《希伯来圣经》的叙述话语中，当说到"自有永有的"神、全知全能的神、独一而"忌邪"的神时，这涉及了古代以色列民族对其信奉的神的自然属性的认识；而当说到"耶和华是公义的""耶和华本为善""耶和华你们的神是圣洁的""耶和华是信实的"时，则涉及对其信奉的神的道德属性的认识。但是，我们从苏美尔和古巴比伦人的相关资料文献中看到的，更多是他们对诸神自然属性的认识，而基本上见不到诸神具有道德属性的明确表达。而且，即便谈到对神或诸神自然属性的理解，独一神信仰的希伯来文化与多神信仰的两河流域文化也有着本质性的不同。在多神信仰中，诸神的原初身份多为司职一个方面的神祇，且诸神之间具有血缘关系。因此，我们在多神信仰的神话中不但可以发现神谱的存在，而且还能看到自然力崇拜和生殖崇拜的明显痕迹。希伯来独一神信仰不但将其信奉的神视为创造天地万物而不受任何先在和外在事物决定的"自在""永在"者，而且其超越具体的时空，无所不在又"统管万有"。天地运行的自然规律与人类社会的伦理秩序均由其所掌控，其没有神族又必然具有道德意志。[①] 因此，神的自然属性与

　　① 至于希伯来"伟人神话"中的表述"神的儿子们"，在其文化语境中被理解为一种拟人化的修辞方式，这个词语的意思被认为与"神的使者"同义。参阅拙著《古犹太历史文化语境下的希伯来圣经文学研究》（商务印书馆，2014 年）第 35-37 页中的论述。

道德属性在希伯来文化中是统一的整体。

无论苏美尔人还是古巴比伦人的这一故事，都没有提到众神会议决定以洪水灭绝人类的原因①，但是，希伯来洪水神话却明确说明了原因是什么。无论是 J 底本叙事所说的是因为人普遍的"罪恶"，还是 P 底本叙事所说的是因为人普遍的"败坏"，都是在突出全地"满了罪恶"，因而应被灭绝这一道德训诫主题。三个神话中，洪水故事的主人公都按照神的指示建造大船免于被吞没，都实现了为人类和地上其他活物的繁衍留存"种子"的使命，但也只有希伯来神话文本中，明确说明挪亚一家能够存活的原因，在于只有挪亚是那世代的"义人"。苏美尔、巴比伦和希伯来洪水神话中的三位主人公吉乌苏德拉、乌特纳皮施蒂姆和挪亚在洪水过后都为神献上了祭物，这说明他们都是"虔敬的"，但挪亚作为"义人"的品格却是其独有，也是被希伯来神话所特意强调的。"义"即是公义，与不公义的"罪恶"相对。那么为什么希伯来洪水神话特意凸显是否"公义"的问题？因为"公义"在希伯来文化的话语中，正是耶和华的根本属性。耶和华本为善，是"公义"价值的源头，必然以人的行为的善恶性质来判定其是否公义，来决定是否施以惩罚。事实上，在整个希伯来神话体系中，"伟人故事"在逻辑上可以被视为"洪水故事"的前提或"序幕"。这个"插入式"的故事的重心在于说明为什么"世界在神面前败坏，地上满了强暴"。所谓"神的儿子们看见人的女子美貌，就随意挑选，娶来为妻"，是放荡和两性关系堕落之意的表达。② 因而，因人类的败坏和罪恶惩罚人，因挪亚的公义而拯救其一家，这是希伯来洪水神话所要真正传达的信息。正如在"兄弟相残"故事里，耶和华不接受该隐的供物，不是出于对供物本身的好恶，而是因为该隐的行为"不好"而不蒙悦纳一样，其主旨均在体现古代以色列民族所理解的神的道德意志。③

---

① 神话学家胡克曾将苏美尔人这一神话中诸神做出决定的原因解释为"因为人类的吵闹，恩利尔命令将其毁灭"，但如果单看记录该故事的泥版资料上却并没有见到这样的信息。胡克所说的这一原因的根据，存在于与苏美尔人该神话相关、以阿卡德语刻写的另一古巴比伦时期史诗《阿特拉哈希斯》(Atrahasis)的叙事中。cf. S. H. Hooke: *Middle Eastern Mythology*, *From the Assyrians to the Hebrews*, Penguin Group, 1963; Dover Publications, Inc.2004, p.133 以及 James. B Pritchard , ed., *Ancient Near Eastern Texts: Relating To The Old Testament*, Princeton University Press, 1955, p.104.不过，胡克所言是合理的推断，因为始于苏美尔人的洪水故事对后世影响深远，不同版本的洪水故事主人公 "吉乌苏德拉""乌特纳皮施蒂姆""阿特拉哈西斯"是一脉相承的。

② 参见《创世记》6:1-8.

③ 参见《创世记》4:6-7.

　　从功能主义神话学的角度看，"神话是具有某种特质的古传故事，其特质就是其社会性。神话总是和某个特定的社会群体相关联，并对该群体意义重大"①。对于后世的读者来说，无论是两河流域各个民族的神话，古代希腊神话，还是希伯来神话，其所真正产生的时代早已湮没在历史的深处，但是在当时，它们对各自社会群体的影响无疑是深刻的。正像苏美尔人和古巴比伦人体现多神信仰基础上主神崇拜的神话，折射了那一地区由早期的城邦制国家逐渐走向王国和帝国的现实一样，独一神信仰的希伯来神话从悠久的神话史诗传统中破土而出，也呼应着古代以色列人由祖先时期到民族形成，再到民族国家的建立、覆亡和第二圣殿初期回归民族共同体的发展轨迹。在他们对古代近东地区神话与史诗资源的继承、利用、改写、发展的过程中，体现了对其基于彰显"选民"民族身份特征的社会秩序合理性确认这一深层逻辑。英国人类学家马林诺夫斯基认为，"高等文明的神话"研究应该借助对原始神话的研究才能得以理解和解释，因为"一些高等文明的神话材料传到我们手里已是孤立的文学记载，没有实际生活的背景，没有社会的上下文。这就是古典神话和东方已逝文明的神话"②。这里所说的"东方已逝文明的神话"，显然应该包括东地中海文化圈内的神话。而在谈到他所研究的西太平洋特罗伯里安群岛土著居民的神话与社会生活方式的关系时，马林诺夫斯基指出："神话不是象征，而是对主题的直接陈述；不是满足科学兴趣的解释，而是以叙述的形式再现原始社会的现实，满足深切的宗教需求、道德渴望、社会的诉求和主张，乃至很实际的要求。"③ 其实，"高等文明神话"与土著民的神话，在反映其所产生的社会群体的观念意识、服务于社会秩序合理性的建构、伸张其道德伦理诉求等功能上，并没有根本的差别。如果说，直至公元前5世纪末期才最后定型的希伯来神话，因其源自而又超越了古代近东地区源远流长的神话传统，显示为神话叙事与一神信仰同构的文本，这恰恰表明了希伯来神话在世界神话谱系中的民族特质和独特魅力。

（原载《文学与文化》2019 年第 2 期）

---

　　① 王以欣：《神话与历史》，商务印书馆，2006 年，第 125 页。

　　② 伊万·斯特伦斯基选编：《马林诺夫斯基及其神话论著》，第 113-114 页，转引自王以欣《神话与历史》，商务印书馆，2006 年，第 127 页。

　　③ 伊万·斯特伦斯基选编：《马林诺夫斯基及其神话论著》，第 82 页，转引自王以欣《神话与历史》，第 126 页。

俄罗斯文学的经典品格——虚己

王志耕　许　力

在欧洲的文学地图上，俄罗斯文学占据着一个特殊位置。在 19 世纪，它以其独特的品格迅速成长，与西欧文学形成分庭抗礼之势。有一个事实应当注意，俄罗斯的文人文学几乎是在没有传统的基础上崛起的。或者可以说，当俄罗斯文学进入 19 世纪时，突然之间就从上一世纪欧洲古典主义的学步者成长为文学的巨人。对这一现象固然可以有多种解释，比如 1812 年的卫国战争打开了封闭已久的民族心灵，使这头僻处欧洲边缘的雄狮猛然醒来，一鸣惊人。但更重要的是，由于特殊的历史文化原因，俄罗斯文学呈现出一种与西欧文学迥然不同的品格。这便是受基督教原初精神所形成的独特品性，我用一个基督教伦理的核心概念来概括它——虚己。

一

众所周知，较之西欧其他国家，俄国有着自己独特的历史发展进程。普希金曾说："长久以来，俄罗斯一直与欧洲保持着隔膜。从拜占廷接受了基督教之光，此后她却既没有参加罗马天主教世界的政治变革，也没有参加它的精神活动。伟大的文艺复兴时代对她没有产生任何影响。"[①]俄国自 10 世纪末接受基督教后，虽然不断受到其他异域文化因素影响，但却迄未经历重大的文化转型，从而至 19 世纪一直保持着以基督教文化为主体的文化形态。俄国流亡思想家皮·索罗金则认为："从 9 世纪俄罗斯民族形成的那一刻起，直到 18 世纪，它的主导意识

作者简介：王志耕(1959—)，男，南开大学文学院教授；许力(1969—)，女，南开大学外国语学院讲师。

① Пушкин А. *О ничтожестве литературы русской* // Полн. собр. Соч. Т.7, М–Л., 1951, с.306.

和首要系统(意识、行为和物质形态的科学、宗教、哲学、伦理、法律、艺术、政治和经济)都是唯心的或宗教的,是基于这样一种基本的原则,即,真实的现实与最高的价值乃是在圣经(特别是《新约》)中所'启示'的、由基督教信条所确定并在那些伟大的(特别是东方的)教父学说中得到阐释的上帝和天国。俄罗斯意识的基本特征和俄罗斯文化、社会组织以及整个基本价值体系的全部要素,都是这一主要前提(即基督的宗教)在意识、行为和物质上的体现。"①而这种文化形态的核心结构也直接地制约着其文学价值形态的形成。

基督教给俄罗斯文化带来了一个十分重要的概念——虚己。虚己伦理源于基督教的基本教义——道成肉身,也就是说,耶稣走上十字架成为了一种伦理规范,或者一种人格标准。②现代正教神学家谢·布尔加科夫在谈到这一概念时说:"世界的创造根本说来是上帝之爱的自我牺牲行为,是上帝有意的自我贬损或者自我降低,是他的'虚己',这种行为只能在他自身、在做出牺牲的爱的欣悦中找到证明。但这种创世中始终存在的上帝普遍'虚己'永远包括一种具体的虚己——神子的肉身化与各各他的受难。"③在布尔加科夫看来,上帝创造了人的上帝类似,这本身就是一种普遍的虚己,即在上帝赋予人神性的同时,也体现了上帝对人的体认;而基督受难则意味着对人罪孽的承担和对人如何运用自由的启示——其意义等同于救赎。对虚己的伦理理解最早体现在使徒保罗的《腓立比书》中:"你们就要意念相同,爱心相同,有一样的心思,有一样的意念,使我的喜乐可以满足。凡事不可结党,不可贪图虚浮的荣耀;只要存心谦卑,各人看别人比自己强。各人不要单顾自己的事,也要顾别人的事。你们当以基督耶稣的心为心。他本有神的形像,不以自己与神同等为强夺的,反倒虚己,取了奴仆的形像,成为人的样式。既有人的样子,就自己卑微,存心顺服,以至于死,且死在十字架上。"(《腓立比书》2:2—8)其实这段话透露出了一种整体人格要求:(一)人当以基督为本,而不可结党营私;(二)人当以爱心相向,而不可贪图世俗浮华;(三)人当自我

---

① Сорокин П.А. *Основые черты русской нации в двадцатом столетии.* // О России и русской философской культуре. М.,1990, с.483.

② 一般认为对"虚己"这一概念最早的神学解释者是亚历山大的克莱门特。据《正教神学百科大辞典》(Полный православный богословский энциклопедический словарь, М., 1992.)"虚己"条:希腊语词。意为上帝俯就于人。虚己说是对上帝的实际二性的研究;据此,作为上帝的基督承受苦难和死亡以示对人类之爱。在这一行为中道出了神子自我贬抑的思想。道成肉身的完成意在表明,人作为守信者将经过地上的痛苦而在上帝的彼岸世界获得永恒的荣耀。

③ Булгаков С. *Свет Невечерний. Созерцания и умозрения.* М., 1994, с.289.

贬抑,而不可以强力争夺。

我们看,保罗的思想已经奠定了一种新型的人道主义理想,它成为基督教人学的核心价值理念。而这种价值理念在俄罗斯所保有的"正统"圣传中得以延续,当西欧以人文主义颠覆了以神权为标志的共同本质之时,俄罗斯思想中的基督教人道主义却缓慢地形成了一种在未来可以抗衡人文主义恶果的特质。

这里我们需要重新审视人道主义与基督教的关系。由于西方理性主义传统的强势作用以及对基督教精神的利益性阐释,造成了一种普遍理解,即将"人的主义"(humanism)与基督教人学观相对立,尤其是当我们在谈论文艺复兴背景下的人文主义时,更是以为基督教人学观把人视为上帝的奴仆,在上帝面前没有个人意志,基督教伦理学以放弃自我的需求为至善,等等。这其实并不是基督教的基本教义,而是历史教会的误导。因为教会在历史的形成过程中逐渐成为了一种权力机构,而为了维持这一权力机构的运作,它必然也会像世俗政权一样,要创造一种有利于统治的学说。并且较之世俗政权而言,教会建立这样一种学说有着天然的优越条件,他们可以借助上帝的名义将他们的思想塞进神圣教义之中。而"人"也就是在这样的背景下被贬抑的。实际上,在耶稣的思想中,蕴含了对人的完整性的全部内容,即真正的人的人格完整性是体现在"虚己"的伦理范畴之中的。正如别尔加耶夫所说的:"历史上基督教的人类学在讲到人时几乎无一例外地将其说成有罪者,需要教他们学会如何救赎。只有在尼斯的格列高利那里能够找到较为高深的关于人的学说,但在他那里,人的创造尝试仍旧没有得到领悟。"而真正的基督教"宣传的是人的上帝形象和上帝类似,以及上帝的人化。关于人、关于人在宇宙中核心作用的真理即使在基督教之外被揭示出来时,它仍然有着基督教的根源,离开了基督教,这一真理便无法领悟。……把基督教与人道主义对立起来是错误的。人道主义起源于基督教"①。然而,当"人的主义"发展到文艺复兴时代,它的内涵发生了根本性变异,人的存在被理解为与上帝的脱离,即通过自身来确立人的本质。在特定的历史条件下,主张人摆脱蒙昧,启迪智慧,创造财富,是具有积极意义的,它对整个欧洲的现代性生成起到了根本性作用。然而,对人的个体性的过度强调,隐含了使人走向异化的基因。莎士比亚的戏剧在歌颂人的至高无上地位的同时,已经寓言式地表达了对人的理性膨胀的隐忧。哈姆莱特的悲剧形象化地表明了强大的理性将怎样使人陷于自我封闭的境地。屠格涅

---

① Бердяев Н.А. *Русская Идея*. // О России и русской философской культуре. М., 1990, с.127–128.

夫曾这样说过:"哈姆莱特们乃是自然界本源向心力的表征,基于这种向心力,所有生物都自认为造物的中心,并将其余所有事物都看成只为它而存在。……没有这种向心力(利己主义之力),自然界便无法存在,这就如同没有另一种力量,即离心力,自然界也无法存在一样。而基于离心力的法则,一切事物都只是为他者而存在。……这两种力量,滞钝的和运动的,保守和进步,是整个存在的基本动力。对我们而言,它既可用于解释一支花朵的开放,也可提供给我们揭示诸多民族繁荣昌盛之奥秘的钥匙。"①从这个意义上说,莎士比亚揭示了人只靠向心力存在的悲剧,而俄罗斯文学,却是在揭示人应当怎样在离心力的维度上存在。这个离心力的维度便是建基于虚己之上的基督教人道主义。

基督教人道主义以迥异于西欧人文主义传统的内蕴,成就了俄罗斯文学迅速成熟的经典品格:(一)人应在与上帝的关系中确证自我;(二)人的本质属性在于精神;(三)人的基本伦理是对物质性的贬抑。

二

阅读俄罗斯文学会有这样的感受,即我们很少看到如法国文学中伏脱冷、杜洛阿那样的恶人,其实这是西方视野下形成的理解定式。俄罗斯文学描写了大量的"恶",不过在西欧理性主义的视角之下,或许这并非恶,甚至成为某种意义上的"善"。因为,在俄罗斯虚己观的视域中,真正的恶是背弃上帝。

比如,《罪与罚》中的拉斯柯尔尼科夫,面对专制统治失效的法律机制,面对强者对弱者的经济掠夺,面对邪恶当道而善行遭弃的现实,代行上帝之职,杀死了靠吸穷人血生存的放高利贷者。从社会意义的角度来看,这是一种正义行为。然而,拉斯柯尔尼科夫行为的效果可能带有某种公正性,但他这种行为所蕴含的理念却是一种"恶",甚至是最大的恶,即僭越上帝,自命为神。陀思妥耶夫斯基将这一类人物命名为"人神"。他是在晚年创作《群魔》时提出这一概念的。小说中的基里洛夫没有任何侵害他人的恶行,但他最大的罪孽就是否定上帝意志的存在。在他看来,作为"神人"的基督已经不会再来了,能够拯救世界的,"他的名字就是人神"。②

---

① Тургенев И. *Гамлет и Дон Кихот* // *Собрание сочинений*. Т.14, М., 1956, с.180.

② Достоевский Ф.М. *Бесы* // Полн. собр. Соч. Т.10, Л., 1976, с.189.

在虚己论的视域中,人与神是一种隐喻关系,人的本质实现必须求证于作为共同本质符号的"上帝"。然而,自人文主义始,个体自由意志受到推崇,因虚己而成为"神人"的基督消隐,"人神"代之而起。拉斯柯尔尼科夫在充斥着恶的现实面前放弃了对上帝的信守,转向对人自身的崇拜。这个所谓自身的人并非接受了神性的人,而是在上帝缺席的条件下具有超凡能力的、可以统治平凡人的"不平凡的人",既然上帝无法解决恶的存在,那么,这不平凡的人就应当也可以为了终极利益而代行上帝之职。为了目标的公正,可以牺牲掉部分人的生命,因为根本就不存在绝对公正。他声称:

> 根据自然法则,人一般地可以分成两类,一类是低等人(平凡的人),也就是,可以说吧,只是一种繁殖同类的材料,一类是名符其实的人,即具有在他们自己的环境里说出新见解的才能或者禀赋的人。当然,这里可以再无限地分下去,但是这两大类的区别是相当明显的:第一类,就是说繁殖同类的材料,一般说,他们的禀性是保守的,循规蹈矩的,他们在顺从中生活,而且乐于做顺民。在我看来,他们也应该做顺民,因为这是他们的本分,对他们来说,这里完全没有什么屈辱。第二类人全都犯法,根据能力大小,他们是破坏者或者倾向于破坏的人。这些人的犯罪行为当然是相对的,而且是多种多样的;他们大多数在形形色色的声明中要求为了美好的未来而破坏现在。但是,如果这种人,为了实现他的思想,需要跨过一具尸体,或者涉过血泊,那么,我想,他会在内心中,在良心上,允许自己涉过血泊的……两类人都有绝对平等的生存权利。①

从这些话中,拉斯柯尔尼科夫似乎是在寻求一种普遍公正,但在虚己论的框架中,这实际上是对上帝法则的恣意践踏。因为,公正,或曰善,不是通过一部分人对另一部分人的统治来实现,而是只能通过虚己的形式来达成,但可惜的是,虚己的原则在现实中被淡忘了。

那么这两者的差别在哪里呢?前面说过,神人的原则便是虚己,通过虚己,使人意识到自身的神性存在,从而获得启示,归于上帝。而人神的原则是自我主宰,是人通过超人化解决世间之恶的原则,或者简单地说,是物质理性的原则。在神

---

① 陀思妥耶夫斯基:《罪与罚》,朱海观、王汶译,人民文学出版社,1986年,第343页,第344-345页。

人的观念中,人神的原则不仅不能解决世间之恶,相反,正是它的存在,导致恶欲丛生。一方面,这是一种神正论的立场,比如别尔加耶夫就认为,陀思妥耶夫斯基关于神人的思想是真正的基督教思想,在这里体现了真正的对基督的信仰,并发展了基督教的思想。[①] 而更重要的是,它揭示了人类信仰与理性的永恒悖谬,从而为每一种思想营构了一个巨大的阐释空间。

当然,俄罗斯文学对人的本质思考并未到此为止,它的经典力量还体现在对"人神"的否定,从而证明人将如何回归本质。所以,拉斯柯尔尼科夫在实践了他的正义计划之后并未赢得精神上的优势,相反,他陷入了深深的恐惧之中,而这种恐惧只有在他融入流放犯的群体之中,并最终打开索尼娅送给他的福音书时,才远离他的灵魂,尽管这已是未来的另一个故事。

三

俄罗斯文学经典最重要的品格也许并不是其否定的深度,而是其肯定的力量。或者说,否决了"人神"之路只是它的手段,肯定"神人"之路,也即对精神之维的归依,才是它最终的目标。

当欧洲的人文主义抛弃了已成为世俗化权力象征的教会存在之时,它同时也抛弃了基督教神思想的原初救赎观,即人只有弃绝个人的所有物质性存在,融入虚己的基督,在"神—人"化的状态中,才能回归本质,也即最终走向救赎。别尔加耶夫对此有过一种神学本体论的阐释,他说:"人文主义是拓展人的个体人格的辩证因素。它的谬误不在于过分地肯定人,敦促形成一条像俄国宗教意义上的人神之路,而在于它未能圆满、透彻、始终如一地肯定人。这样,它当然无力护卫人于世界的独立,无力解救人脱出社会和自然的奴役。须知,人的个体人格意象不仅是人的意象,也是神的意象,由此才可揭示人之谜和人之一切奥秘。这是神性—人性的奥秘,是无法诉诸理性的悖异。当个体人格是神性—人性的时候,才是人的个体人格。人的个体人格作为脱出客体世界自由和独立性,其实就是神性—人性。这也意味着个体人格进行形式化时,不凭藉客体世界,而凭藉主体性,是在主体性中拓展上帝意象的力量。人的个体人格即神的生存。此说定为神学家们所惶惑,因为在他们那里仅耶稣基督才是神—人,而人作为被创造者,断然不

---

① Бердяев Н.А. *Миросозерцание Достоевского*, Прага, 1923, с.210–213.

可共享殊荣。其实，他们的全部证据都囿于神学唯理论的樊篱。退一步说，即便人不是神—人，唯基督才是神—人，那么，人的内在也蕴含了神性因素，人具有两重本性，人是两个世界的交叉点，人自身携有人的意象和上帝的意象。人的意象即是上帝的意象在世界中的实现。"①如果从这种神学阐释回到一般人学本体论，我们会提出一个问题：既然我们只有成为"神性—人性"的主体人格才能真正成为人的个体人格，那么这里所说的神性到底是什么？简单地说，就是人的精神之维。不错，人也是"二性"的，别尔加耶夫所说的人身上的"人的意象"实际是指其物质的维度，即其全部的肉体性存在，而所谓"上帝意象"便是人的精神性存在。前者是人的存在本能，是人在世界上存在的基本条件，后者是人区别于其他事物的本质属性。因此，人之所以成为"人"，并非取决于前者，真正的"人"性回归就在于人对其精神属性的认同。或许整个人类的历史都是这两者博弈的效果史。

俄罗斯文学经典的根本性品格，就是对精神人格的肯定。

我们看到，在俄罗斯文学中出现过一系列妓女形象，大家熟知的有陀思妥耶夫斯基笔下的索尼娅、格鲁申卡，托尔斯泰笔下的玛丝洛娃等。从客观效果上看，这些形象在作品中的基本功能是对苦难生活的否定，对社会非公义性的揭示，但其真正的艺术蕴藉在于其对拯救的昭示。诺思洛普·弗莱曾将此类形象从原型的角度归纳为"中介新娘"，他说："得到宽恕的淫妇，尽管有罪最终又受到宠爱，就是介于恶魔淫妇和启示新娘之间的中介新娘形象，代表了人从罪孽中得到赎救。"②这里，弗莱只看到了一个方面的内容，所谓"中介新娘"所具有的启示意义并不仅在于她的蒙恩获救，更重要的是她在获得救赎的过程中所承担的拯救功能。我们在福音书中看到，基督的现实虚己行为以被钉十字架而告结束，而他的整个虚己计划则将由其信徒继续完成，而承担这一使命的第一人便是蒙恩获救的罪妇抹大拉的马利亚。耶稣被葬三日后，她发现墓中没有了耶稣的身体，于是在墓外哭，当她回头时就看到了复活的耶稣，耶稣对她说："你往我弟兄那里去，告诉他们说：我要升上去见我的父，也是你们的父；见我的神，也是你们的神。"（《约翰福音》20:16-17）抹大拉的马利亚将此事告诉耶稣的门徒，后者不信，于是耶稣才向门徒显现。这是一个深具象征意味的事件，即，这名被阐释为"淫妇"的

---

① 别尔加耶夫：《人的奴役与自由——人格主义哲学的体认》，徐黎明译，贵州人民出版社，1994年，第27-28页。

② 诺思洛普·弗莱：《伟大的代码——圣经与文学》，郝振益等译，北京大学出版社，1998年，第184页。

抹大拉的马利亚竟成为基督与世界的联系中介，或者说，基督的虚己通过这名罪妇得以延续。

那么为什么"中介新娘"会获得如此崇高的使命呢？根本原因并不在于她的蒙恩与皈依，这里存在着一种伦理推断。人获救的条件在基督的教诲中是对世俗性的摒弃，而人的世俗性的最后依托便是其肉体，也是现实存在的唯一必要条件。因此，在某种意义上说，人的世俗性将无法彻底摒弃。然而，在"淫妇"的身上，这一点却象征性地获得了解决，即，她的身份前提是对个人肉体的自外性。所以，耶稣并不提及其物质交换特性，而称之为"爱多"。弗莱的理解是："《新约》中没有出现'性爱'这个词，但是在《路加福音》(7:47)中，那个有罪的女人受到宽恕是因为'她的爱多'。这使我们想到，如果在人的天性中有什么值得赎救的话，那必然是和性爱本能不可分割的天性。"①对弗莱的说法我不能苟同，我们没有证据证明只有与性爱本能相关的品性方可救赎。但福音书中却多次提到耶稣对"罪妇"的宽宥，显然耶稣的同情总是在这些出卖肉体的人一边。为什么？除了耶稣对所有罪孽均持宽宥之心以外，这些罪妇的行为其实是一种舍弃肉体的象征。她们没有金钱，没有地位，没有家庭，总之，她们失去了一个人可能拥有的全部世俗条件，所剩余的只有肉体——这个所有人赖以现实存在的必要条件，最后也被她们舍弃了，因而一旦她们皈依基督，便成为纯粹精神的人，具备了走近神性的完满条件。所以，基督复活第一个向她们昭示，拣选其成为虚己性拯救的继承者。

因此我们看到，在拉斯科尔尼科夫由地狱走向天堂的过程中，就是索尼娅起着拯救者的作用。正是这个有罪的"淫妇"，却时时不忘基督的福音。最初拉斯科尔尼科夫想到索尼娅面临的困境时，认为她只有三条路可走："投河自尽，进疯人院，或者……或者，最终自甘堕落，变得头脑麻木，心灵冷酷。"但是，索尼娅没有，她既没有自杀，也没有发疯，更没有心灵变得冷酷，因为她的心中有上帝，手中有福音。当拉斯科尔尼科夫想要在《新约全书》中找拉撒路复活的故事时，索尼娅随口便说出"在第四篇福音书里"，并且忍着热病的战栗给拉斯科尔尼科夫念完了整个故事，"蜡烛头在那个歪歪扭扭的烛台上快要熄灭了，朦胧地照着这间贫寒的屋子里的杀人犯和卖淫妇，他们两人是如此奇怪地凑到了一起，读着这本不朽的书"。①不过在这一情景中，索尼娅先于其他罪人而拥有这福音书，正如耶稣首

---

① 诺思洛普·弗莱：《伟大的代码——圣经与文学》，郝振益等译，北京大学出版社，1998 年，第 185 页。在俄文本圣经中这个词译为"возлюбила много"，意指所爱众多。

先以复活之身向她显现,于是她便第一个向众人宣告基督的复活。由此,这个失去了全部世俗条件的纯粹精神的罪妇,却第一个具备了强大的拯救性力量。

也就是说,失去一切,方拥有拯救的功能。这样的艺术表现正是西欧文学所不具备的特性。我们可以对比一下号称法国文学宗教性最强的《悲惨世界》,看看冉阿让这个悲惨世界的拯救者,在他没有财富和地位、只是一个罪犯的时候,他仅仅是一个被拯救者,而只有当他拥有了财富、地位之后,方才成为拥有强大力量的"巨人"。而这正与俄罗斯文学经典所秉持的理念截然相反。同样,我们也看到了法国文学中最著名的妓女形象——羊脂球。不说她首先满足了他人口腹之欲的满篮子食物这样的物质象征,只看她最终拯救众人靠的是什么:恰恰是她的肉体。在这里,她不是舍弃肉体而获得拯救功能,相反,她只有依赖肉体方可拯救他人。自然,这也是一种牺牲,然而,这种牺牲却根本不具备真正的拯救功能,所以,被拯救者真正获救的只是肉体,而不是灵魂。这正是西欧的理性主义逻辑:物质手段只能拯救物质性存在,并且这是唯一可以信赖的拯救手段。或者说,西欧文学是从相反的角度证明了人的堕落,与俄罗斯经典不同的是,他们放弃了对灵魂拯救的希望。因为,只有在俄罗斯思想所坚守的虚己论中,才拥有对人类精神之维的绝对期盼。

四

如果俄罗斯文学描绘的只是类似中介新娘这样纯粹精神的人格形态,则它只能成为一种乌托邦文学,而其经典品格的一个重要方面,是为现实中的罪态人格描绘出一条有效的解救途径,从而使虚己伦理变为救赎的"实用"哲学。这条解救途径便是舍弃自我。

茨威格在给高尔基的信中曾这样说:"我上了大学,俄国——以托尔斯泰和陀思妥耶夫斯基的形象——又出现在我的面前。这一突如其来的新鲜事物强烈地吸引着我,使我心醉神迷。展现在我眼前的,是前所未有的人性和如此深厚的情感;这样的情感,我以前一无所知,它似一个深渊那样吸引人,我们曾经怀着怯生生的兴奋心情去认识这形象万千的世界;这些形象是如此宏伟,超越了自身,超越了人类的一切平庸,走向对立的两极——罪恶与神圣!……我以整个身心热

---

① 陀思妥耶夫斯基:《罪与罚》,朱海观、王汶译,人民文学出版社,1986年,第435-436页。

烈地爱着这些形象,同时也十分明确地感觉到,我是不能同他们生活在一起的。因为这些巨人总是强迫自己想入非非,总是自己起来反对自己。"①这段话透露出这样的信息:俄罗斯文学就是在罪恶与神圣的两极之间寻求人的存在方式;而其基本价值取向是自我否弃。

俄罗斯文学为我们提供了多种舍弃自我的表现形式,但最主要的是两种,即作为平民的献身理想和作为贵族的走向忏悔。

放弃自身的物质性并不是目的,人存在的最高意义是共同生存,这与在皈依上帝中回归本质事出同理。那么它表现出来的现实行为便是对人类共同事业的献身过程,俄罗斯文学并未将这一过程理想化,而是充分揭示了它的艰巨性与悲剧意味。以屠格涅夫笔下的罗亭为例。这个一直被当作"多余人"来看的形象,其实是一个为了自己的理想而左冲右突的悲壮骑士。以往的批评家过多地强调他空怀壮志、却惧怕承担对美好爱情的责任,然而却忽略了他为什么要拒绝爱情。其实,当罗亭向娜塔莎表白:"我希望有一天您会还我以公正。您会明白的,到底是什么竟值得我舍弃了您说的那种我勿须承担任何责任的幸福。"这时,他已在暗示,只有未来才能证明他这种拒绝行为的意义。因此,他面对娜塔莎对他的指斥回答道:"胆怯的是您而不是我!"②然而不幸的是,罗亭失败了。若干年之后,罗亭又出现了,与当年意气风发之时相比,现在的罗亭面带沧桑,神情疲惫。这些年来,他做过科学实验、疏浚河道、改革教育,但是最终一事无成。小说初次发表时的结尾就到此为止,结果遭到许多人的指责,认为小说没有给民众带来应有的期望。于是再版时屠格涅夫又加上了我们现在看到的结尾:罗亭最终出现在巴黎工人起义的街垒上,被政府军的流弹击中而亡,临终仍被误认为波兰人。这个结尾逼迫屠格涅夫把他对人生意义的理解直白地表露出来:人的存在价值不在于最终的结局,而在于其为理想而舍弃自我的过程。罗亭正是这样的人,他对自己一生的评价是:"没有好好为思想服务。"这恰恰说明,罗亭整个的生命都是在为思想服务,他所依赖的是一种信念,为之放弃了自己本应得到的一切物质利益,最终换来的只是牺牲。这也正是基督虚己精神的最高启示。在创作完《罗亭》之后,屠格涅夫开始写作他的长篇讲稿《哈姆莱特与堂吉诃德》。有感于俄罗斯民众无法在罗亭的失败中领悟生命的价值,在讲稿中他借助堂吉诃德的形象,阐明了非实利性舍弃自我的意义。他说:"堂吉诃德身上体现的是什么?首先是信仰……

---

① 高尔基、罗曼·罗兰、茨威格:《三人书简》,臧乐安等译,湖南人民出版社,1982 年,第 172-173 页。

② Тургенев И. *Рудин // Собрание сочинений.* Т.2, М., 1954, с.79.

他全部的生活都在自身之外,为他人、为自己的弟兄、为铲除邪恶、为抗击敌视人类的力量——魔鬼、巨灵——那些压迫者。在他身上没有丝毫利己主义的影子,他不为个人打算,他是纯粹的自我牺牲……他不会改变自己的信念,见异思迁;他的道义精神的坚韧性(请注意,这个疯狂的游侠骑士却是世界上最有道义精神的人)赋予他全部的见解和言谈、以及整个形象以一种特殊的力量和威仪,虽然他不断地陷入可笑而窘迫的境况……"①由此我们看到,屠格涅夫对堂吉诃德的形象作出了俄罗斯式的解读,而更重要的是,他以其创作实践丰富了俄罗斯文学圣洁的经典品格。

"无产者"的生命意义在于为理想而舍弃自我,那么"有产者"的生命意义就在于为你的财产罪孽而忏悔。为有产者寻找生命意义,这也许是对知识分子群体寄予厚望的俄罗斯文学为自己提出的更严峻的命题。格·费多托夫曾指出:"忏悔,就其全部意义而言,是俄罗斯虔信精神中最强大的力量之一。"②之所以强调忏悔的力量大于一切,盖源于忏悔的动因出于灵魂,是对原罪的内在反省,而不是强制性权力的外在惩罚。这也正是俄罗斯文学蕴含的启示性内容之一。

从虚己论的角度而言,基督的走上十字架对世人是一种警醒,如果每个人都效仿基督的行为,在内心深处将自己钉上十字架,那么全部的拯救行为便臻于完成。所以布尔加科夫说:"每个人都应在自己内心成为修道士或苦行者。我们说修道生活对每个基督徒而言都是必不可少的,因为这是一种仅在内心为了基督的自我舍弃,爱基督当胜于世上的一切,包括自己的生命。内心苦行使人超拔于异教对尘世偏狭而无度的沉溺,并将坚定人以苦行与此抗争的必要性。在这一过程中,照使徒保罗的说法,有财的必当成为无财的。这是在上帝面前的行进,是以感念上帝、肩负对上帝的责任、不断检验个人良知的方式走过自己的生命之路。"③我们看,这个过程有三个步骤:(一)从有财的成为无财的;(二)在内心开始苦行,即忏悔;(三)归于上帝,也即最终战胜尘世欲望,重建精神之维。

托尔斯泰以自己的一生反复演绎着上述忏悔苦行的过程,并在其伟大的创作中渗入了他深沉而复杂的思考。他的第一部小说《童年》就是对贵族生活的批判性审视,28 岁写下的《一个地主的早晨》,开始反省自己与农民的关系。小说中

---

① Тургенев И. *Гамлет и Дон Кихот* // Собрание сочинений. Т.11, М., 1956, с.170–171.

② Федотов Г.П. *Русское религиозное сознание: Киевское христианство Х‑ХIII вв.* // Актуальные проблемы Европы. М., 1998. № 3. С. 135.

③ Булгаков С. *Православие. Очерки учения Православной Церкви. Paris*, YMCA–Press, 1962, с. 326.

透露出他试图帮助农民以及最终成为一个农民的梦想，但强大的现实规则使这位世袭伯爵一直生活在优裕的庄园生活中。1869 年，正当作家的生命中途，他经历了著名的"阿尔扎马斯"之夜，在对生命意义的恐惧之中，开始了沉重的忏悔。此后他仿效其精神导师卢梭写下了一部真正的《忏悔录》："想到这几年，我不能不感到可怕、厌恶和内心的痛苦。在打仗的时候我杀过人，为了置人于死地而挑起决斗。我赌博，挥霍，吞没农民的劳动果实，处罚他们，过着淫荡的生活，吹牛撒谎，欺骗偷盗、形形色色的通奸、酗酒、暴力、杀人……没有一种罪行我没有干过，为此我得到夸奖，我的同辈过去和现在都认为我是一个道德比较高尚的人。……我出于虚荣、自私和骄傲开始写作。在写作中我的所作所为与生活中完全相同。为了猎取名利(这是我的写作目的)，我必须把美隐藏起来，而去表现丑。我就是这样做的。有多少次我在作品中以淡漠，甚至轻微的讽刺作掩护，千方百计地把自己的、构成我的生活目标的对善良的追求隐藏起来。而且我达到了目的，大家都称赞我。"①在忏悔与痛苦中托尔斯泰度过了他的后半生，他多次试图把自己的财产分给农民，并与家庭成员为此发生严重的分歧，直到他生命的最后时刻，他以抛弃庄园的行为写完了这个忏悔过程的最后篇章。在他的身后，留给了我们一系列忏悔贵族的形象：尼古拉·伊尔捷尼耶夫、奥列宁、皮埃尔、列文、聂赫留朵夫。他们都是在财富状态下失去生命的意义感，比如列文，他拥有地位、拥有财富、拥有爱情与家庭，但是他却没有幸福，原因就在于他所拥有的恰恰是痛苦的根源而不是幸福的条件，所以他陷入了深深的忏悔；最终，当他在劳苦的农民身上看到了生命的快乐，醒悟到财富的虚无之后，才重新找回生命的意义："活着应该为真理，为上帝。"②我们必须明确，托尔斯泰的上帝，不是基督教会阐释的上帝，不是那个君临万众的上帝，而是每个人心中的上帝，也就是我们所说的精神之维，或曰人类的共同本质。

　　摆脱物质性，回归精神性，在上帝——人类共同本质——的旗帜下重建生命意义，这，便是俄罗斯文学经典留给我们的终极启示。

(原载《文学与文化》2010 年第 2 期)

---

① 托尔斯泰：《忏悔录》，冯增义译，载刘宁主编《托尔斯泰散文》下，中国广播电视出版社，1996 年，第 7 页。

② 托尔斯泰：《安娜·卡列尼娜》，草婴译，上海译文出版社，1987 年，第 975 页。

数学、宗教与谣言:17世纪至18世纪知识视野下的《瘟疫年志》

王旭峰

恩格斯指出:"18世纪综合了过去历史上一直是零散地、偶然地出现的成果,并且揭示了它们的必然性和它们的内在联系。无数杂乱的认识资料经过整理、筛选,彼此有了因果联系;知识变成科学,各门科学都接近于完成。"[1] 从知识史的角度看,在17世纪至18世纪的英国,一种系统的新知识视野正在形成。这种知识视野为我们理解当时的文学提供了重要的参照。笛福的《瘟疫年志》所展现出的叙述和认知很大程度上正是这种知识视野影响的产物。

一 小说、数据与数学思想的力量

《瘟疫年志》有一个非常特别之处,即小说中充满了各种各样的数字和数据列表。[2] 例如,在作品开篇,笛福就用两个数据列表来展示伦敦圣盖尔斯、圣安德鲁、圣卜瑞德、圣雅各丧葬死亡数量随时间变化的情况。[3] 在此后的叙述中,数据列表以及对数据的分析研判都在作品中占据了重要的位置。在一部文学作品中出现如此详细而复杂的数据罗列和分析,这在整个欧洲文学史上都是非常少见的。但丁和拉伯雷都算是比较喜欢数字的作家了,但即便是他们,对数字的热衷也远没有达到笛福在这部作品中所展现出的程度。这一现象意味深长。因为从文

作者简介:王旭峰(1980—),男,南开大学文学院副教授。

① 恩格斯:《英国状况·十八世纪》,载《马克思恩格斯选集》(第一卷),中共中央马克思恩格斯列宁斯大林著作编译局编译,人民出版社,1995年,第18页。

② Daniel Defoe,*A Journal of the Plague Year*,London:J. M. Dent &Sons Ltd,1908,pp. 3-4,p. 53,p. 111,p. 128,p. 132,p. 133,pp. 173-174,p. 202,pp. 211-212,p. 213,p. 214,p. 232.

③ Daniel Defoe,*A Journal of the Plague Year*,pp. 3-4.

学创作与传播的层面上讲，数据罗列和分析对一部小说来说不仅是无益的，甚至可能是有害的：一方面，从作者的角度来讲，小说是一种高度依赖文字的叙事艺术，数据罗列无益于增强作品的趣味性或阐发某种独到的见解。另一方面，从接受者的角度来说，读者也不一定喜爱这些枯燥的数字。既然如此，笛福为什么还如此不厌其烦地将其引入作品呢？这是我们阅读这部作品时必须要解决的问题。

　　以小说中较早出现的这两个列表①为例，我们来考察一下其特点。仔细观察和研究这两个数据列表以及笛福的分析，我们可以肯定，这些列表的意义绝非仅仅是形式上的。相反，它们是小说整体叙述和意义建构不可分割的一环。它们都是精心编制、具有充分科学性并能够传递丰富意义的。从内容看，这两个数据列表至少具有如下三个特点：第一，数据列表区分并强调了瘟疫发生的地点，并进行了分区的数据记录。这种分区记录有利于在同一时间段内进行不同空间的横向死亡数量对比；同时，经过长时间的数据累积，这种记录方式还可以让人们进行特定空间内历时数量变化的观察。第二，数据列表只强调了死亡的总体数字，而并未出现死者的具体名字。也就是说，数据列表更关注的是统计学意义上的死亡，而非具体个体的死亡。这似乎与我们现在对作家和小说使命的理解背道而驰。第三，数据列表力求精确，至少形式上是如此。这种形式精确性表现在，死亡数字并非约数，即便在没有死亡时，也准确标示为零。

　　斯劳特认为，笛福的数据源自伦敦当时定期发布的教区死亡数据列表。②根据斯劳特的研究，在英国，对死亡人数进行详细记录是"自17世纪早期至19世纪中期"伦敦一直在进行的工作。③斯劳特谈到，这种"死亡数据列表"是被公开出版发行的，感兴趣的"读者可以用四先令订阅一年，或者以一便士的价格单期买"④。当时的伦敦人会出于各种各样的目的购买这些"死亡数据列表"。⑤其实，从文学研究的角度说，笛福的这些数据从何而来并不是特别关键的问题。因为，只要小说中出现了这样细致复杂的数据和数据分析，我们就可以说，笛福在作品中充分展现了自己对数字和数据的关心和热衷。这本身就构成了小说的核心特

---

① Daniel Defoe, *A Journal of the Plague Year*, pp. 3-4.

② Will Slauter, "*Write Up Your Dead：The bills of mortality and the London plague of 1665*", Media History, Vol.17, No.1, 2011, p. 2, pp. 12-13. See also G. A. Aitken, Introduction, in Daniel Defoe, *A Journal of the Plague Year*, p. vii.

③ Will Slauter, "*Write Up Your Dead：The bills of mortality and the London plague of 1665*", p. 1.

④ Will Slauter, "*Write Up Your Dead：The bills of mortality and the London plague of 1665*", p. 1.

⑤ Will Slauter, "*Write Up Your Dead：The bills of mortality and the London plague of 1665*", pp. 2-6.

征。而要理解作品的这一特征,我们就必须理解数学在 17 至 18 世纪英国知识体系中的位置,理解数学在笛福生活的时代所具有的重要性和巨大影响。

从历史上看,笛福生活的时代,也正是牛顿大放异彩的时代。恩格斯明确指出,英国人牛顿正是"科学的数学"的创立者。①牛顿在他大名鼎鼎的《自然哲学之数学原理》一书的第一版序言中就提出,欧洲"现代人"与"古代人"最重要的区别是,"现代人"的思维要"抛弃实体形式与隐秘的质,力图将自然现象诉诸数学定律"。②牛顿的这一论述包含了两层意思:第一,欧洲的古典哲学和中世纪哲学都过于重视实体了,且带有玄学特征和神秘主义倾向;现代的认知模式就是要抛弃玄学。第二,要以数学的思维来认识世界,寻求具体的和现象的世界背后的数学规律。在牛顿看来,数学是认识世界的绝佳方式,数学的核心特质之一就在于其为人们认识世界提供了无与伦比的精确性。牛顿强调说:"工作精确性差的人就是有缺陷的技工,而能以完善的精确性工作的人,才是所有技工中最完美的。"③牛顿展现了一种数学式的认知和表达模式。在牛顿那里,数学成为了一种哲学式的认识论。④

数学思想在当时英国的社会科学领域同样有所表现。陈冬野曾谈到,17 世纪英国经济学家配第的《政治算术》就是"应用算术方法来研究社会经济问题的典型著作"⑤。配第的儿子在总结父亲这本书的主旨时则直接指出,"凡关于统治的事项,以及同君主的荣耀、人民的幸福和繁盛有极大关系的事项,都可以用算术的一般法则加以论证。"⑥配第的经济和社会治理思想影响深远。黄仁宇就曾说,"1689 年革命后",英国整个国家实际上就具备了进行"数目字管理"的条件和能力。⑦在黄仁宇看来,这正是近代以来英国能够迅速发展和领先世界的重要原因。⑧

数学思想在当时的自然科学和社会科学中所产生的巨大影响,不可能不被

---

① 恩格斯:《英国状况·十八世纪》,载《马克思恩格斯选集》(第一卷),第 18 页。

② 牛顿:《自然哲学之数学原理》,王克迪译,袁江洋校,陕西人民出版社、武汉出版社,2001 年,序言第 1 页。

③ 牛顿:《自然哲学之数学原理》,序言第 1 页。

④ 详见[英]牛顿:《自然哲学之数学原理》,序言第 2-3 页。

⑤ 陈冬野:《关于威廉·配第的〈政治算术〉》,配第《政治算术》,陈冬野译,载《配第经济著作选集》,商务印书馆,2014 年,第 3-4 页。

⑥ 谢耳本:《呈词》,配第《政治算术》,载《配第经济著作选集》,第 1-2 页。

⑦ 黄仁宇:《〈万历十五年〉和我的"大"历史观》,载《万历十五年》,中华书局,1982 年,第 269 页。

⑧ 详见黄仁宇:《〈万历十五年〉和我的"大"历史观》,载《万历十五年》,第 269 页。

关心时事的笛福所察知。笛福是非常善于吸收新知识的。他不仅意识到了这种新时代的思想,而且将其渗透进了自己的小说创作中。在《鲁滨孙漂流记》中,我们就能感受到笛福对精确数字的热爱。小说中,鲁滨孙对经纬度数字的记述[1],他登岛"10 或 12 天"后就开始的对时间的记录[3],以及鲁滨孙附带详细日期的日记等[3],都给读者留下了深刻的印象。我们能够感觉到,鲁滨孙绝对是一位"精于算计"的人。同样,《瘟疫年志》中大量出现的数据和列表,以及笛福在小说中展现出的数据分析和辨别意识,也是当时影响巨大的数学思维模式在作家文学文本中的投射。我们甚至可以设想,如果笛福掌握了更复杂的数据处理技术和更先进的数学思想,他在《瘟疫年志》中对数据的使用以及对瘟疫进程的理解和描述,可能又会呈现出另一番面貌。

数学和文学,这两个我们通常认为毫不相干甚至背道而驰的领域,实际上离的并不遥远。因为智慧都是相通的,数学和文学的根本使命都是从自己的角度去探索、理解和表述世界。当时的数学思想启迪了笛福并塑造了他的文学创作。从这种意义上讲,数字、数据和数学,也是《瘟疫年志》的重要主人公。

二 瘟疫与此岸视野下的宗教书写

恩格斯指出:"英国人是世界上最信宗教的民族,同时又是最不信宗教的民族;他们比任何其他民族都关心彼岸世界,可是与此同时,他们生活起来却好像此岸世界就是他们的一切。"[4] 这种独特的宗教意识既是 17—18 世纪英国新知识体系的产物也是其组成部分。正如恩格斯所说,"18 世纪是与基督教精神相反的古典古代精神的复活。"[5] 科学和唯物主义的发展[6],很大程度上塑造了英国人在观察和理解宗教时的务实态度。对于当时的英国人来说,高度抽象的教理、教义自然重要, 但他们更关注的似乎是宗教尤其是教会在现实生活中所发挥的具

---

① Daniel Defoe, *The Adventures of Robinson Crusoe*, London:Oxford University Press,1902,p. 16,p. 40, p.41,p.63.

② Daniel Defoe, *The Adventures of Robinson Crusoe*,p. 63.

③ Daniel Defoe, *The Adventures of Robinson Crusoe*,pp. 68-103.

④ 恩格斯:《英国状况 十八世纪》,载《马克思恩格斯选集》(第一卷),第 20 页。

⑤ 恩格斯:《英国状况 十八世纪》,载《马克思恩格斯选集》(第一卷),第 19 页。

⑥ 详见恩格斯:《英国状况 十八世纪》,载《马克思恩格斯选集》(第一卷),第 18-21 页。

体作用。笛福在《瘟疫年志》中的宗教书写正是这种态度的反映。小说中,笛福并没有从思想性和超越性的层面深究宗教的内涵,而是立足现实,着重叙述和探讨了宗教尤其是教会在瘟疫时期的社会作用及其与其他思潮和力量之间复杂的互动和权力关系。

根据小说叙述,宗教和教会在应对瘟疫方面一开始是处于一种无力的甚至缺席的状态的。小说中,最早对瘟疫做出确认的不是宗教和教会,而是医学。根据小说的记述,最早确认瘟疫存在的是三位医生。[1] 笛福的叙述比较坦诚,其给我们两个感觉:第一,在确认和应对瘟疫方面,宗教不如医学,教会不如医生。教会不仅在行动上是落后的,而且态度上也显得很不积极。这可能和宗教与教会本身的特点有关。教会的犹豫和迟疑并不完全是蓄意愚弄大众。更根本的原因可能是,对于教会来说,突然爆发的瘟疫不仅是一种需要应对的疾病,更是附带文化和宗教意义的重大现象。相反,医学则没有这种思想负担。医生只需去确认和治疗疾病就可以了。第二,在笛福的叙述中,瘟疫发生初期,世俗权力机构的行动力也远远高于教会。在瘟疫中,世俗权力机构和医学的努力,很大程度上使教会边缘化了。在中世纪以来的欧洲,世俗权力机构能够在重大历史事件中占据比教会更高的道德位置,这种情况还是比较少见的。可以说,笛福的描述既展现了教会在瘟疫初期的现实处境,也反映了当时英国社会内部世俗权力、医学和宗教之间的复杂关系。

小说中,由于教会在安定社会情绪方面的无力,基督教掌控之外的各种迷信和崇拜现象在伦敦大量涌现。我们知道,这些现象在欧洲文化中其实是长期存在的。早在基督教产生之前,古希腊就孕育了丰富的神话、巫术以及地方信仰,它们通过各种途径影响到古罗马进而嵌入整个欧洲的文化系统中。中世纪蛮族对罗马帝国的入侵,更是带来了不同于基督教的各种民族信仰。由于长期以来基督教和教会的强势地位,这些现象大多只能处于半地下的隐蔽状态。瘟疫则为它们的显现提供了机会。

笛福在小说中描述了很多瘟疫时期伦敦风行的迷信和崇拜现象,如星象学和"星象学家"被时人所追捧等。[2] 这些现象的出现有两方面原因。一方面,当时流行的很多迷信和崇拜现象在欧洲有很复杂的知识渊源。以星象学为例,根据卡

---

[1] Daniel Defoe, *A Journal of the Plague Year*, p. 2.

[2] Daniel Defoe, *A Journal of the Plague Year*, pp. 29-30.

尔格–德克尔的研究，星象学和医学密切相关。① 卡尔格–德克尔谈到，"在阿拉伯人的影响下，从 13 世纪开始，欧洲医学对星象神秘力量的信任占据了重要地位。人们认为，与人体器官相应的天体位置有利或不利会加强或阻碍人体的自然机能，因而在疾病治疗中要遵循这个规则，特别是放血治疗，要严格按照星象学的原则施行。"② 乔叟在《坎特伯雷故事》中就谈到过一位懂得观星的医生。乔叟写道："全世界没有人敌得过他在医药外科上的才能。他看好了时辰，在吉星高照的当儿为病人诊治，原来他的星象学是很有根底的。"③ 从这个角度看，当时星象学的流行本质上是一种"旧知识/认识体系"的复兴。另一方面，也是更重要的，这些现象的出现，更大程度上还是瘟疫期间基督教会的无力和缺席，在伦敦社会上造成信仰资源不足的结果。

　　小说中，笛福也叙述了基督教和教会，尤其是很多教士在瘟疫期间的表现。在笛福看来，他们的策略偏向于强调形势的严峻并以此警告和恐吓民众。④ 笛福对此并不满意，他以批评的口吻写道："在讲道活动中，诸位教士并非竭力去提升那些聆听者之心志意气，而是令其情绪堕入深渊"⑤，某些人"言谈话语之中充斥恐怖惊悚之词，阴郁悲凉之事，非若此诸公竟无一事可言"⑥。在笛福看来，这种严酷的做法并不符合上帝的原意。⑦ 更糟糕的是，有时候这样做不仅无法安抚大众，反倒把人们推向那些巫婆神棍和骗子。⑧

　　小说中，由于瘟疫的危害越来越大，同时教会又没能及时提供有力的思想支持，伦敦人的精神世界开始陷入前所未有的困境。一方面，瘟疫造成的巨大死亡使很多人手足无措，他们开始愤世嫉俗，看什么都是错的。在很多人眼里，甚至"活着"本身都成了一种错误。⑨ 小说中，笛福就记述了这类人对"我"的攻击。笛福写道，有人恶狠狠地问"我"："当诸多更为诚实之人，皆被埋葬于教会之墓园

　　① 详见伯恩特·卡尔格–德克尔：《医药文化史》，姚燕、周惠译，生活·读书·新知三联书店，2019 年，第 150-153 页。

　　② 伯恩特·卡尔格–德克尔：《医药文化史》，姚燕、周惠译，第 152 页。

　　③ 乔叟：《坎特伯雷故事》，方重译，上海译文出版社，1983 年，第 10 页。

　　④ Daniel Defoe, *A Journal of the Plague Year*, p. 28.

　　⑤ Daniel Defoe, *A Journal of the Plague Year*, p. 28.

　　⑥ Daniel Defoe, *A Journal of the Plague Year*, p. 28.

　　⑦ Daniel Defoe, *A Journal of the Plague Year*, p. 28.

　　⑧ Daniel Defoe, *A Journal of the Plague Year*, pp. 29-30.

　　⑨ Daniel Defoe, *A Journal of the Plague Year*, pp. 72-73.

时,吾又凭什么逃脱坟墓？"① 在瘟疫的特定情境中,这种恶毒的问题并非人性恶所能一笔带过。小说中,"我"虽然承认了这一问题的有效性,但是"我"给出的答案却也很简单:上帝之所以让"我"活着,是因为"吾可痛谴诸宵小放肆无礼之行止。"② 反复阅读这部分内容,我有时会为笛福感到稍许遗憾,觉得他的回答缺少了必要的反思和思辨,没有将问题置于更古老和深刻的语境中加以探讨而显得有失水准。不过,换一个角度说,这就是笛福的风格,其很真实地反映了作家对待宗教的现实态度。另一方面,人的身体和精神不是绝然二分而是内在相通的。当难以化解的精神困境投射到身体上,再叠加以个体的悲惨遭遇时,就使很多伦敦人患上了精神疾病。小说中,笛福讲述了很多这样的事例。③ 他使用了"精神失常"(lunacy)、"白痴"(idiotism)、"疯狂"(madness)等词汇描写一些人的状态。④ 而对这一切的惨剧,笛福似乎也无能为力。

在笛福笔下,宗教和教会并没有在瘟疫和多种思潮的冲击下彻底消亡;相反其总能自觉或不自觉地甚至被动地发挥作用。小说中,当瘟疫肆虐到令人对死亡感到麻木时,人们重又将目光投向了宗教和教会。⑤ 与此同时,那些诸如"说预言的人、星象学家"等却"似人间蒸发,踪迹难觅。"⑥ 笛福的观察是准确的。这样的故事在历史上,至少在基督教所叙述的历史上,是一直在发生的。小说中,笛福也试图解释这一现象的社会原因。笛福写道,有人认为,这些奇人异士很可能大多已死于瘟疫。⑦ 确实有这种可能性。不过,他们的消失更可能是一种文化现象,即这是基督教再次占据舞台中心的必然结果。实际上也只有这一原因才能解释为何这些人/这一行人会"消失"的如此彻底。⑧ 值得一提的是,这种"消失"只是暂时的。以历史的经验看,这些古老的迷信和崇拜现象以及它们的表演者和参与者,只不过是又一次隐入了欧洲文化的底层,并等待着再次出场的时机。这本质上就是历史上基督教和他们所认定的异端/异教之间的争斗,其只会反复上演,而不会永远消失。

---

① Daniel Defoe, *A Journal of the Plague Year*, p. 73.

② Daniel Defoe, *A Journal of the Plague Year*, p. 74.

③ Daniel Defoe, *A Journal of the Plague Year*, p. 92.

④ Daniel Defoe, *A Journal of the Plague Year*, p. 92.

⑤ Daniel Defoe, *A Journal of the Plague Year*, pp. 197-198.

⑥ Daniel Defoe, *A Journal of the Plague Year*, p. 202.

⑦ Daniel Defoe, *A Journal of the Plague Year*, p. 202.

⑧ Daniel Defoe, *A Journal of the Plague Year*, p. 202.

三　小说中的"谣言"叙述及其社会分析

美国学者桑斯坦曾说："那些长期处于紧张状态的人们更容易相信并散播谣言，比如……长期遭受传染病之苦的幸存者……"[1] 在《瘟疫年志》中，笛福就非常关注瘟疫时期的社会舆论尤其是伦敦"谣言"流传的情况。笛福在小说中多次使用了"rumour/ rumours"一词。[2] 根据词源学的考证，"rumour"在"中古英语"中就已经存在了。[3] "剑桥英语词典（在线）"对"rumour"的解释是"非官方的有趣故事或新闻片段，可能是真的也可能是编造的，并且能够迅速在人与人之间传播"[4]。这个界定更类似于汉语中的"传言""传闻"等。《现代汉语词典》将"谣言"定义为"没有事实根据的消息"。[5] 在我们现在的日常使用中，"谣言"这个词是带有贬义色彩的。从《瘟疫年志》的具体情况、研究的实际以及社会科学研究中的一般译法等方面考虑，本文还是将小说中的"rumour/rumours"翻译为"谣言"。

麦克道尔在论及这部作品中所展现的笛福对"口头文化"和"印刷文化"的不同理解时，就谈及了小说中的"谣言"问题。他说，小说主人公"H.F.细致探索了谣言的起源、功能和传播。他对谣言的三要素进行了理论总结：谣言模糊自己的起源、其依靠随环境变化的细节、其随着不断讲述而增长。"[6] 实际上，意识到谣言是一种可观察的社会现象并具有对其进行分析的想法和能力，这在 17—18 世纪的英国绝非一般人所能做到。哈贝马斯认为，英国人对公共言论和意见的关注开始的是比较晚的。哈贝马斯说："像 common opinion、general opinion、vulgar opinion 这样的复合词在莎士比亚笔下根本就没有。"[7] 从霍布斯和洛克开始，英国思想家才真正开始从社会的角度思考和探讨此类问题。[8] 笛福在作品中对谣

---

① 桑斯坦：《谣言》，张楠迪扬译，李连江校译，中信出版社，2010 年，第 93 页。

② Daniel Defoe, *A Journal of the Plague Year*, p. 1, p. 8, p. 145, p. 159, p. 243, p. 256, p. 272.

③ https://www.merriam-webster.com/dictionary/rumor.

④ https://dictionary.cambridge.org/dictionary/english/rumour.

⑤ 中国社会科学院语言研究所词典编辑室编《现代汉语词典》，商务印书馆，1987 年，第 1341 页。

⑥ Paula McDowell, "*Defoe and the Contagion of the Oral: Modeling Media Shift in A Journal of the Plague Year*". PMLA, Vol. 121, No. 1, Jan. 2006, p. 100.

⑦ 哈贝马斯：《公共领域的结构转型》，曹卫东、王晓珏、刘北城、宋伟杰译，学林出版社，1999 年，第 108 页。

⑧ 哈贝马斯：《公共领域的结构转型》，第 108-110 页。

言的观察和叙述,很大程度上正是来自 17 世纪中后期以来英国社会所孕育的这一尚不成熟的知识视野。

小说中,笛福较早谈及的一则谣言是关于社会管制和群体情绪与处境的。笛福写道,瘟疫之初,人们就传言说:"当局将署令封锁各处之道路,严止百姓之出行。凡沿线诸城镇之人,因畏惧为致命疫症所害,皆严拒伦敦人士。"①小说中,笛福明确否定了这些说法的真实性。他写道:"此二则谣言无一有实据,皆为空谈妄想而已。"②不过奇怪的是,在小说之后的叙述中,笛福又以事实描述的方式肯定了这些谣言。根据此后的叙述,疫区的逃亡者确实遭到了其他城镇居民的敌视和排斥。③笛福在作品中还特别提到:"诸如此类之事,各处皆有。"④这是怎么回事?难道笛福忘记了之前的叙述和评价?当然,也不是没有这种可能。不过,还有另一种可能,这种所谓"疏忽"的发生实际上有其内在原因。那就是,一方面,笛福意识到了谣言的问题并试图去评论谣言;但是另一方面,17—18 世纪英国的社会知识体系又没有为笛福提供关于谣言的系统化和理论化知识。因此,当笛福试图去叙述和评论谣言的时候,他对谣言进行理论认识的能力,就远远落后于其作为一位优秀作家的叙述能力。简言之,这种"疏忽"反映的是"蹩脚的社会学知识"和"优秀作家的文学叙述"之间的差距。

桑斯坦曾将谣言分为"忧患类谣言和心愿类谣言"两种。⑤他认为,"前者源自恐惧,后者出于希望……人们的恐惧和期望心理会使他们相信不同的谣言。"⑥如果说瘟疫期间,伦敦流传的大部分谣言属于"忧患类谣言",那么当时也确实存在"心愿类谣言"。小说中,笛福为我们记述的瘟疫期间伦敦流传的吹笛艺人的故事⑦就属于"心愿类谣言"。根据笛福的叙述,据传伦敦有一吹笛艺人,此公性格爽朗,洒脱不羁;瘟疫期间,他常流落街头,以艺谋生,无所畏惧。某晚,此公于街头酣然入睡。人皆以为其因瘟而亡,遂将其置于搬运尸首之车上。运尸人欲弃其于野,此公方从大梦中惊醒。⑧在这里,笛福写道,此公"于众尸首中现

---

① Daniel Defoe, *A Journal of the Plague Year*, p. 8.

② Daniel Defoe, *A Journal of the Plague Year*, p. 8.

③ Daniel Defoe, *A Journal of the Plague Year*, p. 152.

④ Daniel Defoe, *A Journal of the Plague Year*, p. 152.

⑤ 桑斯坦:《谣言》,第 90 页。

⑥ 桑斯坦:《谣言》,第 90-92 页。

⑦ Daniel Defoe, *A Journal of the Plague Year*, pp. 102-103.

⑧ Daniel Defoe, *A Journal of the Plague Year*, pp. 102-103.

身"①。一番对话之后，他竟说出一句也许当时的伦敦人都想听到并希望自己也能对别人说出的奇言："吾实未死也，然否？"②

我们可以将此故事看作一则"谣言"，至少可以从"谣言"的角度加以理解。这主要是因为：首先，吹笛艺人之事并非如作品中的很多其他事件那样为叙事者所亲见。其次，这则故事有不同的版本，细节之间出入较大，甚至连此公是否为盲人都莫衷一是。③ 第三，叙事者对此事件似乎也无法完全确信，即便是作品中叙事者认为能"确认真实性"的那些部分④，其实也是存疑的。第四，关于吹笛艺人的叙述是不完整的。故事结束的很突兀，并没有交代吹笛艺人后来的命运。第五，吹笛艺人的故事带有明显的创作痕迹和风格特征。吹笛艺人似乎是个孤零零的存在，没有实际的社会关系，更像文学人物而非现实中的人。故事的叙述风格也很特殊，与笛福记述的瘟疫中其他众多事件相比，这则故事的基调太过欢快和明亮了。

吹笛艺人的"谣言/故事"需要从心理和象征的层面加以解读。卡普费雷曾说，有时候"谣言是一个我们愿意相信的信息……甚至会有这种情况，相信的欲望如此强烈，以至动摇了我们平时对现实和可信性规定的标准。谣言是我们希望相信的结果"⑤。吹笛艺人的"谣言/故事"很大程度上就是瘟疫中的伦敦人"愿意相信"和"希望相信"的；至于是否确有其事，在"愿意相信"和"希望相信"的人那里则变成了非常次要的问题。之所以会出现这种情况，其根本原因也正如卡普费雷所揭示的，某些谣言有时候是对人们"担忧"的"解答"和"欲望"的"满足"。⑥ 从这个意义上讲，如果说吹笛艺人和他的音乐象征了一种能够战胜瘟疫和死亡的力量；那么这则故事本身就既反映又解答了人们对瘟疫的内在"担忧"，进而满足了人们战胜瘟疫的强烈"欲望"。笛福对此是清楚的。他在小说中就明确写道，瘟疫中，"诸公常以此事作开怀之资"⑦。当然，这样的"心愿类谣言"同样隐含着风险。试想，如果吹笛艺人的"谣言/故事"让某些鲁莽之人盲目乐观，从而轻视了瘟

① Daniel Defoe, *A Journal of the Plague Year*, p. 103.

② Daniel Defoe, *A Journal of the Plague Year*, p. 103.

③ G. A. Aitken, Introduction, in Daniel Defoe, *A Journal of the Plague Year*, p.ix. See also Daniel Defoe, *A Journal of the Plague Year*, pp.101-102.

④ Daniel Defoe, *A Journal of the Plague Year*, p. 103.

⑤ 卡普费雷：《谣言：世界最古老的传媒》，郑若麟译，上海人民出版社，2008年，第92页。

⑥ 详见卡普费雷：《谣言：世界最古老的传媒》，第92页。

⑦ Daniel Defoe, *A Journal of the Plague Year*, p. 101.

疫的力量,甚至认为自己也可以和吹笛艺人一样幸运,即便在瘟疫肆虐的街头倒头大睡乃至与染病而死之人接触,疾病和死神也拿他无可奈何,那后果就可想而知了。

小说中,除以上提到的,笛福还记载了其他很多瘟疫时期伦敦广泛流传的"谣言"。笛福对这些"谣言"的叙述和分析,既反映了他本人的思想和认知,也折射了18世纪英国的知识状况和认识视野。

结语

小说叙述不仅源于作家的天才,更是个人观察和时代知识视野叠加的产物。对于作家来说,瘟疫自古就是一个难以把握和讲述的对象。笛福和他所运用的17—18世纪的知识体系,无法像掌握鲁滨孙的故事那样去掌握整个伦敦瘟疫起始、发展和变化的全过程。毕竟,瘟疫所涉及的情感问题、社会问题和文化问题要远比鲁滨孙和他的荒岛复杂。笛福也知道自己无法完全掌控这个巨大的题目。但是,他也不愿意在叙述中隐瞒个人理解的限度或者强行以个人理解替代观察性叙事。于是,笛福的观察性叙事、他个人理解的限度和整个17—18世纪知识体系的限度,就共同塑造了这部小说叙述上的粗粝感和独特性。

(原载《文学与文化》2020年第2期)

后　记

在《〈文学与文化〉萃编》的编选过程中,我们得到了入选文章作者的宝贵支持。为此,本刊向各位先生表示由衷的感谢!

需要说明的是:此次编纂成书,在尽量保持原刊面貌的前提下,基于体例统一、规范的要求,我们就若干环节做了微调:一是订正了个别文字以及文献出处;二是整理作者简介,更新部分作者的工作单位或职称信息;三是对排版格式加以必要的调整。

在《文学与文化》杂志编辑部的日常工作以及此次编纂过程中,南开大学文学院任增霞副教授、李广欣副教授以及冯捷音老师付出了辛勤的劳动;南开大学出版社责编李骏亦为《〈文学与文化〉萃编》的顺利出版做出贡献。在此一并致谢。

2022 年 2 月 15 日

《文学与文化》简介

　　中文学术刊物《文学与文化》(季刊)2010年由南开大学文学院创办,南开大学讲席教授、著名学者陈洪主编,南开大学出版社出版发行。

　　该刊以文学研究以及文学与文化关系的探讨为主要内容,具有严谨求实的学术品格和跨越古今中外的开阔视野。刊物常年设有"小说与小说批评""文学思想与文化""文学理论与批评""文化研究""诗学与词学""文学与跨文化研究""文学文献"等栏目,数十位国内外知名学者担任期刊编委及栏目主持人。

　　刊物在学界拥有良好声誉,相当数量的文章被《新华文摘》《高等学校文科学术文摘》及人大复印报刊资料等全文转载或部分摘录。近年来在高等院校中国语言文学学科转载量排名中多项指标进入前列,被国家期刊库(NSSD)、中国知网(CNKI)、超星、万方、维普等数据库收录,入选中国人民大学发布的《复印报刊资料重要转载来源期刊》以及中国社会科学院评价研究院发布的《中国人文社会科学期刊评价报告》(AMI)扩展期刊等。